致敬隐蔽战线上出生入死、信念坚定的"无名英雄"!

献给在抗日战争中作出巨大贡献、遭受巨大苦难的重庆人!

1938年7月。夜，南京。

半边街一间民居二楼，昏黄的灯光下一个年轻人正在发报。

……日军第六师团将从侧背向田家镇发起进攻……

外面突然响起枪声。这是担任警戒的同伴发出的警报。日本人果然追踪而至。紧接着楼下传来重重的撞门声。

年轻人急忙停止发报，拿起火柴点燃桌上的电文稿。

大门被撞开，日军宪兵在往上楼冲。

危急之间年轻人只好将尚未燃尽的电文稿仍在地板上，迅速打开窗户纵身跳出去。在这一瞬间他的背后响起枪声。

日军破解了唯一残留在电文稿一角的落款密码。

这是一个"风"字……

重庆谍战
CHONGQING DIEZHAN

孙志卫 著

图书在版编目(CIP)数据

重庆谍战 / 孙志卫著. —重庆：重庆出版社, 2023.11
ISBN 978-7-229-18161-1

Ⅰ.①重… Ⅱ.①孙… Ⅲ.①长篇小说—中国—当代
Ⅳ.①I247.5

中国国家版本馆CIP数据核字(2023)第216830号

重 庆 谍 战
CHONGQING DIEZHAN

孙志卫　著

责任编辑：周北川
责任校对：刘小燕
封面设计：何向东
装帧设计：百虫文化

重庆出版集团
重庆出版社　出版

重庆市南岸区南滨路162号1幢　邮编：400061　http://www.cqph.com
重庆豪森印务有限公司印刷
重庆出版集团图书发行有限公司发行
E-MAIL:fxchu@cqph.com　邮购电话：023-61520417
全国新华书店经销

开本：787mm×1092mm　1/16　印张：35.5　字数：495千字
版次：2024年1月第1版　印次：2024年1月第1次印刷
ISBN 978-7-229-18161-1
定价：80.00元

如有印装质量问题，请向本集团图书发行有限公司调换：023-61520417

版权所有　侵权必究

目 录

引 子 ··· 1

第一章　谍影憧憧 ··· 4
第二章　线　索 ··· 20
第三章　秘密调查 ··· 34
第四章　重点嫌疑 ··· 45
第五章　军统特技室 ·· 59
第六章　功亏一篑 ··· 68
第七章　破获"日谍" ·· 76
第八章　渗　透 ··· 86
第九章　陷阱落空 ··· 96
第十章　大轰炸 ··· 109
第十一章　突击日特 ·· 124
第十二章　罗兰·法恩 ··· 148
第十三章　赫伯特·雅德利 ····································· 158
第十四章　破译密码 ·· 169
第十五章　岩井公馆 ·· 177
第十六章　半张照片 ·· 182
第十七章　暗查内奸 ·· 198
第十八章　相互利用 ·· 208

第十九章	战区日谍	216
第二十章	全城通缉	227
第二十一章	疑　问	241
第二十二章	狙杀日谍	248
第二十三章	绝　密	258
第二十四章	隧道大惨案	270
第二十五章	秘密媾和	285
第二十六章	泄露天机	295
第二十七章	定点空袭	310
第二十八章	锁死法恩	325
第二十九章	三重间谍	331
第三十章	红色电波	341
第三十一章	罗盘行动	349
第三十二章	上海追杀	362
第三十三章	闯入陷阱	372
第三十四章	功败垂成	379
第三十五章	顺水推舟	389
第三十六章	计划终止	399
第三十七章	破获敌台	414
第三十八章	王牌暴露	427
第三十九章	真假情报	435
第四十章	错综复杂	444
第四十一章	发现中计	457
第四十二章	废子利用	467
第四十三章	破　绽	473
第四十四章	战略欺骗	483
第四十五章	掩盖阴谋	501

第四十六章　破解敌谋……………………………………516
第四十七章　身份暴露……………………………………529
第四十八章　儿女情长……………………………………540

尾　声………………………………………………………555

后　记………………………………………………………557

引　子

　　1938年9月，武汉会战在长江南北两岸如火如荼地进行。

　　日军第6师团占领广济后，按照第11军司令官冈村宁次的命令就地构筑工事转入防守，一边休整一边为下一步作战——从侧背攻占田家镇要塞做准备。

　　冈村宁次长期在中国从事军事活动，是一个中国通，十分熟悉中国的兵要地志，深知田家镇要塞是通往武汉的最后一道屏障，是打开武汉大门的锁钥。

　　冈村宁次认为，只要日军拿下田家镇要塞，攻占武汉只是时间问题；相反，如果无法拿下田家镇要塞，沿长江两岸溯江而上的日军第11军将失去强大海空火力和后勤支援以及水上机动能力，给第11军的作战带来很大困难。因此，冈村宁次特别重视对田家镇要塞的占领，并且早已制订好从陆路攻击田家镇要塞的作战计划。

　　第五战区副司令长官兼第四兵团司令李品仙在广济失守之际，考虑到广济到田家镇要塞之间纵深三十多公里的宽广区域没有任何国军守备，形成一个巨大的防御间隙，造成田家镇要塞侧背空虚，因此命令第26军当晚转进广济与田家镇要塞之间的陶家墩、四望山、铁石墩一线占领阵地，填补这个防守漏洞，确保田家镇要塞侧背安全。

　　不过，当第五战区代司令长官白崇禧发现占领广济的日军第6师团转入守势后，认为日军第6师团在黄梅、广济作战中损失过大，已成强弩之末，因此决定率领第五战区第四兵团主力向日军第6师团发起反攻，企图将日军疲惫残破之师一举歼灭于广济一线。

于是第四兵团主力按照白崇禧的命令向广济日军第6师团发起全线进攻，但受到优势火力的日军顽强阻击。双方在广济外围展开激战，随之陷入胶着。

为了打破僵局，白崇禧和李品仙决定将担任广济与田家镇要塞之间防务的第26军调往战况激烈的广济松阳桥前线参加对日军的围攻，希望加大攻击力度，一举突破日军防线，分割包围日军第6师团。

将第26军调往松阳桥前线是一着险棋，带有"空城计"的赌博性质。

白崇禧认为日军在国军的猛烈攻击和压迫下自顾不暇，根本没有余力抽出兵力进攻田家镇要塞。再则，就算将第26军调往松阳桥前线，日军也绝不会料到国军会在广济到田家镇要塞之间留下一个防守间隙，因为这明显违背军事常识。

日军第6师团在国军进攻的巨大压力下，一边顽强抵抗等待日本本土的补充兵员到来，一边寻找攻击田家镇要塞的最佳时机。

第九战区司令长官陈诚得知田家镇要塞侧背后出现一个巨大防守真空地带后，密电军委会军令部报告此事，请求将第26军划归第九战区指挥，担任广济至田家镇要塞之间的防务。

看到广济的日军第6师团遭国军围攻，冈村宁次认为既要抵挡住国军的猛烈进攻，又要抽出足够兵力攻击田家镇要塞，这对于第6师团来说是一个无法完成的任务。因此他一直在等待机会。

冈村宁次绝没有想到国军在广济到田家镇要塞之间防守空虚。因此他认为必须有足够的兵力才能突破这个纵深三十多公里的国军防线，攻击田家镇要塞侧背。

就在冈村宁次一筹莫展之际，第11军情报课获取陈诚发给军令部的这份密电。

这份密电让冈村宁次发现国军在广济到田家镇要塞之间竟然没有布防。

冈村宁次意识到这是一个难得的机会。

恰好这时来自日本本土的补充兵力到达广济，于是冈村宁次命令第6师团立刻抽调部队利用这个防守间隙直扑田家镇要塞。

由于田家镇要塞背后三十多公里的纵深没有国军防守，日军六千人组成的今村支队在没有遇到任何抵抗的情况下很快穿过这个防守间隙，直逼田家镇要塞侧背外围阵地，向守军发起猛烈进攻。

虽然第五战区发现日军攻击田家镇要塞后派出第26军和第86军增援。但由于他们只能从今村支队侧后尾随日军发起进攻，因此被日军派出的少量部队阻击在外围。日军主力则加紧对田家镇要塞的进攻，经过多天激战后终于突破田家镇要塞核心阵地，占领田家镇要塞。

战斗中，国军从一名被击毙的日军军官携带的文件包中发现陈诚给军令部的那份密电以及几份军令部与第五战区之间关于处置此事的来往密电。

当白崇禧看到这些从日军方面缴获的国军高层密电时，才明白冈村宁次能够识破他的"空城计"，敢于利用这个防守间隙、冒险以悬殊的劣势兵力攻打田家镇要塞的真正原因。

这些泄露的密电让白崇禧和李品仙意识到军令部可能潜藏着日军间谍。

白崇禧赶紧密电军委会报告此事，请求军委会严查军令部里潜藏的日谍。

第一章　谍影憧憧

一

一个无月的夜晚。

一架日军飞机从汉口日军王家墩机场起飞，在漆黑的天空中转了个大弯，然后朝西飞去。

两个多小时后，这架飞机飞抵重庆上空。

由于重庆实行灯火管制，加上时间已是凌晨，整个城市几乎一片漆黑，只有零星的灯火。

这架飞机在重庆上空盘旋，并没有投掷炸弹，看样子是在寻找地面的目标。

直到这时，重庆上空才响起防空警报。

石板坡附近城墙外一片漆黑的树林边突然亮起一束光线射向天空，一个黑影正在用手电筒对着天上的飞机一闪一闪发出信号。

天空中的日军飞机发现手电筒发出的信号后，立刻降低飞行高度，低空朝石板坡上空飞来。当日机飞临发出信号的手电筒上空时投下一具降落伞，然后爬升高度飞离现场，消失在黑暗的夜空中。

降落伞朝地面缓缓落下，没想到快要接近地面时被挂在树林边的一棵树上，降落伞下挂着的一个包裹随着颤动的树枝轻轻地摇晃。

好在这棵树并不高，包裹悬在离地大约一米高的地方。

黑暗中只见一个人影快速奔到悬在降落伞下的包裹前。接着黑暗中寒光一闪，这人用锋利的匕首割断降落伞下挂着包裹的绳索，然后提着包裹飞快地逃离现场。

与此同时，正在军统总部值班的联合调查组组长刘贤仿收到防空指挥部发现敌特的报告，说石板坡附近的城墙外发现敌特用手电筒向空中敌机发送信号。

刘贤仿立刻率领手下干将董易和几名特工人员驾驶一辆军用卡车朝石板坡方向疾驶而去。

不到十分钟，刘贤仿的卡车便抵达石板坡附近的城墙下，前面已无道路，汽车无法通行。

刘贤仿命令大家下车，沿着城墙外搜索前进。

当刘贤仿等人到达空投现场时，仅发现挂在树上的那具降落伞，不见日特踪影。

刘贤仿借着手电筒的光线检查了降落伞下的绳索，发现绳索是被利刃割断的，断定绳索下挂的东西已被日特取走。

正当刘贤仿判断该朝哪个方向追击逃走的日特时，不远处突然传来枪声。

刘贤仿立刻带领大家朝枪响的方向追去。

原来，这名带着空投包裹的日特逃到距离城墙不远的南区干路（现南区路）附近时，被闻讯赶来的军警发现。

军警喝令这名日特站住。

这名日特发现前面有人拦截，便转身沿着马路朝另一边跑去。军警见状立刻跟在这名日特后面猛追。

这名日特一边跑，一边掏出腰间的手枪向身后的军警射击，企图延缓对方的追击，借暗夜摆脱他们。

军警在后面紧追不舍，一边追击一边朝前面的日特开枪还击。

由于军警追得太紧，手上提着包裹的日特见难以摆脱对方，于是逃进江边一间空置的渔人用来临时歇脚的小土屋中。

军警将土屋团团围住，然后向里面的日特喊话，命令日特投降。

这时刘贤仿带领他的行动队队员赶到现场。

询问军警后，刘贤仿断定土屋里的日特就是向日军飞机发信号的人，于是下令尽力活捉这名日特以获取更多线索。

刘贤仿让军警继续喊话，自己带领行动队队员从不同方向慢慢朝土屋摸过去。

土屋里的日特此刻已经抱定必死决心，因此根本不理睬外面的喊话。他拔出腰间的匕首迅速割开裹住包裹的绳索和厚棉垫，从里面取出一部小型发报机。

他将发报机放在地上，然后试着打开电源开关，没想到发报机的电源指示灯竟然亮了。

发报机中装有电池！

于是这名日特支起发报机的折叠天线，插上发报键和耳机，将发报机频率调整到公共通信频率，然后戴上发报机的耳机，手握发报键开始用摩尔斯电码日语明码呼叫对方。

对方很快就有了回应。

接着，这名日特发出如下电文：

　　致汉口华中派遣军司令部山木大佐，属下接获飞机空投的电台后不幸被敌发现，现被围困在一土屋中，绝难逃脱，决定玉碎，无法继续执行原定任务。樵

樵是这名日特的代号。

所有使用这个通信频率的公用电报公司都会收到这份电文。

发完电报后，樵掏出腰间的手枪，对着电台连开三枪将其击毁。

刘贤仿听见土屋内传出枪声，不知发生什么事，于是带领手下迅速

冲进土屋。

借着手电筒的光线，刘贤仿发现日特樵正跪在地上，右手举着手枪对着自己的太阳穴，脸上带着自豪的微笑。

刘贤仿立刻示意手下特工不要妄动，然后劝樵不要做傻事。

没想到樵突然高呼一声：

"天皇万岁！"

随即他扣动手枪扳机饮弹自尽。

刘贤仿和手下搜查了现场，除了发现一部被子弹打坏的收发报机之外，在樵身上没有发现任何其他线索。

根据重庆电报公司转来的樵的电文，刘贤仿很容易推断出事件背后的大致情形。

樵的任务不外乎将日机空投的这部电台交给一名急需电台发送情报的日军间谍，或者担任这名间谍的报务员，利用这部电台与日军情报机关建立无线电通信联络，将这名日军间谍收集到的情报通过电台传回日军情报总部。

二

初冬的夜晚，气温虽然在零度以上，但由于山城连日来雾霭笼罩，整天不见阳光，空气变得更加潮湿阴冷，反而让人感觉到一股刺骨的寒意。

为了驱散周身的寒气，大多数人天黑后便早早熄灯上床，钻进暖和的被子里睡觉。

较场口附近的十八梯是一条连接重庆上下半城的老街，其形成可追溯到重庆开埠之初。这条老街建在山坡上，总共有十八个台阶，因此得名十八梯。

十八梯上接上半城的较场口，下接下半城的浩池街（今厚慈街东段)、凤凰台、响水桥直达长江边,其两侧连接着四通八达的小街巷。老街的路面是用青石板铺成的,由于年代久远,青石板已经被人类的脚步磨得光滑凹陷。

长长的老街只有几盏稀疏的路灯发出泛黄的昏暗灯光,勉强照亮着路灯附近的街道,离路灯稍远的地方仍然漆黑一片。借着昏暗的路灯光线,可以看到街道两旁一间挨着一间的店铺和民居。这些房屋大多已经老旧,有些甚至只是由粗木杆支撑在悬崖边的吊脚楼。

重庆这座城市是建在山上的,被称为山城。其长江和嘉陵江沿岸的悬崖峭壁上依山就势建有许多简陋的木屋——吊脚楼。

吊脚楼前端坐落在山坡上,后端和两侧悬空,依靠几根粗木杆支撑。重庆吊脚楼背山面水,形成一种独特的风格,正所谓"两头失路穿心店、三面临江吊脚楼"。

吊脚楼结构多为穿斗(榫接)或捆绑,看似歪歪斜斜、摇摇晃晃、风一吹就要垮掉,却经得住风吹雨打,屹立不倒,成为千百年来重庆人遮风挡雨的住所。

在黑漆漆的老街深处,一束狭窄的光线从一座两层楼房二楼一扇窗户的窗帘缝隙中透出来,显得格外耀眼。

这间屋子门窗紧闭,一盏瓦数不大的白炽灯照亮着这个不大的房间。

房间里一位身着国军军装、年龄约莫三十岁的男人此刻头戴一副耳机坐在写字桌上的一台收音机前,一边聚精会神地通过耳机收听广播,一边用铅笔在一张纸上做记录。

由于收音机的耳机插孔插着耳机,收音机上的扬声器并没有发出声音,除了这个戴着耳机的人之外,其他人听不到收音机里的声音。

虽然屋内比外面暖和不了多少,但由于精神高度集中在收听和记录广播内容上,这人此刻并不觉得冷。

这人名叫万连良,是国军军令部第一厅上校机要参谋。

很显然,万连良戴上耳机并不是因为担心收音机的声音吵到别人,而是不想让其他人听到自己正在收听的广播内容。

收音机中正在播报四角号码猜字节目，耳机里传来日军汉口放送局一名女播音员温柔而甜美的声音：

> 本台听众远浪，下面播送您感兴趣的四角号码查字典节目，请注意收听。也请其他感兴趣的听众一起参与本节目。请各位听众根据播报的号码查出对应的字，然后将结果寄到本台。本台收到后，将对所有正确的结果进行抽奖。抽中的五名听众将会获得本台赠送的一支派克钢笔。下面开始播报号码，请记录：
> 0322，3502，0082，……

随着女播音员的播报，万连良在纸上记录下来一长串数字。

女播音员播报完所有号码后，又重复播报一遍，让听众有机会核对自己记录下来的号码。

万连良仔细核对自己记录下来的号码，没有发现错漏。于是他放下手中的笔，伸手随意旋转了几下收音机的调台旋钮，将收音机的波长指针调到另外一个位置，不让收音机停留在刚才收听的波长上。从这个细节就能看出他是一个非常严谨缜密的间谍。接着，他关掉收音机，摘下戴在头上的耳机，然后从桌上的书架中抽出一本狄更斯的《双城记》，开始对照着刚才记录的数字翻书译码。

万连良刚才收听的是日军汉口放送局播放的密语广播。

所谓密语广播，就是通过公开的广播节目传送秘密信息的一种方法。由于这种通信方式不需要任何特种专用设备，只需要一台普通的收音机便可完成，既简便易行又安全可靠，因此世界上很多国家的情报机关都会采用密语广播与潜伏在敌方阵营的己方间谍进行通信联络。

不过，这种联络方式有一个致命的缺点，就是只能单向通信。也就是说，只能由广播电台发送秘密信息，接收者无法回复。

密语广播通常在一个约定的时间，利用一个特定的节目点名呼叫一位听众——间谍代号，然后广播一串数字。这串数字在外人看来可能毫无意义，但对于特定的谍报员来说，这串数字却是一段密码电文，通过专门的密码本可以将这串密码电文译成一段普通人都能看懂的明文。

万连良收到的是一串四位数一组的数字，两组数字组成一个密码。第一组四位数代表密码本《双城记》的页码，第二组四位数的第一和第二位代表第几行，第三和第四位代表第几个字。

万连良对照着密码本《双城记》，将刚才抄收的一串数字译成明文电文，内容大意如下：

远浪，本星期天上午十点到基督教圣爱堂弥撒厅右边最后一排与联络员接头。双方识别标志和接头暗号是……

山木荒野

远浪是万连良的代号。

电文最后的落款是山木荒野。

山木荒野是日军华中派遣军情报课课长，也是万连良的单线联系人。

万连良从武汉撤退前，日军情报总部出于安全考虑，命令他撤退时不要携带他的那部无线电收发报机，以免暴露，等他到达重庆后，总部会在华中派遣军汉口放送局的密语广播节目中和他取得联系，并通知他与总部之间新的联络方式。因此万连良到达重庆后必须按时收听华中派遣军汉口放送局的密语广播节目，随时准备接受总部的指令。

刚才在收音机里听到自己的代号"远浪"时，万连良不禁感到一阵激动。

总部终于和他联系了。

在和总部失去联系这段时间，万连良不需要去冒着生命危险收集、传送情报，本应感到轻松惬意，可他内心里却莫名其妙地有一种失落和空虚感。

也许这就是冒险的魅力。冒险带来恐惧的同时也带来极度的刺激和兴奋。表面上看这两者互不相容，但却是事物不可分割的一体两面，就像一个磁铁的南北极，相辅相成缺一不可。一个习惯于每天冒险走钢丝的人回到安全的地面生活，会因为缺乏危险的刺激带来的兴奋而感到索然无味。冒险就像毒品一样使人上瘾。

万连良确实感到兴奋。他从桌上拿起一个打火机，将另一只手中那张记录着总部指令的纸点燃，然后用手把玩着正在燃烧的纸，让它的火苗几乎烧到他的手指，才以一个夸张的动作将尚未燃尽的一点纸角扔进桌上的烟灰缸里，看起来就像是欧洲骑士行脱帽礼。

三

礼拜天上午九点多钟，万连良沿着关庙街（今民权路南段）朝三教堂街（今中华路民权路与八一路之间段）的基督教圣爱堂走去。

万连良今天身着便装。他中等身材，头戴一顶黑色礼帽，身穿一件灰色呢子大衣。由于帽檐压得很低，几乎遮住他那两道粗短的眉毛。他狭窄的脸庞让他的眼睛看起来并不小，略带鹰钩的鼻子和两片薄薄的嘴唇让他显得过于精明。他的左手拿着一份当天的《中央日报》。黑色礼帽和手上的报纸是总部给他规定的识别标志。

虽然万连良表面上看起来很平静，但他的内心里还是有些激动。毕竟他和总部失去联系已有一段时间，加上他以前一直和总部保持单线联系，因此他期盼着接头人给他带来好消息，让他与总部恢复安全高效的联络方式。他在想这个接头人会不会给他带来一部小型无线电收发报机。

万连良不久便来到圣爱堂。

万连良不信宗教，基本上不去教堂和寺庙，只是遇到事情的时候才偶尔烧炷香拜拜佛。这是他第一次来教堂。

万连良在教堂前停下，抬头四下看看，假装欣赏教堂的建筑风格，却在暗中留意四周的情况。

圣爱堂是一座典型欧洲风格教堂。教堂由一座四层钟楼和两层主建筑组成，钟楼的尖顶上立着一个大十字架。钟楼的下面是教堂的大门，许多做礼拜的虔诚信徒正络绎不绝地从这扇大门走进教堂。

教堂大门外有几个临时小摊贩在叫卖，看起来没什么特别。

确认没有异常情况后，万连良随着信徒们走进教堂大门。

穿过前廊后，便进入弥撒厅。

弥撒厅不算很大，但空间很高，两边墙上是绘有彩色宗教图案的窗户，让弥撒厅显得庄重典雅。弥撒厅中间是一条走道，走道两边从前到后是两列长桌椅，这是信徒们做弥撒时的座位。弥撒厅正面墙上有一个巨大的十字架，十字架的下面是牧师布道的讲坛。

万连良抬腕看了看手表，此刻正好十点。

他站在弥撒厅门口的过道旁观察了一下弥撒厅里面的情况。

弥撒厅的前面已经坐满了信徒，但最后几排几乎是空着的。他注意到右边最后一排椅子上坐着一个留着齐肩短发，脖子围着红围巾的女人。

红围巾与总部指定的接头人穿着打扮相吻合。

万连良朝这女人坐的位置走过去，然后在这个女人旁边的座位上坐下。

当万连良坐下的时候，这女人转头打量了一下万连良。万连良这时才从正面看清她的面孔。

这是一个年轻漂亮的女人，看起来有点像刚毕业的大学生。

这个年轻女人皮肤白皙，细长的眉毛下是一双明亮的大眼睛，微微上翘的鼻子下面是一双红润的嘴唇，配上她那张瓜子脸和乌黑的齐肩短发，简直就是一个带有几分古典韵味的现代东方美女。她的右手拿着一个漂亮的手提包，手提包搁在她的双膝上。这一点也与接头人的识别特征一致。

如果在其他场合，很难将这位外表美丽温柔、目光清澈、看起来就像一个刚踏进社会、不谙世事、清纯可爱的女学生一样的女人与印象中性感冷艳，充满诱惑却暗藏杀机的女间谍联系在一起。

万连良坐下来之后，旁边这位年轻漂亮的女人转头轻声地问万连良：

"请问先生，您这张报纸是今天的吗？"

"不是今天的，是礼拜五的。"万连良轻声回答，然后客气地对这位年轻漂亮女人说，"您可以把您的手提包放在桌上，不会影响别人的。"

年轻女人摇摇头微笑着回答：

"这桌子是放圣经用的，是圣洁的地方，我怕手提包会玷污它的圣洁。"

"赞美神！"

暗号对上了。

年轻女人拿起放在双膝上的手提包，站起身来离开长椅，沿着走道走出弥撒厅。

见年轻女人出了弥撒厅，万连良也站起身来离开弥撒厅，穿过前廊走出教堂大门。

在教堂大门外，万连良留意观察了一下四周的情况，没有发现可疑的人。于是，他加快脚步赶上前面的年轻女人，和她并肩而行。

"我是文娟。"年轻女人自我介绍道，"总部派我来和你接头。"

文娟身穿一件米白色呢子短大衣，脚上穿着一双浅棕色皮靴，正好衬托出她修长的身材。她的这身打扮在当时的重庆是相当时髦的，让人一看就觉得是一位知识女性。

"我是万连良，终于和总部联系上了。"

他们沿着街道慢慢朝前走。

"万先生，根据总部的指示，今后我将是你的单线联络人，负责向你转达总部指示，并将你收集到的情报传回总部。"说这些话的时候，文娟的眼睛看着前方,脸上没有任何表情,声音也很平静,看起来就像一个非常有经验的谍报人员。

"明白,文娟小姐。"

"我的掩护身份是《渝风》报记者。"说着,她从手提包里拿出一张名片交给万连良,"这上面有我报社的地址和电话号码,牢记后毁掉。"

"好的。"万连良接过名片看了看,然后从大衣的口袋里掏出一个皮夹,将名片放进皮夹里,再从皮夹里取出一张折叠的小纸片递给文娟,"这上面有我的通信地址和电话号码,牢记后销毁。"

文娟接过小纸片看了看,然后放进自己的手提包里。

"请问我们之间以后的联络方式是?"

这是万连良目前最关心的问题。

文娟早已计划好此事。

"今后你将以《渝风》报社投稿者的名义与我保持联系。如果你有情报需要交给我,你可以投稿给我们报社,我会约你到报社见面,乘机交接情报。如果情报的时效性很紧,你可以直接打电话到报社找我。我会以改稿的名义马上约你到报社,或者安排你到其他地方见面交接情报。如果总部有指示给你,我会打电话约你到报社并向你转达。"

"我工作的部门属于最高军事机关,外来电话可能受到监听,邮件也会受到严格检查。"

"明白了。"文娟点了点头,思考片刻后接着说,"我会尽量让报社的同事打电话约你到报社,这样即使他们对你起疑心,也不会轻易地把我们俩联系在一起。"

"好主意!"万连良由衷地称赞了一句。

这是一个天才的联络方式,简直天衣无缝。这种天才的构想出自一个年轻漂亮的女人,让万连良的心里不禁暗暗钦佩。

所谓人不可貌相。人的外表只是一种面具,而一个女人出于某种目的刻意塑造的形象更具有欺骗性。

万连良已经对文娟产生良好的第一印象。这种好感的形成，除了文娟表现出的优秀情报员素质之外，可能与她甜美的长相有关。

万连良还有个问题：

"文娟小姐，我从没投过稿，不知道该怎么写。"

"这个你不用担心，我这里准备了几份稿件先给你用。需要的时候你誊写一份寄给我。以后的稿件就得靠你自己写，这没什么难的。"

说罢，文娟从手提包里拿出一个信封交给万连良。信封里面装着几份稿件，都是关于抗战时局及抗战宣传的。

万连良接过信封放进自己的大衣口袋。

四

坐落在汉口中山大道的汉口盐业银行大楼是一座具有欧洲古典风格的五层楼建筑。现在这里是日军华中派遣军司令部。

司令部二楼的一间办公室，华中派遣军情报课课长山木荒野大佐正坐在办公桌后面看文件。

这间办公室相当大，里面除了一张办公桌外，还有几个文件柜和几张沙发，靠近墙角的地方有一个保险柜。

这时，山木听到有人敲门，于是大声请对方进来。

一名参谋推开门走进办公室，在山木的前面停下，隔着办公桌向山木行了一个军礼：

"报告大佐，要求您亲译的密电。"

说罢，这名参谋从他手上的文件夹中拿出一份电文交给山木，然后转身离开。

这是情报课昨晚收到的一份密电，这份密电是文娟发给山木荒野的。

山木荒野将密码电文放在桌上，站起身来走过去打开保险柜，从里面取出一个密码本，转身回到办公桌前坐下，开始对照着密码本翻译这份密码电文。

密电译好后，山木荒野开始仔细阅读电文。

文娟在密电中称，她已和万连良成功接上头，可以开始传递情报和指令。

文娟和万连良是山木荒野非常倚重的两名间谍，此前两人都与山木荒野保持单线联系。

山木荒野之前本来已经安排一名潜伏在重庆的日特给万连良担任无线电报务员。但这名日特在接受空投电台时被刘贤仿等人包围，最后自杀身亡。

这次失败让山木荒野明白空投电台这种方式十分危险，今后绝不能再采用。

为了尽快恢复万连良这条重要的情报线，经过再三权衡，在没有其他办法的情况下，山木荒野只能冒险让他的两位王牌情报员万连良和文娟合为一组，由文娟兼任万连良的报务员。虽然这样做会增加万连良和文娟暴露的风险，但山木荒野已经等不及了，他需要万连良的情报。

现在万连良这条情报通道再次恢复，让山木荒野感到十分高兴。

五

文娟是山木荒野亲自培养的一名女间谍，她的真实名字叫做西田雅子，文娟是她的化名。

西田雅子出生在日本京都府，十二岁便进入日军情报部门的一所谍报学校开始接受系统的谍报训练，她的老师就是山木荒野。经过几年严格的训练后，西田雅子顺利地完成谍报学校的所有科目。毕业时，她除了掌握基本的谍报技能之外，还能够说流利的英语和中国东北话。毕业后不久，在日军情报机关的秘密安排下，西田雅子用伪造的中国身份和文娟这个名字进入伪满洲国一所大学中文系，成为一名大学生。两年后，随着中国民间抗战呼声日益高涨，很多东北学生不满伪满洲国分裂中国，开始大批流亡关内。文娟按照日军情报机关的指示，乘机混在大批东北流亡学生当中，顺利进入关内南下到达武汉。不久，文娟凭借其东北在籍大学生身份顺利地被武汉一所大学录取继续完成学业。大学毕业后，日军情报机关指示西田雅子留在武汉从事情报工作，同时进一步熟悉中国文化、融入中国社会，以此来丰富她的履历、夯实她的身份，让她成为周围人眼里地道的中国人。

于是西田雅子在武汉的一家报社找到一份工作，以记者的身份在武汉潜伏下来，负责为日军情报机关收集中国的军政情报。

淞沪会战之后，武汉成为抗战的政治军事中心。潜伏在武汉的西田雅子利用自己的特殊身份，为日军情报机关收集到很多重要的中国政治、军事情报，深受山木荒野的器重。

武汉会战大势已定，中国政府最高军政机关全部撤到重庆，重庆成为国民政府临时首都。为了加强重庆的情报工作，山木荒野决定派遣文娟提前赶赴重庆潜伏下来，为将来在重庆的情报工作做准备。

文娟按照山木的命令携带一部小型电台，乘坐民生轮船随难民潮顺利潜入重庆。

由于具有不错的履历和丰富的工作经验，文娟到达重庆后不久便在《渝风》报社找到一份记者工作，以记者身份作掩护在重庆潜伏下来。

六

万连良与文娟不同，他是一个中国人。

万连良从黄埔军校毕业后，加入国民革命军。

一次，国民革命军与军阀阎督军爆发大战。经过多次激战，双方僵持不下。

为了打破僵局，蒋介石将指挥部前移到距离前线仅十几公里的一个小镇上，亲临前线指挥。根据当前战场形势，蒋介石制订了一个周密的作战计划，企图一举击败对手，同时派密使带着金条和委任状去收买阎督军手下的一名师长。

万连良此时是蒋介石司令部的一名下级参谋。

不为人知的是，阎督军对万连良有恩。

当年，万连良因为家境贫穷交不起学费辍学。就读学校的校长认为万连良是可造之材，荒废学业甚为可惜。加上类似情况绝非仅有，于是将此事呈报上去。

没想到作为一方强人的阎督军得知此事后，慷慨解囊资助万连良等因贫困失学的优等学生。万连良因此得以完成学业，最后考进黄埔军校。

万连良了解蒋介石的作战计划后，认为阎督军必败无疑，深为这位恩人担忧。

出于报恩之心，万连良写了一封密信寄给阎督军，将蒋介石的作战计划透露给他，意在提醒他避开致命打击。更糟糕的是万连良在信中无意间透露蒋介石司令部所在的位置。

阎督军收到万连良的密信后，决定将计就计击败蒋介石。

蒋介石军队按照计划发起进攻后，前线进展顺利，战局看起来正像预计的那样发展。

面对蒋介石军队的进攻，那名被收买的师长按照约定主动让出防御阵地，率领他的部队绕开正面并向蒋介石军队后方移动，看起来正在按照约定准备接受蒋介石改编。

蒋介石军队乘势突破对方防线，并向纵深发展。

没想到这位师长率领部队暗中直扑蒋介石指挥部所在的小镇，将小镇包围起来发起猛烈进攻，企图一举活捉蒋介石。

原来这位师长假装叛变，暗中将对方收买他的事报告给阎督军，并与阎督军一起制订了一个诈降计划。

面对敌方的围攻，蒋介石的警卫团拼命抵抗，等待援军到来。

蒋介石表面上看起来虽然很沉着，但内心其实非常焦急。如果援军无法尽快赶到，他可能被俘或者选择自杀。

好在前线的国军回援及时，很快击退围攻蒋介石的敌军，让蒋介石逃过一劫。

虽然蒋介石大难不死，但整个战役却因此受到极大影响，国军的进攻被对方击败。

事后，阎督军没有向任何人透露万连良给他写密信的事，就像这事从没发生过一样。

没想到阎督军的一名日本军事顾问在查找一份文件时，偶然在阎督军的一个文件柜中发现这封信，并窃取了它。这名军事顾问就是日军谍报人员山木荒野。

全面抗战爆发前两年，身穿西装的山木荒野找到万连良的办公室，向万连良出示了那封密信的照片。

万连良知道，只要这封信泄露出去，他马上就会完蛋。

万连良别无选择，只能答应山木荒野的要求，成为山木荒野的秘密间谍，向山木荒野提供中国军队情报。

一时的报恩之举，却让自己坠入深渊，从此再也无法回头。万连良追悔莫及。

抗战全面爆发后，万连良奉调进入国军中枢军令部担任高级参谋。从那时开始，万连良便源源不断地向日军情报机关提供大量中国方面的绝密情报，成为日军情报机关潜伏在中国内部最有威胁力的间谍之一。

武汉会战结束前，万连良随军令部撤到重庆。

由于没有电台，万连良一度沉寂，直到与文娟接上头后才恢复与总部的无线电通信联系。

第二章 线 索

一

罗家湾十九号（现儿童医院与枣子岚垭正街之间的居民小区）是一座中西合璧外观雅致的小别墅。

这座砖木结构的中西合璧两层小楼掩映在一片粗壮高大的黄桷树丛中。

时值初冬，正是百树凋零的季节，周围的树都已叶落枝秃，只有这片黄桷树依然枝繁叶茂，每棵粗壮的树干上都伸展出一个巨大的绿色树冠，在寒风中摇曳着。

据说黄桷树性格独特，不像其他树那样秋冬季落叶，它落叶的季节随移栽的季节变化；夏天移栽的在夏季落叶，冬天移栽的在冬季落叶，形成黄桷树独特的荣枯规律。

伴随着冬季寒风的吹袭，这片黄桷树巨大的树冠在空中一阵阵地摇摆，发出哗哗的声音，宛若沙滩上一波波的浪潮一般。挂在枝头上的一片片树叶，在寒风中剧烈地摆动着，仿佛随时都会从树枝上脱落。但熟悉黄桷树性格的人都知道，这些树叶能够经受住寒风的吹袭，不会轻易被吹落。

苍翠的黄桷树与凄凉的寒风及凋零的其他树形成的反差让自然界显得很不协调。好在树丛中时隐时现的漂亮小别墅抵消了这种反差，使自

第二章 线 索

然界的凋零与生机处于一种微妙的平衡状态。

树丛中的这座小别墅是军统局副局长重光的办公室。

军统局从武汉撤退到重庆后，选择罗家湾二十九号警察训练所（现儿童医院一带）作为军统局总部。由于这座小别墅与军统局首脑机关仅一墙之隔，军统局遂将它买下来作为副局长重光的办公室。

重光的办公室设在一楼一个宽敞的房间。办公室左边靠墙并排摆放着三个铁皮文件柜，右边的窗户下靠墙摆着一张长沙发、两张单人沙发和一个茶几。

办公室中间靠后有一张办公桌，重光坐在办公桌前正低头看着一份刚收到的密电。

这份密电是军统武汉区发回的情报。情报显示，日军情报部门正准备派遣大批特工渗透到重庆负责收集气象情报，侦察、指示轰炸目标，从事破坏活动，扰乱后方秩序。

这份情报涉及重光负责的反间谍工作。

自中日全面开战以来，特别是武汉会战开始之后，中国最高军事委员会逐渐察觉到日军的作战部署非常具有针对性。他们似乎早已洞悉中国军队的兵力部署和作战方案，使国军在整个武汉会战中始终处于被动地位。

这种情况引起国军的警惕。军委会怀疑国军高层指挥机关有人将机密情报透露给日军。

撤退到重庆后不久，军委会指示军统局与军令部第二厅共同成立一个联合调查组，专门负责在国军最高指挥机关下属的各个部门中秘密展开反间谍调查。

没想到潜伏在国军内部的日本间谍还没找到，日军又将派出大量特工到重庆从事破坏活动，让重光感到自己的任务更加艰巨。

重光的军统局目前面临三大重要任务。

首要任务是对日情报工作。在这方面重光已经做了大量的工作。军统在沦陷的全国各大城市建立了庞大的秘密情报网，负责收集日军各类情报。

第二大要务是反间谍，特别是反日谍。联合调查组就是专门针对这个工作设立的。

第三大要务是对日军无线电通信密码破译工作，为此军统专门成立了一个特技室负责破译日军密码。为了加强特技室的密码破译能力，重光特意聘请了一名美国密码专家担任顾问，负责人员培训工作，并协助破译日军密码。

目前，对日情报工作走在前面，每天都有大量的日军情报从日占区传回。密码破译工作刚起步不久，虽然还没有取得突破，但正在有条不紊地进行。

只有反日谍工作一直没有取得任何进展。

造成这种局面的根本原因并不是联合调查组工作不力，而是因为缺乏具体的日谍活动线索。联合调查组在没有任何线索的情况下，要想在庞大的国家军事机关中查找日军间谍，无异于大海捞针。

虽然联合调查组名义上归军委侍从室直接领导，但具体日常事务仍由重光负责。因此联合调查组的工作好坏，重光负有直接领导责任。

鉴于目前这种情况，要想在反日谍方面有所突破，必须想办法找到更多的线索，这样才能让联合调查组顺藤摸瓜找出隐藏在国军高层的日军间谍。

重光经过一番权衡，决定动用潜伏在日军内部的军统谍报员协助查找日谍线索。

于是重光拿起笔起草一份密电。

密电是给代号"紫光"的情报员的。

"紫光"是潜伏在日军华中派遣军司令部的一名军统秘密情报员，由于其身份属于绝密，因此只和重光保持单线联系。

电文拟好后，重光从坐着的椅子上站起身来，走到办公桌后面靠墙摆放的书柜前，从书柜里抽出一本书后，回到办公桌前坐下，将书放在桌面上。

他将给"紫光"的电文放在自己面前，然后打开书来，对照着这本书将电文译成密码。

密码电文译好后，他拿起桌上的那本书，起身走到书柜前，将书插进书柜里的一排书中间。

重光回到写字桌前坐下，拿起电话叫秘书到他的办公室来，将刚才拟好的那份密码电文稿交给秘书，让他交给电讯室并在约定的通联时间发出去。

二

天已经黑下来。

刺骨的寒风穿过冷清的街道发出一阵阵呜呜的呼啸声。

街上的路灯和商铺的招牌灯、霓虹灯都已经点亮，汉口这条繁华的街道灯火通明。

虽然华灯依旧，但街上行人稀少。战争和冬天凛冽的寒风让这条昔日繁华的商业街变得萧条。

街道一侧的一座五层西式大楼除了门厅和少数窗口里面亮着灯光外，大部分窗口都是黑漆漆的。

借着门厅的灯光，可以看到大门右侧竖直挂着一个白底黑字的招牌，招牌上写着"日军华中派遣军司令部"几个大字。

大楼二楼的一间办公室仍然亮着灯光。西野秀仁中佐坐在办公桌前，低垂着双目正在思考着什么。

西野秀仁是潜伏在日军华中派遣军司令部、代号"紫光"的军统情报员。

作为一名日本军官，却背叛日本成为军统情报员，当中自然有其深层原因。

三

西野秀仁的父亲是一名日本军官，曾经在日军驻青岛部队任职。

在青岛，西野秀仁的父亲和母亲——一位漂亮的中国女学生相爱。

不久后他们的爱情结晶西野秀仁就出生了。他们像其他的年轻父母一样，十分疼爱他们的孩子。

西野秀仁的爷爷是一名有权势的日本将军。得知这个消息后，他认为西野秀仁父亲的行为既对天皇不忠，又有辱家门。于是他将西野秀仁的父亲调回日本，并将西野秀仁强行从他妈妈手中夺走带回日本。

西野秀仁的父亲回到日本后，由于思念自己的妻子，加上面对来自军中和家庭的巨大压力抑郁成疾，在西野秀仁不到两岁时便去世。

西野秀仁在爷爷的抚养下长大，并考取日本陆军大学，毕业后成为一名日军军官。他一直对自己的身世感到好奇，于是找到他父亲当年的军中友人了解情况后，终于知道自己的身世。

西野秀仁为自己的父母感到痛惜，对爷爷的作为感到愤怒和不齿。

于是他利用假期瞒着爷爷来到青岛寻找母亲。

根据父亲朋友提供的线索，西野秀仁很快在舅舅家找到自己的母亲。

让西野秀仁万万没想到是，他的母亲当年因为突然失去爱人和孩子，加上社会上的流言蜚语，精神受到刺激，不久便疯掉。

由于西野秀仁是一名军人，无法留下来照顾母亲，只能每年将自己的大部分薪水寄给舅舅作为赡养和医治母亲的费用。

后来，西野秀仁申请到驻上海日军任职，终于他来到上海。

他以母亲的名义在上海买下一间房子，将母亲和舅舅一家接到上海住下，这样他一有时间就可以回去陪伴、照顾母亲。

在西野秀仁和舅舅一家的悉心照料下，母亲的病逐步好转。

一天，母亲终于明白西野秀仁就是她的亲生儿子，高兴得嚎啕大哭，她的病几乎一下子完全好了。

从这天开始，母亲就像一个正常人一样生活。每次西野秀仁从兵营回来，母亲总是高兴地和他聊家常，回忆她和他父亲在一起的美好日子，有时还亲自动手做菜给西野秀仁吃。

母亲病情的好转让西野秀仁感到无比高兴，这是他人生中最幸福的一段时光。

可好景不长，"一二·八"中日淞沪战争爆发。

在这场战争中，西野秀仁的母亲和舅舅一家被日军飞机投下的炸弹炸死。

母亲的惨死让西野秀仁受到沉重打击，他生命中的唯一精神支柱被日军炮火摧毁，这成为西野秀仁的人生转折点。悲惨、坎坷的命运让他对日本帝国的信念完全破灭，他开始痛恨并诅咒这个国家。

一个偶然的机会，西野秀仁获知重光的特务处在上海的通信地址。于是他开始以匿名信的方式向特务处传送日军情报，以此方式来为母亲报仇。

特务处是以黄埔少壮军人滕杰、贺衷寒、康泽、邓文仪、重光等为骨干组成的秘密组织三民主义力行社属下的一个特务机关，成立于1932年4月1日，重光担任处长。同年9月，蒋介石下令在军委会内成立一个调查统计局（这是最早的"军统局"），下辖三个处。重光的特务处改隶为军统局第二处，重光任处长。全面抗战爆发后，为了应抗战需要，军统局于1938年在武汉拆分，由第一处组成中统局，第三处组成军委办公厅特检处。第二处升格为军统局，重光升任军统局副局长，成为军统实际负责人。

重光对这个匿名发送情报的人非常感兴趣，通过邮政局查到西野秀仁寄信的邮筒，最后通过监视这个邮筒发现西野秀仁就是匿名提供情报的人。

一天，西野秀仁向一个邮筒投进一份情报后，重光出现在他的面前。

在附近的一间咖啡馆中，重光直接向西野秀仁摊牌，邀请西野秀仁担任他的情报员。

西野秀仁毫不犹豫地答应了重光的要求，这是他向日本复仇的最好方式。从此西野秀仁成为重光的单线秘密情报员。

全面抗战爆发后，西野秀仁源源不断地给重光传回日军情报，成为重光的一名重要情报员。

四

两天前，西野秀仁收到重光密电。重光指示西野秀仁收集潜伏在国军内部的日谍线索，协助重光查找这些日谍。

这对于西野秀仁来说是一项比较困难的任务。

西野秀仁在华中派遣军司令部担任作战参谋，因此所有与华中派遣军军事作战相关的情报，他都能在工作中轻而易举地获取。但对于日军情报部门的秘密，西野秀仁从未涉及过，也无权过问。这项任务对他来说是一个新的挑战。

首先，他得弄清楚在哪里才能找到相关线索。

西野秀仁知道司令部情报课负责日军情报工作。情报课直接掌握着一批潜伏在中国军政机关内部的日军谍报员，他们负责收集中国情报并传回。除此之外，他对日军情报系统没有更详细的了解。

这两天，西野秀仁在同事中打听到，司令部有一套情报册，专门记录情报课收到的各类情报。这套情报册是由华中派遣军参谋长亲自记录成册的；其中最新的一册被锁在参谋长的保险柜里，每天由参谋长本人亲自将当天收到的各类情报记录在册，而之前已经完成的情报册都存放在司令部的机密档案室。由此看来这些情报册保密级别非常高。

要想窃取最新的一本情报册，必须会开保险柜，还得有机会潜入参谋长的办公室。

潜入参谋长办公室相对容易一些，但打开参谋长办公室的保险柜对于西野秀仁来说几乎不可能，因为他不知道保险柜的密码，也不具备无密码打开保险柜的绝技。

如果请军统武汉区会开保险柜的特工协助西野秀仁打开保险柜，倒是有可能行得通，但这会让其他人知道西野秀仁的身份，给他造成潜在的危险，这是重光万万不会答应的。

这条路显然行不通。

不过，司令部机密档案室的旧情报册仍然让西野秀仁保留着一线希望。

机密档案室就在司令部大楼的地下室，这里原来是银行的金库，其入口处有一扇厚重的铁门，需要三组密码和三把钥匙同时来开启。

司令部人员随时都可以到机密档案室查阅档案，这让西野秀仁感到有机可乘。

不过，由于档案的密级不同，需要不同的权限才能查阅。

西野秀仁了解到，这些旧情报册记录的情报虽然早已失去时效，但为了保护情报来源，它们仍然被列入高度机密，西野秀仁没有权限查阅。

按照规定，西野秀仁可以申请查阅这些机密档案，但他必须有一个非常正当的理由；否则不仅不会被批准，而且还会引起反间谍部门的怀疑。这个方法风险大，成功的机会也不高。

另一个方法是趁晚上档案室下班无人后到档案室窃取情报册。这需要打开档案室那扇厚重的铁门，这比打开参谋长办公室里的保险柜还要困难十倍。

还有一个方法是趁白天档案室开放时去窃取档案。可很难避开档案室管理人员寸步不离的眼睛。

这个方法看起来也行不通。

西野秀仁最后得出结论，要想查阅情报册，用正当理由申请到档案室查询才是最好的方法。

不过，西野秀仁不能直接要求查阅这些情报册，他得想办法巧妙地、顺其自然地得到这样的机会。

西野秀仁坐在那里思考着，一个接一个不同的方案呈现在他的脑海里，但很快又被他一一否定。

正当西野秀仁感到无计可施时，无意中看到桌上放的一封函件。这无意中的一瞥，使他的大脑顿时有了灵感。一个具有创造性，又非常实用的方案渐渐在他脑海中形成。

五

第二天早上，西野秀仁来到参谋长河边正三少将办公室，将昨晚他桌上的那封函件交给河边参谋长。

这份函件是几天前收到的，是日本陆军大学发给华中派遣军司令部作战课的。

在函件中，陆军大学高度赞扬华中派遣军在武汉会战中援救日军第106师团的作战，称其为陆军经典战例。该函件要求华中派遣军为此战例写一份报告，详细叙述此战的决策过程、作战部署、兵力调遣和救援路线的选定等细节，准备将其列为陆军大学教材范例。

函件在最后指定由西野秀仁来写这份报告。

能将自己的指挥作战战例写进陆军大学教材，这对任何一位日本军人来讲都是一个莫大的荣耀。

司令部的人都知道，整个救援作战计划都是由河边正三参谋长一手策划并亲自指挥实施的。虽然作战计划最终是由畑俊六司令官拍板的，但河边参谋长巧妙的策划和临阵指挥才是取胜的关键。

河边参谋长看完函件后交还给西野秀仁，然后问道：

"西野君，需要我为你做什么吗？"

"是的，长官！属下确实需要您的帮助。当时长江南北各个战场都处于会战的关键时刻，畑俊六司令官将所有精力都集中在全局上，因此让您来独自策划及指挥这场救援战役。"

西野秀仁并不是在刻意地奉承，他说的是事实。

"所以，我只能从您这里获取第一手资料，否则无法完成这份报告。"

河边正三并不是一个贪功的人。他认为司令官的全盘运筹才是挽救日军第106师团的关键，但他真的为自己当时的决策和指挥感到骄傲。他只是从战争艺术的角度看待这个问题。

"嗯，好吧。西野君，你需要哪些资料，我尽量提供给你。"河边正三虽然表面上很平静，但内心确实很高兴。

每个人都会为自己取得的成功感到高兴，都渴望有机会将自己的成就传播于世成为典范，并博取后人的赞誉。河边正三也不例外，而西野秀仁正是利用人性中的这个弱点。

在西野秀仁的请求下，河边正三将整个作战的决策过程简要地叙述一遍，让西野秀仁有一个主线。

之后，河边问西野还需要哪些资料。

"参谋长，目前我能想到的就是作战日志，这是最直接的。"

"没错，作战日志对你肯定有帮助。你可以到档案室去查阅。"

两天后，西野秀仁带着自己写的报告来到河边正三参谋长的办公室。

西野秀仁表示在撰写报告时遇到几个问题，需要向参谋长请教。在救援作战的决策过程中，河边参谋长有几次做出的决断事后证明确实很英明，但从当时来看却十分冒险。他希望在报告中说明，可作战日志中对此重要环节却一笔带过。

"长官，这是要作为教材经典战例的，如果不加以说明，恐怕军校师生会认为您太鲁莽，取胜只是凭借运气。这对他们来说将毫无说服力。"

河边参谋长听了之后不禁哈哈大笑，他告诉西野秀仁：

"根据当时收到的各方面情报来看，我做出的决断其实一点都不冒险。我通过对获取的中国军队情报进行分析，发现战场上出现几次对我们十分有利的战机，作为指挥官，我必须把握这些稍纵即逝的天赐良机。"

"长官，什么样的情报让您发现并抓住战机呢？我必须将这个情况写进报告，让那些军校学生感受一下长官敏锐的判断力和坚定的决断力。"

"是一些机密情报。"河边正三收住脸上的笑容。

"请问长官，哪里可以查到这些情报？我真希望了解一下这些情报，这样我可以更客观、更翔实地完成这份报告。"西野秀仁已经说到最关键的部分，"当然，如果不涉及高级机密的话。"

"这些情报我都记录在情报册里，现在虽已失去时效，但仍然属于机密。不过，为了给军校奉献客观真实的案例，我可以批准你查阅。"

河边正三非常希望西野秀仁写出一份出色的战例报告，作为军校教材的经典战例流传后世。

"感谢长官！请长官放心，我会巧妙引用这些情报，绝不会在报告中泄露机密。完稿后我会先请长官过目。"

西野秀仁内心里感到一阵窃喜。

第二天上午，西野秀仁就拿到河边正三批准的秘密档案查阅申请表。

下午三点钟，西野秀仁带着一支外形像派克钢笔的微型照相机来到档案室，准备查阅情报册。

这支钢笔是美国情报机关专门用派克钢笔改装的间谍照相机，重光通过军统美国站找特殊关系弄到一些。

这种微型照相机平常就是一支钢笔，旋下笔帽就可以写字。它的秘密就是藏在钢笔帽顶部的微型照相机，钢笔帽的顶端就是微型照相机的镜头。拍照者将笔帽的镜头以一定的距离对准要拍照的文件，然后轻轻拨动一下笔帽上的挂钩夹，微型照相机就会拍下照片并转动一幅里面的微型胶卷。

由于这几天一直来查找作战日志，档案室的工作人员已经和西野秀仁相当熟悉。

见西野秀仁又来到档案室，几名工作人员都主动和他打招呼。

西野秀仁向其中一位坐在登记桌后面的档案管理员出示由河边参谋长批准的机密档案查阅申请表。

这名工作人员接过申请表看了一下，然后从一个铁柜中拿出一把钥匙交给一位年轻的工作人员，让他带西野秀仁去取档案。

这名年轻工作人员带着西野秀仁穿过一列一列的铁制档案柜，来到其中一个档案柜前，用钥匙打开档案柜的锁，从里面取出二十多本装订成册的华中派遣军情报册交给西野秀仁。

这些情报册记录了从武汉会战开始到一个月前这段时间里华中派遣军获取的所有情报。

西野秀仁双手捧着这些情报册，来到档案室一角的阅览区，将情报册放在一个靠近墙角的阅览桌上。

这是西野秀仁早已挑选好的位置。这个位置后面和左边是墙壁，右边和前面各有一排档案柜，可以完全挡住这两个方向的视线。两排档案柜之间有一个L形走道，从L形走道靠近这边的出口才能看到这里。如果有人沿着L形走道朝这边走过来，西野秀仁能够提前听到来人的脚步声从而做出反应。

除非有人刻意暗中监视，否则这里绝对是一个适合偷偷拍照的地方。

西野秀仁在桌子后面坐下来，抬眼扫视了一下四周。整个阅览区域除了他自己之外没有其他人。

西野秀仁之所以选择这个时间来，是因为他这几天一直在留意观察，发现下午三点之后，查阅档案的人基本上都离开了。档案室里的工作人员也因为一整天的忙碌，这时基本上都坐在办公区各自的座位上休息聊天。

西野秀仁打开其中一本情报册开始阅览。

他一边阅览一边进行判断，同时还要假装做笔记。

如果发现某则情报来源带有日军间谍的痕迹,他就用钢笔帽的微型照相机对着文件进行拍照。

接下来的两天西野秀仁进展很顺利。根据查阅速度,只需再多一天时间,西野秀仁就可以查阅完所有的情报册。

第三天下午,西野秀仁照例来到档案室。

当他正低头聚精会神地用微型照相机拍照时,突然听到一个人问他:"您在干什么,西野中佐?"

西野秀仁完全没有听到有人走过来的脚步声,就突然听到有人说话,不禁吓了一跳。他抬起头来,看到一位年轻工作人员站在走道前,带着狐疑的眼神看着他。

原来这位工作人员刚给大家泡了一壶茶,过来问西野秀仁要不要来一杯,却无意中发现西野秀仁双手握着一个什么物件对着桌面上的文件,正全神贯注地在做什么事。

西野回过神来,马上面带微笑地冲对方说:

"呀,您吓了我一跳。我在查看钢笔帽里是不是漏进墨水了。"

说着,西野秀仁一手拿着钢笔帽,另一只手伸开手掌,将笔帽口冲着张开的手掌上敲了几下,似乎想要震出里面的墨水。

这名工作人员走过来看了看西野秀仁手中的钢笔帽,然后微笑着摇摇头,告诉西野秀仁这样做是没有用的,建议西野秀仁用棉签或者草纸把里面的墨水吸出来,他就是这样做的。

西野秀仁答应回去后按照这名工作人员的话试试。

这名工作人员想起他来这里的目的,于是问西野秀仁要不要来杯茶。

西野秀仁客气地婉谢了这名工作人员的好意。于是这名工作人员转身离去。

一个可能造成危害的破绽就这样被掩饰过去。

两天后,西野秀仁将冲洗好的微型照片放进汉口公共网球场的一个存衣柜里;然后密电通知重光,日谍线索已找到,请他派人到指定地点来取。

军统武汉区接到重光的指示后,派人来到网球场,打开那个存衣柜,从里面取走微型胶卷。

第三章　秘密调查

一

罗家湾二十九号军统局总部。

这里原来是重庆警察训练所。警察训练所大院有一栋三层楼房和一栋两层楼房，还有一些平房。军统局撤退到重庆后，这里就成为军统局总部。

刘贤仿沿着三楼的走廊朝自己的办公室走去，手里拿着重光刚才给他的那个文件袋。

文件袋里装满"紫光"从日军华中派遣军情报册中拍摄的照片。照片上的情报显示，日军在武汉会战期间获取了大量国军机密情报。这些机密情报的知情范围有限，说明中国高层军事指挥机关内部很可能潜藏着日军间谍。

刘贤仿年纪大约二十多岁，长着一张方形脸，宽阔的额头下一双眼睛炯炯有神。他那挺拔的鼻梁和轮廓分明的嘴唇，无形中透出一股刚毅和顽强。

刘贤仿一直在军统负责反谍报工作。他的良好表现深受重光赏识，因此在成立联合调查组时，重光极力推荐他担任组长。

联合调查组的主要成员来自于军统局、军令部第二厅第三处、重庆卫戍司令部稽查处等部门。按照军委侍从室的授权，联合调查组在调查中有权调动一切资源，其他单位必须全力协助。

联合调查组成立后，刘贤仿和他的同事开始着手在中央军事机关各部门进行调查。由于没有实质性的线索，调查工作毫无进展，几乎陷入停顿状态。

现在终于有了一些线索。

想到这里，刘贤仿不由得用力捏了一下手上拿着的文件袋。

回到自己的办公室，刘贤仿在办公桌前一坐下来，便迫不及待地将文件袋中的所有照片都倒出来放在桌面上，然后开始查看这些照片。

照片有好几十张，刘贤仿一张张地仔细过目。他的眼神时而带着疑惑，时而显出顿悟，时而露出兴奋。从他的表情可以看出，这些照片对他有多么重要。

刘贤仿把那些他认为十分重要的照片挑出来单独放在一边。

这几张照片上的内容全都是军令部第一厅发出的密电。

刘贤仿拿起桌上的电话，拨打了一个号码。电话接通后，刘贤仿请对方马上到他的办公室来。

不一会儿，刘贤仿听到有人在敲他办公室的门，便应了一声：

"请进。"

办公室的门被推开。

一名身着军服、佩戴上校军衔、外表斯文、身材瘦高、年龄大约三十多岁的军人走进来，在刘贤仿的办公桌前停下，双脚一并抬起右手向刘贤仿行了一个军礼。

"报告组长！"

这名军官名叫王珊，是军令部第二厅第三处反谍报科科长兼联合调查组副组长。

刘贤仿请王珊在自己的办公桌对面坐下，然后将刚才见重光的情形告诉王珊。

听完刘贤仿介绍后，王珊感受到事情的严重性，脸上的表情变得严肃起来。

王珊和刘贤仿一样，一直因为找不到泄密的线索、调查工作没有进展而烦恼。现在终于有了实质性的线索，但问题比他想象的要严重得多，让他不知道应该高兴还是应该担忧。

刘贤仿将自己挑出的几张照片递给王珊。

等王珊看完后，刘贤仿指示他到军令部第一厅查明这些密电起草、译码及发出的时间以及所有经手人。将这些时间点与日军收到情报的时间进行比对，就可以初步判定这些情报可能的泄露方式和泄露途径。

王珊明白刘贤仿的意思：自己是军令部第二厅的人，去查名正言顺，并且可以将由此引起的猜疑减小到最低程度。

于是，王珊将这几张照片上的电文内容抄录在公文纸上，然后带着它们离开刘贤仿的办公室。

接着，刘贤仿根据照片上的情报拟定一份密电，然后来到办公室隔壁的电台室。

为了方便工作，军委侍从室专门给联合调查组配备了一部电台，用于与各战区情报处的通信联络。

刘贤仿用这部电台将这份密电发出去。其电文如下：

第九战区情报处

根据获取的情报显示，国军指挥中枢潜藏着日军间谍。贵战区同样存在这种问题，以下是日军获取的贵战区情报附件，显示这些情报是从贵战区泄露的。

附件：……

刘贤仿

在第九战区收到这份密电的同时，延安中共情报部门也会收到这份情报。

这份看似无关紧要的情报其实很有价值。必要时，中共情报员可以利用这份情报制造矛盾、转移视线、引发猜忌，让自己摆脱嫌疑。

当晚下班后，刘贤仿回到位于张家花园的家中。

这是一座普通的两层民宅，是刘贤仿到重庆后租的。这一带十分僻静，闲杂人员较少，并且远离通行汽车的马路，使用秘密电台比较安全。

刘贤仿在书桌前坐下，从桌上的书架中抽出一本《曾文正公全集》，然后对照着这本书拟定一份密码电文。

差不多快到晚上十点，刘贤仿拆开楼梯下面的一块木板，从里面的空格中取出一部由收音机改装的电台放到书桌上，竖起天线，接上耳机和发报键，然后接通电源。

十点整，刘贤仿开始发报。

电文如下：

白天发出的情报是一名代号"紫光"的军统情报员传回的。根据其发回的情报判断，"紫光"潜伏在汉口日军华中派遣军司令部。

风帆

"风帆"是刘贤仿的代号。

二

刘贤仿本名张毅，出生于浙江一个殷实家庭。在省城读书时开始接受进步思想影响，加入中共外围组织，后考取北平一所大学。由于思想进步，进入大学不久就秘密加入中国共产党，负责在学生中传播进步思想，组织秘密进步学生团体，发动爱国学生运动。

一天，张毅突然接到组织的一项任务，让他将一份秘密文件送往江西红军根据地。沿途国民党密探遍布，关卡林立，这次任务充满危险，因此组织要求张毅在任何情况下都不能泄密，否则会给组织带来重大损失。这是一次秘密任务，张毅只是简单地告诉他的女朋友李娅他要出一次远门，办完事很快就会回来。

两天后，张毅装扮成一个小商贩，提着组织交给他的一只皮箱乘火车从北平出发前往南昌，那封密信就缝在皮箱的夹层里。到达上海后张毅转乘火车抵达南昌，再从南昌出发徒步前往井冈山红军根据地。

经过几天的跋涉，这天上午张毅来到根据地边缘红区和白区交界的小村庄。

正当张毅东张西望准备找一位村里老表打听去根据地的路时，突然看到一帮手持长枪和大刀的团丁朝他走过来。

见张毅形迹可疑，这些团丁抓住他并将他用绳子捆起来，押到一间土屋前，将他绑在一棵大树上。

团丁们打开张毅的皮箱检查，发现里面有一些银元和几件衣服，没什么可疑的东西，于是他们瓜分了箱子里的银元。

由于张毅是外地口音，团丁们怀疑他是红军的密探，开始审问他。

张毅说自己是小贩，到这里只是为了收购山货。

见张毅不肯招供，团丁们就开始用皮带抽他，用枪托砸他，用烧热的火钳烫他。

可不管团丁们怎样折磨他，张毅一直坚称自己只是一个小贩，与红军无关。

领头的团丁见张毅死不招供，决定砍他的头。

于是团丁们将他押到村外的野地，让他跪在地上。

一名手持大刀的团丁走到张毅身后，最后再问了张毅一遍招不招。

张毅明知不招会被砍头，但他为了保守组织的秘密已将生死置之度外，仍然坚持说自己是小贩。

这名团丁双手举起大刀，就要向张毅的脖子砍下去。

在这千钧一发之际，突然传来一声枪响。

砰！

随着枪声，只见这名团丁的身体晃了晃，高高举起大刀的双臂不由自主地慢慢弯曲、垂下，手里的大刀跌落在地上。

这时，几十名手持步枪的红军战士一边朝团丁射击，一边从隐蔽的树丛中冲出来。

几名团丁被击毙，其余团丁慌忙逃走。

这时一名看起来像是红军军官的人走到张毅身旁，让一名红军战士用刺刀割断捆住张毅的绳索，将他扶起来。

没等对方发话，张毅便朝这名军官大声说了一句：

"我的皮箱！"

说罢拔腿朝村里跑去。

这名红军军官见状只好跟在张毅后面。

张毅很快来到刚才那间土屋前，发现一名红军战士手里提着他的小皮箱，把它当作自己的战利品了。

张毅来到这名红军战士面前，向他索要自己的皮箱。

这名红军战士拒绝将皮箱还给张毅。

这时，那名红军军官正好赶来，见张毅如此看重这个皮箱，觉得有些不寻常，于是开始询问张毅。

"外地的？来这里干什么？"

"是的。来这里收购山货。"

红军军官知道张毅来此绝非收购山货。这一带国共双方都封锁严密，没有外地商贩敢来此收购山货。通常都是当地山民采集山货之后自己送到山外的集市去贩卖。

"告诉我实话吧。"

"你们是红军？"

"这还用说。是红军救了你一命。"

于是张毅要求跟他们走,但不到红军总部绝不会告诉他们实情。

这位红军军官刚才都看到了,这是一个不怕死的主,宁可砍头也不招供。他答应了张毅。

到达红军总部后,张毅这才说明自己的身份和来意,并按照组织的指示要求见红军情报部门负责人。

当天下午,张毅被带到一间简陋的房子里和红军负责情报工作的一位李科长见面。

张毅这才告诉李科长有份北平地下党的秘密文件缝在皮箱的夹层里。

完成任务后,张毅按照组织的安排在根据地休息几天再返回北平。

就在张毅准备启程离开井冈山根据地返回北平的头一天,李科长突然找到他,说有事要和他商量。

原来,组织在上海得到一个打入重光上海特务处的难得机会,正在物色人选,可是没有找到十分满意的人。

没想到这时张毅出现了。

张毅受过良好的教育,又有城市地下工作的经验,符合人选的基本要求。更重要的是,张毅可以用生命保守组织秘密,这一点是组织看中张毅的关键。组织决定由张毅担任这个重要任务。

崇尚冒险精神、早就想在情报战线和国民党特务正面较量的张毅经过一番考虑后,接受了这个秘密任务。

经过短暂的秘密情报工作技能突击训练后,张毅准备下山前往上海,以伪造的身份加入特务处。

临行前,李科长专门和张毅谈话。为了组织和他个人的安全,张毅必须切断与家庭、恋人以及所有同学和朋友的一切联系,完全以另一个人的身份出现在这个世界。

张毅其他的都可以接受,唯一让他不舍的是他的恋人。可既然接受这个任务,他只能暂时放下个人感情。

不久之后,张毅以刘贤仿的名字和身份出现在上海。

通过组织关系人的推荐，刘贤仿，确切地说是张毅顺利加入特务处，即后来的军统。从此以后，刘贤仿便在军统中潜伏下来，开始秘密的情报生涯。

刘贤仿凭着自己的聪明与机智、敏锐的洞察力、严谨的工作作风、天生的高情商，通过几年的努力慢慢脱颖而出，逐步取得重光的信任，一步步进入重要岗位，从而让他能够在工作中更加容易地获得机密情报。

红军第五次反"围剿"失败，被迫撤出江西革命根据地并开始长征，刘贤仿多次向中共情报机关传回国民党军队的重要情报，给中共高层决策提供参考。这些情报对当时与外界隔绝的红军恰似雪中送炭，让红军多次成功避开国民党军队的重兵围堵。

刘贤仿虽然长期潜伏在军统内部从事情报活动，但从没引起过重光的怀疑。其中最主要的原因是他负责过几起中共间谍案的侦破。虽然这几起案子都是在无法挽回的情况下被迫破获的，给党组织造成一些损失，但反过来却对刘贤仿起到非常好的掩护。正因为如此，军统高层从没有人将刘贤仿与中共联系在一起。

这对于刘贤仿的秘密情报生涯无疑是最大的安全保障。

要知道重光生性敏感多疑，任何一点细微的破绽都可能让他产生疑问。一旦他怀疑你，就会有一双无形的眼睛无时无刻不在暗中盯着你，直到对你的怀疑解除，否则你永远得不到他的信任和重用，严重的甚至会被逐出军统或投入监狱。

刘贤仿一直和中共最高情报机关单线联系，只有少数几个人知道他的存在。

全面抗战爆发后，国共联合抗日，刘贤仿按照延安的指示将工作重点转向对日情报工作。

撤往重庆时，刘贤仿随身携带着他一直使用的那部用收音机改装的电台。由于他是军统高级特工，一路上没有人敢检查他的行李。

到重庆后不久联合调查组成立，侍从室配备给调查组一部专用电台。

平时，刘贤仿利用这部专用电台将一些对中共有用的情报故意发给各战区分享，延安方面则在同一时间和同一频率暗中截获这些情报。

只有那些不能发给战区的绝密情报，刘贤仿才用他自己的电台发给延安，大大降低自己电台的使用时间。因此，他与延安方面的无线电联系一直很安全。

三

第二天，王珊和他的第二厅第三处反谍报科同事、联合调查组成员陆尚运一起来到军令部第一厅，开始查找刘贤仿需要的那几份密电的原始记录。

当天下午王珊和陆尚运就带着调查结果回到军统总部刘贤仿的办公室。

王珊简短地向刘贤仿报告查找经过，然后从携带的公文包里取出调查结果交给刘贤仿。

刘贤仿、王珊和陆尚运将调查结果与几张原始照片进行比对，结果发现这几份密电都在发出的当晚就被日军获取。

日军情报机关能够在这么短的时间内获得这些情报，最大的可能性就是某个能在第一时间掌握这份情报的人当晚便将这份情报用电台发给日军。

因为中间间隔的时间太短，日军根本不可能通过其他方式获取这些情报。

这种情况只有一种可能，就是军令部第一厅潜藏着日军间谍。

刘贤仿面无表情地看着王珊和陆尚运，他们两人都心照不宣地点点头，表示他们完全明白这意味着什么。

刘贤仿站起身来，走到保险柜前打开保险柜，从里面拿出一个文件袋，转身回到办公桌前坐下。他将文件袋打开，取出所有的照片放在办公桌上。

三人对所有照片根据失密单位进行分类。

分类结果出来后，联合调查组开始着手查找泄密电报的原始记录。

对于重庆以外各战区涉及的泄密电文，则由刘贤仿亲自负责。刘贤仿通过专用电台与各战区长官及情报处长互通情报，展开秘密调查。

四

经过一段时间的秘密调查，联合调查组已基本查明由军令部泄露的密电以及这些密电从电文形成到最后发出整个过程中所有经手过的部门、人员，以及这些人经手的时间等信息。

联合调查组将军令部所有泄密电文的经手人列在一份名单上，作为基本嫌疑人名单。

但这份名单涉及好几十人。如果不进一步缩小嫌疑人范围，联合调查组势必耗费巨大的时间、人力和资源去调查、跟踪、监视名单上的每一个人。

经过一段时间的分析整理，联合调查组列出五名重点嫌疑人。

这五名重点嫌疑人都来自军令部第一厅。

他们分别是军令部第一厅机要室上校参谋万连良、少校参谋胡杰，译电室少将主任古勋力、上尉译电员黄恍和陈德兴。

这五名重点嫌疑人有一个共同的重要疑点，他们都经手过一半以上的泄密密电。除此之外，他们中有的人曾经留学过日本，有的曾偷听过日军放送局的广播，有的说过不利于抗战的言论，有的生活比较奢侈，钱财来历不明。

更严重的是，五名嫌疑人各自经手的密电，都无法覆盖全部泄密密电。这背后隐藏着一个可怕的事实——这五人中至少有两名日谍，如果日谍确实在这五人当中的话。名单上的五名重点嫌疑人都将受到严密的调查与监视。

刘贤仿给联合调查组每个小组成员分配具体工作。

所有嫌疑人都隶属于军令部第一厅，因此决定由熟悉军令部情况的王珊负责对五位重点嫌疑人的个人情况和家庭背景进行深入调查，并安插秘密特工到这些嫌疑人身边工作，暗中监视他们的一举一动。陆尚运负责对嫌疑人进行监听。行动队长董易负责进行秘密跟踪监视并对他们的住宅进行秘密搜查。无线电侦测队队长严冬负责对市区秘密电台进行无线电侦测。联合调查组成员、重庆稽查处督察长柯庆华负责在各重点口岸设置哨卡进行封锁和盘查。

除了五名重点嫌疑人之外，其他嫌疑人被列为普通嫌疑，会根据情况随时受到暗中调查。

与此同时，各战区的日谍调查工作也在刘贤仿的具体指导下秘密展开。根据对泄密电文的分析，第九战区情报处列出十多名司令部的嫌疑人，正在想办法缩小范围。

第四章　重点嫌疑

一

金紫门一带林森路（现解放西路）北侧有一个警卫森严的铁栅门，大门内是一片封锁区域。这里就是中国抗战时期最高权力机关——国民政府军事委员会所在地。

国民政府军事委员会大楼为三幢两楼一底的砖木结构建筑。不远处有一座中西风格结合的青砖瓦三层建筑，军委会下辖的军令部就设在这里，是负责掌管国防和军事的枢纽。

军令部一楼第一厅机要室里，几名年轻军官正围在一起低声议论着什么，看起来好像很神秘。

万连良从自己的办公桌前站起身来，手上拿着一个文件夹，准备去译电室。

当他从这几名年轻军官身边走过时，见他们神秘兮兮的样子，便凑过去想听听他们在说什么。

正在说话的马参谋看了万连良一眼，继续说：

"听说成立了一个联合调查组，正在对我们第一厅的人进行严密调查。"

万连良刚过来，听了马参谋的话有点不明就里，于是插话问道：

"什么联合调查组？调查什么？"

马参谋故意瞪大眼睛用夸张的表情看着万连良：

"你连这都不知道啊？"

"不知道。"万连良摇了摇头，他真不知道。

"告诉你吧，我们一厅有人将最高军事秘密泄露给日军。上面十分震怒，已经成立联合调查组，正调查此事。"

"你听谁说的？"万连良内心一紧，但仍然不露声色地问。

"你别管听谁说的，反正这事不是空穴来风，信不信由你。"马参谋说这话时看起来满有把握。

"有具体的嫌疑人吗？"万连良继续问。

"目前还不知道。总之每个人都要悠着点，别弄到自己头上来。"

"嗯……是得悠着点。"万连良点了点头，"你们慢慢聊，我还有文件要处理，回见。"

说完，万连良朝大家挥了挥手，走出机要室。

万连良沿着走廊走到译电室门口，像平时一样直接推门进去。

译电室里也像刚才的机要室一样，几个军官此刻正围在一起低声议论着什么。

见万连良进来，他们马上停止交谈。

万连良没和他们打招呼，径直朝译电室主任古勋力走去。

坐在最里面那张办公桌后面的古勋力见万连良来了，便笑呵呵地和他打招呼：

"有电文要发？"

"是的。"说着，万连良打开文件夹，从里面拿出一份电文稿交给古勋力。

古勋力接过电文稿，并在万连良递过来的文件夹中的一张签收表上签字。

古勋力签完字后，万连良收起文件夹，转头看着那几个仍聚在一起议论的军官，低声问古勋力：

"他们在那里神神秘秘地议论什么？"

"可能是在议论泄密的事。"古勋力低垂着双眼看着手上刚收到的电文稿，脸上毫无表情地回答。

"哦，我们机要室那边也在私下议论这事。"

"无风不起浪，自己清白就没什么好担心的。"古勋力抬起头看了万连良一眼，然后冲着那几个军官大声叫道，"黄恍，来活了。"

"来了。"

这名叫黄恍的年轻上尉应了一声，赶紧小步跑到古勋力的办公桌前，站在万连良身旁笑着说：

"我就知道万参谋一来就没得闲。"说完他朝古勋力伸出右手，"电文稿给我吧，主任。"

古勋力将电文稿交给黄恍并嘱咐一句：

"电文译好后交给我。"

"是，主任！"

黄恍接过电文稿，在古勋力桌上的一个电文稿登记本上记录下这份电文稿的编号及收到的时间，然后签上自己的名字。

"你们在议论什么？神神秘秘的怕我听到。"万连良故意问黄恍。

"不是怕你听到，是担心上头知道我们私下议论怪罪我们。"

"不就是泄密的事吗？"万连良故意轻描淡写地说。

"原来你已经知道。"

"我也是刚刚知道的。我们那边也在议论这事。"

"哦？难道我们一厅真有日谍？"

"这我可不知道。"

"有怀疑对象吗？"

"不知道。"

"去干活吧，黄恍，别瞎扯了。"一直没说话的古勋力插嘴打断他们，然后对着那几个仍聚在一起的军官大声说，"你们几个别在那里嚼舌头了，都干自己的活去。"

听到古勋力的命令，几个军官无可奈何地散开，回到各自的座位开始工作。

黄恍也拿着电文稿回到他的座位去译稿了。

"有没有听到具体的消息？"见大家都散开后，古勋力低声问万连良。

"没有。目前大家只是在胡乱猜测。"

说这话时，万连良的眼神里显出一丝不易察觉的不安，不过马上又恢复正常。

回到机要室后，万连良坐在自己的座位上，一边假装看文件，一边思考着第一厅被调查日谍的事。

万连良从头到尾回顾了一遍自己在汉口时的情报活动，确信自己在这过程中没有露出任何破绽。唯一可能让他惹上嫌疑的是他经手并传给日军情报机关的军令部机密电文。不过，经手过那些电文的人至少有十几个，联合调查组没理由专门怀疑他。想到这里，万连良反而镇定下来。

万连良知道自己肯定是嫌疑人之一，很可能受到跟踪监视，甚至会被秘密搜查。他得做好准备随时应付面前的危机。

二

尽管万连良内心里感到有些不安，但他表面上不露声色，仍像平时一样起草文件、传送电文、接听电话、传达指示，一直忙到下班。

下班时间一到，万连良便匆匆离开办公室往家里赶。

一路上，万连良特别留意观察身后是否有人跟踪。

一进自己的房间，万连良便马上开始检查房间里的东西有没有被人移动过。他担心联合调查组趁他不在的时候搜他的房子。不过还好，他没有发现被人搜查过的任何痕迹。

十八梯的房子是万连良撤退到重庆后自己租的。因为他是上校级军官，不必像低级军官那样必须住在军令部安排的军官宿舍里。

万连良当初租这间房子，主要为了安全方面的考虑，如果总部给他配备一部电台，那么十八梯这种既杂乱又充满台阶，让无线电侦测车无法通行的街巷相对比较安全。

对万连良来说，现在最重要的事情就是尽量减少自己身上的疑点，消除联合调查组对他的怀疑。

首先，他必须将目前的紧急情况通知文娟，这是当务之急。

按照谍报工作的原则，在目前情况下万连良本该保持静默，避免与文娟发生联系。但是万连良担心，万一总部有指示需要通过文娟向他传达，文娟就会主动和他联系。如果真这样，文娟难免被联合调查组盯上，让他们两人都陷入危险境地。

必须阻止这种情况发生。

考虑到自己受到跟踪监视，如果打电话通知文娟，军统可能通过电话局追踪到她，万连良决定用投稿方式通知文娟。相对于打电话通知文娟，这种方式比较安全。

文娟收到投稿后，会想办法和他联系。

于是，万连良拿出文娟上次交给他的几份稿件，从中选出一份用信纸誊抄一遍，并在稿件最后留下自己的真实姓名、通信地址和电话号码。

万连良知道这封信肯定会被邮检部门拆开检查，因此没有在这封信中采用药水密写方式，也没在文字里暗藏密语传递任何秘密信息。这就是一份真正的投稿信件，没有任何问题。

万连良将这份文稿折叠好后塞进一个牛皮纸信封，用糨糊封上信封口，然后写下《渝风》报社的地址，收信人是报社编辑部，并在信封上注明投稿。

这封信指定报社编辑部为收信人，万连良并不担心文娟收不到。因为报社的所有来稿都由文娟来处理。

投稿信准备好之后，万连良将那本作为密码本的《双城记》从桌面上的书架中抽出来，放进书桌一个抽屉的最下面一层，然后将收音机打开，调到中央电台，尽量消除可能会引起反谍报人员注意的任何痕迹。

第二天清晨，万连良早早出门，穿行在街上早起谋生、来来往往的人流中，踏着十八梯的石板路和台阶朝江边的林森路走去，准备去军令部上班。经过路边的一个邮筒时，他将昨晚准备好的那封投稿信投进邮筒。

万连良走远后，一个卖香烟的流动小贩走到邮筒旁看了看，然后加快脚步走到不远处一个有公用电话的杂货摊打电话。

过了不久，一名身着绿色邮政制服、肩上挎着一个帆布邮政挎包的邮局工人骑着一辆摩托车在十八梯街口外的浩池街马路边停下，从摩托车上下来走进十八梯，来到距离街口不远处万连良刚才投寄信件的那个邮筒前。只见他掏出一串钥匙，从中选出一把打开邮筒，取出里面的所有信件放进邮政挎包里，然后锁上邮筒，回到停在街口外的摩托车前，骑上摩托车离去。

不久，万连良的这封信便被送到较场口附近的邮件检查所进行检查。

差不多在同一时间，一名身穿粗布便装的军统特工来到万连良住的那所房子大门前。他观察了一下周围的情况，见四周没人，便从衣服口袋里掏出两根前面带钩的细金属丝塞进门的锁孔试着开锁。拨弄了一会儿，门锁被打开。他轻轻推开大门走进屋，观察了一下屋里的情况。

确认屋里没人后，这名特工回身朝门外挥了挥手。

只见六七名身着便衣的军统特工从巷子里的各个角落闪出来，一个接一个地走进万连良的房子，然后从里面把门关上。

这些特工都是董易的手下，奉命秘密搜查万连良的房子。

特工们搜查了屋子里的每一个角落，检查了房子里面的所有物品。他们发现一台收音机、一副收音机耳机和一些书籍。他们打开收音机的后盖仔细检查，但没有发现收音机内暗藏收发报机。

虽然没有发现什么可疑物品，但这些特工照例将房子里的所有物品列出一份详细的物品清单，特别是每本书的名字及出版信息，以备日后查阅。在离开之前，这些特工小心地打扫现场，消除搜查中留下的所有痕迹。

三

两天后，文娟收到万连良的投稿信。

文娟拆开信封之前，仔细检查了一下信封，没有发现被拆开检查过的痕迹。

她赶紧取出里面的信开始阅读。

这是万连良的一封投稿信，说明万连良有重要情报交给她，需要和她见面。

她早想好该怎么做了。

文娟拿起万连良的稿件，起身走到新来不久的一位年轻女编辑邝小芸的办公桌前，客气地对她说：

"小芸，这份稿件不错，我打算采用。不过有些地方还需要做一些修改。"文娟将稿件递给邝小芸，继续说，"可是我现在手上有太多的稿件需要处理，麻烦你联系一下作者，请他来报社详谈。作者的联系地址和电话在稿件的最后面。"

"好的。"

邝小芸接过文娟给她的稿件走到电话桌前，按照稿件上留下的电话号码拨打电话。

耳机里传来总机接线员的声音。

"您好，这是总机。请问您要转哪里？"

"您好，请转×××分机。"

"好的，请稍等。"

接线员转接电话分机，不一会儿对方就有人接听电话。

"喂，请问您找谁？"

"您好，我找万连良先生。"

"我就是。请问您是？"

"我是《渝风》报社编辑邝小芸，我们收到您投的稿件。稿件写得不错，我们打算采用。"

"太好了！没想到第一次投稿就会被贵报采用。"万连良的声音里带着抑制不住的兴奋。他并不是因为稿件被采用高兴，而是因为文娟对他发出的请求作出如此周密的应对感到高兴。

"恭喜您，万先生。不过，您的稿件中有几个地方需要修改一下，我们需要和您面谈。请问您方便来我们报社一趟吗？"邝小芸委婉地提出要求。

"没问题！只要稿件能被采用，我愿意去贵社面谈。"万连良想了想，继续说，"明天下午两点行吗？"

"行，明天下午两点见。"

邝小芸放下电话，拿着稿件走到文娟的办公桌前，交给文娟。

"文娟姐，已经联系好了，明天下午两点，万先生来报社面谈。"

"明天下午两点？"文娟犹豫了一下，"可以。不过我明天上午要出去采访，下午两点可能赶不回来。这样吧，明天万先生到了之后，如果我还没赶回来，你先接待他，和他谈改稿的事，等我回来后再接手，可以吗，小芸？"

"好吧。"

小芸爽快地答应。她是刚进报社的一名新人，有机会和投稿人见面聊一聊，多认识一些人，对她积累工作经验，增加社会阅历很有帮助。

"谢谢你，小芸。"文娟感激地拉拉小芸的手。

文娟让邝小芸打电话与万连良联系，并故意避开第二天见面，让邝小芸成为报社里第一个与万连良直接接触的人。如果重庆反谍机关对此起疑心，首先会将注意力集中在邝小芸身上，让文娟有足够的时间去采取应急措施。更何况邝小芸是清白的,他们调查她也找不出任何破绽,最终反而会减轻万连良的嫌疑。

这是一个思维缜密、行动谨慎的间谍采取的一种预防措施。

邝小芸和万连良的通话全部被陆尚运等人监听到。

陆尚运认为这事有些蹊跷,于是带着监听记录赶到军统总部向刘贤仿报告。

本来调查工作应该在暗中秘密进行。但不知道什么人将联合调查组正在调查泄密案的消息泄露出去,在军令部中引起不安和惊慌。

刘贤仿决定顺水推舟,任由这个消息继续流传,借此打草惊蛇,迫使隐藏的日军间谍做出过度反应去掩盖其谍报行为,从而露出破绽。

果然,在消息流传开的第二天,重点嫌疑人万连良就寄出一封信。特工人员发现这一情况后,立刻通知邮检所取走这封信进行检查。

万连良这封信的邮检报告两天前就已经送到刘贤仿这里。报告的结论是这封信只是一份普通的投稿信,本身没有任何疑点。

调查发现,万连良此前从来没有向任何报刊投过稿,这次投稿显得有些蹊跷,必须彻查。

刘贤仿看了万连良的电话监听记录后,马上将此事与万连良投稿一事联系起来。

这两件事联系起来看相当合理。但是基于万连良以前从来没有投过稿这一事实,这事还是显得有些可疑。

为了不放过任何一个疑点,刘贤仿决定利用这次万连良去报社见邝小芸的机会,严密监视他们的行动。

四

下午一点多,身穿便装的万连良从军令部大门出来,沿着林森路朝白象街走去,前往《渝风》报社赴约。

董易和另外两名特工分散开来远远地跟着万连良。

一路上万连良都在留意着自己是否被人跟踪。

由于董易和他的两名同事知道万连良的目的地，跟踪时与万连良保持着比较远的距离；加上他们三人采取分段轮流跟踪，因此万连良并没有发现董易等人在跟踪自己。

虽然没发现跟踪者，但万连良十分肯定有人正在跟踪他。不过他对此并不十分担心。他今天就是要让跟踪他的人看到，他只是一个真正的投稿人，以减轻他们对他的怀疑。

不到半个小时，万连良便来到白象街。

相传白象街城墙边有一块外形酷似白象的巨石，与南岸狮子山遥遥相对，故有"青狮白象锁大江"之说，这条街也因此得名。

白象街是重庆的一条十分热闹的商业街，沿街店铺林立，有不少货栈、商行；许多中外著名公司也在此设立分公司，是重庆下半城最繁华的地方。这一带也是名人、富商云集的地方，许多中西合璧的公馆就建在这条街上。除此之外，这里也是报业集中的地方，有《大公报》《新蜀报》《渝报》等。

万连良很快按照地址找到《渝风》报社。

这是一座青砖瓦两层小楼。小楼临街的大门开着，大门右边竖直挂着一个白底黑字木牌，木牌上写着"渝风报社"四个字。

万连良在报社门前停下，抬头看了看这座小楼，又转头朝四周看了看。

报社前面的马路上是络绎不绝的行人，马路两旁是一间挨着一间的店铺。报社大门两旁的马路边有几个摆摊的小贩。

万连良抬腿走进报社大门。

大门里面是一个小厅堂，厅堂左边有两间办公室，右边是通往二楼的楼梯。

万连良顺着楼梯爬上二楼，在走道上停下来观察了一下。二楼也有两间办公室，其中一间办公室的门牌上写着总编室，另一间门牌上写着编辑室。

万连良抬腕看看手表，时间是两点差五分。他走到编辑室门口，抬手在关着的门上敲了几下。

里面有人应了一声。

万连良推门走进去，迅速观察了一下编辑室里的人，结果没有看到文娟。

编辑室里的人都抬头看着万连良。

邝小芸问万连良：

"请问您找谁？"

"我找邝小芸。我叫万连良，约好来谈稿的。"

万连良发现文娟不在办公室的第一反应是可能出了问题。不过他随即意识到，以文娟的谍报经验，如果真出了问题，她不可能不向他发出警示而自己先溜掉。

邝小芸赶忙站起身来，走到万连良面前，面带笑容地伸出手来和万连良握了握手：

"您好，万先生。我就是邝小芸，请跟我来。"

邝小芸领着万连良来到自己的办公桌前，请他在对面坐下来。

邝小芸向万连良解释，文娟有采访任务出去了，交代她来接待万连良。接着，她从抽屉里拿出稿件，准备和万连良讨论如何修改。

听了邝小芸的话，万连良马上猜到这是文娟出于安全考虑故意回避他，让邝小芸代替她成为报社里第一个与他直接接触的人。于是他安下心来和邝小芸讨论如何修改稿件。

《渝风》报社马路斜对面一间茶楼的二楼，文娟坐在临街窗口旁的一张茶桌边，一边喝茶，一边观察着报社大门前的情况。

万连良走进报社后，文娟就发现一个人远远地跟在他后面朝报社这边走过来。

这人手上拿着一份报纸，不急不慢地走到报社门前，暗中和大门边摆香烟摊的小贩交换了一下眼神，然后走进大门。

这人就是董易。

董易走进报社上了二楼，找到编辑室，不敲门便直接推门进去。

他迅速扫视里面所有的人，一眼便看到万连良以及坐在他对面的邝小芸。

"请问您找谁？"一名男职员抬头问董易。

"我找黄记者。"董易指了指手上拿着的那份报纸。

"我就是，请问您有什么事？"

"是这样，黄记者。您在这份报道中采访的武先生，很可能是我多年前失散的弟弟。我们一直在找他。"

"哦，这么巧？"黄记者的职业好奇心立刻被激发出来，马上招呼董易到自己的办公桌前坐下，请他说说事情的来龙去脉。

董易一边向黄记者讲述自己来之前就编好的故事，一边暗中观察万连良和邝小芸。他们正在谈改稿的细节。

万连良也在暗中观察董易。

根据多年的谍报经验，万连良凭直觉判断董易是一名跟踪而来的重庆特工。

万连良推断董易之所以出现在这里，目的是要弄清楚他到报社和谁见面。下一步，他们就会根据这个线索彻底调查第一个和他接触的邝小芸。

想到这里，万连良内心不由得暗暗佩服文娟。幸亏她没有留在报社和他见面，否则被盯上的将是她而不是邝小芸。一旦文娟被盯上，他们就会搜查她的家，很可能发现她的秘密电台。

董易和黄记者胡扯了一番，黄记者居然相信了董易的话。

于是黄记者将武先生的地址留给董易。董易向黄记者道谢后便离开了。

街对面茶馆里的文娟看见董易从报社出来后，走到离报社大约几十米远的地方与另外两名特工会合，继续监视着报社。

文娟从茶馆出来，穿过马路朝报社走去。

就在文娟走进报社大门的那一刻，刘贤仿正好从西四街拐进白象街。

由于刘贤仿错过文娟，加上董易的注意力完全集中在邝小芸身上而忽略了文娟，他们失去一个发现文娟的重要机会。

刘贤仿来到董易等人身边。董易向他报告自己刚才在报社里看到的情况。

邝小芸看见文娟回来，便起身叫住她，然后将万连良介绍给她。

文娟从邝小芸手中接过稿件，将万连良带到自己的办公桌旁坐下，开始和他讨论修改稿件的事。

稿件上已经有几条邝小芸提出的修改建议。文娟看了之后觉得不错，不过她假装补充了几条自己的建议。

万连良一边听文娟说话，一边用铅笔假装在稿件上做记录。

其实他在稿件上写下了：

军令部正在调查间谍，我属于重点嫌疑，请暂时不要与我联系。

万连良写完后，将稿件递给文娟：

"文编辑，您看是这样吗？"

文娟仔细看了看万连良写下的内容，然后回答：

"不完全对。"

说完，文娟拿起橡皮擦擦掉万连良刚才写的字，然后用铅笔在稿件上写下：

收到。暂时停止一切情报活动，等风声过去再联络。

万连良看了之后回答：

"好的。"

他们及时启动了应急措施。

万连良带着留有修改建议的稿件离开报社。

刘贤仿远远地看见万连良从报社出来，指示董易将他的特工分为两组，一组继续跟踪监视万连良，另一组负责盯梢邝小芸。

交代完后，刘贤仿转身离去。

第五章　军统特技室

一

转眼就到了春天，天气已经转暖。

虽然笼罩着山城的迷雾还没有完全散去，但城区裸露的山崖上已经顽强地生长出嫩绿的青草和野百合的花蕾。城市的马路边，枯枝秃叶的树上已经长出翠绿的新芽，到处充满着大自然的生机。

千百年来滋养着这座城市中泾渭分明的两大河流——长江和嘉陵江仍然像远古时代一样，在这座城市的顶端相互冲击、交融，汇成一股浩荡的洪流奔腾而下。

大自然给人一种安宁与祥和的感觉。

但是，大自然的宁静却无法驱散笼罩着重庆的战争阴云。

城市上空不时响起的防空警报、街道上穿梭行驶的军用卡车、建筑物墙壁上的抗日标语，收音机里不断传来的抗战演说，所有这些无时无刻不在提醒着人们，重庆乃至整个中国正处在艰苦的抗日战争中。

刘贤仿开着他的那辆敞篷英式军用吉普车，沿着枇杷山颠簸的碎石路行驶到枇杷山神仙洞附近一座掩映在茂密的树丛中的普通青砖院子大门外停下。

这座看似普通的院子，就是军统特种技术研究室，简称特技室。

特技室是专门从事日军无线电通信密码破译的秘密机关。

院子的大门紧闭着，大门外没挂任何招牌。大门左边一扇专门供人出入的小铁门此刻也是关着的。紧挨着小铁门左边的是一个警卫室，有一扇带铁栏杆的窗户正对着大门外。

大门外有两名全副武装的宪兵站岗，一名腰间皮带上挎着短枪，另一名手持步枪。

腰挎短枪的宪兵走到吉普车旁，要求检查刘贤仿的证件。

刘贤仿掏出证件递给他。

这名宪兵仔细检查后，将证件还给刘贤仿，然后转身走到警卫室的窗口前，通知里面的人打开大门。

刘贤仿的吉普车开进去后，大门又重新关上。

院子里有一栋三层楼的中式青砖瓦楼房，门口也没有挂任何招牌和标志。

刘贤仿将吉普车停在院子里，拿起旁边座位上的公文包从车上下来，走进楼房大门来到三楼一个挂着副主任牌子的办公室门前。

门是关着的，刘贤仿抬手敲了敲门。

里面传来一个人的声音：

"进来。"

刘贤仿推门走进去。

一名二十多岁、戴着眼镜的男子坐在一张办公桌后面，正抬头看着进来的刘贤仿。他就是特技室副主任兼密码研究组组长覃怀远。

见是刘贤仿，覃怀远马上露出笑容起身迎接。

"欢迎、欢迎。接到老同学的电话后，小弟一直在恭候大驾。"

"太客气了，我可消受不起。"

在刘贤仿的履历中，他碰巧和覃怀远是同乡，而且还在同一所小学上过学。不过，一年后他家就搬去省城了。

由于那时年纪尚小，两人又不在同一年级，覃怀远根本记不得有没有刘贤仿这个人。而刘贤仿履历是编造的，更不会认识覃怀远。

只是后来两人偶然谈起自己的童年，才知道他们既是"同乡又是同学"，因此以老同学相称。

两人在办公室的一张沙发上坐下。

刘贤仿今天来这里是收取侦听到的重庆可疑电台资料。

覃怀远从一个档案柜中取出厚厚一叠牛皮纸文件袋，放在沙发前的茶几上。

每个文件袋上面都盖有机密印戳，并注明编号。每一个编号都代表一部在重庆活动频繁的可疑电台。

覃怀远打开其中一个文件袋，取出里面的文件给刘贤仿做说明。

第一页注明这个电台的呼号、通信频率、惯常的通联时间等信息。档案袋里的其他文件则是抄收这部电台的密码电文。

到目前为止，特技室已发现好几十部秘密电台在频繁活动。

由于特技室的主要工作是破译日本陆海空军通信密码，全部力量几乎都投入到这方面，没有多余的人力和时间专门用于侦破这些可疑的秘密电台，因此收集到的这些资料一直闲置着。

现在联合调查组负责反谍调查，正好可以利用这些宝贵的资料。不必像之前那样一天到晚像只没头的苍蝇到处乱撞，既辛苦又没成效。

"谢谢你，老同学。有了这些资料，调查工作就省事多了。"

"哪里话！咱俩没什么好客气的，能帮到你我就安心了，希望你能够早日查出隐藏在我们内部的日本间谍。"覃怀远并非客气，他已经听说了刘贤仿身上承受的压力，"怎么样，老同学，现在这个工作比以前打打杀杀的复杂多了吧？"

刘贤仿白了覃怀远一眼，不得不承认确实是这样：

"是的。压力大，没收获。"

这可是委员长亲自下达的任务，连重光都感受到来自最上层的压力，更何况刘贤仿这个直接负责人？

"了解，了解！"覃怀远故意调侃道，"谁叫老同学是这方面的能手呢？其他人就是想这样也轮不到啊。"

"我已经够惨了，老同学。别挖苦我了，行不？"刘贤仿故意装作一副愁眉苦脸的样子。

"行，行。以后有什么需要帮忙的，记得吭一声，别硬撑。"

覃怀远马上收起他那嬉皮笑脸的表情，一本正经地说。

二

刘贤仿坐在办公桌前浏览了一遍刚才从覃怀远处得到的所有资料。

他决定将其中几份他认为重要的发给各战区，敦促他们留意这些秘密无线电信号。

于是他拟好一份电文，来到隔壁的专用电台室发报。

正当刘贤仿聚精会神地发报时，门外传来敲门声。

刘贤仿大声告诉说门没锁，请外面的人进来。

门被推开，重光走进电台室，来到刘贤仿身后。

刘贤仿回头看见是重光，就要站起来给他敬礼。

重光伸手按住刘贤仿的肩膀，让他继续发电报。

重光刚才到行动处开会，会后顺便到刘贤仿这里看看。

"在给战区发报？"

刘贤仿发完电报后，重光才问他。

"是的，局座。给各战区情报处传送一些可疑电台的资料，提醒他们留意。"

重光看了看桌上的密码电文稿，然后转头继续问：

"每次都是你亲自用这部电台与各战区联络？"

"是的，局座。为了保密。"

"很好，不要让其他人使用这部电台。"

"是，局座。"

接着，重光简单地询问了一下联合调查组的工作情况后就离开了。

刘贤仿心里明白，重光并不是顺便来看看的。

这部电台是军委侍从室专门配备给联合调查组的，实际上成为刘贤仿个人的专用电台，重光对此有些不放心。

重光手上有刘贤仿与各战区通信联络的专用密码本，只要暗中监听这部电台发出的密电，就能知道其中的内容。但重光不可能让电讯处每时每刻都去监听这部电台，万一给军委侍从室知道，他很难向上面交代。正因为如此，他担心这部电台被人偷偷用来做别的事情。不过这并不代表他对刘贤仿有所怀疑。

重光信任他手下的每一个人，但对所有人都不会绝对信任。

事实上，重光已经让电讯处处长魏大铭暗中监听了刘贤仿发出的几份密电，结果没有发现任何问题。

且今天亲自查看之后，重光基本上放心了。

三

初春没有阳光的黄昏，天色已经开始暗下来。

文娟经过会仙桥（今五四路南段），然后拐进江家巷。

这是一条很古老的主巷，巷子两旁有许多渔网般四通八达的小巷子。

文娟沿江家巷往前走了一段，然后拐进右边的一条狭窄昏暗的支巷。巷子里的行人不少，大多数是下班后赶着回家的人们。文娟踏着上上下下的台阶在巷子里左转右拐朝前走了一段，最后来到一栋普通的两层青砖瓦小楼前。

这就是文娟的家。

天已经黑下来。巷子里离这栋房子不远处的那盏路灯已经被点亮，发出昏暗的光芒。

这座房子是文娟买下的，主要是为了谍报工作的安全和方便。

文娟转头观察一下四周，没有发现可疑情况。

她从手提包里掏出钥匙打开大门，然后伸手摸到门里边的电灯开关线拉了一下，打开客厅里的一盏电灯，漆黑的屋里顿时亮堂起来。她走进屋，转身关上大门并插上门闩。

一楼是一个不大的客厅。客厅里有一张餐桌和几把椅子，还有一个长沙发和一个茶几。和客厅相连的是一间厨房和一个卫生间。客厅的最左端是通向二楼的楼梯。

二楼有两个房间，一间是文娟的卧室，另一间是书房。

文娟走进卧室，将手提包放在梳妆台上，然后脱下大衣挂在衣架上，转身到里面的卫生间洗漱了一番。

洗漱完后，文娟走到床头柜前从抽屉里取出一把钥匙，转身走出卧室，用手上的钥匙打开旁边书房的门。

她走进去打开灯，在一张写字桌前坐下，开始草拟一份电文。

电文拟好后，她从抽屉里拿出一本小仲马的《茶花女》，对照这本书将电文译成密码电文。

她看了看手表，九点差一刻。

于是，她站起身来走到墙上挂着的一幅油画前，伸手取下油画，墙上便露出一道暗门。

她从暗门后面的夹墙里取出一部小型无线电台。

她在写字桌上架设好电台，坐下来戴上耳机，将电台调到约定的通信频率，然后抬手看了看时间，正好九点。

她右手握住发报键开始发出呼叫信号。

不一会儿，对方就有了应答。

文娟开始将密码电文发出。

她的发报技术相当娴熟，按键手法十分流畅。

电文的内容是中国反谍报机关正在军令部第一厅甄别隐藏在内部的日谍，万连良是重点嫌疑人。为安全起见，万连良已暂停情报活动，她也暂时切断与万连良的联系，等危机过后再行恢复。

除此之外，文娟还将自己获取的汪精卫逃往越南，准备与日方谈判妥协的情报一并发给总部。

四

严冬的无线电侦测车马上就捕捉到文娟的电台信号并开始追踪。

这是特技室提供的几十部活跃的可疑电台中的一部。

严冬是重庆人，中学毕业后考取黄埔军校。毕业后本打算进入军界发展，但由于擅长无线电技术，被推荐加入重光的上海特务处，专门负责无线电侦测技术。在上海仅待了一年多，八一三淞沪抗战就爆发了。随着战局的发展，他随军统西迁重庆回到自己的家乡。

侦测车上的仪器指示，这个可疑信号来源于小梁子街（今民族路五四路与临江支路之间段）和江家巷之间的区域。

没多久，侦测车一路追踪来到小梁子街和会仙桥的交叉路口。仪表板上的无线电信号方位指示器显示可疑信号来自江家巷一带。

进出这个区域只有两条路，一条是小梁子街中段的无名小巷，另一条是会仙桥北侧的江家巷。

江家巷虽然有条马路，但由于有些地方太狭窄无线电侦测车无法通行。无名小巷有台阶汽车不能驶入。

无线电侦测车最后来到会仙桥北侧的江家巷巷口外的马路边停下，不能再前进。紧跟其后的几辆行动人员的三轮摩托也停了下来，等待进一步命令。

严冬命令侦测车上待命的两名无线电侦测队队员携带背负式无线电侦测仪下车，准备进行徒步侦测。

严冬查看地图之后，为了更精确地定位，决定兵分两组，一组走江家巷这条路，另一组走小梁子街上的那条无名小巷，同时追踪可疑信号。

严冬随江家巷这组人行动。

沿着江家巷前进大约几十米之后,严冬这一组便按照无线电侦测仪的指示拐入江家巷右手边的一条支巷。

这条小巷曲折迂回、充满台阶。由于这一带密集凌乱的建筑物遮挡形成的反射、折射、绕射和散射让无线电信号变得忽强忽弱、杂乱无章,无线电侦测仪指示的信号源方向显得飘忽不定,无法在短时间内确定真正的方位,致使严冬的侦测组进展很慢。

尽管如此,随着一步步接近目标,无线电侦测员耳机里传来的可疑信号变得越来越清晰,显示的信号源范围正在一步步缩小。

另一组的情况也和江家巷这边差不多,虽然进展缓慢,但正在一步步逼近目标。

按照目前的进度,如果幸运的话,再有大约二十分钟,侦测队就能够追踪到可疑电台附近,将目标锁定在长宽约二三十米的狭小区域内,也就是几座房子的范围。

到时候行动处特工就可以对这一区域同时展开搜查,正在发报的人在匆忙之中根本来不及藏匿电台。

这时被追踪的无线电信号突然中断消失。

严冬赶紧示意大家安静等待,希望可疑信号再次出现。

他们等了将近半个小时,中断的信号再也没出现。

严冬判断可疑电台已经结束通信,只好放弃行动。他用无线电侦测仪自带的无线电步话机通知另外一组人停止侦测,马上与他这一组会合。

严冬根据两个小组各自在地图上标定的可疑电台所在的扇形区域,在地图上标出它们的重叠部分,就是可疑电台被锁定的区域。

这个区域长宽约六七十米左右,距离严冬所在的位置直线距离大约一百多米。

如果现在对这个区域展开搜查的话,也不是完全不行,但这需要大量人手。严冬今晚所带的行动人员根本不够,如果勉强展开搜查,不仅可能搜不到秘密电台，而且还会打草惊蛇。

严冬决定今晚不要贸然行动，于是命令所有人回到车上继续侦测其他几个今晚可能出现的可疑电台信号。

汉口的山木荒野从文娟的这份密电获悉潜伏在重庆军令部里的内线已成为重庆反谍报机关的重点嫌疑人，处于极度危险中。

他必须想办法让他的间谍摆脱嫌疑！

第六章 功亏一篑

一

大约晚上八点半左右，一辆无线电侦测车在几辆三轮摩托的保护下行驶到会仙桥江家巷巷口附近停下。

身穿便衣的严冬和十几名无线电侦测队队员及行动人员分别从车上下来，其中两名队员各自背着一个大竹篓，里面都藏着一台用粗布裹住的背负式无线电侦测仪。

严冬向大家简单地交代几句后，所有人立刻分成两组。

严冬这一组从会仙桥江家巷、另一组从小梁子街那条无名小巷开始行动。

严冬率领他的小组进入江家巷后，沿着上次的侦测线路朝那条支巷深处走去，最后来到一所房子前停下。

这里就是他们上次追踪那部可疑电台时信号丢失的地方。严冬一挥手，所有的队员立刻分散开来各自找地方藏在巷子里的黑暗中。

自从接连两次因信号消失未能锁定江家巷一带的那部秘密电台之后，刘贤仿一直在想办法解决这个问题。

刘贤仿发现之前两次追踪的起始地点都在会仙桥路上的江家巷口和小梁子街上的无名小巷口，这里离目标电台较远。如果追踪的起始点离目标电台近一些，即使追踪的速度和以前一样，也可能有足够的时间接

第六章 功亏一篑

近并锁定目标电台。

根据严冬在地图上标出的追踪线路图，江家巷这边两次丢失信号地点几乎是在同一个地方，无名小巷这边情况也基本相同。这两个地点离目标电台的距离，都不到巷子口离目标电台距离的一半。如果从上次信号丢失的地方开始追踪，应该来得及接近并锁定可疑电台的具体位置。

刘贤仿将自己的想法告诉严冬。

严冬听了之后恍然大悟，认为这是一个好办法。

今晚九点是这部可疑电台的预计活动时间，严冬率领他的队员提前来到上次信号丢失的地点。

九点差五分，严冬命令侦测员打开背负式侦测仪，开始侦测。

九点整，无线电侦测仪顺利地捕捉到这个信号。

根据侦测仪的指示，严冬的侦测组开始追踪目标。

只要对方这次发报时间像以前一样在二十分钟以上，严冬就可以将他锁定在最小范围内，然后展开突击搜查。到时候严冬就可以来个人机俱获。

初春时节的山城夜晚，雾气笼罩，寒冷，巷子里的人们都已入睡，整条巷子几乎不见一丝灯光，完全笼罩在黑暗中。

严冬的侦测组在漆黑的巷子里安静地向前移动，只有无线电侦测员手持天线上的方向指示器发出的微弱光线，随着侦测员的移动，像黑暗中的幽灵一样在半空中不停地飘动。

时间在一分一秒地过去，可疑电台仍在发报，侦测小组继续向目标逼近。

看起来这部秘密电台今晚插翅难逃。

砰！砰！

突然，漆黑的巷子前面传来两声枪响。清脆的枪声划破夜空疾速传向远方，在寂静的夜晚显得十分响亮。

枪声过后，无线电信号马上就消失了。

严冬和他的队员们一下子全都愣住。

过了片刻，严冬才意识到这是有人发现了他们的意图，于是开枪向正在发报的人示警。

总是到关键时刻功亏一篑。严冬不免感到恼怒和沮丧，嘴里不禁骂出一句脏话。

枪声惊醒了睡梦中的居民。一些房子里亮起了电灯。少数胆子大的人打开窗户，借着窗口透出的灯光查看外面的情况。

很快就有人发现黑暗中的严冬及其手下，以为是他们开的枪。其中一个人站在窗口大声问严冬等人：

"抓偷儿客吗？"

严冬大声告诉这人：

"没得啥子，回去睡瞌睡。"

估计这个紧急中断的无线电信号今晚不会再出现，严冬决定终止这次行动。

二

枪声响起时，文娟正聚精会神地发报。

突如其来的枪声让她按动发报键的右手不自觉地停了下来。她迟疑了片刻，很快意识到有情况。于是她向总部发出约定的紧急暗号，然后迅速关掉收发报机电源和桌上的台灯，整个房间顿时陷入一片漆黑之中。

文娟走到窗前，躲在窗帘后面朝枪响的方向看过去，发现巷子里有一些人影在晃动，并传来隐隐约约的说话声，距离她的房子大约三四十米远。

文娟不知道外面发生了什么事，但她的直觉告诉她，刚才的枪声可能与她的电台有关。

文娟回到桌前坐下。

第六章　功亏一篑

一个人待在漆黑阴冷的房间里，面对正在逼近的危险，文娟感到一阵孤独和害怕，也许还有几分委屈。寂寞无助的她，此时此刻多么渴望有一个温暖厚实的肩膀可以依靠！

年轻貌美的文娟不乏仰慕者和追求者。这些人当中有的年轻英俊、风华正茂，有的身居要职、家境富裕，有的知识渊博、才华横溢，但她都以国难时期不考虑个人感情为借口委婉地加以拒绝。谍报工作的纪律让她不能轻易动感情，像普通女人那样享受爱情的甜蜜。

不知过了多久，外面的说话声消失了，变得非常安静。看来危险已经过去。

文娟擦干脸上的泪水，摸黑将电台收起藏进夹墙中。

文娟回到卧室钻进被窝里，但她辗转反侧久久无法入睡。直到天快亮了，她才迷迷糊糊睡着。

第二天，特工人员在江家巷出现的消息很快在这一带的居民中传播开。文娟下班回家时，巷子里的邻居就将这个消息告诉了她。

自从文娟来到重庆潜伏下来之后，经常使用电台与总部联络，从来没有发生过问题。昨晚突然出现重庆特工人员利用无线电侦测仪追踪电台，这是一个危险的信号。看来，重庆的反谍报机关已经盯上这部电台，这对她来说是一个很坏的消息。这就意味着，这部电台不能再像以前那样频繁地活动，否则迟早会被重庆的反谍报机关追踪到。

当天晚上九点，文娟用事前约定的紧急无线电通信频率向总部报告她面临的困境。

文娟发完电文，立刻转入收报模式等待总部的指示。

半小时后，文娟收到回电。总部指示文娟每星期用不同的频率进行联系，并告诉文娟频率变化的规律。这样，重庆反谍报机关即使侦测到她的电台信号，由于频率不同，从而会将此信号视为非频繁、非重复出现的无线电信号，因此不会马上对此信号起疑心并进行跟踪。同时，总部对文娟的通联时间作出调整，将原来每星期三晚上九点改为星期五晚上十点。每次联络时，由总部主动呼叫文娟。文娟收到呼叫信号后再发报。

这一措施虽然会让通信过程变得复杂，但至少可以确保文娟的电台在今后相当长的一段时间内避免再次成为可疑电台被盯上，大大降低这部电台被重庆反谍报机关破获的危险。

三

听了严冬的报告后，刘贤仿陷入沉思。

这次行动可以说相当保密。除了联合调查组几名核心成员及参加行动的人员之外，没有其他人知道。

刘贤仿认为，某一个知道这次行动的人暗中鸣枪发出警报。这名发报者听到枪声后立刻中断发报，从而摆脱严冬的追踪。

从目前的情况看，一定是内部出了问题。

严冬在枪响后立刻清查两个小组的人员，确认所有人都没脱离过其他人的视线，不可能鸣枪报警。加上他们在行动前一刻才知道这项行动的秘密，因此可以排除他们的嫌疑。

那么剩下的嫌疑人就是联合调查组的几名核心成员。

不过，刘贤仿对这个问题有更加深入的看法。他认为这部秘密电台可能是日谍的，也可能是中共的。

如果是自己人的，刘贤仿就必须想办法提醒对方并阻止严冬的进一步追踪。

"组长，你是不是怀疑我们联合调查组内部有……"严冬试探着问刘贤仿。由于话题太敏感，他说到一半就没再说下去。

刘贤仿抬起头来，看着严冬反问道：

"你说呢？"

见刘贤仿一脸严肃，严冬不敢再吱声。

第六章 功亏一篑

考虑到事情的严重性，刘贤仿决定马上向重光报告。

在重光的办公室里，刘贤仿将事情的经过原原本本地报告给重光。

重光听完刘贤仿的报告后，不动声色地问：

"你有没有想过问题出在哪里？"

"我想过了，局座。我认为我们内部有人给这部日谍电台示警。我怀疑联合调查组成员中有日谍。"

"为什么不会是共谍呢？"重光提醒刘贤仿。

"是，局座英明。属下忽略了这一点。"说到这里，刘贤仿停顿了一下才继续说，"鉴于目前的情况，为了保证调查组的工作能够顺利进行，属下建议撤换所有调查组成员。"

重光也认为问题出在内部，但他不同意撤换所有调查组成员。他告诉刘贤仿，发生这样的事情固然会给调查组的工作带来困难，但也可以将此看作是一个新的线索，希望刘贤仿认真对待，暗中留意调查组每个成员的言行，看看能否有所发现。不过，重光提醒刘贤仿不要在调查组内部进行大张旗鼓的调查，以免搞得满城风雨、人人自危。这样会让真正的日谍从中获利。

回到自己的办公室后，刘贤仿立刻打电话通知联合调查组成员到他的办公室开会。

王珊、柯庆华、董易、陆尚运以及严冬等人陆续到齐之后，刘贤仿首先向大家通报事件的经过。接着他话锋一转，问大家对此事有何看法。

其实，不等听完整个事件的经过，大家就已明白问题出在调查组内部，意识到事情的严重性。每个人的表情都变得严肃而又复杂。

有人因担心成为嫌疑而面带焦虑，有人为了显示无辜而表情做作，有人为了掩饰心虚而假装坦然，有人因为不知所措而显得彷徨。看得出来每个人心里都感到不安，生怕自己受到怀疑。他们小心翼翼地坐在那里，谁也不愿率先开口回答刘贤仿的问题。

见大家都不吭声，刘贤仿只好自问自答：

"很明显，是我们当中的某一个人将这次行动泄露出去，才导致行动失败。"

说完，他用犀利的目光扫视在座的每一个人。

刘贤仿想起重光的叮嘱，于是缓和了一下自己的口气对大家说：

"当然，我个人认为泄露消息的人并不是故意的，他是不小心泄露的。"

他停顿了一下，看了看大家的反应才接着说："对于这件事，泄密的人最好能单独找我谈一谈，我可以向他保证，只要不是故意所为，局座绝不会严厉追究。"

刘贤仿的这番话让大家松了一口气，所有人脸上的表情都明显轻松了一些。毕竟刘贤仿称这次泄密为不小心，其性质与日谍有本质不同。

大家你看着我，我看着你，那眼神仿佛是在劝告泄密的人，既然上峰认为是无意中泄密，这个人就应该马上站出来承认自己的错误，消除大家相互之间的猜忌。

刘贤仿嘴上虽然这样说，但他内心里却不是这样想的。他认定泄密者是故意的。他必须查出这名泄密者。

当天晚上，刘贤仿将文娟那部电台的通信参数、联络时间及呼叫代号等特征密电报告延安，称此电台已经被军统盯上。

延安回电：与我无关。

这意味着刘贤仿可以放手行动。

刘贤仿决定对小组所有成员进行暗中调查，同时命令严冬继续侦测这个可疑信号。

不过这个信号从此以后好像消失一样，再也没被侦测到。

四

谍报活动暂停后，万连良每隔一段时间就向《渝风》报社寄一封投稿信，还应约到报社与不同的编辑面谈。所有这些投稿信都不涉及任何情报，到报社也纯粹是为了修改稿件，不传递任何情报。他要以此消磨跟监人员和邮检所的时间、精力和耐心，消除联合调查组对报社的怀疑，最终对他与报社的接触放松警惕。

随着时间的推移，邮检所在万连良的每一份投稿信中都没发现问题，于是得出结论，万连良的投稿信不可能是传递情报的手段，决定停止对他的投稿信进行检查。

跟监人员经过长时间的跟踪监视，也没发现万连良与报社的接触有任何可疑之处。

另外，对邝小芸的调查也没发现问题。因此包括刘贤仿在内的联合调查组所有成员都开始相信万连良与《渝风》报社的联系属于正常接触。

重光接到刘贤仿的报告后，认为万连良的重点嫌疑可以排除，联合调查组几乎所有成员也持有同样看法，即使刘贤仿内心里对万连良仍存有一点疑虑。为了更有效地使用有限的人力和物力，重光指示刘贤仿把调查方向从万连良和报社转移到其他几名重点嫌疑人身上。

从这以后，万连良渐渐发现，他每次去报社时，跟监人员只是例行公事般地远远跟着他，明显放松了对他的监视。

这就是万连良想要的结果。

于是，万连良和文娟这条线开始恢复他们的情报传输。

第七章 破获"日谍"

一

刘贤仿开始暗中调查联合调查组所有成员。他密电要求小组成员此前曾经工作过的单位和部门提供他们以往的相关情况。

不久刘贤仿陆续收到各相关单位和部门的回复，但没有他需要的信息。

直到有一天刘贤仿收到第三战区的一份密电。

密电称，上海沦陷后第三战区曾经发生一起间谍案。第三战区一名打入上海日军情报机关的情报员发现第三战区有人向日军提供情报。

第三战区接到这份情报后立刻展开内部调查，并且锁定了几名嫌疑人，其中一人就是当时在第三战区情报处担任情报员的王珊。

由于没有进一步的线索，此案最后成为悬案不了了之。

原来王珊以前就有日特嫌疑。刘贤仿内心自忖道。

刘贤仿密电第三战区情报处要求彻查此案，重点放在王珊身上。

二

老薛收到第三战区指示，让他重新调查上次的间谍案。

老薛是第三战区打入上海日军特务部的情报员。就是他发现第三战区有人向日军提供情报。

为了保护涉及此案的情报员，第三战区提供给老薛的线索有限，仅包括王珊去上海接头时使用的化名"三表哥"以及进出上海的具体时间。其他情况诸如接头对象和接头地点等都没有提供给他。

过了一段时间，第三战区终于收到老薛传回的一份相关情报和一张照片。

老薛在情报中称，他根据那段时间的日军情报通报，查明了那几份泄露第三战区的情报全部来自于日军上海情报谋略课。于是他以调查重庆间谍需要核对笔迹为由，通过他所在的日军上海特务部申请调阅了这几份情报的影印件。他发现其中一份情报最后面有人用笔写下"三表哥"几个字，这正好是调查对象当时使用的化名。他马上意识到这是一个重要证据，于是用照相机偷偷拍下这份文件，将照片和情报一并传回。

三

刘贤仿收到第三战区发来的调查结果。虽然日军获得的情报下面写有王珊的化名，但不足以证明他就是泄密者。不过这大大增加了王珊的嫌疑。

为了找到有力证据锁定王珊，刘贤仿决定秘密跟踪监视他。

可监视王珊这事太敏感。如果惊动了他，不光无法查明真相，弄不好还会影响联合调查组的工作和刘贤仿的秘密情报工作。因此，除了刘贤仿自己和他信任的董易之外，其他人不能参与。

董易按照刘贤仿的命令，开始到军令部暗中监视王珊。

由于董易打着监视几名重点嫌疑人的幌子常驻军令部，包括王珊在内没有人对此生疑。

不久，董易便发现王珊与古勋力有多次接触，并找到古勋力向王珊暗中传递情报的证据。

董易将此情况报告给刘贤仿。

王珊的宿舍在军委会大院里，里面不可能藏有或使用电台。如果他真是日军间谍，他的电台肯定藏在外面，他得到外面去发送情报。

刘贤仿决定利用这一点。

一个星期六的傍晚，王珊从军委会大院出来，朝市区走去。

这时，一个头戴一顶破毡帽，满脸络腮胡子的壮年人从路旁的一条巷子里闪出来，不紧不慢地跟在王珊的后面。

这人就是化装过的刘贤仿。

不久，王珊来到重庆电话局左侧的一条小街，然后拐进背面的一条小巷。

刘贤仿不紧不慢地跟在后面，来到这条小巷巷口，藏在拐角处的墙后面偷偷观察王珊。他发现王珊停在巷子中的一栋房子大门前，用手中的钥匙打开大门进了这所房子。

王珊进屋后，刘贤仿才走进那条小巷，在王珊刚才进去的那所房子前停下，观察了一下这栋房子。这是一栋普通的两层楼房子，正好在电话局的后面。

天已黑下来，这栋房子的二楼房间里亮着灯。

刘贤仿原路返回，来到巷口外的小街上，站在路边远远盯着那栋房子。

不久，一个年轻女人沿着小街朝这边走过来，从刘贤仿面前走过，拐进那条小巷。

刘贤仿看到这个女人走到那栋房子前，掏出钥匙开门进去了。

刘贤仿回到大街上，走进电话局给董易打了一个电话，然后来到对面的一个咖啡厅。他要了一杯咖啡后，坐在咖啡厅的一扇窗户前，一边喝咖啡一边监视电话局左侧的那条小街。

不久董易来到咖啡厅和刘贤仿会合。

刘贤仿把刚才看到的情形简要地告诉董易。

第七章 破获"日谍"

"原来他躲在这里和女人幽会。"

董易听了之后忍不住笑着调侃了一句。

刘贤仿也笑着摇了摇头。

"他们要是一整晚不出来，我们是不是要在这里守一个晚上？"

刘贤仿不置可否地耸了耸肩。

"头儿，我看你也应该像他这样找个女人。局里所有人都知道电讯处那位漂亮的少尉对你特别有意思，还有行动处的那位迷人的秘书。别这么挑剔了，头儿。会憋坏自己的。"

董易带着几分关心和几分玩笑的口气对刘贤仿说。

"别胡扯了。"

"你是不是心里已经有人啦？"

董易的话无意中触碰到刘贤仿内心的秘密和柔嫩处，让他马上想起李娅。他的内心深处顿时涌出一股强烈的思念和惆怅。

"你今天怎么像个长舌妇一样啰嗦个没完？行了，告诉我今天在军令部看到了什么？"

刘贤仿强压住自己的感情，赶紧将话题引开。

"今天和上次一样，古勋力将一封信藏在卫生间一个抽水马桶蓄水桶后面的墙缝里。不久后王珊进了这个卫生间，然后这个信封就不见了。"

"很好！"

两人一边喝咖啡，一边闲聊。

刘贤仿今天的心情很愉快。

两名日谍已经锁定。古勋力向王珊提供机密情报，王珊负责用电台将情报传回日军总部——虽然这一点还有待证实，但刘贤仿有把握在刚才那栋房子里找到电台和密码本。

很快就要抓到隐藏在军令部里的日谍。这将是刘贤仿担任联合调查组组长以来破获的第一个日谍案，这对他和他的联合调查组，乃至军统局和重光来说都是一个重大战果。这不仅能够缓解他的压力，还会让他更受重光和侍从室的信任，使他的秘密情报工作变得更容易、更安全。

大约一个小时后，刘贤仿看到刚才进屋的那个女人沿着电话局左侧的小街走出来，但没看见王珊。

这让董易感到有些奇怪。

"王珊怎么没出来？"

刘贤仿想了一下说：

"王珊这会儿说不准正在发送情报呢。他不可能当着这女人的面发送情报，除非这女人也是日谍。"

看来这女人只是王珊传送情报时的一个障眼法。即使有人发现王珊到这栋房子来，由于这个女人的存在，也会让人以为王珊只是在这里幽会寻欢，绝不会想到这里是他的秘密无线电通信联络站。

大约晚上十点多，王珊终于从那条小街走出来，然后沿着大街往回走。

等王珊走远后，刘贤仿和董易从咖啡厅出来，穿过马路朝对面的小街走去。

他们来到那栋房子的大门前。

董易掏出开锁工具开始开锁，没费什么功夫锁就被打开了。

刘贤仿和董易走进大门，然后将门关上。

他们打开一楼的灯，开始搜查一楼的每个角落寻找电台。

一楼没有找到电台，于是他们上二楼搜查。

没多久，他们就在二楼屋顶的小阁楼上发现一部电台。电台还带着余热。

刘贤仿看着眼前这部电台，马上明白王珊选择这里作为秘密电台通信站的原因。这里紧挨电话局，电话局因为有频繁的电报业务会发出大量的无线电信号。王珊的电台信号即使被无线电侦测车捕捉到，也很容易被误认为是电话局发出的无线电信号而被忽略掉。

"太聪明了。"刘贤仿内心里暗暗赞叹了一句。

他们在阁楼上没有找到秘密本。不过房间书桌上有十几本书，估计其中一本是秘密本。

刘贤仿和董易记录下这些书的书名，清理掉他们留下的痕迹后离开这所房子。

四

重光听了刘贤仿的报告后，心里非常高兴。

这么久了，终于抓到一条大鱼。

重光决定在王珊下次发送情报时逮捕他，来个人赃俱获，让他无从抵赖。

这将是一次秘密逮捕，不会惊动其他人。重光希望抓住王珊后加以利用，这是重光情报工作的信条。重光认为抓住间谍而不加以充分利用是对情报工作的亵渎。

接下来几天，刘贤仿和董易每天晚上都在电信局对面的咖啡厅等着王珊再次出现。

一天晚上天黑后不久，刘贤仿和董易终于看到王珊走进那条小街。

刘贤仿和董易继续等待。

过了不久，那女人果然出现了。

刘贤仿和董易仍然耐心等待。

一个小时后，那女人终于从小街出来，沿着马路走远。

刘贤仿还不能马上行动，他要等王珊开始发报。

十分钟后，刘贤仿、董易从咖啡馆出来，来到王珊的那栋房子大门前。

二楼房间的窗帘缝透出灯光，看来王珊在二楼。

董易很快打开房门。

二人摸黑走进房间，发现二楼并没有光线顺着楼梯口照射下来，说明二楼房间的门是关着的。

刘贤仿和董易二人握着手枪顺着楼梯悄悄摸上二楼，几乎没有发出一点声音。

二人来到二楼的房间门外，一道光线从房门下的门缝透出。

刘贤仿伸手轻轻推了一下门，门没锁。

于是刘贤仿用力推开门冲进房间，董易紧随其后。

坐在桌子前戴着耳机正聚精会神发报的王珊这才发现有人闯进来。他本能地转过身来，同时伸手到腰间拔枪。

可当他看清闯进来的是刘贤仿和董易时，已经握住枪柄的手马上松开来。

董易走上前去缴了王珊腰间的手枪。

王珊摘下耳机放在桌上，然后转过身来用抱怨的口气对刘贤仿说：

"组长，你们犯了一个不可饶恕的错误！"

刘贤仿听了王珊这句话之后，感觉他话中有话。

"你们来了多少人？我会让你们给暴露的。"

"就我们俩。"董易用嘲讽的口气反问道，"你担心我们俩对付不了你？"

"就你们二人？太好了！组长，请赶快通知二厅郑厅长和重光局长，局面还可以挽回。"

刘贤仿大致听懂了王珊的意思，王珊负有秘密使命，但遭到刘贤仿的破坏。

"你的意思是说？"

"对！我不能多说。请打电话告诉二厅郑厅长，说五十七号遇到麻烦，让他打电话给重光局长。请按我说的去做。"

刘贤仿见王珊态度诚恳，不像是在撒谎，决定相信他。

"郑厅长电话号码？"

王珊拿起桌上的一支笔将电话号码写在一张纸上交给刘贤仿。

刘贤仿接过来看了一眼，将这张纸递给董易，让董易马上去电话局给郑厅长打电话。

"头儿，看紧点，别让他耍滑头。"

临离开前，董易特意提醒刘贤仿一句。

董易离开后，王珊，刘贤仿都沉默下来，但刘贤仿的枪口仍然对着王珊。

二十分钟后，董易回来了。

"头儿，局长命令我们和王副组长马上去他的办公室。"

"抓回去？"

"不是，是一起回去，有误会。局长交代，千万不要让今天的事泄露出去，否则军法从事。"

刘贤仿收起手枪，对王珊说：

"走吧。"

"等一等，组长。我得发完这份电文，把这事遮掩过去。"

刘贤仿点了点头。

王珊转过身去戴上耳机，然后握住发报键开始发报。

王珊告诉对方刚才停电，一直等到现在才来电，接着将剩下的那部分电文发给对方。

五

重光、刘贤仿、王珊和董易四人坐在重光办公室的沙发上。

王珊正在报告事情的来龙去脉。

七七事变前，王珊在驻上海的国军中担任情报官。其间他发展了一位名叫林茂的秘密情报员为他提供情报。后来不知何故林茂就好像突然消失一样，再没有和王珊联系。

上海沦陷后，王珊经常进出上海进行情报活动。

有一次，王珊在上海偶然发现失踪的林茂。

王珊赶紧将林茂拉到一旁，问林茂这段时间去了哪里，为什么和他失去联系。

林茂告诉王珊这段时间他离开上海回老家了，其他不愿意多说。

王珊见对方为难，也不再追问。

试探一阵觉得安全后，林茂告诉王珊自己目前在上海日军情报谋略课工作，负责收集中方情报。

王珊认为这是一个机会，于是问林茂是否愿意像以前一样做他的情报员，为他提供日军情报。

林茂考虑了一下便答应了王珊。他说自己是中国人，本不愿意为日本人做事当汉奸，但他身不由己。现在有机会为国家做事，他应该当仁不让。

不过林茂有个条件：他在日本情报机关工作，收集中国方面的情报是他的日常工作，因此要求王珊在必要时为他提供一些有价值的国军情报，让他的工作显得富有成果，这样他才会得到日本人的信任、重用和提拔，从而能够接触到更高层次的机密，为王珊提供更多更有价值的日军情报。

王珊觉得林茂说的有道理，便答应了他的要求。

回到第三战区后，王珊马上将此事报告他的上司郑处长，也就是现在军令部第二厅的郑厅长。郑处长完全同意王珊对此事的处置。

于是王珊和林茂组成一条情报线，两人单线联系。

从这以后，林茂为王珊提供了不少有价值的日军情报。王珊也不时给林茂提供一些经过筛选的国军情报。

后来郑处长调往军令部第二厅工作，他向侍从室主管情报的张主任报告了王珊的这条秘密情报线。

张主任认为这条情报线非常有价值。为了更有效地利用这条情报线，张主任让郑处长将王珊调往重庆。

接到命令后，王珊潜入上海与林茂建立无线电通信联络渠道后，才前往重庆。

王珊到达重庆后，为了方便他的情报工作，上级密令古勋力向王珊提供他需要的情报。

之所以找到古勋力，是因为他担任译电室主任，工作中可以接触各种情报，能够满足王珊的需要。

听完王珊的报告，刘贤仿此前的兴奋心情一下跌落到冰点。

本以为好不容易抓住一名日谍，没想到抓到的却是自己人，还差点暴露一条重要的情报线。

重光的心情同样不好。除了没抓到日谍外，另一个原因是不满王珊将这么重要的事情瞒着他。

虽然没抓到日谍，但刘贤仿还是希望从这个案子中找出一些有价值的东西。他问王珊："你送出的这些情报，能不能覆盖军令部泄密的全部情报？"

"专门对照过，覆盖不了，差很多。"王珊十分肯定。

这意味着，还是无法排除军令部中潜伏着日谍。

因为，如果不能全部覆盖的话，就说明除了王珊泄露的情报外，还有一部分情报是其他人泄露的。

不过此案还是有一点收获。

"现在是不是可以排除古勋力的嫌疑？"董易问。

"是的。"刘贤仿回答。

重光也点头表示赞同。

"最后一个问题，开枪示警的人是你吗？"

刘贤仿希望至少能够解开这个悬疑。

王珊看了刘贤仿和重光一眼，然后回答说：

"不是。"

第八章 渗 透

一

重庆坐落在长江和嘉陵江汇流处的渝中半岛，具有悠久的历史。

据史书记载，重庆城的形成最早可追溯到公元前三百多年。

秦国灭巴后屯兵江州，筑巴郡城（江州城）作为军事要塞，城址就在今渝中区长江、嘉陵江汇合处朝天门附近，是为重庆建城之始。经过两千年的历史演变，具有两江交汇口地理优势的重庆逐渐发展成长江上游巴蜀地区最发达的工、商及航运业中心。清初"湖广填四川"的人口大迁徙使重庆具有更加丰富的民族文化，奠定近现代重庆社会的根基。1891年，重庆根据中英《烟台条约续增专条》开埠，在朝天门附近设立重庆海关，成为西部唯一一个对西方列强开放的通商口岸，自此开始引进西方科技，创建自来水、电力、轮船、公共汽车、电灯、电报、电话公司，迈入现代化进程。

全面抗战爆发后，国民政府迁都重庆，使之成为中国抗战时期的政治、军事、经济、文化中心，也是世界反法西斯战争远东指挥中心。

重庆有着抵御外敌侵略的光荣传统。南宋末年，重庆合川钓鱼城抗击蒙军历时三十六年之久，使所向无敌的蒙古铁骑遭遇多次惨败，大汗蒙哥更是丧命钓鱼城下。

这是否是除政治、经济、军事和地理优势之外，民国政府迁都重庆的一个没有言明的因素呢？

重庆人将这座城市人为地分成上下半城。以半岛的山顶连线——两路口、七星岗、较场口、中正路（现新华路）、小什字、朝天门为界，连线以北为上半城，以南为下半城。

受现代文化和地形的影响，上半城开始修建宽阔的马路和各种欧美风格的高大建筑，建立发达的金融商业街，逐步形成现代化的发达城区。下半城基本保留原有风格，更具巴蜀传统文化特色。

随着武汉会战的失败，国民政府机关、外国使馆、银行、洋行、公司、工厂和学校迁往重庆。几十万政府官员、大学教授、外国使节、银行职员、商人、工人、学生和难民涌入重庆，使这座人口仅四十万的城市一夜之间人口暴增至近百万。

大量新移民的涌入，让这座城市的公共基础设施不堪重负，造成严重的物资短缺和物价上涨，给重庆人的生活带来很大冲击。一时之间，各种文化在这里交汇、冲突、融合，各种方言在这里聚集、交流、混杂。

日本特工自然也会利用这种机会混在移民中潜入重庆。

一艘从宜昌开往重庆的客轮缓缓停靠在临江门附近的民生客运码头上。

乘客们纷纷沿着轮船与趸船之间的舷梯从客轮上下来，穿过连接趸船与码头的栈桥上岸。

云玥一手拎着手提包一手提着小皮箱，随着下船的旅客一道登上码头下的江滩。

她穿着一件浅蓝色衬衣和一条黑色西裤，脚上穿着一双黑色平底皮鞋。得体的衣裤勾勒出她那苗条的身材。

她的脸上带着经过长途跋涉后的疲惫，看起来就像是一个独自逃难到重庆的女人。

即使是这样，云玥看起来依然很美。她皮肤白皙，细长的眉毛下那双漂亮的凤眼虽然带着几分疲惫和不安，却更加惹人爱怜。她那秀气的鼻子和鲜嫩的嘴唇，配上她那轮廓漂亮的脸蛋，在飘逸长发的映衬下，让她更加妩媚动人。

从江滩通向码头上面的是一条一二百级的台阶。云玥看到周围有一些正在等生意的滑竿和棒棒，这些人正大声吆喝着招揽生意：

"滑竿儿！"

"棒棒儿！"

棒棒就是挑夫，每个城市都有。

滑竿是重庆特有的一种交通工具，是应山城重庆的特殊地形环境而产生的。

滑竿看起来就像是一个没有遮挡的简易轿子。两根约两米长的结实竹竿中间绑上一把带有踏板的竹躺椅，就成为一副滑竿。客人坐在椅子上，由两名脚夫一前一后扛在肩膀上行走。由于重庆城建在山坡上，许多地方有上下坡的台阶，不适合带轮子的交通工具，因此滑竿成为重庆一种最普遍的公共交通工具。

一些刚下船的旅客一踏上岸便叫上一副滑竿，坐上去由两名脚夫抬起，像坐轿子一样被抬走。

一个衣着整洁、气质高雅的单身女性提着一个箱子爬这么长、这么陡的台阶，怎么也有点说不过去。于是，云玥叫了一副滑竿。

两位抬滑竿的脚夫请云玥坐上滑竿，问清楚目的地后抬起她沿着台阶朝码头上走去。

这是云玥第一次坐滑竿，感到有些新奇。

她将小皮箱放在膝盖上，开始东张西望。

两名脚夫抬着滑竿沿着陡斜的台阶开始向上爬。随着脚夫的脚步上下起伏，富有弹性的竹竿开始颤动晃悠，坐在滑竿上悬在一人高的半空中的云玥开始感到有些害怕。万一哪位脚夫脚下一滑，她就会从滑竿上掉下来，沿着陡斜的台阶滚下码头，非受伤不可。于是她紧张地吩咐两位脚夫慢一点。

第八章 渗 透

两位脚夫马上明白云玥是第一次坐滑竿，多少会有些紧张，于是笑着安慰云玥不要害怕，同时放慢脚步，以免吓着她。

登上码头后，来到相对平坦的街上，云玥顿时感到危险消除，紧张的情绪随即松弛下来。她坐在滑竿上，开始好奇地观察、欣赏这座她以前从未来过的城市。

江边的马路两旁是各种各样的店铺，街上到处是来来往往的行人和沿途叫卖的小贩。虽然云玥是第一次来重庆，但她基本上能听懂小贩的吆喝。

坐在滑竿上在街上行走，让云玥忽然产生了一种奇妙的感觉。她觉得坐滑竿的人似乎不仅在空间上，而且在心理上也有高人一等的优越感。怪不得中国古代的官员都坐轿子，原来这种居高临下的感觉确实让人感到威严和满足。

想到这里，云玥心里不禁偷偷地笑了。

十多分钟后便来到临江顺城街。

两名脚夫看起来对这条街道十分熟悉，抬着云玥直接来到她的目的地顺城茶馆门前，将云玥放下。

付过脚钱后，云玥提着小皮箱走进顺城茶馆。

茶馆里的一名伙计见云玥进来，赶忙殷勤地跟她打招呼给她让座。

云玥冲着这名伙计笑了笑，说她是来找茶馆刘掌柜的。

伙计马上将云玥带到柜台里的一个四十多岁的男子面前，他就是刘掌柜。

云玥走进来的时候，刘掌柜就已经注意她了。

"我叫云玥，是从北平来的。曹先生的姑爷让我来找您。"

"哦。曹先生近况可好？"说话时刘掌柜的眼睛留意着茶馆门外的情况。

"有道是明月清风是故人。"

"苍松翠竹真佳客。欢迎云小姐！请上楼说话。"

联络暗号对上了。刘掌柜从柜台里出来,接过云玥手中的箱子领着她上了二楼。

二楼走廊两边门对门各有两个房间。刘掌柜领着云玥来到走廊右手边的第一个房间门前,推开房门将云玥让进屋。

这是一间背街的屋子,屋子的窗户关着。屋子里有两张桌子和几把椅子,其中一张桌子上放着一架算盘和一摞账本。

看起来这里是刘掌柜的账房。

刘掌柜把房门关上,转身给云玥让座。

"欢迎云小姐!接到总部的通知后,一直在等待您的到来。"

"谢谢刘掌柜。"

"云小姐,我已经给您安排好住处,就在离这里不远处的另外一条街上。是一栋两层楼的房子,还算舒适。"

"谢谢您,刘掌柜。"接着云玥压低声音问刘掌柜,"其他几个据点都安排好了吗?"

"全都安排好了。"

"太好了!"

刘掌柜向云玥转达了总部这几天的指示,然后提着云玥的箱子领着她下楼出了茶馆,去她的住处。

不到十分钟,刘掌柜和云玥来到来龙巷。

来龙巷是一条狭窄、安静的小巷。巷子里办有报馆学堂,不少名人富商曾住在这里,有不少漂亮的洋房。

沿着巷子往前走几十米,刘掌柜领着云玥来到一栋精致的二层小楼大门前。

这座小楼原本是属于一名富商的,刘掌柜以一位亲戚的名义将它买下来。

刘掌柜从裤袋里掏出一把钥匙,打开大门。两人进屋后,刘掌柜转身将大门关上。

第八章 渗 透

这所房子一楼有一个客厅，还有一个厨房和一个卫生间与客厅相连。客厅里有一个长沙发，一张餐桌和几把椅子，右手边是一个带有漂亮栏杆的木制楼梯，通向二楼。

二楼楼梯口前面是一条走廊，走廊左右两边各有一个房间。左边是一间带卫生间的主卧室。

二楼走廊的尽头有一道楼梯通向屋顶的平台。

刘掌柜带着云玥爬上屋顶平台。

平台的四周有一米高的防护栏杆。平台的中央摆着一个香案，上面有一个香炉。

这个平台对云玥来说很重要。云玥担负的一个重要任务就是每天向汉口日军提供重庆的天气情报。她可以在这个平台上假装烧香拜天，然后暗中观察天气，根据香炉冒出的香烟飘散的方向和速度观测风向风速。

云玥对这所房子非常满意。这所房子不仅舒适，而且隐藏在小巷深处，对她今后展开秘密活动相当有利。

刘掌柜领着云玥楼上楼下看了一遍后便先告辞，让经过长途跋涉的云玥有时间梳洗一番，休息一下。

刘掌柜离开后，云玥开始烧洗澡水。

本来刘掌柜打算给云玥安排一个用人，但云玥认为不安全婉拒了刘掌柜的好意。因此云玥现在只能自己动手。

云玥躺在木桶里，温暖的洗澡水很快驱散了多日来由于长途奔波聚集在她身体内的疲乏，让她顿时觉得神清气爽。

二

日军占领武汉后，下一个战略目标就是陪都重庆。日军华中派遣军的策略是对重庆实施轰炸，以消磨中国人的抵抗意志。

空军实施轰炸前需要有人收集有关目标和天气的情报，必要时还需要有人从地面为飞机指引轰炸目标。

虽然华中派遣军在重庆的一些军政机关潜伏有自己的谍报员，但他们担负的任务是收集国民政府的机密情报，不可能让他们从事一般的特工活动。

因此，华中派遣军决定派出一批行动特工渗透到重庆，专门负责执行上述任务，并对无法轰炸的重要目标进行破坏。

为了让这批特工有效地执行任务，华中派遣军需要一位具有丰富情报工作经验的情报员亲赴重庆领导他们。

华中派遣军情报课课长山木荒野大佐首先想到的人选就是他的学生，一位屡立功勋、化名云玥的日军特工佐藤秀美。

山木荒野向大本营情报部提出要求，专门将云玥从天津特务部调到汉口华中派遣军执行这项秘密任务。

云玥到达汉口后，按照山木荒野的要求制订了一个详细的渗透计划。

之后，云玥单独率先从汉口出发，辗转仙桃、荆州到达宜昌，最后从宜昌乘坐班轮抵达重庆。

三

傍晚，刘掌柜来到云玥的住处，接她去吃晚饭，为她洗尘。

吃晚饭的地方就选在临江门附近上石板街（现临江路东段）的著名火锅店"云龙园"。

"云龙园"火锅店始创于20世纪30年代初，原名"临江毛肚火锅"。其火锅特色是重油、重辣、重麻，汤色红亮，一口菜下去，麻辣鲜香俱佳，以此打响招牌，引得众多食客和达官贵人慕名而来。

相传川中大军阀刘湘也前往品尝。但见锅内红浪翻滚，热气弥漫，毛肚在锅中上下翻腾，如出云之龙，于是借景即兴挥毫写下"云龙园"三字，从此"临江毛肚火锅"改名为"云龙园"。

第八章　渗　透

虽然是战争时期，但此刻这里仍然食客满座。

重庆火锅是享誉中外的美食。相传重庆火锅起源于清朝嘉庆年间嘉陵江纤夫的一种粗犷的炊饮方式。

靠出卖体力拉纤为生的嘉陵江边的纤夫不管酷暑还是寒冬，一年四季都在江边拉纤。为了果腹，他们捡拾江边富人丢弃的家禽和家畜下水（内脏），如毛肚、鸭肠、黄喉、鸭血等，然后在江边用石头支起炉灶，将这些下水和自备的辣椒、花椒、粗盐等放进盛满江水的瓦罐中并架在炉灶上煮熟，一伙人围着一边煮一边吃。煮出来的食物既能果腹，又很开胃，还能驱散他们身体的疲劳，帮助他们抵御重庆阴湿寒冷的冬天。这是重庆火锅的原型。经过一百多年的演变，重庆火锅已经成为一种贫富皆好、雅俗共赏的天下美食。

这是云玥第一次吃重庆火锅。

刚在火锅前坐下来，一股浓郁的辣椒、花椒、牛油以及其他说不出名字的底料的混合香味便扑鼻而来，让云玥的眼睛顿时感到一股灼热。

看着锅中滚烫的、上面飘着辣椒的火红汤料，云玥在心里暗自思忖道：这该有多辣啊！

刘掌柜告诉云玥，所谓一方水土养一方人。这重庆火锅像极了重庆人的性格，粗犷豪爽、热血敢为、耿直洒脱、包容并蓄。要想在重庆生存下去，就必须学会和重庆人打交道。

在刘掌柜的怂恿下，云玥夹起一片毛肚按刘掌柜的指导放进沸腾的红汤中，七上八下，然后再放在盛着麻油的调料碗中蘸了蘸，接着放进嘴里，开始咀嚼。

顿时一阵麻感伴随着一股火辣由口中瞬间扩散到喉咙和鼻腔，随即直冲双眼最后到达头皮和耳朵，让她感到喉咙发呛、鼻子发痛、眼睛发酸、头皮发麻、耳根发烫，止不住大咳起来，鼻涕和眼泪随之涌出，弄得她十分狼狈。

云玥感觉到火锅的辣椒和日本的芥末不同，芥末呛鼻子，辣椒呛喉咙。

好在刘掌柜专门要的是微辣火锅，对云玥的刺激不是特别大。

"我保证你以后会吃上瘾的。"刘掌柜笑眯眯地对云玥说。

刘掌柜说的没错，不怕芥末的云玥很快适应了火锅的麻辣，开始品味出重庆火锅麻、辣、烫、鲜、香的真味。

接下来云玥吃了不少火锅食材，毛肚、黄喉、鸭肠、鸭血、牛肉、乌鱼、金针菇等，全都尝了个遍。

她一边吃，一边呼哧呼哧哈气，一边大赞好吃、好吃！

四

第二天早上，刘掌柜带着云玥去查看了四个据点。第一个据点是书院街（现沧白路中段）一间叫"书院书画店"的小书画店。

书院街得名于清代乾隆年间兴建的东川书院。光绪三十年（1904）又在东川书院兴办重庆府中学堂。书院街附近建有美专学校和外国使节公署等，文化气息浓厚，来逛街的基本上是文化人。

云玥对这个书画店很满意。一个小书画店，不会引起别人的注意，非常适合作为一个特工小组的据点。

其他三个据点分别是长江南岸海棠正街（已消失。现大致位于南滨路和烟雨路丁字路口向东南延伸到海棠溪新街）一间叫做"川江货运行"的船运公司、嘉陵江北岸女学堂巷（已消失。现大致在江北越洋广场一带）一间叫做"江北洋布行"的布店以及两路口一间叫做"两路口杂货店"的杂货铺。

他们回到顺城茶馆时天已经完全黑下来了。

两人顾不得一整天的奔波疲劳，立刻上楼来到二楼那间账房。

刘掌柜走到一个放满账簿的书柜前，将中间一格里的所有账簿取出，露出书柜的背板。他伸手进去用力拨动背板，让背板滑向一边，后面的墙上露出一个暗门。暗门里面的夹墙中藏着一台小型无线电收发报机和一个密码本。

由于这部电台几乎不需要发送情报，仅用于接收总部指示以及与总部进行简单的沟通，每次发报的时间都非常短，无线电侦测仪很难捕捉到它的信号，因此这部电台一直以来都很安全。

刘掌柜取出发报机和通信密码本放在桌上，然后开始架设电台。

云玥坐在另一张桌子前拟电文稿。

电文稿拟好后，刘掌柜用密码本将其译成密码电文。

晚上九点差五分钟，刘掌柜打开电台电源，戴上耳机，右手握住发报键，开始呼叫对方。

不一会儿，对方就有了回应。

刘掌柜发完密电，将电台转为接收状态等着接收对方回电。

大约半个小时后，对方发来回电。

回电通知云玥各特工组已经渗透到宜昌及其他地区，将陆续抵达重庆。指示云玥按照各组特工到达的时间、地点和方式接应他们。

接下来一段时间，云玥按照总部的指示顺利地接应并安排三组特工在重庆潜伏下来。他们分别是长江南岸"川江货运行"的王兴邦小组，书院街"书院书画店"的马家卿小组和嘉陵江北岸"江北洋布行"的顾炎炳小组，只剩下"两路口杂货店"小组还没到达。

第九章　陷阱落空

一

已经是暮春的日子。阳光终于驱散自头年初秋开始就笼罩着重庆的迷雾，原来阴湿的天气也开始变得阳光明媚。马路旁的山坡上已经长满青草、开满各种叫不出名字的漂亮野花，黄桷树也张起翠绿的叶冠。花草树木在春风中怡然优雅地摇曳，蝴蝶和蜜蜂在花草丛中自由自在地飞舞。如果没有战争，这将是悠闲的重庆人一个非常典型的逍遥而又困乏的春日。

距离南岸弹子石轮渡码头不远处的一条马路上，设有一个重庆卫戍司令部稽查处的关卡。从这里过往的行人和车辆正在接受关卡执勤的国军士兵和稽查队员的检查。

稽查处督察长柯庆华和他的两名稽查队员站在关卡旁，留意观察过往行人。

这时，一高一矮两名年轻男子一前一后走到关卡前接受检查。明眼人一看就知道这两人是一起的。

一名士兵首先检查前面那名矮个年轻人的证件，没有发现问题。接着，这名士兵询问了矮个年轻人几个例行问题。包括从哪里来？到重庆来干什么？重庆有没有亲戚朋友？到重庆后住在哪里？

矮个年轻人一一作答。

由于这个年轻人是外地口音，因此引起柯庆华的注意。

矮个年轻人的回答没有任何漏洞，但柯庆华怎么看他也不像他自己所说的那样是湖北来的农民。

负责检查的士兵见矮个年轻人没什么问题，就放他过了关卡，接着检查下一位高个年轻人。

当这名矮个年轻人从柯庆华面前走过时，柯庆华突然上前拦住他。

矮个年轻人眼中不由得闪出一丝慌乱。

"湖北哪里的？"柯庆华问矮个年轻人。

"湖北麻城的。"

"麻城话花生怎么说？"

矮个年轻人答不上来，显得更加慌乱。

"快说！"

在柯庆华的严厉逼问下，矮个年轻人只好硬着头皮说：

"就是叫……叫……花生。"

矮个年轻人的话音未落，柯庆华立刻挥手命令身旁的几名国军士兵将他抓起来。

矮个年轻人见状试图逃跑，但被一名手疾眼快的国军士兵用枪托打倒在地。其他几名士兵一拥而上，将他用绳子结结实实地捆起来。

正在接受检查的高个年轻人见同伴被抓，顿时吓得脸色苍白，两眼直愣愣地看着被抓的同伴不知该怎么办。过了好几秒钟，他才像突然明白过来似的，转身拔腿就跑。

当士兵们用绳子捆那名矮个年轻人的时候，柯庆华就已经转身盯着高个年轻人。

见他想逃跑，柯庆华马上大声命令士兵们：

"快追，抓活的！"

几名士兵应声朝逃跑的高个年轻人追过去。

不一会儿传来几声枪响，柯庆华不由得大声命令士兵们别开枪。

没多久几名士兵押着高个年轻人回来了。

原来士兵们刚才开枪并没有打中高个年轻人，但他听到枪声，吓得一脚绊在石头上摔倒在地，被追上来的士兵们按在地上用绳子捆起来。

柯庆华的两名手下立刻对被抓的两个年轻人进行搜身，结果在高个年轻人身上搜查到一张废纸条。

废纸条上面写着：

十一日上午十时，弹子石至朝天门轮渡码头。

这两个年轻人都是云玥手下的特工，按计划从武汉出发，沿陆路渗透到重庆。这张纸条上写的是重庆方面接应他们的时间和地点，是两天前涪陵的一个日特联络站转交给他们的。由于他们对重庆的地名不熟悉担心出错，因此保留了这张纸条。

矮个日特曾经在湖北麻城日军宣抚班待过将近半年，学了一些麻城话，因此才自称是麻城人。但他并没有学会麻城话里的花生怎么说，结果被柯庆华识破。

因柯庆华碰巧也在湖北麻城待过一段时间，知道麻城话称花生为落剥生。

柯庆华和他手下的两名稽查队队员将两名日特押到离关卡不远处的一座国军兵营里审讯。

两名日特拒绝招供，坚称自己是逃难来重庆讨生活的农民。

至于那张废纸条，两名日特声称那是他们在路上捡到的，准备用来擦屁股，不知道纸条上的字是什么意思。

那时候纸张对一些穷人来说是很金贵的。看到人家扔的干净纸张或报纸，他们都会捡起来留着上茅房用或做其他用途，这是很普遍的事。日特的回答无懈可击，让柯庆华抓不到他们的毛病。

柯庆华审不出任何东西来，只好给刘贤仿打电话，报告刚才发生的事情。

由于已经获得日特正在向重庆渗透的情报，刘贤仿断定这两人属于这批日特中的一部分。如果利用这两名日特顺藤摸瓜，就有可能抓到这批渗透进来的其他日特。

柯庆华建议马上将这两名日特押回军统总部，施以重刑，迫使他们招供。

刘贤仿不同意这样做。他认为这两名日特知道的秘密有限。在这两名日特安全渗透到重庆之前，日军情报部门最多只会告诉接头时间、接头地点和接头人是谁，不会让他们知道更多。他认为目前获取的最重要的线索就是从日特身上搜到的那张纸上写的内容，这很可能是他们接头的时间和地点。他断定这两名日特很可能按照事前的计划，明天上午十时从弹子石乘坐轮渡到朝天门码头，在那里和接应他们的人接头，接头人应该和他们相互认识。

于是，一个大胆的行动方案在刘贤仿脑海中形成，他将这个方案告诉柯庆华。

二

上午十点差一刻，云玥来到朝天门码头。

朝天门外，奔流不息的嘉陵江由西向东滚滚而下，清澈的江水最后在这里汇入浑浊的长江继续向东流去。

薄雾朦胧的江面上行驶着许多船只，有现代化的轮船，也有千年不变的木船和划子。

靠人力桨驱动的木船和划子在激流中挣扎着，蹒跚、缓慢地向前移动着，看起来随时都可能因划桨人力气不继被江水冲走。

动力强大的轮船在激流中快速而又稳健地破浪前进。

远处的激流险滩处，纤夫们在岸上用绳索拉着没有动力的木船越过激流险滩。

历史将古代和现代嵌入同一幅画框，形成强烈的对比。

朝天门码头只是一个统称。其实这里有好多个码头，包括长途班轮码头、货运码头和轮渡码头等，还有一些用于停靠私人木船的小码头。

从马王庙街（今朝天门接圣街一带）尽头已经拆掉的朝天门到朝天门码头，是一条大约有三四百级的石台阶，连接着码头和码头上的街市。

这条从街市通向江边码头的台阶像往常一样人来人往，显得格外喧闹嘈杂。除了上下码头搭船的乘客之外，还有逛街的路人、高声叫卖的小贩、挑着货物的棒棒、抬着客人的滑竿、码头上的工人和渔民，各色人等应有尽有。

云玥沿着台阶慢慢走下码头，不时走进两旁的店铺里逛逛，暗中观察着码头上的情况。

云玥特工组的大部分特工已经安全到达重庆。今天，最后两名就要到达。

码头上看起来一切正常。

云玥在轮渡码头外的石阶梯上停下，从这里观察轮渡码头上的情况。

轮渡码头上，董易戴着一顶破草帽，装扮成一个擦皮鞋的，坐在一个矮板凳上等着给路过的客人擦皮鞋。

董易手下的二十多名行动人员，装扮成流动小贩、滑竿脚夫或路人，已经将轮渡码头附近严密监视起来。

此刻，刘贤仿坐在朝天门轮渡码头前的一个简陋的茶棚里，从这里可以清楚地看到码头的情况。

昨天，刘贤仿决定给两名被捕日特的接头人设一个圈套。

他命令柯庆华带领稽查队特工今天早上按照废纸条上写的时间、地点和线路，暗中押送两名被捕的日特从弹子石码头乘坐轮渡到朝天门轮渡码头，希望引诱接头人出现。

刘贤仿则率领手下的行动人员混在轮渡码头上的人群中，密切观察，一旦发现有人试图和两名日特接头，立刻予以逮捕。

这个行动成败的关键就是赌这两名日特为了活命而不敢向接头人发出警报。

即使可能发生这种情况让接头人溜掉，刘贤仿也决定冒险试一试。

此刻，云玥看着远处的江面，一艘轮渡正冲破两江汇合处的激流朝这边驶过来。

云玥抬腕看了看手表，认为应该就是这艘船。

在这艘轮渡上的一个舱室里，柯庆华和他的十几名稽查队队员押着两名被捕的日特。

昨晚，柯庆华按照刘贤仿的指示告诉两名日特第二天的行动计划。答应只要他们配合行动，协助诱捕接头人，就保证让他们活命。如果他们在行动过程中有任何反抗或可疑行为，就会被当场击毙。

两名日特明白柯庆华的用意。他们本不愿出卖同伙，但求生的本能让他们已经顾不得这么多。况且他们还心存侥幸，希望在过程中找机会逃跑。因此，他们答应配合行动。

那艘轮渡已抵达朝天门码头，正缓缓靠上码头上的趸船。

云玥慢慢走下台阶来到轮渡码头前，准备接应这两名特工。从这里到码头的趸船，有一段不太长的石台阶。

刘贤仿见轮渡靠上趸船，马上从茶棚里出来，走到董易的擦皮鞋摊前。

"准备行动。"刘贤仿低声下达命令。

董易停下手中的活，摘下头上的草帽，用力扇了几下，然后又将草帽戴回头上。

所有行动队员都接到董易发出的暗号。

轮渡挂好缆绳后，船上的乘客开始下船。

柯庆华和他的队员们前后左右围住两名被捕的日特从轮渡上下来，随着其他乘客穿过趸船及其与河岸连接的栈桥登上河岸，然后沿着石台阶一步步登上码头。

云玥已经从人群中认出这两名日特。虽然他们看起来有些紧张，但这对于人地生疏的日特来说很正常。

不过，码头上的气氛，让云玥的直觉告诉她有些不妙。因此她只是看着两名特工，并没有向他们招手。

一名特工的直觉有时候非常重要，往往能够在没有任何征兆的情况下感觉到危险，在危急关头挽救他（她）的性命。这种直觉来自先天的造就及后天的经验，二者缺一不可。

云玥具有这种直觉，这种直觉今天将救她的命。

矮个日特终于看到混在码头上接船人群中的云玥。他意识到自己这是在出卖上司，不禁感到一阵害怕和愧疚。他的内心告诉他绝不能这样做，否则愧对天皇和自己的家人。

想到这里，这名日特突然不顾一切地推开前面的稽查队队员，奋力向前猛冲，同时大叫：快走！快走！

这名日特的突然爆发立刻在下船的乘客中引起一阵骚动。大家不知道发生什么事，小部分胆大好奇的乘客停下脚步观望，大部分胆小怕事的乘客担心有危险，本能地拔腿朝码头上跑去，一下子将站在码头上接船的人冲散。

正在码头上暗中监视附近人群的刘贤仿和行动队特工们一下子被眼前的混乱情形搞蒙，根本没有机会去识别谁是接头人。

看到自己的特工发出警报，云玥立刻明白这是一个陷阱，于是不露声色地夹杂在混乱的人群中离开。

那名矮个日特冲开四周的稽查队队员后，发现前面的路被众多的下船乘客堵住，根本没机会逃走，于是一步跳到码头台阶旁的沙滩上，沿着江边的沙滩向前跑，几名稽查队队员在后面紧追不舍。

眼看后面的追兵越来越近，离自己已不到十米远，矮个日特情急之下飞身跃入嘉陵江中。

追赶的稽查队队员见状，立刻近距离朝他开枪。一颗子弹击中他的后背，只见一道血光从他背部喷出。他挣扎了几下便浮在水面不再动弹，身体被一团血水包围随着江水向下游漂流。

一名稽查队队员急忙跳进江水朝中弹的日特游过去，在他被江水冲走之前抓住他的衣领，将他拖上岸。

与此同时，那名高个日特趁着混乱，猛地抱住身旁的一名稽查队员，伸手掏出这名稽查队员腰间的手枪，瞄准一名扑向他的稽查队员就要开枪。

当所有人的注意力都集中在逃跑的那名日特身上时，柯庆华却在暗中提防着高个日特。

在这千钧一发之际，早已拔枪在手的柯庆华抬手便向高个日特连开三枪，当场将他击毙。

从江中救起的日特并没有死，很快被送进附近的宽仁医院抢救。

精心设置的陷阱未能捕住云玥，让刘贤仿感到挫败。他下令严密封锁负伤日特的消息，并对外宣布这名日特没能抢救过来死在医院。

三

虽然损失两名特工，但日军总部很快便派遣另外两名日特顶替他们，在重庆潜伏下来。

王兴邦带领他的两名手下对货运行的那条机动木船进行改装，在驾驶居住舱里做了一个暗舱，用于秘密运送特工专用设备和器材。

接着，王兴邦手下两名持有机动船舶驾驶证的日特按照云玥的指示，驾驶那条机动木船从重庆出发前往宜昌，在潜伏宜昌的日军特工协助下，将准备好的书籍、画作、洋布、杂货等货物以及多部电台和其他特工器材装上这条船，顺利运到重庆，停靠在千厮门附近的一个码头上。

码头上执勤的国军士兵和稽查队队员对船上的货物进行例行检查，

没有发现藏在暗舱里的无线电台和特工器材，于是便放行了。

云玥手下各组日特将船上的特工器材及货物搬上码头，装在租来的板车上运回各自的据点。

至此，所有的准备工作都已完成。云玥的特工组开始执行日军华中派遣军交给他们的任务。

云玥将重庆划分为四个区域，分别是老城区、新城区、长江南岸区及嘉陵江北岸区。四个小组正好就近负责一个区域。各组的首要任务是查明各自区域内的重要设施位置并在地图上标明，然后用无线电台将目标位置发回总部。

云玥负责将重庆每天的天气情报传回武汉。

四

这天上午，董易来到刘贤仿办公室向刘贤仿报告，刚接到宽仁医院担任警卫的两名特工电话，说那名受伤的日特已经醒过来，但身体仍然极端虚弱。他已通知行动处加派两名特工加强病房警卫。

听到这个消息，刘贤仿郁闷的心情稍微好了一些。

这是刘贤仿目前掌握的唯一线索。他希望这名日特的伤赶快好起来，他一定要撬开这名日特的嘴，从这名日特嘴里获得更多线索。

刘贤仿决定去看看这名苏醒过来的日特。

大约十五分钟后，刘贤仿和董易开车来到宽仁医院。

两人从吉普车上下来，快步走进医院大门，来到一楼大厅。

大厅左右两边各有一条走廊通向一楼诊室，大厅正中央有一个通向楼上的宽敞楼梯，楼梯上有一些上上下下的病人、病人家属及医护人员。

刘贤仿和董易穿过大厅，沿着楼梯爬上三楼，然后沿着左手边的走廊朝尽头的一间病房走去。

这时，一名身穿白大褂，戴着口罩的女医生正从这间病房出来，朝门外站岗的两名行动队特工点了点头，然后沿着走廊朝楼梯口方向走过来。

当这名女医生与迎面走来的刘贤仿和董易擦身而过时，礼貌地朝他们点了点头。

刘贤仿和董易来到病房门口，两名行动队特工立刻向他们敬礼。

刘贤仿简单地向两名行动队特工了解了一下受伤日特的情况后，便和董易一起走进病房。

病床上，那名受伤的日特闭着双眼，好像是睡着了。他的身上盖着一条被子。

刘贤仿走近床头，看着这名受伤的日特，忽然感到有什么地方不对。于是他猛地伸手掀开他身上的被子，发现他的心口插着一把短刀，刀柄几乎完全没入胸膛。

刘贤仿急忙转身冲出病房，同时大声命令门外的两名手下抓住刚才那位女医生！

冲出病房的刘贤仿和董易跟在两名手下后面朝楼梯口奔过去，然后沿着楼梯朝二楼冲下去。

到达二楼时，刘贤仿并不停步，一边命令两名手下搜查二楼，一边和董易沿着楼梯朝一楼冲去。

楼梯上的人被刘贤仿他们吓得直躲闪。

来到一楼后，刘贤仿让董易搜查一楼各房间，他自己快步冲出医院大门来到大门前的马路上，站在马路中间朝各个方向观察，希望能够发现那名女医生的身影。

街上的行人熙熙攘攘，刘贤仿没有发现那名女医生。

刘贤仿只好回到医院大厅，和董易一道搜查一楼，但始终没有发现那名女医生。

负责搜查二楼的两名行动队特工从二楼下来向刘贤仿报告，他们也失去了目标。

线索几乎全断了，唯一留下的只有那名女医生被口罩遮住的脸以及那双微笑的眼睛。

刘贤仿再遭挫折，他不知道该怎么向重光交代。

对于两名失职的行动队员，刘贤仿非常生气，下令关他们禁闭。

五

那天在朝天门码头，枪响之后云玥以为她的两名手下都死了，后来传来的消息也证实了她的判断，因此她认为危机已经解除。

昨天，顺城茶馆刘掌柜无意中听到茶馆里的茶客们聊天时说起这事。其中一名茶客说朝天门轮渡码头上中枪的两名日本特工有一名并没有死，只是身受重伤，被送到宽仁医院抢救。这名茶客的女儿是宽仁医院的护士，因此知道这事。

这名茶客还说，那名受伤的日特手术后一直处在昏迷状态，随时都可能撑不过去。

这个消息非同小可，涉及特工组的安全，刘掌柜马上跑去向云玥报告。

云玥听到这个消息后，感到十分不安，决定亲自到医院去查看。

云玥装作病人来到宽仁医院。

她从医院的一楼暗中侦查到三楼，终于在三楼发现左边走廊尽头的一间病房门前有便衣特工把守着，因此断定那名受伤的特工就住在这间病房里。为了证实自己的判断，云玥来到三楼的护士值班台，假装和一名护士聊天，顺利地探听到那间病房里确实住着一名受重伤的病人。

虽然这名护士告诉云玥，这名病人一直处于昏迷状态，随时都有可能死掉，但云玥却不愿抱有任何侥幸心理。

万一这名手下的伤好起来，熬不住中国反谍报机关的酷刑招供，可能会对特工组造成危害。虽然他不知道特工组在重庆的其他潜伏据点，也不知道刘掌柜的存在，但他认识云玥。

当晚，云玥将此事密电报告武汉的山木荒野，建议清除掉这名受伤被捕的手下，消除隐患。

十分钟后云玥收到山木的回电。回电只有简短的几个字：

　　同意清除。

第二天上午，云玥来到宽仁医院。她在一楼的一间医护人员更衣室换上她带来的白大褂，戴上白帽子和口罩，化装成一名医生。

这个更衣间是云玥昨天来医院时就已侦查清楚的，也是她选定的撤退线路。

云玥从更衣间出来，脖子上挂着一个听诊器，手上拿着一个病历夹，沿着楼梯爬上三楼，以查房的名义来到那名受伤日特的病房门前。

门口守护的两名特工由于一直以来都没发生任何情况而放松警惕，没有仔细查问就放云玥进了病房，也没有跟着她进去。

云玥走到病床前，发现她的手下已经苏醒过来，不禁大吃一惊。她昨天还从护士那里得知他仍然处于昏迷状态，没想到今天就苏醒了。

虽然云玥戴着口罩，但这名日特还是一下子就认出她来。

这名手下立刻意识到云玥是来结束他生命的，不由得恐惧地睁大双眼。

求生的本能让这名日特想要挣扎喊叫，但他的身体仍然非常虚弱，根本无力做到。他能做到的，只是从喉咙里发出微弱的呜呜声。

云玥立刻用手捂住他的嘴，另一只手从白大褂口袋里掏出一把锋利的短刀，深深地扎进他的心窝。

鲜血立刻从伤口汩汩涌出。

这名日特瞪大双眼看着云玥，几秒钟后他的目光就暗淡下来。

云玥用手合上他的双眼，然后拿起床边椅子上的一条被子，盖在他身上。

云玥将手放在这名日特的脖子上，确认他已经死了，便转身离开病房。

云玥从病房出来后，正好看到刘贤仿和董易朝这间病房走过来，马上意识到危险。但她毫不慌张，镇静地朝门外的两名特工点点头，然后迎着刘贤仿和董易走过去。当她从他们身旁走过时，甚至还微笑着冲他们打招呼。

走到三楼楼梯口之后，云玥转身下楼。她加快脚步迅速从三楼跑下一楼，来到一楼的那间更衣室。在更衣室里，云玥迅速摘掉口罩扔进旁边垃圾桶，脱掉身上的白大褂和白帽子挂在墙壁的挂钩上，然后打开更衣间的后门溜出去。后门外是另外一条街道，云玥混在街上来来往往的行人中，顺利地摆脱刘贤仿等人的追踪。

第十章 大轰炸

一

一个风和日丽的早晨，阳光普照着大地。

蔚蓝的天空中飘着几朵白云，坡上的青草和野花在和煦的晨风中轻轻摆动。天地相互映衬犹如一幅印象派画。

云玥手里提着一个篮子，沿着山坡爬上坡顶。坡顶上原来是一段城墙，城墙拆除后仅剩残留的墙根。

云玥从篮子里拿出几支香点燃，然后面朝正北举起手里的香，看起来就像在祈拜苍天一样。其实她是在暗中观察香烟飘散的方向和速度，测算风向和风速。

云玥平常都是在她的两层小楼的屋顶平台上假装烧香，乘机观测天气、风向和风速。但有时遇上巷子里的风向飘忽不定，她就得到较高的地方去观测。今天就是这个情况。

上午十时，云玥回到来龙巷的家里，将刚才观测到的天气情报用密电发给山木荒野。电文非常简短：

天空晴朗、少云、东南风二级。

这种天气非常适合空袭。

十五分钟后，云玥收到对方回电。

总部命令云玥派人到南岸大佛寺为日机指示轰炸目标——大佛寺弹药厂。

大佛寺弹药厂在朝天门下游约五公里处的长江南岸，距离江边的大佛寺很近。这间工厂专门生产前线需要的各种炮弹和子弹，是日军的眼中钉，肉中刺，因此日军决定炸掉它。

收到总部指示后，云玥决定派王兴邦小组驾船去执行这项任务。由于没有电话，云玥立刻出发赶往南岸海棠溪的川江货运行。

海棠溪是一条发源自南山、汇入长江的溪流。因溪流两岸生长着延绵数里的海棠而得名，是重庆南岸的一道美丽风景。每逢夏季，清澈的溪流在娇艳绝伦的海棠花丛中蜿蜒激荡、沿着陡峭的山崖奔腾而下，与长江洪流倒灌入溪的汹涌波涛水浪相搏，顿时浪碎珠扬，云雾蒸腾，形成一溪朦胧烟雨，将溪面的阳光化作七彩斑斓的靥影，与溪边妖娆多姿的海棠花交相辉映，宛若仙境。恰似唐代女诗人薛涛所咏：

春教风景驻仙霞，水面鱼身总带花。
人世不思灵卉异，竟将红缬染轻纱。

王兴邦按照云玥的命令率领两名手下携带两面反光镜，驾驶那条机动船顺江而下，半小时后便到达大佛寺附近的江边。

他们将船停靠在江边的一个小码头上。

王兴邦让一名手下留在船上负责接应，自己和另一名手下上岸执行任务。

不久，他俩来到大佛寺弹药厂附近。弹药厂掩映在一片树林中，四周都有围墙，围墙里边设有几个简易岗楼负责监视围墙外的情况，严禁外人靠近。

王兴邦此前侦察过这家弹药厂，知道这个情况，因此他专门找到一个为日本空军指示这个目标的特殊方法。

王兴邦和他的手下通过目测和步测，在弹药厂的西南面和东北面的荒地上各选了一个地点作为指示轰炸目标的位置。这两个地点与弹药厂在一条直线上，距离弹药厂各一百米左右。两个地点选好后，两人在各自的位置附近的大树下坐着休息，等待日军飞机的到来。

下午三时，重庆上空响起防空紧急警报——连续短促的汽笛声后不久，几十架日军九六式中型陆上攻击机飞临重庆上空。

九六式中型陆上攻击机是由日本三菱公司生产的一款双引擎中型螺旋桨轰炸机，最大航速达350公里/时，航程4000公里。载弹量800公斤，配备7.7毫米机枪三挺（改进型增加两侧机枪两挺共五挺）。成员包括正副驾驶、投弹手、报务员和三名炮手（机枪手）共七人。这款飞机在中国战场上被广泛使用。

中国空军起飞几架苏制伊-15（E-15）和伊-16（E-16）战斗机拦截，同日机展开空战。

E-15和E-16都是苏联波利卡尔波夫设计局设计的战斗机。

E-15是一款双翼单座单引擎螺旋桨战斗机。最大航速达350公里/时，航程500公里，配备两挺7.62毫米PV-1同轴机枪。

E-16是一款单翼单座单引擎螺旋桨战斗机，也是世界上第一种可收放起落架的战斗机。最大航速达440公里/时，航程810公里。配备两挺7.62毫米施卡斯机枪。

拥有数量优势的日机在空中分散队形摆脱中国空军的拦截，飞向选定的轰炸目标及人口稠密区上空开始投弹。

一串串炸弹和燃烧弹从日军轰炸机机腹中落下，在重庆市区爆炸。日机倾泻完飞机上装载的所有炸弹后，便掉头飞走。

一时之间，重庆各处传来一连串此起彼伏的爆炸声。

日机投下的炸弹一部分落在人口稠密区爆炸。

中弹的房屋在瞬间被炸弹巨大的爆炸力摧毁，人的肢体和房屋的碎片被爆炸的气浪抛向空中落在四周。几秒钟前还是完好的房子现在只剩下一片瓦砾，焦煳的屋梁和人体的残肢在瓦砾中冒着青烟。

日军投下的燃烧弹将街道点燃，使整条街变成一片火海。身上着火的人们，不论是男人、女人或孩子，都发出摄人魂魄的嘶吼，拼命冲出燃烧的房子，在熊熊大火的街道上四处乱窜，企图寻找一条逃离火海的生路。但是，他们中的大部分人还没来得及逃出火海，就被无情的烈火吞噬。只有少数人奋力冲出来，但他们已被全身烧伤，奄奄一息。

四周不断传来伤者的惨叫声、垂死者的呻吟声，伴随着男人、女人和孩子凄惨的哭喊声和恐惧的尖叫声。

轰炸引发的大火在重庆各处蔓延、燃烧，赤红的火焰蹿上半空，将四周的天空映得通红。滚滚的浓烟升腾而起，在城市上空飘荡，几乎遮天蔽日。遭受日军轰炸的重庆，整个城市犹如人间地狱。

日军飞机除了对人口稠密区实施无差别轰炸、制造恐怖之外，还根据云玥特工组提供的五千分之一地图上的精确坐标，向选定的重要目标实施轰炸。

在重庆老城区中央公园一带，日军对电话局投下多枚炸弹，使部分设施受损，导致重庆的电话业务一度中断。

在重庆新城区，日机对打枪坝的自来水厂的供水设施投下一串串炸弹，将一些供水设施摧毁。

在长江南岸，日军飞机向海棠溪附近的汽油厂投下炸弹，命中目标，造成汽油厂起火燃烧，将整个厂烧成灰烬。

正当王兴邦和他的手下兴奋地欣赏远处的重庆城区被日机轮番轰炸的情景时，忽然发现几架日机掉头朝他们所在的大佛寺弹药厂这边飞过来。

王兴邦和他的手下明白这些飞机是来轰炸弹药厂的，于是按照约定用手中的反光镜向飞过来的日军轰炸机照射。

空中的日机发现地面的两个反光点之后，马上锁定两个反光点连线的中间点为轰炸目标。于是这几架日机飞到目标上空，轮番投下一串串炸弹。

弹药厂中弹，存放的火药被引爆，引发一连串爆炸，瞬间将整个弹药厂摧毁。

二

万连良陪同军令部第一厅刘长官到南山开军事会议。

汽车过江后，便沿着盘山公路驶进南山，在山林茂密的南山中穿行，沿路经过几道戒备森严的关卡。通过最后一道关卡后，他们的汽车停在一所被掩映在树林中的房子前。

万连良和刘长官从车上下来后，司机马上将车开到附近一个隐蔽的地方停车。

一名负责接待的军官带领刘长官去开会地点，让万连良到这所房子里休息。

万连良看着那名军官带领刘长官沿着山坡上一条通往山顶的小路朝不远处的山顶走去。

由于树林茂密，万连良看不见山上的房屋。不过他估计开会的地方应该就在山顶附近。

他们的身影消失在树林中之后，万连良转身走进那所供随员休息的房子。

房子里面已经坐着几位校级军官。

万连良在一把竹椅上坐下，加入到他们当中。

这几位军官和万连良一样，都是陪同长官来开会的。

大家闲着没事，你一言我一语地聊天。

在闲聊中，万连良得知这次军事会议是由蒋介石亲自召集的，就在山坡上的黄山官邸举行。

无意中获得这个绝密情报，让万连良心中暗喜。

要知道日军总部早就指示万连良查明蒋介石官邸的位置，但万连良想尽一切办法都没能获得这个机密。

于是万连良在闲聊中乘机向这些军官探听黄山官邸的详细情况，确认蒋介石就住在黄山官邸。

在回去的路上，万连良为了核实刚才获得的情报，故意带着景仰的语气问刘长官：

"长官，听说今天是委员长亲自召集的会议？"

"嗯。"刘长官点头表示肯定，然后反问万连良，"你是怎么知道的？"

"听一位陪同他长官来开会的军官说的。"

回重庆后万连良将这份重要情报传给文娟。文娟又将它密电传给山木荒野。

山木荒野收到情报后大喜。

日军一直想击杀蒋介石。他们认为蒋介石是日中和平的主要障碍，只要蒋介石死了，重庆政府就会接受日本方面的和谈条件，从而结束中日战争。

日军曾经对曾家岩蒋介石官邸实施轰炸，将它夷为平地。不过蒋介石早已移居黄山官邸，使日军的企图落空。

万连良的情报让日军重新燃起希望。

于是，山木荒野密电指示云玥查明蒋介石黄山官邸的具体位置，为日本空军实施轰炸做准备。

三

一辆军用吉普车行驶在南山的公路上。

开车的是身穿国军军服的顾炎炳，身着国军少校军装的云玥坐在副驾驶座上。

第十章 大轰炸

按照万连良凭记忆提供的行车线路和沿路的特征，他们一边识别线路，一边朝黄山方向驶去。一路上他们使用伪造的通行证，顺利地通过几道关卡。

这时前面出现一个Y字路口，这是一个重要的识别标志。按照万连良所说的，左边那条路通往黄山官邸。

云玥让顾炎炳驶进左边那条路。

不久，吉普车来到最后一道关卡前停下接受检查。从这里能够清楚看到万连良曾经在里面休息过的那所房子和不远处的那个山头。

关卡有七八名卫兵执勤，关卡旁一个用沙袋垒起的掩体中架着一挺轻机枪。

一名卫兵走到吉普车旁，请他们出示证件和通行证。

云玥拿出自己的证件和一份通行证递给这名卫兵。

这名卫兵发现通行证上注明的目的地是空军观测台，于是告诉云玥走错路了，她应该在前面的Y字路口选择右边那条路。

云玥假装恍然大悟，连声向这名卫兵道谢，然后让顾炎炳掉头，准备离去。

云玥的目的已经达到，知道蒋介石官邸就在前面的那座山头上。

正当顾炎炳开车掉头时，突然听到有人冲他们大声说：

"等一等。"

云玥回头一看，发现一名上尉让他们停车。

云玥心里顿时一紧，担心对方看出什么破绽。眼前的情形想逃是逃不掉的，云玥只能硬着头皮让顾炎炳停车。

上尉走到云玥面前，重新检查了云玥的证件和通行证，然后拿着它们走进岗亭，打电话核实。

不一会儿电话通了。

上尉问对方：

"空军观测台吗？"

"是的。"

"请问是不是有一位名叫范晴的女少校要去你们那里检查工作？"

"是的。你是哪里？"

上尉没有回答对方的问题，只是说了声"谢谢"就挂断电话。

上尉从岗亭出来，将证件和通行证还给云玥，然后礼貌地对云玥说：

"抱歉，少校。例行公事。"

"没关系。"

云玥冲上尉笑了笑，然后示意顾炎炳开车。

原来云玥在行动之前想到了这一点，因此命令王兴邦和一名手下到空军观测站附近的电线杆上截听电话。

刚才上尉打过去的电话，就是王兴邦接听的。

几天后，马家卿小组装扮成国军勘测队，带着野外测量工具来到蒋介石黄山官邸所在山头四周约一公里远的地方进行野外测量。

由于黄山官邸所在的山头被掩映在大片山林中，从空中很难识别，云玥必须在黄山官邸山头周围特定地点设置参照物，让日军飞机能够通过这些参照物从高空准确锁定目标位置。

云玥命令熟练掌握野外测量技术的马家卿和他的两名小组成员到黄山官邸四周寻找最佳参照地点。

经过几天野外作业，马家卿小组最后在黄山官邸山头正东和正北约一公里的地方各找到一个非常适合指引飞机轰炸的参照点。

四

一个晴朗的上午，云玥和王兴邦在黄山东坡野草丛生的丛林中向上攀爬。

王兴邦背着一大捆干树枝，云玥手上提着一个装满煤油的铁桶。他们俩都身穿农民的服装，看起来就像一对在山上砍柴的农民夫妇。

第十章 大轰炸

经过两小时的攀爬，云玥和王兴邦终于到达目的地，黄山官邸正东的飞机轰炸参照点。

从这里，他们可以看到蒋介石官邸的那座山头。

王兴邦将背上的那捆干树枝卸下来，将它们堆放在地面上，然后用带来的一把柴刀砍了一大堆树枝、灌木和杂草放在那堆干树枝四周，形成一个大柴堆。

准备工作完成后，云玥和王兴邦坐在那里休息，等待约定的行动时间。

与此同时，在黄山北面的山林中，顾炎炳和他手下的一名日特沿着山坡攀上一个小山头，来到蒋介石黄山官邸那座山头正北面的轰炸参考点。他们同样带了一捆干树枝和一桶煤油。

下午一点多重庆上空传来连续短促的汽笛声。这是紧急空袭警报，意味着过不了多久日机就会飞临重庆上空。

于是，云玥从地上拿起那桶煤油，拧开桶盖，将桶里的煤油全部浇在柴堆上。接着，她用火柴点燃柴堆。

柴堆点然后，火势渐旺。四周的树枝、灌木和杂草被烤干点燃，冒出一股浓厚的青烟，形成一个烟柱缓缓升向空中。

此刻顾炎炳小组点燃的柴堆正冒出一股青烟向空中升腾。

负责监视日军汉口W基地的军统特工已经向重庆防空司令部发回空袭预警，W基地的几十架日军飞机分三批先后朝重庆方向飞去。

将近下午两点，天空中出现担任第一攻击队的日本海军鹿屋航空队27架九六式陆上攻击机。这群日机呈扇形编队从东北方向朝重庆飞来。

重庆附近的防空炮火开始朝日机射击。

高射炮弹在日机附近爆炸，形成一团团黑烟。

日机不顾国军的炮火，继续向重庆逼近。

这群日机并没有像以前那样飞向重庆城区上空，而是直接飞到长江南岸的南山南部老君洞东南约二公里的空域，然后转向正北进入预备攻击阵位。

他们今天的轰炸目标是蒋介石的黄山官邸,日军代号N区。

日机第一攻击队指挥官井上梅次郎中佐根据约定,开始观察南山区域,寻找地面目标指引标记。

很快,井上中佐发现山林中冒出的两股烟柱,在阳光的照射下十分显眼。

井上中佐立刻用无线电通知其他日机发现地面目标指示标记,命令全队调整飞行姿态,进入北面那股烟柱的正南方。

接着,井上中佐驾机率先对着这股烟柱前方的山头俯冲,其他日机也展开攻击队形紧随其后。

这时,黄山官邸附近高射炮阵地的所有高射炮开始向来袭日机开火。密集的炮火形成一道弹幕,将整队日机笼罩在火网中。

当紧急空袭警报响起时,正在云岫楼中开会的蒋介石和几名高级将领并没有十分在意。日机轰炸的目标通常是重庆城区,山林茂密的南山基本上不会成为日机轰炸目标,因此他们并没有马上离开云岫楼进入附近的防空洞。

直到附近专门负责保卫黄山官邸的高炮阵地传来隆隆的射击声,蒋介石才意识到危险临近。

这时,一名侍从官走进来报告,日机正朝这边飞过来,目标显然是官邸,请蒋介石立刻到防空洞隐蔽。

于是,蒋介石和几名将领离开云岫楼前往不远处的防空洞。

井上中佐驾机继续俯冲并瞄准目标——东边烟柱向正西方向延长线与北边烟柱向正南方向延长线的交叉点,投下一串串炸弹,接着拉起机头飞走。

紧跟在后面的二十多架日机也一架接一架俯冲投弹。

几乎在同一时间,蒋介石和几名高级将领匆忙来到防空洞门外。日机的轰鸣声似乎就在他们的头顶上方。

蒋介石让几名高级将领先进防空洞，自己站在洞口外抬头望向天空。

只见日机投下的炸弹正朝蒋介石头顶上落下来。

蒋介石身旁的侍从官意识到危险，急忙将蒋介石推入防空洞中，随即关上铁门。

就在一瞬间，一枚炸弹落在不远处爆炸。

四处横飞的弹片打在防空洞的铁门上砰砰直响。两名警卫被炸死，几名警卫被炸伤。

如果蒋介石没有被侍从官及时推进防空洞，后果不堪设想。

第一攻击队总共投下四十九枚二百五十公斤中型炸弹和一百枚六十公斤小型炸弹。

日机第一攻击队飞离重庆上空不久，作为第二攻击队的日本海军第一航空队27架九六式陆上攻击机就在指挥官尾崎武夫大尉的率领下飞临重庆上空。

像第一攻击队一样，第二攻击队进入老君洞东南上空，对蒋介石黄山官邸进行第二轮"补刀"轰炸。他们投下十二枚八百公斤重磅炸弹和九十枚中、轻型炸弹，企图以重磅炸弹一举摧毁蒋介石的防空洞，将蒋介石埋葬在防空洞里。由此可见日军是多么地想要除掉蒋介石。

第二攻击队飞走后，第三攻击队日本海军高雄航空队27架一式陆上攻击机在野中太郎大尉的率领下飞临重庆。

一式陆上攻击机是三菱公司在九六式陆上攻击机的基础上发展出来的一款发动机马力更大、速度更快、更为先进的陆上攻击机。其最高航速每小时450公里，航程达2500公里(轰炸)、6000公里(侦察)，是二战中日本海军的主力轰炸机。载弹量一千公斤并配备7.7毫米和20毫米机枪五挺。机组成员七人，包括正副驾驶、投弹手、报务员（兼炮手）和三名炮手。

第三攻击队的轰炸目标是重庆城中的行政区，日军代号D区。他们在行政区投下五十多枚中型炸弹和一百多枚小型炸弹，给重庆造成很大的人员伤亡和财产损失。

　　蒋介石黄山官邸警卫部队发现给日机指示目标的烟柱后，断定这是日特所为，于是开始调查近期有没有出现可疑的人和事。

　　那名上尉马上想起云玥的吉普车走错路的事情来，觉得有些蹊跷，于是再次打电话给空军观测站查问此事，结果发现根本没有什么女少校。

　　云玥从此进入重光和刘贤仿的视线。

五

　　日军的轰炸给重庆人民造成巨大的人员伤亡和财产损失，以及由此引发难以估量的间接灾难。

　　轰炸造成城市交通瘫痪，水、电供应停止，住房拥挤，物资供应短缺，物价飞涨。特别是粮食、食品供应严重不足造成价格暴涨，给普通市民的生活造成极大的冲击，使这个在富饶的天府之国中的城市——抗战临时首都的许多市民只能处于半饥饿状态。许多孩子每天只能吃两顿稀粥，出现严重的营养不良。

　　连续不断的轰炸产生的另外一个恶果是让人们长期生活在恐惧中，形成一种巨大的精神压力。长期的精神压力和艰难生活的折磨，犹如两座压在重庆人头上的大山，让他们感到窒息。

　　特别是潜伏在重庆的日军特工频繁地从地面给日军飞机指引轰炸目标，甚至猖狂到指引日机空袭蒋介石的黄山官邸，这一切让蒋介石不得不亲自过问此事。

　　蒋介石召见重光并把他训斥一顿，指示他加紧收集日军空袭情报，让重庆在日机每次来袭时都能提前做好防空预警，以减少民众生命和财产损失。并责令重光加紧侦破给日机指示目标的日军特工网，彻底消除这股日特造成的危害。

第十章 大轰炸

重光得知蒋介石黄山官邸被炸，不禁感到一阵后怕。

实际上重光此前已获得情报，说日本人已经发现蒋介石的黄山官邸在南山上。

但南山那么大，加上黄山官邸四周戒备森严，根本无法接近，日特不可能发现官邸的具体位置。因此重光认为日本人短时间内对黄山官邸不会造成威胁，而他很快就会将他们一网打尽。

没想到日特能这么快找到黄山官邸，并精确指引日机轰炸。这让重光意识到这股特务比他想象的还要危险。

重光从蒋介石那里回来后，马上召集军统局各处处长开会。

重光首先传达了蒋介石的训令，要求大家精诚合作，采取一切必要手段，务必将这股凶残的日特铲除，以绝后患。不过他在会上没有透露黄山官邸被炸的消息，这属于最高机密。

接着，重光点名批评刘贤仿的联合调查组工作不力，不能有效阻止日特的破坏活动，让日特越来越猖狂。他要求刘贤仿尽快破获这股日特，将功补过。

会后，重光单独将刘贤仿留下来，告诉他黄山官邸被炸的消息，提醒他如果委员长这次有个三长两短，他们俩都会掉脑袋。

重光的话让刘贤仿吓出一身冷汗。

回来后，重光的话仍然在刘贤仿的耳边回响。

重光的话可不是随便说的，弄不好刘贤仿真会去坐牢，甚至掉脑袋。这在军统是有先例的。

刘贤仿经过多年的努力和经营，才得到现在这个职位。这让他能够轻而易举地获取很多重要机密情报，使他的秘密情报工作如鱼得水。如果因为工作中的失误导致他失去重光的信任进而丢掉现在的职位，对组织将是一个难以弥补的损失。

想到这里，刘贤仿内心里感到一阵紧张。他必须尽快破获这个日特组织，阻止他们继续给日军飞机指引轰炸目标，从而减轻因日机轰炸造成的破坏，挽回重光对他的信任。

　　当晚回到家里，刘贤仿将日特发现蒋介石黄山官邸，并指引日机实施轰炸的消息发回延安。

　　发完密电后，刘贤仿熄灯上床睡觉。

　　可他翻来覆去睡不着，巨大的压力让他思绪纷乱。

　　此刻，往事不由自主地一幕幕呈现在他的脑海中。最后，画面定格在一个年轻姑娘的美丽脸庞，久久难以消散。

　　这个美丽的姑娘就是他一直深爱着的恋人李娅。

　　多年来，刘贤仿早已习惯孤独、寂寞、充满危险的情报生活。只有在夜深人静的时候，孤独无助的他才会在不知不觉中想念他的李娅。

　　她是那么的美丽、聪慧，那么的温柔、善良。刘贤仿的内心里发出一阵感慨，伴随着一股难以名状的痛楚。

　　他们是大学同学，也是学校秘密学生进步组织的战友。两人有着共同的革命理想，并在实现革命理想的斗争中逐渐产生爱情，成为一对恋人。

　　自从刘贤仿去井冈山给红军送密信后，他和李娅从此天各一方，再也没有彼此的消息。

　　他不知道她现在在哪里，也不知道她现在在干什么、过得怎样。

　　她会不会像他一样在夜深人静的时候思念他？她会不会为他流泪？她会不会认为他是一个负心郎？她会不会早已忘记他？刘贤仿在内心深处默默地问自己。

　　他多么希望她能陪伴在他身边，用她的温柔化解他内心的寂寞，用她的善良驱散他面临的凶险，用她的美丽击退他周围的丑恶。不过，他更希望她远离时刻面对危险的他，更希望她一切平安，等他凯旋后再和她相聚。

　　不知过了多久，刘贤仿在迷迷糊糊中睡着。

　　他做了一个梦，梦见他牵挂的李娅。

他梦见李娅从遥远的地方微笑着向他走来。他们之间隔着千山万水。

可她的样子是那么清晰。她依然那么美丽、那么清纯、那么善良。

看到分别已久的恋人,刘贤仿感到无比喜悦。他大声呼唤她的名字,可嗓子却发不出声音;他向她挥手,可双臂却举不起来;他拔腿奔向她,可双腿却迈不出去。

他拼命挣扎,试图恢复身体的知觉,可一切都是徒劳的。他只能僵直地站在那儿,等着他心爱的人来到他身边。

李娅穿过长满鲜花的绿地,闯过布满荆棘的山野,跨过潺潺流淌的小溪,涉过湍湍奔腾的激流,一步步向他走来。

他焦急地等待着。

等了很久很久,李娅终于来到离他很近的地方。他忘了失去知觉的身体,本能地张开双臂想要迎上去拥抱她,可全身依然无法动弹。

这时李娅张开双臂快步向他奔跑过来,即将投入他的怀抱。

突然,一个黑影从他身后冲出来,举起手里的枪向李娅开枪射击。

李娅中弹倒下。

"李娅!"

刘贤仿大叫一声朝李娅冲过去,却被噩梦吓醒,猛地从床上坐起来。

此刻他浑身是汗,不停地喘着粗气,嘴里还在喃喃呼唤李娅的名字。他一下子还没能从梦境中挣脱出来。

过了一会儿,他才清醒过来,意识到这是一个梦。

于是他不住地安慰自己:"这不是真的,这不是真的,这只是一个噩梦!"

阳光已经照进窗口,天已经亮了。

第十一章　突击日特

一

转眼到了秋天。

天空中覆盖着一层厚厚的乌云,地面上弥漫着淡淡的薄雾。

炎热的盛夏已经远去,天气开始变得凉爽宜人。清凉的秋风在不经意间将花草和绿叶染上五彩缤纷的颜色,给这座灰蒙蒙的城市平添几分色彩。

这种天气不用担心日本飞机来轰炸。

齐竿子半闭着双眼躺在储奇门码头外一个简陋的茶棚前的一把竹躺椅上悠闲地喝茶,享受着难得的安宁。

齐竿子本名叫齐福,年近五十,是警察局的一位密探。

作为密探,齐竿子每天的工作就是出入茶馆打探各类消息,留意街坊邻居的言行。或在街上晃悠,识别、跟踪可疑路人,暗查遭通缉的日特和罪犯。

刚才齐竿子在附近逛了一圈,感觉有些累了,于是来到这间茶馆休息一下。

齐福出身贫寒,六岁那年父母生病先后去世,成为孤儿,最后由舅舅收养了他。

舅舅、舅妈有两个年幼的孩子,一家四口全靠舅舅一人在一间酱菜店做工赚钱养家，家境并不宽裕，只能勉强维持生活。

现在平白多了一个齐福，需要吃饭穿衣，无形中增加了舅舅家的负担。因此舅妈十分嫌弃齐福，认为他是一个白吃饭的货。

其实，舅妈不喜欢齐福还有另一个更深层次的原因：她和许多人一样有一种观念，认为领养的孩子养不家。特别是齐福这种领养时已经记事的孩子，不论你对他多好他都不会对你亲。等你含辛茹苦将他养大后，他不会对你的养育之恩抱有感激之情，也不会想着去报答你，更不会在你老了之后孝顺你，给你养老送终。在养儿防老的时代，一个人老无所依、老无所养是最让人害怕的。

正因为这样，舅妈对齐福很不好，经常打骂他，有时不让他吃饱饭，还逼他干一些成年人的重活。甚至在冬天也不给他置一件保暖的棉衣，让他穿着单薄的衣服过冬，还让他冒着刺骨的寒风到半里远的江边去担水。

挨打挨骂、吃不饱穿不暖的日子让年幼的齐福尝尽人间的屈辱和痛苦，但天性心慈仁厚又胆小怯懦的齐福并不怨恨舅妈。如果不是舅舅、舅妈收留他，他就会成为一个流浪街头的小乞丐，这是他最害怕的。只要舅妈不撵他走，他就能承受这一切。

舅舅为此没少和舅妈吵架，但舅妈根本听不进去，照样虐待齐福。舅舅拿她没办法，只能忍让。

可能是因为年纪大了，齐竿子近来常常回忆起往事。闲得无聊的他此刻又想起自己过去的事情。

二

一个寒冷的冬天傍晚，舅妈让齐福到半里外的江边去担水。

齐福用一根粗竹竿担着两个木水桶从家里出来，顶着外面的寒风朝江边走去。

冬天的傍晚寒风阵阵，齐福身上单薄的衣服难以抵挡刺骨的寒风，冷得他不禁打了一个哆嗦。于是他赶紧加快脚步尽量让自己的身体暖和一点。

天已经黑下来。齐福担着两个水桶来到江边。

冬天的江边几乎没有人。

黑漆漆的江上，只有远处船上的桅灯在闪烁。

江面上刮来一阵让人瑟瑟发抖的寒风，齐福感到自己脸上犹如刀割般的疼痛，浑身冷得不禁又是一阵哆嗦。他赶紧沿着石台阶一步步下到尽头来到江边，想赶快打满水回家。

他将两个水桶和竹竿放在石台阶上，然后拿起其中一个水桶，弯腰去江中打水。由于身体瘦弱，加上装满水的水桶太重，当他用力将水桶提出水面时，没想到脚下一滑，连人带桶一起跌落到冰冷的江中。

刺骨的江水让齐福全身猛地一缩。当他意识到自己不会游泳时，一股恐惧立刻涌上心头，开始拼命挣扎。慌乱中他呛了一口水，让他感到一阵窒息，五脏六腑像要爆裂开来一样。他痛苦之极，他觉得自己快要死了，神志开始变得不清，但求生的本能让他在江水中继续挣扎。绝望中他幸运地抓住了石台阶的边缘。虽然意识模糊，但他知道自己抓住了救命稻草。于是他双手紧抓台阶边缘，用尽全身的力气拼命往上爬，终于从江水中爬上石台阶。

幸亏这是冬季枯水季节，江水很浅且流速缓慢，齐福这才没被江水冲走，捡回一条命。

齐福趴在石台阶上剧烈地咳嗽，将呛入肺部的水慢慢咳出来，这才感觉好受一些。

一阵寒风从江面上吹过来，将刚才因极度恐惧、挣扎求生而忘记寒冷的齐福冻得瑟瑟发抖。

刺骨的寒冷让惊魂未定的齐福清醒过来。他想起跌入江中的木桶，赶忙睁大双眼在黑暗的江面上搜寻。

可水桶早已随着江水漂得无影无踪了。

年少的齐福知道自己闯了祸，回家免不了舅妈的一顿打骂，心里不禁感到一阵害怕。

但他无处可去，还得硬着头皮回家。

于是他拿起另一只木桶，小心翼翼地从江水中打满水，然后一手提着水桶，一手拿着竹竿，一步步费力地爬上江边的台阶，朝家里走去。

一路上由于用力提着水桶，加上心里害怕舅妈的打骂，齐福居然并没有觉得很冷。

齐福到家后，舅妈见齐福全身湿漉漉地提着一桶水回来，便问齐福另一只水桶在哪。

齐福不敢隐瞒便照实告诉舅妈刚才发生的事。

得知齐福丢了一只水桶，舅妈不禁大怒。她一边骂齐福，一边操起一根竹条对着齐福就是一阵猛抽。

在舅妈眼里，齐福的一条命还不如她的一个水桶值钱。她根本不关心齐福刚才掉进江里差点淹死。

舅舅见齐福冷得全身发抖、脸色苍白、嘴唇乌黑，担心舅妈再这样打下去孩子的性命有危险。于是他冲过去拦住舅妈，大声斥责她不该这个时候打齐福，不论发生什么事都应该让齐福先换掉身上湿透的衣服，不然孩子会被冻死的。

气头上的舅妈见舅舅责怪自己，更加恼怒。她一把推开挡住她的舅舅，一边抽打齐福，一边恶狠狠地骂道：

"我就是要冻死这个没用的东西，我就是要冻死这个只会吃饭的废物！冻死他正好少一个负担！"

舅妈的话彻底激怒舅舅。舅舅平时对舅妈打骂、折磨齐福一直忍让着，尽量不去激化矛盾。可今天舅妈这样冷酷地对待齐福，让舅舅再也抑制不住胸中积郁已久的怒火，愤怒之下挥掌狠狠地扇了舅妈一个大耳光。

这一下可不得了了。

舅妈先是冲过去要和舅舅拼命，接着又拿起一把剪刀要自戕，幸好让舅舅给夺下。

他们的两个孩子见状吓得大哭起来。

舅妈威胁舅舅这个家里从此有齐福就没她，如果齐福留在这里，她就死给舅舅看。

齐福见舅妈因为生他的气要寻死，吓得赶紧对舅舅和舅妈说：

"我走，我马上走，舅妈不要寻短见。"

说完，齐福转身逃出家门。

舅舅担心舅妈真的做出傻事，因此不敢去追齐福。

齐福逃出家门后沿着街道朝前走。

不知走了多远，齐福的四肢渐渐被冻僵失去知觉，意识也开始变得模糊。他只是机械地拖动双腿跟跟跄跄地往前走。

这时，这条街上的一位老街坊秦叔从齐福身旁走过。

见齐福走路跌跌撞撞的，秦叔以为他生病了。秦叔到他身旁刚要开口问他，就见他的身体摇晃了几下，开始往下倒。

秦叔急忙伸手扶住失去意识的齐福。他马上发现齐福身上的衣服是湿的，顿时明白过来这孩子因为寒冷失温而昏迷，于是赶紧背起齐福回到他家。

秦叔脱掉齐福身上的湿衣服，让他躺在床上，给他盖上被子。

没过多久齐福就苏醒过来。

秦叔早就听说齐福的舅妈对齐福不好，附近几条街上几乎所有的人都知道这事。

得知齐福今晚的遭遇后，秦叔决定帮助齐福。

当晚秦叔留齐福在自己家过夜。

第二天早上，秦叔让齐福穿上自己的旧棉衣，然后带着齐福来到临江门外的一个煤炭铺，请他的朋友、煤炭铺老板收留齐福当学徒。

老板同情齐福的身世和遭遇便收留了他。按规矩头一年只管他吃住但没工钱。

有人愿意收留自己，齐福就已经感激不尽，哪里还去计较什么工钱。

这一年齐福十二岁。从此他开始一个人独自谋生。

身体瘦弱的齐福在外面也免不了受人欺负，于是有人带他去混袍哥，这样便有了袍哥兄弟的保护，欺负他的人果然少了许多。

几年后齐福长高很多，但身板仍然十分瘦弱，就像一根杵在地上的细长晒衣竿，一阵风就可以把他吹倒。有人给他起了一个诨名叫齐竿子，久而久之他的本名倒被人给忘了，大家都叫他齐竿子。

齐竿子虽然讲江湖义气，但他心慈胆怯，加上身体瘦弱，在需要心狠手辣、逞凶斗狠的帮会里也没混出个名堂来，仍然过着贫穷的生活。

后来清朝灭了民国建立了，齐竿子的日子也没见得好过一些。

齐竿子就这样过了大半辈子，连个老婆都没娶上，就在不知不觉中老去，到头来只能靠打短工过日子，过着有一顿没一顿的日子。

即便如此，齐竿子从没怨恨过舅舅和舅妈，反而对他们心存感激、尽自己所能报答他们。后来舅舅、舅妈年纪大了经常有个三病两痛，他会抽时间去照顾他们，端茶喂药、床前床后地服侍他们，直到舅舅、舅妈先后去世。

舅妈生前对自己曾经虐待齐竿子悔恨不已，多次请求他原谅。每当这个时候，齐竿子总是宽厚地笑着告诉舅妈，他感激舅舅、舅妈给他一个家把他养大，否则他可能活不到今天，舅妈没什么需要请他原谅的。舅妈每次听到齐竿子这样说，总是禁不住热泪滚滚。

迁都重庆后，重庆涌入大量新移民。新移民鱼龙混杂、良莠不齐，给重庆治安造成很大压力，因此重庆警方需要招收大量临时人员协助他们维护社会治安。袍哥会的兄弟见齐竿子可怜，便乘此机会将他介绍给警察局当了密探。虽然不算公家编制，但有一份微薄的固定收入，基本上够像他这样一人吃饱全家不饿的光棍过日子，他的生活才勉强稳定下来。

三

不远处的军用码头上，一艘大货轮正在装载军用物资，有枪支弹药、火炮和军用卡车。这些军用物资将会被送往宜昌。

装载工作头天上午就已经开始。但由于码头上缺乏装卸设备，全靠人拉肩扛，装载工作进展很慢，到现在为止仍然有少量物资堆放在岸边等待装船。

这时，两名国军军官穿过马路走到码头大门前，向站岗的宪兵出示证件和一份后勤部公文。

站岗的宪兵查看了他们的证件和公文后，并没有检查他们携带的一个公文包，便放他们进了码头。因为站岗的宪兵半小时前刚刚接到后勤部电话通知，说有两名军官要来核查船上的货物。

两名军官进入码头后，沿着台阶走下码头，穿过跳板和趸船登上货轮。

当这两名军官走下码头时，躺在竹躺椅上的齐竿子下意识地看了他们一眼，然后转过头去，半闭的双眼无精打采地看着远处的江面。

两名军官找到船上的一名军事押运员，向他出示了公文，要求对船上的物资进行例行核查。

这名押运员陪同他们来到船上一个装满货物的货舱。

货舱里没有其他人。

两名军官开始核对这个货舱里面的货物。这个货舱里装载的是一箱箱的军用炸药。

其中一名军官打开一个箱盖，看见里面装满炸药，于是转头朝他的同伴点了点头。

站在押运员身后的这名同伴回头看了一眼舱门，确认没有任何人。

于是他迅速伸出左臂从后面用力扼住押运员的脖子，右手乘势箍住押运员的头，然后猛地一扭，只听咔嚓一声，押运员的脖子被扭断。接着，他将尸体拖到一堆炸药箱后面藏起来。

与此同时，另一名军官从公文包里面取出一枚定时引爆器，将引爆时间设定在五分钟后爆炸，然后将这枚定时炸弹放进那个被打开的炸药箱里，盖上箱盖。

两名军官迅速从货船上下来，顺着台阶朝码头走上去。

当他们快要到达码头出口时，两名军官停下来回头看了一眼货船，其中一名军官还抬手看了看手表。

躺在竹躺椅上的齐竿子无意中正好看到这一幕，并且看清了他们的脸。但他并没有在意，仍然半闭着双眼养神。

过了一会儿，那艘货船突然传来一连串剧烈的爆炸声。

正在闭目养神的齐竿子几乎被震得从躺椅上跳起来，他的耳朵感到一阵阵发痛。

齐竿子睁开半闭的双眼，转头朝爆炸方向看过去。只见那艘货船瞬间被炸成两截，爆炸的碎片在空中四处横飞。一些碎片落到齐竿子附近，差点击中他。

眼前的情形让齐竿子马上意识到发生什么事，他的直觉告诉他是刚才那两名军官干的。

齐竿子顾不得隐隐作痛的双耳，猛地从躺椅上站起身来，转身朝码头上的马路看过去，寻找那两名军官。

他幸运地发现他们正沿着马路从他前面不远处匆匆走过。于是他装作若无其事的样子离开茶馆走到马路上，远远跟在他们后面。

两名军官并没发现被人跟踪，他们沿着林森路朝南纪门方向走去。

不久，他们来到南区干路，然后拐进城墙边的一条小路。

齐竿子见状停下脚步。如果他跟着他们走进这条僻静的小路，肯定会被对方发现，让自己陷入危险。

不过齐竿子是老重庆,对重庆的大街小巷非常熟悉。他知道这条小路唯一出口在兴隆街,于是决定绕到前面去等他们,这样就不会被他们发现,也没有危险。

齐竿子一路小跑绕道朝小路出口赶去。

到达兴隆街后,齐竿子来到小路出口附近的一间剃头铺里,等着目标出现。

没多久,两位穿便装的年轻人从小路里走出来。

齐竿子马上便认出这两人就是刚才的那两名军官。

原来他们在荒僻的小路脱掉身上的军装换了便服。

就这样,齐竿子跟踪这两人来到两路口,看着他们最后开门进了两路口杂货店。

齐竿子马上到警察局报告他的发现。

这两人确实是云玥手下的特工。

原来云玥接到情报,国军想趁这段不适合日机轰炸的阴霾天气将一批前线急需的军火装备运往宜昌。因此云玥决定炸毁这批军火。

云玥让手下冒充后勤部打电话给码头上站岗的宪兵,通知他们将派两名军官到码头对货船上的军用物资进行例行核查。

不久,两名化装成国军军官的日特携带伪造的证件和公文混进码头实施爆破,云玥和另外几名特工留在码头大门附近负责接应。

当云玥看到两名手下顺利地从码头出来后,便满意地带领她的人迅速离开现场。如果她再多待一会儿,很可能会发现跟踪两名日特的齐竿子。

四

一天晚上,一辆无线电侦测车和一辆车厢被帆布车篷遮得严严实实的卡车停在距离两路口杂货店不远的马路旁。

第十一章 突击日特

严冬坐在副驾驶座位上，他身后通向车厢的小窗户开着，随时和后车厢联系。无线电侦测车的后车厢里，几名侦测员坐在侦测仪前，戴着耳机侦听秘密无线电信号。

后面那辆盖着帆布车篷的卡车上，刘贤仿坐在副驾驶座位上。董易和他的手下安静地坐在黑漆漆的车厢里，随时准备出击。

原来，刘贤仿接到齐竿子的报告后，断定这两人属于那股渗透到重庆为日本空军指示轰炸目标、从事破坏活动的日特。他们肯定会使用无线电台给日军发送情报。

为了一击必中，刘贤仿命令严冬的无线电侦测车到两路口杂货店附近进行秘密侦测。

实际上，严冬的无线电侦测队此前就已经侦测到两路口及云玥其他几个日特小组的电台信号。只是因为这些电台每次发报的时间都很短，他无法确定这些信号的具体方位。

经过几天的侦测，严冬终于锁定这个杂货店发出的秘密无线电信号。

今晚，刘贤仿亲自带人在两路口杂货店附近埋伏。

只等杂货店里的电台再次活动，刘贤仿就会带领他的手下冲进去来个人赃俱获。

按照以前的规律，这部电台的通信联络时间是晚上九点半。

刘贤仿抬腕看了看手表，时间已经到了。

这时，一名侦测员向严冬报告，可疑无线电信号再次出现。

严冬立刻将手伸出窗口，向后面的卡车打了一个手势。

刘贤仿立刻打开车门从车上跳下来，抬手在后车厢侧面的厢板上敲了三下。

董易和行动队特工听到行动暗号后，立刻掀开车厢后面的帆布帘，迅速从车厢里跳下来。

刘贤仿和董易带领大家无声无息地朝杂货店摸过去，迅速将它包围起来。

只见杂货店的一楼漆黑一片，二楼的窗帘缝有灯光透出。

刘贤仿将耳朵贴在大门上听了一下里面的动静，没有任何声音，断定里面没人。于是，他示意董易和几名行动队特工守在前门，自己带领其余行动队员绕到后面。

杂货店后面的一楼有一个后门，后门外沿着外墙有一道通向二楼的楼梯。根据之前的暗中侦察，杂货店的人住在二楼。

刘贤仿让两名队员担任警戒，自己从腰间拔出手枪，带领另外几名行动队员沿着楼梯悄悄摸上二楼，来到二楼房间门外。

刘贤仿侧耳聆听了一下房间里的动静，隐约听到房间里传来无线电台发报键发出的嘚嘚声。于是他示意大家闪到房门两边，接着后退几步，然后猛地前冲飞起右腿将房门踹开，顺势冲进房间。

其他队员也跟着冲进去。

房间里有两个人，正是齐竿子发现的两名日特。

其中一名日特正坐在一部电台前发报，另一名日特坐在一张桌子前在一幅地图上做着标记。

当刘贤仿和他的队员们冲进屋的时候，两名日特才反应过来。

正在看地图的日特反应较快。只见他起身冲向身后的一张床，伸手去摸枕头下的手枪。

刘贤仿不等他摸到手枪，便一个箭步跃上那张桌子，借着冲力飞起一脚猛踢这名日特的脑袋。

这名日特立刻翻身倒在床上晕了过去。

与此同时，正在发报的日特也反应过来，他回头看了一眼，顾不得摘下戴在头上的耳机，迅速拉开桌子的抽屉，伸手从里面拿出一支手枪。

可还没等他转过身来，一名行动队特工迅速冲过去，抢起手枪用枪柄猛击他的后颈。

这名日特顿时被打晕，从椅子上栽倒在地。

前后仅几秒钟，日军特工就被制服。

刘贤仿命令行动队特工将他们绑起来，然后走到放着电台的桌子前。桌子上除了电台之外，还有一个密码本和还没来得及发完的密码电文稿。

这时，听到动静的董易冲进二楼的房间，看见两名被绑住的日特躺在地板上。

"组座，这种粗活应该让兄弟我来干，否则你出了事兄弟我无法向局座交代。"问明情况后董易半埋怨半关心地对刘贤仿说。

"没事。这些天我心里一直憋着一股火呢，今天正好冲这小鬼子发泄一下。"

接着，刘贤仿命令手下彻底搜查一楼的店堂和二楼的房间，找到几张做有标记的地图、几个反光镜、两支手电筒、一部望远镜、两颗日制手榴弹和一些手枪子弹。

刘贤仿让手下将被捕的日特押上卡车，将缴获的电台、密码本、地图和武器弹药搬上无线电侦测车，留下三名行动队特工在杂货店守候。如果发现有人来找这两名日特，立刻予以逮捕。

五

回到总部后，刘贤仿马上对两名日特进行突击审讯。

他这样做是有道理的。越早让这两名日特开口，对破获日特网越有利。

杂货店日特与武汉日军的无线电通信突然中断，必定会引起他们的怀疑并尽快通知重庆日特。一旦重庆日特查明情况并启动应急措施，到时候就算两名特工愿意招供，可能也太迟了。

审讯室在一座平房里。这座平房是军统总部临时关押犯人的牢房，其中一间作为审讯室。

几名行动队特工将其中一名日特关进一间牢房，将另一名日特押进审讯室。这名日特就是那个报务员。

审讯室里有一张审讯桌，审讯桌后面有两把椅子。审讯桌前面几米处，放着一把犯人坐的椅子。审讯室没有窗户，只有天花板上的两盏大瓦数电灯，照亮整间屋子。

审讯室的左边有一道门，通向隔壁的房间。由于门是开着的，从审讯室透过这道门可以看到隔壁房间里面有各种刑具。很明显这是一间刑讯室。

几名行动队特工将这名日特按在犯人的椅子上坐下。

几分钟后，刘贤仿和董易走进审讯室，在审讯桌后面坐下。其他几名行动队特工站在审讯桌两边。

董易首先开口，他问这名日特叫什么名字，为什么有发报机，用发报机和谁联系，地图是干什么用的。

这名日特除了承认自己叫林作杉外，拒绝回答其他问题。

董易又问了一遍。

林作杉仍然拒绝招供。

董易和刘贤仿相互交换了一下眼神，然后对站在旁边的几名行动队特工摆了摆头。

几名行动队特工二话不说立刻走过去将林作杉从椅子上拎起，架着他走进隔壁的刑讯室。

行动队特工将林作杉吊在一根柱子上，开始对他用刑。

一名行动队特工用鞭子狠狠地抽打林作杉。每一鞭下去，林作杉都痛得发出惨叫声。

挨了几十鞭之后，林作杉仍然不招。

另一名行动队特工接过鞭子继续狠狠地抽打林作杉。

可直到他也打累了，林作杉还是拒绝招供。

面对顽固的日特，一名行动队员心里很恼火，于是从旁边冒着火苗的炉子上拿起一个烧红的烙铁，伸到林作杉的眼睛前晃动。

通红的烙铁几乎烤焦林作杉的眉毛,他的眼皮感到一种灼痛。

他吓得紧紧闭上双眼,一动也不敢动。

"招不招?"

紧闭双眼的林作杉知道如果他再不招,他面前的人真的会用通红的烙铁戳他的眼睛,吓得他大叫:

"招,招!"

行动队特工们将林作杉从柱子上放下来,架着他回到审讯室的椅子上坐下。

林作杉将他知道的全部招供。

林作杉是东北人,三年前被驻满洲的日本关东军特务机关招募。他的同伙叫宫崎义雄,是日本人。

渗透到重庆前,林作杉和宫崎义雄潜伏在长沙,负责用电台转发一名潜伏长沙的日谍收集到的情报。此日谍收集的几乎全部是第九战区的军事情报,估计潜伏在第九战区司令部。不过他们不知道此人是谁,也从来没见过他。因为这名日谍每次都用寄密信的方式传送情报。

一天他们收到汉口总部的密电,指示他们终止目前的任务渗透到重庆,接受新的任务。

离开长沙前,总部指示他们将使用的电台藏在所住的房子里,留给其他人用。

抵达重庆后,佐藤秀美亲自到码头接应他们,然后将他们安排到两路口杂货店潜伏下来。佐藤秀美特工组由几个小组组成,每个小组负责在各自区域内收集、标定以及给日本空军指示轰炸目标,并执行上级指派的破坏任务。平时每个小组都直接与武汉日军华中派遣军司令部情报课联系。林作杉小组负责通远门及以西区域。

在刘贤仿的追问下,林作杉想起那天在千厮门码头接货时听到一名日特说船上还有一批洋布要送到嘉陵江对岸的一间洋布行。

刘贤仿马上想到这间洋布行可能是佐藤秀美特工组的另一个据点。

审问完林作杉之后，刘贤仿让手下将林作杉押回临时牢房，将另外一名日特押来审讯。

宫崎义雄在犯人的椅子上坐下后，董易直截了当地告诉他，林作杉已经交代，让他坦率点，不要浪费时间。

宫崎义雄原来是一名日军士兵。由于会说中国话，被日军情报部门征召。知道林作杉已经交代，宫崎义雄也不抵赖，马上将他知道的情况全部招供。

宫崎义雄所说的完全印证了林作杉刚才所交代的。

这次审问收获不小，除了得到佐藤秀美特工组一些情况外，还意外获得长沙日谍的线索。

此时已经凌晨两点多。为了尽快找到并突击日特第二个据点嘉陵江北岸的洋布店，刘贤仿决定所有参加行动的特工当晚就在总部休息，第二天一早开始行动。

刘贤仿带领董易及其他特工来到与总部仅一墙之隔的枣子岚垭漱庐的军统招待所休息。

军统局招待所原来是一座私人公馆。公馆内有一座三层和一座两层西式洋房。三层洋房作为军统招待所，一楼是休息室和餐厅，二、三楼是寝室，条件非常不错。两层洋房一楼是军统接待室，用于军统特工对外接头，二楼作为重光的单独会客室。

到达招待所后，刘贤仿和所有特工立刻抓紧时间休息。

六

大约早上六点，刘贤仿就起床了。他让董易叫所有特工起床到招待所食堂吃早餐。

刘贤仿匆忙吃完早餐后，马上给警察局江北分局胡局长打电话。他在电话中向胡局长简要通报了目前所掌握的情况，要求胡局长做好准备配合他的行动。

大约七点钟，刘贤仿率领大家乘卡车出发，赶往稽查处千厮门水上稽查队码头。

半小时后，刘贤仿和手下来到千厮门码头。他向大门外站岗的一名卫兵出示证件后，便带领大家走进码头。

刘贤仿独自一人来到码头里面的一间办公室，向码头负责人表明身份，并要求他用巡逻艇送他们过江。

负责人见刘贤仿是军统军官，因此满口答应下来，并亲自陪同刘贤仿等人走下码头，送他们登上水上稽查队的巡逻艇。

巡逻艇起航后，仅几分钟便达到北岸的保定门码头。

刘贤仿一干人从船上下来后步行到江北警察局。

胡局长让手下几名警官陪刘贤仿的手下在会客室里休息，自己领着刘贤仿和董易来到会议室。

会议室里已经有两名警官坐在会议桌前，见局长领着刘贤仿进来，忙起身向他们敬礼。

大家坐下后，一名警官打开一个居民登记簿，翻到其中一页，然后念给大家听。

这个簿子上记录着所有到江北镇落户的新居民基本情况。

根据刘贤仿推算的起始时间，到目前为止总共有一千多人到江北镇落户。但是，所有这些人中职业涉及洋布生意的却只有三人，这三人都是女学堂巷江北洋布行的店员。

情况非常清楚，刘贤仿要找的就是这三个人。

刘贤仿对胡局长及其下属专业能力和高效率表示欣赏，并感谢他们的帮助。

目标确定后，刘贤仿决定马上出发抓捕这三名日特嫌犯，胡局长率领几十名警察配合行动。

为了抓活口，刘贤仿派董易和一名便衣警察先行到江北洋布行打探情况，大队人马随后跟进。

江北洋布行是一栋两层楼的青砖瓦房。

房子前面的一楼是店面，门楣上挂着一个白底绿字招牌，招牌上写着"江北洋布行"五个字。房子的左边有一条通向房子后门的窄巷子，房子的右墙和另外一间房子相连。

只要堵住这栋房子的前、后门，里面的人就逃不掉。

弄清楚情况后，董易和那名便衣警察走进洋布行，假装是逛街的顾客。

店堂很大，足有十多米宽，七八米深。店堂里面靠近后墙从左到右有一条长柜台，柜台最右边有一扇进出柜台的门。店堂后墙的左手边有一道通向后屋的门，门是关着的。

由此看来，通往二楼的楼梯在后屋。

店堂里的货架上放满了一匹匹各种颜色和图案的洋布。

两个男店员站在柜台里面，招呼着顾客。

董易和那名便衣在洋布行里逛了一圈，摸清店里的状况后便从洋布行出来，走到百十来步之外的一个巷子口，与藏在巷子里的刘贤仿会合。

现在唯一不清楚的是洋布行里到底有几名日特。

刘贤仿觉得不能再等了，决定马上行动。

为了不惊动里面的日特，刘贤仿决定由他率领穿便衣的特工分散靠近洋布行，将它偷偷包围起来，然后进行突击。胡局长则率领警察负责封锁住洋布行附近的巷子，防止有日特漏网。

刘贤仿将十几名特工分为两组：第一组由那名便衣警察带队负责封锁住洋布行的后门，第二组由刘贤仿带队从正面发起突袭。

到达洋布行之后，两组人按照各自的任务进入相应的位置。

刘贤仿和董易及几名特工装作逛店的顾客先后走进店里，另外几名特工留在外面负责封锁洋布行大门。

刘贤仿发现柜台里面仍然只有两名日特。于是，他向大家使了一个眼色，然后走到柜台前假装看里面货架上的洋布。

柜台里的一名日特马上满脸堆笑地问刘贤仿看中哪种布料。

刘贤仿抬手指着货架上的一匹布，告诉对方他要看看这一种布料。

刘贤仿乘这名日特转身之际，伸手一把抓住他的后衣领，将他背身拉到柜台前，隔着柜台用双臂牢牢锁住他的脖子。

与此同时，董易也用相同的方法骗另一名日特转身，然后将他制住。

两名日特开始拼命挣扎，但无法挣脱刘贤仿和董易强有力的双臂。

刘贤仿和董易用力将两名日特从柜台上面拖出来，旁边的几名特工马上冲上去，将两名日特按在地上牢牢控制住。与此同时，另外三名特工跳进柜台，推开通往后屋的门，冲进去。

没想到后屋里面突然传出几声枪响。

冲在最前面的那名特工中弹倒下，另外两人急忙从后屋退出来。

听到枪声，刘贤仿抬头看过去，忽然发现一颗手榴弹从门里飞出。

见此情况，刘贤仿不禁大喊一声：

"散开！"

随着话音，刘贤仿从地上一跃而起，越过柜台跳进柜台里面，顺势趴在地面上。与此同时，其他三名行动队特工也放开那名被制服的日特，拼命朝店堂门外冲去。

董易看见手榴弹飞过来时，正和两名手下用绳子捆绑另一名日特。

听见刘贤仿的喊叫，两名手下赶紧松手放开日特朝门外跑去。

董易意识到跑已经来不及了，于是他急中生智用力扯住那名日特被反绑的双臂，自己顺势倒在地上，用日特的身体挡住自己。

就在这一瞬间，手榴弹落在店堂里轰的一声爆炸了。

两名跑在最后面的特工以及被刘贤仿等人放开的那名日特被手榴弹爆炸的碎片击中，爆炸产生的气浪将他们推到门外跌落在街面上。被董易抓住做挡箭牌的日特身上也中了不少弹片。由于距离手榴弹爆炸点大约有十米远，加上有日特做挡箭牌，因此董易除了左小腿被弹片划伤之外，身体其他地方没有受伤。

刘贤仿跳进柜台后，由于有柜台的木板和柜台里的布匹遮挡，除了耳朵被爆炸声震得嗡嗡响之外，一点事都没有。

后门的行动队特工听到枪声和手榴弹爆炸声后，立刻踹开后门冲进去，夹击后屋里面的日特。

后屋楼梯口有一名日特右手握着一支手枪，左手拿着一颗手榴弹，正透过柜台里的那道门观察店堂里的情况。突然发现后面有人冲进来，这名日特慌忙向冲进来的人开了一枪并扔出一枚手榴弹，然后顺着楼梯逃到二楼，守在楼梯口。

这名日特就是小组长顾炎炳。

刘贤仿和几名没有受伤的特工冲进后屋，与后门的几名行动队特工会合。

他们几次沿着楼梯试着往上冲，结果都被楼上的日特开枪击退。

于是，刘贤仿只好让一名特工喊话，劝日特投降。

但顾炎炳并不回应。

这时，胡局长带领十几名警察到达现场，他们当中有几名警察带着长枪。

刘贤仿命令带长枪的警察集中火力掩护，再次带领特工们往上冲，没想到顾炎炳又扔出一颗手榴弹将他们击退，并造成两名特工受伤。

刘贤仿只好停止攻击，继续向楼上的日特喊话。

这时，董易包扎好伤口来到后屋，见楼上的日特还在顽抗，于是向一名警察借了一支长枪，然后和刘贤仿耳语了几句。

刘贤仿听了董易的话之后点了点头。

董易提着步枪从洋布行的大门出来，走到巷子对面一间仅开着半扇门的茶楼门前，和站在门后探头看热闹的茶楼老板说他要上二楼。不等目瞪口呆的茶楼老板反应过来，董易便推开大门走进茶楼，沿着楼梯登上二楼。

二楼的茶客在枪响后早已跑光，只剩下茶桌上还冒着热气的茶杯。

董易侧身站在二楼临街的一扇窗户边，偷偷观察对面洋布行二楼的情况。

董易刚才和那位便衣警察来侦查时就已经留意到这个有利位置。

果然，董易从这里能够清楚地看到洋布行二楼楼梯口旁的顾炎炳。

此刻顾炎炳背对着这扇窗口，注意力完全集中在楼梯下面，根本没顾及背后的情况。

于是，董易端起步枪，瞄准顾炎炳的臀部，扣动扳机。

砰的一声枪响，顾炎炳臀部中弹，向前扑倒在楼梯口旁的地板上。

董易为了留下活口，没有向顾炎炳的要害部位开枪。

见顾炎炳中弹倒下，董易冲着巷子对面大声喊道：

"打中了，快冲上去！"

几名特工闻声迅速冲上楼，发现顾炎炳躺在地板上，手里握着手枪对准自己的太阳穴。

一名特工见状，赶忙冲过去想要踢掉顾炎炳手中的枪，但已经来不及了。

顾炎炳扣动手枪的扳机。

砰的一声枪响，子弹射穿他的脑袋。

此刻冲上二楼的刘贤仿正好看到这一幕，虽感到十分可惜，但他内心里不得不暗自佩服这位视死如归的敌人。

这次行动连续敲掉两个日特据点，收获颇大。唯一的遗憾是三名日特全部死了，没有抓到一个活口，线索到此又断了。

七

当刘贤仿手下的那名特工打晕两路口杂货店正在发报的日特时，汉口日军华中派遣军司令部情报课无线电报务班一名报务员正在抄收这名日特发出的电文。

对方信号突然中断,立刻引起这名报务员的警觉,于是他马上向情报课值班军官报告。

值班军官让这名报务员向对方发出询问,但始终没有得到回应。这名值班军官无法判断到底是对方出事,还是电台出了故障。

由于当晚并不是总部和云玥规定的联络时间,这名值班军官无法联系云玥通报此事。他决定当晚不去打搅山木课长,等第二天早上再向他报告。

第二天早上,山木荒野刚刚在自己的办公桌前坐下来,这名值班军官马上就向他报告昨晚发生的事。

山木荒野感到此事有些蹊跷,必须尽快通知云玥,查明原因。他明知道上午十点钟才是他和云玥约定的通信联络时间,但他还是立即来到无线电报务班,让报务员马上与云玥联系。

但是对方没有应答。很显然对方电台还没开机。

山木荒野没有办法,只能等到十点。

十点钟,报务班终于收到云玥发过来的无线电联络呼叫信号。

一直待在报务班的山木荒野立刻让报务员发报,告知云玥昨晚发生的事,并指示她马上查明真相。

云玥接到山本的密电后感到情况有些不妙。

于是她赶紧将重庆当天的天气情况发给山木荒野后,便匆匆结束通信赶往两路口杂货店查看。

大约一个小时后,云玥来到两路口杂货店附近。她从包里取出一副墨镜戴上,沿着马路边朝两路口杂货店走过去。

从杂货店门口经过时,云玥并没有进去。她只是像街上的行人一样,看似不经意地转头看了一眼杂货店里面,并继续朝前走。

就这简单的一瞥,云玥已经看清杂货店柜台里的两个人并不是她的两名手下。

这意味着她的人已经被人替换,说明昨晚这里真的出了事。两名手下要么已经死了,要么已经被捕。

如果这两名手下被捕,就有可能向对方招供。虽然他们并不知道其他小组的具体位置和人员配置,但他们认识云玥并见过特工组其中一些人,这是一个潜在的危险。

云玥决定马上去通知其他特工小组,让他们加以防范。

她来到两路口公共汽车站,这里有通往小什字的公共汽车。

等了大约二十多分钟,才有一辆公共汽车开过来。

由于车站等车的人太多,公共汽车一靠站停下来,等车的人便拥到车门前,争先恐后往车上挤。

云玥有急事赶时间,因此顾不得年轻漂亮女人的矜持,随着挤车的人群拼命挤到车门前,使出浑身的力气连拉带拽,加上后面的人拼命推挤,才勉强挤上公共汽车。

公共汽车终于开动,沿着颠簸的碎石路向前行驶,沿途停靠了好几个车站。由于每个车站搭车的人都很多,公共汽车每停靠一个站都因有上不去车的乘客挤在车门口使汽车无法开动耽误不少时间,这让心急如焚的云玥难以忍受。可她对此毫无办法,只能耐着性子站在拥挤的车厢里,心里不停地祈祷"快快快"。

汽车颠簸将近三刻钟后,终于到达目的地小什字汽车站。虽然耽误了不少时间,但比步行还是要快一些。

下车后,云玥迈开脚步沿着龙王庙街(现民族路东段)快步前行,没多久就来到书院街。

为谨慎起见,云玥在远处观察了一下书院书画店门前的动静。感觉一切正常之后,她才沿着街道慢慢朝书院书画店走过去。从书院书画店门前经过时,她注意到店里有不少顾客,她手下的三名特工都在店堂里招呼客人,看起来一切正常。又观察了一下周围的情况,觉得安全后她才走进书画店。

日特小组长马家卿见云玥走进来，知道有紧急情况，于是将云玥请到店堂后面的储藏室。

在储藏室里，云玥将发生的事情告诉马家卿，并要求他们谨慎行事。

随后她马上来到江边的千厮门码头乘坐轮渡过江来到嘉陵江北岸。

书院书画店没有出事让云玥感到几分安慰，她希望江北洋布行也像书院书画店一样平安无事。

云玥很快来到女学堂巷，她放慢脚步沿着青石板路朝江北洋布行走去。

很快她就发现女学堂巷里的气氛不对，不少人三五成群聚在一起议论着什么。

云玥走近其中一群人，想听听他们在说什么。

不一会儿，云玥就从他们的议论中得知，她在这儿的据点刚被军统给端了，她的三名手下全部被打死。

云玥离开这群人继续朝洋布行走去。

从洋布行门前经过时，云玥发现里面果然一片狼藉。

一天内接连两个据点被端掉，让云玥感到十分震惊。

云玥不能在此久留，她还得赶去南岸的川江货运行报信。

下午四点多，云玥终于到了南岸的川江货运行。

向王兴邦等人交代完之后，云玥马上离开，她要赶回城区。

回到来龙巷时天已经黑了。

云玥一回到家便赶紧向山木荒野发出密电，详细报告这两天发生的事情。

一天内损失两个据点和五名特工，加上之前损失的两人，总共损失七人，相当于云玥特工组的一半人员。

八

  第九战区情报处处长钱一舟收到刘贤仿的密电后，马上按照林作杉和宫崎义雄交代的线索搜查了他们之前在长沙的据点。

  这是一栋普通的平房，房子的大门仍然锁着。房子里面满是灰尘和蜘蛛网，看来长时间没人住过。

  钱处长在藏电台的阁楼密室里没有找到电台，显然它早已被人取走。

  钱处长询问了左邻右舍。

  其中一名邻居回忆起，原来的住户离开后不久的一个夜晚，一辆军用吉普车驶进这条小街停在这栋房子门前。一名军官从车上下来，进了这栋房子。没过多久这名军官提着一个纸箱从房子里出来，上了那辆吉普车开车离去。由于天太黑，这名邻居并没有看清这名军官的脸。街上的另外几位邻居也看到了这辆吉普车。不过由于时间过去太久，他们已记不清楚确切的日子，只能肯定是在哪几天内发生的。

  这就是说，很可能就是这名军官取走了电台。

  钱处长找来各种吉普车的照片请这几位邻居辨认，确认那天晚上来这里的是一辆美式吉普车。

  钱处长开始暗中调查那几天晚上单独使用过美式吉普车的人。

  当时第九战区的美式吉普车并不多，因此查起来也不难。

  他发现战区司令部情报处的范辰在那几天中的一个晚上曾经单独驾驶美式吉普车外出。范辰原本就是日谍嫌疑人之一，因此他成为唯一重点嫌疑人。

  钱处长将此情况密电报告刘贤仿。

  刘贤仿认为目前的证据不足以证明范辰是日谍，请钱处长严密监视范辰，希望能够发现他的那部电台。

第十二章　罗兰·法恩

一

打铜街是重庆一条繁华的商业街道。

它地处小什字和东水门码头之间，是连接上下半城的重要通道。清代，重庆的铜匠们喜欢在这条街上开厂设铺，整条街到处都是打铜铺，打铜街因此得名。重庆开埠后，打铜街因其水陆交通枢纽的地理优势吸引了不少中外银行在这里设立支行。国民政府迁都重庆后，这条宽阔的街道及周边地区更是聚集了众多中外银行和洋行，其中包括著名的中央银行、中国银行、交通银行、美丰银行等，成为重庆的金融区。正因为如此，这条街两旁矗立着许多欧洲风格的西式建筑，其中一些宏伟气派，另一些则清新雅致。

德步罗洋行就坐落在这条街上，这是一座漂亮的新古典主义风格的浅灰色砖石结构三层洋楼。洋楼的正面是由两根漂亮的石柱支撑的门廊，门廊的前面有几级台阶，连接街面。门廊的里面是一个拱形大门，拱形大门上方伸出的门楣上镂刻着漂亮的图案。临街的窗户都有向外伸出的拱形窗楣和窗台，让整个建筑显得富有立体感。

拱形大门右边的墙上镶嵌着一块青铜牌，黄底黑字的铜牌上用中英文刻着德步罗公司几个字。

冬天的夜晚冷瑟瑟，街上的店铺早已关门，几乎没什么行人，显得

第十二章　罗兰·法恩

格外冷清。昏暗的路灯和五颜六色闪烁的霓虹灯照耀着清冷的街道。

法恩沿着打铜街不紧不慢地朝前走，偶尔才有一两个行人从他身边走过。

在寂静的街道上，法恩脚下的皮鞋踏在路面上发出啪嗒、啪嗒的脚步声，显得有些刺耳。他的身影被电线杆上的路灯投射到街道上，随着他的脚步，时而被拉长，时而被缩短。

不一会儿，法恩便看到前面不远处德步罗洋行门廊上方那盏电灯照亮的门廊前的两根石柱子。

法恩走到洋行门廊的台阶前停下，转头看了看四周，然后踏上台阶，穿过门廊来到公司大门前。

大门紧闭着。

法恩伸手按了按大门旁边的门铃。

不一会儿，大门打开了。

一个看门人模样的中年男人从门缝中伸出头来，见是法恩，赶紧打开门。

法恩进门后穿过大厅，沿着左侧的楼梯爬上三楼，来到一个房间前，用钥匙打开这个房间的门，进去后打开电灯。

这个房间的摆设很简陋，只有一张写字桌和几把椅子。写字桌上有一部无线电收发报机，几本英文书摆放在桌面上的书架中。

法恩在写字桌前的椅子上坐下，从大衣里面的口袋里掏出一张折叠的纸条放在桌面上。

这是法恩刚才收到的一份情报，是用汉语写的，法恩先将它翻译成英文。

译好后，他从桌上的书架里抽出一本英文书。

这本书是法恩的无线电通信密码本。法恩对照着密码本将情报翻译成密码电文。

晚上九点钟，法恩打开电台开始发送这份电文。

二

　　当严冬的无线电侦测车行驶到都邮街（今民族路自五四路至民权路中华路段）时，无线电侦测仪就顺利地捕捉到新街口（今新华路从曹家巷至打铜街段）、打铜街一带的这个可疑无线电信号。

　　随着侦测车越来越接近目标，侦测到的信号越来越清晰。

　　几分钟后，侦测车到达新街口和打铜街的十字路口。

　　侦测车上的侦测仪明确地指示信号源在打铜街，于是严冬命令司机驶过十字路口进入打铜街。

　　侦测车追踪着信号缓慢地前进，来到一座三层西式建筑前面。车上的侦测设备发出强烈而清晰的声音，将可疑电台信号锁定在这栋洋楼里。

　　虽然是晚上，但借着洋楼门廊上的灯光，严冬能够透过车窗看清洋楼大门边青铜铭牌上的"德步罗公司"这几个字。

　　严冬从侦测车上下来，走到洋楼的台阶前，若有所思地看着这座洋楼。

　　这是一家外国公司，让严冬感到有些棘手。没有上峰的指示，他不敢贸然行动。如果是一家中国公司，严冬就会毫不犹豫地命令随行的行动队特工展开搜查。

　　谨慎起见，严冬命令两名侦测员携带便携式无线电侦测仪下车进行侦测，确认可疑电台信号方位。

　　两名侦测员在不同方位对可疑信号进行近距离侦测，不一会儿便确认可疑电台信号来自德步罗公司。

　　行动处特工已经分散开，将洋行包围起来，只等严冬下达命令。

　　严冬希望请示上级授权后进入洋行搜查，可他现在没办法联络上刘贤仿。

　　不能再犹豫了，否则对方随时可能结束无线电通信。

第十二章　罗兰·法恩

"准备搜查！大家要斯文一点，明白吗？"

"明白！"

"行动！"严冬一挥手，率先登上门廊前的台阶走到德步罗公司大门前。

十多名特工紧跟在他身后。

严冬抬手用力拍了几下门。

不一会儿，大门开了，那名看门人出现在严冬等人面前。

"我们是军统的，怀疑房子里面藏有秘密电台，奉命进屋搜查。"

看门人刚要解释，严冬一把将他推到一边，率领特工们一拥而进。

特工们不用严冬吩咐，马上分成三组，一组留在一楼搜查，另外两组迅速沿着楼梯冲上楼。

严冬留在一楼的大厅里等着搜查结果。

没多久，一名特工下楼来向严冬报告三楼发现一名正在发报的洋人和一部电台。这名洋人没有任何抵抗，只是要求见带队长官。

严冬来到三楼的一个房间，看到几名特工正围着一个坐在一张写字桌前的洋人。

这人就是法恩。

严冬不久前在军统总部看见过法恩，但没有和他打过交道。

当时严冬和他的无线电侦测队队员正在接受培训，由德步罗公司技术员教他们操作使用新进口的背负式无线电侦测仪。他记得当时法恩和魏大明及刘贤仿站在不远处说话。

不过法恩对严冬没有任何印象。

法恩面前的写字桌上有一台正在工作的无线电收发报机、一份密码电文稿和一本书。

人赃俱获。严冬心里非常高兴。

刚才特工们冲进来的时候，将正在发报的法恩吓了一跳，不过他很快就镇静下来。

一名特工告诉法恩，严冬就是他们的长官。

法恩站起身来，对严冬微微鞠了一个躬，然后开始自我介绍：

"长官，我叫法恩，是德步罗公司的经理。"接着问严冬，"请问长官属于哪个部门？"

"军统局。"严冬回答。

"太好了。长官，能否让我给魏大明处长打个电话？"法恩向严冬提出请求。

"不行，我不归魏处长管。"

"好吧。"法恩沉吟了一下，接着问严冬，"请问长官的直接上司是谁？"

"我没必要回答这个问题。"严冬的口气已经没那么客气了。

听了严冬的回答，法恩感到有些麻烦，失望地摇了摇头。稍停片刻，法恩决心最后再试一试：

"那么能让我打给刘贤仿上校吗？"法恩想起上次在军统总部见到刘贤仿时的情形，猜测严冬是刘贤仿的下属。

听到法恩提到刘贤仿，严冬有些犹豫。

严冬在军统总部亲眼看到过法恩和刘贤仿在一起说话，他不知道他们是什么关系，担心自己捅娄子，于是答应了法恩的请求。

严冬和几名特工跟着法恩来到屋子墙角的一部电话机前。

法恩拿起电话开始拨打，不一会儿电话就通了。

"喂，请问是刘贤仿上校吗？"

听到对方肯定的答复之后，法恩继续说：

"刘长官，我是德步罗公司经理法恩。对，谢谢您还记得我。抱歉这么晚打搅您。是这样，我这里出了一点事……"

当法恩在和刘贤仿通话的时候，严冬暗中示意一名懂英文的队员偷偷记录下放在桌面上的那本英文书的书名、作者、出版公司和出版年月等详细信息。他怀疑这本书就是法恩的密码本。

法恩在电话中和刘贤仿交谈了一会儿之后，将电话听筒递给严冬，刘贤仿要和他讲话。

　　刘贤仿在电话里告诉严冬，德步罗是一家帮助中国政府采购军用物资的公司，国民政府批准他们使用无线电台和欧洲的总部联络。由于他们负责采购的物资涉及军事秘密，因此政府默认他们使用密码进行无线电通信。刘贤仿命令严冬立刻带着他的手下撤离，不要再打搅法恩。

　　接着，刘贤仿让严冬将电话交给法恩。

　　法恩接过电话和刘贤仿相互客气了几句后挂断电话。

　　严冬立刻向法恩微微鞠躬表示歉意：

　　"请原谅，法恩先生，误会了。"

　　"没关系，严队长，您也是执行公务。"法恩诚恳地说，接着，他以商量的口气问严冬，"严队长，我能将刚才没发完的电报继续发完吗？"

　　"请便，法恩先生。"说完，严冬转身对几名手下特工下令，"通知所有人，撤！"

　　严冬带着他的人离开后，法恩长长地吁了一口气。

　　大冷的冬天，他的额头上已微微沁出冷汗。

三

　　法恩是德步罗公司中国分部的代表，不过这只是他的掩护身份，他的真实身份是英国军情五处的一名谍报员。

　　法恩从中学时代就对中国文化非常感兴趣，随即便开始学习中文。进入大学后，他主修的专业也是中国文学。

　　大学毕业后，法恩接受英国军情局招募，成为一名间谍。经过一段时间的专门训练，法恩被派往中国从事情报活动。

　　法恩达到上海后，在英国军情局的暗中协助下进入德步罗公司成为一名职员。

　　德步罗公司是英国一家非常有名的军火贸易公司，其业务遍及全球各地，哪里有战争，哪里就有它。特别是中国，由于长期陷入军阀混战，对军火的需求特别大，因此德步罗公司在中国的生意一直很好。

由于国民党政府军与各路军阀展开内战，需要不断从外国采购军火。德步罗作为国民政府的主要供应商，其供应的军火不论是从质量上还是从数量上，都能满足中央军的需求。经过双方多年的合作，德步罗公司已经成为国民政府最信任、最可靠的军火供应商。

法恩加入德步罗公司后，一边熟悉中国文化，一边从事秘密情报活动。通过自己的多年经营及军情局的帮助，法恩逐步成为公司的骨干，最后被提升为德步罗公司中国分部的代表。

几年来，法恩作为国民政府的首要军火供应商，经常与政府各相关部门打交道，认识很多高级军政官员，并与其中一些人建立了深厚的个人友谊，这让他的秘密情报工作变得非常简单且富有成果。他可以从这些高官的言谈中轻而易举地获取一些中国方面的高级机密。

另外，法恩还在他的中国朋友中招募了几名情报员。他们身居多个重要岗位，几乎可以向法恩提供他需要的所有机密情报。

法恩的电台在中国政府的无线电管理部门登记过，军统局电讯处早就得到指示不要侦测德步罗公司的电台，这是一种默契。

可今晚不知道什么原因有人居然打破这种默契，公然闯进他的公司搜查电台，这让法恩感到十分惊讶。

当时，密码本和密码电文都放在桌面上，情况非常危险。如果严冬不让他打电话，并让他交出密码本，强迫他交代密电内容，那么他的英国间谍身份就会暴露。

想到这里，法恩仍然心有余悸。

法恩走到发报机前坐下，慢慢让自己镇定下来，然后发完电文，最后将刚才发生的事密报总部。

英国军情局总部回电指示法恩暂时停止用电台发送机密情报，只用电台进行真正的商业联络，等事情完全平息之后再恢复情报传送。

四

　　英国驻重庆大使馆向中国外交部发出外交照会，抗议中国反谍报机关不顾英中两国之间的友好关系，无视德步罗公司与中国当局之间长期合作形成的默契，公然武装闯进德步罗公司搜查，严重危害德步罗公司的安全。希望中国方面本着维护英中关系的立场，杜绝今后再次发生此类事件的一切可能，确保英国公司的在华利益。

　　这份抗议照会很快由外交部上呈行政院，行政院再转给军委会。

　　中国持续抗战，从外国进口了大量的武器装备。

　　日本多次向欧美和苏联施压，要求它们停止供应武器给中国。但一些跨国公司不顾日本的反对仍然利用各种渠道向中国供应大量急需的武器装备，对中国抗战提供了很大帮助。德步罗公司就是其中一个最重要的公司。

　　考虑到上述情况，军委会认为不宜因此事影响长期抗战大局。根据此原则，军委会对英国大使的抗议照会作出批示并下达给军统局。

　　军委会在批示中强调，值此抗战艰难时期，中国需要一切友好国家的帮助，切不可对友好国家粗暴无礼，伤害它们的感情。敦促重光严加约束手下，今后不得在没有任何证据的情况下擅闯外国公司搜查，以免再次造成外交纠纷。

　　重光接到军委会的训令后，将刘贤仿叫到办公室训了一顿。

　　不过在刘贤仿看来，这只是重光作为上级必须有的一种姿态。实际上重光并没真的怪罪他们。

　　这场外交风波很快就过去。法恩不久就得到总部指示，让他恢复与总部之间的情报传送。

　　虽然表面上一切都正常，但法恩心里明白，中国反谍报机关并没有放松对他的监视。

法恩发现他每次外出时都有人跟踪，他的公司和住所附近每天也有人监视。

法恩假装毫无察觉，他仍然和以前一样按时到公司上班，拜访与军火采购相关的军政官员，去其他商行谈业务，或者约一些官员和友人吃饭、喝茶、看戏。

他甚至照样约他的情报员见面，提醒他们在情报活动中更加谨慎，不要露出任何破绽。这些下线都在军政机关任职，和法恩认识的普通官员没什么区别。如果突然刻意地切断与他们的联系，反而会引起重庆反谍报机关的怀疑。

这天下午，法恩从德步罗公司出来，钻进他那辆黑色福特开车离去。汽车沿着马路行驶到前面不远处的十字路口，接着右拐进入陕西路，经过前面的状元桥后沿着林森路向前驶去。

董易驾驶着一辆黑色别克车一直跟在法恩的汽车后面。

不久，法恩开车来到林森路上的军委会大院大门前。

向一名站岗的宪兵出示证件后，法恩开车驶进军委会大门，来到军政部办公楼前停下。

法恩从车上下来，手中提着一个黑色公文包走进军政部办公楼。

董易开车跟在法恩后面进入军委会大门。见法恩走进军政部大楼，董易立刻将车停在不远处的路旁，从车上跳下来，快步走进办公楼大门。

董易没有看到法恩的踪影，不知道他去了几楼，因此只能一层楼一层楼地找。

董易从一楼找到三楼，终于在三楼看见法恩从一间办公室出来，然后又走进走廊斜对面的另外一间办公室。

董易见状，便不动声色地朝这间办公室走去。

他来到门口，探头进去看了看，发现里面除了法恩之外有另外四名军官。

董易假装找错地方，抱歉地朝屋里的人点点头，转身离开。

第十二章 罗兰·法恩

这是军需署的一间办公室。

董易探头观察的时候，正好看到法恩在和其中一名军官握手寒暄，这名军官是军需署高级参谋谷振乾。

董易不能站在门外偷听谈话，也不能继续在走廊上徘徊，否则会引起怀疑。因此他只好下楼回到自己的汽车上，等着法恩出来。

大约过了半个小时，法恩从军政部大门出来，坐上自己的车。他将手上的公文包扔到副驾驶座位上，开车离去。

在来的路上，法恩已经注意到有辆汽车一直跟着他，但他并没看清楚董易的相貌。后来在军令部三楼，当他从采办处处长办公室出来时，无意中看了走廊上的董易一眼，当时并没有太注意。直到董易将头伸进军需署办公室的时候，他才确认董易就是跟踪他的那个人。

即便是这样，法恩还是大胆地从谷振乾那里收到一份机密情报。

它是中国军队武器的战场损失及其需要补充的清单。这是一份绝密军事情报，但对于法恩来说，得到它是名正言顺的事，因为他需要根据这份清单采办军火。

这份清单现在就在法恩的公文包里。

法恩从后视镜中看到董易的车又在跟踪他，脸上不禁露出嘲讽的笑容。

他一点都不担心，因为他相信董易不敢拦住他的车进行搜查。就算董易有胆量而且搜到这份清单，那也算不上他从事间谍活动的证据。他的工作让他有资格得到这份清单。他真正需要的情报，是这份清单中的重庆防空高射炮阵地及高射炮数量。

再说，就算中国方面强硬地认为这份清单是他从事间谍活动的证据，法恩也并不十分担心自己的军情五处特工身份会暴露。

退一万步说，即使因他的特工身份暴露被中国反间谍部门逮捕，他也有把握相信凭借英国政府的斡旋，他最多被驱逐出境，不会有任何生命危险。

第十三章　赫伯特·雅德利

一

严冬让手下记录下来的那本书是美国著名小说家西奥多·德莱塞的名著，名叫 *The Financier*，中文译作《金融家》。

这本书极有可能是法恩的密码本。

刘贤仿派出一位懂英语的军统人员到重庆大学图书馆查找，很快就找到这本书。

刘贤仿将这本书交给覃怀远，希望有助于他破译法恩的密电。

人类自从有了战争和密谋之后，为防止敌方截获己方的通信识破自己的意图，便出现了隐藏通信内容的密码通信，只有知道密码的人才能读懂通信内容。与密码通信相对的就是破解密码。为了读懂对方的密码，洞悉对方的密谋，另一方必须破解对方密码。这就出现了一方通过密码通信拼命隐藏自己的秘密，另一方想方设法破解对方密码弄清对方的秘密。

中国最早的军事密码通信可追溯到殷商时代姜子牙的阴符和阴书。世界上最早一部具有实际意义的军事通信密码是著名的凯撒密码。

阴符是长度从三寸到一尺的八种竹节，每一种代表一个简单的信息，比如一尺竹节代表克敌大胜，四寸竹节代表败兵损将等，只有通信双方主将知道其含义。通信兵不知道阴符含义，即使被俘也不会泄露秘密。阴符虽能保密，但过于简单，无法传递复杂信息，因此便有了阴书。所谓阴书就是将秘密信息完整地写在竹简上，然后拆开来打散分成三份，由三名通信兵各传递一份。这样即使三名通信兵有一人或二人被俘，敌方也得不到完整信息，从而达到保密的目的。

凯撒密码是将两组按顺序排列的罗马字母表上下并列放在一起，上面一组代表明码，下面一组代表密码。然后将下面一组字母向左或右偏移几个字母，明码和密码的对应关系就会发生变化。因此将明码书信写好后，用下面一组对应的密码字母进行转换形成密码书信，再让通信兵传送。这样就算敌方获得密码书信，看起来也只是乱码，不知书信的内容。只有知道转换规律的本方将领，收到密码书信后才能将其翻译成明码书信。

自军事通信密码出现后，密码通信和破解密码就像道魔之间一样展开一场无止境的较量。要想停止这种较量，除非人类再也没有战争和阴谋。

覃怀远的工作，就是自密码产生以来人类一直在做，但永远也做不完的事——破译密码。

此后，每天傍晚下班后，覃怀远和密码破译专家尹行留在办公室加班。

经过三个多星期的工作，覃怀远和尹行以 *The Financier* 这本书作为密码本，运用他们所掌握的所有常规密钥加密方式对法恩的电文进行解码，但均无法破译。

这让覃怀远感到十分沮丧。

二

神仙洞街（今琵琶山正街）一侧的枇杷山上有一座砖混结构的浅黄色公馆，人们称之为"豁庐"。这座公馆居高临下，可以俯瞰长江。公馆内有亭台花园和地下室，环境清净幽雅，又不引人注目。

"豁庐"曾经是一名四川军阀的公馆，目前是军统局聘请的美国顾问、密码专家赫伯特·雅德利的住所，也是雅德利开办密码破译训练班的地方。

这天上午，刘贤仿和覃怀远从特技室大院出来，沿着一条小路朝山顶附近的雅德利公馆走去。

他们之前就和雅德利约好今天去拜访他，向他请教密码破译方面的问题。

雅德利的公馆不远，他们步行大约十分钟就到了。

这是一座掩映在树丛中的三层楼建筑，屋顶上铺着红瓦。它的正面有一扇大门，门口有两名腰挎手枪的警卫站岗。

刘贤仿向其中一名警卫说明来意，他马上进去通报。

不一会儿，一位姓严的男士到门口将刘贤仿和覃怀远领进公馆。

严先生是雅德利的随从翻译，同时负责安排他的日常生活。

严翻译领着他俩，来到三楼雅德利的办公室门前。

办公室的门是关着的，严翻译抬手敲了敲门。

雅德利此刻正坐在他的办公桌前看报纸。听到敲门声，他抬头用英语应了一句：

"Come in."

严翻译推开门，领着刘贤仿和覃怀远来到雅德利的桌前，将两人和雅德利相互作了介绍。

雅德利站起身来和两人握了握手。

雅德利看起来五十岁上下，他身材高大，头上稀疏的金发让他显得有些秃顶。像所有的欧美人一样，他狭窄的脸上长着一双凹陷的蓝眼睛和一只高耸的鼻子。

由于要谈的事情涉及机密，加上覃怀远早年留学美国精通英文，可以直接与雅德利交流并不需要翻译，所以严翻译引见完后就离开了。

坐下后，刘贤仿首先向雅德利简单地介绍了侦测可疑电台、截获密码电文的经过。当然，为了保密，刘贤仿并没有提及德步罗公司和法恩。

接着，覃怀远告诉雅德利，他以嫌疑人电台桌上那本书作为密码本进行解码，但无法破译，因此今天来向雅德利请教。

雅德利一边听一边点头。等覃怀远说完之后，雅德利从沙发上站起身来，一边踱步一边思考。

雅德利对破译密码非常着迷，他喜欢挑战。这也是他答应见他们的一个重要原因。

按照覃怀远刚才的说法，几乎所有的常规方法都用过，如果想要有所突破，那么只能改变思路。

雅德利努力地在他的脑海中搜索着那些非常规的密码破译方法。但他能想到的也只是用纽约或伦敦股票交易所某天的收盘指数、纽约或伦敦某天的最高气温等作为密钥的变数，这些都是西方国家近几年才开始采用的加密方法。他建议覃怀远用这类新出现的变数去尝试一下。

所谓密钥的变数，就是密钥的变化规律。

他进一步解释说：

"假定密码通信的双方用伦敦某天的最高气温作为密钥的变数，如果这一天的最高气温是二十一摄氏度，那么二十一就是这个变数。因此，作为密钥的那本书第二十一页的第一个或最后一个单词就很可能就是密钥。"

临告辞前，刘贤仿留下两份密码电文给雅德利参考。

接下来的几天，覃怀远和尹行按照雅德利的思路进行尝试，却仍然不得要领，还是无法破译法恩的密码电文。

三

雅德利是美国著名的密码破译高手。

第一次世界大战时期，雅德利奉命主持美国军事情报局第八处，也就是密码破译处，负责敌方密码的破译工作。到一战结束，美国军情局第八处总共破译外国军政密码电文一万多条，成绩斐然。

一战结束后的1919年，在雅德利的建议下，美国专门从事密码破译的机构——美国黑室正式成立，雅德利当仁不让地担任主任。

不过，美军中始终有一部分人认为破译对方密码是一种为绅士所不齿的、卑鄙小人下作的无耻伎俩，因此对美国黑室嗤之以鼻。

1929年，终因保守势力的强烈反对，美国黑室全面解散，雅德利因此失业。

失业后，雅德利失去收入来源，生活陷入贫困，日子一直过得很艰难。

为了生计，雅德利不顾美国政府的规劝和警告，将美国黑室的秘密以及他在美国黑室的经历写成一本书，名为《美国黑室》，于1931年公开发表。

雅德利在这本书中详细透露美国黑室破译外国密码的情况，引起各国的强烈反响，让美国政府在全世界，特别是在盟友中处境尴尬。

雅德利的背叛行为严重违反秘密工作的准则，不仅得罪了美国政府，也为同行所鄙视，遭到他们的一致唾弃，让他的生活变得更加艰难。

就在雅德利走投无路、每天借酒消愁的时候，中日全面战争爆发。

为了掌握战争的主动权，中国最高统帅部急需了解日军的决策与动向，以此来缩小中日军队之间的差距。因此最高统帅部敦促中国各军事情报机关全力破译日军密码。重光深知这个任务的重要性，专门在军统局组建特技室负责破译日军密码。刚组建的军统特技室由于人才薄弱，急需招揽大量密码破译人才。

中国驻美大使馆武官不久就给重光传回美国密码破译专家雅德利处于失业中的消息。

重光觉得这是一个千载难逢的机会，因此果断向蒋委员长提出聘请雅德利担任军统局密码破译顾问的建议,并很快得到批准。于是,重光指示驻美国的军统人员与雅德利取得联系,转达中国政府有意聘请他担任顾问的决定。

长期失业的雅德利得知这个消息后喜出望外,双方一拍即合。

谈好条件和待遇后,雅德利从美国出发奔赴中国。在军统局的安排下,雅德利经越南、香港等地区多方辗转,于武汉会战结束后的1938年11月到达重庆。

雅德利到达重庆后,担任军统局的外籍顾问,负责培训中国的密码破译人才,并未参与实际的密码破译工作。他并不知道当时中国已经拥有邮电检译所、军委会机要室密码破译组以及军统特技室等几个密码破译机构,也不知道中国已经成功破译日本的外交密码。

这些当时都是对雅德利保密的,这样做符合中国人的处世风格,即在没有完全了解合作伙伴之前,绝不会向对方亮出全部底牌。

覃怀远请教雅德利之后,雅德利一直很关心其进展情况。当他得知覃怀远按照他建议的方法还是未能破译密码电文后,感觉自己面子上有点过不去。

本来破译密码就是一件难度极高的事情,破译不了十分正常。但雅德利是军统局请来的美国著名密码专家,中国方面对他抱着很高的期望,认为在他面前没有破译不了的密码。要是他连这种简单的个人专用密码都破译不了,难免会被中国人笑话。

许多人有一种人性中难以克服的奇怪心理。这些人遇到或者说起某一个领域的某一位专家时,为了显示自己比其他人了解得更多,更有发言权,往往会添油加醋地对这位专家进行毫无根据的大肆吹捧,以满足自己的优越感。经过这样的你吹我捧,一个正常的专家在大家心目中就变成一个无所不能的神被供上神坛。当发现这位专家在实际工作中不是他们想象的那样时,还是这些人,他们会反过来把这位专家打下神坛,将他贬得一文不值,对他进行攻击泄愤,恨不能置他于死地而后快。因为他辜负了他们的期望，羞辱了他们的颜面，侮辱了他们的智慧。

雅德利对此感受颇深。他来的时候是只是一位美国密码破译专家，不久之后就被人吹捧成为一位无所不能的神，现在又逐渐成为很多中国同事眼里的一个不学无术的西洋大骗子。

面对这种情况，雅德利感到一种无奈。将他推上神坛的是这些人，把他从神坛上掀翻下来并朝他吐口水的同样也是这些人。

雅德利看着桌上刘贤仿留给他的两份密码电文，决心认真钻研尽快破译它们，露两手给那些看扁他的中国人瞧瞧，不然他的日子将更难熬。

于是，雅德利借来那本英文小说 *The Financier*，开始运用自己多年积累的密码破译知识和经验，设计各种密匙加密新方法对两份密码电文进行破译，结果还是未能成功。

这对雅德利的自信心打击很大，他开始怀疑，是否是长期失业和酗酒让他的智力和技能退化了？

不过，雅德利还有最后一招。他决定试一试。

四

刘贤仿办公室的门关着。

雅德利、覃怀远和刘贤仿三人围坐在办公室的沙发上。

雅德利今天到军统总部来找刘贤仿，是要使出他的最后一招。

他的绝招是，如果能够想办法让那个发出这些密码电文的人发出一份军统知道内容的密电，就可以通过这份密电中的关键词进行反推，找出作为密钥的那本书中的密钥和变数。

雅德利刚一说完他的想法，覃怀远还没顾得上给刘贤仿翻译，自己的眼睛里就闪烁出兴奋的光芒。覃怀远知道这绝对是一个聪明有效的方法。

这就是经验。如果没有，很难凭空想出这个主意。

第十三章 赫伯特·雅德利

覃怀远兴奋地将雅德利的想法翻译给刘贤仿听。

刘贤仿听了之后不禁一拍大腿连声称妙。

现在需要做的就是设计出一份这样的情报，然后让法恩在不知情的情况下通过密电发出去。

一份什么样的情报，才能既包括一些特殊的关键词，又能够百分之百保证法恩发出去，还要让他觉得自己获得这份情报合情合理，不会产生疑问。

刘贤仿开始思考这个问题。

刘贤仿从沙发上站起身来，走到窗户前，看着外面的风景。

窗外那棵黄桷树枯黄的树叶在和煦的东南风吹拂下一片片从树枝上脱落，随风在空中缓缓飘荡，悠然落下。与其说是风将树叶吹落，不如说是命运的使然。由于风和日丽，眼前的景象完全没有秋风萧瑟中的落叶那般凄凉。

刘贤仿的思绪像眼前飘落的树叶一样有些纷乱。

各种设想一个接一个地涌现出来，又一个接一个地被他否定。

过了良久，刘贤仿终于有了想法。

他回到沙发前对覃怀远和雅德利说：

"你们认为一份从美国购买一批勃朗宁无声手枪，用于军统特工敌后制裁日军军官和汉奸的情报怎么样？"

覃怀远听了之后，觉得这是一个非常好的主意，马上将此翻译给雅德利听。

无声手枪是一个新颖而又特殊的名词。采购枪支是法恩的业务，法恩获取这类情报再自然不过。制裁日军军官和汉奸是法恩绝对不能忽略的重要情报。

覃怀远和雅德利自忖自己在这么短的时间内不一定能够想出这么好的想法，不约而同地发出赞叹：

"太妙了！"

"Wonderful!"

听到覃怀远和雅德利的赞叹，刘贤仿的脸上露出一丝察觉不到的得意。

不过，要将这份情报通过正常渠道泄露给法恩，只有重光拥有这个权限，因此首先必须得到他的批准。

刘贤仿决定马上去见重光。

刘贤仿让覃怀远和雅德利先回去，等他去见重光有了结果后，再和他们联系。

在重光的办公室里，刘贤仿向重光详细说明刚才他和覃怀远、雅德利想出的计谋，请求重光批准实施这个方案。不过他在报告时故意不提覃怀远和雅德利，免得重光责怪他。

重光知道刘贤仿盯上法恩，也知道刘贤仿正在请覃怀远和雅德利帮忙破译密码，但他并不想说破这件事。

其实，军统对法恩的身份是持有怀疑的，调查法恩是重光一直想做的事情。但考虑到政治和外交层面的影响，重光在他的这个位置上不能公开这样做。既然现在刘贤仿瞒着他主动去做这件事，重光当然乐观其成，不会去阻拦。刘贤仿这样做是需要勇气的，重光对此十分欣赏。重光表面上不知情，就会给这件事留有转圜的余地，对他和刘贤仿都有好处。万一刘贤仿捅出什么娄子来，重光还可以想办法进行补救，甚至丢卒保帅。

刘贤仿离开后，重光开始草拟一份申请报告，请求军委会批准购买六百支美国勃朗宁无声手枪，用于敌后制裁汉奸和日军军官。

五

一天下午，军政部军需署的杨参谋收到部长办公室转来的一份刚刚批准的武器采购申请。

这份申请是军统局向军委会发出的，要求采购六百支无声手枪。杨参谋只是听说过无声手枪，但从没见过，也不知道无声手枪的工作原理，因此感到很新奇。

　　杨参谋问办公室的其他同事，无声手枪为什么射击时没有声音。

　　三位同事对此非常感兴趣，于是不约而同地聚到杨参谋的办公桌前，传看那份武器采购批文。

　　谷参谋看得很清楚，这是军统局要求采购的，用于敌后工作。

　　四个人开始你一言我一语地议论无声手枪的工作原理和优点，展望军统特工用这种先进手枪制裁敌人的前景。

　　这是一项绝密专项采购。杨参谋根据要求，填写了一份专项采购清单。

　　两天后的上午，法恩接到军需署的电话，让他去一趟，有一份专项采购要委托给他办理。

　　法恩挂断电话后马上驱车前往。

　　董易和他的一位手下照旧开车跟在法恩的汽车后面。

　　法恩来到杨参谋的办公室，与杨参谋、谷参谋和另外两位参谋打过招呼后，来到杨参谋的桌子前坐下。

　　杨参谋将一份已批准的采购清单交给法恩。

　　法恩接过来看了看，这是一份勃朗宁无声手枪的采购清单，数量是六百支。

　　"一次性买这么多无声手枪，干什么用？"法恩好奇地问。

　　"暗杀。"杨参谋抬起右手做了一个射击动作。

　　"暗杀？"法恩似乎不太明白。

　　"对，配备给日军占领区的军统特工暗杀鬼子军官和汉奸。"坐在右边办公桌前的谷参谋补充道。

　　"明白了，明白了。"法恩会意地点点头。

　　这项采购单上注明绝密和急件，因此杨参谋要求法恩注意保密，尽快办理，不要耽误。

当天晚上，法恩将这份情报用无线电台发出去。

法恩开始发报后，严冬率领的无线电侦测车立刻侦听到这个无线电信号，两名戴着耳机的侦测队员开始抄收法恩发出的密码电文。

第十四章 破译密码

一

雅德利公馆，一个宽敞的房间里，雅德利、覃怀远、尹行正围坐在一张大会议桌前，桌上放着那本英文小说 *The Financier*。

为了方便破译密码，雅德利主动腾出一间屋子作为破译密码的专用房间，大家下班后直接到他这里破译密码。

雅德利、覃怀远和尹行三人面前各自有一份相同的密码电文。这份电文就是严冬等人昨晚截获的法恩那份购买无声手枪的密码电文，是刘贤仿上午专门送来的。

因为知道这份密电的基本内容，雅德利将这份密电的基本内容用英语写出来，然后将这段英语与密码电文进行比较，根据语法、单词的位置以及各个单词的字母数，大致推断出密码电文中代表的关键词"silent"（无声）、"pistol"（手枪）、"made"（造）、 "USA"（美国）、"Browning"（勃朗宁）、"China"（中国）的字母串，列出各自的对应表。

密码	N	D	G	T	I	O	K	D	N	O	J	H	G	A	T
明码	S	I	L	E	N	T	P	I	S	T	O	L	M	A	D	E

密码	P	N	G	R	M	J	R	I	D	I	B	E	C	D	I	G
明码	U	S	A	B	R	O	W	N	I	N	G	C	H	I	N	A

通过上面的密码字母串与明码的对应表,将表格中的明码按照英语二十六个字母的顺序排列,雅德利很快就找到明码二十六个字母按顺序排列与密码字母的对应关系,并将此对应关系列成一个表。

密码	G	R	E	A	T		B			C	D			G	H
明码	A	B	C	D	E	F	G	H	I	J	K	L	M		

密码	I	J	K		M	N	O	P		R				
明码	N	O	P	Q	R	S	T	U	V	W	X	Y	Z	

没有密码字母的空白处,表示这些明码字母暂时还不能确定所对应的密码字母。

不过,稍加留意密码字母的排列方式,不难发现它的规律。它是以GREAT这个单词开头,后面应该紧接按顺序排列的ABCD……,因此雅德利很快就能确定空白处的密码字母按顺序是A、E、F、L、Q、S、T、U。于是,一份完整的密码-明码字母对应表产生了:

密码	G	R	E	A	T	A	B	C	D	E	F	G	H
明码	A	B	C	D	E	F	G	H	I	J	K	L	M

第十四章 破译密码

密码	I	J	K	L	M	N	O	P	Q	R	S	T	U
明码	N	O	P	Q	R	S	T	U	V	W	X	Y	Z

有了这个完整的密码-明码字母对应表，法恩的这份密码电文就被完整、准确地破译出来。翻译成汉语就是：

中国政府委托我公司采购美国生产的勃朗宁无声手枪六百支，用于在日占区暗杀日军军官和汉奸。请总部从速办妥货物运往重庆。

这份密码字母表中的前五个字母"GREAT"是一个英语单词，是"大、伟大"的意思。这个单词就是这份密电的密钥。

密钥终于找到了！大家不禁发出一阵欢呼。

接着，三人根据这份密码-明码字母对应表对法恩的其他几份密码电文进行译码，但结果让他们非常失望。所有译出的电文都是读不懂的乱码。

刚才三人都还沉浸在成功找出密钥的喜悦中，现在发现这个密钥居然不起作用，对他们来说是一个不小的打击。他们兴奋的心情如同浇了一盆冷水，一下子又凉了下来。

很显然，"GREAT"这把密钥只适用于这份密码电文，对于其他电文根本不适用。

看来，法恩密码电文的密钥并不是固定的，而是变动的。这是更为高级的密码，破译起来难度更大。

现在只有找出密钥的变化规律，才能破译其他密电。

密钥的变化规律藏在哪里呢？

大家一致认为，法恩的通信密码密钥及其变化规律就藏在桌上的这本 The Financier 书里。

于是，覃怀远三人首先从这本书入手，从中找出"GREAT"出现在某页第一个单词或最后一个单词的所有页面，并将这些页面的页码记录下来。

这是一个费时的工作。好在这只是一个不用花时间思考的机械性工作，因此不到一个小时，这本书中"GREAT"出现在第一个单词或最后一个单词的页面都被查找出来并记录下来页码，然后根据这些页码列出一个密钥页码表。

密钥页码表列好后，覃怀远三人首先将每份电文发出的日期作为密钥页码，开始反推密钥产生的规律。

刚才破解的那份密电是 6 月 16 日发出的。

因此，他们首先以日期"16"为密钥页码进行反推。于是，他们在密匙页码表中查找有没有第 16 页的记录，结果没有发现。

这就是说，密电发出的日期并不是密匙的页码。

接着，他们又以电文发出的月份作为页码进行同样的操作，发现电文发出的月份也不是密匙的页码。

破译工作再一次陷入死胡同。

覃怀远、雅德利和尹行都陷入沉思，努力地思考着解决方法。

覃怀远感觉他们离目标很近，几乎伸手就可以触及到，但就差那么一点点。他坐在那里，双目低垂眉头紧皱，大脑却在飞快地运转着。

西方人记录日期，除了年、月、日之外，还用星期一、星期二……还有，还有一年中的第几个星期。对，答案可能就在这里！

想到这里，覃怀远马上告诉尹行：

"查一下这份破译的密电发出的时间是这一年中的第几个星期。"

雅德利听了之后恍然大悟，不禁拍手表示赞同。

尹行很快就查出那份密电是本年的第 24 个星期发出的。

于是覃怀远以第24个星期中的"24"为页码，在密钥页码表中查找，发现有第24页的记录。这说明密电发出的日子是一年中的第几个星期很可能是密钥的页码。

覃怀远拿起一份待破译的密电，查出这份密电发出的时间是第22个星期。于是他以"22"为页码，在小说 The Financier 的第22页查找出第一个单词和最后一个单词。他首先将第一个单词作为密钥进行密码-明码转换，再将转换结果对这份密码电文进行译码。

结果很快就出来了。

只见覃怀远的双眼闪着兴奋的光芒，将手中的铅笔重重地拍在桌子上，接着跳起来大声宣布：

"成了！"

这份电文终于被破译出来。

现在完全确认作为密钥的书就是这本 The Financier。

密匙形成的规律是，以电文发出的那一周是这一年中的第几周作为页码——也就是密钥的变数，然后以密钥书中这一页的第一个单词作为密钥，进行密码-明码转换。

作为密钥的书以及密钥形成的规律终于被找到，法恩使用的无线电通信密码被成功破译！

接着，三人利用这个密钥形成的规律，顺利地破译了其他几份法恩的密码电文。

雅德利非常高兴。他来中国已经有一段时间，除了开办密码破译培训班之外，还没有在密码破译方面取得任何突破，因此他的能力受到一些中方人员的怀疑。这一次，他终于以他的经验和知识帮助军统破译这份密码，证明他在密码破译方面的才能，这让他感到特别欣慰。因此，他让严翻译到他的房间拿出一瓶杜松子酒，和大家一起喝酒庆祝。

二

刘贤仿手里拿着一个文件夹，迈着轻快的脚步朝重光的办公室走去。看得出来，他今天的心情特别好。

自从担任联合调查组组长以来，他还没有像今天这样开心过。一段时间以来，由于没能找出隐藏在军令部中的日谍，他承受着巨大的压力。如果不是重光在前面帮他扛着，他恐怕早已顶不住了。

现在终于取得重大进展。法恩的密电被破译，密电的内容显示他是一名英国间谍。这证明刘贤仿一直以来对他的怀疑是对的。

这个突破来得太及时了，这将大大地缓解刘贤仿所承受的压力，让他得到一个喘息的机会。

想到这里，刘贤仿长长地舒了一口气。他胸部微微一挺，昂首阔步走到重光的办公室门前。

办公室的门是开着的，刘贤仿冲着办公室里面喊了一声：

"报告！"

办公室里，正坐在办公桌后面低头批阅文件的重光抬起头来应了一句：

"进来！"

刘贤仿来到重光的办公桌前，向重光微微鞠躬行礼。接着，他从文件夹里拿出一叠电文递给重光：

"局座，法恩的无线电通信密码被破译了。这是其中一部分破译的密码电文。"

"哦，这么快。"

重光嘴角掠过一丝笑意。他从刘贤仿手里接过电文，放在办公桌上低头粗略地看了一遍，然后抬起头问刘贤仿：

"你对这些密电有何想法？"

第十四章　破译密码

"属下认为法恩的这些密电足以构成间谍罪，请局批准属下逮捕他。"

刘贤仿急着来见重光就是为了这件事。

今天早上，覃怀远打电话兴奋地告诉刘贤仿，法恩的密码电文全部被破译，让刘贤仿到他的办公室去取破译的电文。

得知此消息之后，刘贤仿几乎高兴得跳起来。

拿到破译的密码电文后，刘贤仿一分钟都没有耽搁，马上赶回军统局总部向重光报告。

"你不觉得向总公司发出这些电文是法恩的分内工作吗？"

听了刘贤仿要求逮捕法恩的理由后，重光向他提出一个问题。

被重光这样一问，刘贤仿觉得重光的话似乎也有道理。不过好不容易抓到一个间谍，如果就这么放了，他实在不甘心。

"局座，这些电文全都涉及国军机密。这是不折不扣的间谍行为。"

重光笑着摇了摇头。

道理很简单，德步罗中国分公司是国民政府最大的军备供应商，公司业务本身就涉及中国的许多军事机密。如果法恩不能将这些中国政府需要采购的武器装备及性能、数量发给英国总部，总部又如何知道中国到底需要采购什么武器装备呢？就凭这一点，中国方面就无法坐实法恩的间谍行为。

如果现在就逮捕法恩，国民政府不光无法给法恩定罪，而且还会在中英之间引起另一场外交风波，到时候理亏的肯定是中方。

刘贤仿懂这些利害关系，但他实在不愿意就这样轻易放掉好不容易抓到手的间谍。

"那我们该怎么办，局座？"

刘贤仿语气中明显带着几分气馁。

"不要去惊动他。继续你的工作，直到找到确凿的证据为止。"

说这话时，重光的双手伏在办公桌上，身体前倾，微微低头，眼睛向上翻看着刘贤仿，似乎是在告诉刘贤仿，他对此事胸有成竹。

刘贤仿带着强烈的失落感离开重光的办公室。

重光看着刘贤仿离开的背影笑着提醒道：

"出去时别忘了把门关上。"

刘贤仿离开后，重光立刻提笔开始起草一份电文。

电文拟好后，重光站起身来走到保险柜前打开保险柜，从里面取出一个密码本，回到办公桌前坐下，用密码本将电文译成密码电文。

这份电文需要重光亲自编码，说明它的接收者是和重光单线联系的高级情报员，其身份属于高度机密。

二十分钟后，重光拿起桌上的火柴，划燃一根将明文电文稿烧成灰烬，扔进桌上的一个盘里。

重光按了一下桌上的铃叫来一位秘书，将译好的密码电文交给他，让他送到电讯处按照指定的时间和频率发出去。

刘贤仿回到自己的办公室，坐在办公桌前整理了一下自己的思路。

虽然重光不抓法恩的决定让刘贤仿感到不高兴，但破译法恩的密码对刘贤仿的情报工作来说却是一个很大的收获。

当晚回家后，刘贤仿将法恩密码的破译方法密电给延安。

第十五章 岩井公馆

一

上海闸北宝山路有一个被院墙围住的大院。大院的大门边没有挂任何招牌，但是大门口有两名身着便衣的人站岗。

这就是上海人熟知的岩井公馆。

大院里有四栋相同的两层楼西式别墅，它们原来是新华储蓄银行高级职员宿舍。日军占领上海后，这四栋别墅被日军占用，后来改作上海总领事馆特别调查班总部。

上海总领事馆特别调查班是日本外务省直属的一个情报机关，其主要任务是收集中国的政治、军事和经济情报。

由于日本驻上海副总领事兼上海总领事馆特别调查班负责人名叫岩井英一，所以这个大院被人称为岩井公馆。

大院里最前面一栋别墅的二楼，特别调查班高级情报员方同手拿一个文件夹沿着走廊走到一间办公室门口停下，大声向里面一位坐在办公桌后面的男人问安：

"早安，岩井先生！"

岩井英一抬头见是方同，马上笑容可掬地请他进去。

方同走到岩井面前，隔着办公桌向他鞠躬行礼，然后从文件夹中拿出一份电文递给他：

"岩井先生,这是昨晚刚收到的重庆方面密电。"

岩井英一接过电文看了一遍。

电文显示,重庆军统局向美国购买六百支无声手枪,准备配备给日占区各大城市的军统特工,用于制裁汉奸和日军军官。

岩井英一几天前收到一份相同的情报。由于它涉及对日军军官和汉奸的暗杀,内容相当敏感,他担心泄露出去会在日军军官,特别是在中国亲日人士中引起恐慌;加上那份情报还未得到进一步证实,因此将那份情报暂时压了下来。

方同的这份情报来自于不同渠道,正好和岩井英一几天前收到的那份情报起到相互印证的作用。

看来这个情报是完全可靠的。

想到这里,岩井英一站起身来走到保险柜前,打开保险柜从里面取出一份电文回到办公桌前坐下,将这份电文递给方同。

这是一份英文密电译稿,在英文的下面是翻译过来的日文。这份密电的内容几乎和方同的那份完全相同。

看完这份密电后,方同抬头看着岩井,等待他的进一步指示。

岩井英一从桌上拿起方同刚才给他的那份密电,请方同将这两份密电带回去研究,尽快拿出一个应对方案。

方同从岩井的办公室出来,回到二楼走廊另一端自己的办公室。

他在办公桌前坐下,将手中的文件夹打开,拿出岩井的那份电文放在桌上,开始对照着这份电文起草一份电文。

电文拟好后,方同起身从办公室里的一个保险柜中取出一个密码本,将刚拟好的明文电文译成密码电文,然后掏出打火机将明文电文稿烧掉。

方同将拟好的密码电文放进刚才的那个文件夹,然后带着文件夹来到一楼左边走廊尽头的一间办公室门前,推开门直接走了进去。

这是岩井公馆的报务组电台室,里面有十多名报务人员和好几部电台。其中几名报务员正忙着收发报。

闲着的几位报务人员看见方同进来，都站起身来与他打招呼。

方同是岩井公馆地位仅次于岩井英一的第二号人物，公馆里的工作人员都对他存有几分敬畏。

方同从文件夹中拿出刚才拟好的那份密码电文交给报务组长，让他用指定的频率晚上九点准时发出去。

二

方同早年受中共委派加入共产国际组织，后来因受共产国际间谍案牵连被捕入狱。出狱后不久方同便赴日本留学。

在日本留学期间，日本外务省情报机关对方同的身份背景很感兴趣，开始接近他，想要招募他为情报员。方同一开始不愿意做日本人的秘密情报员，但日本人利用方同复杂的身份背景对他进行威逼利诱，最后迫使他答应为他们工作。

方同留学结束回国后，重光对他非常感兴趣，主动与他接触，要求他为特务处工作。方同毫不犹豫地答应重光的要求，成为重光在上海的单线秘密情报员。上海沦陷后，方同继续潜伏在上海从事情报活动，结果不幸暴露遭汪伪特工总部76号逮捕。据76号掌握的情报，方同除了为军统工作外还与中统等其他情报机关有联系，背景十分复杂。

重光得知方同被捕后，正准备动用各方力量营救，却没想到方同很快就被岩井英一从76号救出，并被安排在岩井公馆工作。不久，重光暗中派人与方同重新接上线，于是方同成为潜藏在岩井公馆的一名军统秘密情报员。

由于方同与各方面都有关系，可以通过情报交换轻而易举地获取日本所需要的秘密情报，成绩十分显著，因此深得岩井器重，很快成为他最信赖的助手。

岩井英一经常有其他公务需要处理，无暇全力主持工作，因此指定方同代理一些日常事务。

不知是出于对方同的完全信任，还是对方同的复杂身份早已心知肚明，岩井英一对方同的秘密情报来源以及他通过公馆电台室收发的密电内容、使用的密码本、收发报的对象等从不过问。这无形中为方同的情报活动提供了方便。

三

重光坐在办公桌前，看着桌上的一份电文，眼里闪过一丝狡黠的笑容。

这份密电是方同发给重光的。

密电中方同将岩井英一收到的那份英文密电的完整密码电文发给重光，包括岩井英一收到这份密电的时间。

重光将这份密电与法恩发出的那份密电进行对比，发现两份密电发出和收到的时间以及密电的内容，甚至密电的每一句话、每一个单词都完全一样。

这就是说法恩发出这份密电时，日本方面同步收到并且准确地译出密电。

这意味着日本人不仅掌握了法恩发出密电的通信频率和时间，而且掌握了这份密电的通信密码。

这种情况只有两种可能性：要么是法恩自己，要么是英国军情局有人将这秘密泄露给日本人。

但是，根据秘密情报工作的原则和常识，法恩的这些秘密，特别是他的通信密码，在英国军情局中顶多只有两三个人知道，难道这两三个人中有一个是日本间谍？显然这种情况存在的可能性相当低。

最大的可能性是法恩自己将秘密泄露给了日本人。

重光现在有百分之九十九的把握确定法恩是既为英国人又为日本人工作的双重间谍，剩下的百分之一不确定有待进一步证实。

那天刘贤仿带着几分失望离开重光的办公室后，重光起草的那份密电就是发给方同的。重光在密电中要求方同弄清楚日本方面有没有收到军统局购买无声手枪的情报。如果日本人收到这份情报，请方同查明细节。

重光之所以找方同而不找别的情报员去查明此事，并不是他一拍脑袋想到的，而是有他严谨的推理判断。

重光推测，如果法恩真的投靠日本人，很可能是在上海发生的。因为德步罗公司从上海撤退到武汉之后，由于军统防范严密，日本间谍基本上没有什么机会接近法恩。

假设法恩确实是在上海投靠的日本人，那么策反法恩的日本情报机关极有可能就是"8·13"前在上海滩活动频繁、拥有外交人员身份做掩护、隶属于日本外务省驻上海总领事馆的情报班。而岩井英一那时正好就是情报班负责人，策反法恩的行动很可能是他亲自实施的。

重光想要查明真相，第一个要找的人当然就是在岩井英一身边做事的方同。

第十六章　半张照片

一

杭州至上海的一列火车车厢里挤满了人。

大部分人是挑着两竹筐新鲜蔬菜或两桶活鱼的农民及挑着两箩筐米的小商贩，他们大都衣衫褴褛。其余的是去上海做生意的商人、找工作的农民、读书的学生以及走亲戚的乡下人。

这些人有座位的就坐着，没座位的就见缝插针找个地方站着或蹲着。整个车厢的走道、车厢尽头的连接处及上下车的车门边，除了那些竹筐、木桶和箩筐之外，所有的缝隙几乎都被人塞满。

刘贤仿和董易坐在靠近车厢前端的一个双人座位上。

两名衣服破烂肮脏的小乞丐不知什么时候溜上了车，在拥挤的车厢里穿行乞讨，不停地向周围的人作揖。看他们面黄肌瘦的样子，好心的乘客施舍他们一点自带的食物或零钱；还有一些乘客嫌他们身上肮脏大声地呵斥他们，让他们滚远点。

当他俩来到刘贤仿和董易身边时，刘贤仿让董易掏出一些零钱给了他们，两个孩子不停地向刘贤仿和董易作揖道谢。

战争的最大受害者永远都是普通老百姓。富饶的沪杭地区也因为战争变得贫困，普罗大众的生活越来越艰难。为了生存，人们不得不想方设法利用各种手段谋生。拥挤、混乱、嘈杂、肮脏的车厢里反映了普通大众艰苦生活的一个侧面。

必须打败日本人，结束这场可怕的战争。改造积弊深重的中国，让贫穷落后的中国变得富强起来，让普天之下所有百姓都能过上和平富裕的日子，让眼前这两个孩子能够进学校读书，再也不用乞讨。

在当时的中国，像刘贤仿这样怀着救国救民远大抱负的年轻人成千成万，他们愿意为这个宏伟的理想奋斗，甚至献出生命。

车厢里乱糟糟的，空气相当污浊。

好在正值初秋，天气适宜，车厢两旁的所有车窗都开着，让外面的新鲜空气能够吹进快速行进的车厢，使里面的空气不至于像闷罐车里一样难闻。但即使是这样，车厢里面仍然不时飘过一阵阵汗臭味、脚臭味、臭鱼烂虾的腐臭味和烂菜叶的酸臭味。

列车从杭州始发时，车厢里并不算太拥挤。随着从沿途停靠的车站上来的小贩不断增加，车厢变得越来越拥挤、杂乱。

好在路途并不很远，火车半天时间就到达上海火车站。

刘贤仿和董易随着下车的其他乘客穿过月台朝出站口走去。

刘贤仿穿一件靛蓝色长袍，戴一顶黑色礼帽，穿一双黑皮鞋，一副典型的江浙一带商人打扮；董易身着一件灰色粗布褂子和一条黑色粗布裤子，脚穿一双布鞋，手上提着一个箱子，一看就是一个伙计。

两人走到出站口，被一名检票员和一名日军宪兵拦住。

刘贤仿和董易掏出各自的车票和良民证，检票员检查之后便放他们过去了。

从车站出来后，刘贤仿和董易停下来朝四下张望，似乎是在寻找接站的人。

这时，刘贤仿看到一位穿着西装，戴着墨镜，年龄大约四十的中年男子手中举着一个上面写着"杭州刘老板"的硬纸板站在接站的人群中，于是朝这个人走过去。

刘贤仿走到这人面前，告诉他自己就是杭州来的刘老板。

这名男子自我介绍他是老黄，并向刘贤仿解释方先生临时有事不能来，因此派他来接刘老板。

说罢，老黄接过董易手里的箱子，领着二人来到停在不远处的一辆黑色道奇车旁。

刘贤仿和董易上车后，老黄将手上的箱子放进车尾行李舱，然后钻进驾驶座开车驶离火车站。

一路上，老黄没怎么说话，只是告诉刘贤仿现在送他们去安排好的住处。

不久，汽车进入公共租界，来到外白渡桥附近的吴淞路，在一栋二层楼的洋房前停下。

老黄从车上下来，给后座的刘贤仿和董易开门请他们下车，然后打开车尾的行李舱取出里面的箱子，领着两人来到洋房的大门前。

老黄抬手敲了敲门。

不一会儿门开了，一位五十多岁的男人站在门口。看见老黄领着两位客人回来，这人赶紧将他们迎进屋。

这人叫马叔，是方先生请来照顾刘贤仿生活起居的用人。

进屋后里面是一个大客厅，客厅的左边是一间客房，右边是餐厅和厨房。客厅最里面正对着大门有一座壁炉，壁炉前摆着一长两短三张沙发；壁炉的左边有一扇门通向洋房后面的花园，壁炉的右边是通向二楼的楼梯。沿着楼梯上二楼后，便是房子背面的一条带有雕花栏杆的长阳台，长阳台的下面就是洋房的后花园。长阳台另一侧有三个房间，每个房间都有一个临街的阳台和一个卫生间。

老黄带着刘贤仿和董易在整个房子楼上楼下转了一圈后从楼上下来，来到一楼客厅。

老黄告诉刘贤仿，方先生晚上会来看他们，然后告辞离开。

刘贤仿和董易回到二楼各自的房间休息。

由于一路上连续多日的不停奔波、舟车劳顿，刘贤仿和董易确实感到很疲倦，他们一下子就睡着了。

二

刘贤仿和董易这次是到上海执行一项秘密任务。

原来，重光通过秘密渠道获得日谍西田雅子的半张合影照片。

合影照左边的那个人被剪掉，只剩下右边的西田雅子。

照片正面的白边框下面从右向左印有"上海丽影照"五个字，后面的字被剪掉。

照片的背面留有两行不完整的钢笔字。上面一行只剩"佐藤秀美与西"、下面一行仅剩"一九三"几个字，后面的字都被剪掉。

根据半张照片上留下的线索，很容易推测上面一行是"佐藤秀美与西田雅子合影留念"，下面一行是"一九三×年×月×日"。

很明显，这张合影是日谍西田雅子和佐藤秀美几年前在上海照的。

如果找到这张完整的合影，就可以凭照片在重庆通缉佐藤秀美。

因此，重光决定派刘贤仿和董易到上海查找这张照片。

几天前，重光在办公室亲自向刘贤仿布置任务。他拿出翻印的半张照片交给刘贤仿，强调这是军统目前掌握的佐藤秀美的唯一线索，希望刘贤仿利用这半张照片找到那张完整的合影照。

刘贤仿接过照片看了一眼，不禁愣了一下。

"咦？"

重光对刘贤仿的反应感到诧异，不禁问了一句。

"怎么，见过照片上的人？"

"啊，不。真漂亮！"

重光以为刘贤仿对照片上女人的美貌感到惊讶，不禁微笑着摇了摇头。

刘贤仿和董易带着半张合影照从重庆出发，一路上在各战区的配合下经湖南、江西到达浙江，再由浙江的军统组织秘密护送到杭州，最后从杭州乘火车到达上海。

上海这边，重光指示方同协助刘贤仿行动。

三

傍晚，马叔上楼叫醒刘贤仿和董易，告诉他们方先生来了，正在楼下客厅里等他们。

刘贤仿和董易从二楼下来，看到客厅的沙发上坐着一位身穿灰色西装，戴着一副眼镜，长得白白净净的三十多岁男子。

站在一旁的老黄赶紧给这位男人和刘贤仿作介绍。

这位男子就是方同。

方同起身与刘贤仿和董易握了握手。

在沙发上坐下来之后，方同告诉刘贤仿，根据重光老板的指示，他主要负责刘贤仿的安全和生活。他专门给刘贤仿准备了一部电台，如果有必要，刘贤仿随时可以用电台直接与家里联系。电台就在二楼最里面那个房间的橱柜里，刘贤仿可以放心使用，日本人不会查到这里来。

方同并不知道刘贤仿和董易来上海的具体任务，刘贤仿也得到指示不要将他们的任务透露给任何人，因此他们在谈话中都不涉及这个话题。不过方同告诉刘贤仿，如果需要帮助，他会尽全力协助。

这时，马叔从餐厅出来告诉方同，晚饭已经备好，请他们到餐厅用餐。

七八道江浙风味的菜肴已经摆在餐桌上。大家围着餐桌坐下，马叔给每个人的酒杯里倒满葡萄酒。

方同端起酒杯站起身来，欢迎刘贤仿和董易。他略带歉意地表示，由于有秘密任务，不宜声张，他今天只能在这里简单地为他们接风，怠慢之处还请他们谅解。

第十六章 半张照片

刘贤仿和董易也端起酒杯站起来，对方同的热情款待表示感谢，然后大家同时干了杯中的酒。

马叔的手艺不错，做出的一桌江浙菜相当美味可口。

刘贤仿和董易以前都在上海待过好长一段时间，已经习惯江浙菜的口味。他俩也不客气，开始大快朵颐，好久没吃到这样美味的江浙菜！

吃完晚饭后，大家坐在客厅的沙发上喝茶闲聊。

方同告诉刘贤仿，从明天开始老黄每天直接到这里上班，听候刘贤仿的调遣。

刘贤仿为了保密本不想让老黄了解自己的行踪，但又不能直接拒绝方同的好意，只好勉强接受。

大约晚上九点多，方同起身告辞。

刘贤仿和董易送走方同之后就上楼歇息了。

第二天早上八点，刘贤仿和董易才起床。

马叔已经给他们做好早点。两人吃完早点后，上楼准备了一番，然后下楼来到客厅。

老黄已经在客厅里等着听候刘贤仿的吩咐。

刘贤仿请老黄送他和董易到民国路（今人民路）方滨路口。

出门上车后，老黄开车载着他俩朝外白渡桥方向驶去。

汽车很快驶上坐落在苏州河河口、横跨苏州河两岸、充满现代力学美的外白渡桥。驶过外白渡桥后，前面就是著名的黄浦江外滩。沿着江边的马路，一边是景色别致优雅的外滩公园，另一边鳞次栉比矗立着古罗马、古典主义、哥特式、巴洛克式等风格各异、雄伟高大的西式建筑。

黄浦江上烟囱冒着黑烟、鸣着汽笛的轮船往来穿梭，南京路上各色豪华漂亮的舞厅、酒吧、商铺和来来往往的行人，街上叮叮当当行驶而过的有轨电车以及身着漂亮旗袍的东方美人，这一切依然向世界昭示着这个东方最大都市战前的奢华和魅力，即使她现在正遭受着日寇铁蹄的无情践踏。

对于熟悉上海的刘贤仿和董易,这一切都恍如隔夜。

汽车最后来到上海老城民国路方滨路口。这里紧挨法租界。

刘贤仿请老黄在路边停车,并吩咐老黄直接回去,不必在此等他们。

老黄本来想一直陪着刘贤仿,但见刘贤仿明显不想让他跟着,因此尊重客人的意思,知趣地开车离去。

刘贤仿和董易沿着方滨路朝东行,最后来到一间照相馆门前。

这间照相馆就是刘贤仿要找的丽影照相馆,西田雅子与佐藤秀美的合影就是在这里拍的。

刘贤仿和董易首先查看了照相馆的橱窗,没有发现那张合影照片。

他俩走进照相馆。照相馆里面相当大。进门的左手边是一个L形的柜台,是顾客登记、缴款及取照片的地方。此刻柜台里的一位约六十岁的老者正在接待顾客。

再往里面,正对着柜台的是一前一后两个用布帘隔开的摄影室。摄影室的前面紧挨着右手边的墙摆放着一排长椅,给等待照相的客人坐。长椅的尽头是通向二楼的楼梯口,上方挂着一个木牌,写着"艺术照请上二楼"几个字。

刘贤仿和董易走到柜台前,和柜台里的那位老者打了个招呼,然后掏出那半张合影照问老者是不是这里照的,是否记得橱窗里面曾经展示过这张照片。

老者接过照片仔细看了一会儿,说这张照片确实是这里照的,由于照片的艺术效果好,因此一直作为样板照展示在橱窗里,直到日本人来了之后才从橱窗里撤下来。

刘贤仿继续问老者,撤下来的照片是否被照相馆收藏起来。

老者没有正面回答,而是带着怀疑的眼神反问刘贤仿为什么打听这张照片。

刘贤仿告诉老者,照片上的女人是他的妹妹,照片上剪掉的一半是他妹妹的同学。他妹妹和这位同学中学毕业后一同离家到上海谋生。头

第十六章 半张照片

两年还算不错,后来突然失去音讯。目前是战乱时期,家里担心她们出事,因此让他俩出来寻找妹妹。凭着这半张照片通过多方打听,好不容易才找到这里,希望老者以实情相告。

老者犹豫片刻,然后低声告诉刘贤仿,日军占领上海后的某一天,一名日本人和几名日军宪兵来到照相馆,强行没收橱窗里的这张照片,并逼着照相馆交出这张照片的底片及保留的所有照片。

刘贤仿听了老者的话之后,感到事情比他想象的要复杂得多。既然日本人插手这事,说明现在的调查方向是正确的。

刘贤仿又问了老者几个相关问题,然后再三谢过老者,便和董易离开这间照相馆。

线索非常顺利地被找到,但问题却变得更加棘手。

照片已经被日军收走,到底是保存着还是销毁了?如果保存着,会藏在哪里?

如果日本人销毁了这张照片,刘贤仿和董易一点希望都没有。

两人一边走,一边分析。

现在只能假设照片还被日本人保存着,然后想办法从日本人手里盗取这张照片。因此刘贤仿和董易得先弄清楚照片到底藏在岩井公馆还是在日军宪兵队。

被捕的两名佐藤秀美手下曾交代,抗争爆发前佐藤秀美在上海做过一段时间的情报工作。当时全面抗战还没爆发,佐藤秀美很可能是在日本外务省上海的情报组织负责人岩井英一手下工作。

据刚才照相馆的那位老者说,是一名日本人带领几名日军宪兵到照相馆收走的照片。由此看来这名日本人很可能就是岩井英一,因为只有他认识佐藤秀美并知道她的间谍身份。

如果真是这样,很可能是岩井英一无意中发现照相馆橱窗里佐藤秀美的照片。为了消除这张照片对佐藤秀美造成的潜在危险,岩井英一才让宪兵队和他一道去照相馆收回照片。

基于上述判断，刘贤仿和董易认为，如果照片还在的话，很有可能存放在岩井公馆里。

因此他们决定首先到岩井公馆里查找照片。

另一个让他们决定首先到岩井公馆查找的原因是，方同可以暗中帮助他们。

如果岩井公馆没有那张照片，他们再想办法潜入日军宪兵队查找。

在回家的路上，刘贤仿特意去书店买了一本萧红的小说《生死场》。这是临出发前，刘贤仿和重光约定的临时无线电通信密码本。

当天晚上，刘贤仿用方同给他准备的电台发出一份密电。

刘贤仿将目前的情况以及他们打算请方同协助，潜入岩井公馆档案室查找那张照片的计划报告给重光，请求批准。

重光回电同意刘贤仿的计划，但强调不能向方同透露他们的真实意图。

第二天上午，刘贤仿给方同打电话，说有要事需要见他。

下午三点，方同来到刘贤仿住的小洋楼。

为了保密，刘贤仿请方同单独到他二楼的房间里密谈。

刘贤仿告诉方同他和董易需要潜入岩井公馆档案室查找机密资料，希望方同帮助他们。

方同告诉刘贤仿，潜入岩井公馆并不难，但是那些绝密资料都锁在档案室的一个保险柜里。除了岩井本人之外，连方同这样深受他信任的人都没有权限去查阅。打开档案室保险柜需要的钥匙和密码都掌握在岩井英一的亲信一个日本人手里，不太容易弄到手。

刘贤仿表示这不是问题，只要方同能够让他和董易顺利地进入岩井公馆并告诉他们档案室的位置就可以，他们自己有把握打开档案室的门和里面的保险柜。他们大约需要在档案室里待一个小时左右，完事后需要方同送他们出去。另外，他们需要方同为他们准备一架谍报专用微型照相机和一个医用听诊器。

虽然方同对刘贤仿所说的并不十分相信，但他还是点头答应刘贤仿的要求，并主动提出在行动中给他们担任掩护。

四

下午四点多钟，方同开车来到岩井公馆大门口。汽车的后座坐着刘贤仿和董易。

门口站岗的一名便衣特工走到汽车旁，朝方同点点头，然后要求检查刘贤仿和董易的证件。

刘贤仿和董易掏出方同给他们准备的证件，特工检查后挥手示意放行。

方同将汽车停在自己那栋办公楼前。三人先后从车上下来，董易的手里提着一个黑色公务包。

方同带领刘贤仿和董易走进办公楼，来到二楼自己的办公室。

三人在办公室的沙发上坐下，几乎都没说什么话。

行动开始前的等待是最漫长难熬的，他们正在消磨这段难熬的时间。等到天黑大部分人下班离开后，他们才能行动。

刘贤仿和董易今天都是穿的西装，这样的服饰与岩井公馆的工作人员一致，不会特别引人注意。

为了打发时间，刘贤仿从上衣的内侧口袋里掏出一部微型照相机，重新熟悉了一遍操作程序，然后看着方同。

方同点点头，表示刘贤仿操作正确。

这部照相机是方同去接刘贤仿和董易的时候交给他们的，出门前简单地教会他们如何使用。

今天岩井英一要出席一个总领事馆举办的国际晚宴，因此不在公馆里，这对于他们来说更加安全。

天完全黑下来，窗外的路灯也亮了。

方同抬腕看看手表，晚上九点差十五分。此时，这栋别墅里的大部分工作人员已经下班离开，只剩下报务室里几名值班的报务员，另外还有一名警卫人员可能会不定时地到这栋别墅巡查。

晚上九点，这是一楼报务室里最繁忙的一段时间。

方同带领刘贤仿和董易走出办公室，董易手里提着那个黑色公文包。

他们下楼来到一楼大厅。

方同站在大厅里，从这里能够观察到一楼两边的走廊和大厅门外的情况。

除了大厅天花板上的一盏电灯发出昏暗的灯光照亮着大厅和两边的走廊外，整个一楼静悄悄的，没有任何人。由于光线太暗，能够看到左边走廊尽头的一扇门下面门缝里透出的一道光线，表明这个房间里还亮着灯。

这个房间就是报务室。

方同朝身旁的刘贤仿和董易使了一个眼神，然后三人一起朝报务室走过去。

档案室就在报务室的对面，门对着门。

三人来到报务室门前，方同侧耳凝听了一下里面的动静，然后示意刘贤仿和董易开始行动。

刘贤仿马上接过董易手上的公文包，靠墙站在档案室门边遮挡住门前的董易。

董易从上衣口袋里掏出两根前面带钩的细长硬金属条。他双手各握住一根金属条，先后插进门锁的锁孔，然后一边前后拨弄，一边试着转动锁芯。

时钟一秒一秒地在跳动，显得特别漫长。

方同和刘贤仿紧盯着报务室的门。如果这个时候有人从报务室出来，他们必将暴露无遗。

董易终于打开门锁。虽然只用了不到半分钟，但对刘贤仿和方同来

第十六章　半张照片

说好像过去了一个世纪。

董易轻轻推开门，和刘贤仿先后溜进去，然后轻轻将门关上，并从里面锁住。

方同见刘贤仿和董易顺利潜入档案室，便转身朝大门口走去。他来到大门口外，站在那里点上一支香烟，一边抽烟一边担任警戒，随时准备应付突发情况。

刘贤仿和董易借着窗外照射进来的微弱光线迅速查看了一遍档案室的情况，发现里面摆着一排排的铁皮柜子，在第一排铁皮柜的最右边靠墙放着一个一米多高的保险柜。

这个保险柜就是方同所说的那个存放着机密档案的柜子。

刘贤仿和董易轻手轻脚地走到保险柜前。

董易从刘贤仿手中接过公文包，放在地上打开，从里面摸出一支前面包着厚厚一层白布的小手电筒。

董易打开手电筒，借着微弱光线，他开始察看保险柜。

由于这里和档案室的两扇窗户之间隔着三排柜子，因此从窗外基本上看不到手电筒的光线。

董易检查完保险柜后，歪着头想了一下，好像有了把握。

董易将手电筒递给刘贤仿，让他小心照着。

董易借着手电的光亮从手提包里面拿出一个医用的听诊器戴在耳朵上，左手握住听诊头贴在保险柜的密码锁旁边，右手开始慢慢旋转密码锁。他一边旋转锁，一边聚精会神地听着从听诊器里传来的声音；他可以根据声音的细微变化，找出锁的密码。

刘贤仿紧张地看着董易的表情变化。

只见董易紧锁眉头，紧抿双唇，两只眼珠不时地上下左右转动。

这个保险柜的密码锁有三层，董易细心地一层一层旋转，试着找到每一层的密码。每一层密码都要尝试多次，才可能捕捉到细微的差异，找到它的密码。

档案室里的董易和刘贤仿在紧张地开着密码锁,站在大门口望风的方同紧张地观察着四周的情况。

这时,一名手上拿着一支手电筒的警卫沿着别墅前的小路朝这边走过来。这名警卫从档案室的窗户前面走过时忽然停下,站在离窗户大约五六米远的地方用手电照进档案室的窗口。

方同立刻警惕起来。

接着,这名警卫一步步走到档案室的窗户前面,趴在那用手电筒透过关着的窗户玻璃照亮里面,想看个究竟。

方同见状,反而放心下来。因为他知道保险柜放在最里面的角落,正好被几排档案柜挡住,从窗外根本看不到保险柜四周的情况。警卫刚才用手电筒朝里面照,肯定惊动了刘贤仿和董易。他俩此刻应该已经关掉手电筒藏起来,这名警卫不可能看到任何动静。

这名警卫趴在窗前看了一会儿,便朝方同这边走过来。

警卫走到方同跟前,客气地打招呼。他告诉方同他刚才好像看到档案室里有光线闪过,才走到窗口查看。虽然什么也没看到,但他还是不放心,决定进去检查一下。

方同知道这名警卫手里有一串钥匙,可以打开任何一间办公室的门。

必须阻止他进档案室检查,否则麻烦大了!方同心里暗想。

于是方同告诉这名警卫他一直站在这里抽烟,没有看到任何人进出。他认为这名警卫看到的光线是外面的汽车灯光照射到档案室里形成的反光。

这名警卫听了之后觉得有道理。加上方同是这里的二号人物,既然上司说没问题,他没必要坚持,否则有点不给上司面子。于是这名警卫放弃到档案室查看的念头。他和方同继续闲聊了一会儿,然后去别的地方巡查。

方同看着警卫离开后,悬着的心才放下来。

当那名警卫用手电筒照档案室的窗户时,刘贤仿和董易马上意识到

第十六章　半张照片

有人在注意档案室，于是赶紧关掉手电筒停止开锁，安静地待在那里。

等趴在窗口观察的警卫离去，外面没有动静之后，他俩才继续开锁。

董易慢慢旋转着密码锁，聚精会神地听着听诊器里传来的声音，终于，他听到一声非常轻微的咔哒声。他一直紧绷的脸上露出一丝轻松的表情。终于找到第三层密码，董易在一张纸上记下这个数字。

董易从耳朵上摘下听诊头，然后按照纸上记录的三个数字，按顺序拨动密码锁转盘。

接着董易从上衣口袋里掏出刚才用过的开锁工具，一手一根插进保险柜的锁孔开始开锁。大约半分钟后，锁芯终于转动了，保险柜的弹子锁也被打开。

董易用手握住保险柜门上的手柄，然后轻轻一旋转，保险柜的门就被打开了。

刘贤仿马上借着手电筒的光线开始在保险柜里寻找他要的照片。

保险柜里面共分三层，最上面一层竖直放着二十几个卷宗，里面全部是岩井英一和外务省情报机关之间的秘密信函。

第二层存放着一些卷宗，大约有十几本，按时间顺序编了序号。每个卷宗里都是岩井英一之前收到的秘密情报电文和他的回电。

最下面一层存放着几叠档案袋，大约有二十来个。

每个档案袋里都是一名谍报员的个人资料，每个谍报员都用的是代号。

刘贤仿在其中一个档案袋里找到了那张照片和佐藤秀美的个人资料。

刘贤仿将手电筒递给董易照着，他从上衣口袋里掏出那架微型照相机，拍下那张佐藤秀美与西田雅子的合影照片以及佐藤秀美的个人资料。

本来到此他俩的任务就算完成。可好不容易得到这个千载难逢的机会，刘贤仿哪里肯放过。

刘贤仿将档案袋一份接一份打开，拍下所有二十多名日本谍报员的个人资料。不过其他档案中并没有谍报员的照片。其中一名代号"椋"

的谍报员引起刘贤仿的注意，因为档案显示此人是一名英国军情五处间谍，掩护身份是上海一家欧洲军火公司职员。后来被日本情报机关招募成为一名双面间谍。

这名间谍让刘贤仿想到法恩。

拍完所有日谍个人资料后，微型相机里剩余的胶卷还能拍十多张照片，于是刘贤仿又从中间一层抽出序号最大的三本卷宗，随手翻开来从每一本中各拍了几份电文，直到把微型相机里的胶卷全部用完。

拍完照片后，刘贤仿和董易将档案袋照原样放回保险柜，收拾好现场准备离开。

刘贤仿走到档案室的一扇窗户前打开窗户，从口袋里掏出一个高尔夫球朝大门口方向抛过去，然后将窗户重新关上。

一直留意观察信号的方同看到刘贤仿抛出的高尔夫球沿着地面滚过来，立刻将球捡起来放进自己的口袋，然后转身走进大门，来到报务室门前。

他侧耳听了听里面有无异常，接着后退两步靠近档案室的门，背对着门伸手在门上轻轻地敲了三下，再向前两步回到报务室门前，继续凝听里面的动静。

档案室的门开了，刘贤仿和董易悄悄从黑漆漆的档案室里面出来，然后轻轻将门关上。

方同回头看了一眼刘贤仿和董易。刘贤仿朝方同点了点头，三人正要转身离去，没想到报务室的门这时突然被打开。

一名报务员出现在门口，被站在门外的方同吓了一大跳。

这种情况如果处理不好，会让这名报务员心中起疑。

方同急中生智，马上对这名报务员说：

"哎呀，没声没气地突然开门，吓死人了！这是我的两位朋友，想看一看我们的报务室。"

刘贤仿和董易马上微笑着冲这名报务员点头称是。

第十六章　半张照片

　　这名满脸惊讶的报务员好像明白过来一样，马上讨好地露出笑脸给方同三人让路，请他们进去。

　　方同带着刘贤仿和董易假装参观了一番后，便离开报务室回到方同的办公室。

　　三人简单地收拾了一下便离开办公室，登上停在楼前的那辆车。

　　方同启动引擎，打开车头大灯，开车来到公馆大院大门口停下。

　　此时大门口的铁栅门已经关闭。

　　一名值班的警卫从警务室出来，走到车旁看了看，见是方同，马上走过去打开铁栅门放行。

　　方同的汽车顺利驶出岩井公馆大门。

　　十分钟后，方同就已送刘贤仿和董易回到小洋楼。

第十七章　暗查内奸

一

第二天上午，刘贤仿让老黄开车送他去兆丰路（现高阳路）。

那里有一家照相器材商店，刘贤仿要到那去买冲洗底片的药水。

汽车开到兆丰路距离照相器材商店大约二百米远时，刘贤仿让老黄停车，吩咐老黄在这里等着。他独自一人提着公文包下车，朝前面的照相器材商店走去。

刘贤仿不想让老黄知道他此行的目的。

十五分钟后，刘贤仿买好冲洗照相底片需要用到的化学材料和工具。然后他在一个报摊买了一份当天出版的香港《大公报》。

回到住处之后，刘贤仿将董易留在楼下的客厅里，不要让任何人上楼打搅他，然后上楼回到自己房间。

刘贤仿首先将房间的卫生间改造成一个临时暗房，然后在暗室里用刚才买的化学药品将偷拍的微型胶卷底片冲洗出来。

冲洗出的底片非常清晰。

当晚，刘贤仿密电报告重光他们已成功找到需要的照片，并意外获得其他一些重要情报。所有情报都拍摄在微型胶卷上，准备携微型胶卷底片返回重庆。

大约半小时后，重光才给刘贤仿回电。

重光在回电中指示刘贤仿和董易目前还不能回重庆，必须继续留上海执行新任务。由于刘贤仿获取的情报非常重要必须尽快送回重庆，重光已安排一名交通员于两天后的上午十点到刘贤仿的住处与刘贤仿接头。这名交通员会将一封重光的亲笔信交给刘贤仿，并从刘贤仿这里取回微型胶卷底片。刘贤仿和董易的新任务，过几天通过密电再向他们详细交代。

和重光通信结束后，刘贤仿将冲洗好的微型胶卷底片放在他买的一部照片放大机上，将拍到的二十多名潜伏在中方的日本间谍个人档案资料对照着他买的那份《大公报》拟定一份密码电文，然后将这份密码电文发出去。

《大公报》是刘贤仿与延安方面约定的临时通信密码。

两天后的上午十时，刘贤仿和董易坐在客厅的沙发上，等着与重光派来的交通员接头。

老黄和马叔坐在客厅旁的餐厅里休息。

这时，大门外传来敲门声。

听到敲门声后，马叔立刻从餐厅跑出来开门。

门打开后，坐在沙发上的刘贤仿和董易看见门外站着一位身穿蓝色长袍，戴着一顶深棕色礼帽，手上拿着一把油布雨伞的中年男子。

刘贤仿和董易马上就认出这个人就是带领他们穿过战线进入杭州的那位军统杭州区秘密交通员老曲。

老曲告诉马叔，他找一位姓刘的先生。

马叔立刻回头看着刘贤仿。

刘贤仿朝马叔点点头，示意让老曲进屋。

老曲进屋后，虽然刘贤仿知道老曲是自己人，但他还是按照特工原则和老曲对暗号。

暗号对上后，刘贤仿请老曲上楼来到自己房间。

两人简单地寒暄了几句，老曲便撑开手里的那把雨伞，左手握住伞杆，右手握住U形伞柄稍稍用力转动一下，就将伞柄从伞杆上卸下来。他首先从中空的伞柄中取出一团塞在里面的棉花，然后从里面抽出一个卷成圆柱的纸筒交给刘贤仿。

刘贤仿展开纸筒仔细地看了一遍，是重光在密电中说的那封信。

刘贤仿看完信后，将这封信藏进衣柜里的衣服下面，然后从衣柜里取出卷成圆柱用纸包好的微型胶卷底片交给老曲。

老曲接过微型胶卷底片后，用刚才从伞柄里取出的棉花团将它裹住，然后小心翼翼地塞进伞柄里，最后将伞柄装回伞上。他握住伞用力摇晃了几下，确认伞柄里没有发出任何声音。

底片藏好后，老曲便和刘贤仿告辞。

二

军统上海区不久前由于被叛徒出卖，区长以下绝大部分成员被汪伪特工总部76号逮捕，少数没有被捕的成员也都相继逃离上海，损失惨重。军统在整个上海的情报活动完全陷入瘫痪。

上海区被捕的军统特工，基本上都向汪伪76号投降，并加入76号成为汪伪特工。

到目前为止，重光仍然不知道是谁出卖了军统上海区。

根据得到的相关情报显示，出卖军统上海区的叛徒，仍然隐藏在被捕投降的上海区特工人员当中，其身份受到76号的严格保密。军统上海区所有被捕投降的人都在相互猜测，但没有人知道这个人到底是谁。

抗战全面爆发之后，军统潜伏在日占区的特工人员损失非常大。为了减少牺牲，军统开始默许日占区被捕的军统特工人员向日军或汪伪特务机关假降，保住性命，以图来日。组织以后会找机会与其中一部分投敌的特工接头，让他们继续为军统效力。

汪伪76号几名主要负责人对军统的假降政策心知肚明，甚至连他们自己都和军统有某种程度上的秘密联系，因此对投降的军统特工人员并不十分信任。

不过，他们正好可以利用这一点。76号从一开始便严格保密这名告密者的身份，不让其他被捕的特工识破其真面目。他们希望军统日后派人来与此告密者重新接上线，让他再次取得重光的信任，从而钓到更多的大鱼。

重光现在面临的问题是，如果他无法找出这名告密者是谁，他就不敢贸然与这些被捕假降的特工重新建立联系，让他们利用现在的特殊身份继续为军统效力，因为这样做的风险太大。但是，由于短时间内军统根本没有能力在上海重新组建情报网，如果不利用一部分假降的军统骨干重新为军统工作，那么陷入瘫痪的上海区情报工作就难以重新恢复，这对重光来说是更大的损失。

正因为如此，重光目前要做的事情就是想办法找出那个告密者并让他彻底消失。

重光在刘贤仿和董易出发去上海之前，就已经决定将这个任务交给他们。不过，重光当时并没有提起此事，他必须等刘贤仿和董易完成第一项任务后，再给他们下达这项任务。

重光这样做是符合情报工作原则的。他必须考虑到最坏的情况，万一刘贤仿和董易在执行第一项任务时失手被捕，就很可能在日伪特务机关的酷刑下被迫招供。如果此时他们知道这项绝密任务，那么就有可能让这项任务还没开始就面临失败。

重光早已计划好一切，并将一封亲笔信提前送达军统杭州区负责人手中。重光的这封信非常重要，它将会在整个行动中起到非常关键的作用。

老曲取走微型胶卷底片的第二天晚上，重光便通过密电向刘贤仿下达一项行动计划，命令他按照计划展开行动，查出这名告密者并将其清除掉。

三

晚上，上海公共租界一条狭窄的弄堂，几盏稀疏的路灯以及弄堂两边住户窗口照射出的灯光，勉强照亮着漆黑的弄堂。

刘贤仿和董易借着昏暗的路灯朝弄堂深处走去。两人在弄堂里左转右拐，最后来到一间房子门前。

刘贤仿前后左右看了看，没有发现其他人。于是，他抬手在门上拍了几下。

里面有人警惕地问了一句："谁？"

"张先生，有您一封信。"刘贤仿回答。

过了一会儿，门被打开了。

一个中年男人站在门里边，手里握着一把手枪，眼睛警惕地看着刘贤仿和董易。

"张先生，重光老板有封信交给您。"刘贤仿对中年人低声说。

这人名叫张新林，就是刘贤仿说的张先生。

张新林听了刘贤仿的话之后，盯着刘贤仿和董易看了几秒钟，最后似乎相信了他们，请他们进屋说话。

进屋后，张新林请刘贤仿和董易在客厅里的一个长沙发上坐下，自己则坐在沙发对面的一把椅子上。他的眼神充满警惕，手里仍然握着那支手枪。

刘贤仿从上衣口袋里掏出一封信递给张新林。

张新林伸手接过信，打开来读，但他不时将目光从信上移开观察刘贤仿和董易，防止他们有任何异动。

信的大意是，由于军统上海区受到日伪毁灭性的破坏，上海区大批同志不幸被捕，张新林也未能幸免。虽张新林被捕后迫不得已向日伪假降，但组织并不会怪罪他。鉴于张新林长期以来对党国的忠诚，组织上仍然对他绝对信任。今派刘、董二人前来与张新林联系，恢复其军统身份，作为潜伏在76号内部的秘密情报员，继续为党国服务。出卖军统上海区的真正元凶尚未现形，恢复上海的敌后情报工作依然充满凶险，因此必须早日清除这个叛徒。刘、董二人此行的任务就是查出这名叛徒并予以制裁以绝后患，他们身上带着叛徒的唯一线索……希望张新林鼎力配合他们的行动。

信的落款是"健进"，这是重光的化名。张新林熟悉重光的笔迹，一看便知这是重光的亲笔信。

看完信后，张新林的戒心明显缓和下来。他将手枪插进背后的腰带。

这封信让张新林非常感动。作为一个被捕后向敌人投降的人，即使是迫不得已，也是对组织的不忠，甚至是一种背叛。但重光如此体谅他的处境，并仍然信任他，让他感到羞愧难当、无地自容。他请刘贤仿转告重光，感谢组织对他的信任，让他重新获得为组织工作的机会，洗脱掉他的汉奸罪名。他表示今后一切听命于组织，为党国效力。

刘贤仿告诉张新林，根据获得的情报，军统上海区特工闵化文在被汪伪76号特工打死前，无意中从自己家的窗口看到出卖他的人。不幸的是那名叛徒在那一刻也看到闵化文，因此闵化文才会被汪伪特工灭口。

不过，让76号和这名叛徒没想到的是，闵化文在自己家门前的公共走廊上中弹倒下后，偷偷将一枚钥匙通过地上的门缝塞进他的邻居家里，留下这名叛徒的线索。

这名邻居当时正坐在客厅的沙发上看报，忽然听到外面走道上传来急促的脚步声和叫喊声，于是赶紧跑到门前侧耳凝听外面的动静。接着走道上传来一阵枪响，然后听到一个人倒下的声音。与此同时，这名邻居发现一枚钥匙从下面的门缝里沿着地板滑进他屋里，接着听到倒下的人说了一句什么。由于这人说话的声音很微弱，加上隔着一道门，因此他只模模糊糊听到"叛徒……，去……更衣……"

幸运的是这位邻居是军统上海区外围组织成员。他很快意识到，闵化文中弹倒下后，拼尽生命中的最后一丝力量将钥匙从门缝塞进他家，是想暗中留下叛徒的线索。他推测，闵化文之所以没有在中弹前大声说出叛徒的名字，是不想让汪伪特工逮捕所有当时可能听到秘密的无辜邻居，从而切断所有线索。现在，这名邻居得到这个唯一的线索，即这把钥匙。有了它，就有可能揭露叛徒的身份。

但这位邻居并不知道这把钥匙的用途，加上军统上海区已被摧毁，外围组织也分崩离析，让他无法向组织求助。于是他只好带着这把钥匙离开上海辗转来到重庆，将这把钥匙交给军统。

现在钥匙就在刘贤仿手里。刘贤仿将手中的钥匙递给张新林，请张新林辨认一下这把钥匙可能用在什么地方。

张新林接过钥匙看了看。

这把钥匙上用钢印打上了"63"这个号码。

张新林思考了一下，然后告诉刘贤仿这可能是某一个体育俱乐部更衣间存衣柜的钥匙。

刘贤仿听了之后点了点头，然后若有所思地问张新林："闵化文生前喜欢什么运动？"

"不知道。"张新林回答得很干脆。

"我们秘密搜查过闵化文的家，发现他家里有网球拍和网球杂志，由此推测他是网球爱好者。因此，我们初步断定闵化文临死前说的'去……更衣……'，很可能是某一个网球俱乐部的更衣间。"

张新林点头表示赞同刘贤仿的判断。

刘贤仿告诉张新林，他下一步的重点就是找到这把钥匙所属的俱乐部更衣间及其存衣柜。他相信，只要能够打开这个存衣柜，就有可能找到有力证据，查明那名叛徒的真实身份。

刘贤仿和董易离开前，再三嘱咐张新林一定要对此事严格保密。

几天后的一个下午，刘贤仿单独来到霞飞路（现淮海中路）网球俱乐部更衣间。

更衣间有几名会员正在更衣。刘贤仿走到第63号存衣柜前，掏出钥匙插进存衣柜锁孔试着开锁，结果一下就打开了。

存衣柜里只有一本书和一副墨镜。刘贤仿翻开书仔细查找，最后在书里发现一张照片。

刘贤仿看了一下照片，然后将照片放进西装的内侧口袋里，锁上存衣柜后离开更衣间。

当天晚上，刘贤仿密电报告重光，存衣柜里发现一张照片，照片上的人名叫谢楚敏，被捕前是军统上海区副区长。

重光指示刘贤仿对谢楚敏实施制裁行动，清除卧底，以儆效尤。

四

夜上海。

这座享有东方巴黎美誉的不夜城此刻已经拉开夜的帷幕，展露她那充满诱惑的迷人风姿。遍布十里洋场的夜总会、舞厅、酒吧等各类娱乐场所将人们带向大上海那夜夜笙歌、纸醉金迷的夜生活，让他们暂时忘却眼前的残酷战争。

欧德夜总会在法租界天主堂街（现四川南路）的一幢西式建筑里面，离法国领事馆很近。由于地处繁华闹市，装饰华丽，欧德夜总会很快就成为法租界里面著名的夜总会之一。

欧德夜总会的大厅空间很高，天花板上悬挂着欧洲风格的吊灯，大厅四周的墙壁上悬挂着欧式壁灯。墙壁上方四周雕镂着欧洲文艺复兴时期的浮雕，在灯光的照耀下看起来十分典雅。浮雕下面墙壁上的金黄色图案墙布在灯光下熠熠生辉，让整个大厅显得金碧辉煌。

夜总会大厅的中间是一个舞池，舞池的顶端是一个舞台。舞台和舞池的周边摆放着一些白色的酒桌和椅子，客人们可以坐在酒桌前一边欣赏歌舞一边饮酒作乐。

舞台上，一名歌女正扭动着身躯，随着乐队富有节奏的音乐伴奏唱着一首流行歌曲。舞池里一群穿着性感的舞女伴随着歌声在翩翩起舞。忽明忽暗的舞台灯光照在她们曼妙的身体上，让人感到刺激和诱惑。

一辆黑色道奇轿车停在夜总会门前，刘贤仿和董易从车上下来。

司机老黄等刘贤仿和董易下车后，便按照吩咐将汽车开到前面不远处的马路边停下等他们。

刘贤仿和董易还没有走进夜总会大门，就听见里面传来的音乐声和一个女歌手的歌声。走进夜总会大门后，由于一下子无法适应夜总会里炫目刺激的灯光和喧嚣刺耳的音乐，他们感到一阵晕眩。过了一会儿，他们的眼睛和耳朵才适应了夜总会的环境。

两人相距不远站在舞池边，张大眼睛在客人中搜寻他们的目标。

但是，昏暗而又变幻莫测的灯光让他们根本无法看清夜总会里其他人的面孔。

过了一会儿，一曲终了，灯光恢复正常，舞女们退出舞池。

很快，他们就发现谢楚敏和两名汪伪特工坐在舞池右前方的一张桌子前。

刘贤仿和董易相互使了一个眼色，开始向目标靠近。

这时，音乐再次响起，灯光又开始旋转闪烁，那名女歌手走到舞台中央，开始唱一首旋律委婉的情歌。

一对对男女随着歌声走进舞池，相互搂抱着，随着音乐尽情地扭动。

舞池里的各种彩色灯光随着音乐的旋律和节奏不停地旋转闪烁，让舞池里的男女宛若进入迷幻空间，显得陶醉而又兴奋。

刘贤仿和董易见状，马上走进舞池，穿过陶醉在音乐和舞步中的男女，朝谢楚敏走过去。

他俩走到离谢楚敏的桌子大约四五米的地方停下，同时掀起西服的衣襟掏出腰间的手枪。

谢楚敏和那两名特工发现有两人向他们走过来时，察觉到有危险，

第十七章 暗查内奸

于是不约而同地站起身来想要逃走。但还没等他们转过身去，刘贤仿和董易就开枪了。

砰砰砰……一阵枪响，谢楚敏和两名汪伪特工先后中弹倒下。

枪响后，寻欢的人们被眼前的情形吓得四处乱窜，争相逃命，整个夜总会顿时乱成一团。

刘贤仿和董易乘着混乱随着逃命的人群挤出夜总会。他俩沿着马路朝前走，来到老黄的汽车旁，钻进汽车。

早已启动引擎的老黄立刻开车疾驶而去。

第十八章　相互利用

一

刘贤仿和董易到上海执行秘密任务，重光指示方同配合他们的行动，但并没有告诉方同此次任务的具体细节，也没有让他参与到具体行动中。后来因为要到岩井公馆档案室盗取佐藤秀美的照片，需要方同的协助，不得已才让他了解一些基本情况，但任务的核心内容始终对他保密，而且得手后也没有向他透露任何情况，让他明显感受到重光对他不是很信任。

不过，重光对方同的疑虑是有道理的。

方同的身份背景实在太复杂，他与中共、共产国际、中统、军统、日本情报机关几乎都有联系，就像是一个游走于各方之间的多重职业间谍。各方似乎都不敢完全信任他，但都需要从他这里获取想要的情报。

这是重光对方同有疑虑的第一个原因。

此外，情报显示方同是以日本外务省情报机关秘密情报员的身份被岩井英一救出的。这就是说方同在之前的某个时候就已经加入日本情报组织，而如此重要的事他却从没有向重光报告，这只能说明他是在有意隐瞒，即使这符合他一直以来的行事方式。

这是重光对方同有疑虑的第二个原因。

方同加入岩井公馆后，经常给重光传回日本方面的机密情报。奇怪的是日本人对此好像从没察觉到，也从没怀疑过。

这是重光对方同产生疑虑的第三个原因。

重光曾经站在日本人的角度思考过这个问题，但始终不明白日本人为什么如此信任方同。重光开始怀疑方同的真实身份是日本间谍，其他身份都只是加在他身上的一层层伪装。如果不是这样，凭着岩井英一的多疑和严谨，早该发现方同的破绽。

因此，重光一方面利用方同获取各方情报，一方面对他保持几分戒心。每次有任务需要方同参与时，重光通常只告诉他做该做的事，至于为什么要这样做，重光从不说明，避免让他了解任务的核心内容。就像这一次。

方同明白重光对他有疑心，但他每次接到重光的指示之后，依然不折不扣地执行，绝不提出任何疑问，更没有因重光对他的不信任表现出任何不满。

方同这样做自有他的道理。

虽然中日两国处在全面战争中，但是，日本外务省情报机关仍然希望与中国方面有一个可靠的沟通渠道。方同的身份背景十分复杂，与各方面情报组织都曾有过关系，且能为各方接受。正是因为这一点，方同才被日本情报机关看中。日本人早已知道方同和重光之间有联系，但他们对方同的这种行为不但没有追究，反而非常重视。他们认为方同与重光之间的联系，必要时可以作为日本和中国之间一个可靠的秘密沟通渠道。

而对于方同来说，与重光的这层关系，是他能够在日本情报机关继续存在下去的最大保障。

这就是方同虽然不受重光信任，但仍然执行重光指示的原因。他不能因为重光对他的不信任而切断他和重光的联系，让日本方面失去这个重要的沟通渠道。如果真是这样，他在日本人眼中的利用价值将会大大降低，很可能遭到日本人的抛弃甚至受到惩罚。

二

将刘贤仿和董易安全送上去杭州的火车后,方同有种如释重负的感觉。

昨晚,老黄从夜总会将刘贤仿和董易送回他们的住处后,便马上开车来到方同家,向方同报告夜总会发生的事。

老黄是方同带来的亲信。岩井英一让方同负责特别调查班的情报工作后,方同在征得岩井英一的同意后将老黄带进岩井公馆,表面上让老黄做他的司机兼保镖,实际上老黄是方同的私人情报员兼对外交通员。

这次刘贤仿和董易来上海执行任务,方同便派老黄充当他们的司机整天陪着他们,一方面负责保护他们的安全,另一方面也是为了更好地监视他们。

不过,由于刘贤仿和董易在执行任务时总是故意将老黄支开,因此老黄也没弄清楚他们到底在干什么。

虽然老黄当时并不在夜总会里面,也没有看到夜总会里面发生的事,但他能猜到夜总会开枪杀人的事多半是刘贤仿和董易干的。

方同听了老黄的报告后十分惊讶。虽然他相信老黄所说的,但他还是想从刘贤仿嘴里亲口得到证实。

刚才送刘贤仿和董易去火车站的路上,方同直截了当地问刘贤仿,昨晚刺杀谢楚敏和另外两名76号特工的事是不是他们干的?

刘贤仿坦率地承认是的。

在从火车站回岩井公馆的路上,方同默默地坐在汽车的后座上,思考着如何应对此事。

今天早上方同一到岩井公馆,岩井英一便把方同叫到他的办公室,告诉方同昨晚三名76号特工在欧德夜总会被刺杀。汪伪76号和上海日军对此事非常恼火,发誓要严惩凶手。76号和上海日军宪兵队现在正通过各种渠道追查凶手，如果方同获得这方面的线索，必须马上向他报告。

岩井英一的话让方同明白，汪伪特工和日本人对此事的反应相当大，完全超出他的估计。

方同原本打算等刘贤仿和董易离开后，再找机会向岩井英一报告他们到上海执行秘密任务的事。知道此事很严重，便打消这个念头。

方同没想到刘贤仿和董易会在上海惹下这么大的麻烦。

好在刘贤仿和董易现在已经安全离开上海，76号和日本人不太可能抓到他们，更不可能通过他们追查到自己身上来。

方同知道76号特工总部的厉害。如果让他们查出他和此事有关，就算岩井英一想保护他，恐怕也很难做到。76号的那帮亡命之徒一定会想方设法干掉他。

方同实在想不通重光为什么要专门派人到上海杀掉一个被捕后投靠76号的前军统特工，因为这样的人在上海不是一两个，而是一大批。

经过一番权衡，方同决定将刘贤仿和董易刺杀谢楚敏以及日伪对此事的强烈反应，特别是此事对他造成的危险报告给重光。

从火车站回到自己的办公室之后，方同马上起草了两份密码电文，交给报务组组长按指定的时间和波长发出去。

三

李士群得知谢楚敏被人刺杀的消息后心中不禁暗喜，他的秘密计划第一步完美达成。虽然牺牲一个无辜的谢楚敏，但他成功地保住他安插在军统中的卧底张新林。

早在上海沦陷之前，张新林就与李士群认识。

张新林在军统资格很老，但他胆小谨慎，不喜欢出头露面，并且在情报工作中并没有什么特别建树。他不像那些屡立功勋的同事深受重光器重并被提拔和重用，他在军统一直是一名无足轻重的人物。

上海沦陷后，重光指示张新林继续潜伏在上海负责军统上海区组织工作。张新林对重光将他这样一个并不适合在敌后从事秘密情报工作的老资格特工留在上海冒险感到十分不满，但组织的决定他不得不服从。

一天，李士群在街上偶然遇到张新林。李士群知道张新林的身份，于是将张新林带到自己家中进行威逼利诱，要求张新林秘密加入特工总部，作为李士群在军统上海区的卧底。

自从在上海潜伏下来后，张新林每天都感到自己处在风口浪尖上，精神压力很大，对重光越发不满。加上中国抗战根本看不到任何取胜的希望，张新林很快就放弃内心的抵抗，答应给李士群做卧底。

李士群刚开始只是从张新林这里获取军统上海区的情报，并没有打算将军统上海区一网打尽。不过，为了在与特工总部主任丁默邨争夺权利的斗争中占住上风，李士群最后还是对军统上海区动手。除了少数人侥幸逃走之外，李士群将军统上海区大部分骨干逮捕，致使军统上海区的情报工作彻底瘫痪。

因为成功破获整个军统上海区组织，李士群为汪伪政权立了一大功，受到汪精卫和周佛海的器重，没多久就将丁默邨挤走升任特工总部主任。

李士群相当有谋略。在破获军统上海区之后，为了继续利用张新林这个卧底，李士群并没有公开张新林的秘密身份，而是让张新林像其他军统被捕人员一样向76号假降。

李士群知道重光迟早会派人与这些假降的军统人员联系。重光并不知道是谁出卖的军统上海区，肯定急于查出这名告密者，必然会派人到上海来调查。而在日战区调查此事充满危险，弄不好派来调查的人也会落入对方圈套。因此重光首先必须选择那些他认为比较可靠的人进行联系，尽量减少风险。张新林资格老、为人谨慎胆小，绝对是重光的一个优先选择。

果然，重光派来的调查人员首先接触的就是张新林。

第十八章 相互利用

当刘贤仿找到张新林的家时,张新林的第一感觉是自己的末日到了,因此内心极为紧张。不过当他看了重光写给他的亲笔信之后,便逐渐冷静下来,并为自己感到幸运。因为重光不光没有怀疑他,反而十分信任他,并希望他提供线索帮助刘贤仿查出叛徒。

虽然重光表达了对他的极大信任,但张新林还是非常担心刘贤仿找到那个存衣柜,从存衣柜里找到闵化文留下的对他不利的证据。

逮捕闵化文的时候,由于没有闵化文的照片,李士群不得不让张新林一起行动,暗中辨认闵化文。

当时张新林坐在李士群的汽车后座上,正从车窗探头出去观察闵化文家的窗口时,没想到正好被站在窗前的闵化文看到。因此,李士群当即下令杀掉闵化文灭口。

刘贤仿去张新林家的第二天早上,张新林一到76号,便马上来到李士群的办公室,将头天晚上刘贤仿找他的事向李士群作了详细报告。他再三强调,一定要抢在刘贤仿之前找到那个存衣柜,取出里面对他不利的线索,否则他很快就会暴露。

虽然李士群对张新林所说的话有些疑问,但为了保险起见,他还是宁愿相信张新林的判断,因此答应张新林想办法找到并消除这个线索。

李士群心中对张新林的事早有腹案。稍加思考后,他的大脑中很快就形成一个相当完美的计划。不过,在执行这个计划之前,必须先找到那个存衣柜。

李士群带领几名特工搜查了闵化文的家,希望能够发现闵化文加入某个网球俱乐部的线索,但没有找到。

不过这并没有难倒李士群。他根据张新林看到的那把钥匙的品牌和特征以及钥匙上的号码,派出多名特工去各网球俱乐部调查,很快查明他们要找的存衣柜在霞飞路网球俱乐部的更衣间里。

几天后的一个中午,一辆黑色雪佛莱轿车驶进霞飞路网球俱乐部停车场停下。

李士群和他的三名随从从车上下来，朝更衣间走去。

　　更衣间里除了一位清洁工正在做清洁之外，没有其他人。

　　他们首先观察了一下更衣间的情况，然后顺着墙边的一排存衣柜开始寻找，很快便找到他们要找的第63号存衣柜。

　　李士群朝其中一名手下使了一个眼色，这名手下会意地点点头，然后走到第63号存衣柜前，从衣服口袋里掏出两根前面带短弯钩的细长硬金属丝，插进锁孔里开始拨弄。

　　李士群和另外两名特工背对着存衣柜，用身体挡住身后那名开锁的特工，并留意观察那名正在干活的清洁工。

　　清洁工似乎习惯了陌生人的进进出出，并没注意李士群等人，依然埋头干自己的活。

　　不一会儿，存衣柜的锁就被打开。

　　里面只有一本书和一副墨镜。

　　李士群拿起那本书，翻找书里是否夹着东西，结果在书中发现一张作为书签用的名片。

　　这张名片是张新林的。看来闵化文希望用这张名片向组织密报张新林是出卖上海区的叛徒。

　　李士群将这张名片从书中取出放进自己的上衣口袋，然后从上衣的另一个口袋掏出一张照片夹在书里，将书放回存衣柜。

　　李士群选定谢楚敏作为牺牲品，并不是因为谢楚敏和他有仇，而是因为谢楚敏被捕后确实出卖过多名张新林并不知道的军统人员。因此选择谢楚敏作为出卖军统上海区的叛徒，更容易让重光相信。

　　从存衣柜中找到谢楚敏的照片后，刘贤仿和重光果然上当。一星期后，刘贤仿和董易便奉重光之命将谢楚敏刺杀在夜总会里。

　　谢楚敏被刺杀后，李士群开始大肆渲染气氛，故意对此事表达出极大的愤怒，谴责重庆方面利用卑劣的暗杀手段制造恐怖，发誓将以牙还牙，为谢楚敏报仇。上海日军对于谢楚敏被杀事件也表现出高度重视，指示日军情报机关迅速查明凶手并予以严惩。

　　李士群这一系列的动作都是为了一个目的，就是要让重光相信帮助他摧毁军统上海区的叛徒已被自己除掉，令他感到无比愤怒。从而让真正的叛徒张新林彻底摆脱嫌疑重新取得重光的信任，为张新林继续做卧底扫清障碍。

第十九章　战区日谍

一

刘贤仿和董易从上海返回重庆途中经过长沙，在长沙停留几天与第九战区情报处钱处长密商调查第九战区日谍的事情。

因为嫌疑人涉及在情报处任职的范辰，为了不惊动他，钱处长将刘贤仿和董易安排在一个普通的民居里住下。

自从将范辰列为重点嫌疑人后，钱处长就派人暗中跟踪监视范辰，希望能够发现他的破绽和那部电台。但到现在为止仍然一无所获。

如果范辰真是日谍，他的情报是怎样送出去的呢？电台又在哪里呢？

虽然范辰有时需要越过封锁线潜入岳阳或武汉执行任务，可以乘机将情报带过去交给日军，但毕竟次数有限，根本无法满足一个间谍经常传送情报的需要。

看来日谍比原来想象的要狡猾得多。

这天上午，钱处长匆匆来到刘贤仿住的地方，通知刘贤仿日军即将对长沙发起进攻，劝刘贤仿和董易在日军发起进攻前赶紧离开长沙，免生不测。

刘贤仿和董易听从钱处长的劝告，第二天便离开了长沙。

二

日军发起进攻的时间一天天逼近，整个第九战区都在调兵遣将，准备迎击日军。

一天下午，司令部交给钱处长一份秘密作战计划，指示钱处长派人将此作战计划连夜送给三支部队。

这份秘密作战计划是司令长官薛岳让参谋长亲自制订的。由于一直怀疑第九战区司令部有日谍，薛岳担心泄密不敢用电台发送这份秘密作战计划，决定派情报处特工送这份密件。

为了保密，薛岳要求二人一组送信，这样二人可以相互监督，确保不会泄密。

由于人手不够，钱处长不得不派范辰陪同另一位特工给其中一支部队送信。

临出发前，钱处长把三组送信人员叫到办公室，拿出三个封好口的司令部专用牛皮信封，告诉他们这是战区根据日军作战计划专门制订的一份秘密作战计划，关系到长沙会战的成败。如果路上遇到意外，务必销毁文件。

说完，钱处长将三个信封分别交给三组人。

三个信封上都写着收信人姓名，三个信封的封口上都盖有司令部的官印。

对于范辰这一组，钱处长特意将信交给范辰的同伴洪参谋。

范辰明白这是对他的不信任。范辰早就知道自己受到怀疑和监视。如果不是人手不够，钱处长绝对不会派他去。

黄昏，范辰和洪参谋驾驶一辆美式吉普车出发。范辰开车，洪参谋坐在他旁边。

吉普驶出长沙城区后，一路上沿着坑坑洼洼的公路颠簸前行。晚上十一点，他们来到一个小镇。镇上有一间旅社，是他们送信路上唯一一个可以住宿休息的地方，如果错过将整晚没地方休息。

范辰在黑暗中开车颠簸几个小时，已经很疲劳。于是他提议在此休息，天亮再赶路。

洪参谋表示赞同。

范辰将吉普车停在这间旅社前。

两人走进旅社来到柜台前，叫醒正趴在柜台上打瞌睡的旅社老板，要了一个房间，并让老板弄几个熟菜，连同一瓶酒送到他们二楼的房间。

由于时间紧迫，他们没吃晚饭就出发了。经过几个小时的一路颠簸，两人感到又饿又累。

酒菜一送到房间，他们便开始狼吞虎咽，很快就着菜将一瓶酒喝完。

两人都觉得不过瘾，于是又叫老板送来一瓶酒继续喝。范辰还让老板赶紧烧六瓶开水送到他们房间，他们喝完酒后要擦身泡脚。

没多久老板将六个灌满滚烫开水的热水瓶送到他们房间。

范辰不时端起酒杯请洪参谋一起干杯。每次干杯后，范辰都假装喝水，乘机将嘴里的酒偷偷吐进水杯里。洪参谋每次都将酒吞下肚，没多久就醉了，一头趴在桌上睡着。

范辰将洪参谋扶起送到床上躺下。他用力摇了洪参谋几下，怎么也摇不醒。看来洪参谋醉得很沉。

范辰坐在那里犹豫了一会儿，最后似乎下定了决心。

他从桌边站起身来走到门前插上门闩，然后回到床边，从洪参谋挂在床头的军用文件包中掏出那封信。

他将房间里一个泡脚的木桶拿过来放在桌边，将四瓶滚烫的开水倒进木桶中，然后将信的封口放在木桶上方，让桶中冒出的滚烫蒸汽融化信封口的糨糊，并每隔一会儿将剩下的两瓶开水分次倒进木桶保持水温。

几分钟后，信封口的糨糊被热蒸汽融化了。

范辰掏出一把小水果刀，用刀锋小心翼翼地将信封口打开。

他将信封里两页信纸抽出，展开放在桌面上，然后从军装口袋中掏出一个带打火机的烟盒照相机，将信上的内容拍下来。

照片拍好后，他将信按原样折叠好放回原来的信封，然后对正信封口的官印将信封口粘回，这样看起来官印就像是信封口封住后才盖上的。

等信封口的湿气干了之后，他将这封信放回洪参谋的军用文件包。

三

第二天黄昏，范辰和洪参谋完成任务返回长沙司令部。

见他们俩回来，钱处长简单地问了一下送信的情况，然后要求他们俩留在司令部值班。因为其他人都被派出去执行任务，晚上没有人值班。

范辰和洪参谋无可奈何，只好留下来值班。

虽然范辰表面上很平静，但他内心里其实有些着急。他窃取的情报很重要，必须尽快将胶卷冲洗出来，早点把情报送出去，免得夜长梦多。

当天深夜，情报处值班报务员将一份需要钱处长亲译的密电交给范辰和洪参谋。除此之外，范辰和洪参谋几乎整晚都没什么事。

第二天早上，钱处长很早就来到办公室。洪参谋将昨晚那份密电交给钱处长。

钱处长赶紧将正准备下班回家的范辰叫到他的办公室。

在处长办公室里，钱处长拿起桌上的一份电文递给范辰："紧急任务，你先看看这份密电。"

范辰接过电文看了一遍。

原来，钱处长从岳阳的情报员获得一份日军兵力布置和攻击线路图。由于图纸无法用电台发过来，他要求联络人范辰马上去岳阳与情报员接头并取回拍摄的图纸底片。

这份情报时效有限，必须尽快取回。

钱处长要求范辰准备一下马上出发。

一开始范辰有些不乐意。一来他刚开车颠簸了一整天，接着又值夜班，确实很疲劳。二来他还惦记着他刚刚窃取的情报，他得赶快把情报送出去。但他转念一想，何不乘此机会亲自将情报送到岳阳日军司令部呢？这样不更直接吗？

想到这里，范辰假装无可奈何地接受了任务。

钱处长让一名参谋开车送范辰到他住的地方准备一下，然后开车直接送范辰到新墙河南岸。

范辰回到自己的住处换上便装，将香烟盒照相机放进自己的上衣口袋，然后从抽屉中取出一个日军签发的通行证带在身上。

准备好之后，范辰出门跳上等在门外的那辆吉普车出发前往岳阳。

当天下午，范辰的吉普车到达新墙河南岸。

范辰下车后，来到河边的一个渡口，乘坐一条小木船到达新墙河北岸。继续北行一段，便进入日军占领区。

第二天中午，范辰步行抵达岳阳城南门外。一路上他看到公路上很多满载粮弹的日军汽车朝前线驶去。

城门口有日军士兵站岗，检查出入的行人。

范辰走到城门口，掏出通行证递给一名日军士兵。

日军士兵检查完证件后，就放范辰进去了。

进城后，范辰并没有马上去和他的情报员接头，而是直接来到岳阳日军司令部。

他走到日军司令部大门口站岗的其中一名日军士兵面前，向这名日军士兵说了几句日语。

这名日军士兵听了范辰的话之后，走进岗亭打了一个电话，然后从岗亭里面出来，领着范辰走进司令部大门。

在日军司令部的一间办公室里，范辰从烟盒照相机中取出微型胶卷盒，交给日军参谋长。

日军参谋长让一名参谋马上把微型胶卷拿去冲洗，然后坐下来与范辰交谈。

半个多小时后，送胶卷去冲洗的参谋回来报告，底片十分清楚。

范辰任务完成，于是站起身来向参谋长告辞。

一个小时后，范辰来到一个理发店和他的情报员接头，从情报员手中取得拍在微型底片上的日军情报。当晚范辰在岳阳的一间旅社好好地休息了一夜，第二天早晨从岳阳出发返回长沙。经过一天的跋涉，范辰顺利回到长沙第九战区司令部。

在钱处长的办公室里，范辰将藏在衣服缝里的微型底片取出来交给钱处长。

四

第一次长沙会战是日军第11军向第九战区发起的一次进攻，主要目的是歼灭湘北沿新墙河和汨罗江布防的国军主力关麟征第15集团军。日军称此次作战为"湘赣会战"。

为了达成作战目的，日军第11军司令官冈村宁次决定以第6师团和濑良支队从湘北向新墙河守军正面发起进攻。以第33师团为左侧翼由鄂南通城发起进攻，避开新墙河和汨罗江沿岸守军，直插平江，从左侧翼与湘北日军夹击关麟征部。以第106师团在赣北发起佯攻，牵制赣北国军使其无法驰援湘北守军，并期望调动鄂南守军驰援赣北。

日军第106师团首先在赣北发起进攻，第一次长沙会战正式打响。

接着日军以第6师团为右翼，濑良支队为左翼齐头并进向新墙河北岸守军前进阵地发起进攻，与关麟征第15集团军展开激战。

三天后，日军左侧翼第33师团按计划从通城向南发起进攻，与守军第79军发生激战。至此日军包围新墙河和汨罗江沿岸守军第15集团军的企图显现出来。

薛岳立刻调动第8军增援第20军阻击日军第33师团，同时命令樊崧甫的湘鄂赣边区游击军尾随第33师团对其进行侧击。

不过，这只是日军作战计划中看得到的部分。冈村宁次还有更致命的一招——日军上村支队神不知鬼不觉地突然从洞庭湖南岸营田强行登陆，从右侧翼楔入新墙河和汨罗江第15集团军左侧背，断其退路。

这是国军获取的所有情报中都未提及到的冈村宁次的奇招，这也是薛岳和关麟征完全没想到的。日军第11军情报课课长山木荒野参与了这次秘密行动计划的保密工作。

日军在营田登陆使关麟征受到极大震动。为了避免被日军三面包围，薛岳、关麟征不得已下令全线后撤，致使苦心经营几年的两河防线不战而弃守。

重庆的蒋介石见两河防线不守，日军进入长沙平地，长沙已无险可守。为保存实力，蒋介石根据军委会预案命令薛岳放弃长沙，退守衡阳。

薛岳不听蒋介石命令，坚持固守长沙。薛岳如此执着自然有他的道理。

冈村宁次有他的绝命鞭，薛岳也有自己的杀手锏。

就是他的"天炉战法"。

所谓天炉战法，就是利用湘北新墙河、汨罗江、捞刀河、浏阳河四条河流形成的河网密布地区，动员民众将所有公路破坏，让日军的坦克、火炮、卡车等重型武器装备寸步难行，使其火力优势和机动能力大打折扣。

同时，薛岳以六个主力师分别埋伏于长沙以北东西两侧，待日军进攻长沙城时，配合长沙守军三面包围、夹击进攻日军。这就是范辰亲自送给岳阳日军的秘密情报。

果然，在河网交错的田畈地区作战的日军，其火力优势和机动能力大大降低。面对国军正面层层阻击，日军攻击顿挫，进展缓慢。仅一部日军突破捞刀河守军阵地占领永安市。这是此次会战日军到达的最接近长沙的位置，但距离长沙尚有三十公里。

冈村宁次很快注意到前线日军艰难的作战状况和双方态势。

他已从范辰的情报中获悉中国六个师的生力军正张开口袋为进攻的日军布下陷阱。如果日军坚持进攻长沙，将面临被国军三面围攻、切断退路的危险；即使能够拿下长沙，也将付出极大代价，而夺取长沙并非此次作战的目的。加上围歼国军第15集团军的战役目的已无法达成，冈村宁次决定不再纠缠下去，下达撤退命令。

日军退回进攻出发地，战线恢复战前原状。

第一次长沙会战以日军未能达成战役目的而告终。不过冈村宁次能够审时度势及时收兵，避免可能出现的重大损失，也不算失败。

对于中国来说，国军守住长沙是一次巨大的成功，因为这是中国军队第一次守住一个省会城市。

五

范辰终于暴露。

那天钱处长通知刘贤仿日军很快就要对长沙发起进攻时，刘贤仿马上就想到利用这次机会甄别范辰。

于是他们经过一番商讨，制定了一个甄别范辰的行动方案。

当晚，刘贤仿亲自去见薛岳，将此行动方案报请薛岳批准。

薛岳认为这个行动方案不错，马上批准执行。

第二天，刘贤仿和董易按照行动方案离开长沙前往那个小镇上的唯一一间旅社提前做好准备，只等范辰的到来。

薛岳按照行动方案，将一份秘密作战计划交给钱处长。钱处长以人手不足为由，派范辰陪同洪参谋送密件。

薛岳不担心这份秘密作战计划泄露给日军有什么危险。他认为日本人就算知道这个作战计划，也没有足够的兵力在进攻长沙城的同时，抵挡住国军来自两侧六个主力师的攻击。除非在打到长沙城下之前，日军能够达成消灭湘北防线国军主力的作战意图，大大削弱国军正面防守力量，才能腾出足够兵力阻击两侧国军。只要日军做不到这一点，这个作战计划泄露给日军不仅无害，反而会达到不战而屈人之兵的效果。后来的事实证明薛岳的这一判断是对的。

范辰无法抵御这份情报的诱惑最终落入圈套。

当时，刘贤仿和董易在隔壁房间透过事先在墙上挖的一个窥视孔，亲眼目睹范辰窃取情报的全过程。

这已经足够确认范辰是日军间谍。

由于多次搜查、跟踪都没发现范辰的电台以及他送出情报的方式，刘贤仿让钱处长故意安排范辰送信返回后马上值夜班，造成范辰极度疲劳，希望他在疲劳和紧迫中犯错，从而暴露他传送情报的方法或藏匿电台的地点。

没想到这时收到岳阳密电要求范辰去取情报，钱处长只好让范辰去一趟岳阳，否则迟早会被范辰察觉。但这却给范辰一个直接将情报送给日军的机会。刘贤仿得到这个消息后，立刻派董易跟踪范辰到岳阳。

一路跟踪范辰的董易亲眼看到范辰进入日军指挥部。

从湖南返回重庆的路上，刘贤仿一直在思考范辰到底是怎样将情报送出去的。一天，他突然想到范辰传递情报的地方很可能就在司令部里面。这是最容易被忽略的地方，所谓灯下黑就是这个道理。

回到重庆后，刘贤仿马上将自己的想法密电钱处长，请钱处长检查司令部是否有这方面的漏洞。

刘贤仿的密电让钱处长很快就想到司令部的垃圾桶。

司令部工作人员用过的生活垃圾都会集中扔进一个大垃圾桶，第二天由一名收垃圾的复员伤兵收走。如果有人故意将情报当作垃圾扔进垃圾桶，就能够轻而易举地将情报传给收垃圾的人。

于是钱处长开始暗中观察范辰。

一天，钱处长发现范辰将一个空罐头盒扔进桌边的垃圾篓。

钱处长趁范辰出去的时候，从垃圾篓中捡出范辰扔进去的罐头盒回到自己的办公室检查。果然不出所料，罐头盒中有一个纸团，上面写着第九战区的一份机密情报。

于是，钱处长不露声色地将罐头盒重新扔回范辰桌边的垃圾篓。

当天下班前，负责打扫卫生的勤务兵将办公室垃圾篓中的垃圾倒进院子里的大垃圾桶。

第二天早上，那名收垃圾的老兵照例推着板车来到司令部大院，将垃圾桶里的垃圾倒进板车里，然后离开司令部。

钱处长派人暗中搜查这名老兵的家，在他家里果然发现一部电台和一个密码本。

原来，范辰从林作杉和宫崎义雄的房子里取出电台后，刚开始一段时间将电台藏在一间租来的民宅里，自己亲自到这间民宅用电台发送情报。

山木荒野认为这对范辰的安全十分有害，因此安排另一名日特担任范辰的报务员，并将范辰的电台转移到这名日特的家。

这名日特装扮成靠捡破烂为生的负伤复员老兵，故意到司令部门外捡破烂，很快就和站岗的警卫们混熟。由于同情他的遭遇，司令部的警卫们让他专门负责收拾司令部的垃圾，里面有些罐头盒、玻璃瓶之类比较值钱的东西，也算是照顾他，警卫们也省得自己每天去倒垃圾。

就这样，一条安全的情报线形成了。

这名日特并不知道司令部里是谁给他提供情报，这对范辰的安全非常重要。但这也有一个弱点——总部无法利用电台通过这名日特向范辰下达指示。

钱处长向刘贤仿和重光密电报告自己的发现。

收到钱处长密电后,重光和刘贤仿非常高兴。这是他们侦破的第一个完整的日谍情报线。

重光让刘贤仿回电指示钱处长暂时不要动这条日谍情报线,并逐步停止对范辰的跟踪监视。

为了降低范辰的损害,必要时钱处长可以暗中调换范辰送出的重要情报。

第二十章　全城通缉

一

储奇门附近玉带街（今凯旋路一带）一个茶楼二楼的小戏台正在表演川剧。

齐竿子和几个茶客坐在戏台前的一张茶桌旁，一边看戏，一边闲聊，乘机打探消息。

一位身着传统川剧戏装，脸上画着传统戏剧脸谱的表演者手握一把折扇在台上表演。只见他在舞蹈的过程中快速挥动手中的折扇，就在折扇遮住他脸部的一瞬间，他的脸谱就改变了。表演者在一两分钟内变化出近十个不同的脸谱。

精彩的表演博得茶客们阵阵喝彩。

变脸是川剧中的一大瑰宝，也是所有戏种中的独门绝技。其中的技巧机括秘密相传，不为外人所知，因此充满神秘色彩。

齐竿子看过无数次变脸表演，但他和许多人一样一直不知道表演者为何能在一瞬间变脸。

时近中午，齐竿子从茶楼里出来，嘴里哼着小调，沿着玉带街慢慢溜达。

齐竿子今天的心情特别好。

上次因为提供日特线索帮助刘贤仿成功破获两个日特据点，齐竿子得到了五千元赏金。这笔钱不要说对一直穷困的齐竿子,就是对那些中等富裕人家来说也是一大笔钱。这笔钱在重庆买一间中等的房子都绰绰有余。齐竿子的手头一下子阔绰起来,可以偶尔去以前从来不敢踏进的高级餐馆和茶楼开开洋荤。刚才去的那间茶楼和他以前常去的那些茶棚相比,简直有天壤之别,称得上豪华。

不过齐竿子可不会随便花掉这笔钱,他决定把这笔钱存起来娶媳妇,这是他以前想都不敢想的事。齐竿子对媳妇的要求不高,只要年轻一点能生娃,对他真心就行。

事实上,齐竿子托付的媒人已经帮他相中一个女人。

这是一位不到三十岁的年轻寡妇,她的丈夫一年多前被日本飞机扔下的炸弹炸死。这女人现在一个人带着一个四五岁的孩子,靠给一个米店帮工勉强度日,里里外外全凭她一个人。在物价飞涨、生活艰难的战争时期,这娘儿俩的日子过得尤其辛苦。

媒人已经让齐竿子和这女人隔着马路远远地相互见了一面,看看双方能不能对上眼。

这女人白白净净的长得颇有几分姿色,手里牵着一个四五岁的小男孩。女人和孩子身上穿的衣服虽然都有些破旧,但却缝补清洗得整整齐齐、干干净净的,一看就是一个会过日子的女人。

齐竿子一眼就看中这个女人,只等对方回话。

昨晚媒人来到齐竿子的家,他父母留给他的唯一遗产——一间破败不堪、四处漏风的吊脚楼,给齐竿子回话。

媒人告诉齐竿子,对方不嫌他老,只要他不嫌弃她的孩子,能对孩子好,就愿意嫁给他。媒人还说,之前有几个男人看上过这女人,但他们都不情愿这女人带着一个拖油瓶嫁过来,希望这女人先把孩子送人后再嫁。这女人为了不让自己的孩子受苦,便回绝了他们。

齐竿子听了之后既高兴又心酸。高兴的是这女人愿意嫁给他,心酸的是这女人为了不让自己的孩子受苦,嫁人的唯一条件是他必须对她的孩子好，否则宁愿继续守寡单独抚养孩子。这无意中触碰到齐竿子内心的伤口，让他想到自己的童年。

童年的痛苦经历让齐竿子刻骨铭心，他知道没有父母的孩子是多么可怜。心慈的他决不允许自己像舅妈对待他一样对待这个失去父亲的孩子，让这孩子遭受他从前遭受过的苦难。这女人决意保护自己孩子的执着让齐竿子更加看重她，更加坚定了他娶她的决心。

齐竿子请媒人转告对方，他绝不会嫌弃她的孩子，他会对这孩子好，就像对待自己亲生的孩子一样。只要这个女人愿意跟他，他会尽自己所能让她和孩子过上好日子。他会用那笔赏钱买一间像样的房子，光明正大地将女人和孩子一起娶回家，一家人和和睦睦地过日子。要是能生几个娃给齐家传宗接代，他会感激不尽。

媒人听了齐竿子的话后高兴地说了句"这事成了！"答应第二天就去找那女人讨回话，让齐竿子准备好娶那女人。

一想到以后的好日子，齐竿子心里就忍不住乐开了花。

这时，一位年轻漂亮的女人迎面朝齐竿子这边走过来。

长期打光棍的齐竿子看到如此美色，忍不住朝她多看几眼。

与这女人擦身而过之后，齐竿子还忍不住回头看了一眼。

齐竿子继续往前走，但还没走出几步，就好像想起什么似的，下意识地停下脚步转身看着刚才走过去的女人背影。接着他慌忙从上衣口袋里掏出一张照片仔细看了看，然后快步跟上这名年轻女人，希望能够再看看她的脸。

齐竿子很快超越这名年轻女人，并几次回头观察她，暗中与手中的那张照片对照，很快确定她与照片上的女人是同一个人。

佐藤秀美的照片已经下发到活动在重庆大街小巷及各个角落的密探和线人手中，齐竿子手上自然也有一张。

现在全城有成百上千密探和线人在暗中窥视着城市的每个角落，只要佐藤秀美出现，就会被他们发现。

这个年轻漂亮的女人确实是佐藤秀美，也就是云玥。此刻云玥正准备到储奇门码头乘坐轮渡去对岸的海棠溪川江货运行。

刚才与齐竿子擦身而过时，云玥并没有在意。直到齐竿子回身赶到她前面暗中观察她时，才引起她的警惕。

云玥起初认为，齐竿子这种人可能是街上的泼皮，看到单身年轻的美貌女子便起色心想占便宜。如果是这样，云玥并不会在意，顶多训斥他几句了事。但齐竿子从后面赶上她之后，她发现齐竿子回头看她的眼神并不像一个老色鬼，而像一个猎手发现猎物时的那种眼神。这让她感到担心。

齐竿子在路边的一个小杂货摊旁停下，假装买香烟，等云玥从杂货铺前面走过去后开始跟踪她。

云玥不露声色地走过玉带街，继续沿着前面的储奇门街（今储奇门行街）朝江边走去，齐竿子不远不近地跟她在后面。

其实，此时齐竿子完全可以去附近的警察局报信，让警方来围捕云玥。可他立功心切，希望能够像上次跟踪两名日特一样跟踪云玥，找到她的据点。这样他就能够再获得一大笔赏金，让他即将娶过来的女人和孩子过上更好的日子。

为了安全起见，云玥必须查明齐竿子到底是什么人。她决定将齐竿子引诱到僻静处再行动。她观察了一下四周的情况，发现前面左手边有一条小路，通向江边依山坡搭建的一片吊脚楼区，于是拐了进去。

齐竿子见云玥拐进小路，不禁犹豫起来。

这片吊脚楼在每年的涨水季节都会被上涨的江水淹没，有时达半人深，因此这里的住户非常少，显得有些偏僻，跟过去可能会有危险。

如果不跟过去，云玥会从小路另一端双子巷（已消失，今白象街附近）的出口逃走，自己就会失去一大笔赏金。

接着，齐竿子犯了一个许多男人都会犯的错误——轻视女人。

云玥身材苗条纤细、皮肤白嫩，看似手无缚鸡之力。就算自己身体瘦弱、人老体衰，齐竿子自信能够对付她。哪怕她有枪也不敢贸然使用，枪声会惊动附近的军警，她将很难逃脱。

想到这里，齐竿子走进小路，隔着一段距离跟在云玥后面。

云玥在吊脚楼中穿行，最后闪到一间破败的吊脚楼下不见了。

齐竿子见状赶紧加快脚步赶上去，警惕地四下搜寻云玥的踪影。

此刻云玥正蹲在齐竿子头顶上方一个吊脚楼的横杆上。见齐竿子走近，立刻从横杆上纵身一跃而下，顺势飞腿猛踢齐竿子的脑袋。

齐竿子还没弄清怎么回事，便双眼一黑昏倒在地。

云玥落地后，在齐竿子身旁蹲下身来，开始搜他的身。她在齐竿子的衣服口袋里搜出一张照片，仔细一看，照片上的人原来是她自己。

这张照片看起来很眼熟，云玥很快发现这张照片是从她和西田雅子的一张合照翻拍的。

云玥马上意识到自己被通缉了，于是用手拍打齐竿子的脸，试图叫醒他。

不一会儿齐竿子便醒过来。他首先看到的是云玥漂亮的面孔和一把抵在心口闪着寒光的尖刀，不由得哆嗦了一下。

他十分后悔自己的轻敌。

云玥将照片举到齐竿子面前问是怎么回事。

为了活命，齐竿子只好如实告诉云玥，警察局给他这张照片，让他寻找照片上的女人，说这女人是日本特务。

齐竿子话音未落，云玥手腕一用力，手上的尖刀扑哧一下刺进齐竿子的胸口。

在齐竿子濒死的那一刻，他的脑海中出现了那女人和那孩子的形象，渐渐地那孩子变成童年的他。

"锤子……"

齐竿子用尽最后一丝力量骂了一句脏话，懊恼自己把事情弄得一团糟。

云玥拔出尖刀，在齐竿子的衣服上擦干净刀上的血迹，将照片扔在齐竿子身上，站起身来迅速离开现场。

齐竿子的尸体很快就被人发现并报告给附近的警察局。

警察局立刻派人到现场勘验，发现死者是密探齐竿子。他们怀疑齐竿子的死很可能与佐藤秀美有关，迅速上报此事。

二

记者的消息最为灵通，文娟不久便得知齐竿子被杀的消息。

由于传言此案可能与被通缉的日特有关，文娟对此十分关心，于是马上出发赶往出事地点了解情况。

报社距离事发现场不远，文娟很快就到了。

此刻现场有不少市民在看热闹，几名警察在齐竿子的尸体旁维持秩序。几名民防队员已闻讯带着担架来到这里，只等警察吩咐将齐竿子的尸体抬走。

文娟亮明记者身份，采访了几名警察和围观的市民。她从警察的口中证实齐竿子是警察局的密探，被杀原因可能与日谍有关。

采访完后，文娟穿过围观的人群离开现场。

文娟前脚刚离开，刘贤仿后脚便从另一个方向赶到现场。

就是这短暂的时空错位，让刘贤仿再次失去发现文娟的机会。他看过文娟——也就是西田雅子的照片，如果他早十秒钟达到，就会认出文娟，从而发现文娟的秘密。

由于齐竿子帮助刘贤仿破获过日特案，刘贤仿对他特别关心，接到报告后亲自赶到现场了解情况。

刘贤仿检查了齐竿子身上的伤口，认为只有受过专门训练的特工才有这么干净利落的身手。他怀疑凶手很可能是佐藤秀美。

突然，刘贤仿发现齐竿子的手似乎微微动了一下。于是他伸手按住齐竿子的颈部动脉，感觉到十分微弱的脉动。

"他还活着，快送医院！快！"

刘贤仿大声命令现场的警察和民防队员。

几名民防队员赶紧将齐竿子抬上担架，跟着刘贤仿飞快地来到停在附近的吉普车旁。

刘贤仿让大家将担架斜放在敞篷吉普车上，由两名民防队员一前一后坐在车上把持住，自己跳上驾驶座，开车朝义林医院驶去。

齐竿子被刺虽然是个不幸的消息，但却证明军统实施的全城通缉开始起作用，让日特佐藤秀美露出水面。

刘贤仿判断，案件发生在储奇门附近，说明佐藤秀美很可能要去储奇门乘坐轮渡过江，或者刚下轮渡从储奇门码头出来，结果被齐竿子发现，才对他下毒手。

三

云玥刺杀齐竿子后，仍按原计划到储奇门乘坐轮渡前往长江南岸的海棠溪。

在轮渡上，云玥内心里非常紧张，担心船上有密探再次认出自己。因此她故意站在船尾背对着其他乘客，尽量不让人看到她的面孔。

齐竿子身上的照片让云玥意识到，遍布重庆大街小巷的密探和线人正在寻找她。这说明重庆反谍报机关已经盯上她，她已经处在危险中。以后只要她出门，随时都有可能被人发现。

让云玥感到困惑的是，那张好几年前在上海拍的合影照为什么会落到重庆反谍报人员手中。

这张照片是云玥和西田雅子从日本间谍学校毕业后，到上海实习时照的。

当时云玥和西田雅子还是少女。她们像所有的女孩子一样追求美貌爱慕虚荣，因此对自己的照片能够被展示在照相馆的橱窗中感到骄傲，还没考虑到这张照片日后会对她们的间谍生涯造成危害。

云玥和西田雅子完成在上海的实习后，便被日本情报机关安排在中国不同的地方潜伏下来，因此她俩从那以后就再也没有见过面，也不知道对方在什么地方从事谍报工作。

除了上海的那间照相馆之外，云玥和西田雅子手上各自有一张背面写着留念题词的合影照片。

云玥被派往重庆执行任务时，已经从山木荒野那里得知，上海那间照相馆展示的那张照片及其副本全都被日本情报机关没收。云玥保留的那张照片仍然在她自己手上。这就是说，只有西田雅子手上的那张照片云玥不知道下落。

重庆方面是从哪里弄到这张照片的？他们又凭什么将这张照片和自己联系在一起呢？

一连串的疑问出现在云玥的脑海里。

经过一番分析推理，云玥认为重庆方面从西田雅子手上得到这张照片的可能性最大。

如果重庆方面从西田雅子那里得到这张照片，就算西田雅子什么都不说，重庆方面也能从照片背面当年西田雅子亲手写下的"佐藤秀美与西田雅子合影留念"题词发现佐藤秀美。再结合两名被捕的日特口供，重庆反谍报机关很容易将这张照片与云玥联系起来。

至于重庆方面从照相馆得到这张照片的可能性基本上可以排除。因为就算他们得到照片，也不可能将照片和佐藤秀美联系在一起。

想到这里，云玥认为西田雅子可能真的出事了。

轮渡停靠海棠溪码头后，云玥故意落在其他乘客的后面下船。

从码头到位于海棠溪正街的川江货运行并不远，云玥一路上没有遇到任何麻烦，顺利地来到川江货运行。

见货运行里没有外人，云玥马上将刚才发生的事情告诉王兴邦及另外两名日特。为了保密，她没有提到西田雅子和照片的来历。

王兴邦听了之后，认为云玥目前的处境十分危险。为了安全起见，他建议云玥当晚不要回去，免得再次被人发现。

云玥接受了王兴邦的建议。

当晚，云玥用王兴邦小组的电台密电山木荒野，报告白天发生的事以及自己对此事的基本判断，请求山木荒野查明真相。

情报课值班军官接到这份特急密电后不敢怠慢，立刻打电话给山木荒野。

二十分钟后，山木荒野赶回办公室。

山木荒野看了密电后，认为云玥的分析、推理很有道理，因此也像云玥一样初步判断西田雅子可能出事。

不过，山木荒野与西田雅子情报组之间的情报传送一直正常，他们发回的情报也被其他情报来源证明是真实的。如果西田雅子出事，万连良也难幸免，他们不可能继续发回真实情报。

难道西田雅子确实出事，但中国情报机关为了放长线钓大鱼故意不去动万连良？如果真是这样的话，西田雅子要么已经叛变，要么已被对方的人冒名顶替。

不过后一种假设马上就被山木荒野否定。因为，如果西田雅子被对方的人冒名顶替，那么经常与西田雅子接头的万连良肯定会发觉。除非万连良也叛变了？！

这简直是乱套了！想到这里，山木荒野感到一阵心烦意乱。

云玥还在等着山木荒野的回电。由于目前没有一个确实的定论，山木荒野只能回电告诉云玥，他需要时间进一步调查。他要求云玥在他作出进一步指示前，继续待在川江货运行，暂时不要回重庆城区，并尽量避免出去活动。

四

云玥对西田雅子的疑问让山木荒野感到有些棘手。

云玥和西田雅子两人目前都在重庆。只要山木荒野安排她们两人见一面,就可以轻而易举地将问题弄清楚。

但情报工作的保密原则让山木荒野不能这么做,除非有十分迫切的必要。因为这样做即使能够弄清楚问题,但她俩的秘密也将相互暴露,给今后的谍报工作留下隐患。况且西田雅子是高级谍报员万连良的单线联络人和报务员,让山木荒野更不愿意拿他的王牌间谍冒险。

除了上面提到的原因外,山木荒野还有另外一个顾虑。万一西田雅子真的背叛日本为中国情报机关服务,在这种情况下让云玥和西田雅子见面无疑是将云玥主动奉送给重庆情报机关。

不到万不得已,山木荒野绝不会冒险让云玥与西田雅子见面。

要想解决这个问题,首先必须弄清楚重庆反谍报机关是从什么地方获取那张照片,又根据什么理由将这张照片和云玥联系起来,这是问题的关键。

就像云玥判断的,重庆方面获得照片的途径只有两个,一个是西田雅子,另一个是上海那间照相馆。

既然不愿意直接对西田雅子展开调查,那么剩下的目标就只有那间照相馆。

山木荒野决定首先对上海丽影照相馆展开调查。

于是,山木荒野伸手拿起桌上的电话,打给上海的岩井英一。

不一会儿电话就通了,接电话的是岩井英一。

两位老朋友先寒暄了一阵子,山木荒野才告诉岩井英一,佐藤秀美的照片被泄露出去,已经对她造成威胁。由于涉及情报工作的秘密和情报人员的安全,山木荒野只能向岩井英一透露这么多。

第二十章　全城通缉

山木荒野请岩井英一帮忙调查上海丽影的照相馆背景，弄清楚这间照相馆是否与重庆方面的情报机关有关系。

虽然山木荒野透露的情况有限，但岩井英一基本上明白山木荒野调查照相馆的目的。

当年就是岩井英一发现丽影照相馆橱窗里的西田雅子与佐藤秀美的合影照后，带领日军宪兵到丽影照相馆收缴这张照片的，他知道这件事的来龙去脉。

于是，岩井英一爽快地答应了山木荒野的要求。

和山木荒野通完电话后，岩井英一马上打电话给方同，让他到他办公室来一趟。

几分钟后，方同来到岩井英一的办公室。

为了保守秘密，岩井英一没有向方同作任何说明，更没有提到佐藤秀美的照片，直接指示方同带人去调查丽影照相馆背景，弄清楚这间照相馆与重庆情报机关是否有关系。

方同从岩井英一那里领受任务后，带着几分狐疑回到自己的办公室。

以前岩井英一向方同交代任务时，多多少少都会说明任务的意义和目的。但这次却没有任何说明，让方同感到有些不同寻常。方同认为这个任务背后一定隐藏着什么不能泄露的秘密，岩井英一不得已才对他保密。

岩井英一的遮遮掩掩，反而激起了方同的好奇心。

当天下午，方同带领老黄以及另外两名特工驱车来到丽影照相馆。

柜台里的老者见方同等人进来，客气地同他们打招呼。

老黄从西装内侧口袋里掏出证件，举在老者的眼前让他看了一眼。

老者知道岩井公馆是干什么的，心里不禁有些害怕。见日本特务机关找上门来，马上想起上次两名年轻人来查找照片的事，以为他们为此事而来，吓得赶忙撇清关系，主动问方同等人是不是在寻找不久前来这里查问那张照片的两个年轻人。

听了这位老者的话，方同感到有些蹊跷，让老者把当时的情况如实告诉他们，不要有任何隐瞒。

方同从老者的话中得知，日本人早已收缴两名陌生人要找的照片，他判断这张照片就是岩井英一对他保密的原因。

方同相信老者说的全是真话，不过他当时并没有将此事与刘贤仿和董易联系起来。

接着，老者带领方同等人上二楼去见照相馆老板。

照相馆老板以为自己惹上了日本人，吓得额头直冒冷汗。

方同询问照相馆老板的个人背景，并让随行的特工查看了照相馆几年来的账目和员工名册，没有发现什么问题。

从这些情况来看，这是一间普通的照相馆，不可能是重庆方面的情报站。

方同刚回到办公室，老黄就跑来向他报告一件重要事情。

老黄在照相馆听老者说起两个年轻男子曾到照相馆查问照片时，心中就起了疑问。由于当时有另外两名特工在场，老黄没有向方同提起此事。

原来，那天送刘贤仿和董易到民国路方滨路口下车后，老黄便开车离去。但是老黄并没走远，而是在前面停下车来回头偷偷观察刘、董二人的去向。他发现他俩下车后拐进方滨路，于是掉头回来将车停在方滨路口边暗中观察。他远远看到刘、董二人在一间店铺前停下，然后走进这间店铺。老黄本来想跟过去，但他担心太靠近会被他们发现，因此只好开车离去。

老黄根据当时看到的情形，几乎可以肯定刘贤仿和董易那天进去的就是丽影照相馆。

除此之外，事情发生的时间也十分吻合。

原来刘贤仿和董易来上海的主要任务就是寻找那张照片！

听了老黄的话之后，方同豁然开朗。

方同马上想到刘贤仿和董易到丽影照相馆之后，从照相馆获悉那张合影的底片和照片全部被日本人没收。他们判断照片可能保留在岩井公馆，因此决定到岩井公馆档案室去寻找，才有后来要求方同配合他们潜入档案室的事发生。

秘密就藏在那张照片中。

方同内心里默默地得出结论。

目前方同只知道这是一张两名年轻姑娘的合影照以及刘贤仿手里有半张照片，除此之外没有其他线索。但是，既然日本情报机关和重庆军统局都对这张照片如此重视，那就说明这张照片中的两名年轻姑娘绝非一般人。

方同由此推断，照片上的两名年轻姑娘很可能与军统正在查找的日本间谍有关。

第二天上午，方同向岩井英一报告，丽影照相馆只是一间普通的照相馆，不可能与任何情报机关有关系。不过，在调查中却有一个意外的新发现。接着，方同将前不久有两名身份不明者拿着半张照片去这间照相馆打听的事向岩井英一作了详细汇报，并强调由于这张合影照片一年多前突然被日军宪兵没收，这两人并没有找到他们想要的照片。

"由此看来这张照片有些不同寻常。"

方同最后向岩井英一表明自己对这张合影照产生了疑问。

岩井英一让方同去调查照相馆的背景，却万万没想到引出照片的事来，这让岩井英一感到有些不安。万一方同在调查过程中查出照片上的两个女人是日本间谍，即使方同能够保守秘密，也难保他身边的人不会泄露出去。

让岩井英一更没想到的是，居然有两名陌生男子拿着佐藤秀美和西田雅子的半张合影照片到照相馆打听，这让他产生了警觉。他怀疑两名男子查找照片的目的是想要弄清楚照片上的另一个女人是谁。

"你对这两名陌生男子手上有半张照片怎么看？他们会不会是重庆

方面特工？他们带着半张照片到上海来的目的是什么。"

方同知道岩井英一对这些问题已有自己的答案，他提出这些问题并不是想要方同的答案，而是想通过方同来验证一下他的判断。

方同坦率地告诉岩井英一："既然日军宪兵队专门到照相馆收缴这张照片，说明这张照片涉及一些秘密。这两名陌生男子很可能是重庆方面的特工，他们此行的目的就是查明照片上的另一个人。"

至于这两名陌生男子是怎样得到这半张照片的，方同很肯定地告诉岩井英一，他认为他们是从半张照片上的女人那里得到的。他知道岩井英一已经开始怀疑半张照片上的女人，他说不说出来都没什么差别。

岩井英一听了方同的话之后，若有所思地点了点头，他内心不禁暗暗佩服方同敏锐的洞察力和分析能力。

岩井英一思考片刻，然后指示方同，既然照相馆没什么问题，就请结束这项调查。

岩井英一就这么轻而易举地放过围绕着那张照片产生的疑点？！岩井英一对此事的反应让方同产生更大的疑问。

看来岩井英一不希望方同继续调查照片的事。这更加说明这张照片隐含着日本人的重大秘密。

方同断定岩井英一肯定会亲自去照相馆查清楚半张照片上的女人是谁，这是任何稍有头脑的情报人员都不会忽略的关键问题。只有弄清楚这个女人是谁之后，日本情报机关才能展开进一步调查。

当晚，方同来到吴淞路的二层洋房，将岩井英一让他调查丽影照相馆、他在照相馆发现的秘密和他对此事的判断以及岩井英一已经开始怀疑半张照片上的女人等情报拟定一份电文，然后用两个不同的密码本译成两份密码电文发出去。

第二十一章 疑 问

一

岩井英一将方同调查丽影照相馆的情况密电给山木荒野。

这份密电让山木荒野感到十分不安。

根据目前的情况来看，如果去照相馆查找照片的两名陌生男子真是重庆方面的特工，那么可以推断，重庆方面不仅得到了那半张照片，而且通过它找到整张照片的最初来源。更可怕的是，他们还知道照片上的人与日本情报机关有关联。

难道半张照片上的人真的出事了？

岩井英一在密电中也强烈地暗示了这一点，山木荒野心里非常清楚。

必须先确认半张照片上的人是谁。

于是，山木荒野拿起桌上的电话打给岩井英一，再次请他帮忙。

这也正是岩井英一想要做的。虽然他基本上能够断定半张照片上的人就是西田雅子。

二

岩井英一将汽车停在丽影照相馆前的马路边，从车上下来走进照相馆。

一年多前，岩井英一和山木荒野带领几个日本宪兵来过这里收缴西田雅子和佐藤秀美的合影照片，因此他知道这个地方。

事情的起因完全出于偶然。

一天，岩井英一从这间照相馆门前经过，不经意地看了橱窗一眼，感觉里面展示的一张照片上的人看起来似乎很眼熟。岩井英一本来已经从橱窗前走过去，但间谍的职业敏感又让他转过身去回到橱窗前仔细查看那张照片。

只是片刻之间，岩井英一便想起这张照片上的女子是他带过的两名日本间谍学校实习生西田雅子和佐藤秀美。佐藤秀美后来还在岩井英一的情报机关工作过一段时间，让他印象深刻。

岩井英一绝没有想到西田雅子和佐藤秀美会允许她们的照片在公共场所公开展示，将她们置于危险中。这种行为严重违反秘密情报工作的原则，是秘密谍报人员的大忌。

年轻的姑娘就是爱美爱虚荣，即使她是一名间谍也一样。这是岩井英一当时发自内心里的感慨。

但事情已经发生，两名女间谍已潜伏在中国，追究此事已经毫无意义。岩井英一能做的就是对此失误尽量做出补救，这才是当务之急。

因此，岩井英一和他的朋友、当时在上海担任日军宪兵队分队长的山木荒野带领几名日军宪兵到这间照相馆收缴这张照片的底片及其印出的所有照片。

这事没有引起任何波澜，因此岩井英一认为不会再有问题，几乎把它给忘了。

没想到过了这么久之后，这张照片的危害还是出现了。

岩井英一来到柜台前。

柜台里招呼顾客的仍然是那位老者。见岩井英一走过来，老者赶紧向他打招呼。

老者以前见过岩井英一，虽然觉得有些眼熟，但他显然已经记不得此人是谁了。

岩井英一朝老者点点头，然后从西装口袋里掏出那张西田雅子和佐藤秀美的合影照片。

老者接过照片一看，不禁微微怔了一下。他忽然想起一年多前带着日本宪兵来这里收缴照片的就是眼前这个人，顿时吓得脸色惨白，额头上沁出汗珠，双手直哆嗦。他不明白这张照片为什么像幽灵一样，总是缠着他。

岩井英一见状，彬彬有礼地请老者不要紧张，然后让他确认上次来的两个陌生男子手中的半张照片上的女人是这张照片中的哪一个。

老者指认的果然是西田雅子，与岩井英一和山木荒野的判断完全一致。

岩井英一从老者手里拿回照片，然后口气稍带严厉地警告他不要将这件事透露给任何人，否则会给自己和这间照相馆带来灾难。

老者听了之后连连发誓绝不会告诉任何人，否则甘愿天打雷劈。

回到办公室后，岩井英一马上打电话告诉山木荒野，照相馆职员确认半张照片上的人是西田雅子。

这是山木荒野已经预料到的，不过他仍然有一个问题。

就算半张照片上的人是西田雅子，也不能完全证明重庆反谍报机关手中的佐藤秀美照片就是从西田雅子那里得到的。

因为，如果重庆反谍报机关能够从西田雅子那里得到佐藤秀美照片，为什么他们还要派特工到上海寻找整张照片呢？这不是多此一举吗？

山木荒野沉吟片刻，终于找到合理答案。

最大的可能性是重庆方面从西田雅子那里得到的只是西田雅子本人的半张照片，所以他们才不得不到上海查找那张上面有佐藤秀美的完整合影照片。

这就是说，重庆方面最终还是从上海得到的佐藤秀美照片。这只有两种可能，要么是从岩井公馆的档案室窃取的，要么是从照相馆找到的。

山木荒野认为从岩井公馆的保险柜里窃取照片的可能性极小，几乎不可能。因为重庆方面不可能知道岩井公馆存有这张照片，更何况保险柜没那么容易被打开。

因此山木荒野更倾向于丽影照相馆的人当年并没有交出所有照片。当两名重庆特工来查找那张照片时，照相馆的人把隐藏的照片交给了他们。

岩井英一同意山木荒野的分析。不过他们必须证明这一点。

这个工作还是得由上海的岩井英一来做。

三

这天深夜，几个黑影偷偷潜入丽影照相馆，用枕头捂住熟睡中的老者的口和鼻，将他活活闷死。接着他们用绳索套住老者的脖子，将尸体悬挂在屋梁上，制造他上吊自杀的假象，并将一封早已准备好的遗书放在桌子上。

布置好现场后，只留下一人在房间里。

这人将房门关上并从里面插上门闩，然后走到房间唯一的一扇窗户前，打开窗户翻到窗外。他的双脚踩在一楼窗户伸出的窗楣上，一只手扒住二楼窗户的窗台，保持身体的平衡；另一只手将没有插销的那扇窗户先关上，再将有插销的那扇窗户上的插销挂在插销架的边缘，让插销刚好保持平衡不至滑落下来，然后轻轻关上这扇窗户。当这扇窗户关上的一瞬间，由于轻微的震动将挂在插销架边缘的插销震落，落下的插销正好插进窗户下沿的插销孔里，窗户就从里面给闩上了。

这样的小技巧非常有用，它能够造成一个从里面完全锁住的空间，以此假象排除他杀的可能性。因为在这种情况下，如果是他杀，杀人者不可能从所有门窗都从里面用插销闩住的房间里逃出来。

四

第二天早上，岩井英一带着几名日军宪兵来到丽影照相馆。

没想到此刻照相馆前面围满了人。

几名警察正从照相馆里抬出一具尸体放在门前的人行道上。

岩井英一看清死者是照相馆的那位老者，马上将带队警官叫到一旁询问。

原来，照相馆员工早上来公司上班，发现平时早早打开的大门仍然被锁住，无法进去。

直到照相馆老板来了，才用自己身上的钥匙打开大门。

大家进入照相馆后，发现老者并不在店堂。

他们以为老者生病了，于是去二楼老者的房间查看。

他们敲老者房间的门，里面没有人应。于是找来备用钥匙开门，结果发现门从里面闩住打不开。他们担心出事，于是强行撞开房门，发现老者上吊。

众人吓得赶紧从房间退出。

警察到达现场后，发现老者已经死了。房间的桌子上有一封老者留下的遗书。

老者在遗书中说，因为贪财，他将自己几年前私自收藏的一张两名年轻女人的合影照片高价卖给两名年轻人。没想到后来日本特务机关几次来查问照片，他才意识到自己闯下大祸。为了不连累照相馆和家人，他决定自我了断，希望日本人放过照相馆和他的家人。

岩井英一看完这封信之后，询问了照相馆老板几个问题，并让人鉴定了遗书，证实是老者的笔迹。

接着，岩井英一询问带队警官案发现场的情况。

现场并无打斗痕迹，死者身上也无任何伤痕，房间的门窗全部都从里面用插销闩住，外人不可能进入，因此可以确认老者是自杀。

现场情况让岩井英一不得不相信老者确实是因为将照片卖给两名陌生人后，见日本方面追查得紧而畏罪自杀。

岩井英一由此相信他们的推断是对的，重庆方面就是从这里获得佐藤秀美照片的。

五

山木荒野坐在办公桌前，双手撑着自己的头陷入沉思。

岩井英一证实重庆方面确实是从上海丽影照相馆获得佐藤秀美照片之后，几天来山木荒野一直感到坐立不安。

这意味着，重庆方面首先获得了西田雅子的半张照片，再以这半张照片为线索，从上海丽影照相馆获得整张照片，并凭借这张照片对佐藤秀美进行通缉。

上面的推论对西田雅子极为不利。

西田雅子自从完成间谍课程训练后，一直在山木荒野的直接领导下，作为日军情报员潜伏在中国。几年来，西田雅子传回很多中国方面的机密情报，从没出过问题。山木荒野作为西田雅子的直接上司和单线联系人，对她十分信任，从没对她产生过怀疑。正因为这样，山木荒野才敢将西田雅子安排给他最重要的情报员万连良做联络员和报务员。

但是，这次重庆方面通过照片通缉佐藤秀美，将所有的疑点全部集中在西田雅子身上，让山木荒野不得不对西田雅子产生怀疑。

必须查明西田雅子身上的疑点。

山木荒野经过再三权衡，最后决定采用他之前一直不愿意采用的方案，冒险让佐藤秀美和西田雅子接头，由佐藤秀美亲自甄别西田雅子。

这样做虽然让山木荒野觉得对不起佐藤秀美，但他认为在别无选择的情况下只能让她冒这个险。

反正佐藤秀美已经被通缉，今后在重庆的作用会受到很大限制。山木荒野在内心里安慰自己。

下定决心后，山木荒野马上拟定一份电文，指示佐藤秀美在长江南岸选择一个安全的地方作为接头地点，准备和另外一名同事接头。

山木荒野的这份密电没有向佐藤秀美透露她将和谁接头，也没有说明接头的目的和时间。他不想这么早通知佐藤秀美而影响她的判断。他打算等佐藤秀美选好接头地点之后，再安排接头时间，让佐藤秀美甄别西田雅子。

第二十二章　狙杀日谍

一

日本陆军汉口特务部设在原汉口金城银行大楼，坐落在湖北街（今中山大道）和保华街之间的Y形岔路口。

距离汉口特务部几十米的湖北街和阜昌街（今南京路）十字路口拐角处，就是武汉人谈虎色变的日军汉口宪兵队。

沿着汉口特务部左侧的保华街，有一栋带有阳台的弧形三层西式建筑，建筑的屋顶是一座平台，平台的边缘有一圈一米高的防护栏杆。

下午三点多钟，军统狙击手赖应龙趴在栏杆后面的平台上，透过栏杆的缝隙暗中观察马路斜对面几十米处的日军汉口特务部大门前的情况。他的正对面就是日军汉口宪兵队。

赖应龙身边的平台上放着一个灰色长帆布袋和一张照片。

照片上的女人是日军汉口特务部的一名高级间谍，是赖应龙今天的狙杀目标。

几天前，军统武汉区区长邵晏培亲自向赖应龙布置这项任务。这名日本女间谍身上负有许多中国军人的血债，遵照上峰的指示予以击杀。

根据邵晏培派出特工连续几天的观察，发现这名日军女间谍每天下午四时左右都会从特务部大门出来，然后坐上一辆三轮摩托离开。这是狙杀她的最佳机会。

赖应龙昨天下午专门到此选择狙击位置。

这个任务看起来虽然不是很困难，但由于狙击地点离宪兵队很近，其实充满危险。开枪后怎么顺利地摆脱日军宪兵的追捕是一个关键。

不过邵晏培已专门给赖应龙安排好撤退线路和接应人员，应该万无一失。

赖应龙抬手看了看手表，时间差不多了。于是，他解开帆布袋袋口的绳子，从里面抽出一个长方形扁平皮箱。他将皮箱的几个搭扣松开，打开皮箱；皮箱里面放着一支带瞄准镜的美制M1903春田狙击步枪。他从皮箱里拿起狙击步枪，又从皮箱里的一个子弹盒里面取出一颗子弹，将子弹压进枪膛。

春田M1903狙击步枪是美国春田兵工厂制造的。其子弹出膛速度为853米/秒，有效射程600米。加装4倍光学瞄准镜后，它是一款稳定性好、射击精度高、威力大、杀伤力强的狙击步枪。

赖应龙趴在平台上，双手端起狙击步枪，将枪口从栏杆的缝隙中稍微伸出一点点，透过狙击步枪的瞄准镜瞄准特务部大门方向。

过了没多久，那名女间谍果然从特务部大门出来。

赖应龙透过瞄准镜看清这名女间谍的面孔。

由于此前只看过这个女人一次，因此赖应龙转头看了一眼放在平台上的照片，确认瞄准镜中的女人就是他的狙击目标。

于是赖应龙的枪口随着这个女人的身形慢慢移动。

这个女人走下台阶，朝停在前面不远处的一辆三轮摩托车走过去。

一名日本宪兵坐在驾驶座上，正等着她。

赖应龙屏住呼吸，瞄准这名女人的胸部，缓慢地扣动扳机。

与此同时，刚从特务部大门口出来，正从这里经过的西野秀仁中佐无意中抬头看了一眼马路对面房子的屋顶，忽然发现平台边缘的栏杆缝中露出一支乌黑的枪口，正缓慢地移动着。

西野秀仁立刻意识到平台上有狙击手，于是急忙掏出手枪，举枪朝平台上枪口的方向开枪射击。

砰！

叭！

接连两声不同的枪响，相隔只有零点几秒。

第一声枪响是西野秀仁的手枪发出的，第二声枪响是赖应龙的狙击步枪发出的。

原来，当赖应龙瞄准那名女人扣动扳机时，西野秀仁的枪响了，子弹打在赖应龙面前的栏杆上，啪的一声溅出火星和一些水泥碎片。

正全神贯注缓缓扣动扳机的赖应龙被突然射来的子弹干扰，想停下来已经来不及，子弹叭的一声射了出去。

突如其来的情况让赖应龙措手不及，他虽然在开枪后的一瞬间通过瞄准镜看到那女人中弹，但不确定是否击中要害。

不过赖应龙已经顾不得这么多，他意识到自己已经被人发现。

这时，下面又传来两声枪响，并且传来喊叫声。

赖应龙透过平台边缘的栏杆缝看到马路对面一名日军军官正举着手枪向他射击，十字路口的宪兵队已经有几名持枪的宪兵冲出大门朝这边跑过来。

情况十分紧急，再不撤退就来不及了。

赖应龙顾不得收拾现场，立刻提着狙击步枪，弓着腰跑到平台背街一边栏杆上系着的一卷绳索前。他把狙击步枪斜挎在背后，拾起那卷绳索缠在腰间，然后翻过栏杆，双手紧握绳索，双脚踏着墙面，一步步向下降，不一会儿就到达地面。落地后，他按照事先选好的路线，沿着巷子往前跑，在巷子中穿行，最后跑出巷子口，来到一条马路上。

一辆黑色汽车停在马路边接应赖应龙，汽车的引擎已经发动。

赖应龙打开车门钻进汽车。没等赖应龙坐稳，汽车便加速驶离现场。

十多名日本宪兵提着枪朝枪响的方向跑过去，来到西野秀仁面前询问发生什么事。

西野秀仁指着马路对面那栋大楼告诉他们平台上有狙击手，命令他们赶快到大楼后面包抄。

宪兵们立刻朝大楼背面包抄过去，企图堵住狙击手的退路。

当他们到达这座楼房的背面时，只发现赖应龙留下的绳索，不见其踪影。

带队的小队长命令几名宪兵沿着巷子追击，自己带着其余的人冲进大楼，沿着楼梯向上搜索，最后来到屋顶。

他们发现杀手匆忙逃走时留下的皮箱、帆布袋、一盒子弹和一张女人的照片。

受伤的女人被紧急送往附近的日本陆军医院，她只是肩膀中弹。

第二天的《扫荡报》在头版刊登这条新闻。

报道称，据可靠消息来源，军统武汉区昨日派出狙击手在日军汉口特务部大门前对一名日本女间谍实施狙杀，当场将其击毙。据称该女间谍在武汉会战期间，为日军收集了大量中国军队的机密情报，给中国军队造成巨大损失。因此，重庆方面决定对该女间谍予以制裁，为中国军人报仇。

二

日军汉口特务部会议室里正在举行治安会议。

最近一段时间，军统武汉区实施"惩戒行动"，对武汉的大汉奸和日军军官实施暗杀，弄得人心惶惶。因此日军汉口特务部部长落合鼎五召开会议，商讨对策。

参加会议的除特务部部长落合少将和情报课课长野渡谦仁中佐之外，还有汉口宪兵队队长美座大佐、华中派遣军司令部情报课课长山木荒野大佐，以及武汉各宪兵分队队长和汉口警察局局长。

野渡中佐正在介绍近几个月来发生的有针对性的刺杀案件。

山木荒野对此类刺杀案件没什么兴趣。他负责的工作是军事情报，不是社会治安。因此，他虽然假装在听案情介绍，但已经有些昏昏欲睡。只是出于礼貌，他才强撑着没有打瞌睡。

这时，野渡中佐拿出一张照片，告诉与会者：

"这是几天前发生的一起暗杀行动中凶手留在现场的照片。暗杀的目标是本部的一位同事，就是这张照片上的女士。重庆特工居然敢在我部大门外，离宪兵队仅三四十米远的地方实施暗杀，简直嚣张到极点。这是我大日本皇军无法容忍的，必须予以严厉的回击。"

当野渡中佐举起照片给大家看时，山木荒野下意识地抬起眼帘瞥了照片一眼，感到照片上的女人看起来似乎有点眼熟，但并没有觉得很特别。因此他又闭目养神。这段时间由于担心重庆那边出事，山木荒野每天晚上都没休息好，有些精神不振。

大约几秒钟后，山木荒野突然睁大眼睛，伸手从对面的野渡中佐手中拿过那张照片。

这张照片上的女人居然是西田雅子，与那张合影照上的西田雅子一模一样！

这个发现让山木荒野大吃一惊。他赶忙打断正在发言的野渡中佐，问遭刺杀的女文员是否就是照片上的这个女人。

野渡中佐稍微犹豫了一下，才坦率地承认，照片上的女人虽然看起来很像被暗杀的那位女文员，但如果仔细观察还是有些差别。

"他们会不会认错人？"山木荒野脱口而出，但马上就感到后悔。因为这涉及机密，他不能在这种场合说起。

所有参加会议的人都带着疑惑的眼神看着山木荒野，他们明显感觉到他话中有话。

山木荒野知道自己说漏了嘴，于是马上告诉大家他只是随便问问，然后请野渡中佐继续。

山木荒野现在更没有心思去听野渡中佐的发言。

狙击手在现场留下的照片让山木荒野想起几天前从重庆的《中央日报》和另外几份报纸上看到的一则新闻。

新闻称，第九战区某部一名姓徐的国军军官因在武汉会战期间向一名潜伏武汉的日本女间谍泄露中国军队的机密情报被军法从事。报道中提到日本女间谍以记者身份作掩护，利用美人计勾引这名徐姓军官，使其心甘情愿为她效劳。为了让徐姓军官相信她的真情，女间谍将自己的半张照片作为定情信物送给他，没想到这半张照片却成为间谍案的突破口。

山木荒野当时就猜到新闻中提到的女间谍就是化名文娟的西田雅子，但他并没有在意。一个女间谍利用美人计获取情报是再正常不过的事，没什么值得大惊小怪的。

现在联系起来看，很容易想到留在刺杀现场的照片很可能就是这则新闻中提到的女间谍照片，也就是西田雅子的照片。

难道军统真的将这名女文员当成西田雅子？山木荒野在内心里问自己。他决定一会儿去看看这位女文员，以证实自己的猜测。

想到这里，山木荒野有些坐不住了。

但他一直耐心地等到会议结束，才向落合少将和野渡中佐提出，他想去医院看望一下遇刺受伤的女文员。

落合少将知道山木荒野一定有什么不能说的秘密，相信他这样做一定有他的道理，于是答应他的要求。

半个小时后，山木荒野在野渡中佐的陪同下来到汉口日本陆军医院受伤女文员的病房。

受伤的她经过手术后，身体十分虚弱。可能是因为失血过多，她的脸色显得有些苍白。

虽然她和西田雅子长得有八分像，但山木荒野还是能从眉宇间看出她们之间的差别。

看来他们真的认错人了，他们真正想要狙杀的是西田雅子。

从病房里出来后，山木荒野默默地告诉自己。

回到华中派遣军司令部自己的办公室，山木荒野开始思考特务部女文员被错当成西田雅子遭暗杀事件背后的真正含义。

如果徐姓军官的那则新闻属实，就能够解释通重庆方面是如何获得这半张照片的。这就是说，照片是文娟为了勾引徐姓军官而主动给他的，并不是因为文娟出事被重庆方面查获的。重庆方面从那名徐姓军官手里得到这张照片并获知照片上的西田雅子是日本间谍。

这则新闻现在几乎动摇了之前山木荒野对西田雅子的全部怀疑。

唯一让山木荒野感到担心的是，假设西田雅子真的叛变，重庆方面发现山木荒野正在怀疑她，为了保护她故意放出这则新闻误导他。

这种可能性是存在的。山木荒野内心里仍然存有疑问。

为了查明这则新闻的真伪，山木荒野从当天开始连续几天在约定时间通过密语广播向范辰发出密令，指示他查明第九战区是否有一名姓徐的军官因日特案被捕。

三天后，范辰密报山木荒野，前不久情报处长钱一舟召集情报处全体人员开会，宣布第九战区泄密案告破，泄密者是某师一位徐姓的作战参谋。此人在武汉会战期间向一名日本女间谍提供大量情报。因此第九战区了结此案，解除所有人的嫌疑。

范辰证实报纸上的这条新闻，消除了山木荒野心中的最后一个疑问。

山木荒野在大脑中将所发生的事重新梳理了一遍。

西田雅子在武汉会战期间为日军收集大量的重要情报，给国军造成巨大损失，她肯定是军统"惩戒行动"的首要目标。只不过之前他们不知道她是谁，也不知道她在哪里，因此无从下手。

直到那名姓徐的国军军官被捕，重庆方面才从他手中获得西田雅子的照片。他们以为西田雅子仍在武汉，因此将照片送到军统武汉区让他们查找。结果军统人员误将那名女文员当作是西田雅子，于是痛下杀手。

刺杀女文员事件在无意中消除了西田雅子身上的另外一个疑点，即为什么重庆方面只通缉佐藤秀美而没有通缉西田雅子,因为他们以为西田雅子在武汉。

结合重庆特工从照相馆老者手上得到佐藤秀美照片这一点来看,通缉佐藤秀美的事与西田雅子完全没有关系。

至此,之前集中在西田雅子身上所有的疑点似乎都有合乎逻辑的解释,西田雅子应该没有问题。

想到这里,山木荒野感到一阵轻松。

此前山木荒野已经密电通知西田雅子和佐藤秀美在美国酒吧接头,时间是明天上午十点。

既然西田雅子的嫌疑全部消除,照理说应取消接头,这样的话佐藤秀美和西田雅子就不会相互暴露。

可万一这是对方使出的连环计怎么办?关键时刻,谨慎有余的山木荒野内心里又开始犹豫起来。

这时,桌上的电话响了,打断山木荒野的思考。

电话是岩井英一打过来的。

岩井英一在电话中告诉山木荒野,他从可靠情报来源获悉,军统特工已经发现西田雅子在武汉,准备对她实施"惩戒行动",提请山木荒野注意保护她。

虽然这是一份过时的情报,但已经发生的事证明它是可靠的。

连岩井英一都以为西田雅子在武汉。看来军统在武汉寻找并刺杀西田雅子是有道理的,并不是与那则新闻相互配合的连环计。整个事件的发展完全符合逻辑,不可能是军统的阴谋。山木荒野默默地告诉自己。

岩井英一的电话终于让山木荒野消除最后一丝疑虑,他当即决定取消西田雅子和佐藤秀美的接头。

他马上拟定了两份内容相同的简短电文:

取消明天的接头!

山木荒野拿着两份密电来到情报课报务班，让两名报务员立刻与西田雅子和佐藤秀美联系，一旦联络上之后，马上将密电发出去。

可当天不是与西田雅子及佐藤秀美规定的联络时间，报务员无法联系上她们。好在当晚9点是和顺城茶馆刘掌柜约定的无线电通联时间。于是山木荒野只好重新拟定一份密电，让报务员晚上发给刘掌柜，指示刘掌柜务必在明天上午八点前赶到川江货运行通知佐藤秀美取消和西田雅子接头。

由于当晚过江轮渡已收班，刘掌柜只好等到第二天早上乘早班轮渡过江，在8点钟之前赶到川江货运行，及时拦住正要出发去接头的佐藤秀美。

当天晚上文娟向山木荒野发出一份密电，称自己按时到美国酒吧接头，但佐藤秀美并没有出现。

山木荒野收到文娟的密电后十分高兴。文娟敢去接头，进一步证明她绝对没问题。

三

这一切都是重光使出的连环计。

重光接到方同密电获悉岩井英一开始怀疑半张照片上的女人出问题后，马上意识到自己犯了一个重大错误。

重光当初决定利用西田雅子的半张照片作为线索寻找佐藤秀美的照片，再通过照片通缉佐藤秀美。这确实是一个不错的想法，但他忽略了一个问题：一旦佐藤秀美发现重庆出现这张照片，她肯定会对西田雅子起疑心。

现在重新审视当初的这个决定，很容易发现这个破绽。因为除了当事人之外，几乎没有人知道佐藤秀美和西田雅子曾经有一张合影照片。退一步说，就算知道这张合影照的存在，不知内情的人也不会将其与日本间谍联系在一起。军统能够获得这张照片并以此为线索追查佐藤秀美，说明有知情者向军统泄露了这个秘密。因此当佐藤秀美在齐竿子身上发现自己的照片后，当然会首先怀疑西田雅子。

想到这里，重光心里感到一阵后怕。

必须马上想办法采取补救行动，不然文娟很快就会暴露。

重光首先密电第九战区情报处处长钱一舟，指示他向情报处人员宣布该战区日谍案告破，该战区一名徐姓作战参谋在武汉会战期间向日军提供大量国军情报。再通过报纸放出徐姓军官落入日谍美人计的花边新闻，让两个消息来源相互印证。

第九战区某师确实有一名姓徐的军官泄密被逮捕，但与日特无关。重光巧妙地利用了这件事。

接着，重光命令军统上海区杀死照相馆老者并制造自杀假象。指示军统武汉区故意错误狙击与西田雅子容貌相近的汉口特务部女文员，最后通过方同向岩井英一透露军统人员在汉口对"西田雅子"实施"惩戒行动"的情报，最终使山木荒野中计，让文娟安然度过危机。

当然，重光也为挽救行动失败做了准备。

他命令刘贤仿在文娟和佐藤秀美接头的当天早上带人埋伏在美国酒吧，一旦佐藤秀美出现立刻予以逮捕。同时，他会在报纸上刊登文娟因为拒捕被当场击毙的消息和照片，希望以此稳住万连良和山木荒野，继续牵着他们的鼻子走。

第二十三章 绝 密

一

化名文娟的日军间谍西田雅子早已经死了，现在的文娟是冒名顶替的。

淞沪会战后，中国政府被迫临时迁往武汉，武汉成为中国抗战临时政治军事中心。随着战争的重心开始从淞沪地区沿长江西移，日军的下一个战略目标直指武汉。

化名文娟潜伏在武汉的西田雅子从这时开始频繁地接到日军情报机关指示，命令她加紧收集中国军事情报。

西田雅子凭着自己迷人的容貌、知识女性的高雅气质以及便利的记者身份，进出中国的各军政机关，暗中收集情报。她还利用自己的美貌勾引一名国军高级军官，从他那里获取大量中国方面的绝密情报。

由于有大量情报需要传输，西田雅子频繁地使用秘密电台，她的电台终于被军统无线电侦测队侦测到并被牢牢盯上。

一天晚上，西田雅子又在自己的住所里用电台发送情报。

军统无线电侦测车迅速捕捉到电台信号，于是开始最后的收网。

在无线电侦测车的指引下，十多名军统行动队特工乘坐一辆军用卡车来到西田雅子的住所附近。

军统特工迅速跳下卡车，悄悄摸到西田雅子住所大门前，然后猛然撞开大门冲进屋里。

正在发报的西田雅子听到撞门的声音，不由得停下来扭头观察发生了什么事情。但还没等她看清楚是怎么回事，几个黑洞洞的枪口就已指着她的脑袋。

西田雅子马上明白自己的处境，她的第一反应就是要向总部发出警报。

可还没等她握着发报键的右手发出警报，一名军统特工迅疾伸手抓住她的右手手腕用力向上一扳，同时用另一只手臂牢牢地扼住她的脖子，将她向后拖离桌子。挣扎中她的耳机从头上滑落下来，坐的椅子被带翻，倒在地上。

一名特工从外面走进屋来到电台前，拾起悬在桌边的耳机戴在头上，然后扶起倒在地上的椅子坐上去。

这名特工看了一下桌上的密码电文稿，然后伸出右手握住发报键，用摩尔斯明码告诉对方刚才无意中被打断，马上恢复发报。

对方回应后，这名特工按照密码电文稿从刚才中断的地方开始继续发报。

这名特工是军统的一名高级报务员，长于模仿其他人发报。他近来一直在练习模仿西田雅子的发报手法和特征，现在已经达到以假乱真的程度。

这一切都是严格按照重光制订的行动计划进行的。

根据计划，当军统破获这部秘密电台时，立刻由这名报务员顶替西田雅子继续向对方发报，不让对方发现问题，以便今后冒充西田雅子继续与日军联络，套取日军情报。当然，如果西田雅子被捕后愿意投向军统，就由她来执行这项任务。

被控制住的西田雅子很快就明白敌方的企图。于是她不顾一切地大叫一声，奋力挣脱控制住她的军统特工，拼命冲向正在发报的军统报务员。

站在一旁的另一名军统特工见情况危急，匆忙中向西田雅子开了一枪。

正向前冲的西田雅子胸部中弹，身体突然像撞上一堵墙一样猛然停下来，在那里摇晃了几下，挥舞的手随即无力地垂下来，整个人仰面倒地。

这名报务员继续发完全部电文，然后等着回电。

大约等了二十分钟对方开始回电，这名报务员立刻抄收下来对方的密码电文。双方终止联络。

这次行动缴获的密码电文稿和密码本很快被送到军统特技室，技术人员顺利地破译日军情报机关发给西田雅子的密电。其内容如下：

请于十月前赴重庆潜伏。鉴于你现有的电台不便携带，已为你准备一部微型电台，九月二十日到汉口铁路街（今车站路）十七号取。对方看过你的照片，无需联络暗号。

山木荒野

这是一份十分诱人的重要情报。每一个情报机关得到这样的情报都会想尽一切办法加以利用。

当时刘贤仿和董易正好在上海执行一项秘密任务，对此事一无所知。

二

重光当然不会放过这个机会。

本来，重光当初只是想抓住西田雅子，迫使她交代向她提供情报的人，并希望劝说她归顺军统。即使她不愿意，重光也可以让自己的特工冒充她继续与日军联络，发送假情报欺骗日军。

那份密电指示西田雅子潜入重庆执行新任务。这是一个意外发现，对重光充满诱惑。

必须充分利用这个难得的机会以获取最大利益。

经过严谨思考和仔细权衡，重光想到一个绝妙的，又十分冒险的计划。他打算派一名女特工冒充西田雅子，到重庆执行日军情报机关下达的新任务，从而打入日军谍报网。这样不仅能够通过她与日军情报机关之间的来往密电掌握日军的企图，而且还可以通过她发现潜伏的其他日谍。

计划形成后，重光当务之急是挑选一名与西田雅子容貌相近的女特工，因为她将要接头的日特看过西田雅子的照片。

幸运的是，重光很快从临澧训练班众多的女学员中挑选出一名女特工。

这名女特工就是于莲花，也就是现在的文娟。

于莲花除了长相与西田雅子十分相似之外，她的另外一个优势是她在大学期间学的是日语，虽然不是十分精通，但基本上能说能听能写。

重光亲自找于莲花谈话，让她冒名顶替日军女间谍西田雅子。

三

于莲花接受任务后，马上开始在汉口一个秘密地点接受特别训练。

教官利用收集到的有限的西田雅子个人资料，对于莲花进行训练，让她模仿西田雅子的气质和样子。这样做的目的是以防日军情报机关将来派认识西田雅子的人员到重庆和于莲花接头。教官还训练于莲花模仿西田雅子的发报手法和特征，确保日军报务人员无法从于莲花的发报中发现破绽。

两个星期的突击训练完成后，于莲花开始冒充文娟执行她的第一次秘密任务。

这天傍晚，于莲花来到铁路街17号门前。

由于接头人见过文娟的照片，于莲花担心被对方识破；加上这是第一次执行任务，她不免感到有些紧张。

她努力控制住自己内心的紧张情绪，抬手敲了敲门。

不一会儿，门开了。

开门的是一名中年男子。他仔细地端详了一下于莲花的脸，认定她就是他看过的那张照片上的女人，于是将她让进屋。

文娟不禁暗暗舒了一口气，算是过了第一关。

中年男子从一个衣橱中取出一个不大的硬纸箱交给于莲花，告诉她里面是电台。

于莲花接过装着微型电台的纸箱，鞠躬说了一声谢谢。

中年男子替于莲花打开门，目送她离开。

几天后，于莲花以文娟的名字和身份带着这部微型电台从汉口出发前往重庆。

到达重庆后，文娟在自己人的暗中协助下顺利进入《渝风》报社成为一名记者。

就这样，于莲花成为军统安插在日军谍报网中的一名双料女间谍。

为了保密，重光到目前为止没有派任何人与文娟联系过。如果有指示给文娟，重光会用无线电台与她联系。遇到紧急情况，两人会以电话联系，到秘密地点见面。

于莲花冒名顶替日谍文娟在重庆潜伏下来后，不久便接到日军华中派遣军情报课山木荒野大佐的指示与一名高级情报员接头，从而让潜伏在国军最高指挥机关的万连良彻底暴露，这是重光通过文娟取得的第一个重大收获。

文娟的秘密只有重光和军统局另外一两个人知道。即使刘贤仿这个反间谍联合调查组组长都不知道她的存在。

每当文娟与武汉日军情报机关进行无线电通信联络时，军统的一部电台都会暗地里接收他们之间的来往密电，让重光掌握日军总部与文娟之间通信联络的所有内容。

文娟作为打入日军间谍组织的军统特工，其工作并不像负责收发情报和指令的报务员那么简单，她还需按照重光的指示做一些情报分析工作。她的主要任务是根据日军情报机关要求她和万连良收集情报的重点方向和指令，加上重光提供给她的参考情报和她自己收集的情报，分析判断日军的企图和目的。

一直以来，文娟通过这种方式获取大量日军机密情报，并将分析判断的结果上报重光，供最高军委会决策时参考。

不过，重光并没有要求文娟像其他打入日军情报系统的军统情报人员那样在必要时向日军传送假情报欺骗日军。相反，他严令文娟将万连良交给她的情报原封不动地发给日军，不要因为某些情报太重要，可能给国军造成重大危害而进行篡改。这样做为的是保护文娟，因为军令部还隐藏着另一名日军间谍。

试想，如果文娟将一份加工过的情报发出去，万一隐藏在军令部的另外一名日谍也将同样一份完全真实的情报传回去，日军就会发现出自军令部的同一份情报出现两种不同的版本，这势必引起日军情报机关的注意。他们很容易想到两份情报中一定有一份是假的，是故意用来欺骗他们的。因此他们必定会怀疑两个情报来源中的一个出了问题，这无疑会给文娟造成极大的危险。

四

第一次长沙会战前的某一天，文娟收到山木荒野的一份密电。密电指示万连良和文娟尽快收集第九战区从洞庭湖东岸沿新墙河一线及其纵深地带的防御工事分布、兵力布置和火力配置情报。

根据这份密电，文娟判断日军可能准备对第九战区发动进攻。

第二天上午，文娟以改稿为由约万连良下午一点在《渝风》报社见面。

万连良下午一点准时来到报社编辑部。

文娟和万连良坐在她的办公桌前假装商量改稿。其间，文娟暗中将山木荒野的指示传达给万连良。

万连良离开后不久，重光打电话到《渝风》报社编辑室找文娟。

在电话中，重光用密语告诉文娟从截获的密电判断日军意图进攻第九战区，指示文娟想办法查明日军的兵力部署和进攻方向。

一个星期后，万连良将一份完整详细的第九战区布防情报交给文娟。文娟当晚将这份情报密电给山木荒野。

她故意在密电中建议，由于中国军队沿新墙河南岸正面构筑了坚固的永久性工事，会给日军的正面进攻造成很大的阻力，而第九战区在新墙河右翼的防御工事和兵力部署相对薄弱，可以作为日军进攻的一个突破口。同时可以考虑从第九战区防守薄弱的洞庭湖南岸登陆，直接绕到新墙河中国军队防线的左后侧，从背后向新墙河防线发起攻击，一举歼灭中国守军。

山木荒野回电告诉文娟日军作战计划已经将攻击新墙河右翼的情况考虑进去，指示她将收集情报的重点放在新墙河正面和右翼。日军没有从洞庭湖南岸登陆的计划，不必考虑这个方向的中国军队布防情况。

根据这份回电，文娟除了获悉日军将由新墙河正面及其右翼防守薄弱地区发起进攻外，还确认日军不会在洞庭湖南岸登陆，攻击新墙河防线左侧背。

综合文娟和其他方面获得的情报，重光判断日军即将对长沙发起进攻。他将这些情报以及自己的判断呈交军委会。

第一次长沙会战爆发后，日军在新墙河正面和右翼进攻的同时，派兵偷偷从洞庭湖南岸登陆。由于各方面的情报都没提及日军从洞庭湖南岸登陆的可能性，第九战区也忽略了这一点，没有在这一带加强防守力量，让日军轻而易举地登陆，导致精心经营几年的新墙河防线崩溃。

这是文娟在情报工作中的第一次失误。虽然这是山木荒野的误导造成的。

不过重光并没责怪她。作为一个没有经验的情报工作新手，能够察觉日军可能在国军防守薄弱的洞庭湖南岸登陆，从背后向新墙河国军防线发起攻击这一点看，文娟的观察、分析和判断能力确实相当敏锐。

五

枣宜会战前，山木荒野密电文娟，指示文娟和万连良加紧收集第五战区的兵力布防情报。

文娟照例将总部的指示转达给万连良。

几天后万连良以谈稿的名义来到报社，将收集到的情报暗中交给文娟。

文娟将万连良收集的情报发给汉口日军总部，然后将自己的判断通过密电报告重光：日军即将向第五战区发起进攻。

不久后的1940年5月初日军向第五战区发起全线进攻，枣宜会战爆发。

日军第11军第3师团、第39师团和第13师团分右、中、左三路分别从信阳、随县和钟祥发起进攻，企图将第五战区主力压迫至汉水东岸一线予以围歼。

5月8日日军占领枣阳。

虽然日军进展顺利，但最高军事委员会认为日军兵力有限进攻难以持续，于是命令第五战区对日军展开反攻，与日军进行决战。

这时，文娟又收到山木荒野的一份密电。

密电称担任汉水西岸地区守备任务的第五战区张自忠第33集团军和郭忏的江防军大部都被调往汉水东岸作战，指示文娟和万连良查明重庆方面是否调动其他部队到这一带接防。

根据这份密电，文娟敏锐地感觉到日军的真正目标很可能是攻占宜昌，于是将自己的判断密电报告给重光。同时通知万连良按照总部指示收集情报。

两天后，万连良将他获取的情报交给文娟。

情报显示军委会并没有调派任何部队接替第33集团军和江防军汉水西岸的防务，那里形成了一个防御真空带。

这份情报让文娟更加坚信日军会进攻宜昌。她将这份情报发给山木荒野后，再次密电提醒重光日军的真正目标是宜昌。

虽然经文娟的两次提醒，重光也怀疑过日军的目标可能是宜昌，但他认为文娟从事情报分析工作的时间毕竟不长，对文娟的分析判断能力还不是十分信任。此乃军国大事，在没有得到其他方面的证实之前，仅凭一个初出茅庐的文娟的判断不足以让他上报军委会。

重光想到潜伏在汉口日军司令部的情报员西野秀仁。

西野秀仁之前传回的日军作战计划十分肯定日军此次作战没有占领宜昌的打算。这也是重光不敢相信文娟的一个原因。

为了慎重起见，重光拟定一份密电发给西野秀仁，指示他进一步确认日军第11军是否有攻占宜昌的打算。

西野秀仁回电再次予以否认。

重光最终选择相信西野秀仁。他在给军委会的报告中没有提及日军有攻打宜昌的可能性。

虽然文娟已经展露出她的情报分析天赋，但她毕竟只是一个参加情报工作时间不长的新人。而西野秀仁是一位屡获成功、经验丰富的情报员，曾经为重光提供过无数准确的日军机密情报。重光作出这样的选择无可厚非。

面对中国军队的反攻，日军第3师团确实遭受很大压力。于是第11军司令官部和一郎中将命令第3师团佯装退却，将国军诱至枣阳附近，并与击溃第33集团军进至枣阳一线的第13师团和第39师团会合。

5月19日，日军以三个师团兵力对第五战区展开全线进攻。

国军很快不支，全线溃退，损失惨重。

战至5月21日，日军下令停止追击，开始休整；同时放出消息称已经完成此次作战任务，准备撤退，但却在暗中补充弹药和给养，做渡过汉水进攻宜昌的准备。

由于从军统及其他方面获得的情报显示日军并无攻打宜昌的意图，加上日军有意放出准备撤退的假消息，军委会认为日军兵力有限，经过二十多天的作战兵力消耗很大，部队相当疲劳，已经无力渡过汉水进攻宜昌，因此根本就没有考虑调动强有力的部队守卫宜昌。

5月31日午夜之后，日军第39师团、第3师团和第13师团先后渡过汉水向宜昌方向发起进攻。从东岸败退下来的国军残破之师虽竭尽全力抵抗，但很快就被日军击溃。6月10日，日军击破仓促赶来布防的国军第18军占领宜昌。

宜昌沦陷后，在战略上形成直接威胁重庆的态势，并成为日军轰炸重庆的前进基地。在以后几年中，日军飞机从宜昌起飞对重庆进行狂轰滥炸，给重庆人民造成巨大的生命、财产损失。

重光对此深感愧疚。如果他对文娟的分析判断足够重视，并及时呈报最高军事委员会，说不定能够避免这个结果。有了这次教训以后，文娟的情报分析判断能力开始引起重光的重视。

六

1941年3月的上高会战（日军称之为鄱阳湖扫荡战）前，文娟根据日军总部和她之间的来往密电以及她从其他渠道获取的情报，判断日军第11军此次作战只是一个改变鄱阳湖附近双方态势的局部作战。由于日军第33师团需要调往华北作战，驻南昌的日军第34师团将独立面对周围的优势国军，因此第34师团长大贺茂中将要求第33师团调走前对国军鄱阳湖部队进行一次扫荡，扭转对其不利的态势，以减轻第33师团调走后其本身承受的压力。日军第11军不会动用其他方面的部队参加此次作战。由于第33师团即将调往华北，师团长樱井省三中将对此次作战毫无兴趣，料将不会全力以赴。只是碍于第11军的命令，不得不应付一下。国军可以乘此机会暗中调动优势兵力围歼日军一部。

1941年3月15日上高会战打响后，日军分三路发起进攻。

北路日军第33师团于15日晨从安义向奉新发起进攻，当天击退国军第70军一部阻击占领奉新，16日占领车坪后继续西进。

南路日军独立第20混成旅在15日晨从厚田街向灰埠发起进攻，当日午间西渡赣江，而后沿锦江南岸西进；至17日先后占领曲江、独城，继续向灰埠攻击前进。

中路日军第34师团于16日晨从西山、万寿宫向高安发起进攻，当日占领祥符观、莲花山。17日国军按照作战计划主动放弃高安，日军第34师团次日占领高安及龙团圩。

会战打响的头两三天日军进展看似顺利，实则开始踏入国军诱敌深入的陷阱。

接着，三路日军以上高为目标实施向心攻击，企图一举将中国军队主力压缩在高安一线予以围歼。

国军第70军且战且退，将北路日军第33师团诱至苦竹坳、上富之间山地，与埋伏在此的第72军一道利用有利地形对其实施包围攻击。经过两天激战，日军第33师团渐感不支。

果然不出文娟所料，日军第33师团见此情况便无心恋战，奋力突围，于19日退回奉新，宣告完成配合作战任务，开始休整，准备北调。

南路日军独立第20混成旅于20日占领灰埠，然后渡过锦江与第34师团会合，以加强对上高正面的攻击。

与此同时，日军第34师团继续向上高攻击前进。国军按照作战计划利用既设阵地逐次抵抗,将其诱至上高外围地区。

见时机成熟,国军前线总指挥、第九战区副司令长官兼第19集团军司令罗卓英下达围歼日军第34师团的命令:严饬各军积极对敌猛攻,务将深入之敌,歼灭于高安、锦河南北地区。

此刻日军第34师团似乎仍未意识到危险,继续向上高发起猛攻,企图一举占领上高,击破国军主力。

双方在上高一线战得难分难解。

日军独立第20混成旅见第34师团遭受围攻,立刻迂回国军侧背发起进攻,企图击破国军的包围圈。国军立刻调动有力部队对日军独立第20混成旅进行反击,将其逼到锦河一线处于背水而战的困境。

双方战至24日,日军第34师团不仅未能攻占上高,而且遭受重创,陷入绝境。为免遭全军覆没的命运,日军第34师团急忙向第11军司令官园部和一郎发出求救密电。

接到第34师团求救密电后,园部和一郎这才发现第33、第34师团缺乏协同,致使第34师团陷入绝境。见情况危急,园部和一郎立刻命令第33师团紧急出动,增援遭围困的第34师团。第33师团这才全力以赴作战,成功接应第34师团突出重围,让第34师团免遭全军覆没的下场。

上高会战日军伤亡过万,是国军难得的一次大胜。

通过上述三次大会战,重光对文娟的情报分析判断能力刮目相看。他发现文娟具有一种超人的天赋,能够从各种纷乱的情报中一下发现问题的关键,非常人可及。

重光从此对文娟更加器重。在重光的手下,没有人可以取代文娟的重要作用。这大大超出重光当初派文娟打入日军情报机关时所期望得到的收获。

第二十四章　隧道大惨案

一

1941年6月5日，注定是一个重庆乃至全中国永远难以忘记的悲伤日子。那是一种无法用语言形容，却永远留在人们心灵深处的伤痛。

那是一个闷热的黄昏，一整天都没有日本飞机来轰炸，人们像平常一样忙碌着。

刘贤仿和董易驾驶着吉普车赶回军统总部。

这时，重庆上空响起一长一短连续的汽笛声，发出空袭警报。

刘贤仿继续驱车前行，希望赶在空袭前回到军统总部。

街上出现很多市民。他们手里提着塞满家中值钱细软的包裹，拖儿带女、扶老携幼涌向附近的防空洞，将整条马路挤得满满的。刘贤仿的汽车只能随着人流缓慢向前移动。

当汽车像蜗牛般缓慢行驶到十八梯附近时，刘贤仿忽然发现前面不远处有一个年轻漂亮的女人长得很像照片上的佐藤秀美，也就是云玥。这女人正随着人流涌进通往十八梯防空洞入口的那条路。

刘贤仿眼睛盯着这个女人问身边的董易：

"看到前面穿连衣裙的那个年轻女人没有？"

董易也看到了这个女人，于是朝刘贤仿点点头。

"是她！"

刘贤仿本想开车追过去，无奈马路上挤满了人，吉普车根本快不起来。

他干脆将车停在马路边和董易下车步行，穿过拥挤的人群朝云玥追过去。

这时重庆上空响起连续短促的紧急空袭警报，表明日军飞机不久就会飞临重庆上空实施轰炸。

执行这次夜间轰炸任务的是日军汉口W空军基地元山航空队的24架九六式陆上攻击机。指挥官是中西二一少佐。

为了加强轰炸效果，元山航空队将24架飞机分成三个攻击队，各队相隔一个多小时从汉口起飞以延长轰炸持续的时间，造成民众更大的心理恐慌，摧毁国人的抗战意志。傍晚六点起飞的第一攻击队8架日机此刻正逼近重庆。中西二一少佐随第一攻击队指挥。

涌向防空大隧道的人越来越多，刘贤仿和董易一边随着拥挤的人流朝前走，一边在人头攒动的人群中搜寻云玥的身影。

没多久他俩就发现目标在他们前面大约四十米时隐时现，正随着男女老幼朝防空洞口移动。

距离虽然很近，但刘贤仿和董易被困在人山人海中，只能眼睁睁地看着云玥却无法接近。

只见人流裹挟着云玥涌入防空隧道入口，随即从刘贤仿和董易的视线中消失。

防空洞入口处有几名民防队员负责维持秩序，疏导人流。

刘贤仿和董易终于通过拥堵的防空洞口进入防空隧道。

在防空洞口外的民防队员大声催促下，进入隧道的人都自觉地往隧道深处走，好给后来者留下空间。

隧道里没有电灯，只有闪着火苗的油灯照明，因此光线很暗。

他俩随着人流往隧道深处走，借着暗淡的灯光在拥挤的隧道中搜索，希望能够发现云玥。

往里走了百十来米，刘贤仿忽然看到云玥从一盏油灯下走过。油灯的光亮正好照在她的脸上，才让他认出她来。他赶紧拉了一下董易，两人用力朝云玥所在的地方挤过去，希望靠近她。但还没等他们到达那个地方，云玥早已消失在昏暗的隧道和摩肩接踵的人群中。

刘贤仿和董易只好站在那里四处张望，希望能够再次发现云玥的身影。

这时，从防空洞入口朝防空隧道深处移动的人们逐渐停了下来。

日机马上就要到了，防空洞口维持秩序的民防队员已经将出入口的铁栅门锁上，不再让人进入防空隧道。

民防队员锁上铁栅门之后，便离开隧道洞口前往专门的民防观测隐蔽点躲避即将到来的轰炸。

这是刘贤仿和董易第一次进入这个公众防空大隧道。

这个隧道深入地下数十米，向四周延伸到很远的地方，有几个出入口，十八梯出入口只是其中的一个。

刘贤仿和董易站在隧道里，他们周围挤满躲避轰炸的男女老幼。

这些人有的安静地站在那里，有的和身边的人交头接耳。周围不时传来婴幼儿的哭闹声和母亲哄孩子的声音。他们当中多数人都面无表情，也许是对日军飞机几年来的不断轰炸习以为常。

刘贤仿此刻并没有意识到将要面临的致命危险，不过他还是敏锐地感到隧道里空气逐渐变得有些浑浊。按照常识，这么大的隧道总该有相应的通风设备，因此刚开始他并没为此担心。

大约晚上九点半左右，外面传来一阵阵爆炸声。

日军第一攻击队的8架陆上攻击机已开始在重庆上空投弹。

隧道里可以感到炸弹爆炸时的震动，隧道墙壁上的油灯火苗随着震动不时地跳动。

隧道里的人们默默地站在那里听着从外面传来的炸弹爆炸声。许多人的脸上并没有露出害怕的神色，他们对这种旷日持久的轰炸已经感到麻木。

大约晚上十点多，外面的爆炸声停止了。

隧道里的人们知道这是日机投完炸弹开始飞离重庆，以为空袭即将结束。

可是，空袭结束的警报并没响起，人们只能耐心地等待。

没过多久，大约晚上十点半，外面再次传来隆隆的炸弹爆炸声。日机第二攻击队8架飞机此刻已经飞临重庆实施第二波轰炸。

刘贤仿开始感到有些闷热。他问身旁的董易，也是同样的感觉。他们以为可能是人太多，人体散发的热量导致隧道里的温度上升的缘故。

熬到晚上十一点钟，日机轰炸仍然在进行。

通常日军的空袭在两个小时内就会结束，可是当晚日军轰炸持续两个多小时后还在继续，隧道里的人已经开始感到难受。

直到午夜十一点半左右，第二拨日机才投完炸弹离去，外面的爆炸声再次停下来，但空袭解除警报仍然没有响起。此刻隧道里的人们由于缺氧，普遍感到有些胸闷。

午夜十二点半左右，正当隧道里的人们以为空袭真的结束，很快就可以走出隧道回到地面时，日机第三攻击队8架飞机继续对重庆进行第三波轰炸，直到凌晨一点多才离去。

刘贤仿和董易进入隧道已经有五个多小时，他们现在感到闷热难忍，呼吸不畅。

他们开始注意到，墙壁的油灯火苗越来越小，光线也越来越弱。

这是明显的缺氧现象！

这个发现让刘贤仿和董易感到害怕。难道大隧道里没有功率足够大的通风机给隧道里供应新鲜空气？

这时，隧道中开始有人出现缺氧的症状。

一些人由于感觉胸闷而大口喘息，一些人因为缺氧造成的剧烈胸痛而发出疯狂的惨叫声，孩子们由于缺氧的痛苦发出撕心裂肺的哭喊声。

人群开始出现躁动和不安。

隧道中的氧气越来越稀薄，一部分油灯因为没有足够的氧气燃烧而熄灭。

见此情景，突然有人大叫一声：

"洞里缺氧！快到洞口去！"

这一声叫喊马上激起本已惶惶不安的人群疯狂地朝防空洞入口涌去。

离入口铁栅门最近的人们争先恐后地挤到铁栅门前，试图打开铁栅门。

但铁栅门从外面被锁住，根本打不开。

正当前面的人对被锁住的铁栅门感到绝望时，后面的人已经蜂拥而来，一层层向铁栅门挤过去，将前面的人牢牢地挤压在铁栅门上动弹不得。

后面的人在求生本能的驱使下不顾一切地继续向入口涌去，将前面的人一排排扑倒在地，然后踩着他们的身体拼命向前挤，结果引发可怕的大规模踩踏，很多人当场惨死于众人的脚下，临终前发出摄人心魄的惨叫。

刘贤仿和董易被后面的人拼命推挤着向前移动，脚下踩着跌倒的人的身体，双手推挤着自己前面的人。在他们向前移动的过程中，一些倒下的人在求生欲望的支配下拼命抱住他们的腿，拉他们的衣服。他俩已经顾不得这么多，只是拼命地迈开腿向前移动，绝不能停下，否则他们就会被后面的人扑倒，像其他倒在地上的人一样，遭受无情的践踏。

好几次刘贤仿和董易都差点跌倒，但他们俩在对方出现危险时拼命相互扶持，才避免倒下。

最后，刘贤仿和董易终于被挤压在密密麻麻的人群中动弹不得，他俩感到呼吸越来越困难。

由于极度缺氧，刘贤仿的心一直往下沉，感觉头脑开始发晕，神志有些不清，四肢变得无力。

董易的情况也好不到哪里去。

他们俩相互鼓励，顽强地坚持着。

但是，他们知道自己坚持不了多久。

这时，铁栅门门前的惨叫声终于惊动外面的民防队员。

几名民防队员急忙跑过来用钥匙打开锁住铁栅门门闩的大锁，然后用力往外拉铁闩，企图将扣住两扇门的铁闩从闩扣中抽出来。但由于铁栅门受到里面的人大力挤压，将闩扣中的铁闩压得死死的，他们虽用尽全力，却仍然无法将铁闩从闩扣中拔出。

这时一位聪明的民防队员找来一只铁榔头跑到铁栅门前，挥起铁榔头拼命敲打铁闩的手柄，终于将铁闩从闩扣中敲打出来。铁栅门瞬即被巨大的推力冲开。

在门前的人们，不论是活的还是死的，顿时在巨大人流的推挤下，如山洪暴发般从防空隧道入口冲出，扑倒在入口外的台阶上。

这时，隧道里的人只要还有一口气，都拼命朝隧道口拥去。他们踏着地上的尸体，发出可怕的叫喊声，不顾一切地从隧道口蜂拥而出。许多人由于极度缺氧或受伤已经十分羸弱，一出隧道口便瘫倒在地上，张开大口拼命地呼吸新鲜空气。

但是有很多人倒在隧道里面再也没有走出来。

刘贤仿和董易随着人流冲出隧道口的一瞬间，才感觉自己得救了。这时，他们已经根本想不起他们为什么会进入这个防空隧道。

二

云玥几乎毫发无损地活着从防空隧道里走出来。

云玥头天晚上收到总部一份密电。密电显示总部在规定的时间与顺城茶馆进行无线电联络，结果连续两次联络不上，因此担心他们出事。指示云玥到顺城茶馆暗中查明情况。

为了顺城茶馆秘密联络点的安全，这个任务只能由知道这个秘密的人来承担，所以总部不得已才让云玥冒着被人发现的危险执行这个任务。因此一直躲在南岸的云玥才会出现在重庆市区。

第二天上午，云玥从海棠溪码头乘坐轮渡过江来到重庆城区。起坡后云玥一路步行来到顺城茶馆附近。她假装逛街走进茶馆对面的一间杂货店，透过杂货店的一个窗户暗中观察茶馆里的情况，发现情况一切正常。于是她从杂货店出来，走进对面的茶馆和刘掌柜见面。

原来刘掌柜的电台出了故障，里面的一支真空电子管被烧坏，因此无法和总部联系。刘掌柜目前正急着寻找这支被烧坏的真空管配件。

云玥向刘掌柜交代几句，然后离开顺城茶馆。

不久云玥便来到书院街的日特据点。

书院书画店里藏有不少备用的电台零配件，是总部专门为云玥的特工组准备的。

拿到刘掌柜需要的配件后，云玥马上赶回顺城茶馆，和刘掌柜一起将真空电子管配件装进电台，然后开机测试，电台恢复正常。

完成任务后，云玥和刘掌柜聊了一会儿，相互通报了目前的各自的情况。

见太阳西沉，云玥这才离开顺城茶馆赶回川江货运行。

没想到走到十八梯附近时，天空中突然响起空袭警报，因此她只好到附近的防空洞躲避。

由于云玥并不认识刘贤仿和董易，一开始没意识到自己被他们发现并跟踪。

进入防空隧道后，云玥才发现有人似乎在跟踪自己。为了安全起见，云玥赶紧藏在人群中朝隧道深处走，以摆脱跟踪者。

越往隧道深处，里面的人就越少。不知走了多远，云玥看到前面有一群人，于是挤进人群中藏起来。原来这个地方上面有一个通风口，通风口上面装有一台鼓风机将外面的新鲜空气吹进隧道。虽然这台鼓风机的马力不够大,并且在日机轰炸的最后一段时间因电线被炸断而停转,但这里的氧气浓度相对于别的地方仍然要高得多。因此云玥和待在这个通风口附近的人都幸运地活了下来。

美国作家、记者比尔·拉瑟(Bill Lascher)在他的著作 *Eve of a Hundred Midnights*(午夜梦回)中对这次惨案的描述,可以从另一个角度了解当时的情形有多么惨烈。下面这段文字是作者从原著中摘录翻译的。

梅尔(Melville Jacoby,人们称其 Mel)两天后给他在《时代》周刊的新编辑大卫·赫尔伯德的第一份报道中写道:
"随着更多的人窒息和被踩踏,躯体堆积得越来越高……"
他们因为隧道中令人窒息的空气而大口喘气,为了摆脱窒息造成的撕心裂肺般的痛苦而相互抓挠和撕咬,而被抓被咬的人们只能痛苦地嚎叫。
梅尔写道,"大部分人都死了,他们就像罐头里一堆翻着白眼、拼命喘息的沙丁鱼一样,在防空洞的泥地上扭曲着、堆叠着,其中一些人手臂和腿脚在抽搐着……"

在这本书中比尔·拉瑟还提道,最高军事委员会委员长蒋介石接到发生惨案的报告后,凌晨赶到现场查看,"面对惨状不禁失声痛哭"。

三

由于日本对中国的封锁以及不断对同情中国的国家进行施压,一些国家迫于日本的压力停止向中国提供军事装备和武器弹药,使中国抗战所急需的军事外援几乎到了枯竭的程度。1941年中国抗战进入最艰难的阶段。

另一方面,为了摧毁中国政府和人民的抗战意志,迫使中国政府放弃抵抗，日本空军对重庆的空袭持续不断地加强。日军的无差别轰炸不仅对重庆造成很大人员伤亡和财产损失，而且给重庆人民制造了极大的心理恐惧。

特别是隧道大惨案造成的惨重人员伤亡，让重庆笼罩在巨大的恐怖阴影中。

蒋介石对此次隧道惨案非常重视，除了追究相关官员的责任外（造成这次惨案的元凶当然是日军），还责令重庆防空指挥部加强防空预警，改善防空设施及民众疏散等方面的工作，避免这类惨案再度发生。

在城市防空系统中，准确的提前预警十分重要。

因此，蒋介石责成军统局重光加强对日本空军的情报工作，让重庆能够提前掌握日军轰炸重庆的情报，使重庆在日机来袭前有足够的时间进行空袭预警和人员疏散，做好防空作战准备工作。

重光接到蒋介石的指示后，除了加强武汉和宜昌方面对日情报工作、沿线密布地面防空哨外，还要求特技室组织力量专门破译日本空军无线电通信密码。

覃怀远和雅德利作为密码破译方面的骨干，此重任自然落在他们身上。

执行任务的日本飞机起飞后，空中与基地之间的无线电通信必须简便、高效和及时，因此不宜采用日本海陆空军使用的复杂费时的密码系统，否则很可能造成一方发出的密电还没来得及被接收方译出，就已失去其时效性。因此日军飞机与基地之间的无线电通信采用操作简便快速的密码系统。这样的密码系统不可避免地牺牲其保密强度，使其保密性大大降低，对于密码破译者来说难度相对会低一些。

特技室目前已经能够破译一些日本空军与基地之间的无线电通信密电。

日本空军也知道自己使用的地空通信密码保密强度比较低，因此定时频繁地更换密码，防止密码被中国方面破译。

第二十四章 隧道大惨案

面对日本空军不断频繁更换的密码，特技室必须在尽量短的时间内破译出来，否则根本无法跟上日本人更新的速度，对防空作战起不到多大帮助。好在日本空军每次更新密码后，密码破译人员经过不断尝试勉强能够破译。

但由于没有找到日本空军通信密码的更新规律，日军每次更新密码后特技室都要花相当长一段时间重新进行破译，这段时间就成为真空期。在这段真空期内，当日本空军来袭时，军统特技室因无法破译日本空军密电难以提前作出准确的防空预警，对重庆防空造成相当大的影响。此外，由于每次日军更新密码后都要花上一段时间才能破译，破译后过不了多久日军又会再次更新密码，造成破译的密码时效性大大缩短。

如果能够掌握日本空军更新密码变换规律，在日本空军更新密码后及时地破译出来，将会大大提高重庆防空预警的效率和准确性，同时大大延长其时效性。

现在，覃怀远和雅德利等人要做的就是要找出日本空军密码的变换规律，以便今后日军无论怎么更新密码，都能够迅速予以破解。

根据之前破译的日本空军密电，发现其密码是通过日语片假名摩尔斯明码打乱对应关系后产生的。即密码中的某一个片假名对应的是明码中的另外一个片假名。

因此，覃怀远等人将已经破译的日军密码电文进行分组,将每次更新后至下一次更新前的密码电文作为一组，然后列出每一组密码的片假名明、密码对应关系，得出每一组的明、密码变换表。

他们将每一组的明、密码变换表按照密码更新的先后顺序在纸上列出来，形成一个根据时间顺序排列的多组片假名变换表，最后将此变换表刻印出来分发给参与破译工作的每一个人，让大家带回去研究其中的规律。

四

雅德利在相当长一段时间以来压力很大，因为他在破解日本军用密码方面没有取得任何进展。

一战之后，随着各国越来越重视军事通信的保密性，到二次世界大战前，密码理论知识和加密技术已经有了飞速发展。各国军方都召集自己的数学家、工程师和密码专家研发出运算复杂、保密性极高的军用密码系统，这些密码系统凭人力几乎很难破解。

这才是雅德利没法破解日军密码的真正原因。

但在一些人看来，雅德利当初是顶着光环、拍着胸脯过来帮中国破译日军密码的，现在却对日军密码一筹莫展，甚至连皮毛都没摸到，致使他们对他感到大失所望。

此外，雅德利在纪律方面也存在很大问题，让特技室负责人魏大明十分头疼。

雅德利来到战时的中国从事高度机密的密码破译工作，本应遵守中国政府秘密机关的纪律和规定。但由于长期失业养成自由散漫的习惯，雅德利无法约束自己的行为，经常无视这些纪律和规定偷偷跑出去寻欢作乐。为此重光专门警告过雅德利。

雅德利对自己的处境十分清楚，希望这次有所建树以挽回名誉。

因此，雅德利每天对着那份片假名变换表进行认真研究。

经过几天的潜心研究之后，雅德利从这份假名变换表的每一组变换中发现一个共同特征：每一组的密码片假名中都有一部分是它所对应的明码片假名左移或右移一段后形成的，左移或右移是按照左右相间的规律进行的。亦即，如果某一组的位移是右移，则下一次更新后的那一组必定是左移的，再下一次更新后的那一组又是右移的。反之亦然。但是，左移或右移出来的那段密码片假名填回移出的空位时，却不是按移出的先后顺序排列的，看起来杂乱无章。

下面分别以右移五位和左移六位加以说明。

右移五位明码、密码对应表，表中的"·"代表省略的片假名。

明码	ア	イ	ウ	エ	オ	カ	キ	ク	ケ	・	・	・	ヨ	ラ	リ	ル	レ	ろ	ロ	ワ	ヲ	ン
密码	<u>ろ</u>	<u>ワ</u>	<u>ン</u>	<u>ロ</u>	<u>ヲ</u>	ア	イ	ウ	エ	オ	カ	キ	ク	ケ	・	・	・	ヨ	ラ	リ	ル	レ

从上表可以看出，将明码行右移五位后形成的密码行，从ア到レ都是按顺序排列的，有规律地对应着明码。而移出的五位填充回左边的空位时，并没有按ろロワヲン顺序排列，而是无序排列为ろワンロヲ（表中带下划线的片假名）。

接下来左移六位明码、密码对应表，表中的"·"代表省略的片假名。

明码	ア	イ	ウ	エ	オ	カ	キ	ク	ケ	・	・	・	ヨ	ラ	リ	ル	レ	ろ	ロ	ワ	ヲ	ン
密码	キ	ク	ケ	・	・	・	ヨ	ラ	リ	ル	レ	ろ	ロ	ワ	ヲ	ン	<u>イ</u>	<u>エ</u>	<u>カ</u>	<u>ア</u>	<u>ウ</u>	<u>オ</u>

从上表可以看出，将明码行左移六位后形成的密码行，从キ到ン是按顺序排列的，有规律地对应着明码。但左移出去的六位填充回右边留下的空位时，并没有按アイウエオカ顺序排列，而是无序的イエカアウオ排列（表中带下划线的片假名）。

雅德利认为这个发现很重要，但他一下子解释不了这个现象。

在他的密码知识中，通过位移编码的方式，不论是左移还是右移，通常是将移出的空位由一个长度相等的有意义的密钥（单词）填回。

即使雅德利不懂日语，他也能凭直觉看出每一组中的这一段无序的片假名不像是一个有意义的密钥。

不过雅德利还是拿着那张片假名变换表请日语翻译验证。

翻译看了片假名变换表之后很肯定地告诉雅德利，每一组中无序排列的那段片假名都没有任何实际意义。证实每一组密码中那段无序排列的片假名都不是专门设定的密钥。

接下来两天，雅德利继续对着那份片假名变换表进行潜心研究，想弄清楚每一组中那段看似无序排列的片假名的排列规律，但仍然不得要领。

雅德利感到自己实在无能为力，于是决定将自己的发现以及遇到的问题告诉覃怀远，看覃怀远是否能够找出其中的规律。

覃怀远这几天也在专心研究他手上的那份片假名变换表，并且有所收获。他发现，按照更新的先后顺序，每次左移或右移的位数是逐一递增的。即，如果某次的位移是右移五位，那么在下一次更新后的位移则是左移六位，再下一次更新后的位移是右移七位，如此类推。

这天早上，雅德利来到覃怀远的办公室。

雅德利说明来意后，两人便在沙发上坐下来，相互探讨各自破译密码的心得。

综合两人的发现可以得出日本空军密码更新的一些规律：

一、密码是在摩尔斯码日语版的基础上进行位移形成的。

二、位移按照更新时间的先后顺序是左右相间的，位移的位数按照更新时间的先后顺序是逐一递增的。

这意味着，日本空军密码下一次更新后，军统技术室马上会知道是左移还是右移、位移多少位，位移后密码行按顺序排列的那段密码所对应的明码一目了然。

凭借覃怀远和雅德利发现的这些规律，利用位移后那一段按顺序排列的明、密码片假名对应关系，再加上对位移后无序排列的那一段片假名的明、密码对应关系加以尝试和推敲，大致可以破解日本空军的大部分密码电文。

剩下的问题就是找出那段看似无序排列的片假名的排列规律，这样就可以在日本空军更换新的密码后迅速、准确地破译他们的每一份密码电文。

目前取得的进展让覃怀远和雅德利深受鼓舞。他们两人继续研究、探讨那些无序排列的片假名，直到天黑也未能有所突破。

两人约定第二天继续在覃怀远的办公室研究，并且邀请精通日语的尹行参加。

第二天上午，雅德利和尹行来到覃怀远的办公室。

三人在办公室的沙发上坐下后，覃怀远对照着那份片假名变换表将自己和雅德利找出的密码更新规律以及遇到的问题详细地解释给尹行听。

尹行毕竟是搞密码破译的，很快就明白目前的进展以及需要他参与解决的问题，即找出那段看似无序排列的片假名排列规律。

尹行对照着那份片假名变换表开始研究。

由于精通日语，加上受到覃怀远和雅德利的启发，不到半小时尹行就发现那段看似无序排列的片假名中暗藏的排列规律。

如果将这段移出的片假名按照其原本的顺序从左向右进行编号1、2、3、4、5、6……，那么当位移为奇数时，这段片假名其实是按照先由奇数位从小到大，然后由偶数位从小到大顺序排列的，即按1、3、5、……，2、4、6、……的顺序排列的。而当位移为偶数时，这段片假名是按照先由偶数位从小到大，然后由奇数位从小到大顺序排列，即按2、4、6……1、3、5、……的顺序排列的。

没想到精通日语的尹行这么快就解决了最后一个难题。

终于大功告成，圆满完成蒋委员长亲自下达的重要任务，让覃怀远、雅德利和尹行兴奋不已。

从此以后，日军飞机每次空袭重庆，中国方面都能从日军机群与基地之间的无线电通信联系中截获非常有价值的情报，弄清日军机群飞机型号、数量、航线和轰炸目标以及飞临重庆上空时间，从而准确地发布预警，让各单位能够提前做好防范和疏散工作，大大减低日军空袭造成的损失。

雅德利终于立了一功，总算为自己挽回一些颜面，暂时缓解了来自外界的压力，同时让重光对上对下都有了一个交代。

破译日本空地通信密码后不久，延安方面通过重庆八路军办事处将八路军在战场上缴获的日本陆军无线电通信密码本和一些乱数表交给重庆军委会，希望能够帮助国军破译日军密码。军委会马上将这些资料转交给军统特技室供其参考。

第二十五章　秘密媾和

一

自全面侵华以来，虽然日军在战场上取得压倒性的胜利，占领中国的许多大城市，但其战线拉长，凸显其兵力不足。而中国依靠辽阔的土地和四亿人口作后盾进行不断的补充，将日军拖入一场持久战，使日本速战速决的幻想破灭。

日本人意识到，以日本有限的资源，已经很难在短期内打败中国，因此开始寻求其他结束战争的方式。

除了扶持汪精卫的伪南京政府对抗重庆政府外，日本政府还一改不以蒋介石为谈判对手的既定政策，开始寻求与蒋介石谈判解决"中国事变"的可能性。

"桐工作"就是在这个背景下日军制订的一项的秘密计划，旨在与重庆政府进行和谈，以双方都能接受的条件结束战争。

战争虽然仍在残酷进行，但和谈却在暗地里登场。

晚上九点，台湾拓殖公司香港东肥洋行二楼的一间会议室仍然亮着灯。

日军"桐工作"主要负责人、中国派遣军情报课课长今井武夫大佐、日本驻香港特务机关长铃木卓尔中佐以及另外几名日方谈判代表与以宋先生为首的几名重庆谈判代表正在这间会议室里举行会谈。

会谈的重点主要是双方各自的条件。

东肥洋行马路对面的一个小报刊店里，店主坐在门前临街的柜台后面，眼睛不时盯着东肥洋行亮着灯的房间窗口。

这位店主是第四战区情报处派驻香港的情报员老欧。他的任务就是暗中监视进出特务机关的人员，将可疑之处传回总部。

刚才，老欧发现一辆汽车在东肥洋行门前停下，接着从汽车上下来四个人走进大门。

老欧感觉有些不同寻常，通常这么晚不会有这么多人一起到东肥洋行。他开始留意观察洋行的情况。

他发现二楼一个房间的窗户透出灯光。

直到晚上十点半钟，东肥洋行二楼那个房间的灯依然亮着。

老欧关上店门，然后顺着店堂最里面的一个木梯子爬上作为卧室的阁楼。黑暗中，他坐在阁楼的小窗口前继续监视东肥洋行。

直到凌晨两点多，东肥洋行二楼那个房间的灯才熄灭。

不一会儿，老欧看到铃木和另外几个人送之前进去的四个人从洋行里出来。

借着洋行大门口的灯光，老欧仔细观察这四个人的面容。

他发现其中一个人有些面熟，但一时想不起来在哪里见过。

这些人从洋行出来后，上了那辆停在路边的汽车后开车离去。

老欧开始努力回忆到底在哪里见过这个人。

没多久老欧终于想起自己是在第四战区情报处邢处长的办公室见过这人。这人是军统香港站的情报员，当时到第四战区找邢处长办事。邢处长称此人为陆同志。

这个发现让老欧大吃一惊。

军统情报员为什么与日本情报机关有联系？老欧怀疑姓陆的是日本情报机关潜伏在军统香港站的卧底。如果真是这样，整个香港站都有危险。

想到这里，老欧整晚都无法入睡。他迷迷糊糊躺在阁楼上，等着天亮。

第二天天一亮，老欧便打开店门，将一个扫把靠在门外的墙边，然后将一张写着情报的小纸条夹在一份报社刚送来的当天的《大公报》里。

大约八点，一个中年人从书刊店前经过。这人发现靠在墙边的扫把，于是走进店里向老欧买一份《大公报》。

老欧将那份夹着情报的报纸递给这人。

这人是第四战区驻香港的一名秘密交通员，负责将其他人收集到的情报用电台传回第四战区。

当晚，第四战区情报处邢处长便收到老欧的这份情报。

这份情报虽与战区情报处所属的军情系统没有多大关系，但由于涉及军统，因此相当敏感。邢处长考虑后决定将这份情报直接上报给负责反间谍工作的联合调查组组长刘贤仿。

刘贤仿收到这份情报后，感到情况有些复杂。

如果仅仅是军统香港站个别人通敌，处理起来比较容易。可情况明显不像是简单的通敌，因为通敌不需要这么多人在一起开会。这么多人一起开会肯定是在商讨什么大事。

联想到几天前收到的那份关于中国派遣军情报课课长今井武夫大佐秘密到达香港的情报，刘贤仿敏锐地感到这两个看似互不相关的事件可能存在某种内在的联系。

刘贤仿决定先证实自己的判断。于是他密电邢处长，这些人接下来几天可能还会继续到东肥洋行开会，请邢处长务必派人查明他们的情况。

二

接下来几天，果然像刘贤仿判断的那样，两伙人每晚都到东肥洋行开会。

邢处长的人通过暗中跟踪、监视，查明双方的一些情况。

姓陆的这伙人每晚开完会之后，都一起回到格兰德旅馆的一个房间进行密商，然后派出一名看起来像是联络员的人赶到启德机场，乘坐凌晨的飞机飞往重庆。另一伙是日本人，住在半岛酒店。

收到第四战区陆续发回的情报后，刘贤仿坚信自己的判断，姓陆的这伙人直接听命于重庆某些人，正在和日本情报机关密谋大事。

媾和？刘贤仿的脑海里马上出现这两个字。

当晚，刘贤仿将这个情报以及自己怀疑中日正在秘密媾和的判断报告延安。延安方面认为这是关乎国家前途和命运的重大事件，指示刘贤仿务必查明真相。

刘贤仿开始着手调查。

但在调查之前，刘贤仿必须向重光汇报，否则重光会对他生疑。

于是他去见重光。

"局座，接第四战区情报，发现有人正在和日本驻香港特务机关长铃木卓尔接触，其中一人被认出是军统香港站陆姓特工。属下担心此人是日军间谍。"

"陆姓特工？你核实过香港站确实有这个人吗？"

"还没有。虽然属下可以直接去查档案，但这毕竟是军统的最高机密，因此属下还是希望先得到局座的批准。"

重光脸上露出一丝难以察觉的笑容。

这就是刘贤仿的高情商体现，在不经意中让对方感受到权力和尊重。

"我批准了。明天你就去调阅香港站情报人员的档案。"沉吟了一下，重光接着说，"有没有可能认错人？"

"确实有这种可能。因此属下打算进一步调查。"

重光看着刘贤仿，想了一下，又问：

"你打算从哪里开始调查？"

"先弄清楚姓陆的到底是不是军统的人，再决定是否需要进一步调查。"

接着，刘贤仿向重光提出他准备亲自去一趟第四战区，必要时去一趟香港，调查姓陆的真实身份。

重光不同意刘贤仿亲自去。

刘贤仿以派其他人去将会让无关人员掌握香港站的人事机密，对香港站的安全造成隐患为由，坚持亲自走一趟。因为去调查的人必须先熟悉香港站所有人员的档案和照片，才能辨别那个姓陆的。

刘贤仿的理由非常充分，重光只好同意刘贤仿的要求。

刘贤仿离开后，重光拿起电话打给档案室，通知他们刘贤仿明天去查档案。

这天中午，正当刘贤仿准备乘下午的飞机飞往第四战区司令部所在地柳州时，接到第四战区情报处邢处长密电，告诉他那伙人已经乘飞机离开香港。

刘贤仿只好取消行程，并向重光报告。

此事看来要不了了之。

不过，刘贤仿心里的疑问并没有消除。他深信，如果中日方面真的在秘密和谈，不可能在几天之内达成所有共识，他们肯定还要进一步谈判。

刘贤仿等待着这些人的下一次会谈。

三

过了一段时间，果然如刘贤仿所料，这伙人又到东肥洋行开会，他们仍然住在格兰德旅店。

与此同时，刘贤仿再次接到今井武夫秘密到达香港的情报。

在请示重光后，刘贤仿第二天乘飞机抵达柳州的一个空军机场，然后在邢处长的陪同下前往第四战区司令部。

在邢处长的办公室里，邢处长将情报人员暗中拍摄的那伙人的照片拿出来给刘贤仿看，并指出其中那位姓陆的。

照片是在夜晚的街上偷拍的。由于距离较远，加上光线太暗照片非常模糊，刘贤仿几乎看不清楚照片上几个人的脸，无法判断照片上这位姓陆的是不是军统香港站的人。

"邢处长，你见过姓陆的，照片上的这人是他吗？"

"看着有一点像，但是照片太模糊不敢确定。"

如此，刘贤仿决定亲自去香港走一趟。

第二天上午，刘贤仿抵达香港启德机场。

刘贤仿提着一个小行李箱从机场出来后，乘计程车来到格兰德旅店，住进姓陆这伙人对面的房间。

安顿下来后，刘贤仿从旅店出来，根据邢处长提供的地址和联络暗号，来到书刊店与老欧接上头。两人坐在店里暗中盯着对面的东肥洋行。

傍晚，一辆丰田汽车在东肥洋行前停下。车上下来三个人朝洋行大门走去。

刘贤仿认出其中一人是今井武夫，心中不禁大喜。但他并没有将此事告诉老欧。

晚上八点多，老欧关门打烊，然后和刘贤仿藏在阁楼上继续观察东肥洋行。

过了不久，一辆黑色通用汽车在东肥洋行前停下。车上下来四个人一起走进东肥洋行大门。

老欧指着其中一个穿西装的人告诉刘贤仿那就是姓陆的。

刘贤仿看清楚此人相貌，与他从军统香港站人员档案中看到的所有照片都不像。看来此人不是香港军统站的人。

当老欧问刘贤仿此人是不是军统的人时，刘贤仿谎称灯光太暗看不清楚。

一小时后刘贤仿回到格兰德旅店。

第二十五章 秘密媾和

他来到自己房间门前，观察了一些走廊上的情况。见走廊上没有其他人，于是走到对面房间门前，掏出两根细长的硬金属条当工具开始开锁。

刘贤仿跟董易学会这招，现在派上用场。虽然开不了保险柜，但开普通的门锁还是没问题的。

不一会儿刘贤仿便顺利地打开房门。

进房间后，刘贤仿快速将房间搜查了一遍，没有发现任何与谈判有关的文件。

刘贤仿注意到桌上有一沓空白信纸和空白信封，于是拿起一个空白信封，然后离开这个房间。

回到自己的房间后，刘贤仿坐在一张椅子上聚精会神地听着走廊上的动静。

大约凌晨一点多，走廊上传来说话声。

刘贤仿估计对面房间的人回来了。他从自己房间出来沿着走廊朝楼梯口走去，暗中观察情况。

只见刚才去东肥洋行的四个人打开对面的房门，进了房间。

刘贤仿到一楼大厅转了一圈后回到自己的房间，开始做准备工作。

大约凌晨两点半，刘贤仿提着自己的小行李箱离开房间到一楼大厅办理退房手续，然后赶往启德机场。

凌晨四点，飞往重庆的班机准时起飞。

飞机上有二十多位乘客。

刘贤仿坐在左边靠走道的座位上，靠窗的座位上坐着那位重庆和香港之间的联络员。

刘贤仿早已通过启德机场的关系查明这位联络员，并且让他们安排他坐在这位联络员身旁。

起飞后不久，乘务员送来了饮料。

联络员要了一杯威士忌，刘贤仿要了一杯葡萄酒。

喝了几口酒之后，联络员把酒杯放在面前的餐桌上开始打盹。

刘贤仿乘联络员的头歪向舷窗时，将一颗小药丸放进联络员的酒杯。小药丸迅速溶化在酒中。

这时飞机有些颠簸。

打盹的联络员在颠簸中醒来。

刘贤仿提醒对方当心面前的酒杯，同时端起自己的酒杯一饮而尽。

只见联络员也端起酒杯将杯中的威士忌一口干掉，然后头一歪继续睡觉。

大约半小时后，飞机上的乘客都靠在座椅上睡去。

刘贤仿暗中推了身旁的联络员几次，联络员毫无反应。他确信药物已经起作用。

他伸手在联络员西服里面的口袋摸索，从里面掏出一封信。

信是封口的，信封上什么都没写。

刘贤仿带着这封信走进卫生间，拆开信封抽出里面的一张信纸，看了一遍信纸上的内容。

信纸上是一份备忘录，内容如下：

日方同意和平协议达成后立刻全面从中国撤军。

中方原则同意满洲国独立。

中方原则同意中日共同防共，但军事秘密协定在和平协议回复后再秘密协商。

中方不同意日方在蒙古驻军，但为对付苏联日方可暂缓撤军。

日方同意和平协议生效前，完全放弃汪精卫政权。

双方同意在长沙举行蒋介石、板垣征四郎和汪精卫会谈。

日方将汪精卫交给重庆方面处置。

刘贤仿将信放在马桶盖上，用随身携带的照相机将信上的内容拍下来。

接着，他将信按原样折好，然后从口袋里掏出他在旅店对面房间拿的那个信封，将信放进信封里，再用舌头舔湿信封口上的胶水，重新封好。

刘贤仿回到自己的座位，把那封信放回联络员西服里面的口袋。

上午八点多，飞机在重庆珊瑚坝机场降落。

下飞机后，刘贤仿没有继续跟踪那名联络员，而是直接回到军统总部自己的办公室。他将相机里的胶卷取出锁进保险柜中，然后去见重光。

在重光的办公室里，刘贤仿向重光报告，他当面辨认了那名姓陆的，此人绝对不是香港站的人，因为姓陆的相貌与他看过的香港站所有人员的档案照片没有一个相像的。此人与香港站无关，此事只是虚惊一场，没必要进一步调查，此案到此结束。

重光听了刘贤仿的话后，心里不禁暗自高兴。他面无表情地看着刘贤仿，心里得意地说，你看到的香港站人员档案里根本没有姓陆的档案，当然没人长得和陆姓特工一样。

原来那天重光打电话给档案室，除了通知档案室室长刘贤仿第二天会去档案室查阅香港站人员档案外，还让室长马上从香港站人员档案中抽出那位陆姓特工的档案交给他，并命令室长对此事严格保密。

重光不能直接阻止刘贤仿调查此案，因为这会让人觉得十分荒唐，还会让刘贤仿产生怀疑。因此他采取这种手段让刘贤仿自己终结此案。

此刻，刘贤仿在内心里也得意地笑了。其实，这是刘贤仿为自己事后摆脱嫌疑使的一个计谋。

刘贤仿断定，如果重庆方面确实在与日本人秘密和谈，重光势必会暗中阻止他调查。因此他故意向重光请示要求查阅军统香港站人员档案，逼重光抽走陆姓特工的档案。这样，他就可以在暗中查明真相后，向重光报告姓陆的不是军统香港站人员、此案只是虚惊一场，没必要进一步调查。如此，当媾和的秘密泄露后重光绝不会怀疑到刘贤仿头上。

当天晚上，刘贤仿回到家中冲洗出照相机底片，将底片上拍摄的情报发给延安。

不久之后，香港媒体报道，中日两国在香港秘密和谈，并透露了和谈的主要内容。

这篇报道立刻引起强烈反响，全国舆论大哗。

正在浴血抗日的中国怎么能和敌人谈判妥协？一时全国反对声浪四起。

面对巨大的反对浪潮，中日秘密和谈被迫终止。

此事曝光后，国民政府极力否认并假意责成军统局对此展开调查。

军统局调查后宣布，此事乃几名香港情报员冒充重庆政府代表与日方和谈，目的是套取日方情报。后被日军中国派遣军司令部附和知鹰二少将识破故意泄露给媒体，导致这次"和谈"流产。

军统的调查报告虽然平息了公众的不满，但高层对这次泄密事件非常恼火，下令军统重光彻查。

重光将参与过此事的所有人都列为嫌疑人，却唯独不包括刘贤仿。

刘贤仿的计谋果然让重光上当，重光本能地将他排除在嫌疑人之外。

第二十六章　泄露天机

一

自上次差点被闷死在防空隧道中之后，云玥一直待在川江货运行再没去过主城区。

不过，云玥住在这里很不开心。

长江南岸属于郊区，商业很不发达，公共设施也十分缺乏，这让一直生活在相对现代化城市环境中的云玥感到生活很不方便。

最让云玥受不了的是没有带抽水马桶的卫生间。

虽然云玥一个人单独住在那间原来做仓库的小房间里，但让她和其他三名男特工共用那间臭气熏天的肮脏茅房，她非常不习惯。

如果不是上峰命令她暂时不要回城区，她肯定会冒险回到来龙巷去住。

待在这里，除了生活不习惯之外，工作也不方便。

由于云玥被困在这里无法指挥书院书画店特工小组，这个小组实际上由山木荒野亲自指挥。这个小组的情况也是由山木荒野转告她的。

这让心气高傲的云玥感到失落和挫败。

这天下午，心情郁闷的云玥决定到美国酒吧去散散心。

美国酒吧是美国人在南岸龙门浩枣子湾开的一间酒吧。

这是一座建于19世纪末的三层西式砖石结构建筑。底层临街面有几个拱形落地窗，二楼和三楼临街阳台外侧的护栏之间各有四根石柱分别支撑着拱形墙和屋顶。

这座房子原来是一名英国商人的公馆，后来被美孚公司买下来作为办公场所。

全面抗战开始后，由于公馆紧挨使馆区，美国人将它改造成美国酒吧，为使馆区的外国人服务。附近美国使馆武官处和其他国家使馆人员都喜欢到美国酒吧休闲娱乐，它逐渐成为重庆的一个著名地标。

云玥到重庆这么久，从没去过这间酒吧。主城区不能去，到那儿去透透气，散散心应该没什么问题。

云玥从一个挂满衣服的新衣柜里拿出一件新潮的白底浅蓝印花连衣裙换上。她的这些衣服都是王兴邦去来龙巷她的住处帮她取回来的，新衣柜也是王兴邦给她买的。

云玥简单地打扮一下之后便出了门。临出门前，她告诉王兴邦她去了美国酒吧。

酒吧里此时客人并不多。

酒吧里的所有人，包括服务生和老板，都被她的美貌所吸引，向她投以赞美的目光。

云玥在临街落地窗前的一张桌子旁坐下，要了一杯加冰的龙舌兰酒。她一边喝酒，一边想着心事。

透过窗户，可以看到长江对岸的重庆城区。在斜阳的照耀下，这座古老的城市在雾霭中若隐若现，显得宁静祥和，很容易给人一种远离战争的错觉。

作为一名大日本帝国的谍报员，云玥被训练成一个能够克制人类天性中的弱点——感情和冲动的间谍。

渴望爱情是每一个青春少女的天性。每一个少女都希望有一位梦中的白马王子给她爱情的滋润。

即使刻意压抑自己的感情，这种渴望爱情的天性也会不自觉地在云玥的心底萌动。

云玥想起了法恩。在与法恩相处的那段时间里，爱情的火花不时在她的心底闪耀，逐渐形成一股奔腾的火焰在她胸中熊熊燃烧，几乎势不可挡。

虽然她一次又一次地告诫自己，和法恩在一起只是为了达成组织的秘密任务，绝不能对他产生个人感情，试图强行扑灭心中的这股爱情之火，但这股火焰总会在不经意间冲破那道灌输给她的或她自己刻意戴上的感情枷锁，从她心底迸发出来。

云玥已经爱上法恩，尽管她不愿意承认这个事实。

此刻，那股爱情之火不知不觉中又在她孤寂的心中腾起，燃烧着她的全身，让她情不自禁地回忆起那段甜蜜时光。

二

云玥和法恩是在上海认识的。

有一天，德步罗公司里来了一位会说日本话的漂亮中国姑娘，专门负责公司日本方面的业务。

她叫云玥，来自中国东北。云玥小时候寄养在一对移民中国东北的日本夫妇家，因此会说日本话。后来她考取上海的一所大学，毕业后留在上海工作。

云玥不仅人长得漂亮，而且性格温柔、举止端庄；加上她工作认真负责，因此深受同事们的喜欢。

几年来一直远离家乡，在遥远的中国工作、孤独寂寞的法恩从见到云玥的第一眼开始就对她一见钟情。他完全被云玥东方女人的美貌、温柔和含蓄所倾倒，没多久便开始疯狂追求她。

云玥也对法恩落花有意，两人不久便双双坠入爱河。交往一段时间之后，法恩便邀请云玥搬到他家，两人开始同居。

对于普通人来说，让女友住在自己家里不是什么大问题。可法恩是谍报员，他同英国军情局通信联络的秘密电台就藏在家里。这种情况下让一个不知根底的外人住在家里有很大风险，也严重违反谍报纪律。如果让云玥发现法恩的秘密，对法恩和英国军情局甚至云玥都是十分危险的。

但法恩完全被云玥迷住，深深地陶醉在爱的甜蜜中，一天都舍不得和云玥分开，根本没有意识到危险的存在。

一天夜里，当云玥熟睡之后，法恩悄悄从床上爬起来离开卧室来到走廊对面的储藏室，他的电台就藏在储藏室里。

法恩离开卧室后没多久，假装睡着的云玥从床上爬起来，轻手轻脚地走出卧室。她站在卧室外面的走廊上观察了一下，隐隐约约听到储藏室里传来非常微弱的声音。

云玥蹑手蹑脚地走到储藏室门外，将耳朵贴着门偷听里面的动静。这时她比较清晰地听到储藏室里面传来发电报时发报键发出的轻微嘚嘚声。

原来，日本情报机关从秘密渠道获得一份情报，称英国军情局一名间谍潜伏在德步罗上海分公司。这名英国间谍利用工作机会获取了许多中国政府的机密情报，并将这些情报源源不断地发回伦敦。

日本情报机关对此非常重视，因为这名英国间谍获取的中国机密情报正是他们最需要却又难以得到的，因此决定派人接近这名英国间谍。

但日本情报机关并不知道这名间谍是谁，他们经过进一步分析后认为法恩的嫌疑最大。

于是，日本情报机关派化名云玥的女间谍佐藤秀美打入德步罗公司，施展美人计勾引法恩。法恩抵御不住美色的诱惑，最终落入日本情报机关的陷阱。

不久之后，日本情报机关根据云玥提供的情报，趁法恩家中没人的时候，派特工人员偷偷潜入法恩家中进行秘密搜查。他们在搜查中不仅发现法恩的电台，还找到无线电通信密码本。通过这个密码本，日本情报机关能够顺利破译法恩的密码电文。

打这以后，日本情报机关通过法恩与伦敦军情局总部的来往密电源源不断地截获中国和英国方面的秘密情报，收获巨大。

云玥不久之后按照总部命令，以去日本看望养父母为由离开法恩和德步罗公司，在没有暴露身份的情况下成功撤离。

在即将撤离的那一刻，云玥的内心对法恩突然产生一种难以割舍的痛，让她无法承受。她知道这是爱情的折磨。

后来云玥被派到天津从事谍报工作。充满危险的间谍生活让她慢慢习惯不再去想念法恩。她把这段感情深深地埋在心底，以为再也不会出现。

三

正当云玥沉浸在她和法恩那段感情的甜蜜回忆中时，一个洋人端着酒杯走到她的面前，打断她的回忆。

"漂亮的小姐，我可以荣幸地坐在这里吗？"

说话的人是雅德利，说的是英语。

云玥抬起头来，看着眼前这位洋人，犹豫了片刻才点点头：

"当然可以。请！"

回答用的同样是英语。

刚才雅德利一走进酒吧，就被云玥的美貌所吸引。当他发现云玥一个人在这里喝闷酒，便庆幸自己的机会来了，于是主动上来和云玥搭讪。

见云玥会说英语，雅德利心里十分高兴，至少他们之间的沟通没问题。如此美貌的东方女性，他怎能轻易放过这个机会。

雅德利向云玥作了自我介绍，他来自美国，是中国政府请来的顾问。

云玥刚才只是觉得郁闷才让雅德利坐在自己这张桌子。

可听说雅德利为中国政府工作，云玥立刻对他兴趣大增。她以为雅德利是一名军事顾问，说不定能够从他这里套取一些机密情报。

云玥告诉雅德利自己的名字，称自己是一名生意人。

两人一边喝酒一边聊天。由于没有语言障碍，两人越聊越开心。

云玥乘机问雅德利在中国从事什么工作。

雅德利故作神秘地告诉云玥他从事的工作属于机密，不可以随便告诉别人。

这是雅德利到中国之后勾引女人的杀手锏，让他屡屡得手。他知道他的洋人身份本身就对中国女人具有一种天然的吸引力，再加上自己的秘密工作为他蒙上一层神秘的色彩，让他对中国女性具有不可抗拒的诱惑力。到目前为止，他遇到的中国女性几乎都是主动对他投怀送抱。

云玥见此情景，也不再追问。两人一边畅谈一边喝酒。

雅德利见云玥并不像其他女人那样追问他做什么秘密工作，感到云玥与众不同。这无形中增添了他对云玥的好奇心，让他更想得到她。

既然雅德利说自己做秘密工作，云玥当然不会轻易放过他。

两人杯中的酒喝完后，云玥马上要了一瓶白兰地。她告诉雅德利，中国有句俗话叫做酒逢知己千杯少，她现在已经把雅德利当成知己。

云玥这句话让雅德利更加兴奋。他酒兴大增，一杯接一杯地喝。

一瓶酒喝到一大半时，雅德利酒劲上来，话越来越多。

云玥知道火候差不多了，于是端起酒杯，提议为最有魅力的男人干杯。雅德利受宠若惊，立刻端起酒杯一饮而尽。

酒喝到这种程度，雅德利已有几分微醺。随着血液里的酒精浓度增加，他的大脑越来越兴奋，他的嘴也越来越失控。不等云玥问他，他便开始吹嘘自己的工作如何重要，中国方面如何依靠他等等。此刻，军统的纪律和保密原则早就被他抛到九霄云外。

云玥这时才乘机问雅德利到底做什么工作。

雅德利故意警惕地朝四周看看，然后凑近云玥，低声地告诉她，他

第二十六章 泄露天机

是从事密码破译的，目前在中国密码破译机关担任顾问，帮助中国人破译日军密码。

云玥听了之后不禁被惊得目瞪口呆。她本以为雅德利只是一名军事顾问，没想到雅德利是密码专家。让她更加惊讶的是中国已经成立专门的密码破译机关，并聘请美国密码专家帮助他们破译日军密码。

不过这只是一瞬间的事，云玥马上意识到自己的表情可能让雅德利看出她知道什么是密码破译，这是一个明显的破绽。

因为一般人对密码破译闻所未闻，根本不可能知道是什么。

云玥担心雅德利对她起疑心，于是赶忙进行掩饰：

"你是决策者？决策日军什么？"

英语中的破译密码者和决策者发音相近，云玥急中生智，故意假装将"破译密码者（decipher）"错听成"决策者（decider）"，以此巧妙地掩盖自己露出的破绽。

当雅德利看到云玥脸上惊讶的表情时，确实感到十分惊诧。一个女人怎么知道密码破译？这让他对云玥产生了几分戒心。

好在云玥用十分自然的方式机敏地掩饰过去，成功地消除雅德利对她的戒心。

于是雅德利纠正云玥：

"我是密码破译者，不是手握大权的决策者。知道什么是密码破译吗？"

云玥这才假装听清楚雅德利的话，然后像一个答错问题的小学生一样羞怯地摇了摇头表示不知道。

雅德利见云玥真不懂，于是向云玥简单地解释什么是密码破译。

云玥听了之后满脸露出钦佩的神色，用仰慕的口气发出赞叹：

"这得要多聪明的脑袋才能去做这种工作！你肯定是世界上最聪明的男人！"

虽然云玥成功地掩饰自己的破绽，让雅德利相信云玥刚才的惊讶表情只是因为听错他的话，以为他是掌握着巨大权力的"决策者"而做出的正常反应，但是这仍然足以让半醉的雅德利变得清醒一些。雅德利忽然发现自己无意中泄露了机密，于是闭口不再谈自己的工作。

无论如何，这对云玥来说都是一个非常重要的情报。如果雅德利所言属实，日本军方必须对此予以高度重视。一旦中国方面成功破译日军密码，将会给日军造成极大危害。

云玥本来打算乘雅德利半醉时进一步从他嘴里套取中国密码破译机关的更多情况，但当她发现雅德利已经有所警觉后便放弃了这个想法，以免雅德利对她起疑心。

今天只能到此为止。云玥心中暗暗告诫自己。

云玥和雅德利继续聊了一会儿后，便向雅德利告辞，称自己有事要先走。她告诉雅德利非常高兴认识他，希望以后有机会再见。

雅德利生怕以后见不到云玥，于是赶紧从自己的西装口袋里掏出一本小簿子和一支钢笔，将自己的名字和电话号码写在一张纸上，撕下来交给云玥，然后依依不舍地向她挥手告别。

四

在回去的路上，云玥仍然在想着雅德利刚才泄露的消息。

云玥相信雅德利说的是真话，并非酒后胡言。

这就意味着中国方面确实秘密组建了无线电密码破译机关，专门从事对日本军用密码的破译。目前尚不清楚的是这个密码破译机关的规模、机关所在地点以及破译工作进展到什么程度。

云玥决定进一步接近雅德利，以便从他这里套取更多的情报。

当天晚上，云玥向山木荒野发出一份密电，报告她在酒吧遇到雅德利的经过，并称她将继续和雅德利保持接触以获得更详细的情报。

山木荒野收到云玥的密电后，也是大吃一惊。

他简直不敢相信中国方面会秘密请来美国专家协助他们破译日本军用密码。他以前听说过雅德利，知道此人是一位美国密码专家。

作为华中派遣军情报课课长，山木荒野主要负责对重庆的军事情报工作，却从来没有获得过这方面的情报。他甚至肯定日军大本营陆军情报部也没有收到过相关的情报，否则他们一定会将此情报转达给他，因为这个情报实在太重要。

如果这事属实，可以说是整个日军情报系统的失职。

山木荒野拟定一份回电，同意云玥继续和雅德利保持接触，尽快查明真相。

接着，山木荒野密电大本营陆军情报部报告云玥的发现以及自己对此事采取的应对措施。

大约一个小时后，山木荒野收到回电，指示他务必查明情况，如果情况属实，必须尽快铲除中国密码破译机关，以绝后患。

五

收到山木荒野的密电后，云玥第二天便开始行动。

为了不让雅德利感觉到她是在刻意地接近他，云玥没有给雅德利打电话约他出来，而是每天下午到美国酒吧等着雅德利。因为雅德利上次曾经告诉云玥，他通常都是下午来美国酒吧消磨时间。

头三天云玥每天一直在酒吧待到黄昏时分，却不见雅德利出现，但她并不着急，她相信雅德利肯定还会再来。

果然，第四天的黄昏，坐在酒吧一张桌子前一边喝酒一边等着雅德利的云玥看见雅德利走进美国酒吧。

雅德利走进酒吧后便站在那里扫视酒吧里的客人，一看就是在找人。当他看见坐在那里的云玥时，脸上马上露出欣喜的笑容，随即朝云玥走过去。

云玥假装没有看见雅德利，一直等他走到她的桌子前和她打招呼，才抬头看他。她先是假装愣了一下，然后好像突然认出雅德利来似的热情地和他打招呼。

自从那天遇到云玥之后，雅德利就被云玥美丽的容貌、温柔的性格和优雅的谈吐吸引住，恨不得马上再见到她。

可是他那天一高兴喝得太多，回到他在枇杷山上的公馆时终于醉倒在地，最后还是门前站岗的警卫将他扶回房间的。

第二天重光得知此事后很不高兴，他让魏大明警告雅德利工作时间禁止外出喝酒，否则将受到严厉惩处。

雅德利知道重光的警告绝不是开玩笑的，自己还是收敛一些为好。

正因为如此，虽然雅德利这几天心里老是惦记着云玥，但他不敢私自外出。直到今天星期六下班后，雅德利才溜出来，希望能够幸运地再次遇到云玥。

一见到云玥，雅德利几天来心中的郁闷一扫而空。

雅德利向侍应生要了一瓶云玥喜欢的法国白兰地。

侍应生给他们的酒杯斟满酒后，雅德利端起酒杯邀请云玥为他们的再次相遇干杯。

接着，雅德利向云玥大献殷勤。

他赞美云玥是他见过的最美丽动人、最温柔端庄、最知性优雅的东方女性，他对她充满了崇拜。他告诉云玥，自从上次见到她之后，他被她身上散发出的迷人的魅力所吸引，几乎每天都渴望能够再次见到她。

听了雅德利的话，云玥脸上露出东方女性的娇羞与妩媚，表示不相信雅德利的话，并娇媚地反问，如果她真如他所说的这么有魅力，为什么这几天他都没来酒吧找她。

雅德利一听，马上向云玥诉苦。他告诉云玥不是他不愿意来找云玥，而是因为他的上司重光禁止他在工作时间外出，他这几天才没敢出来。说完之后，他以为云玥不知道重光是什么人，还特意压低嗓门告诉云玥重光是军统特务头子，不听他的话会受到严厉惩罚。

见雅德利主动提到自己的工作，云玥决定顺势把话题引向深入，弄清楚中国的密码破译机关的情况。

于是，云玥直率地告诉雅德利：

"我认为重光不会真的惩罚你，雅德利先生。你是他从美国请来的世界顶级密码破译专家，如果他真的惩罚你，还有谁有能力帮他破译日军密码呢？"

为了赢得云玥的芳心，雅德利必须让云玥相信他目前的处境，因此不可避免地谈及军统特技室的情况。

雅德利告诉云玥，军统成立了一个专门破译密码的特技室。特技室有几十名密码破译人员，这些人大部分都是从欧美或日本留学回来的高才生，但缺乏密码破译方面的知识和经验。这些人一边上他的培训班，一边在他的带领下破译日军密码。目前重光还需要用他，因此对他还算客气，否则以他违纪外出，重光早就该惩罚他了。等重光的密码破译人员完全掌握密码破译知识之后，如果他还像以前那样自由散漫，说不定重光一怒之下真的会惩罚他。

权势、金钱和才智，是征服女人的三大法宝。要想赢得女人的芳心，男人们总是利用一切机会在女人面前不遗余力地吹嘘自己是多么有权势、多么有钱、多么有智慧。很多女人喜欢吃这一套，她们总是选择相信男人的谎言。因为她们希望这是真的，这样她们就可以委身于这个男人享受一辈子的荣华富贵。

雅德利自然也不能免俗。为了让云玥仰慕他、崇拜他，最后心甘情愿地对他投怀送抱，雅德利不惜吹嘘自己在军统的权势。因此，当他说起军统特技室时，故意将自己的密码破译培训班与军统特技室混为一谈，故意忽略真正的军统特技室有一批资深密码破译人员一直在另外一个地方进行密码破译工作，并没有参加他的培训课程。雅德利这样做的目的是想让云玥相信雅德利公馆就是军统特技室的全部，以显示他是重光手下一个手握大权、掌管一个重要部门的人。

雅德利的这番话，让云玥真的以为特技室的密码破译工作由雅德利全权负责，真的以为雅德利的密码破译培训班是军统特技室的全部，真的以为雅德利公馆就是特技室的工作地点。

一个男人因为对一个女人的企图心而吹嘘自己的能耐，结果造成这个女人的重大误解，却意外地挽救了特技室的大部分精英。

云玥想要套取的情报已经获取大半，剩下的就是弄清楚军统技术室的具体位置和破译工作取得的进展。

于是，云玥故意装出所有女人在自己意属的男人面前所具有的敏感，抓住雅德利刚才自己说漏嘴的"外出"，带着一丝醋意讽刺雅德利：

"原来雅德利先生风流成性，经常外出寻欢作乐呀！"

见云玥为自己吃醋，雅德利脸上虽然带着几分尴尬，但他内心却是一阵高兴。一个女人愿意为他吃醋，说明这个女人在意他。雅德利故意加以否认，并乘机用甜言蜜语哄云玥：

"云玥，你是我见过的最漂亮、最迷人的女人，相信我，有你在我不会对其他女人动心。"

云玥好像余气未消，继续挖苦雅德利：

"你经常出去寻欢作乐怎么可能专心致志地破译日军密码呢？我猜正是由于你把精力都耗在这方面导致工作没什么进展，重光才严禁你外出吧。"

云玥的话正好触碰到雅德利的痛处，让他感到有些气馁。就像每个在女人面前嘴上不服输的男人一样，雅德利开始为自己辩解：

"对，我承认我的破译工作现在还没取得什么进展，但如果给我足够的时间，我相信我一定能够破译日军密码。"

云玥巧妙地运用了男人的弱点。

雅德利的争辩让云玥明白军统特技室对日军密码的破译工作到目前为止还没有取得多少进展，不过以后能否破译就很难说。

第二十六章 泄露天机

现在只剩下最后一个问题需要弄清楚——雅德利公馆，也就是军统特技室的具体位置。

云玥温柔地伸出自己的手轻轻握住雅德利的手，撒娇似的请雅德利不要生气，并承认自己不该因为吃醋故意讽刺他，惹他生气。

雅德利心中的不快马上就被云玥眼中的柔情化解。他双手握住云玥细嫩的手，用醉意蒙眬的双眼看着云玥，眼中充满欲望的火焰。

云玥故意表现出女人的矜持，缓缓把手从雅德利的双手中抽出来。

雅德利已经难以保持自己的优雅风度，再次紧紧地握住云玥的手，眼中的欲火似乎要将她熔化。

云玥脸上露出几分羞涩的表情，温柔地说：

"去你家？"

雅德利赶忙摇摇头告诉云玥：

"不，不能去我家。"

"为什么？"

"我的家是枇杷山上一座大公馆，既是我的公馆，又是我授课及破译密码的工作场所，无关人员绝对不能进去。"

听了雅德利的话，云玥内心里一阵窃喜。

枇杷山上的大公馆没几座，很容易查到。

她故意在脸上露出失望的表情。

见云玥有些失望，雅德利马上得意地告诉云玥他有一个好地方，随即拉着云玥的手，起身走到吧台里面的酒吧老板面前，然后从口袋里掏出一张十美元的钞票递给他。

酒吧老板心领神会地接过钱，从抽屉里拿出一把钥匙交给雅德利。

雅德利接过钥匙，牵着云玥的手沿着吧台侧面的楼梯上了三楼，来到一间屋子门前。

雅德利用手上的钥匙打开房门，牵着云玥的手走进房间，同时用脚将门关上。

一关上门，雅德利便迫不及待地搂住云玥亲吻。

云玥假装害羞地推辞了一下，随即对雅德利的亲吻报以热烈的回应……

第二天早上，云玥和雅德利吃完酒吧老板送来的早餐后，便从酒吧出来，上了雅德利的汽车，开车到海棠溪汽车码头乘坐汽车轮渡来到重庆市区。

汽车上岸后，雅德利带着云玥开车朝枇杷山上他的公馆驶去。

泡女人是要花钱的。雅德利身上带的钱不多，他担心等下逛街及到宾馆开房间的费用不够，因此决定先回来取些钱。

没多久，雅德利的汽车沿着山腰的马路驶上枇杷山，来到一座三层楼浅黄色公馆大门外停下。

这座建筑就是雅德利公馆，果真如雅德利所说相当大。

虽然是星期天，但公馆大门前仍然有一名警卫站岗。

从车上下来，雅德利试图带云玥一起进公馆，但门口站岗的警卫将云玥拦下，只让雅德利一个人进去。

云玥只好留在公馆外等着，她乘机记住这所公馆的特征以及所在的方位。

现在看来连侦查都不需要了，云玥心中暗自得意。

不一会儿，雅德利从公馆出来，带着云玥开车离开。

当天黄昏，云玥和雅德利从一间宾馆出来。云玥让雅德利开车送她到储奇门轮渡码头，自己独自乘轮渡过江。

当晚云玥发出一份密电，将她从雅德利那里获取的情报报告给山木荒野，并建议由她率领其手下对雅德利公馆发起攻击，一举消灭军统特技室所有密码破译人员，彻底消除军统破译日军密码的能力。

山木荒野立刻将此情报转呈汉口日军第11军司令官园部和一郎及参谋长青木重城。

园部和青木分析这份情报后，认为云玥提出的地面攻击很难达成目标。一来雅德利公馆肯定有警卫人员保护，二来云玥手下特工损失太大，其剩余力量不足以担此重任。

只有突如其来的空中打击才是最致命的，才能一举摧毁雅德利公馆，彻底消灭军统特技室所有密码破译人员，以绝后患。前提是日军飞机能够巧妙地躲过重庆方面的防空警戒网突然出现在目标上空。

园部和青木知道只有一次机会。如果这次不能成功，就没有下一次。因此这是一次一击必中的行动。这也是他们不同意云玥特工组从地面发动袭击的一个原因。

几天后，汉口日军制订了一份详细的行动计划。

云玥和王兴邦专门到雅德利公馆附近暗中观察进出公馆的人员，弄清雅德利公馆的具体工作时间，以便总部确定飞机起飞时间和轰炸时间，并根据周围的地形选择了两个地点作为他们给飞机指示轰炸目标的位置。

第二十七章 定点空袭

一

几天后的黎明前,两架日本海军航空兵九六式陆上攻击机从宜昌起飞,在夜空的掩护下朝西北方向飞去,很快消失在夜空中。

监视机场的军统特工发现这两架日机起飞后,误以为它们是执行侦察任务的,因此没有向重庆发出空袭预警。

就在日机起飞后不久,云玥和王兴邦两人便从来龙巷出发,前往枇杷山。

云玥两天前接到山木荒野密电,通知她空袭雅德利公馆的行动计划,指示她为空袭日机指引目标。

昨天下午,云玥和王兴邦提前从南岸回到云玥来龙巷的家,准备执行任务。

云玥和王兴邦到达枇杷山的山脚下后,假装清晨登山的游人从山北面的小路登山。

他们来到距离山顶不远的雅德利公馆附近时,天已经亮了。

两人分开来,各自进入之前选定的位置。这两个位置地势较高,距离雅德利公馆大约七八十米远,中间没有树木阻挡。

将近上午八点半,云玥从她所在的位置看到一些人陆续进入雅德利公馆。这些人就是雅德利培训班学员,也是这次空袭的主要打击对象。

云玥暗中数了一下进入雅德利公馆的人数，总共有三十多人，符合雅德利透露的人数。

大约九点，云玥忽然发现雅德利从公馆大门出来，沿着小路朝山顶方向走去。

轰炸不久就要开始，雅德利这时候离开公馆，让云玥预感到雅德利可能躲过这次轰炸。雅德利是这次空袭的重点目标，如果让他逃脱，云玥会非常失望。但云玥对此无能为力，她不可能现在冲过去杀掉雅德利而影响大局，因此只能眼睁睁看着他的身影消失在山上的树丛中。

两架执行特别轰炸任务的日机飞临重庆。

日机起飞后保持无线电静默，并一直贴着山脊朝西北方向飞行绕到重庆北面，最后突然转向重庆，成功避开重庆防空无线电监听站的监听以及宜昌至重庆沿线的地面防空哨的监视。

云玥看到空中的日机后，立刻从手提包里掏出一面反光镜，对着阳光用反射光线照射雅德利公馆。

与此同时，王兴邦也从另一个方向用镜子反射阳光照射目标。

直到这时，重庆上空才响起紧急空袭警报。

日机很快发现地面上两道强光照射的目标。在这两道强光的指引下，日机很快锁定目标，并迅速调整飞行方向，朝目标俯冲而下。

两架日机一前一后接近雅德利公馆上空，从低空投下多枚重磅炸弹。

一连串剧烈爆炸过后，整个公馆被日机投下的炸弹夷为平地，没有一个人逃出来。

云玥和王兴邦见目标被摧毁，按事先各自选定的线路迅速撤离。

二

云玥沿着枇杷山北面的小路下山，大约二十分钟后便来到山脚下的黄家垭口（今中山一路和中一支路路口），然后朝七星岗方向走去，准备回来龙巷暂时躲避几天，等风头过后再回南岸的川江货运行。

当云玥来到七星岗时，忽然发现前面路口有军警正在设置关卡。

云玥断定这是冲着她和王兴邦来的。看来他们刚才给日机指引目标时已经被人发现。

日机轰炸雅德利公馆之后不到十分钟，刘贤仿便接到报告，称有人在附近用反光镜为日机指引目标。

刘贤仿立刻打电话指示重庆稽查处柯庆华马上派人封锁通往枇杷山的各个路口、要道，设置关卡严格检查来往行人车辆。

面对前面的关卡，云玥不由得放慢脚步。

她是被通缉的日军间谍，如果硬着头皮闯关，很可能被关卡的军警认出，到时候绝难逃脱。

正当云玥打算找一条小巷绕过前面的关卡时，一辆汽车嘎的一声停在她的身边。

云玥以为自己被人发现，下意识地伸手去手提包中掏枪。

这时，汽车门打开，从车上下来一个身材高大的洋人。

这洋人一下车就冲着云玥激动地喊着她的名字。

云玥马上认出这人是法恩。

原来法恩开车去公司上班正好经过这里。

枇杷山上此刻还冒着黑烟，因此法恩放慢车速观察枇杷山上的情况。

无意中他的视线扫过路边的一个女人。

这女人的身影看起来很熟悉，让他想起云玥。

他将车速放得更慢，从这女人身边缓缓驶过，以便看清这个女人的脸。

当他看清这个女人的脸时，他的心不禁怦怦地一阵狂跳。这不是他日夜思念的云玥吗！虽然好几年没有见面，但云玥的样子几乎没什么改变，还是像以前那样年轻漂亮、妩媚动人。

他不由自主地踩下刹车将车停在云玥身旁。

第二十七章 定点空袭

见法恩朝自己奔过来，云玥一边大声叫着法恩的名字，一边情不自禁地张开双臂扑向他的怀抱。

法恩紧紧地拥抱着云玥，轻声在她的耳边喃喃细语，感谢上帝让他重新找到云玥，祈求上帝不要再让云玥离开他。

自从云玥以看望父母为由离开法恩之后，法恩无时无刻不在想念着她。

法恩对云玥是真心的，他一直希望能够娶她。

但云玥离开后，再也没有回来，也没有任何音讯。在这乱世之中，法恩担心云玥出事，心里一直牵挂着她。他祈求上帝保佑云玥平安，希望有一天能够再次和她相聚。

随着中日全面开战，法恩随德步罗公司离开上海先后迁往武汉和重庆，他心里所抱的最后一线希望逐渐破灭。他认为自己这一辈子再也见不到云玥。

没想到今天在这里见到云玥，真是老天有眼。

云玥简直不敢相信眼前的情景，以为自己是在做梦。但她很快就明白这不是梦，这是真的。感谢上苍，让她和法恩再次相遇！她依偎在法恩怀里，止不住内心的激动和感伤，开始不停地抽泣，一串串泪水从她的眼中涌出，沾湿法恩的衣襟。

法恩用双手捧起云玥的脸，深情地吻着云玥的双唇，吻干她脸上的泪水。

两人的热吻引来路人异样的目光，但他们全然不顾。

尽情地吻过之后，法恩请云玥上车，他们还有许多离别的思念要相互倾诉。

云玥仍然沉浸在幸福中，完全忘记前面哨卡的危险，不假思索地上了法恩的车。

等云玥意识到危险时，法恩的汽车已经来到哨卡前，被哨卡的军警拦下。

一名稽查队员走到汽车前，法恩掏出自己的证件递给他。

这名稽查队员接过法恩的证件看了一眼，立刻对法恩行了一个军礼，然后将证件还给法恩。接着他例行公事地问坐在法恩身边的云玥是谁。

法恩告诉这名稽查队员她是他太太。

这名稽查队员听了之后讨好地冲云玥笑了笑，然后挥手示意放行。

心里一直很紧张的云玥没想到跟着法恩这么顺利地就通过哨卡，她感到法恩在重庆的身份不一般。

三

法恩带着云玥直接来到闹市区的一间宾馆。

两人在一楼大厅的旅客登记柜台办好手续，乘电梯来到三楼他们的房间。

法恩将挂在房门锁柄上的一个"请勿打搅"的牌子摘下，挂在房门外的锁柄上，然后关上房门。

一关上房门，法恩便迫不及待地走过去握住云玥的双手深情地看着她，然后猛地将她揽进怀中，疯狂地吻她。

这是云玥期盼已久的时刻，她热烈地回应法恩的亲吻。

尽情地热吻后，法恩抱起云玥走到床前，将云玥轻轻地放在床上，接着两人迅速缠绵在一起……

不知不觉时间已经是中午。

云玥躺在法恩的怀中，两人一边回味着刚才那极度销魂的时刻，一边告诉对方离别后的经历。

出于各自秘密情报工作的需要，他和她有时不得不用谎言加以掩饰，双方再次戴上面具。

但有一点是不容置疑的，虽然两人分开这么久，但他们一直都爱着

第二十七章 定点空袭

对方。

法恩从没怀疑过云玥是日本间谍，因此对云玥仍像以前那样一往情深。这么些年他一直在寻找她，是上帝让他和她重逢，他希望云玥从此留在他身边。

法恩的话让云玥感到十分甜蜜，更加坚信法恩对她的爱。如果自己不是一名间谍，她会马上答应他，和他相守一辈子。可她明白她的上司绝不允许她对一个男人，特别是对一个外国间谍动真情。因为爱情会让她变得冲动，失去应有的理智和警惕，无形中会将她和她的组织置于潜在的危险中。

笼罩着云玥内心的那股压制她女人天性的力量像一头怪兽一样不合时宜地从她的心里窜出来，让心情愉悦的她陷入自责的矛盾中。

想到这里，云玥赶忙从法恩的怀中挣脱出来，起身下床，穿上衣服。

法恩以为云玥饿了，也跟着起身下床。

两人整理好衣服后从宾馆出来，坐上法恩的汽车去吃午饭。

十分钟后他们来到白龙池（今八一路）。

法恩将车停在一个巷子口。两人走进这条巷子，不一会儿来到重庆著名的川菜馆小洞天门前。

这是一个不起眼的小门楼，门脸上方挂着一个黑底金字招牌。招牌上写着"小洞天"三个大字。

进得店堂后发现里面很大，摆满几十张餐桌，恰似店名所意寓的别有一番洞天。店堂里的装饰也很一般，全凭美味佳肴吸引客人。

此时几乎所有的餐桌都坐满食客。

一个堂头见来了一位洋人和一位美女，立刻热情地上前招呼他们，带他们到一张餐桌前坐下。

他们点了一道小洞天的招牌菜"干烧江团"。

虽然来重庆很久，云玥也听说过这道名菜，却还没机会品尝过。

江团是生长在长江或嘉陵江中的一种淡水鱼，学名长吻鮠，俗称鮰鱼。其肉质肥嫩、鲜美。

干烧江团是将新鲜江团去内脏、剖刀花后放入油锅中炸至金黄备用。将郫县豆瓣、泡红辣椒末、姜、葱等爆炒出香味，加入高汤煮沸，再将炸过的江团连同切成丁状的火腿、肥肉等浇头及糖、鸡精等调味料放入锅中焖烧，最后小火将汤汁收干起锅。

半小时后，一盘"干烧江团"上桌了。

刚出锅的江团色泽金红鲜艳、赏心悦目。馥郁的鱼香经浇头、豆瓣、辣椒、葱姜等香味的融合催化后更加沁人心脾。

面对色泽诱人、香气扑鼻的佳肴，云玥不禁食指大动。

她用筷子夹起一块鱼肉放进嘴里，用舌尖轻轻一抿，肥嫩细腻、柔软炆糯的鱼肉宛若豆腐般在口中融化，吸收在鱼肉中极尽鲜美的鱼汁顿时溢满舌蕾，江团特有的鲜香迅速在口中弥漫开来，让她感到味美至极。

"好吃！真好吃！"

云玥顾不得美女的矜持，开始大快朵颐。一边吃一边赞不绝口。

一条一尺多长的江团最后被他们二人吃得只剩下鱼骨。

在吃饭的过程中，法恩再次表达对云玥的爱，恳求云玥回到他身边。

法恩的爱虽然让云玥动心，但她知道组织绝不会让她和法恩在一起。因此她只能压抑着自己内心的感情，委婉地拒绝法恩的爱意。

云玥的态度虽然让法恩感到有些失望，但他并不气馁。

法恩以为，云玥离开后的这几年让她对他的感情变得淡薄，如果想要重新获得她的芳心，需要时间和耐心，因此他并不急于求成。

从小洞天出来，云玥不得不再次带着忧伤的心情和法恩分手。她必须回去向总部报告这次行动的结果及自己的平安。

法恩提出用汽车送云玥，被云玥婉言谢绝。

法恩只好拿出一张自己的名片交给云玥，希望云玥随时去找他。

云玥接过名片，强忍着自己内心的不舍和法恩道别。

四

云玥回到来龙巷的家。

刚才在宾馆中，虽然云玥拒绝了法恩请她重回他身边的要求，但法恩的真情却深深打动了她。

现在当她一个人独处空房时，她感受到无尽的孤独和寂寞。她才知道自己是多么地爱他，多么地需要他，多么地渴望与他在一起。她甚至开始有些后悔刚才为什么没有答应他，即使她知道这是不可能的事。

像天下的许多人一样，爱情带给云玥的除了短暂的甜蜜之外，更多的是思念的痛苦和惆怅。

想到这些，云玥内心越发感到寂寞。为了排解掉这种令人窒息的情绪，云玥决定换个脑筋不再去想这事。

她开始草拟给山木荒野的密电报告今天空袭的情况。

可是，今天意外遇见法恩的事要不要报告呢？云玥开始犹豫起来。

云玥本来希望自己不再去想法恩，可偏偏又在不知不觉中想起他。

法恩刚才的话再次萦绕在云玥的耳畔。她知道法恩爱她，真心希望她回到他身边。

她又何尝不想回到法恩身边，以免去她的相思之苦。可是组织会让她这样做吗？

怎样才能得到组织的同意呢？云玥在内心里默默地问自己。

经过反复权衡，云玥终于有了主意，于是她拟好密电发给山木荒野。

在密电中，云玥首先报告这次空袭结果以及漏网的雅德利留下的隐患，建议除掉他，彻底消除中国破译日本军用密码的潜在能力。

接着，云玥话锋一转，向山木荒野报告她完成任务后巧遇法恩的事，然后将自己早年在上海执行秘密任务时和法恩之间发生的事情简明地报告给山木荒野。最后云玥向山木荒野提出建议，让她重新回到法恩身边，从法恩那里套取情报，同时获得一个相对安全的藏身之处。

五

山木荒野收到云玥的密电后，感到有些为难。

对于消灭中国方面密码破译的潜在能力，山木荒野和云玥的想法一致。既然这次空袭的重点目标雅德利侥幸逃脱，那么接下来的任务就是找到并除掉他。这并不会让山木荒野感到为难。

让山木荒野感到为难的，是云玥在密电中提出让她回到法恩身边的建议。

在这之前，山木荒野根本不知道法恩这个人，也不知道他是英国间谍，更不知道他后来被日本外务省情报机关招募为秘密情报员。

现在山木荒野和云玥一样，以为法恩仅仅只是一名英国间谍。

既然法恩获取的情报全都被外务省截获，那么他就没有更多的利用价值。

鉴于此，山木荒野认为云玥没必要为了获取重复的情报而去接近法恩。相反，云玥应该远离他，以免遭到通缉的她给他造成不必要的危险，进而给这个重要情报来源造成潜在的危害。

不过，在向云玥发出远离法恩的指示之前，山木荒野需要向岩井英一确认一下外务省目前是否仍在通过法恩的密电截获情报。

否则，山木荒野就会考虑让云玥回到法恩身边，伺机窃取情报。

山木荒野向岩井英一通报佐藤秀美在重庆执行任务时巧遇法恩的经过以及她提出的建议。他想知道岩井英一是否仍在利用法恩获取情报，再作决定。

岩井英一收到山木荒野的密电后，认为佐藤秀美的建议太荒唐。

按照秘密情报工作原则，岩井英一不能向山木荒野透露外务省情报机关是否仍在利用法恩。但是，既然佐藤秀美已经将此秘密告诉山木荒野，因此没有必要再向他隐瞒。至于法恩早已成为外务省秘密谍报员一事，岩井英一是决不能向山木荒野透露的，即使他对山木荒野完全信任。

岩井英一回电山木荒野，证实外务省情报机关目前仍然从法恩的密电中获取情报。

收到回电后，山木荒野明白法恩对外务省情报机关的重要性。

他密电命令云玥，绝不能与法恩有任何接触。

这是在向云玥暗示，法恩仍然是外务省的重要情报来源。

此外，山木荒野指示云玥想办法杀掉雅德利，并主动提出让云玥在川江货运行附近找一所条件较好的房子单独住。

云玥对山木荒野的回电感到深深的失望。

两天后，外面的风声缓和下来，云玥回到南岸川江货运行。

云玥派人四处打听雅德利的下落。与此同时，她开始在海棠溪找房子。

云玥并没有向山木荒野抱怨过住房的事，估计是王兴邦体谅她的苦衷才向他建议的。云玥能够感受到王兴邦对她的关心和体贴。

几天后，云玥便找到一所带卫生间的两层楼房子，当天就搬进去。

六

日军的空袭造成密码培训班三十多名密码破译人员和十多名警卫人员丧生。

很明显，这次空袭是专门冲着密码破译人员来的，因此有理由怀疑有人向日军泄露了雅德利公馆的机密。

重光得知这个消息后非常生气，命令刘贤仿对此事件进行彻查。

刘贤仿先从这次空袭中的幸存者入手展开调查。

幸存者只有雅德利和几名当天轮休的公馆警卫人员，于是刘贤仿让董易首先将几名警卫人员带回来问话。

其中一人正好是那天阻止云玥进入公馆的警卫。

这名警卫告诉刘贤仿雅德利曾经带一名漂亮的年轻女人来公馆。

一听到漂亮女人，刘贤仿马上想到云玥。他将云玥和另外几个女人的照片混在一起拿给这名警卫辨认。

这名警卫很快从这些照片中挑出云玥的照片，确认那天雅德利带回来的女人就是云玥。

事情到这一步就基本上清楚了。刘贤仿将这个情况报告给重光。

重光听说是雅德利，顿时火冒三丈。

重光不久前才警告过雅德利，让雅德利不要到外面喝酒找女人。没想到雅德利将他的话当成耳边风，继续在外面寻欢作乐，现在终于搞出大事来。

重光命令将雅德利带来见他。

此刻雅德利正站在距离重光办公室不远的枣子岚垭漱庐军统招待所的一个房间的窗户前发呆。

窗外花草树木葱翠，蝴蝶在花丛中飞舞，鸟儿在枝头上欢唱，如诗情画意般美妙。

但雅德利此刻无心欣赏美景。公馆遭轰炸的情景一遍又一遍浮现在他眼前，让他感到忐忑不安。

雅德利当时在不远处亲眼目睹他的公馆遭日机轰炸、被夷为平地的情形。日机如此精准的轰炸，意味着日军已经知道他公馆的秘密。幸亏那天早上约好去见覃怀远，才让他幸运地躲过一劫。

轰炸发生后的当天，雅德利就被安排住进军统招待所。几天来他的内心里一直笼罩着一层阴影，让他感到喘不过气来。

雅德利清楚自己向云玥透露过军统特技室的秘密，他担心这是引来日机轰炸的原因。

云玥那天使般的面容，那令人销魂的胴体，此刻已经化作魔鬼的身影，在他脑海中挥之不去。

这让雅德利感到害怕。

雅德利希望这不是真的,希望这次轰炸不是因他的泄密而引起的,希望那四十多条生命不是因为他的过错而毁灭的。

这时,房间的门被人从外面推开,接着传来有人走近的脚步声。

雅德利回过头去一看,发现刘贤仿和董易站在他的身后,面无表情地看着他。

雅德利心里明白,该来的已经来了。

不过雅德利此刻仍然抱着侥幸心理:一个和他认识几天,仅睡过两次的女人真的会是日本间谍?

他不相信自己这么倒霉。

刘贤仿和董易将雅德利带到重光办公室。

办公室里除了重光之外,还多了一名英语翻译。

雅德利一进门,平时对他和蔼的面容今天变得十分严峻,让他感到更加紧张。

重光让雅德利坐下,然后问他知不知道自己的公馆为什么被炸。

雅德利心虚不敢开口。

重光拿起云玥的照片,重重地扔在雅德利面前的茶几上。

雅德利见重光如此生气,双眼惶恐地看着他,伸手从茶几上拿起照片看了一眼,马上认出是云玥。

这是雅德利已经预料到的结果,但他内心里仍然感到一阵恐惧。

重光告诉雅德利,这女人是军统几年来一直在通缉的日军间谍。

雅德利终于确信自己中了云玥的美人计。

雅德利现在不得不承认自己比想象的还要倒霉,他心中仅存的最后一丝侥幸破灭了。

红颜祸水!雅德利忽然想起严翻译教他的一句中国谚语。

虽然中西方文化差异很大,但在男权至上的社会这一点上却是高度的一致。当男人犯错时，这是他们最好的借口。雅德利因为不懂中文，此前对这句中国谚语似懂非懂，现在他切身体会到这句话的深刻含义。

雅德利开始交代遇到云玥的详细经过。

当重光得知雅德利仅仅和云玥见了两次面就将军统特技室的机密泄露给她时，气得嘴唇直哆嗦。他简直不知道用什么词汇去形容雅德利的愚蠢和业余。

看来一个人的愚蠢和智商关系不大，因为一个破译密码的专家智商肯定不会低。智商低虽然也会表现出蠢，但更多的是笨。愚蠢却不一样，它更多地源自固执、偏见和自以为是。如果固执、偏见和自以为是再与酒色相结合，那就会愚蠢透顶。

雅德利交代完后，重光命令将雅德利押回去牢房，听候进一步处置。

让重光感到幸运的是，雅德利只向云玥泄露了一部分秘密——他和他的密码培训班，并没有泄露正在从事密码破译的骨干部门密码研究室，让密码破译的精英逃过一劫，得以完整地保留下来。

不过，一旦发现军统特技室破译密码的骨干力量依然存在，日军绝不会善罢甘休，肯定会再次发起攻击。

另一方面，如果日军知道雅德利还活着，也绝不会放任不管。只要雅德利还在，他对日军通信密码的安全来说就是大隐患。

除非让日军相信这次空袭已经彻底摧毁中国的密码破译能力，并且短时期内无法重新恢复。

重光坐在办公桌前思考着。

七

雅德利被关在军统的临时牢房有一段时间了。除了自由受到限制外，生活上并没有受到虐待，因此他的气色看起来还不错。

重光告诉坐在沙发上的雅德利，根据他的行为，按照军统条例应该枪毙。

雅德利吓得脸色惨白。他知道重光如果想要杀他真的易如反掌，即使他是美国人。

雅德利赶忙请求重光宽恕，发誓帮助军统破译日军密码，为死去的中国同事报仇。

在死亡面前，蝼蚁尚且偷生，更何况具有意识和思维的人类。特别是那些失去信仰、充满贪念和欲望的人，尤其惜命。

重光并没有真的想要枪毙雅德利，他故意犹豫了一会儿才答应饶雅德利一命。但他有几个条件。

雅德利赶忙表示任何条件他都答应。

重光走到自己的办公桌前，从桌上拿起几张公文纸，递给雅德利，让他读一遍。

这是一份英、中文终止雇佣合约及保密协议书。

协议书的大意是，雅德利作为中国请来的密码破译专家，向日军间谍泄露军统密码破译机密，造成中国密码破译人员重大损失，犯下严重罪行，本应严加惩处。但秉承中美友好之原则，对雅德利所犯罪行不予追究。鉴于雅德利所为，已经不适合目前的工作，中方决定终止雅德利雇佣合约，将其驱逐出境，即日起生效。雅德利在离开中国后，根据保密协议不得向任何人或组织泄密军统机密，否则中国政府将一并追究！

雅德利看完之后，表示愿意接受。

重光特意向雅德利解释"一并追究"的含义——除了重光允许的之外，如果发现雅德利泄露任何军统特技室机密，重光将指示军统特工干掉他，让他死无葬身之地。

"你认为你在美国能够躲过我的追杀吗？"

重光冷峻的目光就像尖利的长剑刺进雅德利的双眼，穿透他的心脏。

雅德利仿佛看到自己的心脏正在一滴滴地流血，看到死神在向他微笑，吓得他不由自主地哆嗦了一下。

雅德利绝对相信，即使他在美国也躲不过重光的追杀，因此惶恐地点点头。

重光和雅德利在协议书上签字。

大约两三个星期后，雅德利抵达菲律宾首都马尼拉。

他在马尼拉接受包括美联社在内的多家报社采访。

在采访中雅德利向记者表示，由于不能透露的原因，他与中国政府提前解除工作合约。雅德利强调，他帮助中国成功地破译了日军无线电通信密码。

当记者追问雅德利是不是因为他无意中将中国黑室的秘密泄露给日本间谍，导致它遭日机轰炸全军覆没，才惹怒中国方面解雇他时，雅德利断然加以否认。

当天晚上，潜伏在马尼拉的日军间谍将雅德利接受采访的情报发回日军大本营陆军情报部。

情报部对此进行分析评估，断定雅德利因向云玥泄密导致中国密码破译机关遭受毁灭性打击之后，被中国方面解雇。至于雅德利声称自己帮助中国成功破译日军密码一事，被认为这完全是他的自我吹嘘。

第二天，日军大本营陆军情报部密电山木荒野，向他通报马尼拉方面的情报以及总部的分析和评估。总部认为，随着雅德利的离开，中国密码破译工作已经彻底瘫痪，不再构成威胁。

山木荒野密电云玥，称雅德利已经离开中国，中国破译日军密码的隐患已经彻底消除，指示云玥终止除掉雅德利的行动。

至此，重光的补救措施终于奏效。

第二十八章　锁死法恩

一

重光记得刘贤仿不久前曾向他报告过德步罗公司一带发现一个新的无线电信号在活动，怀疑是法恩在用另外一套密码和另一个频率给另外一个人发报。

如果能确认这个秘密无线电信号是从法恩的电台发出的，那么就可以认定他除了与英国总部保持无线电沟通外，还和另外一个人或一个组织进行秘密无线电联系。如果能够破译这个信号发出的密码电文，就可以彻底揭穿法恩的真实面目。

重光让刘贤仿来见他。

几分钟后，刘贤仿来到重光的办公室。

他向重光报告，自从严冬盯上这个新发现的无线电信号后，这个信号仅上个星期才出现过一次。目前，从这个信号截获的两份密电正在破译中。

为了弄清这个信号的发报手法是否和法恩的一样，刘贤仿专门从电讯处请来两位报务专家试听了截获的两份密电信号录音。经与法恩发给英国总部的密电信号相比较，两位报务专家都认为两种信号的发报手法几乎完全相同，基本上可以确定这个新发现的秘密无线电信号也是由法恩发出的。

熟悉无线电通信的人都知道，每个人发报的手法都有自己的特征，与其他人不可能完全一样。就像每个人的声音和指纹，都是独一无二的。

因此，无线电报务专家能够通过发报手法的细微差别分辨出不同的发报人来。刻意的模仿可能造成混淆，但当一个人在自然状况下发报时，他的手法特征不可能隐藏。

"覃怀远还在帮你吗？"

刘贤仿报告完毕后，重光问刘贤仿。

"还在帮我。由于时间太短，到目前为止还没破译出来。"

重光告诉刘贤仿，他已通过其他情报来源证实，法恩99%是英国、日本双重间谍。

他强调行动中一定要严格保密。除了严冬的无线电侦测队必须确保不要惊动法恩外，他还特别要求对两份密电的破译工作只限于覃怀远和尹行等人参与。

重光希望通过有力证据秘密揭穿法恩的双重间谍身份，再以此威逼利诱法恩使其为军统服务。这样就能通过法恩获取日方情报，并在关键时刻让法恩向日本情报机关提供假情报。

二

晚上九点多，街道两旁的商铺几乎全部关门，只有稀疏的路灯发出昏暗光线勉强照亮着街道。

一辆无线电侦测车停在新街口的马路边。驾驶室里，严冬坐在副驾驶位置上，头靠在座椅的靠背上闭目养神。

这里距离打铜街很近，大约只有一二百米远。严冬按照刘贤仿的命令，每天晚上率领这辆无线电侦测车埋伏在德步罗公司附近不同的地点，等待那个新发现的秘密无线电信号再次出现。

严冬和他的人已经守候了两个星期。两个星期以来，这个秘密无线电信号还没有出现过。不过严冬并不着急。因为目标明确，大致范围也清楚，严冬要做的就是耐心等待。

德步罗公司三楼的电台室里，法恩戴着耳机坐在电台前，他的面前有一份他刚刚拟好的密码电文。过了一会儿，法恩抬手看了看手表，正好九点半，于是开始发报。

无线电侦测车马上便收到法恩发出的无线电信号。

正闭目养神的严冬听到侦测员的报告后，立刻睁开眼睛，命令追踪信号。

无线电侦测车按照无线电侦测仪的指示，沿着马路行驶到与打铜街交汇的十字路口，然后左转进入打铜街。随着侦测车缓慢地前进，车上的侦测仪接收到的无线电信号越来越强烈，侦测仪目标指示器清楚地指向德步罗公司。当无线电侦测车从德步罗公司门前经过时，信号源的强度达到峰值，无线电侦测仪目标指示器牢牢指向德步罗公司，精确锁定无线电信号位置。

第二天早上，严冬兴冲冲地来到刘贤仿的办公室向他报告，昨晚成功锁定那个新发现的秘密无线电信号精确位置，证明信号确实来自德步罗公司，并将昨晚抄录的密码电文交给刘贤仿。

这对于刘贤仿来说确实是个好消息，接下来就等覃怀远破译了。

刘贤仿走进覃怀远办公室时，覃怀远正坐在自己的办公桌前全神贯注地忙着。

直到刘贤仿走到办公桌旁，覃怀远才意识到有人进来。抬头一看是刘贤仿，便满脸笑容地和他打招呼。

两人在沙发上坐定后，刘贤仿告诉覃怀远，无线电侦测队已经确认德步罗公司一带的另外一个秘密无线电信号也是法恩的电台发出的。

说着，刘贤仿从自己带来的文件夹中取出一份密码电文递给覃怀远：

"这是昨晚截获的密码电文，供你破译。怎么样，先前的两份密码电文破译出没有？"

"还没有。"覃怀远接过电文,"不过,我已经确定那两份密码电文是中文的。我们用一些流行的中文书籍作为密码本进行破解,却还是不行。"

得知这份密码是中文的,刘贤仿马上想起严冬那次带队闯入德步罗公司搜查时,他们在法恩的办公室里发现几本中文书和杂志,觉得可能有用,于是记录下来这些书籍和杂志的名称和出版信息。不过当时需要破译的密码电文是英文的,重点集中在那本英文书《金融家》上,所以这份记录并没有用到。

想到这里,刘贤仿将此事告诉覃怀远。

覃怀远听了之后十分高兴。他认为这些书籍和杂志中的某一本很可能就是法恩的密码本。因此他请刘贤仿赶快根据这份记录找到那些书籍和杂志交给他。

刘贤仿答应覃怀远回去后马上办。

三

军统特技室得到八路军缴获的日本陆军无线电通信密码本和一些乱数表后,以这些资料为参考,集中人力进行破译。

这个密码本其实是一个通信的底本,它的每个假名(字)都用一个固定的数字作为代码,因此这样的密码在长期通信中会出现重复代码(假名),敌方可以将截获到的多份密电进行对照,从中找出重复代码并发现其规律,破解起来相对容易些。

为了弥补这个缺陷,设计密码的数学家引入了乱数表。

乱数表是一组随机的数字表,将这组数字与秘密本上的那组代码(数字)进行数学运算,比如加或减,形成一组新的随机密码,再用于无线电通信。秘密本加减乱数表形成的密码已经很复杂,如果乱数表足够长,比如一千份,每次通信随机选择其中一份,那么同样一个字或一句

第二十八章 锁死法恩

话的密码在一千次通信中就不会重复，所有发出的密电没有任何规律可寻。如果再加上隐含的更加复杂的数学运算，比如，A（最后形成的通信密码）=B（秘密本上的代码）+C^2（乱数表中的乱数平方），将会让通信密码变得更难解，就算敌方缴获你的秘密本和所有乱数表，也会因为不知道隐含的运算方法，破译人员根本无从下手。

正因为如此，特技室经过相当长一段时间的不断尝试之后，仍然没能在日本陆军密码的破译工作中取得进展。这种密码系统是经过数学家和密码专家共同研发出来的，要想破译出来必须进行天量的运算，这在没有超级计算机的年代是很难完成的。

虽然对日军密码的破译工作没有取得实质性进展，但是覃怀远已经成功破译了法恩的第二套密码。

收到刘贤仿找到的相关书籍和杂志后，覃怀远没过多久就从中找到密码本，顺利地破译了密码。

法恩的第二套密码本是上个月发行的《文学月刊》杂志。密码由八位数字组成。前四位表示第几页，第五、六两位表示第几行，第七、八位表示第几个字。每个密码本只使用一个月就会作废。

破译的密电显示，法恩的代号是"棕"，正好与刘贤仿窃取的岩井英一的日谍档案中的一位代号相符。加上破译的密电内容，足以证明法恩是日本间谍。

刘贤仿来到重光的办公室，将几份破译的法恩密码电文交给重光。

重光翻看了这些电文之后，脸上露出满意的笑容。

现在可以说证据确凿，刘贤仿等着重光下达逮捕法恩的命令。

重光站起身来慢慢走到窗前，眼睛看着窗外。

几分钟后，重光转过身来告诉刘贤仿，他打算利用手上掌握的证据迫使法恩为军统服务。他让刘贤仿秘密逮捕法恩并带到一个秘密地点，他要在那里亲自招降法恩。

当天晚上，刘贤仿将法恩的第二套密码破译方法以及重光招降法恩的计划密电给延安。

从这天开始,法恩与日本情报机关的所有来往密电都会被延安的中共情报机关截获。

第二十九章　三重间谍

一

　　一天晚上，法恩开车从公司回家。

　　汽车驶过民族路前面的抗战"精神堡垒碑"不久，后面的一辆汽车超过他的车将他逼停到路边。

　　正当法恩因不知发生什么事感到不知所措时，前面那辆车上下来两个人，朝他走过来。

　　法恩借着车灯的光线看清走过来的人是刘贤仿和董易，紧张的心情并没放松下来。

　　刘贤仿和董易走到法恩的汽车旁，分别打开前后车门，不由分说地钻进去。

　　刘贤仿坐在副驾驶座，董易坐在汽车后座。

　　法恩赶忙问刘贤仿有何事，刘贤仿没有回答，只是用命令式的口气让法恩开车跟着前面那辆车。

　　法恩听了刘贤仿的话之后感到事情有些不妙。但他还是强作镇静地冲刘贤仿挤出一丝笑容表示遵命。

　　为了不让人发现，这次逮捕地点选择在晚上僻静的马路上。

　　法恩一边开车一边思考目前的形势。他的直觉告诉他出事了，否则刘贤仿不会这样对待他。

法恩并不是很担心他的英国间谍身份暴露。但如果他的另一重身份暴露，即使中国特工不杀他，英国情报部门也会清除他。

想到这里，几年前在上海发生的事一下子浮现在法恩的脑海里。

二

一天，法恩收到总部密电。密电显示，英国军情局发现一名身份不明的日本间谍潜伏在英国驻中国上海的某机构中。军情局获悉这名潜伏的日本间谍将会与东京派来的一名日本间谍接头，于是指示法恩到时候提前到接头地点暗中识别这名潜伏在英国驻华机关中的日本间谍并揭开他的真面目。

法恩来到日本间谍接头的一间酒吧，在一个视线良好的桌子前坐下，一边喝酒一边暗中观察。

接头的时间到了，只有从东京来的那名日本间谍按时出现在酒吧，而那名潜伏在英国驻上海某机构的日本间谍一直没有出现。

军情局认为甄别日谍的情报被泄露才导致任务失败。

知道这个秘密的人，除了军情局总部有限的几个人外，就只有法恩。军情局认定法恩是泄露情报的最大嫌疑人，并开始怀疑他。

打这以后，英国军情局几乎只接收法恩发出的情报，不再像以前那样指示法恩收集哪方面情报并提供其他机密情报供法恩参考。

一天，军情局密电通知法恩，他们将派出一名情报官到上海与法恩接头，向他了解泄密事件的详细情况。

日本情报机关从那名潜伏在英国驻华机构中的日本间谍传回的情报获悉，如果法恩无法向这名情报官作出合理的解释，又找不到其他泄密渠道的话，他就会被制裁。

法恩的生死与日本情报机关本来没有任何关系，但如果法恩就这么死了，日本方面将失去这个重要的情报来源，是一个巨大的损失。

第二十九章 三重间谍

因此，日本情报机关决定想办法挽救法恩，并伺机策反他，让他为日本效力。

不久之后，英国军情局派来的高级情报官员到达上海，他化名文森·休伯特。

休伯特和法恩接上头之后，向法恩了解事情的详细经过。

休伯特和法恩分手后回到饭店，马上给英国驻上海领事馆的一名副领事打电话。这名副领事名叫吉姆，实际上是军情局派往英国驻上海领事馆的一名秘密情报员。

休伯特请吉姆将他了解的情况用密电报告军情局。

当天傍晚，吉姆收到伦敦军情局总部的回电，指示休伯特对法恩实施制裁。

休伯特接到命令后，马上打电话约法恩第二天晚上到外滩公园见面，准备在外滩公园干掉法恩。

当晚，三名男子来到法恩家门前，其中一个人提着一个小箱子。

领头的这位留着小胡子的人就是岩井英一，他的公开身份是日本外务省驻上海总领事馆副领事。

屋里的法恩听见敲门声，走过去开门，见门外有三个陌生人，便问他们有何事。

岩井英一告诉法恩，他有重要事情需要与法恩谈谈。

法恩看这三人的样子不像有恶意，于是让他们进屋谈。

进屋后，岩井英一向法恩作自我介绍。他谎称自己叫荒木，隶属于日本情报机关，他今天来这里是因为有一段与法恩性命攸关的录音要放给法恩听。

法恩感到十分惊讶，他不知道日本人是什么时候盯上他的。

那名提着箱子的男子打开箱子从里面取出一部小型录音机，放在客厅的一个桌子上，插上电源，将窃听到的休伯特与吉姆通话的录音播放出来。

在录音的最后部分，休伯特明确告诉吉姆，他明晚将约法恩到外滩公园见面，到时候伺机干掉法恩。

法恩简直不敢相信这是真的。军情局居然怀疑他背叛英国，向日本方面泄露绝密情报，并因此决定制裁他。

法恩既感到愤怒，又感到恐惧。

法恩刚刚才接到休伯特电话，约他明晚到外滩公园见面。他听了录音之后才意识到那很可能就是自己的死期。

法恩的潜意识不愿意相信这是真的。他想过这是日本人设置的圈套，也怀疑过这是伪造的录音，但是休伯特和吉姆的声音他很熟悉，电话录音中说话的人就是他们，这点毫无疑问。特别是吉姆的声音，他太熟悉了。他和吉姆是朋友，打过无数次交道。所有这些让他不得不面对现实。

法恩不知道该怎么办。他首先想到的是逃走。但如果是这样的话，他这一辈子都无法证明自己的清白，一辈子都得逃亡。想到这里，他感到彷徨。

这时，岩井英一似乎看穿法恩的心思。他告诉法恩，如果想逃走的话现在还来得及。

法恩盯着岩井英一足足看了十秒钟，然后摇了摇头。他认为日本人来这里绝不仅仅是为了告诉他英国军情局要杀他，他相信日本人另有目的。他试探着问岩井英一：

"我不想一辈子逃亡，每天都生活在恐惧中。你们对我有什么好的建议吗？"

"聪明！"岩井英一微笑着夸奖道。

接着，岩井英一把他的计划向法恩和盘托出。

"你们为什么要救我？有什么条件？"

"很简单，我们知道你在收集中国方面的情报。我们需要你的无线电通信密码、通信频率和约定的通信时间，这样的话，你和伦敦总部的情报传递，我们也可以接收到。"

岩井英一之所以这样说，是不想让法恩知道日本情报机关早已掌握他的这些通信秘密，以免法恩对自己的前女友、日本女间谍云玥起疑心。这样做的另一个目的是试探法恩的诚意。

"就是这么简单？"法恩略带迟疑地问。

"这对你一点儿不难。"岩井英一笑眯眯地点点头，然后补充道，"当然，英国人要杀你，而我们可以救你的命，你应该对我们更好一些才对。"

双方很快谈好条件。

几个小时之后，一则要求英国军情局局长亲译的密电从日本东京发往伦敦英国军情局总部。

这是潜伏在东京的英国间谍发回的。密电称，东京的日本情报机关不知出于什么原因，突然对东京派往上海接头的那名日本间谍产生怀疑，为了安全起见在最后一刻通知那名潜伏在英国驻上海机构的日本间谍取消接头。

英国军情局得到这份情报后，马上意识到冤枉了法恩。

可对法恩的制裁令已经发出，因此军情局紧急向上海领事馆发出加急密电，指示吉姆立刻通知休伯特取消行动。

此刻已经是中国时间第二天上午11点。

吉姆当时不在领事馆，其他人又没有吉姆使用的专用密码，因此收到这份密电后无法译出，也就无从知悉电文的内容。

直到天黑，吉姆才回到领事馆。

吉姆接到那份加急电，丝毫不敢怠慢，立刻从保险柜里取出专用密码译电。

看完译好的电文后，吉姆急忙拿起桌上的电话打给住在饭店里的休伯特，希望他还没出发。

电话接通的声音响了很久，却一直没有人接听。

吉姆抬头看看窗外，天已经完全黑下来。他断定休伯特已经出发去外滩公园，于是来不及细想，立刻冲出办公室。

好在英国领事馆就在外滩公园对面。

吉姆沿着公园里蜿蜒曲折的小路一边往前走，一边借着昏暗的灯光寻找法恩和休伯特。

此时公园里的人不少，加上灯光较暗，要想从公园里的游人中辨认出法恩和休伯特有些费力。

大约找了十多分钟，吉姆终于看到前面大约三四十米远的树丛边，有两个人正并排慢慢朝前走。由于这两人体形高大，吉姆一下子便从背影认出这两人是法恩和休伯特。

于是，吉姆加快脚步赶上去。

没等走出几步，吉姆便看见休伯特的右手悄悄伸到自己的腰间，轻轻撩起后面的衣襟，握住腰间的手枪。

吉姆见状，再不阻止就来不及了，他张嘴冲着前面大声叫道：

"嘿，前面是法恩先生吗？"

休伯特听到身后的叫喊声，急忙将握住枪柄的手松开，让手臂自然地伸直垂下。

当休伯特伸手到腰间去掏枪时，法恩虽然没有直接看到，但他的直觉能够感觉到。他的本能几乎驱使他去腰间拔枪先发制人，可是他尽量克制住自己。他担心只要他一拔枪，不论他和对方谁能活下来，他都坐实叛徒的罪名。他现在只能相信日本人会帮助他渡过难关。

正在这时，法恩听到身后有人叫他的名字。他顿时明白自己得救了，一直紧绷的情绪才放松下来。他回过头去看见是吉姆，便热情地和他打招呼。

吉姆走上前，和法恩握握手，然后假装不认识休伯特一样，客气地和他打招呼。

法恩也装作像什么也不知道一样，把休伯特介绍给吉姆。

第二十九章 三重间谍

法恩本来是不愿意冒险到外滩和休伯特见面的。但日本情报部门认为，如果法恩不出现，势必会引起英国方面的怀疑，因此坚持要他去。

法恩成功逃过死劫，英国军情局也恢复了对法恩的信任，但法恩从此成为一名日、英双料间谍。

几年来，日本情报部门除了能够获取法恩与英国军情局之间传送的所有情报之外，还能从他这里获得他们专门要求他收集的其他情报。

三

这时汽车前面突然有人横穿马路，将法恩从回忆中惊醒。法恩本能地猛踩刹车，才硬生生地将车停在受到惊吓的老人前面，只差一点就撞上了。

由于紧急刹车，坐在法恩旁边的刘贤仿身体不由得向前冲了一下。

借着车头灯光，看到一个老人抱歉地冲着法恩点头作揖，然后步履蹒跚地走开了。

二十多分钟后，法恩的车跟着前面那辆车行驶到一座院子的大门外停下。

这时，院子里面出现两个人，一左一右将铁栅门打开，让两辆汽车驶进院子，然后将铁栅门关上。

法恩的车在院子里的一座平房前停下。

刘贤仿请法恩下车，然后和董易一左一右押着法恩走进亮着灯的平房大门。

进门后是一个大客厅，客厅里有一张长沙发和两张单人沙发。

重光坐在其中一张单人沙发上。他示意法恩在长沙发上坐下。

刘贤仿和董易一左一右站在重光身旁。

不等法恩开口问，重光便拿起茶几上的一叠纸递给法恩。

法恩接过那叠纸翻看了其中几张，脸色顿时变得惨白。

这叠纸上记录的是法恩与日本情报机关之间的来往密电。

面对确凿的证据，法恩连抵赖的心情都没有。他马上想到的就是自己很快就会被处死，不由得感到一阵恐惧。

作为一名英国间谍，法恩背叛英国投靠日本，向日本方面提供中国和英国的机密情报，这在任何国家都是死罪。这足以让法恩被中国和英国处死两次。

想到这里，法恩抬起头，用充满恐惧的眼神看着重光，似乎想从他的表情中找到一丝让他能够继续活下去的痕迹。

"两个选择，要么为我们工作，要么被枪毙。"

这是重光开口说的第一句话。说话时他的脸上没有任何表情。

听了这话，法恩就像一个濒临溺毙的人抓住了一根救命稻草，一边不停地点头，一边大声说：

"我愿意为你们工作，真的，我受够了现在的生活，我痛恨日本人，是这帮狗娘养的毁了我。请相信我，相信我！"

重光当然相信法恩，因为这是法恩目前最好的选择。

接着，法恩向重光交代了他投靠日本人的详细经过。

不过法恩到现在为止还不知道日本人究竟是怎样盯上他的，更不知道他在上海时的那位女朋友云玥是日本间谍。他认为云玥只是他生活中的私人隐私，因此他在交代中完全没有提起云玥。

为了保护已经成为军统秘密情报员的法恩，重光决定暂时不对向法恩提供情报的谷振乾等中国军官采取行动，以免让人对法恩产生怀疑。况且，法恩现在为军统服务，这些人向法恩提供的情报不会再像以前那样造成严重危害。

一个小时后，刘贤仿和董易带着法恩从屋子里面出来。

法恩一个人上了自己的车，刘贤仿和董易上了来时在前面带路的那辆车。

回家的路上，法恩一边开车一边想着刚才发生的事。

为了保命，法恩答应重光做军统间谍，并接受重光的保护。从现在开始，他从双重间谍蜕变为一个三重间谍。

重光向法恩保证，只要他今后忠诚地为军统工作，以前的事情会被一笔勾销，军统绝不会把他背叛英国充当日本间谍的事情泄露给英国或其他任何方面。为了表示对法恩绝对信任，重光还向法恩保证，从今晚开始，他的行动不会再受到监视，可以自由行动。

曾经有一瞬间，找机会逃走的念头在法恩的大脑中闪过，但他马上就放弃了。他是一个西方人，他的长相特征在中国的任何地方都会很快被人认出，根本不可能逃出去。还是留在重庆最安全。就算万一中国战败，日本人也不一定会发现或追究他为军统充当间谍的事。

不久，法恩的汽车来到国府路(今人民路)附近一座带院子的两层楼洋房大门前停下。

这里就是法恩的家。这栋带院子的洋房对一个单身的男人来说显然过于奢侈，特别是在处于战争中的中国。

之前跟在法恩汽车后面的那辆汽车不知什么时候已经不见了。

法恩按了两下汽车喇叭。

一名女仆人从屋里出来为法恩打开院子的铁栅门。

四

一天晚上，法恩用电台将一份情报发给岩井英一。

情报称，美国总统罗斯福签署一项秘密命令，允许美国空军人员"退出现役"加入陈纳德组建的美国志愿援华航空队；同时利用租借法案援助中国一百架P-40战机，装备给这支由美国空军退役人员组成的航空队，直接参加中国抗战。

这是一份十分敏感的情报，是重光指示刘贤仿让法恩发出的。这是法恩第一次执行军统的秘密情报任务。

岩井英一收到这份情报后，简直不敢相信这是真的。

中国抗战全面爆发后，美国根据1937年4月修订的中立法，禁止向交战国出口武器，其中当然包括中国。随着欧洲和亚洲战争形势的变化，美国通过租借法案，废除武器禁运条款，开始向英国和中国出口武器，这已经让日本人很恼火。现在美国不仅向中国供应武器，还变相鼓励美国空军人员"退役"加入中国空军参加对日作战，完全抛弃原来的中立，这是公然的敌对行为。

岩井英一将这份情报发回东京。

日本政府对美国的这一政策十分愤怒。日本外务省召见美国驻日本大使对此提出抗议。

重光和刘贤仿让法恩送出这份情报的目的，就是要让日美之间产生摩擦和敌意，破坏日美关系。

打这以后，重光和刘贤仿不断利用法恩送出一些真真假假的情报，以达到其战略目的。

第三十章　红色电波

一

一段时间以来，法恩与英国军情局和日军情报机关的来往密电中，经常提到德国即将进攻苏联的"巴巴罗萨"计划。这引起刘贤仿的警觉，他判断苏德战争即将爆发。

刘贤仿将这些情报以及自己的判断传回延安。

延安方面也从其他渠道获得德国可能进攻苏联的情报，但这些情报十分杂乱甚至相互矛盾，显示的进攻日期也各不相同。因此，延安方面密电指示刘贤仿务必查明德国"巴巴罗萨"计划的真实性及确切进攻日期。

自去年秋冬以来，欧洲各国情报机关就不断流传着德国"巴巴罗萨"行动的各种情报，军统驻欧洲各国的情报人员也陆续收到这方面的情报，但都无法得到证实。

德国元首希特勒的助手鲁道夫·赫斯于1941年5月10日独自驾驶飞机飞往英国，英国和欧洲大陆更是传出消息，称赫斯此行是代表希特勒与英国秘密和谈，确保德国对苏联开战无后顾之忧。

不过，随着不同版本的"巴巴罗萨"行动的进攻时间一个接一个成为过去，德苏之间的战争并没有爆发。

另一方面，苏联在柏林的特工也源源不断地向苏联传回情报。这些情报显示，希特勒的首要目标是打败英国。德国希望避免同时在两条战线作战，绝不会在打败英国前入侵苏联。德国在苏联边界的兵力调动是为了远离英国空军的轰炸范围，也是为了迷惑英国作出的佯动，并对德国的巴尔干军事行动提供掩护，并非针对苏联等等。

为了查明德国是否要进攻苏联，苏军总参情报局格鲁乌甚至收集了德国羊只宰杀数量及羊肉、羊皮的价格波动数据等经济情报，发现并没多大变动。他们认为，如果德国打算进攻苏联，必须采购大量羊皮给军队制作防寒冬装，因此羊皮价格会大涨，羊肉价格会大跌。

大量杂乱及相互矛盾的情报让苏联最高统帅部和斯大林无法做出正确判断，因此他们对"巴巴罗萨"计划持怀疑态度，认为这是英国人的阴谋，目的在于制造德国与苏联之间的冲突，让英国本土摆脱被德国入侵的威胁。

二

刘贤仿带着一份刚截获的法恩与英国军情局之间的密电来见重光。

密电显示，英国军情局通过多个渠道获得情报，确信德国即将进攻苏联。密电指示法恩将这些消息散布出去，观察中、日以及驻重庆各国外交人员的反应。

看完密电后，重光对站在他办公桌前面的刘贤仿说：

"现在全世界都在谈论德国即将进攻苏联。不过，这到底是英国情报机关为了制造德、苏之间的冲突而故意散布的假消息，还是真有其事，目前尚不清楚。"

"可是英国军情局给法恩的密电对德国入侵苏联十分肯定，我们是否需要向苏联方面发出警报。"

"最高当局已经向苏联方面提供了我们所掌握的相关情报。不过，没有来自德国的第一手情报和准确的进攻日期，这种警报似乎起不了什么作用。"

"弄清楚这些对我们重要吗，局座？"

"十分重要。如果德国入侵苏联，欧洲战场的力量对比将出现重大转变，德国很可能成为我们的敌人，美国可能更加偏向英国和中国，这对于中国抗战的前途有着决定性的影响。"

"明白了，局座！"

从重光那里回来后，刘贤仿一直在想哪里可以获得德国的第一手情报。他最后想到德国驻重庆大使馆。

如果在中国的某个地方确实有德国进攻苏联的第一手情报的话，这个地方最有可能是德国大使馆。要是能够进入德国大使馆搜查，说不定能够找到这方面的情报。

刘贤仿开始构思一个能够顺利进入德国大使馆搜查的行动方案。

没过多久，一个大胆的方案在他大脑中形成。

刘贤仿打电话通知董易和严冬马上来见他。见面后他向他们和盘托出自己的行动方案。

董易和严冬听了之后不禁目瞪口呆。

这可是掉脑袋的事情。如果被人发现，他们都得完蛋。

刘贤仿向董易和严冬保证，就算被人发现，也不会有事。因为他已经收到确切情报，德国很快就会与重庆政府断交，正式承认南京汪伪政府。就算现在有人直接冲进德国大使馆，政府也不会惩罚他们。

但严冬仍然有一个顾虑：

"局座知道此事吗？"

"局座还不知道。但军委会急需掌握真相，这对党国的前途和命运至关重要。局座代表的是国家，不方便亲自下达这样的命令。我们这些做下属的必须体谅长官的苦衷，主动为长官分忧，去完成这种敏感的使命。两位请放心，你们只是奉命行事，所有后果由我一人承担。"

话说到这个份上，董易和严冬只好决定跟着刘贤仿干。

三

在长江南岸风景优美的南山黄桷垭葱翠山林中，矗立着闻名山城的文峰塔。

文峰塔建于咸丰元年（1851），是一座高24米的七层石塔。

相传古时重庆地界有一条火龙，时常兴风作浪，使江水猛涨淹没城区，危害重庆百姓。因此重庆人在南岸修建了三座石塔镇住这条火龙，使之不能兴风作浪。这三座塔便是文峰塔、报恩塔和鹅卵石塔，分别压住龙头、龙身和龙尾。这三座塔有一个共同特点，即从其中一座塔上看不到其他两座塔。这就是传说中的"三塔不见面"，否则火龙复活，灾难降临。

距离文峰塔不远处一片僻静的密林深处，有一座不大的中西混合式建筑。德国驻中国大使馆就设在这座建筑里。

这座三层建筑以前是一个德国医生的私人别墅，后来德国政府将其买下改造成大使馆。

别墅虽不大，但足够容纳裴雷生代办及其两名职员在里面工作和生活。

虽然夏天的烈日将大地烤得炙热，但在繁茂的树冠遮盖下，这座别墅的四周却十分凉爽。

夏天的午后，除了远处传来的知了叫声外，大使馆周围显得静悄悄的。

这里虽然很偏僻，但隐藏在茂密的山林中，不用担心日军飞机的轰炸。

大使馆门前有一名警卫在站岗。山林中的习习凉风吹拂着他的脸，让他昏昏欲睡。此前的防空预警并没有惊醒他的睡意。

这时重庆上空传来防空紧急警报，日军飞机很快就会飞临重庆实施轰炸。

警卫睁开半闭的双眼，抬头望向天空，看起来一点都不紧张。

使馆里面的裴雷生大使听到空袭紧急警报后甚至都没有从楼上下来，因为日军飞机通常只轰炸重庆城区，很少轰炸长江南岸的南山地区。

突然，使馆不远处传来一声巨大的爆炸声。

这名昏昏欲睡的警卫被吓醒。他抬头朝爆炸声传来的方向看过去，只见大约几百米远的树林中升起一团黑烟。他想到这是日机扔下的炸弹，于是朝大使馆里面大声喊叫：

"裴雷生先生，有空袭，有炸弹！快到防空洞隐蔽！"

此刻，裴雷生和他的两名手下已经听到附近的爆炸声，意识到危险逼近。不等门外的警卫喊话，他们早已从楼上下来跑到大使馆门外。

这时不远处又接连传来两颗炸弹的爆炸声，距离使馆更近。

看来这次是来真的了。

裴雷生见状，赶紧吩咐警卫锁上大使馆大门，然后一起朝附近山坡下的防空洞跑去。

过了一会儿，刘贤仿带领董易、严冬及十多名军统特工从附近的树林里钻出来，朝德国大使馆跑去。他们有的身穿警察服装，有的身穿工兵军装；其中二人抬着一颗近一人长的大炸弹，另外几个人手里拿着锄头或铁锹。

刚才的爆炸都是刘贤仿让手下干的。

刘贤仿等人很快来到德国使馆大门前。身穿警服的严冬立刻指挥拿工具的特工在大门前不到十米的地方开始挖坑，并将挖出的泥土装进麻袋里。

坑挖好后，他们将大炸弹头朝下插进坑里露出半截，然后用挖出的土将炸弹四周的缝隙埋实，看起来就像炸弹从空中落下砸进土里一样。

这是一枚拆除引信掏空炸药的空炸弹。

炸弹埋好后，严冬便带领这些人带着麻袋里剩下的泥土离开这里，回到刚才躲藏的树林里藏起来。

就在其他人埋炸弹时，刘贤仿、董易和那名德语翻译早已打开门锁进入使馆，从里面将大门锁上。

三人快速搜查了一遍大使馆各层的房间，发现一楼是客厅和餐厅，二楼是办公室，三楼是卧室。二楼的办公室里面有一台老式保险柜和一部电台。

董易掏出布兜里的工具开始开保险柜，没用多久就将它打开。

他们开始逐份检查保险柜中及办公室里的其他文件。

由于阅读、拍照文件需要花时间，因此进展相当慢。

不知不觉中，传来警报解除的汽笛声。

大使馆外面，藏在树林中的严冬看见裴雷生和助手及警卫沿着山坡朝大使馆走过来。

当裴雷生等人走到离大使馆几十米远时，突然发现门前地面上露出的半截大炸弹，吓得赶快停下，不敢再靠近。

这时严冬带领两名身穿警服的军统特工从树林里出来，装作正在巡逻。

裴雷生见三名警察走过来，立刻大声告诉他们大使馆门前有炸弹，需要他们帮助。

严冬假装询问了一下情况，然后让一名特工去通知工兵排弹部队，自己和另一名特工封锁通向大使馆的小路，不许任何人靠近。

大约半小时后，那名特工带领十多名化装成排弹工兵的特工来到大使馆前。他们将大使馆四周封锁起来，然后开始排弹。

裴雷生和他的人远远地坐在山坡下休息，等着炸弹被排除。

大使馆里面，刘贤仿三人终于查完文件。

收拾好现场后，刘贤仿三人从大使馆后面的一扇窗户跳出去，消失在树林里。

不久工兵们终于"排除"炸弹，抬着炸弹离去。

大使馆安全了。裴雷生和他的手下回到大使馆，心里仍然感到有些后怕，完全没有意识到有人进来过。

四

刘贤仿来到重光的办公室，将德国大使馆几天前收到的一份密码电文稿照片交给重光。

密码电文下面用铅笔写下的德语译文显示，德国将于1941年6月22日展开"巴巴罗萨"行动，向苏联发起全线进攻。指示德国驻中国大使馆配合做好外交方面的应对工作。

其实在行动之前刘贤仿并没把握能在德国大使馆找到他需要的情报，他是在没有其他办法的情况下带着赌一赌运气的心理去行动的。

重光看完照片后，抬头盯着刘贤仿看了好一会儿。

刘贤仿被重光看得心里有些发毛，难道重光识破了他的真实意图？

过了足足半分钟，重光才开口说话：

"刘贤仿，你胆子真大呀！"

"是！局座。哦，不！"

"你就不怕我把你送交军事法庭吗？"

"属下对党国一片忠心，局座不会这样做的。"

听了刘贤仿的话，重光脸上露出微笑。

这是重光想做而不能做的事，刘贤仿却帮他做了。

"这确实是很有价值的第一手情报！"

"是不是应该马上通知苏联，局座？"刘贤仿故意抛出这个问题。

重光看了刘贤仿一眼，不置可否。

这是极为严重的外交事件。如果德国人知道这是军统的人干的，会视其为准战争行为。

要是放在以前，重光可能会象征性地惩罚一下刘贤仿以平息影响。

不过这次的情况完全不同。重光已获得情报证实德国政府将在7月1日与重庆政府断交，正式承认南京的汪精卫政府。这意味着德国即将成为中国的敌国。进入马上成为敌国的使馆搜查没什么大不了的，因此重光这次并没有责怪刘贤仿。

当晚回家后，刘贤仿用秘密电台将这份情报发给延安。

延安不敢有任何耽误，立刻将这份情报转发给苏联。这是德国入侵苏联的前两天。

斯大林收到这份情报后，仍然不敢完全相信，因此没有下令苏军进入紧急战备状态。

6月21日晚上，法国维希政府向苏联驻法国大使馆透露，德国定于6月22日进攻苏联。

斯大林收到维希政府的情报后，仍然表示怀疑。他认为这是"英国在挑拨离间"。

不过即便如此，为了保险起见，斯大林还是在6月22日零时30分下达苏军一号战备令，命令所有边防部队全面进入战备状况。

此时距离战争爆发只有三个半小时。

毫无疑问，一系列德国即将入侵的情报，包括来自中共方面的情报在最后一刻起了作用，迫使斯大林下达了战备命令。

但为时已晚。

6月22日凌晨四时，德国向苏联发起全线进攻。由于仓促备战，苏联红军在战争初期遭受德军重创，导致全线溃败。

第三十一章 罗盘行动

一

几个星期前，一位身份不明的人打电话给美国驻重庆大使馆海军武官皮特雷先生，要求与他秘密见面。

刚开始皮特雷不太相信这个人，不愿意和此人见面。但是当对方透露自己手上有份中国情报机关制订的一个代号为"罗盘行动"的情报，旨在离间美日、英日关系的秘密行动计划之后，皮特雷对此产生极大的兴趣。于是两人约定第二天上午11点在南岸美国驻重庆大使馆武官处附近的美国酒吧见面。

军统电讯处有线通信科监听到这通电话后，丝毫不敢怠慢，立刻报告重光。

重光接到报告后非常震惊。

"罗盘行动"是军委会侍从室指示军统制订的一项秘密行动计划。如果让美国知道这项秘密行动计划的内容，将会严重影响中美关系，给中国抗战带来极大危害。

重光立刻打电话把刘贤仿叫来,命令他带人在美国酒吧设下埋伏，阻止这位身份不明者与皮特雷见面；一旦发现这位身份不明者立刻予以逮捕，夺回绝密文件。

第二天早上，刘贤仿率领董易及十几名特工人员赶到南岸的美国酒吧附近。

负责外围监视和拦截的特工化装成流浪汉、流动小贩和滑竿脚夫等,在酒吧周围的各个要道路口暗中监视。

外围人员就位后,刘贤仿、董易和另外几名特工分别走进美国酒吧。他们各自找不同的位置坐下来,一边喝酒一边观察进入酒吧的人。

由于时间尚早,酒吧里的客人还不多;加上刘贤仿等人,总共不过十几位客人。

有几位洋人看起来都是附近外国使馆的工作人员,他们当中没有美国驻重庆大使馆武官皮特雷。

大约11点差10分,一位碧眼褐发,身材高大,身穿西服的洋人走进酒吧。

刘贤仿一眼便认出这人是皮特雷。

皮特雷下意识地扫视了一下酒吧里的其他客人。当他看到长着中国人面孔的刘贤仿等人时,他的眼光停留他们脸上的时间比其他人要稍微长一点,猜想他们中的某一个可能就是他的接头人。

皮特雷走到一张空酒桌前坐下,然后朝吧台里的酒吧老板打了一个手势,老板会意地朝皮特雷点点头。因为是老顾客,他知道皮特雷想要什么酒。

不一会儿,一位侍应生给皮特雷送来一杯兰姆酒。

皮特雷一边喝酒一边等那位神秘人来主动找他。

时间一分一秒地过去。已经是11点过5分,那位神秘人物仍然没出现。

这时,酒吧吧台上的那部电话响了。

酒吧老板拿起电话接听。片刻之后,酒吧老板将电话听筒从耳边移开放在桌面上,然后冲着皮特雷大声喊道:

"皮特雷先生,有人打电话找你。"

皮特雷听说有人打电话找他,感到有些奇怪。他站起身来,走到吧台前拿起电话。

"Hello，我是皮特雷，请问……"

对方确认是皮特雷后，立刻愤怒地指责皮特雷出卖他，和军统一起设圈套企图诱捕他。对方警告皮特雷会因为今天的事后悔。说完，他不等皮特雷做出解释便挂断电话。

皮特雷手握电话听筒，神情错愕地站在那里。

过了一会儿，皮特雷终于回过神来。他意识到对方所说的诱捕圈套指的是什么，回过头去看了看酒吧里的几个中国人。

皮特雷放下电话，走到离他最近的董易面前，怒气冲冲地对董易说："你们在监视我，我要向你们的最高当局提出抗议！"

说完，皮特雷转身走到自己的酒桌前，端起桌上的那杯酒一饮而尽，然后重重地放下酒杯，气哼哼地离开了。

打电话给皮特雷的神秘人物始终没有在美国酒吧出现，逮捕行动失败。

此后一段时间，这位神秘人物再也没有出现，就像在人间蒸发了一样。

直到有一天上午，重光接到军统武汉区密电，称一位神秘人物携带了一份重要机密文件由重庆潜逃到汉口，正设法与美国在汉口的秘密特工联系。

重光由此断定，出现在汉口的这个神秘人物就是打电话要求与皮特雷见面的那个人。

重光电令军统武汉区查明此人的身份和下落，并派刘贤仿和董易紧急赶赴武汉协助军统武汉区追杀此人。

二

一个晴朗的下午，汉口阜昌茶楼的二楼已经坐了不少客人。

刘贤仿和邵晏培坐在一个临街窗户旁茶桌前，暗中观察着四周的情况。

董易和军统武汉区行动队长石有方及其手下的几名特工分别坐在另外几张茶桌前，狙击手赖应龙埋伏在茶馆对面一栋三层楼的天台上，等待着行动命令。

头天晚上，邵晏培接到可靠情报，称那位神秘人物今天下午三点会在阜昌茶楼与美联社记者安德森接头。

此刻安德森正坐在一张茶桌前等待着那位自称唐先生的神秘人物。

三点差几分，一位身穿蓝色上衣、戴着一副墨镜的男子出现在二楼楼梯口。他站在楼梯口旁，透过那副墨镜仔细扫视了一遍二楼的客人。当他看到安德森后，抬手看了看手里的照片，然后朝安德森走过去。

安德森虽然从没见过唐先生，但当他看到戴墨镜的人径直朝他走过来时，断定此人就是那位唐先生。

来人走到安德森坐的茶桌前，朝他点点头：

"午安，安德森先生。"

"午安。您就是那位……唐先生，请坐！"安德森热情地站起来和这位先生握手，给他让座。

此人一开口说话，安德森便感觉他说话的声音与电话里的声音不太一样。可能打电话时出于保护自己的目的他故意憋着嗓子讲话，因此安德森对此并没有太在意。

安德森给男子倒了一杯茶，然后直截了当地切入正题：

"唐先生，请问您的东西带来了吗？您有什么条件？"

"带来了。"说着，这人从上衣口袋里掏出一封厚厚的信，然后将信放在茶桌上用手压住继续说，"唐先生说信交给你后，你会给我一笔钱作为酬劳。"

后面这句话是他自己加的。当他听到对方问自己有什么条件时，爱贪小便宜的本性便显露出来；加上他一直失业生活窘迫，于是编了一句谎话，看能不能乘机弄点外快。

"唐先生说？"

安德森心里不禁暗自嘀咕了一句，脸上露出困惑的表情。他不明白坐在他面前的人为什么这么说。难道他不是唐先生？安德森也不明白为什么他突然提到钱，因为在此前的几次电话联系中，唐先生从没提到过钱，强调他是为了公平道义才这样做。

也许对方好面子，处事时习惯于先君子后小人，之前可能不好意思开口提钱的事，现在临到要交出文件，再不提钱的事就真的要免费奉送了。

"当然，我会给您一笔钱作为酬劳。"想到这里，安德森马上答应对方的要求，"不过我得先看看这东西值多少钱。"

"请便。"

此人这才将按在手下面的信沿着桌面推到安德森面前。

安德森拿起信正要拆开来看，突然听到"啪"的一声响，不禁抬头看过去，发现坐在不远处的一位茶客将一个茶杯摔在地上。

随着摔杯子的声响，七八个茶客突然从不同的茶桌前同时站起身来，掏出手枪冲向安德森和戴墨镜的人，将他们团团围住。

面对黑洞洞的枪口，安德森和戴墨镜的人除了一脸惊慌之外，丝毫不敢乱动。

突如其来的情况让邵晏培和刘贤仿看得目瞪口呆，一时有些不知所措。

这时，摔杯子的人走到安德森桌前，称他是日军汉口宪兵队特高课课长伍岛茂，奉命逮捕他们。

说完后，伍岛茂从安德森手中夺过那封信，从里面抽出一叠公文纸，展开来看上面的内容。

眼看两名当事人被日本兵抓住，绝密文件就要落入敌人之手，邵晏培和刘贤仿认为再不动手就没有机会了。

两人交换了一下眼神，准备发出行动信号，强夺伍岛茂手中的那份文件。

这时，伍岛茂粗略地看完两页公文纸。只见他脸上露出失望而又愤怒的表情，冲着戴墨镜的人厉声问道：

"为什么只是一些普通的公文？绝密文件在哪里？"

此人显然被眼前发生的事吓蒙，他完全没想到送这封信有这么危险，居然引来日军宪兵队特高课。见伍岛茂问自己，他慌忙回答：

"什么绝密文件？！我不知道。是唐先生要我帮忙送这封信的。"

正抬手准备摘下自己头上的帽子发出行动信号的邵晏培听到伍岛茂的话之后，感觉有些不对劲儿，刚刚碰到帽檐的手便停了下来。

这时又听到伍岛茂大声问：

"你是谁？唐先生又是谁？"

"我叫吴渊，唐先生就是唐光催。"

听了吴渊的回答，伍岛茂没有再多问。他将信纸折好放回信封，然后大声命令手下将安德森和吴渊带回宪兵队。

刘贤仿的这次行动没能抓住神秘人，但至少弄清了神秘人是谁。

唐光催是军委会侍从室中校情报官，负责军委会隶下的所有情报系统之间的协调工作。他的军阶不高，但这个职务让他能够掌握最高军事机密。

此刻唐光催就藏在二楼的茶客中，目睹了所发生的一切。他让吴渊冒充他与安德森接头，如果一切正常，他才会亲自露面将绝密文件交给安德森。

趁着混乱，唐光催跟在撤离的日军宪兵后面离开茶楼。

两天后的上午，唐光催提着一个小箱子朝汉口的一个码头出入口走过去。

码头附近和平常一样繁忙嘈杂，来来往往的行人、汽车、黄包车、脚踏车、板车川流不息。

码头出入口前，有两名日军宪兵和两名宪佐在执勤，负责盘查上船的乘客。

出入口外，军统武汉区的两名特工装扮成脚夫，站在那里暗中观察着每一个走向出入口准备登船的乘客。他们奉命监视这个码头，防止唐光催从这里乘船逃走。他们手里有唐光催的照片，可以凭照片认人。照片是重光前天晚上派飞机空投的，昨天分发到他们手上。不过他们此前从未见过本人，仅凭照片在熙熙攘攘的人流中认人有些拿不准，因此直到唐光催离码头出入口很近时，一名特工才注意到他和照片上的人很相像，于是赶紧告诉身边的另一名特工。

等另外一名特工仔细辨认并确定他就是照片上的人之后，唐光催已经走到日本兵面前。

两名军统特工已经没有机会阻拦唐光催，只能眼睁睁地看着他提着箱子走进码头，登上开往上海的班轮。

他二人对自己的失职感到懊悔，只好记下班轮名称和舷号，心情沮丧地赶回去向上峰报告。

三

几天后刘贤仿和董易乘坐的班轮缓缓停靠在上海十六铺码头时，夜幕已经降临。

华灯初上的黄浦江畔，五彩缤纷、变幻莫测的霓虹灯闪耀着迷幻的光影，透着一股诱人的魔力。波光粼粼的江面上跳动的桅灯和渔火，交织在繁星闪烁的夜空中，宛若天空中明亮的星辰，模糊了天地之间的界限。

远东最繁华的城市上海，仍然充满着迷人的诱惑。

刘贤仿和董易各自提着一个箱子，随着其他乘客一道沿着舷梯从船上下来，穿过趸船和连接码头的栈桥踏上岸边的台阶，沿着台阶一步一步登上码头。

唐光催乘轮船逃离武汉当天，军统武汉区就密电报告重光。

重光认为唐光催的目的地是上海，便指示刘贤仿和董易乘第二天的班轮赶往上海，在军统上海区的协助下继续追杀唐光催。

刘贤仿和董易走出十六铺码头，借着出口处的灯光一眼就看到一位身穿西装、戴着花格子鸭舌帽的年轻男子手拿一块上面写着"欢迎汉口刘先生和董先生！"的硬纸牌站在接船的人群中，便走上前去和这名年轻人打招呼。

年轻人名叫小纪，是重建后的军统上海区特工人员，奉命到码头迎接刘贤仿和董易。

双方对上联络暗号后，小纪接过刘贤仿和董易手上的行李箱，领着他们穿过码头前的人群，来到一辆停在不远处的汽车旁。

刘贤仿和董易上车后，小纪将两个行李箱放进车尾行李舱，然后钻进驾驶座，开车离去。

汽车沿着黄浦江畔的外滩马路向北行驶。

一路上，一座座宏伟高大、风格各异，在五光十色的灯火照耀下显得富丽堂皇的西式建筑从汽车旁掠过，仿佛将你带进一个色彩斑斓的梦境中，让你分不清现实和虚幻。

夜空中，传来黄埔江畔海关大楼浑厚悠扬的钟声，苍劲有力，余韵缭绕，经久不息，仿佛在向全世界彰显这座惨遭战火蹂躏的东方大都市的顽强与不屈。

汽车驶过灯红酒绿的繁华街道，最后拐进上海公共租界山海关路的一个弄堂口，在一栋普通二层楼房前停下。

借着路灯昏暗的灯光，行人勉强可以看清这是一座红砖瓦房。

从车上下来后，小纪带领刘贤仿和董易走到这座房子的大门前，掏出钥匙打开大门，伸手打开电灯。漆黑的屋子里顿时亮堂起来。

他请刘贤仿和董易进屋，自己回头观察了一下四周的情况，确认没有什么异常，才转身进屋关上大门。

这是小纪的家。房子的一楼除了客厅之外，还有一间客房、一间厨房和一个卫生间；二楼有两间卧房和一个卫生间。房子虽然不大但家具齐全，整洁舒适。最让刘贤仿满意的是，客厅里还有一部电话，对外联络很方便。

军统上海区安排刘贤仿和董易住在这里，并指示小纪专门配合刘贤仿和董易的行动。

小纪请刘贤仿和董易住在二楼，自己住在一楼的客房。

刘贤仿和董易也不推辞，欣然接受小纪的好意。

安顿下来后，两人马上洗了一个澡，顿时感到全身轻松许多。毕竟在船上的三天没办法像在家里一样能够痛痛快快地洗个澡。

刘贤仿和董易下楼来到一楼的客厅，看到小纪和一位方脸浓眉的中年男子坐在沙发上。

他俩见刘、董二人下楼来，马上从沙发上站起身来迎接他们。

没等小纪开口介绍，他们马上便认出对方。

这位中年男子就是重建后的军统上海区区长何方禹，以前曾经在军统总部任职，与刘贤仿和董易认识。

上次刘贤仿和董易在上海执行任务后不久，重光就委派何方禹担任军统上海区区长，负责收拾军统上海区残局，重建军统上海区，恢复上海的敌后情报工作。

在沦陷区上海与熟识的同事相遇并共同执行秘密任务，让刘、董、何三人感慨不已。

大家重新在沙发上坐下，何方禹首先传达了重光的最新指示。

重光指示刘、董二人到达上海后，一旦找到唐光催，首要任务是夺回绝密文件，绝不能让它落到美国人手中。

传达完重光的指示后，何方禹将上海这边的进展情况向刘贤仿作了介绍。

何方禹在唐光催乘坐的班轮抵达上海港时，派出几名以前曾经见过唐光催的特工到该班轮停靠的十六铺码头暗中观察所有下船乘客，希望能够发现唐光催。但令人感到意外的是，在下船的人群中并没有发现唐光催。

何方禹已经将此情况报告重光。初步判断，该轮船抵达上海之前唐光催便提前下船，以避开军统和日方的追捕。唐光催最有可能的下船地点在镇江和江阴，因为这两个地方到上海的交通非常方便。不论是在镇江或者江阴下船，如果唐光催的目的地确实是上海的话，根据时间推算，他已经通过陆路到达上海。

何方禹已经布置好大量特工和眼线在上海的大街小巷中查找唐光催。但由于军统上海区目前没有唐光催的照片，因此他们等着刘贤仿带来的照片。

刘贤仿让董易上楼从行李箱中取出唐光催的照片交给何方禹。

事情谈完之后，何方禹没有留下来一起吃晚饭便先告辞。他要赶回去将刘贤仿和董易顺利到达上海的消息电告重光，并连夜将唐光催的照片翻印出来，以便第二天上午分发下去。有了唐光催的照片，他派出去的人查找唐光催就会方便得多。

何方禹离开后，小纪带领刘贤仿和董易到外面街上的一间餐馆吃了上海小吃。

吃完晚饭回家后，小纪从一楼的储藏间里取出两支手枪和一盒子弹交给刘贤仿和董易。为了安全起见，他俩从武汉出发时并没有随身携带武器。

四

唐光催确实是在镇江下的船。

本来他是打算在目的地上海下船的，可他的经验和直觉提醒他在上海下船很可能被军统或者日本人盯上。

下船后，唐光催没有在镇江停留，直接赶到镇江火车站乘火车当天下午到达上海北站。

唐光催顺利出站后，乘坐有轨电车来到法租界。

他在法租界圣母院路（现瑞金路）口下车，然后沿着圣母院路往北走了一段，接着拐进一条僻静的弄堂，最后来到一间三层楼的小旅社门前。

这是一间带有苏杭古典风格的青砖白墙建筑，"8·13"前唐光催曾经在这里住过。

这间藏在巷子深处的小旅社很少人知道，也不会引人注目。因此当唐光催决定到上海来时，马上就想到这间旅社。这个地方对于被军统追杀、日本人追捕的唐光催来说，既隐蔽又安全。

只是时间已过去几年，不知道这家小旅社还在不在。唐光催下火车后还是决定过来碰碰运气，没想到它仍然开着。

唐光催走进旅社，向老板要了一间二楼的房间，由旅社提供三餐。

付了押金后，唐光催接过房间钥匙，提着行李箱来到二楼一间叫做"淞庐"的房间前，用钥匙打开门走进房间。

房间不算宽敞，但干净整洁，还带有一个卫生间。

唐光催放下手里的箱子，然后在房间里的一张桌子前坐下来休息。

旅途的劳顿加上紧绷的神经，让他感到有些疲惫。

连续两次在重庆和武汉遇险并导致接头失败，让唐光催几乎不敢再相信任何人。

他本以为偷偷潜入汉口没有人知道，但还是被日本人和军统发现。似乎有一个看不见的影子一直暗中跟随着他，并随时向军统和日本人报告他的踪迹。这让唐光催感到害怕。

这一次在上海，绝不能向任何人透露自己的踪迹。唐光催在内心里暗暗告诫自己。

唐光催在上海有几个关系可以帮他找到他需要找的人。这些关系中除了中国人和美国人之外，还有一个是英国驻上海领事馆官员。但这些人是否可靠他心里实在没底。由于刚刚从危险中逃脱出来，他仍然心有余悸。

唐光催思考着下一步该如何行动，忽然感到一阵困意。这段时间以来一直心情紧张导致睡眠不佳，让他经常感到疲乏。于是，他站起身来走到床边，和衣在床上躺下，打算闭目养养神，没想到一躺下就很快睡着了。

也许是心理暗示这个地方很安全，让唐光催在潜意识中放下所有的精神压力安然地睡去，并发出一阵阵轻微的鼾声。

当唐光催在睡梦中被旅社老板叫醒时，睁开眼睛一看发现外面天已经黑了。

旅社老板请唐光催下楼吃晚饭。

在一楼的小饭厅吃完晚饭后，唐光催回到自己房间，继续思考下一步的行动。

他分析了几位他在上海的关系人，希望从他们中找出一位最可靠、最有可能帮他找到美国政府代理人的那位。

经过再三权衡，唐光催最终确定了他的人选，并决定马上和这个人联系。于是，他拿出随身携带的一个小记事簿，找出这个人的联络地址和电话，下楼向旅社老板问清楚附近的公用电话位置，然后出去打电话。

唐光催按照旅店老板的指引来到附近一间杂货店，这里果然有一部公用电话。

他走过去拿起电话开始拨打。

电话很快就通了，有人接听电话。

听对方说话的口音，唐光催就知道这是他要找的人。

这人就是张新林。张新林的公开身份是美国道森洋行高级职员，与上海的美国人来往密切。唐光催一直以为张新林只是一个普通的美国公

第三十一章　罗盘行动

司职员，并不知道张新林的真实身份。他希望借助张新林与美国方面接上关系。

得知对方是唐光催后，电话那头的张新林顿时惊得目瞪口呆。

原来军统上海区已经通知张新林唐光催携带绝密文件叛逃的消息，让他多加留意。没想到唐光催果真出现在上海，更没想到唐光催会主动和他联系。

张新林内心里既兴奋又紧张。这可是天上掉下来的一个立功的大好机会，绝不能轻易放过。

于是张新林决定先稳住唐光催，开始与他周旋。

唐光催和张新林简单地寒暄几句之后，便直截了当地告诉张新林自己目前在上海，有急事需要和美国政府的人见面，问张新林是否认识这样的美国人。

张新林装作不经意地问唐光催有什么事急着找美国人。

唐光催只好如实告诉张新林他手上有一份绝密文件，这份文件涉及中美英日关系，他需要交给美国政府。文件的细节目前不能透露，等他见到美国政府的人之后自然就会让他们知道。

听了唐光催的话后，张新林确信军统上海区传给他的消息是真实可靠的。

于是张新林答应帮唐光催找人。他让唐光催告诉他目前的联络地址和电话号码，他找到人之后好和唐光催联系。

为了自己的安全，唐光催不会向张新林透露自己的藏身处。他告诉张新林目前自己寄住朋友家，不方便透露地址和电话，希望张新林能够理解。他每天都会打电话主动和张新林联系，了解事情的进展。

见唐光催不愿意透露自己的行踪，张新林更加肯定唐光催目前处境困难。

第三十二章　上海追杀

一

几天后的一个下午，唐光催照例打电话和张新林联络。

他很谨慎，每次都在不同地方用公用电话打给张新林。

这次张新林有了答复。他告诉唐光催，他有一位与美国政府关系密切的美国同事可以帮忙，但这位美国人需要了解这份绝密文件的一些基本内容后，才能决定是否有必要转呈给美国政府。因此这位美国人需要和唐光催见面谈一谈。

双方约定第二天下午四点在公共租界跑马场附近的庞瑟咖啡馆见面。为安全起见，双方约定这次见面唐光催暂不携带绝密文件，只需口头向对方透露一些文件的基本内容即可。

二

第二天下午大约三点钟，唐光催从旅社大门出来，沿着弄堂走到圣母院路，然后沿着圣母院路朝北走，前往跑马场附近爱多亚路（现延安东路）上的庞瑟咖啡馆赴约。

唐光催住的旅社离庞瑟咖啡馆步行只需大约半小时。

一路上唐光催暗中留意周围的行人，观察自己是否被人跟踪。确信自己没有被人跟踪后，唐光催加快脚步朝目的地走去。

大约二十多分钟后，唐光催来到爱多亚路的庞瑟咖啡馆附近。

他站在一间小商店门前，观察马路斜对面百十米外的庞瑟咖啡馆。

咖啡店前面除了路过的行人之外，并没有发现可疑人。

他走到庞瑟咖啡馆大门前停下，然后假装不经意地回头看了一下，没有发现跟踪者，便推门走进咖啡馆。

唐光催扫视了一遍里面的情况。此时咖啡馆里的客人不多，他很快就看到张新林和一个洋人坐在一张咖啡桌前。

这时张新林也看到唐光催，朝他挥挥手。

唐光催走过去和站起身来迎接他的张新林握了握手。

张新林给唐光催和那位洋人相互做了介绍，两人客气地相互握手打招呼。

这个洋人名叫帕特里克·亨利，是张新林公司的经理。

唐光催坐下来后，要了一杯法式咖啡。接下来三人开始谈正事。

唐光催首先向亨利和张新林透露了绝密文件的一些内容。

这份绝密文件是国民政府最高军事委员会和军统局联合制订的一份行动计划，代号"罗盘行动"。"罗盘行动"旨在通过各种可靠的情报通道向美国和英国提供一些日本政治、军事方面的假情报。

这些情报将会造成美、英两国与日本的关系进一步恶化，最终引发日本与美、英两国的直接军事冲突，将美英两国拖入对日作战，帮助中国打败日本。

亨利和张新林听完唐光催透露的绝密文件主要内容后，简直不敢相信这是真的。

特别是亨利，他完全无法想象中国政府为了将美英拖入对日作战，居然会制订一项专门欺骗美国的卑鄙无耻、异想天开的秘密行动计划。

不过问了几个细节后，亨利马上改变了自己的想法。

亨利发现这项行动计划乍听起来荒诞不经，但细品之下却是充满谋略，缜密可行。

亨利的公开身份是一位商人，其实他是美国国务院情报局谍报员。他的任务就是收集中、日方面的政治，经济及军事情报，供华盛顿决策者参考。

唐光催手上的这份绝密文件让亨利非常感兴趣。他几乎迫不及待地想要看到这份文件的全部细节。

但亨利仍然有一个疑问。

站在中国的立场，这个秘密行动计划的目的对中国来说是十分迫切的。相对于日本来说，中国在科技、工业、经济和军事各方面都与其存在很大差距，以至于中国在抗战中一直处于劣势。如果仅仅依靠自己的力量，中国能够坚持下去就已经很困难，根本不可能奢望打败日本。因此中国希望美国成为自己的盟友，企图用谋略极力将美国拉入对日战争，虽然不够光明正大，但也并非完全不能理解。唐光催作为一名中国军人，更应该理解中国高层这么做的苦衷。

唐光催却要将如此敏感、足以损害中美关系、让中国失去美援的秘密行动计划交给美国——这项秘密行动计划的主要欺骗对象。

是什么让唐光催不惜背负叛国罪名这样做呢？唐光催这样做的目的是什么呢？

除非唐光催有足够的理由，否则这份绝密文件的真实性值得怀疑。

于是亨利向唐光催提出自己的问题。

唐光催告诉亨利他这样做只是出于公义。

在中国全面抗战中，美国一方面给中国提供很多重要军事援助，一方面对日本实施严厉的禁运，要求日本从中国撤军。从这个意义上理解，虽然美国还没有向日本开战，但实际上已经是中国的盟友；而中国企图用欺骗手段将美国拖入战争，这对美国是不公平的，是对美国的背信弃义。

其次，他将这份文件交给美国政府是有前提条件的。他要求美国政府必须承诺获得这份文件后，绝不能因此取消对中国的军事援助。

总之，唐光催的目的是，一方面对美国公平，另一方面尽量不让中国的利益受到损害。

唐光催这样做既不为名，也不为利，只是出于道义。虽然听起来有些理想主义，但对于亨利这样一个有宗教信仰的人来说，反而会认为这种出于理想的动机才更加真实可信。

亨利不再置疑唐光催的动机和文件的真实性。

他向唐光催提出，如果可能的话他希望现在就和唐光催一起去取这份文件。

但唐光催出于自身的安全及将来考虑，拒绝了亨利的要求。

唐光催告诉亨利，因为这份情报，他受到中日特工人员的追杀，已经不能继续留在中国。因此他必须在确保获得美国政府庇护的情况下，才能将文件交给亨利。他还要求美国方面事成后向他提供足够的费用，让他到美国以后生活无虞。

亨利对唐光催提出的庇护要求表示理解，答应回去后马上向美国政府报告此事。他相信美国政府会全盘接受唐光催的条件，到时候他再通过张新林约唐光催见面，完成绝密文件的交接。他要求唐光催在等待美国政府的答复期间，不要再寻求其他方面做交易。

唐光催答应亨利的要求。

临离开前，亨利从上衣口袋里掏出一个小记事本和一支钢笔，在记事本的一页纸上写下一个电话号码，撕下来交给唐光催，让他遇到紧急情况时拨打这个电话，并告诉对方自己是唐光催，对方会按照他的要求尽量提供帮助。

唐光催接过小纸条折叠好放进自己的钱包。

唐光催离开咖啡馆时正好从咖啡馆柜台上的电话旁经过，他特意在电话前停留片刻默默记住这部电话的号码。

三

唐光催回到旅社后，每天除了出去打电话和张新林保持联系外，基本上都待在自己的房间里。

这天上午，唐光催照例出去给张新林打电话。

电话接通后，张新林告诉唐光催亨利那边已经答应所有条件，并且已经安排好唐光催赴美所有事宜。双方约定当天下午三点在同样地点见面。张新林让唐光催带上绝密文件并作好一切准备，双方交接文件后，唐光催不必再回他的住处，直接按照亨利的安排秘密赴美。

下午两点钟，唐光催将那份绝密文件放进西装胸口的内侧口袋里，再将装满子弹的手枪插进腰间，然后离开自己的房间，下楼走出旅社的大门。

出弄堂口后，唐光催按照上次的线路，不紧不慢地朝庞瑟咖啡店走去。

一路上，唐光催一直暗中留意自己是否被人跟踪。

当唐光催走到蒲石路（现长乐路）和贝蒂鏖路（现成都南路）的交叉路口时，他与一个戴着鸭舌帽的中年男子擦身而过。这个中年人看起来就是一个普通的路人，当时并没有引起唐光催的注意。

继续前行大约百十来米后，唐光催忽然发现刚才与他擦肩而过的中年人此时正在他身后不远处跟着。

唐光催立刻警惕起来，决定试探一下这个人。他走进前面的一个杂货店。

唐光催假装看柜台里的货品，却暗中留意杂货店门外，看看那个戴鸭舌帽的人会不会走过杂货店超越他。

在杂货店里待了几分钟后，唐光催没有发现那人从杂货店门口经过。于是他从杂货店出来，观察了一下四周的情况，发现那人正在不远处的一部公用电话前打电话。

唐光催继续沿着马路朝前走，走了一段之后突然停下来假装系鞋带，乘机偷偷观察身后的情况，发现那人仍然跟着他。

唐光催现在可以确定此人正在跟踪自己，推测他刚才打电话是在通知同伙赶来。

唐光催不知道跟踪他的人是军统特工还是日本人的密探，也不知道这人怎么会认出他来，但他知道，只要落到他们手里，他就会完蛋。

面对这种情况，唐光催心里不免有些紧张。他强迫自己冷静下来，开始思考对策。

目前唐光催有两个选择。

其一，这里离庞瑟咖啡馆不远，如果唐光催加快速度，就算此人跟踪到那里，也不可能通知他的同伙及时赶来。到那时，说不定亨利和张新林能够帮助他摆脱危机。通过那天的接触，唐光催相信亨利不是一个普通的商人。

其二，唐光催可以在前面的某一个巷子口埋伏，袭击此人，并将其制服，摆脱其跟踪，然后再赶往咖啡馆。

这两种选择有一个共同的风险，就是假设咖啡馆里等他的两个人都不会出卖他。如果他们中有一个人出卖他，那么这两种选择都无异于自投罗网。

目前没有别的办法，即使冒险也必须试一试。

唐光催盘算了一下，觉得制服对方没有十分把握。万一在动手的过程中对被对方缠住，就难以脱身。

唐光催决定直接赶去庞瑟咖啡馆再说。

见唐光催加快速度，后面跟踪的鸭舌帽也随之加快步伐，和唐光催保持一定距离。

几分钟后，唐光催来到咖啡店馆所在的爱多亚路。这里离咖啡馆不到二百米。

唐光催一边往前走,一边暗中观察身后的鸭舌帽。他发现此人正在不远处的一个公用电话摊前打电话。

唐光催继续前行并观察前面咖啡馆附近的情况。

他发现咖啡馆门前的街上有几个可疑的人。

其中一个人在咖啡馆前的人行道上摆地摊,另一个站在电线杆旁抽烟,还有一个在咖啡馆马路对面的人行道上来回晃悠。在离咖啡馆稍远一点的地方,另外两个人站在那里说话,看起来也是一伙的。

这些可疑人明显是在监视咖啡馆。

这个新发现让唐光催感到目前的情况比他刚才想象的还要糟糕,他马上意识到张新林或者亨利出卖了他。

说不定咖啡馆里面也有他们的人。一旦进入咖啡馆,便会落入对方布下的陷阱。唐光催进一步判断。

前面有人布下陷阱,后面有人追踪而来,唐光催一时不知道该怎么办。情况紧急,没有多少时间留给唐光催仔细思考,他必须做出下一步行动的决定。

前面的人和后面的人是不是一伙的呢?唐光催在内心里问自己。如果他们是一伙的,唐光催将很难逃掉。他回头观察了一下后面那位跟踪者。

唐光催敏锐地发现,鸭舌帽不知不觉中已经放慢脚步,并不时回头张望,看起来像是期盼他的同伙快点赶来。显然他也发现咖啡馆前的几个可疑人,这些人让他感到害怕,因此在那里徘徊,等待同伙赶来。

唐光催由此判断前后两拨人不是一伙的。

必须利用这个情况,这样才有可能脱身。唐光催内心里暗暗告诉自己。

唐光催发现前面的一个百货商店门口有一部公用电话,心里顿时有了主意。

他走到公用电话前,拿起电话听筒开始拨打电话。

第三十二章 上海追杀

电话马上就通了，有人接听电话。

唐光催告诉对方，他要和咖啡馆里一位名叫亨利的客人讲话。

对方让唐光催稍等，不一会儿电话里传来亨利的说话声。

唐光催立刻告诉亨利，他正在离咖啡馆不远的一个百货商店门前，自己被人跟踪，咖啡馆也受到监视，并强调有理由相信跟踪他的人和咖啡馆前的可疑人不是一伙的。他目前处境很危险，希望亨利想办法救他。

唐光催这样做是在试探亨利。如果亨利是出卖他的人，那么亨利可能会告诉他咖啡馆外面的可疑人是派来暗中保护他的自己人，消除他的疑虑，将他引入陷阱。如果亨利不是出卖他的人，那么亨利会想办法让他脱身，保证他身上的绝密文件不会落入其他人手中。此外，如果亨利和张新林不是一伙的，这样做还可以提醒亨利，出卖他的人可能是张新林，让亨利暗中对张新林加以防范。

听了唐光催的话之后，亨利感到非常吃惊，不由自主地透过咖啡馆的落地窗观察了一下外面的情况。果然像唐光催所说的那样，咖啡馆外面的街上有几个可疑人。亨利扭头看了看坐在咖啡桌前的张新林，发现张新林正看着自己，于是装作若无其事的样子朝张新林点了点头，假装继续听电话，实际上他在暗中观察咖啡馆里的其他客人。他发现其中两个客人正偷偷地注意着他。

"明白了。听着，按我说的去做。"

亨利用手遮住话筒，压低声音告诉唐光催该怎么做，说完后挂断电话回到张新林的咖啡桌前。

亨利低声告诉张新林，刚才是唐光催给他打电话，通知他临时改变见面地点，让他们15分钟内赶到新地点见面，否则不再联系。

张新林一听，马上站起身来和亨利一起匆匆离开咖啡馆。

亨利快步朝唐光催所在的方向走去，张新林急忙加快脚步跟上。

咖啡馆里的两位客人马上起身离开咖啡馆，跟着亨利和张新林。其中一人朝外面的几个可疑人使了一个眼色，这几个人便相互保持着一定距离跟在他们后面。

这几个可疑人是汪伪76号特工。

原来，张新林在唐光催和亨利约好第二次见面的时间地点后，马上将此事报告给76号头目李士群。李士群安排手下的特工在庞瑟咖啡馆设下埋伏，准备逮捕唐光催。

亨利朝唐光催所在的百货商店方向快步往前走，身矮腿短的张新林吃力地跟上亨利的步伐。

张新林一边走一边问亨利新的见面地点在哪里。亨利对此早有准备，于是将自己编造的一个新见面地点告诉张新林。

那地方离这里不是很近，步行差不多要十多分钟。

怪不得亨利这么匆忙，原来是担心15分钟内赶不到。张新林心里暗想。

躲在百货商店里的唐光催隔着橱窗看到亨利和张新林以及那几名可疑人先后从商店门前走过，于是走到商店门边偷偷观察。

他们前面不远处，鸭舌帽和另外几个人正一道朝唐光催这个方向快步追过来。很明显，他的同伙已经赶到。

亨利与鸭舌帽距离越来越近，就在双方擦肩而过的时候，亨利假装不小心撞了他一下，将他撞倒在地。亨利满脸无辜地看着躺在地上的鸭舌帽，没有一点抱歉的意思。那样子分明是在嘲笑他怎么这么不经撞。

鸭舌帽被重重地撞了一下，本来就有些生气，见对方撞倒他之后不仅不道歉，而且还这么没礼貌地嘲笑他，一股怒火顿时冲上头。他从地上爬起来，一边对亨利破口大骂，一边伸开双手用力推了亨利一把。

亨利被鸭舌帽推得向后跟跄了几步方才站稳，接着冲上去挥拳便朝他打去。

鸭舌帽立刻挥拳还击，两人扭打在一起。

见亨利与鸭舌帽相互动手，张新林和鸭舌帽的同伙刚开始都试图劝解他们。但由于双方互不相让，张新林和对方难免相互拉扯、推搡。对方仗着人多，开始对张新林动起手来。

张新林本不希望因为冲突耽误大事，一开始想尽快平息纷争。没想到对方竟然向他动手，让他的脸上吃了几拳。张新林顿时心生恼怒，便将唐光催的事置之脑后，挥拳向对方还击，和亨利一道与对方打起来。

跟在张新林身后不远处的几名汪伪特工见张新林和亨利遭人围攻，快步冲上来加入团战，双方立刻爆发一场群殴。

这就是刚才亨利和唐光催在电话中商量好的计策。

唐光催乘双方混战之际，赶忙从商店大门口出来，沿着街道朝相反的方向快步离去。

这时街上一名巡逻的巡捕发现有人打群架，立刻吹响警笛，召唤其他巡捕过来抓人。

正在混战的双方听见警笛声，马上停止打斗，各自散开逃走。

刘贤仿、董易和小纪接到发现唐光催的消息赶到爱多亚路时，双方的人早已散去，唐光催更是不见踪影。只有军统上海区行动队长老耿和那位鸭舌帽留在附近等他们。

鸭舌帽是军统上海区的外围眼线，当时正在这一带打探唐光催的下落。当他在街上无意中发现唐光催后，马上对唐光催进行跟踪。在跟踪过程中，鸭舌帽利用街边的公用电话将发现唐光催的消息上报。老耿接到消息后立刻报告军统上海区总部，然后率领几名手下赶过来支援。

没想到这么好的一个机会却被一伙身份不明的人给搅了。

根据鸭舌帽和老耿的报告，刘贤仿初步判断那伙人是故意寻衅缠住鸭舌帽和老耿等人，以掩护唐光催脱身。

刘贤仿和何方禹决定在唐光催出现的蒲石路和贝蒂鏖路交叉路口及其附近周边地区加派眼线，继续暗中寻找唐光催的下落。

第三十三章　闯入陷阱

一

唐光催安全回到旅店。

他从里面插上房间的门闩，走到椅子前一屁股瘫坐在椅子上。

他的心情到现在还没有完全平复下来，心脏仍然还在扑通扑通地跳，整个脑子乱成一团。

过了好一会儿，他才渐渐平静下来，思维开始有了一些条理。

他将事情从头到尾重新梳理、分析一遍，得出一些判断。

他现在可以断定是张新林出卖了他，而那些监视咖啡馆的人与张新林是一伙的。

他不知道张新林为什么出卖他。他一直以为张新林只是一个普通的外国公司职员，现在看来张新林的背景并不像他想象的那么单纯。他开始怀疑张新林是某一方面的情报人员，但到底是哪一方面的目前还不清楚。不过有一点可以肯定，张新林方面对他的那份绝密文件十分感兴趣。

此外，唐光催认为亨利与这次出卖没有关系。亨利在危急关头想办法帮他脱险，仅这一点就足以证明亨利值得信任。亨利面对紧急情况在那么短的时间想出绝妙计策帮他脱险，表现出超乎常人的机智和勇气，让唐光催更加坚信亨利是美国方面的情报人员。这不是一个普通人能够做到的，只有那些受过严格训练的特工才能做到。

第三十三章　闯入陷阱

对于跟踪他的那位鸭舌帽及其同伙，唐光催目前还无法判断他们是哪方面的人。但他相信，这伙人如果不是军统方面的，就是日伪方面的。更麻烦的是，这伙人已经发现他，肯定会在这一带加派人手更加严密地打探他的行踪。因此，从现在开始，他每一次走出旅社大门都必须更加谨慎小心，否则再让这伙人发现他的行踪，就可能没有今天这么幸运了。

今天的遭遇让唐光催感到特别沮丧，他的这次机会又这样失去了。

想到这里，唐光催不禁烦躁地摇了摇头。

他从椅子上站起身来，焦虑不安地在房间里来回走动了一阵子，然后仰面倒在床上，两眼无神地看着天花板。过了一会儿，他又从床上爬起来，重新回到椅子上坐下。

如果有可能，唐光催现在宁愿放弃。但他已经没有退路，只能冒险继续干下去。

唐光催双手抱着自己的脑袋，对前途的恐惧让他不得不重新思考对策。

他很快就想到亨利留给他的那个电话号码。

虽然这个电话号码是亨利当着张新林的面给他的，但他现在别无选择，只能赌一把张新林当时没有看清楚这个电话号码。

想到这里，唐光催马上站起身来离开房间，到外面去打电话。

他来到街上一间有公用电话的土产店，拨打亨利给他的那个电话号码。

不一会儿，对方接听。

他马上按照亨利告诉他的说出自己的名字。

对方听到唐光催的名字之后，问他是否需要帮助。

唐光催请对方转告亨利，明天傍晚七点开车到九江路的圣三一教堂门口等他。为了方便识别汽车，请亨利在汽车前的挡风玻璃上放一束鲜花。他会在傍晚七点到那里与亨利碰头。碰头后亨利必须马上送他到秘密藏身地点。为了安全起见,他已经将文件藏在一个秘密地方,明天不会带在身上。到达秘密藏身地点后,他会告诉亨利藏匿文件的地点。

唐光催故意在电话中告诉对方他把文件藏起来了,是一种预防措施。就算张新林那天看清这个电话号码,其同伙窃听了这通电话,明天会在碰头地点设下埋伏,为了得到绝密文件,他们也不敢伤他性命。这样他就有机会逃走。

对方告诉唐光催,所有事情都会安排妥当,只需他明晚安全登上亨利的汽车,绝对不会有问题。

打完电话回到房间后,唐光催的心情好了很多。

亨利留下的电话果然有用,看来美国方面已经为唐光催安排好一切。现在唯一让他担心的就是张新林。他在内心里不断祈祷,希望张新林没有看清亨利给他的电话号码。

二

第二天下午五点,唐光催从箱子里拿出一副假胡须和一副眼镜。

他对着衣柜的镜子将假胡须黏在他的鼻子下面,再戴上那副眼镜,然后对着镜子仔细端详自己的样子,想确认一下他的容貌是否因为化装有所改变。

他看了一下,然后不置可否地耸了耸肩。

唐光催从箱子里取出那份绝密文件放进西服内侧的口袋,然后从枕头下摸出那支手枪,检查了一下弹夹后将手枪插进腰间的皮带上。

一切准备就绪后,唐光催拿起挂在衣架上的一顶灰色礼帽戴在头上,然后开门离开房间。

当唐光催从楼上下来穿过店堂走出大门时,旅店老板用异样的眼光看着他,感觉他今天的样子有点奇怪。

唐光催走出弄堂,沿着圣母院路朝霞飞路走去,不一会儿就来到霞飞路上的有轨电车站。

这段路并不长，但唐光催依然非常谨慎。他一直警惕地留意自己周围的情况，好在一路上都没发现被人跟踪。

有轨电车站上等车的人不少。

大约等了几分钟，一辆有轨电车开过来停在车站前。

唐光催随着其他乘客挤上电车。

上下完乘客后，电车开动了。

这时，唐光催无意中透过车窗看到车站前有一个人手上拿着一张照片，正对照片仔细观察他。

见此情景，唐光催马上意识到自己遇上密探，心里不禁暗暗叫苦。

这人似乎认出唐光催，突然拔腿追赶已经开动的电车，一边叫喊一边挥手，希望电车停下来。

可电车已经开出车站，司机没有停车继续前行，将此人越甩越远。

唐光催看见这人无可奈何地停下来，悬着的心才稍稍落下来一点。

根据上次的经验，这人很可能是那名鸭舌帽的同伙。这人已经认出唐光催，很快就会通知他的同伙在沿途车站堵截唐光催。

想到这里，唐光催稍稍放下的心又悬起来。

每到一站，他都会警惕地注视上车的人，紧紧地握着手枪。幸好，没遇到险情。天不绝我，唐光催心想。

经过几站路之后，电车到达外滩车站停下。电车门一打开，唐光催便赶紧下车。

下车后唐光催并没有遇到任何麻烦。他穿过马路走到南京路口。从这里步行到圣三一教堂只需要几分钟。

唐光催提早出门，就是为了提前来到教堂附近暗中观察情况。

他沿着南京路走到江西路口，然后左转沿着江西路向南行，来到江西路和九江路的十字路口。他站在那里观察了一下四周，转身走进十字路口旁的一间西式甜品店。

甜品店里有一道楼梯通向二楼的一间酒吧，唐光催沿着楼梯登上二楼。

酒吧里此刻几乎没什么客人，唐光催挑了一个靠窗的桌子坐下。这里正好与圣三一教堂隔着十字路口对角相望，透过窗口能够清楚地看到教堂大门前面和十字路口附近的情况。

唐光催要了一杯法国葡萄酒，坐在那里一边喝酒一边观察。

他抬手看了看手表，现在还不到6点。

三

圣三一教堂是上海最著名的一所基督教堂。

这是一座罗马式和哥特式混合风格的红砖建筑。教堂的主建筑属于罗马式风格，教堂正面拱顶上立着一个大十字架。主建筑旁边的钟楼顶部四角各有一个小锥形尖顶，烘托着中央那只高大的锥形尖顶，突显其哥特式风格。

教堂大门斜对面的一间西餐厅里，汪伪特工头目李士群坐在一张紧挨着落地窗的餐桌前。

张新林坐在李士群的对面，正透过窗口观察着街上的行人。

教堂大门外及前面的街道上，几十个76号特工以各种装扮混在街上的行人和流动小贩中，严密监视着这条街上的情况，随时准备行动。

唐光催唯一担心的事果然发生。

那天在庞瑟咖啡馆，当亨利将电话号码写下来交给唐光催时，张新林只是随便地瞥了一眼，便牢记下这个电话号码。

张新林回去后马上将这个电话号码报告给李士群。

76号特工很快查出这个电话号码的位置，并在这条电话线上暗中安装了窃听装置。

当唐光催昨天打这个电话时，汪伪特工窃听到唐光催与对方的通话，于是李士群决定在圣三一教堂四周布下埋伏，准备抓捕唐光催。由于唐光催将绝密文件藏起来，李士群命令参加行动的所有特工千万不要伤唐光催性命，只能活捉。否则得不到那份绝密文件。

由于只有张新林一个人认识唐光催，李士群决定冒险让张新林参加这次行动，在现场暗中辨认唐光催。

几乎在同一时间，两辆由外滩沿着九江路向西行驶的黑色轿车在距离十字路口大约五六十米的地方一前一后停在马路旁。

前面这辆汽车的司机是小纪，旁边坐着董易，后座上坐着刘贤仿和何方禹。后面那辆车上只有何方禹的那位贴身保镖。

大约一小时前，何方禹收到在霞飞路圣母院路有轨电车站发现唐光催的报告。正当他在猜测唐光催的目的地时，上海区秘密电台交通员送来一份重光刚刚发来的急电。急电通知何方禹，唐光催将于当晚七点在圣三一教堂大门前出现，但文件被他藏在秘密地点。重光命令何方禹、刘贤仿务必赶到现场捉拿唐光催，逼他交出那份绝密文件。

何方禹立刻命令行动队队长老耿紧急召集几名行动队队员赶往现场与他会合。

不久，何方禹和他的一位贴身保镖开车来到小纪家。

何方禹将重光的指示简短地转达给刘贤仿三人，然后一起分乘两辆汽车前往圣三一教堂。

他们很快发现教堂前有一些形迹可疑的人混在街上的行人中，暗中监视着教堂大门口及附近的街道。

这个发现让何方禹和小纪都感到非常吃惊。因为这些人他们一个都不认识，肯定不是老耿手下的行动队员。

看来除了军统之外，还有其他方面知道唐光催将会在这里出现。何方禹断定这些人十有八九是日伪特工。

情况发生戏剧性的变化，完全出乎刘贤仿和何方禹的预料。要想和对方争夺唐光催，将会变得十分困难。因为从对方的人数来看，远远多于今天参加行动的军统上海区行动队队员。

这时，小纪从后视镜中发现老耿正在他们的汽车后面不远处，胸前挂着一个装满香烟的扁平木盒，一面叫卖，一边不紧不慢地朝他们这边走过来。另外七八名行动队员也以不同的装扮，分散开来跟在老耿后面。

小纪回过头来指着汽车后方告诉何方禹，老耿和他的队员已经就位。

何方禹摇下车窗，伸出脑袋大声招呼老耿过来。

老耿立刻走到车窗前，假装问何方禹要什么香烟。

何方禹乘机将刚才发现的新情况告诉老耿，并提醒他力量悬殊，到时候必须见机行事。他指着马路旁一个冰室的二楼阳台，说到时候他会在阳台上，让老耿密切观察他的动作，当他摘下头上戴的礼帽时，老耿指挥队员马上行动将唐光催控制住。与此同时，这里的两辆汽车会迅速开过去接应他们。

刘贤仿提醒老耿，东西不在唐光催身上，如果无法抓住唐光催，就必须尽力阻止他落到另一伙人手中，宁可让他逃走，这样以后还有机会。绝不能让他们伤他性命，否则再也没机会夺回文件，万一泄露出去就麻烦了。

收到指示后，老耿拿起一包哈德门香烟递给何方禹，收了钱，一边叫卖一边继续朝前走。

后面的两名行动队员心领神会，先后叫住老耿假装买烟。

老耿乘机将何方禹的命令传达给这两名行动队员，他俩不一会儿便将此命令传达给其他行动队员。

老耿和他的队员们化装成流动小贩、擦皮鞋的、卖走私手表的、杂耍卖艺的、摆地摊的以及乞丐等来到教堂大门前，一边转悠一边吆喝。

第三十四章 功败垂成

一

大约六点三刻，一辆蓝色福特汽车沿着九江路朝东行驶过来，在圣三一教堂大门前停下。

亨利手上拿着一束玫瑰花从车上下来，将手里的鲜花放在汽车挡风玻璃上，然后转身回到汽车上。看起来就像是一位浪漫的男子正在等待他的情人。

这情形被二楼酒吧里的唐光催看到。

马路对面餐厅里的李士群和张新林也看到这一切。张新林告诉李士群，从车上下来的洋人就是亨利。

坐在汽车上、隔着十字路口观察情况的刘贤仿等人虽然距离较远，也同样看到这个情景。

何方禹和刘贤仿从汽车上下来，走进路边的那栋大楼。不一会儿，他们就出现在大楼二楼临街的阳台上。从这里，他们可以清楚地看到教堂大门前的情况。老耿和他的队员也能清楚地看见他们俩。

亨利坐在驾驶座上，开始留意观察周围的情况，很快发现有些异样。

一些形迹可疑的人出现在教堂大门外，看样子是冲着他和唐光催来的。

见此情景，亨利不得不感慨这些人简直是无孔不入，防不胜防。

亨利本以为今晚的任务很简单。他在这里等唐光催上车，然后开车送唐光催到秘密藏身地点。

没想到对方掌握了这个情报，早已在这里布下天罗地网等他俩往里钻。更可怕的是，他现在甚至都不知道对方是谁。上次出问题他还可以判断是被张新林出卖，这次出问题又是被谁出卖的呢？亨利心里默默地问自己。

面对眼前的情景，亨利预感到今晚的任务绝不会像他想象的那么轻松。

唐光催早已发现埋伏在教堂大门前的那些人。

这些人明显是冲着他来的。

唐光催由此断定他和亨利约定今晚见面的消息被泄露了。他猜测张新林那天看到了亨利留给他的电话号码，这是他目前能够想到的唯一漏洞。

面对眼前的情况，唐光催感到绝望。此刻他仅有的安慰就是他的谨慎让他现在还能够坐在这里。幸亏他每次都到旅社外面不同的地方给张新林打电话，否则张新林同伙恐怕早就通过电话追踪到他。

当他看到亨利下车把一束鲜花放在挡风玻璃上时，他的内心里没有丝毫的喜悦。

不过，就算情况再危险，唐光催此刻也不能放弃。他决心冒险试一试，否则以后可能连这种机会都没有。他开始评估从一楼的甜品店大门口强行冲到亨利的汽车旁开门上车有多大的把握。

结论让他失望。因为十字路口的四个拐角处和亨利的汽车周围都有等着上钩的人在严密监视过路的行人，一旦他快速朝亨利的汽车冲过去，马上就会惊动对方并受到拦截。虽然几十米的距离不算太长，但他很难突破对方的层层阻截到达亨利的汽车旁。

唯一的希望，就是埋伏在教堂大门附近的张新林同伙不认识他。这是完全有可能的。因为昨天唐光催出现在离庞瑟咖啡馆不远的地方时，咖啡馆外面张新林的同伙根本没有注意他，说明他们根本不认识他。如果真是这样的话，唐光催可以装作路人不露声色地走近亨利的汽车，说不定不会引起对方的注意。

想到这里，绝望的唐光催又燃起一线希望。

他决定就这样做。

二

七点差五分，唐光催离开二楼酒吧，下楼来到一楼的甜品店。他站在店门后暗中观察了一下教堂大门外及其附近的情况。

街上满是熙熙攘攘的行人，那些想要抓他的人正警惕地观察着路上的每一个人。另外几个在亨利的汽车旁来回晃悠，看样子就是为了阻止他靠近汽车。

成功的可能性很小，唐光催在内心里默默告诉自己。即使这样他也必须试一试。

唐光催深深吸了一口气，然后迈着不急不缓的步子走出店门，随着街上的行人一步步穿过十字路口北侧的江西路。

果然，一名站在十字路口拐角处的76号特工虽然扫了唐光催一眼，但把他当作平常的路人，并没有多加留意。

穿过江西路之后，唐光催还要穿过十字路口西侧的九江路，才能到达圣三一教堂大门这一侧。

唐光催随着熙熙攘攘的人流顺利地越过十字路口西侧的九江路，终于来到教堂大门这一侧。

当唐光催和一名监视路口这一侧的76号特工擦身而过时，这名汪伪特工根本没有多看他一眼。

见此情形，唐光催心中不禁大喜。

不过，唐光催没有躲过张新林的眼睛。

就在唐光催穿过九江路的时候，张新林便发现了他。张新林立刻向站在窗外等候命令的一名76号特工指认目标：

"他正穿过九江路朝教堂这边走过来，穿灰色西装，戴灰色礼帽，留着小胡子。"

"行动！"李士群发出命令。

唐光催附近的几名76号特工收到暗号后，马上从行人中识别出唐光催，一起向他围过去。

路口另一侧二楼临街阳台上的刘贤仿和何方禹也发现唐光催。两人交换了一下眼神，决定抢先动手。

何方禹抬手摘下头上的礼帽。

接到何方禹发出的行动暗号后，军统行动队队员马上从不同的方向朝唐光催围过去。实际上他们在唐光催刚穿过江西路时，就已经发现他并暗中跟着他，只是因为等待命令才没有动手。

此刻最靠近唐光催的是一名76号特工。只见他突然掏出手枪迅速冲到唐光催面前，用手枪指着他的胸口。

面对突然出现的枪口，唐光催不自觉地举起双手，根本没有机会掏枪抵抗。

与此同时，另外几名汪伪特工也冲过来将唐光催围住，几个黑洞洞的枪口对着唐光催。

眼看对方抢先控制住唐光催，老耿耳边响起刘贤仿刚才的话：

如果自己抓不到唐光催，也不能让他落在其他人手中。

于是，老耿立刻向他周围的行动队员使了一个眼色，随即拔出手枪向围住唐光催的几名汪伪特工开枪射击。

砰，砰，砰……几声枪响划破天空。

其他队员也跟着老耿向汪伪特工开枪。

由于汪伪特工并没发现有其他人跟他们抢人，便将注意力全部集中在唐光催身上，因此毫无防备。几名汪伪特工还没反应过来就被老耿他们射出的子弹击中，纷纷倒下。

街上的行人被突如其来的枪声吓得四处乱窜，争相逃命。

枪响的一瞬间，唐光催见用枪逼住自己的人全都倒下，于是本能地拔腿朝亨利汽车方向跑去。可没等他跑出几步，就被前面的几名汪伪特工拦住，并向他周围开枪射击，吓得他赶紧闪到旁边的一个垃圾箱后面躲避。

与此同时，老耿的两名队员朝唐光催冲过去，企图乘乱抓住他。

汪伪特工见状，立刻开枪阻止他们。

两名队员没能靠近唐光催就被子弹击中倒下。

随即，圣三一教堂大门外爆发一场激烈的混战。

这是一场双方都打得十分别扭的枪战。

虽然双方都获悉唐光催身上没带绝密文件，因此都下令不要伤他性命，只能活捉逼他交出文件下落。但问题是，双方都不知道对方也了解这一点，都担心对方误以为唐光催身上带着绝密文件，会强行冲过去打死他，抢走他身上的绝密文件。因此双方既想自己抓到唐光催，又担心他落到对方手中；既不能让唐光催逃走，又要保护他不被对方打死。

正是由于这种矛盾心理，让双方都无法放手一搏。

唐光催躲在垃圾桶后面观察着周围的情况，同时用手枪朝企图向他冲过来的双方特工开枪，阻止他们靠近。

其实唐光催并不需要这么做，因为双方都在替他做这件事。

双方现在都怀着一个同样的目标：如果自己无法抓到唐光催，就绝不能让对方抓到他！

唐光催看到自己的小计谋已奏效，心里一阵高兴。他从垃圾桶后面探出身来朝亨利的方向移动，试图乘机冲到亨利的汽车旁。结果立刻招来一阵子弹，打在他周围的地面上啪啪直响、火星乱迸，阻止他逃向亨利的汽车。

很明显，双方都盯着唐光催，防止他逃走。他们不想伤他性命，但如果他执意想要冲破火网逃向汽车，子弹肯定会击中他。

汽车上的亨利被眼前突然发生的状况给惊呆。

刚才，当亨利看见唐光催穿过十字路口朝他这边走来，居然没被那些可疑人认出来，心中感到一阵幸运，口中不由得连连念叨着快，快，快！同时启动汽车。

可没想到转眼之间形势急转直下。

亨利注意到混战的双方虽然都在忙着对付对方，但他们都留着一只眼盯着唐光催，唐光催很难冲到他的汽车旁。

亨利决定去接应唐光催。于是他一踩油门，开车朝唐光催方向冲过去。

几名正在马路上枪战的双方人员看到亨利的汽车朝他们冲过来，吓得赶紧闪避。其他人立刻掉转枪口朝亨利的汽车射击，企图阻止他救走唐光催。

只是三五秒之间，亨利的车便冲到唐光催前面停下。

唐光催见状赶紧从垃圾桶后面冲出来，拉开车门弓着身子一头钻进汽车，刚坐好还没完全关上车门，亨利便一踩油门，汽车猛然加速朝前面的十字路口驶去。

看到亨利的汽车载着唐光催企图逃走，枪战双方不约而同地集中火力向加速逃离的汽车猛烈射击。密集的枪弹将车身和前后的挡风玻璃打得满是窟窿。

唐光催被吓得本能地低下身体躲避子弹。

不过双方都担心误伤唐光催，开枪时都尽量避着他。

亨利在十字路口向右猛打方向盘，汽车立刻驶进江西路，沿着江西路加速朝南驶去。

整个过程持续不到一分钟。

这时，小纪和何方禹的保镖正一前一后开车朝这边驶过来，见亨利的汽车转进江西路，于是跟在后面紧追不舍。

第三十四章 功败垂成

与此同时，两辆停在十字路口北侧的汪伪76号的汽车也尾随小纪他们的汽车追赶过去。

不一会儿，亨利的汽车拐进广东路，沿着广东路向西行驶，很快驶过山东路（今山东中路）十字路口。

当亨利的汽车一驶过十字路口，从十字路口两侧立刻驶出两辆公共租界的警车，堵在十字路口中央，硬是将后面正在追赶的军统汽车和汪伪特工的汽车拦住，使之无法继续追赶。

小纪和董易的车被拦在最前面，只能眼睁睁地看着亨利的车疾驶而去。

这一切都是亨利事先设计好的，以掩护他摆脱可能出现的追兵。

唐光催不禁暗暗舒了一口气。

汽车继续前行。几分钟后，汽车行驶到孟德兰路（现江阴路）。这时亨利忽然放慢车速，将车停在路边。

唐光催以为到了目的地，心里不禁感到一阵激动。

可亨利双手撑着方向盘，开始急促地喘粗气。

由于一路上精神高度紧张，唐光催并没有注意到亨利的变化。他现在突然发现亨利的情况不对，感到有些诧异。

唐光催仔细观察，发现亨利脸上带着痛苦的表情，额头上挂着豆大的汗珠。

唐光催怀疑亨利受伤，于是低头仔细查看亨利的胸口，发现他胸口的衣服上有一片污渍。

唐光催赶忙伸手去摸了一下，感觉黏黏的，是血液。

亨利的胸部在接应唐光催逃走的那一刻中弹。为了摆脱对方的追击，亨利一路上强忍着枪伤拼命开车，希望赶在失去知觉之前将唐光催送到秘密藏身地点。

可他现在无法支持下去，不得不把车停下来。

亨利的呼吸越来越急促，他的意识已经开始变得模糊不清。他只能依靠自己的意志力强迫自己不要马上昏死过去,他有重要的事情向唐光催交代。他张开嘴,伴随着急促的喘息声,用微弱的、断断续续的声音告诉唐光催秘密藏身地点,让他去那里找他的同事。

由于亨利的声音非常微弱,加上说话时急促喘息,让他的声音含混不清,唐光催根本没听清楚他说的什么。

唐光催虽然什么都没听清楚,但他还是不住地点头,以此安慰即将离去的灵魂。

亨利的呼吸越来越微弱,最后终于停止。

唐光催为亨利的死感到难过,亨利是因为他而死的,他也为自己感到难过,自己是穷途末路。

唐光催从汽车上下来,想着赶快离开这里,否则遇到巡捕就麻烦了,但他不知该往哪里去,只好漫无目标地沿着马路往前走。

三

昏暗的路灯照亮着街道,街上只有稀稀落落的行人。

唐光催沿着街道朝前走,刚才发生的事一幕一幕闪现在他的眼前。

半小时前,当唐光催被一伙不明身份的人用黑洞洞的枪口逼住时,他在那一瞬间陷入极度的绝望。当两伙人因他突然爆发激烈的枪战,他被吓得藏身垃圾桶后躲避四处横飞的子弹时,他的脑海变得一片空白。当他跳上亨利的汽车疾驶而去时,他的内心又重新燃起一线希望。虽然后面仍有追兵,但他毕竟与亨利会合,凭借亨利的机智完全有可能摆脱追兵。当他看到后面的追兵被租界巡捕房警车拦住,让他们成功摆脱时,他一度认为他的这次冒险成功了,内心不由得爆发出一阵狂喜。

可是,就在他们快要到达目的地时,亨利却因枪伤而死。好不容易建立的通道再次被切断,一切又重新回到原点。他兴奋的心情再次坠入冰点。

第三十四章　功败垂成

一系列戏剧性的变化，像电影里的故事情节一样起伏跌宕，让唐光催感觉自己仿佛置身于虚幻的梦境中。

但街灯照亮的街道以及与他擦肩而过的行人让他明白这一切都是真实的，真实得让他感受到四周充满杀机，真实得让他明白没有安全的地方可去。

唐光催不敢再回那间旅社，因为刚才在圣三一教堂前，他看清第一个开枪的人老耿，而老耿和跟踪他的鸭舌帽是一伙的。今天在电车站发现他的那个密探肯定是他们一伙的，证明他们已经在旅社附近打探他的下落。

他得先另外找个旅社住下来，然后再想别的办法。

不知不觉中唐光催已经走到戈登路（现江宁路）。他看见前面一家叫做弗尔登旅社的灯光招牌，于是走进去。

这是一间三层楼的中等规模旅社，旅社的大堂灯火明亮。

他向大堂柜台里的值班服务生要了一个单人间。拿了房门钥匙后他乘电梯来到三楼，找到自己的房间开门进去，然后从里面将房门插销闩上。

洗漱一番之后，唐光催便和衣躺在床上思考着以后的出路。

他仍然希望把身上的绝密文件交给美国人。且美国方面已经答应他的所有条件，只是亨利之死，才让他陷入目前的困境。因此，他仍然对美国方面抱有一线希望。

想到这里，唐光催决定再试一试亨利上次给他的那个电话号码，看能不能得到对方的帮助。虽然他知道张新林那伙人肯定会窃听这个电话，但如果计划周全的话，完全有可能摆脱他们的追踪。他认为冒这个险是值得的。

他决定立刻行动。

唐光催来到附近一部公用电话前拿起电话拨打那个号码，很快便有人接听。

像上次一样，唐光催马上说出自己的字。

没想到对方听到他的名字之后，没有说一句话便挂断电话。

显然对方已经知道刚才发生的事，不敢再和他在电话上沟通。

这条路也给堵死了。

唐光催心情沮丧地回到旅社。

他睁着双眼躺在床上，想着自己的前途，不禁感到一阵心烦意乱。

除了交接绝密文件的事屡遭挫折之外，他身上带的钱也所剩无几。如果两三天内找不到出路的话，他身上的钱就会花光。到时候他不光要流落街头，甚至连一日三餐都没得吃。

必须尽快找到出路！

他左思右想，除了去找那位英国人，再也没有其他办法。

唐光催之前一直不愿意把文件交给英国人。他认为英国人对中国并不友好。特别是英国在日本的压力下单方面封锁滇缅公路，使中国失去与外界联系的唯一通道，造成中国急需的抗战物资严重短缺。

可迫于当前的形势和自己的处境，唐光催决定和那位英国人联系。这是他最后的希望。

第三十五章　顺水推舟

一

第二天早上，唐光催来到昨晚打电话的那间杂货店。

他走到公用电话前拿起听筒开始拨打电话。

接电话的正好是唐光催要找的人。这人名叫吉姆，是英国驻上海领事馆副领事。

唐光催几年前在上海认识了吉姆，后来两人成为朋友。

淞沪会战后，唐光催随国军撤离上海，从那之后就再也没有和吉姆联系过。

当吉姆知道打电话的人是唐光催时，感到既意外又兴奋。

吉姆已经得到唐光催带着绝密情报逃到上海的消息，正在暗中寻找他，希望获得他身上的那份绝密情报。

没想到唐光催自己送上门来。

两人简单地寒暄之后，唐光催话锋一转，语气严肃地告诉吉姆，他有急事想要和吉姆见面。他不敢在电话上向吉姆透露他身上有一份绝密文件，也不敢告诉吉姆由于这份文件他遭到几方追杀。

听到唐光催要求和自己见面，吉姆内心一阵狂喜。这是他求之不得的事。于是他立刻答应唐光催的要求，并主动提出第二天上午十点在英国领事馆或附近的外滩公园见面。

唐光催知道，英国领事馆的工作人员除英国人之外，还雇佣了一些本地人。这些人当中说不定隐藏着军统或日本人的眼线。而外滩公园这类公众聚集的地方可能有军统和张新林那伙人的密探。对他来说这两个地方都不安全，因此婉拒了吉姆的提议。为了尽量避免长时间出现在街上，唐光催必须选择靠近弗尔登旅社的地方见面，于是他提出第二天早上十点在戈登路与康脑脱路（今康定路）十字路口拐角处一间名叫泰利的酒吧见面。

吉姆爽快地同意唐光催选定的见面地点。

第二天早上十点，唐光催准时来到泰利酒吧。

这是一间西班牙人开的酒吧，酒吧里面并不宽敞，除了吧台外，大约只有不到二十张小酒桌。酒吧的内外装饰也不算漂亮，属于普通大众型酒吧。

唐光催走进酒吧大门，扫了一眼酒吧里面客人。

此时酒吧里的人不多，唐光催一眼就看到吉姆坐在一张靠窗的桌子前正向他招手。

唐光催走到吉姆的桌子前，和站起身来迎接他的吉姆热情握手。

两人坐下来后，唐光催要了一杯法国葡萄酒，吉姆之前已经要了一杯苏格兰威士忌。

两位朋友几年没见，自然少不了一阵相互问候和关切。

寒暄之后，两人转入正题。

唐光催向吉姆透露重庆政府制订了一个代号为"罗盘行动"的秘密行动计划，并将"罗盘行动"计划的核心要点和目的向吉姆作了一个简要说明。

唐光催告诉吉姆，这份秘密行动计划让他感到非常不安。因此他暗中窃取这份绝密文件后从重庆秘密潜逃到上海，希望将此文件交给美国政府，提醒美国注意。他告诉吉姆他本来已经和美国方面谈妥，但受到重庆和日伪方面的阻扰导致行动失败，最终没能将文件交给美国人。他故意不提这个过程中所经历的种种危险，以免吉姆产生戒备心理。

虽然还没看到"罗盘行动"计划的具体细节，但仅凭唐光催透露的核心要点，吉姆就可以断定这是一个令人难以置信的、大胆的战略行动计划。

根据目前的中日力量对比，如果没有其他世界强国加入中国一方对日本作战，中国想要打败日本几乎是不可能的。

换了是我，我也会这么做！吉姆内心里默默地说。

不过，吉姆像其他人一样对唐光催这样做的动机存有疑问。作为一名中国军人，唐光催泄露这份计划的行为令人难以理解。

唐光催只好向吉姆重复了一遍他之前对亨利所做的解释。

唐光催的解释基本上消除了吉姆的疑问。

接下来双方开始进一步讨论具体的合作条件。

唐光催提出的条件包括，英国政府必须承诺将这份文件完整地分享给美国人，除此之外不能将文件内容透露给其他方面。另外，英国政府必须给唐光催提供庇护。

吉姆答应尽快向英国政府报告。等收到英国政府的回复之后，他会通知唐光催见面。

吉姆向唐光催要联络方式，但被唐光催委婉地拒绝。他告诉吉姆他会每天主动打电话和吉姆联系。

有了张新林的前车之鉴，唐光催更有理由这样做。

临分手前，唐光催窘迫地告诉吉姆，他现在几乎身无分文，希望吉姆借给他一些钱，不然他恐怕等不到吉姆的答复就得流落街头、三餐不继。

听了唐光催的话之后，吉姆慷慨地掏出身上所有的钱交给唐光催。这些钱足够唐光催维持一个星期。

二

吉姆回到领事馆后,立刻将从唐光催那里获取的情报详细报告给英国军情局。

英国方面收到吉姆密电的同时,日本外务省情报机关也收到了这份密电。

吉姆的公开身份是英国驻中国上海领事馆的副领事,但他的真实身份是英国军情局和日本外务省双重间谍。他就是英国军情局一直在调查,但始终没有找到的那名隐藏在英国驻上海某机构中的日本间谍。当年就是因为吉姆没有出现在接头地点,才导致英国军情局误会法恩,差点要了他的命。

自欧战全面爆发以来,美国和中国越走越近,不仅对日本实施严厉的禁运,而且加大对中国的军事援助。近年来,日本与美国的关系不断恶化,与美国对中国的同情和援助不无关系。

收到吉姆的密电后,日本外务省决定利用这份绝密文件揭露中国玩弄阴谋诡计暗中挑拨日美关系,以达到挑起日美对抗、中国从中渔利的目的。

因此日本外务省分别密电吉姆和岩井英一,指示他们共同制订一个行动计划,利用这份文件进行反离间,最大限度地破坏中美关系。

吉姆按照指示给岩井英一打电话,以商讨加强上海英国侨民和日本侨民之间的商业文化交流合作问题为由,提出与他见面。

岩井英一心领神会地接受吉姆的提议,两人约定第二天上午10点在岩井公馆见面。

其实,岩井英一接到总部的指示之前就已经从方同获取的情报中掌握了唐光催携秘密文件叛逃的消息。

原来,重光获悉唐光催在武汉乘班轮逃走后,判断其目的地很可能是上海，便电令方同利用一切关系查找唐光催的踪迹。

岩井英一当时并未对此事太在意，因此只是指示方同按照重光的意思去办，并未动员上海的日伪力量全力查找唐光催的下落。

直到岩井英一接到外务省的指示后，他才明白此事的重要性。

第二天上午10点，吉姆独自一人开车来到岩井公馆里的第一栋别墅前停下。

岩井英一站在大门外亲自迎接吉姆。

吉姆从车上下来，走过去和岩井英一握手并相互问候，然后随岩井英一走进办公楼，来到二楼的岩井英一办公室。

两人在沙发上坐下后，吉姆首先向岩井英一介绍"罗盘行动"计划的核心内容，接着两人开始讨论如何利用这个计划。

岩井英一和吉姆一致认为不能让英国人首先取得这份绝密文件。

首先，他们担心英国方面不一定会将这份文件交给美国政府。其次，就算英国愿意和美国分享这份文件，但由于这是第二手情报，美国方面可能对其真实性存有疑虑，产生的效果将会大打折扣。因为英国也迫切希望美国加入欧洲对轴心国的作战，也存在故意向美国传送这份情报的动机。

他们也分析了日本方面直接取得这份情报，然后通过新闻媒体泄露出去的设想。这样的好处是，当美国从新闻体媒报道获取这个消息时，会感受到自己被中国欺骗和愚弄，从而对中国产生恶感。不过，如果这样的话，新闻媒体很难隐瞒这个消息来源于日本政府，美国同样会对这份文件的真实性产生怀疑。

经过进一步分析讨论，两人认为这份文件应该直接从唐光催手里交给美国人，只有这样，文件的真实性才不会受到美国的怀疑，才会产生最好的效果。

根据以上分析判断，两人制订了一个行动计划。

当晚，岩井英一以自己和吉姆的名义共同发出一份密电，向总部报告他们的行动计划。这个行动计划很快得到批准。

这天，吉姆收到英国外交部密电。

密电表示，英国政府对"罗盘行动"非常感兴趣。但是，从唐光催向吉姆透露的核心内容来看，这更像是日本人的阴谋。因此，英国政府希望更详细地了解文件的内容，才能确定是否与唐光催进一步合作。

第二天上午，唐光催照例打电话和吉姆联络。

吉姆告诉唐光催英国方面有了回复，双方约定下午三点还在泰利酒吧见面。

见面后，吉姆告诉唐光催，英国方面对这份文件怀有极大的兴趣，希望双方进一步合作。但有一个前提，就是唐光催必须证明这份文件的真实性。

吉姆向唐光催转达的英国政府回复，一部分是真的，另一部分是吉姆自己编造的。英国方面的回复确实表现出谨慎，但并没有完全拒绝进一步合作的可能。但是加上吉姆编造的一部分，即要求唐光催证明文件的真实性，给人感觉英国政府是在乘人之危，强人所难。

正遭受多方追杀，随时面临死亡威胁的唐光催，隐踪匿迹都唯恐来不及，哪里还有能力去证明这份文件的真实性。

唐光催完全没想到英国方面居然这么对待他。看来这唯一的一条路也行不通。

唐光催现在的处境可以说是走投无路：无法脱手绝密文件，没有藏身之地，几乎身无分文，加上随时都可能出现的多方追杀。这一切让他的心情沮丧到极点。

他不由自主地垂下头，将头深深埋在自己的双臂中。

"找新的出路。"

吉姆以一个朋友应有的关怀适时地向唐光催提出建议。

唐光催何尝不想找新的出路，但他尝试了所有的可能，结果还是失败。他绝望地告诉吉姆：

"已经没有新的出路。"

"不，我这里还有一条出路。"

唐光催听了之后，立刻抬起头来看着吉姆，眼里带着几分迟疑，也带着些许希望。

吉姆告诉唐光催，作为老朋友，他不能看着唐光催落难而见死不救。既然英国这条路行不通，那他只好找美国人。他说他有一位美国朋友，是美国驻上海领事馆官员，估计能够帮助唐光催。他回去后先与这位美国朋友联系，如果对方感兴趣，再安排双方进一步接触。

走投无路的唐光催抱着最后一线希望，接受了吉姆的建议。

当天晚上，吉姆密电英国外交部和军情局，他已经和唐光催见面。唐光催得知英国方面的立场后，决定不再与英国方面合作，转而寻求其他途径。

英国外交部和军情局马上回电吉姆，指示吉姆继续保持与唐光催接触，不要轻易放弃，希望唐光催能回心转意。

吉姆看了回电的内容后，脸上带着鄙夷的笑容将回电用打火机点燃烧成灰烬。

三

劳伦斯刚接到吉姆的电话，他就是吉姆向唐光催提到的那位美国朋友。

劳伦斯是美国驻上海领事馆官员。他的公开身份是外交官，但他同时具有另外一种身份——美国国务院情报局秘密情报员。

当吉姆在电话中向劳伦斯谈起唐光催时，劳伦斯马上就明白是怎么回事。

原来，亨利通过张新林安排好与唐光催的第一次见面后，就向劳伦斯报告了此事。亨利留给唐光催的那个紧急电话号码就是劳伦斯的。

亨利不幸丧命后，唐光催又打了那个电话，但劳伦斯怀疑电话已经被监听，因此没有说一句话便挂断电话。虽然挂断唐光催的电话，但劳伦斯一直在暗中寻找他，却再没发现他的踪迹。

现在唐光催又出现了。

这一次是英国驻上海副领事吉姆充当唐光催的中间人主动与劳伦斯联络的。

吉姆并不知道劳伦斯此前就已经参与此事，他找劳伦斯帮忙只是一个巧合。

劳伦斯最早是从美国国务院转发的美国驻重庆大使馆武官皮特雷的情报通报知道"罗盘行动"计划的。唐光催那时还是一个匿名者，劳伦斯并不知道他的名字。当时劳伦斯认为此事和他没有什么关系，因此根本没有将此事放在心上。直到后来亨利与唐光催接上关系，他才参与进来。

亨利死后，劳伦斯本以为行动已经失败，没想到唐光催转了一圈后居然通过吉姆找上他，让事情出现转机。

看来这是命中注定。劳伦斯心里默默地说。

刚才在电话里，当吉姆提到唐光催时，劳伦斯的脑海中曾在一瞬间有一个可怕念头一闪而过——这会不会是一个阴谋？

不过，围绕唐光催所发生的一切是那么合乎逻辑、那么真实，劳伦斯很快打消疑虑。

劳伦斯告诉吉姆，他需要时间考虑一下才能决定是否与唐光催见面。其实，他是要请示上司后才能做决定。毕竟亨利因为此事丢掉性命，他不能擅自做主。

劳伦斯立刻向美国国务院情报局密电报告事情的经过，并建议恢复原已流产的任务，由他重新与唐光催接触，取得那份绝密文件并将唐光催按原计划送往美国。

当天晚上，劳伦斯收到回电，上司完全同意劳伦斯的建议。

第二天早上，劳伦斯给吉姆打电话，说他愿意和唐光催见面，请吉姆帮忙联系唐光催并安排双方的见面时间和地点。劳伦斯再三强调，请吉姆务必说服唐光催在见面时带上那份绝密文件。

出于保密考虑，劳伦斯没有告诉吉姆他已决定见面后立刻带唐光催到秘密藏身地点。

虽然劳伦斯没有直接说出原因，但吉姆马上就猜测到劳伦斯的企图。吉姆不明白劳伦斯为什么这么急。这是因为他不知道劳伦斯之前就参与了这项行动，并为此做好一切安排，不需要时间进行新的筹划和准备。

吉姆答应劳伦斯，他会尽量说服唐光催见面时带上绝密文件。

和劳伦斯通完电话后，由于无法主动和唐光催联系，只能留在办公室里等唐光催给他打电话。

唐光催通常每天上午11时、下午5时打电话和吉姆联系，吉姆只能耐心地等待。

上午11时左右，唐光催果然打来电话。

吉姆告诉唐光催，他的朋友愿意和唐光催见面详谈，唯一要求是请唐光催见面时务必带上那份绝密文件。

唐光催稍微考虑了一下，便答应对方的要求。现在他没有讨价还价的余地，更何况对方的这个要求背后可能有进一步的安排。至于见面地点和时间，他仔细考虑了一下后，决定选在法租界霞飞路上的彼得大帝酒吧，时间定在第二天晚上8时。

挂断唐光催的电话后，吉姆立刻打电话转告劳伦斯。

下午吉姆和岩井英一再次在岩井公馆见面，商定最后的行动方案。

四

那天在圣三一教堂大门外的行动对于李士群来说是一次彻底的失

败。半路杀出的另外一伙人完全打乱了他的行动计划。

李士群断定这伙人是军统上海区特工。

回头看当时的情况，军统和他们一样投鼠忌器，既想抓住唐光催，又要防止他被对方抢走或击毙。正因为这样才让唐光催侥幸逃脱。

根据张新林所了解的情况，这份绝密文件涉及的内容非常敏感。

如果李士群能够拿到它，将在日本人和汪精卫面前立下一大功，让他的主子更加赏识他，对他在汪伪政府的仕途大有好处。

因此，虽然行动失败导致唐光催逃走让李士群感到失望，但毕竟还给他留有一线希望，总比唐光催当时就被军统抢走或打死要好得多。

想到这里，李士群的心情宽慰了一些。

根据获取的情报得知，亨利当时死在车上，唐光催下落不明。由此推断，亨利当时还来不及将唐光催送到目的地，唐光催不得已再次潜逃。

李士群认为唐光催目前已是山穷水尽，为了寻找活路不得不露面，因此重新找到他的踪迹还是有可能的。

李士群已经命令遍布上海大街小巷的76号密探和眼线暗中寻找唐光催。不过到目前为止还没有唐光催的消息。他知道他的对手也在寻找唐光催，他必须抢在军统的前面。

正当李士群对唐光催的下落一筹莫展时，突然接到一份秘密情报。情报显示，唐光催将于明晚8时在法租界霞飞路彼得大帝酒吧与人接头。

李士群马上召集他的手下，布置明晚抓捕唐光催、夺取绝密文件的行动。这一次他不会再让唐光催从他手中溜掉。

这份情报是岩井英一通过安插在76号的一名秘密线人故意透露的。

第三十六章 计划终止

一

正如李士群所料，刘贤仿和军统上海区此刻也在加紧寻找唐光催的下落。

自从那天唐光催逃掉后，他们就再也没有发现唐光催的踪迹。军统上海区派出的人虽多方打探，但依然毫无所获。

这天下午大约四点钟，上海区电台报务员突然收到重光发来的一份特急密电。

重光在密电中通知刘贤仿和何方禹，唐光催将于当天晚上8时在彼得大帝酒吧与人接头，指示何方禹和刘贤仿这次务必夺回唐光催手里的绝密文件，不得有误。

何方禹看完电文后，立刻打电话给住在小纪家的刘贤仿，说有急事相商。

大约二十分钟后，刘贤仿等三人来到位于海格路（现华山路）的一座二层楼西式洋房前停下。

这栋两层楼西式洋房就是军统上海区总部。

小纪领着刘贤仿和董易走进洋房来到一楼会客厅。

何方禹正坐在会客厅的沙发上等着他们。

大家在沙发上坐下后，何方禹将刚收到的重光密电递给刘贤仿。

刘贤仿看过电文后，认为这是一个夺回绝密文件的绝佳机会。为了做到万无一失，大家商定了一个行动方案。

接着，何方禹打电话给行动队长老耿，用密语指示老耿立刻率领两个行动小组成员到指定地点参加当晚的行动。

刘贤仿和董易以前和唐光催见过面，为了避免被他认出，他们临出发前各自进行了简单的化装。刘贤仿戴了一副金丝边眼镜，两人都在脸上粘了一副浓密的假络腮胡。

准备妥当后，时间已接近傍晚6点半，于是大家按照行动方案开始分头行动。

刘贤仿、董易和小纪驱车前往法租界霞飞路上的彼得大帝酒吧。

何方禹单独开车前往约定地点与老耿的行动队会合。

二

刘贤仿三人驱车来到霞飞路靠近维尔蒙路口（现普安路）的彼得大帝酒吧，停在酒吧外的马路边。

他们从车上下来，走进酒吧大门。

彼得大帝酒吧是上海有名的酒吧，是一位流亡中国的俄罗斯贵族开的，完全按照俄罗斯风格装饰。

酒吧很大，空间相当高，给人一种自由奔放的感觉。

奶白色的天花板从外向里由三个不同层次的平面组成，看起来非常具有立体感。天花板与四周带有漂亮暗花图案的浅黄色墙壁之间由两条雕镂着精美图案的金色木条过渡，既华丽又自然和谐。酒吧的地面上铺着涂有亮漆的原木地板，从进门处一直延伸到吧台的走道上铺着漂亮的红色地毯，显得富贵而又充满激情。天花板上华丽的水晶吊灯和四面墙壁上漂亮的壁灯将整个酒吧照得通亮，展现着富丽堂皇。

吧台正对着大门，完全是原木制作的，只涂了一层光漆，因此透出木材的原色，显得原始粗犷。吧台前面的宽敞店堂里摆满大约二三十张圆形的原木小酒桌。

酒吧华丽的空间与空间里原始质朴的地板和家具形成强烈的视觉反差，给人一种时光交错的感觉。

这是一个纯粹的酒吧，只提供各种酒精饮料和品种极为有限的俄罗斯小吃。

一些客人正坐在酒桌边喝酒、闲聊，其中大部分是洋人，其余的是亚洲人。

刘贤仿、董易和小纪选择了一个视野良好、行动方便的酒桌坐下。

一位酒吧侍者过来为他们服务。

刘贤仿要了一瓶法国红葡萄酒。三人一边喝酒一边暗中观察酒吧里的客人，等待唐光催的出现。

大约七点半，一名身材高大、金发蓝眼的中年洋人走进酒吧，在临街窗户前的一张空桌前坐下。

这人就是吉姆。

由于唐光催和劳伦斯相互不认识，作为引荐人的吉姆提前来到酒吧等他们。

吉姆要了一杯兰姆酒，一边喝酒一边等人。

刘贤仿并不认识吉姆，因此只把他当作一位普通客人。

没过多久，一名一头褐发、身着西装、个子中等偏上的洋人走进酒吧。

此人站在那里环顾了一下，发现吉姆正在向他招手，于是走过去和吉姆握手。

他就是劳伦斯。

劳伦斯要了一杯加冰威士忌。

两人一边喝酒闲聊，一边等着唐光催。

刘贤仿注意到，劳伦斯进来后，另外三名身材魁梧的洋人也先后走进酒吧。

其中一人留着一头蓬乱的长发，戴着一副眼镜，背着一个皮制提琴箱，看起来像是一位崇尚街头艺术表演的流浪艺术家。

这三名洋人看起来相互并不认识。他们各自找了一张空桌坐下，又各自向侍者要了酒，独自悠闲地喝着。

刘贤仿的直觉告诉他这三名洋人可能与唐光催有关。

这时，又有两个人一前一后走进酒吧。

刘贤仿和董易马上认出其中一人是李士群，另一人看起来是他的贴身保镖。

李士群和他的保镖走到最里面靠近角落的一张桌子前坐下。

这里的灯光比较暗，不太引人注目。

李士群坐下后，看似不经意地扫了酒吧里的其他客人一眼，暗中朝早已埋伏在此的几位76号特工微微点了点头。

看来76号也得到了这个情报！刘贤仿在内心里暗暗告诉自己。

这是刘贤仿一直担心的事情。虽然在讨论行动方案时已经将这种情况考虑进去，也有所准备，但他不希望真的会发生。

除了李士群和他的随从之外，刚才进来的三名洋人也让人怀疑。

由于情况变得复杂，刘贤仿决定等一下见机行事，并轻声嘱咐董易和小纪，一会儿发生冲突后各自找安全的地方躲好，没有他的命令不要轻举妄动。

刘贤仿抬腕看了看表，时间正好是八点整。

这时，唐光催走进酒吧。

唐光催进门后站在那里警惕地环顾了一下酒吧里的情况，很快发现吉姆正看着他，微微向他点头。

唐光催看到吉姆身旁坐着另外一个洋人，断定这个洋人就是他要见的人。于是，他朝吉姆和这位洋人走过去，来到他们的酒桌前。

吉姆很有经验。为了避免引起别人的注意，吉姆并没有起身迎接唐光催,只是微笑着请他坐下,然后将他和劳伦斯相互作了介绍。

唐光催和劳伦斯握了握手。

接着,劳伦斯一点都不浪费时间,单刀直入地问唐光催东西是否带来。

唐光催点头,并反问劳伦斯是否做好一切安排。

劳伦斯告诉唐光催一切安排妥当。

唐光催将手伸进自己西装里,从内侧的口袋里掏出一个足有一寸厚的牛皮纸信封交给劳伦斯。

劳伦斯接过信封,将里面的一叠文件抽出仔细地看了一下。他觉得文件不假,便将文件放回信封,然后将信封塞进西装内侧的口袋里。

密切注意着唐光催等人一举一动的李士群见时机成熟,于是挥了一下右手,发出行动命令。

几名汪伪特工立刻掏出手枪冲到劳伦斯的桌子前,用枪指着坐在桌边的三人。

李士群站起身来,一边朝劳伦斯等人走过去,一边大声命令劳伦斯把文件交出来。

正当劳伦斯犹豫时,坐在另外两张桌子前的几个亚洲面孔的人突然站起身来,掏出手枪,冲过去围住李士群和他的手下。

其中一人大声告诉李士群他是日军上海宪兵队特高课中田大尉,奉命逮捕唐光催,请李士群不要妨碍他们执行任务。

李士群似乎不太相信,他带着怀疑的眼光走到中田大尉面前,要求看证件。

中田大尉知道李士群是皇军的红人,有些横蛮,只好掏出证件给他看。

证件没有问题。虽然李士群有些不甘心到手的功劳被日本宪兵抢走,但他实在不敢冒犯日本人,于是命令他的人退下,将唐光催、吉姆和劳伦斯交给中田大尉。

这时，那位街头表演艺术家不慌不忙地打开靠墙放着的提琴箱，从里面取出一支装有弹夹的汤姆式冲锋枪，端起来便朝日军宪兵和汪伪特工开枪扫射。与此同时，另外两名与这位艺术家同时进来的洋人也掏出手枪向日本宪兵和汪伪特工射击。

猝不及防的日军特高课便衣和汪伪特工几乎全部中弹倒下。

李士群反应很快。就在那名洋人端起冲锋枪的那一刹那间，他本能地纵身一跃，迅速扑到身旁的吧台上，借着惯性顺着吧台光滑的桌面滑落到吧台里面。跟在李士群身后的贴身保镖也如法炮制，双腿猛地用力，整个人腾空而起跃过吧台落在吧台里面，刚好避开射过来的子弹。

唐光催和吉姆二人被突如其来的射击吓得目瞪口呆，看着围住他们的日军宪兵和汪伪特工一个个中弹倒下，不知所措。

只有劳伦斯明白这是他安排的特工在出手相救。他大声提醒唐光催和吉姆，同时伸手拉住他俩趴在桌子下，躲避乱飞的子弹。

酒吧里顿时乱作一团。靠近大门的客人慌忙逃出酒吧，其他客人吓得赶紧趴在桌子下。

这时，酒吧外面的街上也响起激烈的枪声。

原来，担任接应的何方禹率领的行动队听到酒吧里传来枪声后，担心刘贤仿等人与对手发生枪战，于是率领行动队员赶来支援。

没想到黑暗中突然有一群人朝他们开枪拦截，当场就有三名行动队员中弹负伤。

何方禹的行动队员立刻散开来还击，双方在街上爆发激烈枪战。

正当双方陷入激战时，突然有第三伙人从街道的另外一个方向朝酒吧冲过来。

正与何方禹等人交战的那伙人见状，立刻掉转枪口向那伙人猛烈射击，阻击他们靠近酒吧。

第三伙人遭人阻击，一边向对方开枪还击，一边继续冲向酒吧。

何方禹见状立刻命令行动队员向第三伙人射击，阻止他们前进。

就这样，三伙人在酒吧外展开激战，谁也不让另外两方靠近酒吧。

酒吧里面，手持冲锋枪的洋人见日伪特工失去还击能力，冲着劳伦斯大叫，让他们快走。

劳伦斯听到自己人的喊叫声，立刻拉起缩在桌子下面的唐光催，在三名特工的掩护下弓着身体从翻倒的桌椅空隙间向酒吧大门逃去。

这时，李士群和他的保镖已经从刚才的慌乱中回过神来，开始躲在吧台后面向劳伦斯和唐光催开枪射击，企图阻止他们逃走。

手持冲锋枪的美国特工立刻对着他们一阵扫射。保镖胸部中弹当场毙命。李士群的左臂也被子弹擦伤，吓得他再也不敢抬头。

劳伦斯和唐光催乘机冲出酒吧，沿着酒吧左手边的马路向前跑。

前面不远处有一辆接应他们的汽车在等着他们。

三名美国特工也跟着退出酒吧，继续在他俩身后担任掩护。

直到这时，一直躲在一旁冷静观察的刘贤仿才对董易和小纪二人下令追击。

刘贤仿掏出手枪率先向酒吧大门外冲去，董易和小纪紧随其后。

刘贤仿、董易和小纪冲出大门后，三名美国特工立刻发现他们的意图，随即向他们开枪，阻止他们追击。

刘贤仿三人举起手枪向三名美国特工开枪还击。

一名美国特工中弹倒下。

其余两名美国特工一边后撤一边继续向刘贤仿他们开枪。

一颗子弹击中小纪的胸膛，他中弹倒下。

刘贤仿和董易举枪瞄准两名美国特工一阵猛射，两名美国特工先后中弹倒地。

刘贤仿和董易加快速度追赶前面的唐光催和劳伦斯。

这时，酒吧外激战的三方不约而同地向唐光催和劳伦斯开枪射击，企图制止他们带着绝密文件逃走。

唐光催和劳伦斯不顾向他们射过来的子弹，拼命朝前面的汽车跑过去。

他俩已经跑到距离汽车不到十米的地方，其中一人突然中弹倒下。

刘贤仿看得很清楚，倒下的是唐光催。

正拼命往前跑的劳伦斯只好停下来，转身看着倒在地上的唐光催，似乎是在犹豫要不要去救他。

这时，唐光催用尽全力冲着劳伦斯喊道：

"快走！快走！"

劳伦斯不再犹豫，转身冲向汽车。

子弹打在汽车上砰砰直响，劳伦斯不顾一切伸手打开后座车门，迅速钻进汽车。

司机猛踩油门，汽车迅即加速，飞快驶离现场。

对面的一伙人见汽车要逃走，赶紧开枪阻击。汽车虽然不断中弹，但仍然冲破对方的拦截，疾驶而去。

等刘贤仿、董易赶到唐光催身旁时，汽车已经逃得无影无踪。

刘贤仿、董易看着躺在地上急促喘气的唐光催，发现他正用无神的眼光看着他们，嘴里含糊不清地说着什么，似乎在临终前有话想要告诉他们。

刘贤仿俯下身去，将耳朵贴近唐光催的嘴边，努力想要听清楚他在说什么。

唐光催一边急促地喘息，一边说话，但由于声音微弱，加上急促的喘息声，让刘贤仿很难听懂。

唐光催的喘息声和说话声越来越弱，不一会儿便停止了呼吸。

刘贤仿看着死去的唐光催，脸上露出复杂的表情。

这时，远处响起了警笛声。

刘贤仿站起身来，转身走进路边的一条小弄堂。

董易急忙赶上几步，走到刘贤仿身旁，好奇地问他唐光催死之前说了什么。

刘贤仿告诉董易他只听清一句,唐光催说"这也许是最完美的结局"。

三

当彼得大帝酒吧外的三伙人发生枪战时,离酒吧不远的霞飞路和维尔蒙路(今普安路)十字路口一座四层建筑的阳台上有几个人正手持望远镜观察现场的情况。

这几个人是岩井英一、身着便装的上海宪兵队队长高仓大佐及特高课课长武田少佐。

他们非常清楚爆发枪战的三伙人来历。

除了军统行动队和76号特工外,第三伙人是特高课特工。

当酒吧里响起枪声后,何方禹马上率领行动队从酒吧西侧不远处的弄堂出来,沿着霞飞路朝酒吧冲过去。

埋伏在酒吧斜对面弄堂里的76号特工人员发现何方禹的行动队冲过来,立刻开枪射击,阻止他们到酒吧抢人,于是双方在附近的马路上交火。

这时,阳台上的高仓大佐朝武田少佐点了点头。

武田少佐从口袋里掏出一个手电筒,对着霞飞路东侧方向闪了三下灯光。

埋伏在十字路口东侧一个弄堂口的特高课十几名特工收到信号后,立刻朝彼得大帝酒吧方向冲过去,向正在交战的汪伪特工和军统特工开枪,最后形成岩井英一想要的三方相互胶着的混战局面,任何一方都无法靠近酒吧。

为了让军统上海区加入到当晚的行动中来,使整个过程显得激烈而又艰难,岩井英一决定将唐光催与劳伦斯在酒吧见面的情报透露给方同。岩井英一相信方同肯定会将这份情报及时传给重光。

当天下午三点多钟，岩井英一将方同叫到自己的办公室告诉方同，他获悉，当晚8点唐光催将与一位叫劳伦斯的美国人在酒吧见面。

方同心中大喜，马上将此情报密电报告重光。

重光收到方同的密电后，立刻将此情报转发给上海区。

军统、76号和特高课三方加入这次行动，全都是岩井英一故意安排的。

岩井英一唯一不清楚的是，美国方面将会采取怎样的措施确保劳伦斯能够获取唐光催手上的绝密文件并安全撤离。

但可以肯定的是，军统和76号无疑会派人埋伏在酒吧，一旦情况失控，唐光催手上的文件就会落到76号或军统手中，这是绝不能让它发生的。

为了减少这种风险，岩井英一请高仓大佐派一组特高课特工率先埋伏在酒吧，监视现场的情况并相机行事。

如果76号或军统特工想要在酒吧里控制住唐光催和劳伦斯并夺走绝密文件，特高课特工会马上出来制止，并制造混乱让唐光催和劳伦斯伺机逃走。

结果没想到这次美国人这么猛，没等特高课采取进一步行动就出手将酒吧里的汪伪特工和特高课特工全部撂倒，帮助劳伦斯和唐光催成功逃出酒吧。

劳伦斯和唐光催逃出酒吧后，一方面被刘贤仿等人追击，另一方面遭到军统、76号和特高课三方的火力拦截。

当然，特高课的射击只是做做样子，并没有真的瞄准劳伦斯和唐光催。相反，他们的大部分火力都在压制76号和军统特工，暗中协助劳伦斯和唐光催逃走。

最后没有人知道到底是军统还是76号的子弹击中唐光催。

从酒吧里响起枪声，到劳伦斯跳上汽车逃走，整个过程不到两分钟。

虽然日本方面在这次行动中损失几名特高课特工，但这个结果比岩井英一想象的还要真实。

四

美国总统府白宫会议室。

总统和他的幕僚们正在开会，讨论当前美国与日本之间的紧张关系。

出席会议的除总统外，还有国务卿、国防部长、战争部长、海军部长、陆军参谋长、海军参谋长、美国各主要情报部门负责人以及几位总统国家安全高级顾问。

这时，一名总统秘书走进会议室，将一份电文交给总统。

这是美国驻中国重庆大使馆海军武官皮特雷发回的一份密电。

总统看完电文之后，递给国防部长，请他将电文念给大家听。

国防部长接过电文，大声地念出来：

　　白宫、五角大楼：中国政府军事委员会下属的情报机关军事调查统计局今天向我大使馆提供一份绝密情报。该情报称，据可靠情报来源透露，为了弥补日本日益短缺的石油供应，日本政府决定南下太平洋夺取荷属东印度石油供应基地，不惜向美、英、荷开战。日本海军联合舰队已经完成集结，正秘密驶往美国夏威夷群岛，计划于东京时间十二月八日（美国时间十二月七日）清晨向美国太平洋舰队基地珍珠港发动突然袭击，一举歼灭美国太平洋舰队主力，消灭美国在太平洋上的海空力量，为日本帝国在太平洋上赢得至少两年的海空优势和缓冲时间。

国防部长念完电文后，总统扫了一眼在座的所有人，然后问大家："先生们，你们怎么看这份情报？日本人真要和我们开战吗？"

与会者没有人愿意贸然回答总统的问题。大家开始交头接耳讨论。

大约两三分钟后，一名总统国家安全高级顾问首先提出自己的看法。他反问大家是否还记得前不久获取的"罗盘行动"计划。

在座的每一个人几乎都看过"罗盘行动"计划，当然知道这个秘密行动计划的目的。

自从劳伦斯将那份绝密行动计划原件送回美国之后，美国军政高级官员和总统高级顾问对中国方面提供的任何情报都怀有极大的戒心。

海军情报局长接过这名总统国家安全高级顾问的话表示他有理由怀疑这份情报是"罗盘行动"计划的一部分，是中国方面的又一个阴谋！

海军部长支持海军情报局长的观点：

"去他妈的中国军统局情报！我才不信这是真的，日本人还没这个胆和美国开战！这肯定又是那帮怯懦卑鄙的中国人玩弄的诡计，企图诱使美国采取先发制人的手段对付日本，从而挑起美日之间的战争，好让这帮狡猾的中国人从中渔利。"

战争部长听了以上的发言之后，觉得他们的观点太过草率，提醒大家要谨慎看待这份情报。因为其他情报来源也显示日本可能要对美国开战。

海军参谋长对战争部长的观点表示反对。他也认为日本绝不敢贸然对美国开战。因为日本还不具备与美国抗衡的海空实力、工业基础和科技能力，并且缺乏战争所必需的各种战略物资和工业原材料。

与会的大多数人都支持海军参谋长的自信观点，只有少数几位支持战争部长的谨慎观点。

总统听了大家的讨论之后，赞同多数人的意见，决定对这份情报不予理睬。

"先生们，结合中国方面的'罗盘行动'计划来看，这份情报的真实性确实值得怀疑，它看起来就是想要我们认为日本对美国的攻击迫在眉睫，诱使我们对日本采取先发制人的打击。我们不会上中国人的当。不过，为了对日本产生足够强大的威慑力，我们必须加强威克岛和中途岛的防务力量，这样就可以将太平洋上的防卫线向西延伸，形成一个互为犄角的防务岛链。因此，我决定，派遣目前停靠在珍珠港的两艘航空母舰企业号和列克星敦号，各自运载一个中队的飞机到威克岛和中途岛，加强两岛的海空防御力量。这项任务必须在十二月五日之前开始执行，请国防部长和海军部长尽快做出具体安排，并随时向我本人报告。"

几天后的美国时间1941年12月7日，日本海军中将南云忠一率领的日本第一航空舰队偷袭美国珍珠港，给美国太平洋舰队予以沉重打击，太平洋战争爆发。

不过，美国太平洋舰队所辖三艘航空母舰企业号、列克星敦号和萨拉托加号当时都碰巧不在珍珠港内。企业号和列克星敦号分别在执行运送飞机去威克岛和中途岛的任务，萨拉托加号在圣迭戈维修。因此美国太平洋舰队虽然损失惨重，但仍然保持有以三艘航母为核心的强大的海上机动作战能力。这是日本发动珍珠港袭击时未能预料到的最为遗憾的事情。

五

日本偷袭珍珠港的时候，在太平洋西岸内陆腹地的重庆，此时正好是深夜。

重光办公室的灯还亮着，他面色凝重坐在办公桌前。

他什么事都没做，只是不时抬头看看墙上的挂钟，并不经意地搓着手。

他并不是觉得冷才搓手的，是因为他内心里迫切期待着什么事情的发生而下意识发出的肢体语言。

这时，一位值班机要秘书拿着一份刚刚收到的密电疾步走进重光的办公室，将密电交给重光，然后转身离开。

这份密电是潜伏在夏威夷珍珠港的军统谍报员发来的。

译出的电文十分简短，只有十几个字：

　　　　十五分钟前日本舰队偷袭美国珍珠港。

重光看着电文，眼里情不自禁地闪出泪花，握着电文的手也在微微颤抖。

重光实在抑制不住内心的激动，他已经等不及让蒋委员长知道这个好消息。他兴奋地拿起电话，拨打给蒋委员长官邸。

重光告诉值班侍从官他有十分重要的事向委员长报告。

侍从官说委员长已经休息，请他明天上午再打过来。

重光这才意识到现在是午夜，强烈的兴奋让他忘记了时间，于是他对值班侍从官说了声对不起，准备挂断电话。

这时，电话另一端的侍从官突然让重光不要挂断电话，委员长要和他讲话。

原来蒋委员长这时正好从卧室出来，听到有电话找他，于是走过来接电话。

重光激动地报告：

"日本人刚刚偷袭美国珍珠港！"

由于太兴奋，重光的音调特别高，显得有些变调。

蒋委员长听到这个消息后，刚开始愣了一下，似乎不敢相信自己的耳朵，接着抑制不住自己的兴奋，激动地在电话那头连声说：

"好，好，好！小日本完蛋了，中国有救了！"

重光能听出来，蒋委员长和他一样高兴。

蒋委员长让重光立刻通知新闻媒体，以最快的速度将这个消息报道出去。

和蒋介石通完电话后，重光叫来值班秘书，让秘书马上打电话给各大广播电台，将日本偷袭美国珍珠港的消息马上广播出去，然后通知各大报社连夜将这则消息刊登在明天早上出版的报纸头条。

重光坐在办公桌前，脸上仍然带着抑制不住的笑容，沉浸在无比的兴奋中。

不知过了多久，重光激动的心情才慢慢平复下来。

他挤眉弄眼地活动了一下笑到几乎僵硬的面部肌肉，然后自我解嘲地摇了摇头。

他站起身来，走到保险柜前打开柜子，从里面取出一份文件回到办公桌前坐下，然后拿起一支笔，在写有"罗盘行动"的扉页上写下：

计划终止！
重光
于民国三十年十二月八日。

"罗盘行动"是刘贤仿向重光提出的一个全方位战略欺骗构想。经军委会批准后，刘贤仿根据此构想制订了一个详细的行动计划，并在重光的指导下亲自执行，最后大获成功。

目前只存在一个疑问：美国总统到底是事先得到中国方面暗示，还是自己看穿"罗盘行动"的真正目的，才在日军偷袭珍珠港之前将太平洋舰队三艘航空母舰全部调离珍珠港，从而在有限的损失下让孤立主义盛行的美国获得一个无法回避的参战理由。

第三十七章　破获敌台

一

齐竿子命大，在医院被救活了。

云玥那一刀没有刺中他的心脏。这对一个训练有素的特工来说是不可思议的。这不能不说是老天爷对他的眷顾。

在桂芹——齐竿子看上的女人的悉心照料下，齐竿子的身体完全康复了。

不久，齐竿子在火药局买下一间像样的房子，热热闹闹地迎娶了桂芹，连同她的儿子小旺。

结婚后，齐竿子继续做密探，桂芹辞掉工作专事料理家务。

齐竿子对小旺十分疼爱、视同己出，让桂芹越发觉得他人好，一心一意待他，关心他，爱护他，一家人和和美美过日子。

第二年，桂芹就给齐竿子生了一个儿子。齐竿子整天乐得合不拢嘴。

可能是因为大半辈子从没被人关心过、疼爱过、欣赏过、看重过，齐竿子婚后沉醉在甜蜜的幸福和添子的喜悦中有点忘形，在工作中不免有些懒散，表现比以前差很多，一年多来基本上没有收集到什么有用的情报，让他的上司和同事很不满。由于此前的优异表现遭人嫉妒，一些小人乘机在局长面前对他使坏，让他的日子很不好过。

虽然他是刘贤仿的红人，但时间久了也撑不过众人的嘴。

为此警察局长把齐竿子叫去训了一顿，警告他如果工作再没起色的话，自己也罩不住他，只好请他滚蛋。局长甚至苦口婆心地教导齐竿子："你就不会根据某个街方邻居的可疑言行或坊间传闻，充分发挥自己的想象力编造一些线索吗？这样我对上下也好有个交代。"

可齐竿子是个实诚人，不会这些邪门歪道，只会实打实地干。

警察局长的话让齐竿子开始担心自己的这份工作。如果丢掉这份工作他真的不知道自己还能做什么。他必须想办法保住这份工作，否则迟早会坐吃山空让老婆孩子受苦。

齐竿子暗暗告诫自己，不能继续沉醉于甜蜜的生活，应该归于平常，将重点转向工作。他必须多赚钱，让老婆孩子过上更好的日子。

于是他开始像以前一样每天早早出门，留意街上是否有通缉犯，到茶馆打探情报，观察街坊邻居是否有可疑行为。

可能因为婚后的舒适生活让齐竿子失去了他敏锐的嗅觉，致使他一直没有察觉到他家对面的邻居赵禾有什么不同寻常的地方。

自恢复认真的工作态度后，他逐渐发现赵禾的一些疑点。

赵禾是个单身汉，在巷子外面的小街上开一间土产日杂店。他平时很少与邻居来往，顶多碰面时打个招呼。

有时赵禾回家后，天完全黑下来也不开灯，整个屋里黑漆漆的。如果说他睡了，但黑漆漆的屋里有时又会飘出淡淡的烧东西的气味，闻起来不像是烧柴或烧炭，倒像是在烧废纸。普通人家是不会烧掉废纸的，通常都会留作他用。

这不就是密探培训课上教官讲过的日特偷偷烧文件的情形吗？

于是齐竿子将此事报告给警察局长。

警察局长听了齐竿子的报告后，感到此事确实有些蹊跷。如果情况属实，那个赵禾可能真有问题。于是他吩咐齐竿子千万不要惊动赵禾，继续暗中观察赵禾的一举一动，他会处理这事。

警察局长马上打电话向刘贤仿报告此事。

刘贤仿让严冬去找齐竿子当面了解更详细的情况。

第二天上午，严冬来到齐竿子家。

齐竿子的老婆孩子都在家，严冬不方便和齐竿子谈正事，于是他请齐竿子一起到附近的一间小茶馆喝茶。

到茶馆后，他们要了一壶茶，坐下来一边喝茶一边谈事。

齐竿子将赵禾的疑点详细地告诉严冬，最后说他怀疑赵禾家有秘密电台。

严冬作为无线电侦测队队长，曾经侦测到这一带有秘密电台信号，但由于这一带街巷复杂导致无线电信号杂乱无章，他追踪好几次都没有抓住这个无线电信号，最后不得不放弃。因此他相信齐竿子的判断，赵禾家可能真的藏有电台。

严冬让齐竿子回忆一下赵禾家通常是礼拜几出现黑灯瞎火烧纸的情况。

齐竿子告诉严冬通常是礼拜六。

回来后，严冬向刘贤仿汇报了从齐竿子那里了解的情况以及自己的看法。

二

星期六下午，严冬和一位无线电侦测队员暗中携带一部便携式无线电对讲机和一部背负式无线电侦测仪来到齐竿子家。

为了保密，齐竿子已经按照严冬的要求让老婆带着两个孩子回江北的娘家去住几天，因此只有齐竿子一个人在家。

天黑后，一辆卡车开到齐竿子家所在巷子外的马路边停下。

驾驶室里，刘贤仿手持一部无线电对讲机坐在副驾驶位置上，与严冬保持无线电联系。另外十多名行动队队员藏在有帆布篷遮挡的后车厢中待命。

第三十七章 破获敌台

大约晚上九点，齐竿子家桌上的背负式无线电侦测仪突然侦测到附近出现一个很强的无线电信号，侦测仪指示器指向巷子对面的赵禾家。

为了准确无误地锁定目标，严冬和队员背上无线电侦测仪从齐竿子家中出来，到巷子里侦测。

两人沿着巷子在赵禾家门前来回侦测了一遍。由于距离近，信号非常清晰，他们很快确认这个信号就是从赵禾家发出来的。

于是严冬用无线电对讲机向刘贤仿报告锁定目标。

刘贤仿立刻命令所有人下车展开行动。

十多分钟后，刘贤仿率领队员静悄悄地来到赵禾的房子前。

这是一栋两层楼的房子。房子的窗户里黑漆漆的，没有任何光线透出来，看起来就像里面的人已经熄灯睡觉。

刘贤仿将耳朵贴在房子的大门上听了一下，然后用手轻轻推了推，发现门是锁着的，他示意董易开锁。

董易没费什么功夫就将锁打开。他慢慢将门推开，发现屋里没有灯光，漆黑一片。他在门边的墙壁上找到电灯开关线，拉了一下，屋里的一盏电灯亮了。

进屋后刘贤仿观察了一下屋里的情况，发现这是一楼的客厅，客厅连着一个房间以及厨房。客厅右边靠里有一道通向二楼的楼梯。

刘贤仿示意董易带领几名队员上二楼搜查，自己和另外几名队员搜查一楼。

刘贤仿很快发现通往二楼的楼梯下面被隔成一个楼梯间。由于楼梯间正好背对着客厅，他看不到楼梯间的门。

刘贤仿轻手轻脚地走到楼梯间前，发现楼梯间下面的门缝里透出一道光线，并隐隐约约听到里面有动静。

楼梯间里的赵禾此刻正在发报，忽然感觉到头顶上面的楼梯有轻微的颤动。虽然董易等人上楼的脚步很轻，但还是惊动了赵禾。

赵禾马上明白有人正悄悄地摸上楼，知道自己大难临头。慌忙中他本能地拔掉电台电源插头，然后拿起桌上的火柴点燃密码本和正在发送的密码电文稿。

楼梯间里的动静让刘贤仿意识到里面的人已经发现有情况。于是他示意身边的两名队员闪到一边，然后飞起一脚将楼梯间的门踹开。

门被踹开的瞬间，刘贤仿看到赵禾正蹲在一个冒着火焰的脸盆前，一手拿着一些纸往盆里扔，另一只手握着一支手枪。

见门被踹开，赵禾抬手就是一枪。

由于仓促间开枪，子弹砰的一声打在门框上，没击中刘贤仿。

刘贤仿赶紧闪到门边，大声命令赵禾放下武器投降。他想抓活的。

赵禾知道自己今天很难逃脱，决心以死相拼。他抬手又朝门外开了两枪，然后将脸盆里正在燃烧的纸泼撒到楼梯间的地板上，企图放火引燃楼梯间，烧毁整座房子。

眼看楼梯间四周的木板很快就会被点燃，刘贤仿意识到赵禾是要毁掉线索同归于尽，于是放弃抓活口的想法。他握着手枪突然从门边冲出，对着楼梯间里的赵禾连开几枪。

其中一枪正好命中赵禾的胸膛。

见赵禾中弹倒下后，刘贤仿急忙大声命令行动队员赶紧救火。

其中一人反应很快，在冲向厨房的途中忽然发现客厅里的洗脸架上的脸盆里有大半盆水，于是端起脸盆对着正在燃烧的火堆泼洒过去，将大部分火焰浇灭，然后用脚去踩灭残留的火苗。不一会儿，另一个特工从厨房提来一桶水，将楼梯间的火苗全部浇灭。

刘贤仿让手下队员将中弹倒在楼梯间的赵禾抬出来，发现赵禾已经死了。刘贤仿感到有些可惜，又没抓到活口。

接下来，董易带领手下彻底搜查整栋房子。

除了那台无线电收发报机外，他们还从被水浇灭尚未燃尽的残余中发现一些残存的纸片和一本被烧掉一部分的密码本。

刘贤仿让手下将这些残留的纸片和密码本收集起来，连同那台无线电收发报机,然后抬着赵禾的尸体一同带回军统总部。

当特工们抬着赵禾的尸体从齐竿子家窗下走过时,不知是心理作用还是真有其事,齐竿子看见黑暗中的赵禾似乎正翻着白眼瞪着他,眼中带着一股怨恨,就像知道是他告的密一样,吓得他浑身一激灵。

齐竿子是个胆小厚道人,赵禾虽然是日本间谍,但毕竟因他告密而死,他害怕赵禾的怨魂找他报仇,心里不禁感到一阵恐惧。

三

被刘贤仿打死的赵禾是一名日军谍报员,其掩护身份是重庆的一名土产店店主。赵禾的主要任务是将一名日军间谍传递给他的情报通过秘密无线电台发给日军华中派遣军总部。

当武汉华中派遣军司令部情报课正在收报的日军报务员发现赵禾突然中断发报后,感到情况不妙,立刻报告值班军官。值班军官立刻打电话报告给山木荒野大佐。

突然中断发报的情况时有发生,比如电台突然出现故障,或者突然停电等,最极端的情况才是电台在那一刻被对手破获。

山木荒野收到报告后,刚开始并不十分担心,他要看看赵禾在下一次规定时间是否和总部联络。

一个星期后的星期六晚上是约定的联络时间,但总部并没有收到赵禾的无线电联络信号。

山木荒野开始担心赵禾出事。

山木荒野发出一份密电,指示顺城茶馆的刘掌柜到火药局一带打探情况。

山木荒野相信,如果赵禾出事,他家附近的街坊邻居肯定听到一些风声。

山木荒野没有让刘掌柜直接去打探赵禾的情况,是因为他还对赵禾抱有一线希望，不能将赵禾的身份泄露给刘掌柜。

第二天上午，刘掌柜来到火药局暗中打听情况。

开茶馆的他知道，如果这一带出事，这类消息会在茶馆里传得最快、最多。

因此，他首先走进一间茶馆。

他观察了一下茶馆里的情况，发现茶客特别多，茶桌坐得比较满。这些茶客有的三五人围坐在一张茶桌旁摆龙门阵，有的则二人各自躺在中间隔着一个小茶几的竹躺椅上说话，看起来都是些相互熟识的街坊。

其中一个茶桌周围坐满了人，这些人一边喝茶一边吹牛。

刘掌柜在紧挨着这些人的地方找个空位坐下，请跑堂的伙计给他泡了一壶茶，坐在那里一边喝茶一边竖着耳朵听这些人说话。

这些人天马行空、无边无际地聊着各种话题，大到国家兴亡小到市井民生无所不聊。从第三次长沙会战到杜立特空袭东京；从坊间传言到轶闻趣事，应有尽有。

刘掌柜虽然对他们的话题不感兴趣，但还是很耐心地听着。

巴蜀之地喝茶的习惯由来已久，清初学者顾炎武认为"自秦人取蜀而后，始有茗饮之事"。

抗战时期重庆的茶馆丝毫不受影响，依然兴旺发达。一位寓居重庆的作家曾说过，"领略巴黎的风情在咖啡馆，领略重庆的风情在茶馆。写重庆，不可不写茶馆"。重庆人坐茶馆意不在喝茶，"实在是人们调剂和丰富精神生活的一种享受"。

大约过了半个小时，刘掌柜看到一个人走进茶馆。这人进茶馆后，径直走到那张坐满人的茶桌旁。

坐在这张茶桌前的人看到这人来了，都和他打招呼，他们称他为齐竿子。

大家给齐竿子挤出一个位置让他坐下。

有人问齐竿子：

"朗格（怎么）好几天都没看到你，带（在）忙啥子噢？"

听到有人问起这事，齐竿子不禁叹了一口气：

"我闯到鬼脑（了），这几天一直生病躺带（在）家里，今天好一些才到茶馆来坐坐消消霉气。"

"生啥子病？为啥子要消消霉气？"

于是齐竿子把事情的原委告诉大家。

几天前的晚上齐竿子起来屙尿，无意间从窗口看到外面有好些人围住他家对面邻居赵禾的房子。这些人用万能钥匙打开赵禾家大门，然后冲进屋里。接着就听见赵禾屋里传来枪声和喊叫声，把他老婆孩子都吵醒了。后来看到几个人从屋里抬出赵禾的尸体，结果受到惊吓第二天就开始发烧。

齐竿子讲的基本上都是事实，只是隐瞒了自己暗中配合军统局破获赵禾秘密电台的那一段，也没告诉大家自己因为提供日谍线索获得三千元赏金。

众人听了齐竿子的话后，都说齐竿子中了凶邪，最好找道士来帮他驱驱邪。

齐竿子点头称是。

接下来这些人你一言我一语开始谈论那天晚上发生的事，免不了添油加醋大肆夸张。其大意是，被打死的赵禾是日本特务，家里藏有发报机，专门用来给日本人发送情报。当晚赵禾正在给日本人发电报，立刻被军统最先进的仪器给侦测到。军统特工找到赵禾的房子，冲进屋去抓他。他不愿投降，开枪拒捕结果被军统特工打死。

听到这里，刘掌柜十分肯定这就是山木荒野让他打听的事。

当天晚上，刘掌柜将在茶馆打听到的消息密电报告给武汉总部的山木荒野。

山木荒野得知赵禾已经死亡，既感到悲哀，又感到庆幸。

赵禾是潜伏在重庆的日军高级谍报员"野鸽"的专职报务员，负责将"野鸽"收集到的情报传回武汉日军总部。

如果赵禾被捕，就难保他不会供出"野鸽"。这就是山木荒野感到庆幸的原因。

赵禾的死给山木荒野带来一个麻烦，"野鸽"因失去报务员，无法继续将情报传回。

山木荒野的当务之急是尽快通知"野鸽"赵禾出事的消息。此外，他还得在重庆找一位可靠的人选接替赵禾。

四

通过从赵禾那里缴获的尚未烧完的残留密码本，刘贤仿的联合调查组很快确认这是一本商务印书馆30年代出版的《资治通鉴》。他们找到这本书，并用这本书作为密码本很快破译出从赵禾这部电台截获的一些密电。将这些破译的密电与近期军令部、军政部等机关发出的密电进行对照，刘贤仿很快发现这些情报与军令部近期发出的机密电文高度吻合，因此确定它们都是从军令部窃取的。

刘贤仿请联合调查组副组长王珊暗中调查这些电文是否经过万连良等四名重点嫌疑人的手。

如果其中一人全部经手过这些电文，那么就可以初步锁定此人是日本间谍。这么长时间过去了，刘贤仿还没抓到潜伏在军令部里的日军间谍，让他感到压力很大，他希望这次能有一个突破的机会。

但王珊调查的结果让刘贤仿感到失望。所有这些电文，四名重点嫌疑人都只经手过其中一部分，说明这些情报并不是由其中某一个人提供的。此外，一些非重点嫌疑人也经手过其中部分电文，因此仍然无法锁定任何人。

刘贤仿将最新情况写成书面报告交给重光。

五

重庆长江南岸有一片海拔几百米的丘陵，著名避暑胜地南山就在其中。

云雾缭绕的青山翠谷和远处奔腾而下的长江，一眼望去，宛若一幅出自名家之手的生动山水画。

一条碎石铺成的马路沿着山坡蜿蜒而上，穿过茂密的树林通向山顶附近掩映在一片树林中的几栋中式建筑——陆军南山招待所。

刚刚开完会的万连良和他的同事张参谋从一栋平房的大门出来，上了一辆黑色雪铁龙汽车，开车离去。

汽车开出不久，前面不远处有一个急转弯。

张参谋开始踩刹车准备降低车速。没想到刹车突然失灵根本不起作用。汽车不仅没有减速，反而在重力的作用下沿着倾斜的公路加速向下滑行。

张参谋顿时感到不妙，不停猛踩刹车企图减慢车速，但刹车仍然没有一点反应，汽车加速冲向急转弯边缘的悬崖。

一边是垂直的山壁，一边是陡峭的悬崖，失去控制的汽车在劫难逃。

见此情景，副驾驶座上的万连良慌忙大叫让张参谋转向，同时下意识地伸手抓住方向盘用力猛转，企图避开前面的悬崖。

但一切都来不及了。

汽车快速朝马路内侧的山壁撞去，他俩不由得发出恐怖的尖叫声。

猛烈的撞击导致汽车高高跃起，翻滚着冲下马路另一侧的悬崖，跌落到几十米深的悬崖下，开始起火燃烧。

不久，担任招待所警卫工作的一队士兵赶到现场。他们用绳索将两名士兵放下悬崖查看车祸情况。

两名士兵到达燃烧殆尽的汽车旁，发现汽车内有两具被烧焦的尸体。

第二天，重庆的几份报纸在不显要的版面报道了国军上校万连良和中校张兴死于意外车祸的消息，并配发了一张汽车残骸照片。

当晚，文娟向山木荒野发出一份密电：她从当天的《扫荡报》和其他几份报纸上看到万连良车祸身亡的消息，感到无比震惊。

山木荒野收到文娟密电后，简直不敢相信这是真的。

山木荒野让他的下属找来《扫荡报》，果然在第四版上找到万连良车祸身亡的消息。他对万连良的死不再抱有怀疑。

山木荒野现在唯一的疑问就是此事背后是否有阴谋。

他回电文娟，让她尽快查明此事真相。

第二天晚上，文娟密电报告山木荒野，从多方获取的消息证实，万连良和一名同事那天在南山开会后返回途中，他们的汽车在山上的一个急转弯处不慎跌落悬崖，万连良二人当场身亡。这确实是一场交通意外。

山木荒野收到文娟的这份电文后，感到十分难过。

万连良是日军潜伏在中国军队的一名王牌谍报员，没有因为间谍活动暴露被中国方面逮捕处死，却因意外车祸身亡。这实在太出人意料，简直滑稽透顶！

这到底是怎么回事？难道是因为自己这段时间该走霉运吗？山木荒野内心里默默地问自己。

赵禾死后，山木荒野一直在考虑接替他的人选，以便尽快恢复这条线的情报工作。

没想到接替赵禾的人选还没敲定，万连良又因车祸身亡。两条最重要的情报来源在几个星期之内全都陷入瘫痪。

山木荒野没有时间为他死去的间谍感到悲伤，他现在必须尽快恢复重庆的情报工作，这是迫在眉睫的头等大事。

本来，山木荒野曾打算让佐藤秀美或者刘掌柜接替赵禾。

但考虑到佐藤秀美已经遭重庆方面通缉，随时都有可能被重庆的反谍报机关抓住，因此他一直有些犹豫不决。

刘掌柜的茶楼作为日军在重庆的秘密联络站，价值极大。从总部派往重庆执行任务的日军人员到达重庆后，基本上都是先与刘掌柜接头，再由他为他们安排好落脚点；一旦其中某人被捕，刘掌柜就很危险。因此刘掌柜所面临的风险并不比佐藤秀美小。

忽然，山木荒野的大脑中产生一个灵感。

为什么不让文娟担任"野鸽"与总部的联络员兼报务员？

文娟因为万连良的意外事故而失去主要情报来源，现在几乎闲置下来，正好可以填补赵禾的角色。

文娟一直以来担任万连良的联络员兼报务员，从没出过问题。如果让她担任"野鸽"的报务员，就可以弥补两条情报线各自的缺陷，重新组成一条更加安全可靠的情报线，恢复重庆的情报工作。

想到这里，山木荒野不禁为自己的聪明感到一阵得意。

山木荒野开始着手制定一个方案，让"野鸽"和文娟组成一条新的情报线。

方案制定好后，山木荒野便开始与"野鸽"和文娟联系，向他们传达新方案。

与文娟的联系只需通过无线电就能完成，但与"野鸽"的联系就需要时间。总部与"野鸽"之间的无线电联络已被切断，现在只能依靠约定的备用联络方式——日军武汉放送局的密语广播节目与"野鸽"联系，通知他将情报送到新的指定地点。

按照约定，"野鸽"每两个星期收听一次日军武汉放送局晚上九点的密语广播节目接受指令。

六

"野鸽"是从同事们的闲谈中听说赵禾事件的。

虽然消息说赵禾当场被击毙，但"野鸽"担心这是军统故意放出来的假消息。

赵禾并不知道"野鸽"的真实身份，但是，如果赵禾被捕招供，军统利用"野鸽"向赵禾情报传递的方式很容易发现"野鸽"。从赵禾出事到"野鸽"得知这个消息这段时间，"野鸽"仍向赵禾传递过两次情报。

几天时间过去，并没有发生任何事。"野鸽"开始相信赵禾确实已被打死，军统并没有从他那里查出线索。

不过，赵禾之死让"野鸽"暂时与总部失去联系。

现在，"野鸽"只能寄希望总部通过别的渠道获悉赵禾出事的消息。

大约两个星期后，"野鸽"终于从汉口放送局的密语广播节目收听到山木荒野下达的指令。

山木荒野在密语广播中告诉"野鸽"，赵禾已殉职。总部决定重新给"野鸽"安排一名报务员，让"野鸽"将收集到的情报放到一个指定的秘密地点，新报务员自己会按时去取情报。整个过程两人完全不必见面，彼此之间也不知道对方是谁。

第三十八章　王牌暴露

一

文娟接到汉口日军总部密电，指示她担任"野鸽"的报务员，每个礼拜天按时到指定地点去取"野鸽"送出的情报。由于"野鸽"没有电台，总部只能用其他方法通知。总部不知道"野鸽"什么时候才会接到通知，因此文娟要做好一段时间内取不到情报的思想准备，不必为此担心。

今天是礼拜天，是约定取情报日子。

文娟上午11点出门，一路逛街来到民生路。

文娟抬手看了看手表，差不多快到约定的取情报时间中午12点。

文娟加快脚步朝万国饭店走去，不一会儿便来到饭店门前。

这是一座灰白色四层砖木结构的西式建筑。

饭店的大门前有一个伸出的、由两根大理石柱子支撑的门廊。

文娟沿着门廊走进饭店大门，来到饭店的大堂。她停下来观察了一下大堂里的情况，果然像总部密电描述的一样，大堂的右手边靠墙有两间封闭式的公用电话亭。这种电话亭是隔音的，外面和里面的说话声不会相互干扰，深受用户欢迎。万国饭店从欧洲引进这两个隔音电话亭，以招徕顾客。

文娟来到靠街的那个电话亭前。电话亭的门是开着的，里面没有人。

文娟走进电话亭，从里面将门关上，并插上门闩。

电话亭中除了靠里面的那堵墙上装了一个放电话的木台子外，左边靠墙还有一张固定在墙上的木凳，是给长时间打电话的人坐的。天花板上有一盏电灯，用于照亮电话亭内狭小的空间。灯旁靠近四个角落各有一个十公分大小的圆孔是具有隔音作用的通风孔，用来保持空气流通。天花板大约两米高，文娟伸手可及。

文娟抬起手踮起脚，将手伸进天花板上左边靠里的那个通风孔四下摸索了一番，很快就摸到一张折叠的纸条。她取出纸条，展开来看了看，只见上面密密麻麻写着很多字。她将这张纸条重新折好放进自己的手提包里。

这就是山木荒野给文娟和"野鸽"制定的情报传递新方法。

为了掩人耳目，文娟最后拨打了自己报社的电话。电话很快就通了，但没人接。

文娟从电话亭出来，走到大堂柜台前询问服务员电话打通没人接要不要收费。

对方告诉她不收费，文娟转身离开了。

当晚，文娟在约定时间将取回的那份情报发回汉口。

山木荒野收到文娟的密电后，才算完全安下心来：重庆的情报工作终于重新恢复。

不过，山木荒野要是知道事情的真相，他一定会悔恨不已。

二

赵禾被破获后，重光马上想到既然赵禾的情报不是万连良提供的，那么很可能是潜伏在军令部中的另外一名日谍提供的。这就是说，赵禾就是军令部中另一名日谍的报务员。

进一步推断，赵禾死后，这条情报传输线路随之被切断。为了解决这个问题，日军情报部门势必安排另外的人接替赵禾担任这名日谍的报务员。

重光产生了一个聪明而又冒险的计谋——给文娟创造机会。

重光决定除掉万连良，切断文娟的情报来源，让无事可做的文娟成为接替赵禾的最佳人选。可他不能以日本间谍的罪名除掉万连良，否则日本方面会对文娟起疑心。因此他派人秘密制造了一起车祸让万连良死于意外。

这个计谋看似简单，却正应了孙子兵法的"善动敌者，形之，敌必从之；予之，敌必取之"。

正当山木荒野急于寻找一名可靠的日谍接替赵禾的工作以恢复一条重要情报线时，另一条重要情报线路突然因为一场意外车祸导致情报来源中断。其结果是一条线的谍报员由于失去报务员无法传出情报，另一条线的报务员由于失去情报来源而无情报可送出，导致两条情报线同时瘫痪。这种情况下，换了任何有头脑的人都会想到将这两条残缺的情报线合并，重新组成一条完整的情报线，这是顺理成章的事。

结果毫无意外，山木荒野自然而然地钻进重光为他设好的圈套，将他潜伏在中国军令部里的另一个王牌间谍，代号"野鸽"的古勋力完全暴露在重光面前。

唯一让重光没有想到的是，另一名日谍是古勋力。因为此前的王珊案将古勋力的嫌疑完全排除。

其实王珊是山木荒野巧借这次机会让古勋力摆脱嫌疑而实施的金蝉脱壳计。

当山木荒野获悉古勋力和万连良被列为重大嫌疑受到重庆反谍机关调查之后，为了他们的安全只能让他们暂停谍报活动。可长时间这样下去是无法接受的。

不久后，刘贤仿开始让第三战区调查王珊。谁也没想到负责调查工作的老薛是一名双面间谍。他表面上为第三战区提供情报，实际上为日军情报机关效力。

老薛接到第三战区要求调查王珊的指示后，立刻向日军特务机关报告。

山木荒野获得此情报，马上想到古勋力、王珊和林茂这条中国情报线。

原来古勋力早已向山木荒野报告了这条情报线。山木荒野根据古勋力提供的线索，通过上海日军情报机关查明林茂是这条线潜伏在日军的一名中国间谍。但为了古勋力的安全，他要求日军情报机关不要碰林茂。反正林茂已经暴露，其危害程度有限。

现在重庆方面调查王珊，一直在想办法让古勋力摆脱嫌疑的山木突发灵感，意识到这是一个绝佳机会。

经过一番构思，山木荒野通过日军上海特务部编造假线索和假证据让老薛传回第三战区，故意将这条情报线暴露给重庆方面，让刘贤仿"破获"这条情报线。

当刘贤仿、重光最终发现这是一场误会后，很难避开人类的思维陷阱得出结论：原来重点嫌疑人古勋力是在为我们工作，理当排除他的嫌疑。

这是山木荒野的高明之处。

三

古勋力成为日本间谍完全是他自愿的。

保定军校毕业后，古勋力带着救国救民的抱负到日本东京大学留学，希望取到救万民于水火的真经。

古勋力的教授岸本信介是一名狂热的日本右翼骨干分子，也是"大东亚共荣"倡导者，主张亚洲人独立，将欧美殖民者赶出去，建立一个独立、繁荣的亚洲。他认为古勋力是一个有独立见解的学生，在思想上和他十分接近。他十分欣赏古勋力的才智和救国救民的抱负，常常和古勋力一起探讨解决中国问题的良策。

探讨的结果是中国必须学习日本。他们认为日本和中国文化相通，将日本的经验嫁接到中国相比直接学习欧美要容易、有效得多。

从那时开始，古勋力成为了一名忠实的亲日派。

回国后，古勋力加入国军。他继续保持着与岸本教授的通信联系，共同探讨中国问题。有时岸本教授在研究中需要一些有关中国政治、军事、经济方面的资讯，他都乐意提供帮助。

古勋力在广州军中任职期间，岸本教授正好到广州访问，他俩再次相见。教授将他引荐给当时在日本驻广州领事馆负责情报工作的山木荒野认识。

山木荒野与古勋力经过多次交谈后，觉得完全可以发展古勋力做他的谍报员，于是他向古勋力表明意图。

古勋力毫不犹豫地答应了山木荒野的请求。他根本不在乎充当日本间谍会给中国造成危害，他认为这个充满战争、灾难、饥荒、腐败、愚昧、贫穷和疾病的中国早就应该推倒重来。

从那时开始，古勋力就成为山木荒野的间谍。

随着时间的推移，古勋力一步步接近国军高层指挥机关，他源源不断地向山木荒野提供更机密、更重要的情报。

全面抗战爆发后，古勋力更加频繁地为日本提供中国军队情报，成为山木荒野手中的王牌。

古勋力曾经作为日谍重点嫌疑人受到联合调查组的严密监视。那段时间是古勋力日谍生涯中最艰难、最危险的一段时间。他在那期间停止一切情报活动，凡事更加谨慎小心，没有露出任何破绽。直到王珊的"日谍"案排除他的嫌疑后，他才恢复情报活动。

古勋力原本在第五战区担任副参谋处长，他向日军情报机关提供的主要是第五战区军事部署方面的情报。

武汉会战开始后，古勋力被调到军令部担任译电室主任。

这是一个极其重要的部门，对古勋力获得更多、更重要机密情报有帮助。照常理这是日军情报机关求之不得的事，但是，这一调动造成古勋力提供的情报与潜伏在军令部的万连良提供的情报会出现一些重复，一度让日军情报机关认为这是极大的情报资源浪费。因此，日军情报机关曾经指示古勋力，让他想办法调往其他重要军事部门。

古勋力打了一份请调报告，希望调到军政部工作，但没有得到上峰的批准，只能继续留在军令部。

后来日军情报机关逐渐发现，古勋力和万连良获取的情报虽然有一些重叠，但还是有很大不同。古勋力的情报主要来源于军令部收发的密电，万连良的情报除了来自于密电外，还有一些来自于军令部第一厅作战计划形成过程中所涉及的其他方面更广泛的情报。他们的情报不仅可以相互印证，而且能够相互补充。因此日军情报机关改变以前的想法，指示"野鸽"安心地留在军令部工作。

四

古勋力每一两个星期到万国饭店传送一次情报。传送情报的时间不是固定的，主要根据是否收集到重要情报而定。

自从换了新的报务员和新的情报传送方式之后，古勋力感觉现在的情报传递方式比以前更加安全可靠，让他非常满意。

以前古勋力给情报员赵禾传送情报时，每次都是从墙外将情报扔进赵禾土产店的后院里。如果赵禾想要弄清楚送情报的人是谁，只要花时间躲在暗处观察，一点都不难。

而以现在的情报传递方式，即使古勋力和文娟两人中有一人被捕招供，重庆反谍机关要想查出另一人是谁，必须花很多时间监视、跟踪、调查每一个到此电话亭打电话的人，既费时又容易走漏风声。在这个过程中，万一对方有所察觉，就会立刻切断联系，让追踪者失去线索。

一天上午，军令部第一厅机要室的一名参谋将两份电文交给古勋力。

这两份电文都是蒋介石亲自拟定的。

其中一份电文是蒋介石给第三战区司令长官顾祝同上将的。电文大意是，根据可靠情报，日军第13军即将展开浙赣会战，意图歼灭第三战区主力，打通浙赣铁路，进一步压缩第三战区防御空间，摧毁浙江境内的前进机场群，阻止中美空军利用这些机场轰炸日本本土。蒋介石指示顾祝同务必加强金华、兰溪各要点防御，阻击日军进攻，逐步消耗日军有生力量，并增调第九战区有力部队加强第三战区力量，准备与日军在衢州地区进行决战，歼敌于衢州一线，挫败日军作战意图。

另一份电文是给第九战区司令长官薛岳的。电文显示，日军即将发动浙赣会战，决定抽调薛岳第九战区第74军、第26军、预备第5师增援第三战区主要战场作战。同时指出，日军第11军为了配合日军第13军浙赣会战，将在西线向南昌附近地区第九战区部队发起攻击，以牵制第九战区，使其无法抽调更多部队增援第三战区。蒋介石指示第九战区务必向进攻日军实施反击，积极配合第三战区作战。

这是十分重要的情报，古勋力必须尽快传回日军总部。

他将这两份电文偷偷抄录下来。

傍晚下班后，古勋力来到万国饭店将两份情报藏进那间电话亭的通风孔里面。

礼拜天下午，文娟取回古勋力的情报，并于当晚将情报电发给山木荒野。

浙赣会战爆发后，日军迅速占领金华、兰溪地区，并根据古勋力的情报，开始集中重兵对衢州发起攻击，并将日军第15师团主力移动到衢江南岸地区，企图由衢州两侧地区实施突破，分割包围国军，一举歼灭国军主力于衢州一带。

正当日军按照其意图向国军主力展开围歼作战，双方激战于衢州地区,日军一步步接近合围态势时,国民政府军委会突然发现日军意图,于是向第三战区司令长官顾祝同下达一份新的作战命令。最高军事当局决定放弃与日军在衢州决战,指示顾祝同马上将主力逐次撤出衢州地区,避免与日军决战。

这是一份十分重要且时效很短的情报。古勋力必须尽快传回去,否则日军围歼国军主力的目标难以达成。

当晚,古勋力将情报送到万国饭店指定的电话亭里。但他不知道对方什么时候来取这份情报,因此在心里暗中祈祷,希望这份情报能够尽快发回总部。

恰好第二天是星期天,是文娟收取情报的日子。

星期天下午,文娟照例到电话亭里取回这份情报,并于当晚发给山木荒野。

山木荒野立刻将此情报转发给日军第13军。

第13军收到这份情报后,马上调整部署加强攻势,企图赶在国军撤出衢州地区前合围国军主力。但由于日军的行动比国军整整晚了一天,根本来不及。

日军各部虽然拼命攻击,但第三战区根据蒋介石的命令,各部相互交叉掩护,迅速撤出衢州地区,日军围歼国军主力的战役意图破灭。

第三十九章　真假情报

一

岩井英一面前的办公桌上有两份电文，一份是法恩发过来的，另一份是山木荒野刚转发过来、代号"野鸽"的谍报员发回的情报。

这两份情报涉及的都是美国对中国空军的一个援助计划，但两者在援助的飞机型号、数量以及抵达中国的时间等重要内容有很大出入。

岩井英一看着桌上的两份电文陷入沉思。

一段时期以来，岩井英一渐渐发现，法恩的情报和"野鸽"的情报，只要涉及相同的事件，其具体内容和细节经常会有不小的出入，有时甚至出现相互矛盾的地方。如果分别以这两个不同来源的情报为依据作出判断，得出的结论有时几乎完全相反，因此不知道该采信哪一份。

这种情报让岩井英一感到头痛。为了避免造成决策层的困惑，岩井英一只能将它们压下来。他不能将两份相互打架的情报交给最高决策机关参考，这样做会被人当作白痴耻笑。

以岩井英一多年从事情报工作的经验来看，经常发生这种事情绝不可能是疏忽造成的。他认为，很有可能是法恩和"野鸽"两人中的其中一人出于某种原因传回假情报。

这两人中很可能有一人被重庆反谍机关发现，要么他已经被捕叛变，要么对方故意不逮捕他，而暗中利用他提供假情报。

法恩和"野鸽"都长期潜伏在中国，都曾经传回非常有价值的情报，都用实际行动证明过对大日本帝国的忠诚，深受岩井英一和山木荒野信任。如果要让岩井英一从他们当中选择谁是提供假情报的人，他还真的无从着手。

法恩和"野鸽"是日本情报机关两条宝贵的情报来源，如果因为查不出是谁传回假情报而不得不弃用这两个情报来源，对日本情报机关是一个重大损失。

岩井英一决心查明这两人到底是谁出了问题。

事实上岩井英一曾通过外务省情报机关请求调阅日本其他情报机关获取的相关情报，希望用第三方情报来鉴别法恩和"野鸽"的情报真伪。但遗憾的是，他们没有获得相同的情报，无法进行鉴别。

现在唯一的办法就是找一个十分可靠的人对法恩和"野鸽"暗中进行调查，查明他们中是谁出了问题。

岩井英一想了半天，也没能在外务省情报系统内找到一个合适的人选。

岩井英一决定请山木荒野帮忙。

本来岩井英一是不打算惊动山木荒野的，因为他对山木荒野手下的谍报员不大信任，但有一个人例外。

虽然佐藤秀美现在为汉口日军情报机关工作，但她以前曾经为岩井英一工作过，深得信任。佐藤秀美长期潜伏在重庆，熟悉重庆环境，又能够轻易接近法恩，让她负责调查法恩是目前的最佳选择。

岩井英一给山木荒野发出一份密电。

他在密电中将他的想法向山木荒野做了详细说明，希望他同意让佐藤秀美帮忙暗中调查法恩和"野鸽"。

山木荒野收到密电后，认为岩井英一的判断不无道理。

其实，山木荒野也已察觉到情报相互抵牾的问题。不过山木荒野对"野鸽"的情报深信不疑，认定是岩井英一的谍报员传回的情报不可信，因此并没有太在意。

既然岩井英一主动提出让佐藤秀美负责调查此事，山木荒野只好表示赞同。不过山木荒野认为只需要调查法恩就足够，不需要同时调查"野鸽"。因为调查法恩的结果出来后，如果不是法恩，则肯定是"野鸽"。况且佐藤秀美早已知道法恩的身份，这样做也不会给法恩带来更多的危险。

山木荒野这样做有他的道理，他不希望在找出传送假情报的人之前将"野鸽"的真实身份泄露给任何人，以免给"野鸽"带来危险。

山木荒野决定让佐藤秀美回到法恩身边，利用法恩对她的感情暗中对他进行调查。虽然之前为了保护法恩禁止佐藤秀美与他有任何接触，但这次是岩井英一的主意，山木荒野没理由反对。

山木荒野按照自己的思路给岩井英一发了一封回电。

岩井英一收到回电后，对山木荒野提出的只调查法恩，不调查"野鸽"的建议表示理解。保守秘密的最好方法就是尽可能让最少的人知道秘密。

几天后的一个晚上，山木荒野给佐藤秀美发出一份密电。

山木荒野指示佐藤秀美回到法恩身边，对他进行秘密调查，查明他是否向岩井英一发回假情报。

二

由于佐藤秀美长时间销声匿迹，没有人再想起她，她面临的危险似乎已消除。因此她在取得山木荒野同意后搬回了来龙巷的那座两层小楼。

太平洋战争爆发后，在中美空军的联合打击下，日军的空中优势完全丧失，中美空军夺回绝对制空权。遭受重创的日本空军无力继续轰炸重庆，空袭基本上停止。

云玥也因此几乎无事可做。闲来无事的她更容易想起法恩。

在寂寞难熬的夜晚，她内心深处的这份甜蜜总是在不知不觉中被唤醒，抚慰她孤寂的心。可现实让她不得将自己心中的爱情之火一次又一次地扑灭。

就是在这种情况下，云玥收到了山木荒野的密电，让她回到法恩身边。

即使总部的决定只是为了调查法恩，但仍然让她激动不已。

长期以来，虽然云玥以其间谍的冷酷将女人天性中对爱情的渴望，将她对法恩的依恋牢牢地压制在内心深处，但这种自然天性却无时无刻不在她的内心深处萌动。一旦遇到外界的诱因，她内心的萌动就会被点燃，形成奔腾的火焰，冲破阻力从她的内心深处迸发而出，如火山爆发般势不可挡。

今天这份密电就是一个巨大的诱因，因为她又可以回到法恩身边，重温他俩的甜蜜旧梦。一想到这些，云玥全身便兴奋得抑制不住地一阵战栗。

兴奋之余，云玥又不免为法恩感到担心。她的任务是暗中调查法恩，这让她感到害怕。

密电中虽然没有明说法恩是否是本国间谍，但调查法恩是否发出假情报这事，足以让云玥判断出法恩现在是在为日本情报机关工作，并且因为涉及传回假情报受到自己人怀疑。如果法恩不是日本情报员，上司没有任何理由去调查他是否发出假情报。

云玥担心，如果真的查出法恩传送假情报，她该怎么办。

如果云玥因为对法恩的爱而替他遮掩，无疑是对帝国的背叛。如果她不顾对法恩的感情而公事公办，那么她不仅会失去法恩，而且很可能不得不亲自杀掉他，这对她来说实在太残酷。

因此云玥只能在内心里祈祷法恩没有传回假情报。

至于法恩是在为日本情报机关工作这个新发现，对云玥来说是一个莫大的安慰。这将彻底扫清云玥心中一直存在的障碍——她的潜意识总在暗示她和一个英国间谍在一起是对帝国的不忠。

云玥打开抽屉从里面取出一张名片。

这张名片是法恩与云玥巧遇时留给她的，上面有法恩公司的地址和电话号码。

现在，这张名片该起作用了。

云玥开始策划如何再次与法恩相遇。这次相遇必须显得自然而又巧合。当然，如果可能的话，最好还能带有一点浪漫。

三

初夏的阳光早已驱散头年秋季以来一直笼罩着山城的迷雾，让阴霾的山城充满阳光。

夕阳西下的黄昏，斜射的阳光经过云层的散射和折射，散发出色彩斑斓的光线，在天空中形成一道美丽的晚霞。

微风轻轻吹拂着夕阳下的重庆，给闷热的黄昏带来一丝凉意。

马路边经历过日军炸弹一次又一次摧残的黄桷树，仍然顽强地生长出茂盛的树叶，巨大的树冠在微风中轻轻地摇摆，发出沙沙的声音，给大地带来几分凉爽。那些被炮火折断的枝丫，从断开处生长出一些细嫩的新枝和绿叶。

被炮火烧成灰烬的野草，再一次从路边山坡上的每一寸土壤里、从每一个岩石缝中重新生长出来，用青葱挺拔的叶片覆盖这片曾经的焦土，为她注入新的生机。各种叫不出名字的野花挺立在野草丛中，在翠绿野草的衬托下，随着微风摇曳着妙曼的身姿，显得更加娇艳妩媚、鲜嫩欲滴，似乎在向大地展露着风情。

这一切仿佛昭示着生命的顽强。

云玥今天的心情像路边的花儿一样美。

她身穿一件漂亮的白底印花旗袍，脚穿一双白色的高跟鞋，沿着小梁子街朝"精神堡垒碑"方向走去。

她那齐肩的短发,将她美丽的脸庞衬托得更加俊俏。那双漂亮的大眼睛,温柔中带着一丝冷峻,让人感到可望不可即。她身上的旗袍裁剪得十分合身,将她那丰满的胸部、杨柳般的细腰和浑圆微翘的臀部曲线完美地勾勒出来,尽显她那女性的婀娜身姿。旗袍两侧一直延伸到大腿的裙衩,随着她轻盈的步履,让她那白嫩嫩的大腿忽隐忽现,显得格外性感撩人。那双轻盈漂亮的高跟鞋,配上合身漂亮的旗袍,让身材窈窕的云玥看起来更加亭亭玉立。

这是云玥今天精心准备的打扮。她相信等一下法恩看到她迷人的样子后,会马上为她神魂颠倒。

街道两旁的店铺挤满顾客,显得生意兴隆。虽然重庆还没有恢复战前的兴旺和景气,但比起日军大轰炸时期的萧条,已经热闹了许多。

来来往往的行人,特别是那些男人,看到漂亮的云玥,都忍不住盯着她多看几眼。

天渐渐地暗下来,街道两旁的商铺纷纷亮起了灯。

云玥不久便来到"精神堡垒碑"附近青年路上的重庆国际俱乐部大门外。

重庆国际俱乐部是一座三层楼的西式建筑。这栋建筑原来属于一间德国洋行。太平洋战争爆发后,中国对德国宣战,随后将这间德国洋行作为敌国资产予以没收充公。

随着大批盟国军政人员,特别是美国军政人员来到重庆,为了让这些外国军政人员有一个休闲娱乐场所,缓解他们的思乡之苦,国民政府创建了这所国际俱乐部。

国际俱乐部正面有一扇宽敞的大门,两旁的一楼各有一排窗楣突出的具有欧洲古典风格的落地窗。二楼和三楼临街面也有风格一样的窗户。

国际俱乐部的一楼是舞厅,二楼是餐厅和酒吧,三楼是私人会客室。

云玥站在国际俱乐部大门前,朝四周看了一眼,然后转身走进去。

第三十九章 真假情报

进门后是一个大厅。大厅里的正面是一道通往二楼的宽敞楼梯，左边是一个很大的舞厅，右边是一个摆满各种进口商品的商店。

云玥穿过大厅朝通往二楼的楼梯走去。

两名正从楼梯下来的外国年轻军人看到迎面走来的云玥，立刻被她的美貌和气质惊呆，不禁瞪大眼睛直愣愣地看着她。

云玥冲着这两名年轻军人莞尔一笑，与他们擦肩而过，沿着楼梯登上二楼，走进二楼的餐厅。

进门后云玥迅速扫视了一下餐厅里面的客人，一眼就看到法恩单独一个人坐在一张靠窗的桌子边。

通过几天的暗中观察，云玥发现法恩每天下午六点下班后都会到国际俱乐部吃晚餐。她知道今天这个时间法恩多半会出现在这里。

一名侍应生看到云玥走进来，殷勤地迎上前去给她给领座。

云玥摆动着窈窕的身姿，目不斜视一步步往前走，就像是一道移动的亮丽风景，立刻吸引住所有人的目光。大家不约而同地抬起头来看着她，赞赏的目光随着她的身影移动。

正端起酒杯准备享用餐前开胃酒的法恩也不例外，当云玥漂亮的身影闯进他视线的余光时，他立刻被她身上散发出的迷人光彩所吸引。眼前这女人超凡脱俗的美貌和气质让他倾倒，他手中举起的酒杯不由自主地停在嘴边，用惊奇和赞叹的目光注视这位美人。

只是一刹那，法恩突然发现眼前这个如花似玉的女人居然是云玥。

自从上次和云玥偶然相遇后，他再也没见过云玥，无时无刻不在想念在她。

眼前的云玥比以前更窈窕、更高雅，就和法恩在梦中看到的一样。

仙女般的云玥从法恩的身边飘过，似乎看都没有看他一眼。

法恩呆呆地看着云玥在一张桌子前坐下，优雅地向侍应生点餐。

仿佛置身于梦境中的法恩这才清醒过来。

还等什么？赶紧行动，这次绝不能再让云玥从自己身边消失！

想到这里，法恩立刻站起身来走到云玥的桌子前，不由分说地打断正在点餐的云玥，对侍应生说：

"这位小姐需要一份鱼子酱、一份小牛排、两片龙虾，外加一瓶法国葡萄酒。"

这是云玥最喜欢的西餐菜肴，法恩从没忘记过。

这时，云玥才假装认出法恩来，对他报以迷人的微笑。

侍应生离开后，云玥请法恩坐下，然后假装不解地问他怎么也会在这里。

法恩告诉云玥他几乎每天晚上都在这里吃晚饭。

云玥告诉法恩，她的朋友向她介绍这里的西餐不错，所以来尝尝。这是她第一次来，没想到在这里遇见法恩。

"看来这是天意。"

云玥看似不经意间的一句话迅速地撩拨起法恩内心里一直以来对她的渴望。

法恩伸出手来轻轻地握住云玥的手，开始倾诉对她的思念以及由此带来的甜蜜和痛苦。

云玥并没有将手抽回去，她双目含情地看着法恩。此刻她的感情并不是装出来的，这是她内心深处的真情表露。她渴望这位深爱着她、她也深爱着的男人向她诉说衷肠，慰藉她长久以来的思念和寂寞。

准确地说，她的心早就被法恩的感情融化，只是她的间谍身份和组织纪律让她不能接受这份感情。

侍应生送来云玥和法恩点的菜肴。

两人一边享用美食，一边回忆他们在一起的甜蜜日子，聊着他们分别后发生的事情。

吃完晚餐后，他们继续喝着葡萄酒。

"玥，不要再离开我，好吗？"法恩的语气带着恳求，也带着柔情，"我需要你，我不能再失去你。这样对我来说太残忍！"

"我也不能没有你,法恩。"

云玥答应了法恩。

从餐厅出来后,云玥和法恩到一楼的舞厅跳舞。两人相互搂着对方,随着音乐在舞池中荡漾,沉浸在甜蜜的爱情中。

他们一曲接着一曲地跳舞,直到最后一曲终了。

法恩和云玥从国际俱乐部出来,沿着街道散步,不久来到法恩停在德步罗公司前的汽车旁。

法恩替云玥打开车门,殷勤地服侍着云玥上了汽车。

大约二十分钟后,法恩的汽车来到国府路法恩家的那栋两层楼洋房的院子大门外停下。

法恩按了两声喇叭。

一名女仆听到汽车喇叭声之后从屋里出来替法恩打开院子大门。

汽车开进院子里停下。法恩和云玥从汽车上下来,一起走进一楼的客厅,沿着楼梯上了二楼,最后来到法恩的卧室。

一进卧室,法恩便情不自禁地紧紧拥抱云玥,生怕不这样就会失去云玥一样。云玥热情地回应法恩的拥抱,两人开始如饥似渴地吻着对方……

第四十章　错综复杂

一

云玥醒来时，天已经大亮。

床上只剩下她一个人，法恩不在卧室。

昨晚，经过几乎整晚的销魂缠绵，筋疲力尽的云玥在法恩的怀里进入甜蜜的梦乡。

云玥从床上下来，到卫生间梳洗一番，穿好衣服下楼来到客厅。

正在厨房做事的女仆听到云玥下楼的声音，赶忙从厨房出来。

刚才法恩出门上班前，特意吩咐女仆云玥是她的女主人，要好好照顾。

女仆看上去约四十多岁，身材稍微发胖，人称张妈。自从法恩来到重庆之后，张妈便一直在这里工作，已经有好几年了。

张妈擅长料理家务，而且烧得一手重庆本地菜。

法恩刚到重庆时因为怕麻辣吃不习惯本地菜，但在张妈的培养下已经喜欢上了。

张妈迎上去满脸堆笑地向云玥请安，然后将准备好的早餐端上餐桌请云玥享用。

云玥坐下开始吃早餐，张妈站在一旁准备随时听候云玥的吩咐。

云玥见状，便客气地请张妈在餐桌旁坐下陪她说话。

张妈见云玥很随和，没有女主人的威严和架子，于是放开她在云玥面前的拘谨，主动和云玥聊起来。她告诉云玥她做饭的手艺不错，以后云玥喜欢吃什么，早点告诉她，她会提前准备好食材，做给云玥吃。她还自信地夸口说，她做的菜保证比外面一般的餐馆好吃。

见张妈的话匣子打开，云玥便有意地找一些话题和张妈聊，乘机从张妈的闲谈中了解法恩日常的起居、工作习惯，经常来往的朋友和熟人，平常的休闲、娱乐活动等各方面的情况。

吃完早餐后，云玥在客厅的沙发上坐下喝茶。这时茶几上的电话响了。

电话是法恩打回来的。他没什么别的事，只是因为想念云玥才打回来和她说说话。

两人像新婚的夫妻一样在电话上说了一会儿甜言蜜语，才挂断电话。

接着，云玥在整间房子的各个房间里转了一圈，熟悉一下新的环境。

一楼除了客厅外，还有两间客房、一个厨房、一个饭厅和一个卫生间。其中一间客房张妈住，另一间空着。客厅有一个后门，门外是后院。

二楼除了主卧室之外，还有另外一间带卫生间的卧室和一间书房。

书房里面有一张书桌和几个书橱，放满各种中外书籍。

午饭后，云玥告诉张妈她要出去逛逛街。

张妈提醒云玥，法恩先生出门前吩咐她说下班后他会回家陪云玥吃晚饭。

云玥答应张妈她会在晚饭前赶回来。

云玥并不是真的要去逛街，她是要回来龙巷发报。

在来龙巷的家里，云玥给山木荒野发出一份密电，报告她已经成功回到法恩身边，等待进一步指示。

过了大约半小时，云玥收到回电。

山木荒野指示云玥立刻展开调查工作，并提醒她要牢记一名日军谍报员的使命，务必谨慎行事。

云玥明白这是在提醒她不要沉溺于男女私情而忘记自己的责任。

虽然这看起来像是一种例行的提醒，但却正好击中云玥神经最脆弱之处，让她感到一阵阵惭愧。她在内心里暗暗发誓，即使她深爱着法恩，也决不会因为私情辜负帝国的使命。

联络完毕后，云玥在衣橱里收拾了几件自己喜欢的衣服放进一个小皮箱里，然后提着皮箱离开来龙巷。她在街上逛了一阵子商店，买了一些女人的日常用品。见时间差不多了，云玥叫了一个滑竿送她回法恩的家。

黄昏时分，滑竿送云玥来到国府路法恩家大门外。

云玥身上有大门的钥匙，是她出门前张妈给她的，但云玥懒得自己开门，按了按大门外的门铃。

张妈听到门铃声，赶忙出来给云玥开门，并从她手中接过小皮箱和刚买的东西。

云玥感到有些累，进屋后便在客厅里的沙发上坐下休息。

不久，大门外传来汽车喇叭声。

没等云玥反应过来，就见张妈匆匆从厨房出来，嘴里对云玥说了一句"法恩先生回来了"，脚不停步地穿过客厅和院子，去给法恩开院子的大门。

云玥看见法恩的车缓缓驶进院子里停下来，她像一个贤惠的太太一样走到客厅门口迎接，脸上带着甜蜜的笑容。

法恩从汽车上下来，手里提着一个公文包，满脸微笑地走到云玥面前，用空着的那只手轻轻揽住云玥的腰，在她的脸颊上吻了一下。

云玥接过法恩手里的公文包，温柔地问候法恩，将他让进屋。

两人在客厅的沙发上坐下来，亲密地说着话。

法恩担心云玥刚到这个陌生的环境有些不习惯。

云玥告诉法恩她在这儿就像回到自己家一样，法恩听了很高兴。

不一会儿，张妈过来说晚餐已经准备好了。

法恩和云玥在餐桌旁面对面坐下开始用餐，他们开了一瓶红葡萄酒佐餐。

张妈手艺果然不错。有来凤鱼、辣子鸡、酸萝卜老鸭汤和一个青菜，体现了重庆菜的特色。特别是这道来凤鱼，将重庆菜的辣、麻、鲜、香、嫩发挥得淋漓尽致，确实比外面普通餐馆里的要好吃得多。

法恩和云玥一边吃饭，一边说话。长时间分离后的重逢，让他们似乎有说不完的话，一餐饭足足吃了一个多小时。

吃完饭后，法恩和云玥回到他们的房间。

两人缠绵一阵之后，法恩让云玥先休息，他自己还有一些文件要处理，得去书房工作。

云玥十分善解人意，她让法恩注意身体，不要忙得太晚。

法恩离开房间后，云玥便合上双眼，假装睡觉。

过了大约半小时，云玥睁开眼睛，然后从床上下来，穿上鞋走出卧室。她沿着走廊轻手轻脚走到书房门前，见书房的门关着，她将耳朵贴在房门上仔细听了一下，但里面没有任何声音。

云玥将耳朵从门上移开，抬手敲了敲门。

里面的法恩大声说：

"门没锁，请进。"

云玥推开门走进书房，看见法恩坐在书桌前，正微笑着看着她，他面前的书桌上放着几份文件。

云玥告诉法恩，没有他在身边她睡不着，所以想过来陪法恩一起工作。

她走到法恩背后，亲热地用双手揽住法恩的脖子，一边用自己的脸摩挲法恩的脸颊，一边乘机偷看桌上的文件。她发现这些文件都是法恩公司的日常文件，与机密情报没有什么关系。

法恩对云玥的亲昵开始回应，他握住云玥环抱着他脖子的双手，转过头去吻云玥。

两人亲吻一阵之后，法恩体贴地请云玥回房间休息，他不希望云玥陪着他熬夜。

云玥达到自己的目的，于是像一个听话的太太一样答应法恩回去睡觉，并温馨地提醒法恩也不要忙得太晚，希望他也早点休息。

云玥躺在床上，看着天花板，回想着刚才书房的情形。她本以为法恩会在书房里用电台发送情报，但实际情况并不是这样。

接下来的几天，云玥乘张妈出门买菜时，仔细搜查了这栋房子的每一个角落，特别是法恩的书房，没有发现电台以及任何被烧掉的电文稿灰烬。

再通过一段时间的观察，云玥确信法恩家里没有电台。不过她注意到法恩每个星期四晚上都回来得很晚，每次差不多都是在晚上10点半以后才到家。因此她判断他是在公司里面发送情报，发送情报的时间是每个星期四的晚上。

要想弄清楚法恩是否有问题，还得到他的公司去调查。云玥决定找一个合适的理由说服法恩，让她能够在不引起他怀疑的情况下去德步罗公司。

二

一天晚上，法恩和云玥坐在餐桌前吃晚饭。

法恩试图找话题引云玥说话，但她好像不太感兴趣，只是敷衍他几句，不愿意多说话。

云玥这几天看起来有些闷闷不乐，虽然她在法恩面前极力掩饰，但他还是注意到了。法恩几次问过云玥为什么她看起来没以前快乐，但云玥每次都轻描淡写地加以否认。

法恩认为云玥心里确实有事，只是不愿意告诉他。

看着云玥不快乐，法恩感到难过，他今天一定要弄清楚原因。

法恩问云玥是不是因为自己每天上班冷落了她，是不是因为对新的生活不满意才让她感到不开心。

在法恩的再三追问下，云玥才承认自己确实有点郁闷，但不是因为法恩冷落她，而是因为她每天待在家里感到十分无聊。她长期以来都在工作，不论是以前在上海当职员，还是到重庆后自己开公司做生意，从没有停止过工作。现在每天待在家里无所事事，虽然很悠闲，但难免感到空虚。她很后悔将她的公司盘给别人。原以为今后她可以自由自在地过想要的日子，没想到自己没那个命。现在每天在家不光感到无聊，一整天看不到心爱的人也让她感到寂寞。

如此原因让法恩此前的担心一扫而光，他忍不住哈哈大笑起来。

原来还有人会因为生活悠闲，不必为每日三餐奔波而觉得无聊。

云玥见法恩嘲笑自己，不禁娇嗔地看着他。

法恩这才收起笑容，半认真半开玩笑地问云玥是不是真的想出去工作。

云玥点头称是。法恩问云玥想不想到他的公司工作。

到德步罗公司工作是云玥求之不得的事，这样云玥就能够每天和法恩在一起，了解他的一举一动，也方便她对他的暗中调查。云玥原本只希望法恩允许她随时去他的公司看他，根本没奢望去那儿工作。

她不知道法恩是不是在逗她开心。

法恩是认真的，他一直想找一个秘书分担他的工作。

可是，法恩除了做生意还要从事其他活动，要找到一个既能帮他，又不会给他造成危险的秘书实在太难。

刚才听说云玥想出去工作，法恩忽然想到为什么不能让她担任自己的秘书呢？在法恩看来，云玥既可靠，又有国际贸易方面的知识，是一个非常合适的人选；更何况云玥原来就在德步罗公司工作过一段时间，算是有经验的人。最重要的是，就算云玥在工作中发现法恩的秘密，以他们之间的感情，也决不会出卖他。

法恩握住云玥的手告诉她,他经常在外面跑业务,有时忙得没时间处理公司的文件,只好晚上带回家来做。他真的需要一位秘书帮他分担一部分工作,只是一直找不到合适的。如果云玥愿意,他求之不得。

　　云玥没想到结果如此完美,大大超乎她的想象。但她还得假装为法恩着想而存有顾虑,于是故意问法恩:

　　"我是你的太太,如果到你的公司工作,会不会让公司的同事对你产生不好的看法,进而影响你的工作?"

　　法恩笑着摇了摇头,伸手在云玥的脸颊上轻轻地拧了一下,告诉她,公司其他同事如果看到她回德步罗工作,会十分高兴。因为公司大部分员工以前都和云玥共过事,他们很喜欢云玥。

　　第二天法恩和云玥早早起床。吃完张妈准备的早餐后,两人便开车去德步罗公司上班。

　　云玥今天身着浅色套装,脚穿一双黑色半高跟,脸上化了淡妆,俨然就是一位年轻漂亮的职业女性。

　　到达公司后,法恩领着云玥和公司的同事见面,告诉他们云玥已经是他的太太,从今天开始正式加入公司工作,担任他的秘书,希望大家多多关照。

　　公司的大部分员工在上海时都和云玥共过事,他们都非常喜欢这个漂亮妩媚、聪明伶俐的能干女子。他们都知道法恩和云玥以前的一段恋情,但不知道后来发生什么事情让两人分开。今天看到他们两人又走到一起并结为夫妻,都发自内心地祝福他们。

　　看到几年后的云玥比以前更加成熟漂亮,公司的新老同事都毫不吝啬地赞扬她的美貌。

　　没想到过了好几年,同事们仍然记得她、仍然喜欢她,这让云玥十分感动。她和新老同事们握手、拥抱,向他们表示感谢。

　　一旁的法恩带着得意的笑容看着云玥,那意思分明是在说,看到没有,我说的没错吧!

法恩领着云玥来到二楼自己的办公室。

法恩的办公室很大，有足够的空间给云玥摆上一张办公桌。因此云玥建议她自己的办公桌就摆在法恩办公室进门的右手边，这样对他俩的工作都很方便。

法恩按照云玥的意思请男同事搬来一张办公桌给云玥用。

之后，法恩向云玥交代工作，让她先熟悉一下公司的工作程序和她的工作范围。

就这样，云玥顺利地进入法恩的公司。

三

这天下午，法恩出去谈生意，估计要到下班时间才会回来。

云玥关上办公室的门，并从里面锁上。

她走到办公室里的那个保险柜前，开始开保险柜。

通过一段时间的观察，云玥发现法恩从外面谈生意回来后，有时会将一些带回来的文件或纸条放进办公室的保险柜里锁起来。每个星期大约都会有几份这样的文件或纸条。

每到星期四晚上，法恩就会从保险柜里取出一个星期以来存放在保险柜里的文件或纸条，然后到三楼的电台室用电台发给伦敦总部。对此，法恩给云玥的解释是，这些文件多数涉及中国政府军事采购方面的国防机密，因此他必须定时将它们用密电发送给总部。

云玥从侧面了解到公司员工都知道此事，这并不是什么秘密。

云玥知道法恩锁在保险柜里的文件和纸条都是他要发出去的重要情报。

为了弄清楚法恩是否故意发回假情报，云玥必须要打开保险柜拿到里面的原始情报。

因此，每当法恩开保险柜时，云玥都在暗中仔细观察。

由于法恩十分信任云玥，开保险柜的时候没有刻意去避开她，而且有时会将保险柜的钥匙随手放在办公桌一个没锁的抽屉里。

经过一段时间的暗中观察，云玥掌握了保险柜的密码，并且偷偷将保险柜的钥匙带出去请锁匠照原样配了一把。

今天是云玥第一次尝试开保险柜。

云玥按照她记录下来的保险柜三组密码，按顺序旋转保险柜的密码盘，接着将保险柜的钥匙插进锁孔轻轻一扭，将保险柜的弹子锁打开，然后握住保险柜门上的把手稍稍用力一拉，保险柜的门一下子就打开了。

云玥心中一阵高兴。

她从保险柜中取出法恩一个星期来放在里面的一份文件和两张纸条，转身回到她的办公桌前。

她将三份情报放在桌面上，再从她的抽屉里拿出一架早已准备好的普通家用照相机。

她将照相机镜头对准文件，调整好照相机的焦距，将三份情报拍摄下来。

拍完照片后，云玥立刻将文件按原样放回保险柜重新锁上。

她回到自己的办公桌前，将照相机里的胶卷取下来，放进自己的手提包里，将照相机放回抽屉，然后走过去将办公室的门打开。

整个过程没有出现任何状况。

云玥抬手看了一下手表，才下午一点钟。她拿起放在桌子上的手提包，转身离开办公室。

云玥从公司出来后立刻赶往来龙巷的家。

进屋后她马上来到一楼的楼梯间。

这个楼梯间早已被云玥布置成一间暗室，里面冲洗照片的设备和化学药剂一应俱全。

云玥在暗室里将刚才拍摄的底片冲洗出来，然后将底片上的情报通过密电发给山木荒野。

发完密电后，云玥离开来龙巷赶回德步罗公司。她回到公司时不到下午五点，法恩还没有回来。

从这天开始，云玥每个星期都会将法恩保险柜里的情报偷偷拍照后，再通过密电发给汉口日军总部的山木荒野。

有几次，云玥发现法恩一周收集的情报中有两份是关于同一件事情。但这两份情报的具体内容明显有差别，甚至出现相互矛盾之处。

云玥不知道法恩怎样处理这两份情报。但她肯定法恩不会将两份相互冲突的情报一同发回去，因为这不符合情报工作的初步筛选原则。她估计法恩要么从中选出一份他认为比较可靠的情报发回去，要么综合两份情报后发回去。

如果真是这样，法恩就有可能因为自己的判断错误而发出假情报；但这种错误属无心之举，并非故意所为。

有了上述判断后，云玥对法恩的担心一下子减轻许多。

云玥知道山木荒野肯定会疑心她对法恩动真情而偏袒他，这从山木荒野提醒她的那份密电中就可以看出来。因此云玥并没有将自己的判断报告给山木荒野。她只是按照要求将两份内容有差别的情报全都发给山木荒野，让他自己从中作出判断。

四

山木荒野每次收到云玥发回的情报，便与法恩发回的同一情报进行对比，很快便得出和云玥一致的判断——法恩的错误情报可能是无心之举。

但山木荒野毕竟不是带着感情色彩的云玥，他认为这并不能完全排除法恩利用这一点故意发出假情报的可能性。

通过将云玥和法恩发回的情报与古勋力发回的情报进行进一步比较，山木荒野发现有时法恩的情报看起来像是假的，有时古勋力的情报像是假的。

难道两人都有问题？山木荒野不禁产生新的疑问。

调查工作不但没有弄清楚问题，反而让问题变得更复杂。

从获取情报的方式和渠道来看，由于古勋力的情报几乎都是从军令部发出的原始电文获取的，其真实性和准确性本该不容置疑。但新的疑问让山木荒野对古勋力的信任产生了动摇。

如果古勋力传回的情报中有假的，那就意味着他这条线出现问题。要么重庆方面已经识破古勋力并故意喂给他假情报，让他在毫无察觉的情况下传回，要么古勋力和文娟两人中有一人被捕变节，故意发回假情报。

无论上述两种可能性中的哪一种发生，对山木荒野来说都是灾难性的。

山木荒野简直不敢相信上面的推理。他更愿意相信问题出在法恩身上，不论法恩是有意的还是无意的。

面对这种情形，在缺乏第三方情报来源进行印证的状况下，山木荒野除了感到困惑之外，也没有什么好办法。

山木荒野将目前调查的结果密电通报岩井英一，希望听听岩井英一的想法。

岩井英一收到山木荒野的密电后，同样感到困惑。

岩井英一完全同意山木荒野的分析推理，但他不同意山木荒野认为问题仅出在法恩身上的结论。他认为"野鸽"同样不能排除。因为山木荒野自己也不得不承认有时法恩的情报看起来更加真实可靠。

难道我该像法恩那样从两份相互抵触的情报中筛选出自己认为比较可靠的那一份上报总部吗？岩井英一在内心里默默问自己。

这样做虽然无可厚非，但这不是岩井英一的风格。他一向是一个工作态度严谨认真的人，无法容忍自己敷衍了事。

因此，岩井英一除了请山木荒野继续暗中调查法恩外，决定自己想办法暗中甄别"野鸽"。

岩井英一这样做并非无的放矢,因为他早就对"野鸽"产生怀疑。

一段时间以来,岩井英一注意到"野鸽"发回的情报中,有些中国军令部向各战区发出的军事命令不久之后就会被一项新的命令废止,或者作出重大修改变得面目全非。

表面上看这是中国最高军事决策机关根据战场形势变化而作出的部署调整,没什么值得怀疑的。但岩井英一敏锐地发现,所有被废止的军事命令都涉及十分关键的军事行动。如果这些命令不被废止,那么利用这些情报提前做好针对性部署的日军完全能够给中国军队以毁灭性打击。

岩井英一经过深入研究后进一步发现,中国军令部废止旧命令的时机拿捏得恰到好处,总是在日军根据旧命令做出的针对性部署即将完成时发出,不仅让日军之前的部署前功尽弃,而且让疲于奔命的日军根本来不及作出新的部署调整。

如果这类情况只是偶然发生一两次,还可以认为仅仅是巧合。但从浙赣会战开始,这种情况在多次重要军事行动出现,不免让岩井英一起了疑心。

岩井英一虽然对"野鸽"产生怀疑,但这只是他个人的推测,并没有什么实质证据。由于"野鸽"是山木荒野的谍报员,岩井英一在缺乏证据的情况下不能将自己的怀疑告诉山木荒野,以免引起不必要的矛盾和冲突。加上岩井英一没有权力,也没有能力对"野鸽"进行调查,因此只好把这事暂时搁置起来。

后来发生法恩和"野鸽"的情报相互矛盾的事,岩井英一马上想到借此机会向山木荒野提出对"野鸽"和法恩进行调查,希望查明"野鸽"身上的疑点。

没想到调查陷入死胡同,加上山木荒野固执地信任"野鸽",因此岩井英一对这次调查不再抱任何希望。

他必须另想办法。

暗中调查"野鸽"可不是那么容易的事，岩井英一必须采取特殊手段才能达到自己的目的。

在这种情况下，岩井英一自然而然想到方同和吉姆。

岩井英一之前并非没有想到过方同，但他实在不愿意让方同插手此事。

由于方同身份背景复杂，岩井英一虽然表面上对方同十分信任和器重，但这只是为了利用方同收集情报的能力。他的内心深处其实并不完全信任方同。每当涉及高级机密时，岩井英一总是瞒着方同自己亲自处理，绝不让方同插手。这次甄别法恩和"野鸽"就属于这种情况。法恩和"野鸽"的身份都属于高度机密，岩井英一一直没有让方同插手此事，即使他认为方同很可能帮得上忙。

不过现在的情况变得十分严峻，岩井英一必须查明事情的真相，他不得不打破原来的禁忌冒险让方同参与调查。

至于吉姆这名长期潜伏在英国军情局的日本外务省高级间谍，更是不能轻易动用的人，但岩井英一仍然决定请示总部让吉姆协助调查。

太平洋战争爆发后，日本强行关闭英国驻上海总领事馆，驱逐所有英国总领馆外交人员。吉姆随其他英国总领馆人员返回英国，一直留在英国本土，直到不久前才被英国军情局派往远东盟军司令部担任英军情报官。

岩井英一思考着，一个周密的行动计划逐渐在他大脑中形成。

第四十一章　发现中计

一

方同走进岩井英一的办公室，向坐在办公桌后面的岩井英一行了一个鞠躬礼。

岩井英一微笑着朝方同点头还礼，然后拿起桌上的一份文件递给方同过目。

这是岩井英一刚收到的一份远东盟军对缅甸作战计划。该作战计划要求英美盟军和中国驻印度远征军三个月内由印度向缅甸日军发起反攻。云南境内的中国远征军伺机由中缅边境向缅甸日军发起攻击，配合英美军队和中国驻印远征军作战。

这是一份极其重要的情报。如果情报属实，东南亚日军必须作出相应部署调整，加强缅甸方面的防御。

但是，日军在采取相应行动之前，必须证实这份情报的真实性，排除盟军以假情报进行战略欺骗的可能。

岩井英一今天请方同到他的办公室来，就是为了此事。他需要方同利用其广泛的情报来源，鉴别这份情报的真伪。

方同带着这份盟军反攻缅甸战计划回到自己的办公室。

他坐在自己的办公桌前，开始思考如何完成岩井英一交给他的任务。

过了没多久，方同似乎拿定主意。

他拟好两份密码电文，然后带着这两份电文离开自己的办公室。

大约二十分钟后，方同开车来到吴淞路的那座两层楼洋房。

在二楼的一个房间里，方同将刚才拟好的其中一份密码电文发出去。

这份密电是发给重庆八路军办事处情报负责人黄兴中的。

密电称，日本情报机关获得一份盟军反攻缅甸的作战计划。日军希望在作出相应的兵力部署、加强缅甸的防御之前，能够通过其他情报来源印证这份情报。岩井英一要求方同利用自己的情报来源核实该情报的真实性。由于事关重大，方同请示是否将此情报转发给重光。电文最后附上盟军反攻缅甸作战计划。

黄兴中收到这份密电后，知道事情重大需要向上级报告，于是通知方同当晚九点再行联络，到时候会给他答复。

方同的真实身份是中共秘密情报员，代号"棱镜"。

多年前在上海，方同就是黄兴中手下的一名情报员，一直在他的领导下从事秘密情报工作。方同所具有的多重间谍身份，只不过是他在不同环境下为了更好地从事组织赋予的情报工作而给自己加上的一道道护身符。

方同利用自己的能力，游走于各方之间，给军统和日本情报机关提供了许多他们认为相当有价值的情报，让日本情报组织、重庆军统局都相当依赖他提供的情报。

当然，真正极其重要、极其有价值的情报，方同只提供给黄兴中。

因此，除汪伪76号特工总部对方同存有很大疑问之外，日本方面和军统方面虽然都对方同存有某种戒心，但总体上还是相当信任他的。

多年来，方同一直与黄兴中保持着单线联系，其真实身份只有黄兴中才知道。

当天晚上九点，方同接收到黄兴中回电。

回电很简短：

此关系到中国抗战前途，请将此情报立刻照实转发重光。

二

重光收到方同的密电后，感到问题严重，于是立刻打电话给军委会主管作战的侍从室第一处林主任。

重光告诉林主任，他收到一份情报，是日军情报机关获取的一份英美盟军和中国远征军反攻缅甸的作战计划。他询问林主任军委会和远东盟军司令部是否有这样一份作战计划，是否向驻印度盟军、中国远征军或其他军事单位下达过这份作战计划。

林主任对这个作战计划遭泄露感到十分惊讶。他告诉重光，军委会和远东盟军司令部确实制订了这样一份作战计划，但属于高度机密，知道的人很少。目前还没有下达给中国远征军和其他军事单位。林主任希望重光能够查出情报泄密渠道，将情报泄密可能造成的损害降到最低。

挂断电话后，重光开始思考对策。

目前看来，知道这份作战计划的只有两个部门，一个是军委会，另外一个是远东盟军司令部。既然军委会知道这个作战计划的人很少，那么军委会泄露这份情报的可能性也相对较小。而远东盟军司令部人员组成相当复杂，泄露情报的可能性相对大一些。

目前情报已经泄露，追查泄露途径虽然很重要，但减少情报泄露可能造成的危害却是当务之急。重光决定一边调查情报泄密的渠道，一边尽快想出办法将此情报泄露造成的危害降到最低，重点放在后者。

对于如何将情报泄露造成的危害降到最低，重光从利用日谍"野鸽"古勋力对日军实施的欺骗中，已颇有心得。

万连良已死，军令部只剩古勋力一个日军间谍，不再可能出现两名日谍发出同一份情报的情况，日军无法通过另一名日谍的情报验证古勋力的情报，文娟篡改古勋力的情报不再会被日军轻易识破。

因此重光和文娟开始利用假情报欺骗日军。当然，一般情报文娟仍然原封不动地照发。只有在古勋力传给文娟的情报十分重要，可能会给国军造成重大损害的情况下，重光和文娟才会这样做。遇到这种情况时，重光和文娟就会对情报的时效或者关键部分进行篡改。当日军根据这份情报作出针对性调整来不及回头时，军令部再将一份针对日军调整后国军作出相应部署的密电交给古勋力发出去，让日军收到这份情报后，既不会怀疑之前的情报有假，又不得不再次作出调整，使日军疲于奔命且一无所获。重光和文娟以这种方式将古勋力的危害性降到最低，或者反过来对日军造成重大损害。浙赣会战是重光和文娟第一次利用假情报欺敌，一举取得成功。

后来重光逐渐感觉到如果总是用这种单一的方式欺骗日军，迟早会被日军识破。因此，重光进一步想到让法恩参与其中。他通过法恩和古勋力这两条线同时发出差异很大的情报，使日军获取情报后无法判断两份情报的真假，最后不得不放弃使用这两份情报，让其中那份真实的情报也失去应有价值。两种方法交互使用，既可以达到更好的欺敌效果，又能降低被日军识破的风险。

如何降低反攻缅甸作战计划泄露的危害呢？

重光坐在办公桌前思考着。

不一会儿，重光拿起电话，再次打给侍从室林主任，请求调阅盟军反攻缅甸作战计划。

林主任无权批准重光的请求，必须请示蒋委员长之后才能决定。

他来到蒋委员长办公室，将重光的请求报告给委员长。

林主任接到重光之前的那个电话后，已经将盟军反攻缅甸作战计划泄密的消息报告蒋介石，因此蒋介石知道重光调阅作战计划的目的，于是批准了重光的请求。

第二天，重光在军委会档案室查阅盟军反攻缅甸作战计划。他将这份作战计划与方同发给他的那份作战计划进行对照，发现两份作战计划完全一致，证明日方获取的作战计划是真实的。

既然如此，重光要做的就是尽量让日军对这份真实情报产生某种程度的疑问，并利用这个机会对缅甸日军进行战略欺骗。

重光回来后，打电话到报社找文娟，让文娟一小时后到他们约定的秘密联络点会面。

一小时后在较场口瓷器街的一所房子里，重光首先将盟军反攻缅甸作战计划泄密的情况向文娟作了简单介绍，然后将方同发给他的那份反攻缅甸作战计划交给文娟，让她仔细阅读这份作战计划后，制订一份假作战计划，将其损害降到最低。

当晚回家后，文娟熬了大半个通宵仔细阅读、分析这份反攻缅甸作战计划，找出其中的关键点进行篡改，形成一份假作战计划。

第二天，文娟约重光再次在秘密联络点见面，将重光给她的反攻缅甸作战计划和自己篡改的假作战计划一同交给重光。

重光回到办公室后，仔细阅读了文娟篡改的假作战计划，感到十分满意。

从第二天开始，重光通过方同等不同情报渠道陆续将一些零星的、相互矛盾的反攻情报散发出去。

三

英国驻重庆大使馆大使在中英联络处举行一个小型午餐酒会，邀请在重庆的英国军政人员和商界名流参加，表彰他们在世界反法西斯战争中所作的贡献。

法恩作为英国在重庆的商界名流，应邀参加这个酒会。

午餐酒会在中英联络处的一楼大厅举行。

大厅里摆了一排长桌，桌上铺着洁白的桌布，摆满各种酒、饮料、冷食和甜点。

法恩来得比较晚，他到达时酒会已经开始。

酒会大厅里大约有几十位客人。客人们端着酒杯，三五人一群围在一起聊天。

法恩走进酒会大厅，看到大使先生正在和另外两人聊天，于是走过去和他打招呼。

没等大使先生将身旁的两位客人介绍给法恩，其中一位身着军装的英国军官便认出法恩。

这名军官就是盟军司令部的英国情报官吉姆。

两位朋友多年后在重庆重逢，都感到格外高兴。

在上海的时候，吉姆曾经救过法恩的命，法恩对此十分感激。

法恩不知道吉姆是英国军情局情报员。虽然他知道当时吉姆负责向休伯特转达英国军情局制裁他的命令，但他认为这只是副领事吉姆的分内工作。因此他一直认为吉姆当年是有意救他。

吉姆在上海时就知道法恩是英国军情局情报员，但他并不知道法恩后来投靠日本外务省情报机关。直到不久前岩井英一需要吉姆协助甄别法恩和"野鸽"，才向吉姆透露法恩的真实身份。

参与岩井英一的甄别计划后，吉姆本来打算找个机会直接去法恩的公司见法恩。但吉姆无意中在英国驻重庆大使的办公室看到参加酒会的客人名单，发现法恩在邀请之列，因此决定在酒会上和法恩巧遇，这样显得更加自然一些。

从这天开始，吉姆与法恩开始频繁往来。

在与吉姆的交往中，法恩表面上作为一名军火商人，自然而然地会请吉姆为他的公司提供一些商业机会，这样才符合一个商人的本性。

这正是吉姆与法恩故意重逢的目的之一。吉姆马上以老朋友的名义顺水推舟答应法恩的要求。

从这时开始，吉姆将一些盟军和中国军队的机密情报以内含商机的名义陆续交给法恩，看起来就像是吉姆在无意中泄密一样，用提供商机

第四十一章 发现中计

来掩盖自己的间谍行为。

这是岩井英一计划中的一部分。

一个多月后，重光陆续收到来自缅甸和东南亚的日军情报。这些情报显示，日军正向印缅边境和中缅边境调集大量兵力，加强防御力量，准备挫败盟军反攻。

于是，重光请军令部将文娟篡改的那份盟军反攻缅甸假作战计划交给古勋力发给中国远征军，同时让刘贤仿将一份真实的作战计划交给法恩，请法恩接到指示后发给上海的岩井英一。

这份篡改过的假作战计划与真正的作战计划最关键的差别在于，谎称盟军将派遣三个师的美军从仰光附近实施登陆作战，从海路直取缅甸首都仰光。印缅边境和中缅边境的反攻实为掩护美军登陆的佯攻。

这是重光和文娟对缅甸日军实施战略欺骗的最后一步，其目的是将缅甸日军一部分主力调动到仰光沿海地区布防，防止美军登陆以分散本已薄弱的日军兵力，为陆上反攻减轻压力。

傍晚下班后，古勋力立刻来到万国饭店，将自己暗中抄下来的盟军反攻缅甸假作战计划藏进那间电话亭天花板上的通风孔里面。

第二天下午，文娟来到万国饭店取走古勋力的情报。当晚，文娟将这份情报原封不动地发给山木荒野。山木荒野收到后马上将这份假作战计划转发给岩井英一。岩井英一立刻密电通知吉姆开始行动。

吉姆按照计划将一份真实的盟军反攻缅甸作战计划交给法恩。

法恩收到吉姆的这份情报后，发现与重光让刘贤仿交给他的那份作战计划完全相同，于是打电话向重光请示该怎么做。

重光见时机成熟，指示法恩马上将这份情报发给岩井英一。

岩井英一收到法恩传回的盟军反攻缅甸作战计划后，他的甄别计划获得成功。

法恩发回的情报是真的，"野鸽"发回的情报是假的。这就证明"野鸽"这条线出了问题。

这是一个巨大的收获。

吉姆交给法恩的真实作战计划除了用以甄别"野鸽"外，还用来甄别法恩。

这次重光和吉姆交给法恩的作战计划完全相同，因此法恩无论传回哪一份都是真的，这完全是一种巧合。但这种巧合反而在无意中掩护了法恩，让岩井英一对法恩的怀疑几乎完全消除。

除此之外，这次行动还让岩井英一识破重光在用假情报对缅甸日军进行战略欺骗。

调查结果涉及汉口日军情报机关，岩井英一无权加以干涉，也不能违反情报工作原则直接通报汉口日军情报机关负责人山木荒野。因此他将调查结果写成一份报告，通过密电发给外务省情报机关总部，由外务省和日军大本营处理此事。

四

山木荒野看完日军大本营陆军情报部发给他的密电后，不禁吓出一身冷汗。

密电指出，通过第三方获取的可靠情报证实，"野鸽"最近发回的盟军反攻缅甸作战计划是假的。由此推断，"野鸽"这条线出了问题。总部在密电中用极为严厉的措辞批评山木荒野的失职，要求他立刻对"野鸽"这条线展开严密调查，弄清事情的真相。

密电中虽然没有透露是谁发现的这个问题，但山木荒野马上就想到岩井英一。只有岩井英一之前怀疑过"野鸽"，并且提醒过山木荒野。因此山木荒野基本上可以断定是岩井英一瞒着他暗中调查了"野鸽"这条线。

山木荒野感到十分懊悔。他不该固执地相信"野鸽"，不该置岩井英一的警告于不顾，铸成现在的大错。

第四十一章 发现中计

但事已至此，悔恨也没有用。

山木荒野努力让自己冷静下来，开始思考如何查明"野鸽"这条线的问题到底出在哪里。可他现在头脑混乱，想了半天却毫无头绪。于是他决定先和岩井英一谈谈，希望能够从岩井英一那里得到更多的线索和启发。

想到这里，山木荒野不假思索地拿起电话拨打岩井英一的号码。

但是没等对方接听，山木荒野便挂断电话，因为他忽然意识到不能在电话中谈这事。

山木荒野放下电话，拿起桌上的笔在电文纸上起草了一份密码电文，让报务班马上发出去。

大约一个小时后，山木荒野便收到岩井英一的回电。

岩井英一在密电中坦率承认是他甄别出"野鸽"这条线的，但他并没有透露具体细节，因为这涉及吉姆。岩井英一特别强调，这次的甄别证明法恩的情报是真实的，法恩的嫌疑可以排除，请山木荒野指示佐藤秀美停止对法恩的调查。

山木荒野不同意岩井英一对法恩的调查结论。他认为法恩以前也发回过假情报，仅凭这一次发回的真情报并不能证明法恩没问题。更何况根据佐藤秀美发回的情报证实，这次法恩获得的是两份完全相同的盟军反攻缅甸作战计划，因此法恩无论选择哪一份都一样。

由于自己对"野鸽"这条线的判断被证明是错误的，山木荒野实在不好意思向岩井英一提出异议。既然岩井英一要求停止对法恩的调查，山木荒野只好答应他的要求。

山木荒野的当务之急是查明"野鸽"古勋力这条线问题到底出在哪里。

这条线只有两个人，一个是古勋力，另一个是文娟。

虽然古勋力和文娟相互之间不知道对方的身份，两人也没有任何接触，但只要其中一人出问题，就可以发回假情报。

山木荒野开始制定一个行动方案。

两天后山木荒野向云玥发出一份密电，指示云玥立刻停止对法恩的调查，并开始对"野鸽"这条线展开调查。

与此同时，山木荒野和岩井英一开始利用重光的假情报对盟军进行战略反欺骗。

不久之后，重光陆续收到军统缅甸站发回的情报。情报称日军约五个师团正在向缅甸仰光沿海地区集结。由于东南亚日军兵力有限，这些部队只有两个师团是从其他地方抽调的，其余三个师团是从缅中边境和缅印边境地区抽调的。

此外，山木荒野还向文娟发出一份密电。

密电称，日军大本营收到古勋力发回的最新盟军作战计划后，已开始紧急调动部队到仰光沿海布防。密电指示古勋力务必进一步查明美军具体登陆地点，让日军能够在美军登陆地点重点布防。

重光获得这些密电后，断定日军已经上当！

实际上日军不仅没有上当，而且利用一系列的情报战对盟军成功实施战略反欺骗。

虽然日军成功实施战略欺骗，但由于双方力量对比发生根本性逆转，日军已无法阻挡盟军的攻势，无法挽回在缅甸的败局。

第四十二章 废子利用

一

礼拜天上午八点多，云玥和法恩一起用完早餐后，云玥告诉法恩她要出去逛街。

喜欢逛街是女人的天性，任何有教养的男人都不会阻拦。

法恩也不例外，他虽不喜欢逛街，但绝不会阻拦云玥去逛街。他主动提出开车送云玥到商业区，但云玥想自己一路逛过去，谢绝了法恩的好意。

云玥提着一个漂亮手提包出了大门，沿着马路朝市区方向走去。

一路上，云玥一直急匆匆赶路，根本没有停下来逛街道两旁的商店。

大约半个多小时后，云玥回到来龙巷的家。

她从卧室的橱里取出一部照相机放进自己的手提包，然后匆匆离去。

不久，云玥来到万国饭店大门前。

她停下脚步抬头看了看饭店大门上面的招牌，然后四下环顾了一眼，才走进饭店大门。

云玥站大厅里观察了一下四周，发现大厅右边果然有两个电话亭，于是朝电话亭走过去。

按照山木荒野密电中的指示，云玥走进临街的那个电话亭，然后关上门并从里面把门闩上。

她抬头观察天花板，然后踮起脚来将手伸进藏情报的通风孔里四下摸了一下，很快就摸到一张折叠的纸条。

她把那张折叠的纸条从通风孔拿出，展开来看了一下。

这张纸条上写满字，抄写下来很费时间，说不定会引起别人的注意。

于是，云玥将这张纸条放在电话台上，然后从手提包里掏出那部照相机，将这份情报拍下来。

照片拍完后，云玥收起照相机，然后将纸条照原样折叠好，放回那个通风孔中。

接着，她拿起电话，拨打家里的电话号码。

电话很快就通了，是法恩接的电话。

云玥在电话中告诉法恩，她想多逛一下，可能要晚一点回家，请法恩不要等她吃午饭。

和法恩通完电话后，云玥从电话亭出来，到柜台付了电话费，离开饭店赶回来龙巷。

山木荒野让云玥在文娟之前暗中截获古勋力送出的情报。如果文娟发回的情报与云玥发回的情报一致，就能证明文娟没有在情报上做手脚，问题出在古勋力身上；反之，如果文娟发回的情报与云玥发回的情报不一致，那就说明问题出在文娟身上。

这是山木荒野计划的第一步。这一步完成后，山木荒野才能决定下一步行动。

一回到来龙巷的家，云玥立刻将刚才拍下的照片冲洗出来，然后将底片上的情报用无线电台发送给山木荒野。

此后的每个星期天上午，云玥都会到万国饭店查看并记录情报，然后发给山木荒野。

为了不让法恩起疑，云玥谎称自己参加了一个妇女抗战慈善救援组织，每个星期天上午去该组织做义工。

二

　　山木荒野收到文娟和云玥发给他的情报后，将两人的情报进行对比。

　　经过一段时间的观察，山木荒野发现她俩发回的情报每次都是完全一样的。

　　山木荒野得出结论，文娟这个环节没有问题，问题应该出在古勋力身上。

　　但是想要调查清楚古勋力是在知情还是在不知情的情况下发出的假情报，并不是一件容易的事情。

　　不过现在可以肯定的是，不论古勋力是在何种情况下发出的假情报，他都已经暴露。不同之处只是古勋力到底有没有被捕叛变。这意味着古勋力这条线已失去其情报价值。至于文娟，无论古勋力是否叛变，她的身份都已经暴露。

　　想到这里，山木荒野曾在一瞬间打算紧急通知文娟秘密撤离重庆。

　　但他转念一想，文娟已经暴露，安全撤离的可能性极小。不如干脆将错就错，假装没有发现这条线出问题，让重庆方面以为日军情报机关仍然被蒙在鼓中，利用这条线对重庆方面进行反欺骗。只有这样，他才能够真正做到将功补过，在上峰面前挽回颜面。果真如此，就算牺牲掉古勋力和文娟也是值得的。

　　山木荒野感到一阵振奋。

　　他拿起笔开始起草一份电文。这份电文首先向日军大本营陆军参谋部情报部报告调查结果，然后提出自己的建议并陈述自己的理由。

　　本来日军大本营已决定弃用"野鸽"这条线。现在山木荒野提出利用这条线对重庆方面进行反欺骗，在关键时刻反扭敌手的建议，让大本营情报部认为这是一个创造性的构想，就像是围棋中的废子利用，相当高明。

于是他们回复山木荒野，同意他的建议，指示他制订一个相关计划报总部批准。

收到总部回电后，山木荒野备受鼓舞，于是着手制订了一个详细的行动计划。报总部批准后，山木荒野开始着手实施这项行动计划。

山木荒野给云玥发出一份密电，指示她停止调查万国饭店这条线，把调查的重点重新集中在法恩身上。

三

山木荒野的新指示让本已完全信任法恩的云玥再次对法恩产生疑问。云玥的理由很简单，如果总部认为法恩没问题，绝不会让她回过头来继续调查法恩。云玥虽然对此感到不快，但她必须执行命令。因此，她只好像以前那样将法恩保险柜里的情报拍下来发给山木荒野。

这天下午，法恩出去拜访客户，办公室里只剩下云玥一个人。

云玥坐在自己的办公桌前想着心事。

到目前为止，尽管调查工作进行了相当长一段时间，山木荒野却并没有向云玥透露调查结果。至于指示云玥调查万国饭店这条线一事，山木荒野不光没有向云玥透露调查工作的目的和进展，甚至连调查对象是谁也没有告诉她。

现在山木荒野突然指示云玥停止调查万国饭店这条线，回头继续调查法恩，让云玥感到疑惑。

难道万国饭店的调查结果证明这条线没问题，才决定重新调查法恩？

云玥在内心里默默问自己。

当初接到暗中截查万国饭店情报的指示时，云玥就意识到这是为了甄别送情报的人和取情报的人到底哪一个出了问题。

云玥认为，总部对两条情报线都产生怀疑，绝不可能是毫无根据的。

第四十二章　废子利用

到底是什么原因让总部对法恩产生怀疑呢？到底是什么原因让总部对万国饭店这条线产生怀疑呢？

云玥很想知道其中的原因。

特别是此事涉及法恩，让云玥无法释怀。

法恩是云玥深爱的男人，现在为日本工作，可以说与她志同道合；更重要的是，这关系到她的爱情和他们将来下半辈子的幸福。如果法恩真的背叛日本，云玥就必须作出抉择，要么与法恩彻底决裂，要么和法恩一样背叛日本。这对云玥来说太难了。一个是她从小就被灌输必须誓死效忠的日本天皇，一个是她深爱的男人。她无法从中作出取舍，至少目前她做不到。

这个问题最近一直纠缠着云玥，让她感到十分压抑。她多么希望自己能够证明法恩没有背叛日本，这样她对天皇的效忠和对法恩的爱情就不会有冲突，她就不必被迫作出痛苦的选择。

这个美好的愿望让云玥不得不对法恩和万国饭店这条线进行认真思考。

法恩、万国饭店像电影一样一幕幕不断地交叉呈现在她的脑海中，似乎在暗示着什么。突然一个大胆的假设在她的大脑中闪现：二者之间或许有某种关联！

此前，云玥总是将法恩和万国饭店的问题孤立起来看，从没想过这二者之间有什么关联，因此她无法厘清问题的实质。

现在突然意识到这二者之间可能有某种联系，让云玥感到自己似乎抓到事情的脉搏。一些线索逐渐在她的大脑中串联起来，让那些一直模糊的东西慢慢变得清晰。

法恩是日本外务省情报机关间谍，并不隶属于山木荒野情报机关，为什么要由山木荒野来调查他呢？

最合理的解释就是，法恩与山木荒野潜伏在重庆的某条情报线发生关联并出现问题。而这条与法恩产生关联的情报线就是万国饭店这条线！

这个思路让云玥看到一线希望。如果能够证明万国饭店这条情报线有问题，就可以消除总部对法恩的怀疑。

想到这里云玥的内心感到一阵激动。不能这么被动地等待，必须做点什么！云玥暗自下定决心。她要主动采取行动证明法恩的清白。

第四十三章　破　绽

一

星期天上午11点差15分，云玥走进万国饭店一楼大厅。

此刻大厅里有几个客人正在柜台前办理入住、退房手续，另外有几个人坐在大厅里的沙发上看报、抽烟或聊天。

云玥穿过大厅走进藏情报的电话亭，转身关上门并从里面将门闩住。

她伸手在藏情报的那个通风孔摸索了一下，从里面掏出一张折叠好的纸条。她将这张纸条展开来看了看，然后将这张纸条按原样折叠好放回原处，随即离开电话亭。

从电话亭中出来后，云玥并没有离开饭店，而是在大厅里一个供客人休息的沙发上坐下，拿起茶几上的一份报纸看起来。

上午11点以前到万国饭店查看情报是山木荒野之前让云玥调查这条线时规定的时间。

这意味着取情报的人会在十一点之后出现。

山木荒野这样做是要让云玥和取情报的人相互避开，以保护双方的安全。这一点云玥非常清楚。

云玥以前都是严格按照山木荒野的指示执行的，绝不敢越雷池半步。

今天，云玥决定暗中调查取情报的人，希望弄清此人的身份，然后再视情况采取进一步行动。

云玥知道这样做严重违反谍报工作原则和纪律，但她认为这样做是值得的。

云玥坐在沙发上假装看报纸，暗中观察着进出那间电话亭的每一个人。

一旦有人走进那间电话亭，云玥便在暗中留意。等这个人从电话亭中出来后，她便马上到电话亭里查看情报是否被取走，以确定这个人是不是取情报的人。

大约下午一点左右，文娟身着一条白底碎花连衣裙，脚穿一双高跟鞋走进万国饭店大厅。

进门后，文娟朝大厅里扫了一眼，感觉一切正常，便朝那个藏情报的电话亭走过去。

假装看报的云玥见文娟朝电话亭走过去，于是暗中观察她。

当云玥看清文娟的脸时，不由得一下子怔住了。

这不是西田雅子吗！

云玥不知道西田雅子化名文娟，仍然称她为西田雅子。

虽然云玥发现眼前的这个女人的相貌、身姿，特别是走路的仪态与原来有些细微差别，但她基本上可以肯定这个女人就是她的同学兼好友西田雅子。

时间过去这么多年，这些细微的变化对一个年轻的女人来说十分正常。云玥内心思忖道。

文娟走进那间藏有情报的电话亭，随即将电话亭的门关上。

云玥盯着那间电话亭，心里朦胧中意识到什么。

没过多久电话亭的门开了。

只见文娟从电话亭出来，穿过大厅走出饭店大门。

当文娟从云玥前面走过时，云玥担心被她认出，故意用报纸遮住自己的脸。

等文娟一走出饭店大门，云玥立刻从沙发上站起身来，快步走到大门口。

云玥站在大门外,看着离去的文娟,心里在犹豫要不要跟踪她。

云玥转念一想,还是先弄清楚西田雅子是不是取情报的人更重要。

如果西田雅子是取情报的人,那么她还会来,云玥有的是机会跟踪她;如果西田雅子不是取情报的人,现在跟踪她也没必要。

云玥赶紧回到大厅,走进那间电话亭,将门关上。

她踮起脚将手伸进藏有情报的通风孔中摸索了几遍,没有找到那张折叠的纸条。她担心自己不够高,手够不到洞中的所有地方,于是双脚站在墙边的木凳上,将手伸进通风孔中彻底地摸索了一遍,还是没有找到那张纸条。

毫无疑问情报已被西田雅子取走!

云玥从电话亭中出来,穿过店堂走出饭店。

回家的路上,脑中仍然想着刚才发生的事情。

这个新发现让云玥思路大开。

原来这条线涉及西田雅子。看来总部对西田雅子也产生了怀疑。

自从几年前山木荒野向云玥解释清楚西田雅子身上的疑点,消除西田雅子的嫌疑后,云玥就没有再怀疑过她。

云玥现在只能放弃跟踪调查的念头。因为西田雅子认识她,如果她继续跟踪西田雅子,迟早会被西田雅子发现并报告山木荒野,到时候不光救不了法恩,还自身难保。

云玥不知道该怎么做才好。

二

云玥坐在自己的办公桌前,用复杂的眼光看着坐在对面那张办公桌前,正聚精会神起草文件的法恩,心里五味杂陈。既有满腔的爱慕、信任和怜惜,又有无法消弭的冷漠、猜疑和失望。

云玥不知道法恩到底是否背叛日本。如果法恩真的背叛日本，她不知道该不该救他。

云玥心里感到难受，决定出去走走调节一下心情。她站起身来和法恩打了声招呼，然后拿起她的手提包离开办公室。

云玥无精打采地在街上逛着，一边走一边想着心事。

此刻，在云玥前面不远处，文娟正沿着同一条街道朝云玥这个方向走过来。

两人的距离越来越近，彼此已经能够看清对方的脸。

当文娟看清楚云玥时，只是把她当成一个路人。

而此时的云玥仍然低头垂眼在想着自己的心事，没有注意迎面走过来的文娟。

当两人走到相距大约十来步左右时，云玥这才抬眼看了一眼文娟。

在她们俩的眼神交会的那一刻，云玥马上便认出文娟，把她当作西田雅子。

不期而遇让云玥大吃一惊，脸上不由得闪过一丝惊讶的表情。职业本能让她想要回避文娟，以免相互认出，但已经来不及了。她只好看着文娟，眼中带着一丝久别重逢才有的欣喜。

可是文娟并没有认出云玥，因此当她看到云玥的表情时，并没有太在意。就像遇到陌生人一样，文娟脸上带着一丝礼貌性的微笑继续往前走。

当两人擦身而过时，云玥的目光明显带着一丝期待，但文娟只是颔首微笑从云玥身边走过，并没有理会云玥。

两人擦身而过之后都没有回头，各自继续朝前走。

云玥没回头是因为她对文娟刚才的表情感到非常诧异。

在云玥看来，文娟看到她时的反应就好像根本不认识她。这表情不太可能是装出来的，除非她是一个天才的演员。

云玥一边朝前走，一边思考着这个让她感到不解的问题。

难道过了这么多年后，西田雅子真的忘记我了吗？云玥在心里默默地问自己。

确实有这个可能。

毕竟云玥曾经怀疑过西田雅子，因此这些年时常想起她，对她的印象记忆犹新。而西田雅子却没有时常想起云玥的理由，因此多年之后一下子认不出云玥也很正常。

云玥接受了自己给出的理由，告诉自己不要再去想这件事，然后加快脚步朝公司走去。

可一路上，西田雅子的音容笑貌不断地在云玥的脑海中闪现，让她有一种挥之不去的感觉。

西田雅子的相貌变化不小，从一个青涩的少女变成一个成熟的漂亮女人。岁月催人熟！想到这里，云玥的内心不禁发出一阵感慨。

就在云玥感慨之余，她突然意识到现在的西田雅子和原来的西田雅子似乎不太一样！特别是现在的西田雅子和原来的西田雅子走路的姿态有些差别。而这一点在一个人处于自然放松的状态下是最不可能装出来的。

难道这女人不是西田雅子？

这想法一冒出来，一直隐藏在云玥心底的那些模糊的暗示立刻受到激发一下子变得清晰起来，随即在她的脑海中形成一个非常离奇、非常可怕的念头。

如果这个女人不是西田雅子，而是一个冒名顶替者呢？

这个想法让云玥感到毛骨悚然，不禁打了一个激灵。她不愿意相信这个可怕的念头，但理智告诉她这可能是真的。

假设这是真的，云玥心中所有的疑惑几乎可以全部解开。

首先，可以解释这个女人刚才遇到云玥时的表情。如果这个女人冒名顶替西田雅子，那么她确实不认识云玥，因此她刚才的表情就不令人奇怪。

其次，可以解释为什么重庆反间谍机关会有云玥的照片。如果这女人是冒名顶替者，说明西田雅子已经出事，她手上的合影照自然会落到对方手中。

第三，可以解释总部为什么怀疑万国饭店这条线。

如果这个女人是冒名顶替者，那么她所在的日军情报线肯定会出问题，从而引起总部的怀疑。

"天啦！"

想到这里，云玥忍不住突然大叫一声。

路上的行人听到云玥的叫声，都用诧异的目光看着她。

云玥发现自己失态，立刻对周围的行人抱歉地点了点头，然后加快脚步朝德步罗公司走去。

回到办公室后，云玥仍然在想着刚才发生的事，看起来心事重重的。

法恩见云玥闷闷不乐的样子，以为云玥刚才在外面遇到什么不开心的事。

云玥不能将刚才发生的事情和自己内心的疑问告诉法恩，因此敷衍法恩说自己没事。

可这事让她坐立不安。她既无法证实这是真的，又无法相信这是假的。

云玥本来打算向山木荒野报告此事，请总部查证她的判断是否属实。可如果这样的话，她势必要向山木荒野坦白自己擅自调查万国饭店这条情报线的事，她担心这会引起山木荒野对她动机的怀疑。

但是，如果不向山木荒野报告此事，云玥根本无法证实自己的判断。

这个局面让云玥进退两难，整晚难以入眠。

第二天上午，法恩出去了。云玥独自一人坐在办公室里，仍然想着昨天的事。她思考着如何向山木荒野报告此事才不会让他对自己产生误解。

没过多久云玥便有了灵感。她只需改变一下事情发生的先后顺序，就可以让她擅自调查万国饭店这条线的行为显得合情合理，避免让山木

第四十三章 破 绽

荒野对她产生误解。

拿定主意后,云玥马上离开公司回到来龙巷自己的家,向山木荒野发出一份密电。

密电称,上个星期天,云玥在街上偶然遇到一个女人。由于这个女人长得很像西田雅子,云玥当时真的以为这个女人就是西田雅子。因为已经来不及避开对方,云玥只好硬着头皮向西田雅子微笑打招呼。

没想到对方看到云玥的表情时根本没有任何反应,就像遇到一个陌生人一样。

云玥熟悉这种表情。这种表情绝不是对方故意装出来的,而是因为对方根本就不认识她。

这个发现让云玥对这个女人产生疑问。出于一个谍报人员的谨慎,云玥觉得有必要弄清楚这女人到底是谁,于是决定跟踪她。

没想到这个女人最后走进万国饭店传送情报的那间电话亭。

等这个女人离开饭店后,云玥立刻进入那间电话亭检查藏情报的通风孔,结果发现里面没有情报。

云玥怀疑通风孔中的情报被这个女人取走,因此断定这个女人就是西田雅子本人。

但是,西田雅子竟然不认识云玥,这让云玥感到难以置信。

由此云玥怀疑这个长得像西田雅子的女人不是西田雅子。她仔细回忆、比较这个女人和西田雅子的相貌后,最终发现她俩的相貌和走路姿态有些差别。虽然这种差别很细微,但通过仔细观察还是能清楚地看出来。

鉴于以上情况,云玥强烈怀疑西田雅子被人冒名顶替,因此请求山木荒野进行查证。

三

　　文娟那天与云玥擦身而过时，虽然看到云玥的表情有些异样，但并没有因此感到有什么不寻常。如果当时她的大脑中哪怕有一点以前似曾见过云玥的印象，她肯定会对云玥产生警惕。

　　回到家后，文娟仍然没有意识到她在街上遇到的女人就是佐藤秀美。

　　直到几天后，文娟在她的书橱里找一本书时，一张照片从书橱里跌落在地板上。

　　这张照片是重光几年前开始通缉佐藤秀美时交给文娟的，目的是让她知道佐藤秀美的相貌并加以防范。

　　文娟捡起地上的照片，随便看了一眼，准备放回书橱。

　　然而，就是这一眼，让文娟一下子惊呆了。

　　这张照上的女人就是她前几天在街上遇到的那个女人，她就是佐藤秀美。

　　怪不得当时佐藤秀美看自己的眼神有些异样。原来她把我当成了西田雅子。

　　可自己当时却对佐藤秀美的暗示毫无反应，这是一个很大的破绽。对方不可能没发现这个破绽，因此肯定会起疑心。

　　想到这里文娟十分懊恼，她的疏忽足以让她暴露。

　　面对危机，文娟努力使自己冷静下来。

　　很快文娟就有了主意。她决定主动向山木荒野报告此事，对佐藤秀美反咬一口。

　　于是文娟将事情发生的经过和自己设想的应对方式密电报告给重光。

　　重光收到文娟的密电后，感到事情比文娟想象的要严重得多。

　　文娟几年前曾经遇到过危机，重光当时为了挽救文娟这条重要的情报线，采取各种手段迷惑对手，在最后一刻才让文娟转危为安。

这次文娟在佐藤秀美面前暴露出破绽，绝对没有那么容易脱身。

就算按照文娟的应对方案去做，也实难消除佐藤秀美和山木荒野对她的怀疑。

重光寻思良久，也没能找到一个完美的方案帮文娟渡过难关。因为文娟没有认出佐藤秀美，这是一个难以弥补的破绽。佐藤秀美和西田雅子是同学和好友，西田雅子不可能认不出佐藤秀美。

如果需要的话，佐藤秀美只需问一个她和西田雅子之间的小秘密，比如某一次印象深刻的生日派对，或者两人之间的一次约定等等，马上就能揭穿文娟。

想到这些，重光心中闪过让文娟撤离，逮捕古勋力的念头。

几年来，文娟奉命打入日军情报网，冒着极大的危险帮助军统获取过无数日军重要情报，实属不易。这次被迫撤离，就算是提前给她一个犒赏，让她恢复正常人的生活。

这个想法让重光感到一些宽慰。

于是，重光草拟了一份密电，同意文娟的应对方案。不过他告诫文娟不要对此抱太大希望，指示文娟做好随时撤离的准备。

文娟接到重光的回电后，向山木荒野发出一份密电，报告她和佐藤秀美不期而遇的经过。

四

山木荒野收到云玥的密电后，除了欣赏云玥敏锐的洞察力之外，不但没有一丝的高兴，反而感到十分恼火。因为云玥的发现可能会破坏他的计划。

现在云玥发现文娟的破绽，怀疑文娟是冒名顶替的西田雅子，对山木荒野来说已经没有任何意义。

山木荒野现在面临的问题是，如果云玥进一步调查文娟，一不小心惊动对方，势必会对他的战略反欺骗计划造成破坏。

这才是山木荒野最担心的。

因此，山木荒野不仅不希望云玥揭穿文娟的真实身份，而且必须想办法阻止她这样做。

但是，如果强令云玥停止调查文娟，势必引起她的不满并加深她的怀疑，激发她的逆反心理去采取更激烈的手段证明自己是对的。

正当山木荒野思考着该如何阻止云玥时，情报课报务班长送来一份密电。

密电是文娟发来的。

看完文娟的密电后，山木荒野一边摇头苦笑一边自言自语地说：

"很好的理由！"

山木荒野的话有两层意思，其一是指文娟为了弥补自己的破绽找到一个很好的理由。其二这也是一个说服云玥停止调查文娟的很好理由。

于是，山木荒野提笔草拟了两份密电。

第一份密电是给云玥的。山木荒野在密电中告诉云玥，文娟已经来电报告和云玥不期而遇的经过，并将她的解释转达给云玥。电文中还提醒云玥当时的行为不专业，可能会给文娟和她自己造成不必要的危险，希望云玥今后不要再犯类似的错误。山木荒野最后在电文中，命令云玥停止对文娟的调查，以免造成不必要的误解和损害。

第二份密电是给文娟的。在密电中山木荒野称赞文娟当时的做法非常明智，并告诉文娟他已提醒云玥今后不要再犯类似错误。

云玥收到密电后根本不相信文娟的说辞。

让她感到不解的是，这么明显的补救手段山木荒野居然轻易相信。

虽然云玥强烈怀疑文娟是冒名顶替的重庆间谍，但她必须遵守山木荒野的指示停止对文娟的调查。

第四十四章 战略欺骗

一

重光坐在办公桌前，右手支撑在额头上，微皱着眉头在思考着什么。他面前的桌面上放着这几天陆续收到的几份密电。

其中一份密电是潜伏在日军第六方面军司令部代号"紫光"的军统谍报员西野秀仁发回的。

1944年8月，为了统一指挥打通湘桂线作战，日军大本营在汉口成立了第六方面军，下辖第11军、第23军、第34军及4个直辖师团。密电称日军第六方面军占领桂林、柳州、南宁打通大陆交通线后，其下一步行动极有可能突然转向云南进攻，与另一路由越南向云南进攻的日军第38军协同攻击滇西中国远征军侧背，配合正在中缅边境苦战的日军反击滇西中国远征军并一举歼灭之。然后一鼓作气从北向南压迫正在缅甸作战的盟军，与缅甸日军南北夹击盟军并一举歼灭之，彻底消除来自印度和中国方面对缅甸的威胁。

另一份密电是军统越南站发回的情报。情报称驻越南的日军南方军第38军主力正在向越南西北部与云南接壤的边境地区集结，很快就会向云南境内发起进攻。

桌上另外两份密电是日军情报部门分别发给法恩和古勋力的。两份密电分别指示古勋力和法恩加紧收集滇东南一线及其纵深地区中国守备部队情报。

　　这四份密电相互印证一件事，即日军准备大举进犯云南，企图消除盟军来自缅甸的侧背之忧，利用南北贯通的大陆交通线，背靠中国大陆在陆上与盟军决战。

　　重光看着桌上这些情报，感觉这些情报相互之间印证得十分完美。这种完美不免让重光担心这是日军的阴谋。

　　到目前为止，重光没有收到任何有关日军进行战略欺骗的情报，他不能仅凭几份相互印证完美的情报就认为这是日军的战略欺骗，因此暂时只能相信这些情报的真实性。由于时间紧迫，重光决定马上将这些情报一并呈交给侍从室，让军事委员会根据这些情报作出相应的部署调整。

　　军委会从其他方面收到的情报也不同程度地证实日军将向滇西发起进攻。

　　军委会根据这些情报制定出相应的对策，开始抽调部队到云南东南部布防。

　　情报显示日军进攻迫在眉睫，军委会只能就近抽调部队增援云南。驻扎在贵州境内负责拱卫重庆的部队因距离较近、公路运输方便，自然成为调动的首要部队。当大部分贵州境内的部队被调往云南东南部地区后，势必造成拱卫重庆的桂黔川公路沿线守备兵力空虚。

　　所有日军进攻滇西的情报都是山木荒野和岩井英一故意释放的，是为了配合冈村宁次突袭重庆而精心策划的"反扭敌手"战略欺骗的一部分。其目的是诱使国军将贵州境内的军队调往云南，日军主力则乘国军守备兵力空虚之际突然转身沿桂黔川公路直扑重庆，一举占领中国抗战临时首都重庆，摧毁中国抗战中枢，结束中日战争，然后腾出手来利用辽阔的中国大地与盟军在陆地上展开决战。

　　除了释放假情报外，日军还派出日特在贵州境内进行破坏活动，制造迟滞增援部队的假象，配合其战略欺骗。

二

夜空中挂着一弯月亮和星辰。

月光下，可以清楚地看到这条通往小镇的马路上比平时多出一个国军哨卡。

云玥和几名日特化装成国军，在这条马路上设立了一个临时哨卡，检查过往的车辆。

几天前，云玥奉山木荒野的命令，率领王兴邦及书画店的两名日特赶往贵州西南与一名日特接头，然后在这名日特的引导下向从贵州境内调往广西、云南的国军增援部队发动袭扰，迟滞他们的行动。

山木荒野派云玥执行这项任务可说是一举两得：一方面可以制造迟滞国军增援部队的假象，另一方面可以将云玥暂时调离重庆，以免她对文娟造成威胁，破坏他的战略欺骗计划。

为了不让法恩起疑心，云玥谎称自己要去云南看望一个病危的亲戚。

云玥的特工小组到达安顺后顺利地与潜伏在当地的日特老樊接上头。

根据老樊获得的情报，云玥选定了袭击目标。

这座小镇上有一个国军的兵站。这个兵站就是云玥今晚的第一个目标。

这时，一辆亮着车头大灯的军用卡车从远处驶近哨卡。

站在哨卡前的王兴邦朝卡车挥舞着双手，示意卡车停下。

卡车在哨卡停下后，王兴邦走到汽车驾驶室旁。

驾驶室里有一名中士和一名司机。

王兴邦要求检查他们的证件。

副驾驶座上的中士将司机和自己的证件及一张公文递给王兴邦。

王兴邦打着手电仔细看了一遍公文和证件，然后指着后车厢问中士：

"车上还有其他人吗?"

"没有。"

王兴邦回头朝站在一旁的云玥点了点头，然后猛一挥手。

只见另外三名日特立刻举枪对着驾驶里的两名国军士兵。

"下车！你们的证件有问题。"王兴邦命令道。

中士和司机弄不明白发生什么事，本来还想争辩一下，但看见黑洞洞的枪口指着自己，只好乖乖下车。

中士和司机下车后，两名日特同时挥起枪托猛砸他们的脑袋，将他们打昏。日特将倒在地上昏死过去的中士和司机拖进路旁的树林，用尖刀将他们刺杀。

与此同时，老樊钻进驾驶室驾驶座，准备开车。

不一会儿王兴邦和两名特工从树林中出来。王兴邦钻进副驾驶座，

云玥相貌俊美、细皮嫩肉的，担心被人看出破绽，因此和两名日特坐在后车厢。

老樊开车朝小镇上的兵站驶去。

没过多久卡车来到兵站大院大门前停下。

门前两名哨兵在站岗。其中一名哨兵走到王兴邦的副驾驶座旁要求检查证件。

王兴邦掏出证件和刚才缴获的公文递给这名哨兵。

这名哨兵检查证件和公文后，抬头看了看后车厢上的云玥和另外两名日特，问王兴邦：

"他们是帮忙搬运货物的?"

"是的。"

这名哨兵没再多问，将证件和公文还给王兴邦，打开大门放行。

卡车驶进大院，来到军火仓库大门外面停下。

夜已深，军火仓库里只有两名士兵在值班。两人正坐在大门里面的一张桌子前打瞌睡。

第四十四章 战略欺骗

　　王兴邦和老樊从车上下来，走到两名值班的士兵面前，将那张公文递给其中一名值班士兵。

　　这名值班士兵接过来一看，上面写着一长串要提的军火，忍不住抱怨一句：

　　"这么多弹药两个人搬到天亮也搬不完！"

　　"没事，我们带了人来帮忙搬运。你们只需负责发货。"老樊指了指车厢上的云玥等人。

　　两名值班的士兵见有人帮忙，脸上马上露出笑容。

　　接着，两名值班士兵按照提货清单发货、点货，王兴邦等人将货物搬上卡车，云玥和一名日特在车厢上接货。

　　首先是机、步枪及子弹，然后是手榴弹，最后是TNT炸药。

　　乘两名值班士兵忙着点货、计数，王兴邦打开一箱炸药假装检查，偷偷将一枚定时引爆器放进这个炸药箱里，然后将这箱炸药放在剩下的炸药箱中间。

　　货物都装上卡车后，云玥等特工开着载满军火的卡车离开兵站。

　　卡车离开兵站大约二十分钟后，藏在军火库炸药箱里的定时引爆器引爆了那箱炸药，瞬间引发一连串的爆炸。剧烈的爆炸将整个兵站炸得粉碎。爆炸后的兵站燃起熊熊大火，火光映红了黑暗的天空。

　　老樊驾驶着卡车沿着蜿蜒曲折的盘山公路向前行驶。两个小时后来到一座公路桥前。

　　这是滇黔公路上一座跨接两个陡峭悬崖之间的桥梁，桥梁的跨度大约四十米。桥下是三十米的深谷，谷底有一条小河流过。

　　两个桥头各有一个岗亭，三名国军哨兵分别在两边桥头负责保护桥梁安全。另外几名哨兵在距离桥头四五十米远的一座两层高的碉堡里休息。

　　这些都是老樊之前就已侦察清楚的。

　　卡车后车厢里的云玥看到两个岗亭里面都透出煤油灯的灯光，碉堡里则是黑漆漆的。

这时，从旁边的岗亭里出来一名哨兵，另一名哨兵仍然坐在岗亭里打盹。

这名哨兵走到卡车的驾驶室旁，检查了王兴邦和老樊的证件，然后问老樊为什么停车。

老樊告诉这名哨兵卡车引擎冷却水没了，需要加水，否则不能继续行驶。他问这名哨兵能否到桥下的小河打水。

哨兵告诉老樊，深谷两边都是陡峭的悬崖根本下不去。然后他指着对岸的桥头说那边有两个装满水的水桶，是专门为过往的汽车准备的，可以到那里去打水。

王兴邦从车上下来，让后车厢里的一名日特将水桶递给他，然后朝对岸的桥头走去。

王兴邦走过桥面来到对面的桥头，发现岗亭内有一名哨兵正看着他，于是上前问这名哨兵：

"兄弟，请问水桶在哪？"

这名哨兵站起身指着前面路边的黑暗处告诉王兴邦水桶就在那里。

乘着哨兵背过身去，王兴邦迅速从腰间抽出匕首刺进这名哨兵的后心，他身子一软慢慢倒下。

另一边桥头的那名哨兵似乎看到这一幕。但没等他作出反应，早已从后车厢下来的云玥挥起手中的利刃割断了他的喉咙。

与此同时，已经暗中接近旁边岗亭的老樊一个箭步冲进岗亭，将尖刀刺进那位正在打瞌睡的哨兵胸膛。

接着，老樊率领后车厢上下来的两名日特朝不远处的碉堡摸去。

三人悄悄地摸进碉堡，将几名熟睡中的国军士兵杀死。

将桥头三名哨兵的尸体扔到桥下的深谷后，云玥让两名日特装扮成哨兵分别在两个桥头站岗，观察盘山公路上驶向这座桥的汽车。

云玥和王兴邦、老樊将卡车开到桥面上停下，从后车厢卸下几箱

TNT炸药。

王兴邦将绳索用活扣锁在腰间，然后由云玥和老樊慢慢释放绳索将他下降到拱形桥梁上。

接着，云玥和老樊将几箱炸药用绳子系牢吊放给桥梁上的王兴邦。

王兴邦将几箱炸药安放在桥面和桥拱之间的孔洞中，然后在每个炸药箱中放置好引爆雷管，再将云玥扔下来的电线接到雷管上。

王兴邦安放好炸药后，正准备爬上桥。

这时，远处一辆正朝这边驶过来的卡车的车头的灯光扫过桥面。

云玥见状马上将卷电线的耙子用绳索吊放给王兴邦，让王兴邦在孔洞中藏起来，然后收起绳索放进卡车车厢里。

接着，云玥和老樊打开卡车引擎盖，打着手电筒假装查找故障。

这时那辆汽车已经驶近桥头。

桥头那名扮成哨兵的日特向开过来的卡车挥手，让他们停车。

卡车驾驶室里除了一名司机外，还有一名少尉；卡车车厢上有二十多名国军士兵。

少尉从车上下来，走到装扮成哨兵的日特面前，问桥上发生什么事。

日特告诉少尉一辆卡车在桥上抛锚。

这名少尉带着狐疑的目光看着桥上的那辆卡车。

"伙计，你们还要多久？"扮成哨兵的日特故意大声问。

"还得一会儿。桥面够宽，如果等不及就让他们先过。"

听到老樊的回答后，少尉告诉扮成哨兵的日特他有任务不能久等。

这名日特移开路障，让少尉的卡车通过。

当这辆卡车从云玥的卡车旁驶过时，国军少尉让司机停车。

少尉从车窗探出头来，问云玥和老樊是否需要帮忙。

老樊婉谢少尉的好意，说马上就好。

少尉朝云玥和老樊挥挥手，命令司机开车离去。

卡车离开后，云玥和老樊赶紧将王兴邦用绳索拉上桥面。

接着，老樊将停在桥中间的卡车驶下公路桥，停在距离桥头大约七八十米远的公路边。

王兴邦拿着电线耙子，沿着桥栏杆一边放线一边朝卡车走去，最后将电线拉进卡车的后车厢，连接在一个引爆装置上。

云玥、王兴邦和老樊在卡车上等待着国军增援部队的到来。

另外两名日特仍然留在卡车这边的桥头站岗，以免其他过往汽车发现没人守桥起疑心。

拂晓前，远处的盘山公路上出现一长溜移动的汽车灯光。

大约二十分钟后，云玥看到车队驶近对面桥头。

这时，天已经蒙蒙亮了。

最前面一辆满载士兵的卡车发现桥头没有哨兵站岗，便谨慎地停下来观察情况。

另一边桥头的两名日特见对面的车队起疑心，从岗亭后面的暗处走出来，让卡车的车灯照到他们，并朝他们招手。

卡车上的士兵看到桥头有站岗的哨兵，于是放下心来，开车缓缓驶上公路桥。后面的卡车紧随其后。

当最前面那辆卡车驶到桥中间时，桥另一端岗亭旁的两名日特立刻卧倒在地。

与此同时，王兴邦按下了引爆器。

轰的一声巨响，整个桥梁连同桥上的几辆卡车被剧烈的爆炸抛向空中，最后落进深谷。

两名日特虽然趴下，但仍然被震得两耳生痛，头晕目眩。他们顾不得这么多，待稍微清醒一点之后便站起身来跟跟跄跄地朝云玥他们的卡车跑过去，爬上后车厢。

见两名日特上车后，老樊立刻开车离去。

这时，对面卡车上的国军明白过来是怎么回事，于是开始朝正在逃离的云玥他们的卡车开枪射击，子弹打在卡车上砰砰直响。

卡车虽然被子弹屡屡击中，但受损不大，很快逃离现场。

天已大亮，老樊开着卡车沿着公路继续前行。

当卡车转过一道山梁后，发现前面有几辆满载全副武装国军士兵的卡车正朝这边开过来，每辆车的车顶上都架着一挺轻机枪。

这时，对方也发现了云玥这辆卡车，在距离云玥他们一百多米的地方停下来。

云玥明白遇到麻烦，示意老樊将车停下。这时，对面传来喊话声，命令云玥等人放下武器，下车接受检查。

原来，云玥的卡车逃走后，遇袭的国军部队立刻用无线电与前面的驻军联系，请他们拦截云玥的卡车。

最担心的情况发生了。云玥大声命令车厢上的王兴邦等人准备战斗，然后和老樊从驾驶室下来，撤到卡车后面隐蔽。

车厢上的王兴邦和另外两名日特从车上的军火箱中取出两挺捷克轻机枪和弹夹。

两名日特在车顶架起一挺轻机枪，另外一挺轻机枪由老樊和王兴邦架在卡车后面的公路上。

对方见云玥等人毫无投降的意思，于是发起进攻。

几辆卡车开始慢速向前推进，车顶上的轻机枪朝云玥的卡车猛烈射击。隐蔽在卡车后面的士兵们一边尾随卡车前进，一边开枪射击。

子弹打在云玥他们的卡车上噼啪直响，驾驶室挡风玻璃被打得粉碎。

云玥见状，立刻命令还击。

顿时，双方展开激烈的枪战。

很快，对方最前面的卡车连连中弹，引擎被子弹打坏失去控制，最后横在马路中间停下，挡住后面的卡车。

对面国军集中火力进行一轮猛烈的射击，顷刻间，子弹如雨点般向云玥等人倾注而来，打得卡车碎片乱飞。

车顶上的两名日特顿时被密集的枪弹击毙。

王兴邦和老樊的那挺机枪拼命射击，企图阻止对方前进。

依目前的情形，云玥知道坚持不了多久，对方很快就会打掉另外一挺机枪。到时候要么自杀，要么被俘。

必须想办法逃走。

云玥观察了一下四周的地形，发现卡车正好停在靠近悬崖的一边，这一侧是对方的射击死角。她爬到悬崖边看了看，崖底深约三十米，几乎垂直，于是她立刻有了主意。

她双手抓住卡车后厢板轻轻一跃爬上车厢，找到之前炸桥时用过的那卷绳索抛下车，然后轻盈地从车上跳下来。

她将绳子的一端牢牢地绑在卡车的后轮车轴上，然后告诉正在射击的王兴邦和老樊，可以顺着绳索溜到悬崖底逃走。

王兴邦和老樊一致让云玥先走。云玥也不推辞，立刻将绳索在腰间打一个活绳结，顺着绳索一步步降到悬崖底。

接着，老樊如法炮制达到悬崖底。

公路上只剩下王兴邦一人。他打完机枪弹夹里的子弹，又换上新的弹夹，一口气将子弹射出去，将进攻的国军压下去。接着，他爬上车厢，打开剩下的一箱炸药，将一个定时引爆器调好时间放进炸药箱，然后跳下卡车，将绳索系在腰间，抓住绳索一步步降下悬崖。

王兴邦达到悬崖底之后，立刻和云玥及老樊钻进树丛中，迅速逃走。

见对方射击停止，进攻的国军士兵以为敌人没有子弹了，于是大着胆子向卡车逼近。

一名军官和十多名士兵来到卡车前，发现卡车四周没有人。

这时一名士兵发现了那根绳索，马上意识到敌人利用绳索溜下悬崖逃走了。

几名士兵掏出手榴弹扔下悬崖，不一会儿下面轰隆隆地传来一连串手榴弹的爆炸声。

接着，那名军官命令士兵们顺着绳子降到崖底追击。

一名士兵按照命令将绳索系在腰间，双手握住绳索刚准备往悬崖下降，就听轰的一声巨响，卡车上的那箱炸药爆炸，卡车顿时被炸得粉碎。

周围的十多名国军官兵非死即伤，绑在后轮车轴上的绳索也被炸断，那名士兵和被炸断的绳索一起跌落崖底。

在老樊的带领下，云玥和王兴邦顺利地通过路上的关卡和盘查，最后离开贵州返回重庆。

除云玥小组外，潜伏在贵州、云南境内的日特也在公路沿线发动了一系列袭击。

三

古勋力按照山木荒野的指示开始收集广西西部和云南东南部地区的国军守备部队情报，并将收集到的情报送到万国饭店的电话亭中，再由文娟定时取出发回总部。

由于情报的时效性有限，总部指示古勋力将收集到的情报当天傍晚送到电话亭中，由文娟当晚取出后立刻发回，而不像以前那样每个星期仅进行一次情报传递。

山木荒野和岩井英一根据古勋力、法恩以及云南和贵州境内日军谍报人员传回的情报，确认重庆方面正在将驻扎在贵州境内负责拱卫重庆的部队抽调到广西西部和云南东南部布防。

山木荒野将这些情报以及由此得出的判断呈报给日军第六方面军司令部。

第六方面军司令冈村宁次接到山木荒野的情报后，认为中国军队已经上当，从广西经贵州通往重庆的公路沿途国军兵力空虚。他决定开始他的最后一次冒险——向重庆发起突然进攻。

但是在暴露其真正意图之前，冈村宁次必须向云南东南部发起强有力的佯攻，以此掩盖他的真正意图。

冈村宁次命令其主力第11军第3、第13师团开始向西展开攻击，看似正在实施进攻滇西的作战意图。

与此同时，驻越南日军第38军也开始从中越边境向云南南部地区发起进攻，配合作战。

日军的进攻遭到不断赶来增援的国军部队顽强阻击，双方展开激战。日军进展缓慢，看起来就像是因为遭受国军的层层阻击而攻势受挫。

这就是冈村宁次希望看到的双方态势，这样会让国军指挥机关的决心更加坚定，将所有能够用上的兵力全部投入到桂西和滇东南地区与日军决战。

根据陆续传回的情报，增援云南的国军已经完全被日军两路佯攻牢牢吸引住，冈村宁次认为时机成熟，命令已经攻占广西河池、宜北一线的第3、第13师团转向，突然向西北方向的贵州发起进攻。

刚发现日军转向西北方向进攻时，国军并没意识到这才是日军的真正意图，以为这只是日军遭到国军正面顽强阻击后采取的战术迂回，因此只派出有限兵力进行阻击。

到目前为止，日军佯攻部队成功地将国军主力吸引住，并牢牢地牵制住使其无法脱身。另一方面，由于日军摆出一副冒险西进的架势，让国军在阻击日军进攻的同时，产生对日军实施反包围、歼灭西进日军的构想。

四

文娟从江家巷的家里出来，准备去报社上班。

当她经过中央公园大门时，没想到再次碰上佐藤秀美，也就是云玥。

佐藤秀美在较场口附近办完事，准备回公司，此刻正从这里路过。

虽然佐藤秀美按照命令没有再去调查文娟，但她对文娟的怀疑丝毫没有减轻。她相信自己的判断，坚信文娟决不是西田雅子。

第四十四章 战略欺骗

如果没有遇到文娟，也许不会触动佐藤秀美心中对文娟的强烈怀疑。可今天偏偏又让她们碰上。

当她们四目相对时，佐藤秀美从文娟的眼神中强烈地感到这绝不会是她熟悉的西田雅子，这就是所谓的形似神不似。

一想到眼前这个女人冒名顶替可能已经死去的好友，佐藤秀美的心头不禁燃起一股复仇的怒火。

当文娟看到佐藤秀美时，心里不禁感到一丝不安。但她仍然按照既定的策略装作不认识佐藤秀美，面无表情地从佐藤秀美身旁走过。

文娟的装模作样进一步激怒佐藤秀美，让她完全失去一名间谍该有的理智。

愤怒的佐藤秀美决心揭穿文娟的假面具。她冲着正从她面前走过的文娟大声问了一个早已在她内心演绎过无数遍，专门用来识别真假西田雅子的问题：

"西田雅子的16岁生日派对除了我还有谁参加？"

听到这个问题，文娟的脚步不由自主地停下来。她知道佐藤秀美是在用这个问题甄别她，如果回答错了，她将彻底暴露。文娟的大脑开始急速地运转起来，希望从西田雅子留下的有限遗物中能够找到这个问题的答案。但毫无疑问，文娟不可能找到正确答案。

文娟回答不上来这个问题，只好抬脚继续往前走，不理睬佐藤秀美。

"你是冒名顶替的！"

佐藤秀美厉声说道。

听到佐藤秀美这句话，文娟的脑袋轰的一声好像要炸开一样，全身不禁一怔，刚迈开的脚步不由自主地停下来。自从上次遇见佐藤秀美后，她本以为已经蒙混过关，没想到现在被当面揭穿。

文娟转头看着佐藤秀美，心里盘算着是否立刻干掉她，阻止她将这个消息传回日军总部。

文娟的右手慢慢伸进左手拿着的皮包，握住皮包里面的手枪。但她转念一想，日军总部恐怕早已知道这个消息，否则佐藤秀美怎么可能会在今天见面时才揭穿她。这背后肯定隐藏着什么阴谋，于是她决定不与佐藤秀美纠缠，尽快将这个消息通知重光。

想到这里，文娟放下握住的手枪，将手从皮包里收回来，然后转身迈开脚步离佐藤秀美而去。

佐藤秀美站在那里盯着文娟离去的背影，眼里透着杀气冷冷地说："是你杀害了西田雅子!?"

她决心干掉文娟替西田雅子报仇，于是伸手到手提包里掏枪。

这时两名巡逻的军警正朝这边走过来，佐藤秀美掏枪的手只好停下。

等军警走远，文娟已经消失得无影无踪。

佐藤秀美只好悻悻地转身离开。

已经走远的文娟发现佐藤秀美并没有跟踪自己，便来到一家杂货店，拿起门边的公用电话打给重光。

听出接电话的是重光后，文娟立刻用隐语对重光说：

"余先生吗？我是记者文娟。他们已经知道我了，就在刚才。"

重光意识到问题的严重性。

考虑到文娟不能在电话上详说此事，重光让她半小时后到约定的秘密联络点见面。这个地方是紧急状况下的见面地点，他们以前在这里秘密见过几次面。

五

20分钟后，文娟来到较场口附近磁器街的联络点。

这是一座普通的青砖瓦平房。

文娟走到这栋房子的大门前，从皮包里掏出一串钥匙，挑出其中一把打开大门，进门后马上将门关上。

这间房子只有一间客厅和一间卧室。客厅里除了两张旧沙发和一个茶几之外，没其他家具。

重光还没到。

文娟在沙发上坐下，心情紧张地等着重光。

过了不久，外面的开门声打断了文娟的思绪。出于谨慎，文娟从皮包里掏出手枪握在手上，然后站起身来准备迎接重光。

门开了，果然是重光。

重光走进屋，转身将门关上。

文娟赶紧收起手枪，略带紧张地向重光鞠躬敬礼：

"局座！"

重光朝文娟点点头，然后走过去在一张沙发上坐下，并示意文娟在另一张沙发上坐下。

文娟坐下后，开始向重光报告刚才遇到佐藤秀美的详细经过。

文娟讲叙事情的经过时，重光并没有打断她，只是不时地点头。

文娟报告完后，重光问了文娟一个问题：

"你认为佐藤秀美今天才确认你是冒充的吗？"

"不，我认为她上次碰见我之后就已确认，今天只是碰巧才当面揭穿。"文娟肯定地回答。

重光陷入沉思。

他担心的并不是文娟已经暴露，而是背后可能隐藏的更大危机。

重光现在需要弄清楚的是，山木荒野是否在此之前就已识破文娟。如果答案是肯定的，山木荒野继续信任文娟就明显违背常理，除非他想要利用文娟搞什么阴谋。若果真如此那山木荒野近一段时间给文娟和古勋力的指令很可能都是假的，是故意用来迷惑重庆方面的。

虽然没有任何证据，但重光的直觉和经验告诉他是这样的。

最近一段时间日军总部要求古勋力和法恩提供的情报全部都与日军进攻滇西有关，让重光更加怀疑这是日军的阴谋。

想到这里，重光决定先回去向委员长侍从室报告他的疑虑。

重光让文娟回去等候进一步指示，并嘱咐文娟一定要注意安全，防止日军情报机关对她进行报复。

文娟离开后大约五分钟，重光才离开。

重光沿着文娟离开时的相反方向朝巷子另一头走去。

重光走出巷子口，来到大马路上。

巷子口外的马路边停着一辆黑色福特轿车。

重光径直走到黑色轿车旁，伸手打开后座车门钻进汽车。

驾驶座上的刘贤仿回头冲重光打了个招呼，然后开车离去。

在路上，重光第一次向刘贤仿透露文娟的真实身份。

重光告诉刘贤仿，他刚才去和一名不幸刚刚暴露身份的军统情报员接头。这名情报员收集过许多日军重要情报，立下赫赫功勋。

"现在可以让你知道她的身份了，她就是《渝风》报社记者文娟。文娟的真名叫于莲花。"

刘贤仿听到于莲花的名字后大吃一惊，不禁脱口而出：

"是她？"

刘贤仿的反应让坐在后座的重光感到有些诧异，不禁皱着眉头问道：

"怎么，你认识她？"

见自己的反应引起重光猜疑，刘贤仿赶忙用轻松的语气解释：

"算不上认识，但知道这个人，在调查万连良时进入过我们的视野。她的时事评论观点相当犀利。"

听了刘贤仿的话之后，重光不置可否地耸了耸肩。

接着，重光简要地告诉刘贤仿军统在汉口破获西田雅子日谍案以及自己派于莲花冒名顶替西田雅子打入日军情报系统，最终成功查出万连良和古勋力是间谍的经过。

刘贤仿对重光的洞察力和谋略感到钦佩，不由得发出赞叹。

重光得意地晃了晃脑袋。隔了一会儿，重光又问刘贤仿：

"还记得你们在江家巷发现并追踪的那部秘密电台吗？"

"记得。"刘贤仿点点头。

"那部电台就是文娟的，嗯，就是于莲花的。当时你们追得那么紧，差点误了我的大事。要不是我及时派人暗中鸣枪给于莲花示警，她就会被你们给抓住，身份就会被暴露。"

"怪不得几乎抓到手的人最后让她给逃掉。原来不是我们无能，只是局座太聪明！"

刘贤仿恰到好处地奉承重光一句。

重光听了之后哈哈大笑，显然对刘贤仿的奉承感到很受用。

"局座，能告诉我是谁放的枪吗？"

见重光正在兴头上，刘贤仿乘机追问一句。

几年来这个问题一直困扰着刘贤仿。那段时间他的反谍报工作进入死胡同，十分不顺利。如果能够破获那部秘密电台，多少能够缓解一下他的压力。没想到最后还是被人给搅黄了，因此他对此一直耿耿于怀。

"真想知道？"重光笑眯眯地问。

"是的，局座。"

刘贤仿有些等不及了。几年来他一直想抓住这个鸣枪报警的人。

"是你的副组长王珊。"重光微笑着回答。

"什，什么？……原来是这小子。平时看他挺老实的，看我回头怎么收拾他。"

说完刘贤仿自己都笑了。

"王珊嘴很严，这是做情报工作很关键的特质。连我都看错过他。"

重光显然指的是王珊当初向他隐瞒那条情报线的事。

刘贤仿点点头。接着，他忍不住又提出另外一个问题：

"局座，王珊是不是从一开始就知道文娟是我们的人？"

如果真是这样，就表明重光偏心，对刘贤仿不公平。

刘贤仿故意在重光面前显出争宠的样子，这样重光就会认为他和其他人一样庸俗，一样看重名利，就不会对他存有戒心。

下属在上司面前争宠，是官场司空见惯的现象，也是许多上司喜欢看到的。这会让上司更加容易统御下属。

重光当然深谙此道。

"这是绝对机密，连你都不知道王珊怎会知道？王珊只是按照我的命令事先躲在巷子里，看见严冬的人拿着侦测仪追踪过来，就朝天开了两枪。不过，他肯定能猜到这是在向人示警，因此他应该能够判断出这部秘密电台的主人是我们的人，但他绝对不知道这个人是文娟。"

重光解开刘贤仿心中多年来的疑问，同时暗示刘贤仿，在他心目中刘贤仿的分量还是要比王珊重一些。

听重光这么说，刘贤仿故意露出喜滋滋的样子。

接着，重光告诉刘贤仿，文娟被日军情报机关识破，他们马上就会意识到古勋力也已暴露，随时可能通知古勋力撤退。重光指示刘贤仿回去后马上派人严密监视古勋力，一旦发现古勋力有逃跑的迹象，立刻予以逮捕。另外重光指示刘贤仿在文娟撤回军统局之前，注意保护文娟的安全。

回到自己的办公室后，重光立刻打电话给委员长侍从室的林主任，将刚才发生的事情以及他自己对此事的判断作了汇报。重光特别强调他担心日军情报机关假装没有发现文娟是替身而继续使用这条线，其目的很可能是迷惑中方。鉴于这段时间日军情报机关不断指示这条线收集云南的中国军队情报，让他不得不怀疑日军进攻云南是在故意施放烟幕，以掩盖其真实意图。他猜测日军的真实意图可能与进攻重庆有关。

林主任听了重光的报告后，认为他分析得很有道理，决定马上报告军委会。他向重光强调，必须找到有力证据证实日军打算突袭重庆，否则仅凭推测很难作为军委会决策的参考依据。

第四十五章　掩盖阴谋

一

文娟从视线中消失后，佐藤秀美立刻赶回来龙巷向总部报告刚才发生的事。

密电中，佐藤秀英不无自豪地向山木荒野汇报，刚才她遇到文娟，当面揭穿她的假面目，假冒者惊慌失措并仓惶逃走。

山木荒野看完佐藤秀美的密电后，忍不住连声骂道：

"愚蠢！愚蠢！极端的愚蠢！"

山木荒野实施的战略欺骗到目前为止已经奏效，只要再拖延几天，冈村宁次就可以拿下贵阳，然后长驱直入直逼重庆。

没想到在这个关键时刻被佐藤秀美给破坏了。

山木荒野和岩井英一几乎想到所有的可能，就是没有料到佐藤秀美会再次碰到文娟并当面识破她。

重庆方面马上就会意识到文娟早已暴露，从而对日军近来下达给文娟这条线的指令起疑心，进而怀疑这一切都是日军利用已经暴露的古勋力进行的欺骗。

山木荒野所做的一切将会前功尽弃。

想到这里，山木荒野恨不得亲手将违反纪律的佐藤秀美一刀给砍了。

但山木荒野知道光是怨恨佐藤秀美解决不了问题。当务之急是如何对佐藤秀美所犯的错误进行补救，让对方相信在此之前日军情报机关并没有识破文娟，相信此前日军总部给古勋力的一系列指示都是真的。

他决定紧急通知古勋力撤离，并下令刺杀文娟，让重庆方面误以为他刚刚才从佐藤秀美这里获悉文娟是冒名顶替的间谍，消除对方的疑虑。

山木荒野根据上述思路拟定一份密电发给佐藤秀美。密电最后附上古勋力的联系方式和紧急藏身地点以及文娟报社的名称。

佐藤秀美立刻展开行动。

她从家里出来，首先到附近的一个公用电话摊给古勋力打电话。

确认对方是古勋力后，佐藤秀美马上用暗语对古勋力说：

"古先生，我是济世医院，你得了传染性肺结核病，需要立刻隔离治疗，否则会有生命危险。请你尽快赶到急救病房，等待医护人员治疗。"

古勋力顿时明白自己已经暴露，必须马上撤离。

"谁传染给我的？"

古勋力忍不住问对方。他想知道自己是怎么暴露的。

"是万国饭店的信使传染的。"

"明白了。我马上赶去紧急病房。谢谢！"

古勋力从佐藤秀美的暗语中了解到，他的报务员出卖了他。

通知完古勋力后，佐藤秀美立刻赶到书院书画店。

书画店现在只剩下马家卿一个人。

佐藤秀美向马家卿简要说明任务后，马家卿立刻在店门外挂上打烊的牌子，然后和佐藤秀美一起来到普安堂巷（已消失。现解放西路和文化街丁字路口的南侧）附近的一间茶馆。

佐藤秀美让马家卿在茶馆等她回来，她要赶往长江南岸的川江货运行。

不到一小时，佐藤秀美便来到川江货运行。她向王兴邦及两名手下交代任务后，立刻和他们一道驾驶那艘机动木船前往下半城，准备接应古勋力过江。

二十多分钟后，船顺利地停靠在太平门附近的一个简易码头。

佐藤秀美留下两名特工在船上，自己和王兴邦下船去接应古勋力。

二

挂断佐藤秀美的电话后，古勋力坐在那里稍微平静了一下自己的紧张情绪。

情况紧急，必须马上撤离。

古勋力打开办公桌的一个抽屉，从里面拿出一把钥匙放进自己的军装口袋，然后起身匆匆离开，前往紧急藏身地点。这个地方只有他和山木荒野知道。

自从充当日军间谍之后，古勋力一直以其严谨的作风从事谍报活动。虽然刚到重庆后不久，刘贤仿联合调查组一度将他列为日谍重点嫌疑对象暗中对他进行跟踪、监视，但古勋力不露声色，没有被抓住任何破绽。王珊案让古勋力彻底摆脱嫌疑，此后他的谍报工作再也没有遇到危机。没想到最终让他暴露的却是他的新报务员。

另一方面，刘贤仿回到军统总部后，立刻打电话给王珊，指示他马上恢复对古勋力的监视，防止他逃跑。

王珊接到命令后，指示陆尚运带人立刻恢复对古勋力的电话窃听。没多久他们就窃听到佐藤秀美打给古勋力的电话。

王珊马上打电话向刘贤仿报告，并将古勋力的通话录音通过电话放给他听。

刘贤仿听完通话录音后，推测这可能是在用暗语通知古勋力撤离，于是命令王珊对古勋力实施严密监视，一旦发现他有逃跑的迹象，立刻实施逮捕。

挂电话后，刘贤仿立刻叫上董易和他一起驱车前往军令部。

王珊按照命令来到古勋力的办公室查看，发现人不在。询问办公室的一位参谋后得知，古勋力十分钟前已离开，不知道去了哪里。

王珊意识到古勋力已经逃走，匆匆赶到军令部大门口，询问站岗的卫兵有没有看到古勋力从这里出去，并拿出一张他的照片给他们看。

两名站岗的卫兵证实古勋力几分钟前刚走出大门。

王珊赶紧用大门口岗亭里的电话打给刘贤仿，准备向他报告古勋力逃走的事。电话没人接听。

王珊只好打电话给陆尚运等人，让他们立刻到大门口与他会合。

不一会儿，陆尚运和另外两名特工赶到大门口。

王珊向陆尚运等人简单地说明目前的情况后，便带领他们出发追踪古勋力。

王珊等人追到不远处的林森路，观察路上的行人，没有发现古勋力的踪迹。

正当他们不知道该朝哪个方向追时，刘贤仿的吉普车在他们身边停下。

王珊将刚才发生的事报告刘贤仿。

刘贤仿让其他人原地等待，自己开着吉普车来到军令部大门前停下。

他跳下车，向门口站岗的卫兵出示证件，然后走进岗亭打电话。

刘贤仿首先拨通重庆稽查处柯庆华电话，将刚才发生的事情详细告诉他，指示他立刻封锁重庆市区所有水陆交通关口，严密盘查过往行人和车船，不要让古勋力逃走。

接着，刘贤仿打电话给重光，检讨由于自己的疏忽，致使古勋力接到日特电话示警后逃走。

重光并没有责怪刘贤仿，只是敦促刘贤仿尽快抓住古勋力。

三

古勋力从军令部大门出来后，便赶往太平门附近普安堂巷的紧急藏身地点。

一路上古勋力故意避开大马路，尽量选择狭窄的巷子走，免得被人认出。

大约二十分钟后，古勋力顺利来到紧急藏身地点。

这是一座普通的青砖瓦平房。

古勋力掏出那把钥匙打开大门，进门后转身观察了一下屋外四周的情况，然后关上大门并插上门闩。

房子里面非常简陋，只有一张木板床、一张旧桌子和几把旧椅子。

木板床和桌椅上布满厚厚的灰尘，显示这间房子很久没有人来过。

古勋力走到床前，蹲下身来伸手从床下面拖出一个用布盖住的小皮箱。

他掀开盖住箱子的布，然后打开皮箱。他将枪套里的手枪掏出来放在箱盖上，然后解开腰间的皮带，脱下身上的军装塞到床下，再从箱子里面取出一套粗布便装换上。

换好衣服后，他从箱子里拿出一把带刀鞘的匕首，用匕首撬起床头边的一块地砖，地上露出一个洞口。他从洞中取出一个装着银元的陶瓷罐，将罐里的银元倒进箱子里的一个小布袋。

最后，古勋力从箱盖上拿起那支手枪插进自己的腰间。

所有的东西都收拾好之后，古勋力盖上皮箱盖，扣上皮箱的锁扣。

他从地上捡起那块遮盖箱子的布，走到一把椅子前，用这块布擦掉椅子上的灰尘后，在椅子上坐下，等着来接应他的人。

大约一个多小时后，惶恐不安的古勋力终于听到敲门声。

古勋力站起身来走到门前问：

"是谁？"

门外的佐藤秀美回答：

"医院的。"

古勋力知道接应他的人到了，打开门。

佐藤秀美、王兴邦和马家卿进屋后，古勋力马上把门关上。

佐藤秀美向古勋力做了简单的说明后，王兴邦和马家卿便带领古勋力前往江边的码头。佐藤秀美自己单独去执行刺杀文娟的任务。

古勋力等人出门后，一路上没遇到任何麻烦，顺利来到简易码头。

他们沿着码头的台阶一步步朝他们停靠在码头上的那条机动木船走去。

与此同时，简易码头附近的江面上有一艘稽查处的巡逻艇在巡逻。

巡逻艇上，柯庆华手持一架望远镜观察江边码头上的情况。

原来，柯庆华接到刘贤仿的命令后，马上通知各码头和路口关卡严加盘查过往行人，防止古勋力外逃。

布置完任务后，柯庆华判断古勋力最有可能逃往长江南岸，于是他决定亲自乘巡逻艇在江上巡查。

这时，柯庆华手中慢慢移动的望远镜突然停在视野中的某一个地方。

有几个人正沿着石台阶走向一处简易码头，其中一人看起来很面熟。

柯庆华用望远镜锁定这个人的脸部仔细辨认，发现他就是古勋力。

柯庆华心中大喜，立刻吩咐巡逻艇上的十多名稽查队员盯着那几个人，并命令巡逻艇加速靠过去。

古勋力等人并没有注意到他们已经被发现，仍继续沿着台阶朝那艘机动木船走去。

当他们踏上连接江岸和码头趸船之间的栈桥时，王兴邦突然发现不远处正朝码头快速驶过来的巡逻艇，这时距离码头不到一百米。巡逻艇上一个人手持铁皮喇叭大声命令船上和岸上的人待在原地不许动，等待接受检查。

王兴邦意识到他们已被对方发现，登船逃走已经不可能，于是朝其他人低声说：

"我们已被发现，快走！"

话音未落，王兴邦、古勋力、马家卿转身便朝码头上跑去。

巡逻艇已经靠上码头，稽查队员纷纷从巡逻艇跳上码头。

船上的两名日特发现有情况，掏出手枪便向跳上码头的稽查队员开枪射击，阻止对方追击正在逃走的古勋力等人。

两名队员先后中弹倒下，但巡逻艇上的那挺轻机枪立刻将那两名日特打得满身是窟窿。

古勋力等人沿着台阶奋力往码头上跑，不时回头朝追他们的人开枪，延缓他们的追击。

眼看古勋力等人就要逃出码头，柯庆华立刻命令身旁的机枪手对古勋力等人进行火力封锁。

机枪手连续几个点射，打在古勋力等人前面的石台阶上噼啪直响，溅出火星。

逃命的他们哪里顾得了这些，继续拼命朝码头上跑去。

机枪手见状，只好瞄准古勋力等人的腿部开枪。

首先中弹的是古勋力。中弹后他的身体立刻失去平衡沿着台阶滚下来。

马家卿接着也中弹身亡。

只有王兴邦没被子弹击中，侥幸逃出码头。

当稽查队员追上码头后，王兴邦早已消失得无影无踪。

柯庆华上岸来到被捕的古勋力身旁，发现他只是小腿被子弹击中，并无大碍。

于是柯庆华手一挥，两名队员一左一右架住古勋力，将他押上码头。

四

佐藤秀美离开古勋力的紧急藏身地点后，马上赶往《渝风》报社。

西田雅子是佐藤秀美最好的朋友。她们俩14岁便被日本情报机关招募，在专门的间谍学校接受文化教育和间谍训练。两人在间谍学校住在一个房间，在同一个班上课。几年的朝夕相处让她俩情同姐妹。她俩直到完成间谍学校训练，加入不同的情报机关后才分开。

由于文娟冒名顶替，佐藤秀美怀疑西田雅子变节，这让她感到万分愧疚。

虽然佐藤秀美不知道西田雅子是怎么死的，但她将西田雅子的死归咎于文娟。佐藤秀美认为，文娟冒充西田雅子对日军情报网进行渗透和破坏，是对死去的西田雅子的亵渎，因此她十分痛恨文娟。她对文娟的仇恨不仅是两个敌对国家的国仇，也是她个人的私仇。

佐藤秀美发誓为西田雅子报仇。即使上峰没有向她下达刺杀文娟的命令，她自己也会这么做。

佐藤秀美来到白象街《渝风》报社门前，抬头看了看报社大门边挂的招牌，确认就是这里。

佐藤秀美没有直接进去找文娟，因为她对报社的环境不熟悉。如果贸然到报社寻找文娟，很可能还没发现文娟，自己就被文娟先发现。到时候不仅报不了仇，而且还可能死在文娟枪下。

文娟在中央公园门口时就有掏枪的打算，佐藤秀美当时对此十分清楚，知道文娟并不好惹。

佐藤秀美决定藏在暗处等文娟出现，再从背后偷袭，这样才会万无一失。她观察了一下四周的环境，发现报社对面有一间茶馆，从茶馆临街的窗口可以看到报社及街上的情况。她走进茶馆，在茶馆一楼一个窗户边的茶桌前坐下。

她要了一壶茶，坐在那里一边喝茶，一边等待时机。

大约四点钟，佐藤秀美发现文娟沿着马路朝报社走过来。她立刻拿起茶桌上的手提包，起身来到茶馆的大门旁，藏在大门后面暗中盯着。

原来，文娟和重光见面后，还去参加了一个记者会。记者会结束后文娟才赶回来。

文娟走到报社大门前，她并没有发现躲在茶馆大门后的佐藤秀美。

第四十五章 掩盖阴谋

佐藤秀美见此情景，立刻从手提包里掏出手枪冲出大门，隔着不宽的马路冲着文娟大喊一声：

"站住！"

文娟听到喊叫声后，本能地停下脚步转身朝喊叫的人看过去，发现佐藤秀美站在马路对面，手里握着一支手枪，枪口对着她。

"文娟，我今天来给西田雅子报仇！"

话音未落，佐藤秀美扣动手枪的扳机。

砰的一声，一颗子弹射进文娟的胸膛。

几乎与此同时，佐藤秀美右方传来几声枪响，子弹打在佐藤秀美身旁路面的石板上噼啪作响，直冒火星。

突然射来的子弹影响了佐藤秀美的继续射击，她接下来射出的两颗子弹都没有击中文娟。

佐藤秀美扭头一看，发现四十米开外一名男子一边飞快地朝她这边冲过来，一边不停地向她开枪射击。

情急之下，佐藤秀美顾不得查看中弹倒下的文娟是否已死，急忙转头向街道的另一端逃去。

当佐藤秀美沿着街道朝前跑，经过一辆停在路中间的汽车时，无意中看到法恩将头伸出车窗外，正瞪着双眼恐怖地看着她。

刚才佐藤秀美从茶馆出来冲向文娟的时候，法恩正好开车路过。

当法恩看见佐藤秀美举枪朝文娟射击时，无比震惊的他本能地踩下刹车将车停住。

见自己的真实身份在法恩面前暴露，佐藤秀美内心里涌出一股莫名的绝望。她痛苦地朝法恩摇摇头，然后头也不回地继续往前跑，最后消失在路边的一条小巷中。

五

向佐藤秀美开枪的人是刘贤仿。他当时正准备到报社去找文娟。

当刘贤仿沿着白象街朝前面走去时,一个年轻女人的身影立刻吸引住他的目光。

年轻女人正沿着街道朝刘贤仿这个方向走过来。虽然距离比较远,但刘贤仿一眼便认出她就是自己日夜思念的李娅,也就是文娟——于莲花。

于莲花是李娅小时候的名字,她过继给她的二姨后才改名叫李娅。这事李娅告诉过刘贤仿。

几个小时前当刘贤仿从重光嘴里听到于莲花这个名字时,马上就意识到是李娅,所以才有异样的反应。

由于西田雅子长得很像李娅,所以刘贤仿第一次看到西田雅子的照片时才会露出惊讶的表情。让刘贤仿没想到的是,重光能够敏锐地发现并巧妙地利用这个特点。

突然看见自己心爱的人,刘贤仿兴奋得几乎要跳起来。他加快脚步朝她走过去。

眼看文娟来到《渝风》报社门前正要走进大门。

这时,马路对面突然冲出一个手握短枪的女人用手枪指着文娟。

见此情景,刘贤仿先是一惊,随即发现拿枪指着文娟的女人就是佐藤秀美,于是他赶忙掏出手枪朝于莲花和佐藤秀美冲过去。

可没等刘贤仿冲出几步,佐藤秀美手中的枪就响了。

刘贤仿不假思索地举枪向佐藤秀美射击,试图阻止她继续向心上人开枪。

随着佐藤秀美的几声枪声,刘贤仿看到文娟慢慢倒下。

刘贤仿内心焦急万分。他一边往前冲一边继续朝佐藤秀美开枪射击。由于在快速跑动中射击,加上担心误伤文娟,刘贤仿射出的子弹并没有击中佐藤秀美,但还是将佐藤秀美吓跑。

心急如焚的刘贤仿很快冲到倒在地上的文娟身旁。他顾不上继续追赶佐藤秀美,俯身查看文娟的伤势。

一颗子弹击中文娟的胸部,鲜血不停地从伤口流淌出来。倒在地上的文娟脸色惨白、喘着粗气,剧烈的疼痛让她说不出话来。

刘贤仿用手臂托起文娟的头,让她靠在自己的怀里。他大声叫着文娟的名字,让她坚持住。

文娟看清身边的人是刘贤仿,忍着剧痛努力对刘贤仿露出微笑。

几年来日思夜想的恋人突然出现在自己面前,虽然这不是文娟想要的重逢场景,但她仍然十分激动导致呼吸更加不顺畅,开始剧烈地咳嗽,口中吐出鲜血。

见文娟伤口血流如注,情况危急,刘贤仿急得大声呼救。

不一会儿,几名民防队员带着一副担架跑过来。

紧急处理文娟的伤口后,刘贤仿便和民防队员一道将文娟抬到担架上,然后抬着她朝附近的救护所奔去。

一名医生对文娟的伤口作了进一步处理。

由于子弹打进她的肺部,必须马上送医院进行手术,否则会有生命危险。

但离这个救护所最近的仁济医院也相当远。如果没有救护车或能够放得下担架的卡车,仅靠人工抬送恐怕时间来不及。

刘贤仿听了医生的话之后,立刻用救护所的电话打给重光,报告刚才发生的事,请求重光调救护车送文娟去医院。

几分钟后,一辆救护车来到救护所。

到达仁济医院后,医生马上给文娟做手术。由于抢救及时,文娟终于转危为安。

六

自从张毅去井冈山执行任务，李娅从此失去他的音讯。

她从没想过张毅在执行这项任务时牺牲。因为如果真是这样组织上肯定会通知她。

随着时间的流逝，李娅对张毅的思念越来越强烈，让她感到十分惆怅。

李娅相信张毅绝不会是一个抛弃她的负心郎，张毅的不辞而别一定有他的理由。她隐约感觉张毅的消失是组织的安排。

为此，她曾询问过她的上级组织有关张毅的情况。

但组织上告诉李娅，他们对此一无所知。

李娅的上级并没有撒谎，因为张毅担负的是秘密使命，属于最高机密。

从那时开始，李娅只能将她对张毅的爱深深埋在心底。在坚强的外表下，她的内心默默承受着爱情的痛苦折磨。

每当夜深人静的时候，李娅孤独的内心深处都会抑制不住地涌出一团炽热的火焰，燃烧着埋藏在她心底的爱情，让她对张毅的思念更加刻骨铭心。

有时她希望自己忘掉张毅，以减轻思念的痛苦。可每当这个时候，她的耳边就会回响起他曾经说过的那句话：

无论发生什么事他都永远爱她！

她相信他的话，她相信他真的爱她，她相信他的人间蒸发是情非得已。她期盼着与他重新相聚的那一天。

尽管组织上这样做是为了刘贤仿的安全着想，但对于刘贤仿和李娅个人来说这是一种巨大的牺牲。既然这是组织的决定，刘贤仿必须无条件服从。更何况这是为了实现共同的革命理想所作出的牺牲，他认为这是值得的。

可是刘贤仿心痛毫不知情的李娅。

全面抗战爆发后，李娅奉组织命令，用她小时候的名字于莲花考入军统醴陵特训班，继刘贤仿之后也成功打入军统组织。西田雅子被击毙后，于莲花冒充西田雅子打入日军谍报系统。

刘贤仿和于莲花都来到重庆后，为了他们的安全，延安总部和中共南方局不得不向他们强调情报工作纪律，要求他们在任何时候遇到对方，都必须假装不认识。

组织的要求虽然严厉，却让刘贤仿和于莲花产生无尽的遐想——对方可能也在重庆。虽然这让他们不得不继续承受咫尺天涯的相思之苦，但无形中又给他们带来有朝一日重逢的无限希望。

面对情报工作带来的危险，于莲花有时难免产生畏惧和紧张。每当这个时候，她都会自然而然地回忆起和张毅在一起的甜蜜时光，让她感到无比幸福，忘掉恐惧和焦虑。几年过去，她对张毅的爱从来没有因为张毅的消失而减弱。相反，这种爱变得越来越深沉，有如心底的甘露，既甜蜜又醇厚，滋润着她寂寞的心。

在重庆的日子里，让于莲花备受煎熬的不是秘密情报工作的危险，而是她对刘贤仿的思念。多少次克制不住内心的思念，她在重庆的街道上，在防空洞中，在记者会上，在茫茫的人海中搜寻着刘贤仿的身影。她多么希望能够在人群中看到他，哪怕只是远远地看他一眼，她就会心满意足。

他们曾经有几次差一点相遇，但命运的时钟最终让他们错过。

如果他们真的相遇，他们会克制不住自己的感情彼此相认吗？或者因为组织纪律的约束，他们强忍着内心的思念和折磨，像两个陌路人一样擦肩而过？

人世间没有如果。

七

亲眼目睹云玥刺杀文娟的法恩受到极大的冲击。他像一尊木偶一样坐在车上,大脑一片空白。当他看到追赶佐藤秀美的刘贤仿在受伤的于莲花身旁呼救时,竟然完全没有意识到自己可以开车送她去医院,眼睁睁看着刘贤仿等人抬着担架上的于莲花消失在街道的尽头。

刚才所看到的一切,让法恩终于明白云玥是一名日本间谍。

多年来,法恩一直以为云玥深爱着他,就像他深爱云玥一样。但眼前的事实让他相信这一切都是假的,云玥和他在一起并不是因为爱他,而是为了套取情报而施展的美人计!

法恩终于解开多年来一直存留在他心中的一个谜团,原来他一步步走向三重间谍的深渊是从云玥开始的。

法恩痛恨自己堕落成为一名失去灵魂、人格分裂的三料国际间谍。他感到自己的生命已经失去意义,唯一支撑他活下去的信念就是他和云玥的爱情。现在这个信念在一瞬间崩溃,让法恩生命中唯一的希望破灭。

法恩的心感到一阵刺痛。

当晚,陷入绝望的法恩呆坐在自己的书房里,无神的双眼直愣愣地看着前面。

这时桌上的电话响了。

法恩机械地伸手拿起电话接听。

对方一开口说话,法恩便听出是云玥。他不想再听她的谎言,几乎想要挂断电话,但他内心的不甘和好奇让他没有这样做。

云玥在电话中承认自己是日军间谍佐藤秀美,当初接近法恩是按照日本情报机关的指示行事,目的是查明他的无线电通信密码。

但自从她和法恩在一起之后,便深深地爱上他,希望能够永远和他在一起。无奈她是日本间谍,只能忍痛割爱。

本以为这辈子情缘已尽，没想到命运让他们再度相逢，让埋藏在她心底的爱情再次萌发，她再也无法自拔。每个寂寞的夜晚，思念的痛苦总是折磨着她，让她彻夜难眠。这一切已成过眼云烟，命运注定他们这辈子不能在一起。

　　"再见，法恩！"

　　云玥含着热泪向法恩告别。

　　法恩从云玥的话语中感受到炽热的爱，不再对她的爱有哪怕一丁点的怀疑。他刚才的绝望一扫而空，感到自己的人生一下子又变得有意义起来。

　　法恩知道她今天的告别意味着什么，他绝不能看着她走向毁灭。

　　"不要！"他恳求云玥，"你一定要坚强地活下去，我发誓，我会向中国政府求情，请他们赦免你……"

　　嘟嘟嘟，电话里传来挂断的声音。

第四十六章　破解敌谋

一

日军情报机关派人接应古勋力撤离以及刺杀于莲花的行动让重光对自己之前的判断产生动摇。

日军情报机关作出的反应确实像是刚刚意识到古勋力这条线已经暴露，无形中否认了重光的判断——日军情报机关之前的一系列行动都是在故意制造假象，其目的是掩盖一个巨大的阴谋。

不过重光的内心深处此刻有一个强有力的声音告诉他，这是日军担心其阴谋暴露而采取的挽救措施。

为了弄清日军的真实意图，重光从保险柜里拿出古勋力这条线近半年来与山木荒野的所有往来密电，希望从中能够发现蛛丝马迹。

重光坐在办公桌一遍又一遍地阅读这些密电，感觉里面隐藏着某些线索，可究竟是什么却找不到头绪。

他想找一个人来帮他梳理一下思路。他首先想到的是于莲花。于莲花具有从杂乱的情报中找到头绪的天赋，加上她熟悉这条线的情报往来，肯定能够发现问题的关键。但他随即意识到于莲花此刻正在医院养伤，于是他打电话让刘贤仿马上来见他。

重光站起身来走到窗前，呼吸窗外的新鲜空气，清醒一下自己的头脑。

没多久刘贤仿来到重光的办公室。

重光将他遇到的问题和他自己的判断告诉刘贤仿。

刘贤仿认为局座的思路和判断是对的。他像刚才的重光一样开始研究古勋力与山木荒野之间的往来密电。

刘贤仿此前并没看过这些电文，分析判断时不受任何先入为主的思路影响。来回看了两遍所有电文后，刘贤仿敏锐地发现一个非常容易被忽略的细节。

在某一个时间点之前，山木荒野很少给古勋力明确指示收集哪方面情报，古勋力发出的所有情报几乎都是自己选择的。但在这个时间点之后，古勋力基本上都是按照山木荒野的要求有针对性地收集情报。

刘贤仿的发现让重光意识到找到了问题的关键。他从保险柜里拿出他的记事本，开始查找这个时间点前后发生的相关事件。

重光发现这个时间点正好是他配合盟军反攻缅甸，对缅甸日军实施战略欺骗的最后阶段。

后来的事实证明，缅甸日军不仅没上当，反而利用重光的战略欺骗成功地实施战略反欺骗。

重光当时认为这只是缅甸日军实施的战场欺骗手段，并没有意识到这是日军专门针对中国军队实施的反欺骗；加上盟军在缅甸的作战比较顺利，因此重光对此没有给予足够的重视。

现在回过头来看，日军很可能那时就发现古勋力这条情报线已经暴露，于是利用它大作文章。

这就可以解释佐藤秀美发现文娟的破绽之后，日军情报机关为什么会对此视而不见。

想到这里，重光恍然大悟。

重光用力地拍了一下刘贤仿的肩膀，大声夸了一句：

"真有你的！"

简单的一句夸奖，包含着重光对刘贤仿的认同和欣赏。

重光不再被山木荒野施展的迷惑行动所困扰。他现在要做的就是找到有力证据证明自己的判断。

重光拿起笔起草一份给西野秀仁的密电，让他务必查明日军是否有进攻重庆的作战计划。

二

西野秀仁收到密电后，感到十分诧异。

西野秀仁在日军第六方面军司令部成立时调往该司令部担任作战参谋，参与制订了日军第六方面军的所有作战计划，从没有听说过突击重庆的作战。

不过既然重光要求查明真相，西野秀仁相信肯定有他的道理。

第二天早上，西野秀仁主动向副参谋长天野正一少将提出整理刚刚离任的宫崎周一参谋长办公室文件，以便迎接新任参谋长唐川安夫的到来。这是西野秀仁想到的一个查阅参谋长办公室机密文件的机会。

天野正一正需要人做这事，因此马上同意西野秀仁的提议。

于是西野秀仁名正言顺地来到宫崎周一办公室整理文件。

他很快就在宫崎周一留下的那份"一号作战"计划中发现蛛丝马迹。在这份作战计划的最后，宫崎周一用红笔写下几个字：

> 接下来实施B作战？

看到这几个字，西野秀仁顿时心生疑窦。

B作战是否就是重庆作战呢？西野秀仁默默地问自己。

西野秀仁带着这个疑问离开参谋长的办公室。

当晚，西野秀仁将前参谋长留下的B作战线索密电报告重光。

三

　　重光推断这个 B 作战很可能就是日军的重庆作战。但由于没有其他线索，仍然无法确定。

　　在办公室里，重光将这份情报拿给刘贤仿看，希望听听刘贤仿的建议。

　　刘贤仿看了之后思考了一会儿，建议利用 B 作战这个线索对日方实施打草惊蛇，迫使日军在应对过程中出现破绽，从而暴露日军的真实意图。

　　刘贤仿的建议让重光受到启发。

　　两人讨论一阵之后，形成一个具体的行动方案。

　　于是，重光草拟了两份密电，一份给西野秀仁，另一份给军统武汉区邵晏培，让电讯处当晚发出去。

　　刘贤仿也拟好一份给第九战区情报处钱处长的密电。

　　第二天晚上七点，西野秀仁和邵晏培按照重光的指示在汉口车站对面一间茶楼接头，并商定了一个行动方案。

　　隔天傍晚，西野秀仁带领身着便装的军统武汉区特工、电讯专家老马来到日军第六军团司令部大门前。老马向站岗的日本兵出示日军特务部的证件后，和西野秀仁一起进入司令部大楼。

　　在西野秀仁的办公室里，老马打开办公桌上电话机的底盖，将一个比火柴盒稍大一点的窃听装置安装好。

　　这是美国中央情报局提供给军统局的一款最先进窃听设备，能够将窃听到的电话内容通过无线电发送给一公里范围内的配套接收装置，而且安装简便，不需要冒险将窃听装置装在被窃听的电话机上或电话机附近。

　　接着，西野秀仁带领老马来到位于楼梯间里的电话分线箱前。

老马打开分线箱，开始寻找山木荒野和西野秀仁这两部电话的两组电线。好在每组电线都标明了连接的电话号码，老马很快就找到它们。于是，他用一个细长的圆柱形装置将两部电话的红色信号线连接起来，然后关上分线箱，和西野秀仁一起离开楼梯间。

整个过程不到两分钟，没有人注意到他们。

这种窃听装置虽然很先进，但有一个缺点。万一对方的电话维护人员检查这个电话分线箱，很可能发现这个圆柱形装置进而追踪到窃听装置所在的位置，将西野秀仁置于危险中。

因此，这种窃听装置只能针对具体的任务短期使用，在任务完成后必须尽快将分线箱中的圆柱形装置和电话机中的窃听装置拆除，消除痕迹。

回到办公室后，西野秀仁拿起电话拨打了一个号码。电话接通后他马上说："找邵先生接电话。"

对方回答"打错了"，随即挂断电话。

在距离日军司令部几百米远的一座房子二楼的一个房间里，一张桌子上放着一台带录音装置的电话窃听设备，两名军统武汉区特工戴着耳机坐在桌前。

另一张桌子前的邵晏培挂断西野秀仁的电话后，对两名特工说了一句"开始测试"，然后拨打山木荒野办公室的电话号码。

对方接听电话后，邵晏培用日语问对方："川上先生吗？我是金谷。"

山木荒野回答："先生你打错电话了。"

"抱歉。"

邵晏培挂断电话。

两名特工告诉邵晏培测试成功，并将刚才录制的通话播放给他听。

窃听到的电话非常清晰。

当晚重光收到邵晏培的密电，称电话窃听装置准备就绪。

于是重光将两份内容相同的密电分别发给上海岩井公馆的方同和伪

特工总部的张新林。

四

1944年8月，长衡会战失利后，第九战区司令部及湖南省政府全部撤退到湖南耒阳。范辰的报务员不可能随军队一起行动，因此范辰失去与日军总部的无线电联系，无法将获取的情报传回总部。

不久后，山木荒野用密语广播通知范辰与另一名日特——湖南省政府王秘书接头，重新恢复范辰与总部的无线电联系。

刚才，情报处钱处长将范辰等几名情报员叫到办公室布置任务。钱处长在会上透露，军委会已掌握日军B作战内容。B作战的真正意图是以两个师团乘国军兵力空虚之际沿川黔公路直扑重庆，一举占领之。日军目前向滇西的进攻是佯攻，目的是掩盖B作战的真实意图。最高军事当局目前正秘密调动驻湘西的第六战区主力部队赶赴贵州迎击这股日军，同时命令第九、第四战区随时准备向衡阳、桂林日军出击，拖住两地日军使之无法抽出兵力增援贵州日军，配合贵州国军切断这股日军后路并予以围歼。

范辰等人的任务是加紧收集衡阳日军兵力及布防情报，为战区部队出击作准备。

从钱处长办公室出来后，范辰立刻打电话约王秘书在一间茶馆见面，将这份重要情报交给他。

当晚，王秘书将这份情报用电台发出去。

山木荒野收到这份密电后非常惊讶。

难道重庆方面已经掌握B计划？此事关系重大。如果属实，突击重庆的日军部队将面临全军覆没的危险。

他马上回电指示范辰，务必查明这份命令的具体内容。

次日晚范辰留在司令部作战处，假装陪值班的聂参谋聊天，伺机打探相关情报。

范辰故作神秘地将钱处长在会上透露的消息告诉聂参谋。

聂参谋听了之后感到很奇怪,因为他看到的命令和范辰说的完全不同。

"什么进攻重庆的B作战,没这回事。"

"我不信,难道我们钱处长没你清楚?"

"那还真说不准。我这里正好有这份命令,你要不要看看?"见范辰一脸不信的样子,聂参谋打开抽屉拿出一份电文递给范辰,"你自己看吧。"

范辰接过电文仔细看了一遍。

电文显示,日军这次的作战目的是击溃滇西的中国远征军,再从北面与缅甸日军一道南北夹击反攻缅甸的盟军。军委会正调集精锐兵团在滇东南与西进日军决战,力图将其包围歼灭,确保滇西中国远征军侧背安全。命令第九、第四战区向衡阳、桂林日军出击,拖住两地日军使之无法抽出兵力增援西进日军,配合滇东南国军作战。

这份密电根本没提到日军B作战。

看完电文,范辰突然意识到钱处长故意编造假情报,目的是利用他将此情报传回去误导日军,以掩盖其真正的作战意图。

此刻,范辰明白自己已经暴露。不过他顾不了这么多。这份情报太重要,必须马上报告山木荒野。

范辰从司令部出来,沿着漆黑狭窄的街道朝前走。

夜已深,街上没有其他行人,四周静得让人窒息,只有偶尔从远处传来几声狗叫打破夜空的寂静。

十多分钟后,范辰来到王秘书住的那间房子门前。

他回头看了看黑漆漆的四周,然后抬手敲了敲门。

不一会儿,已经睡着的王秘书被敲门声吵醒。

问清来人是范辰后,王秘书知道有紧急情况,马上从床上起来点上油灯，给范辰开门。

进屋后，范辰简要向王秘书说明情况，然后在一张桌子前坐下来，凭记忆将刚才看到的密电内容写在一张纸上交给王秘书。王秘书从灶屋的墙洞中取出电台和密码本放在桌上，然后坐下来将这份情报译成密码电文。

住在小街对面负责监视王秘书的情报处特工被范辰的敲门声惊醒，他马上下床走到窗前暗中观察，借着微弱的灯光看见范辰进屋了。

范辰这么晚来找王秘书，一定有紧急情况。于是这名特工悄悄溜出门去向钱处长报告。

钱处长接到报告后，马上带领一队士兵和这名特工一起赶到王秘书家，悄悄将整间房子包围起来。

这座房子有一个后院。钱处长决定前后夹击。他命令这名特工带一部分士兵在前面砸门，自己率领几名士兵偷偷翻墙进入后院。

王秘书已经译好密码电文。他打开电台电源开关。

由于这一带的房子没有通电，电台用的是干电池。

王秘书戴上耳机，等电台预热一下，便开始调节电台通信频率。

这时，大门外突然传来叫喊声和重重的砸门声，命令里面的人开门。

范辰和王秘书顿时明白他们已被包围。

范辰急切地对王秘书说：

"大门用粗壮的门闩闩住，外面的人一下子撞不开，赶快向总部发出警报，我掩护你。"

说完，范辰拔出腰间的手枪，冲到大门边守着。

后院里，钱处长伸手推了推后门，发现后门也从里面闩住。这时屋里传来范辰说的话。他知道不能拖延，否则对方一旦用电台发出警报，重光的计谋就会被日军识破。

于是他摸到房子的右侧寻找别的入口。

房子的右墙与院墙之间有一块空地，用来放置水桶和农具。一道微弱的光线从右墙一扇开着的窗户照出来。

钱处长走到窗前朝里面观察，透过一个房间开着的一扇房门，正好可以看到王秘书的背影。王秘书此刻正坐在电台前调节电台的通信频率。

钱处长见状，立刻举起手枪向王秘书瞄准。

王秘书调整好通信频率，然后伸手握住发报键准备发报。

再有几秒钟，报警信号就会发出。

在这紧急关头，钱处长扣动手枪的扳机。

砰的一声枪响，子弹击中王秘书的后脑。

只见王秘书的身体猛地震了一下，然后向前扑倒在桌子上。

屋里的范辰听到枪声后马上明白过来是怎么回事。他举起手枪一边向窗外的人开枪射击，一边乘机冲进电台所在的房间，然后迅速关上房门并闩上门闩，希望能够抵挡一阵。

范辰将趴在桌上的王秘书推倒在地，自己坐到电台前，用手握住发报键。

窗外的钱处长知道范辰想干什么，急忙命令身旁的几名士兵向房间里面射击。三名士兵一中、一左、一右举起步枪连续向关着的房门开枪射击。

一阵枪响后，子弹在房门上打出十几个弹孔，但房门仍然关着，钱处长看不到里面的情况，担心范辰已经发出警报。

这时，大门外的士兵终于砸开大门冲进房子，接着砸开满是弹孔的房门，发现范辰背部中弹倒在王秘书的尸体旁，桌上的电台也被子弹击中，正冒着青烟。

钱处长希望范辰死之前没来得及发出警报。

五

方同收到重光密电后的第二天，带着这份密电来到岩井英一办公室，将密电交给岩井英一。

岩井英一看了密电之后脸色大变。

密电显示，中国方面已经获悉日军进攻重庆的B作战，希望获得更为详细的内容，以进行针对性的部署。

岩井英一对于自己精心策划并实施的战略欺骗被对方识破感到十分沮丧和恼怒。

他决定先打电话通知山木荒野这个坏消息。

此刻，邵晏培坐在窃听设备前，头上戴着耳机，正聚精会神地窃听岩井英一和山木荒野的通话。

两名负责侦听的军统武汉区特工坐在邵晏培身边。由于这两名侦听特工都不懂日语，到日本留过学的邵晏培只好亲自负责监听。

岩井英一在电话中首先将方同那份密电的内容告诉山木荒野，然后沮丧地说，B作战计划的泄露意味着日军已经失去战略突然性，继续执行将面临极大风险。

岩井英一从另一个渠道获取的情报印证了范辰此前发回的情报——中国方面已经掌握日军突击重庆的B作战计划。山木荒野不再对此有任何怀疑。

接着他们分析了一阵子B作战泄露的可能途径，但不得要领。

大约十分钟后岩井英一和山木荒野通完电话。

通过二人的对话，邵晏培完全可以断定日军的B作战就是进攻重庆的作战。他从头上摘下耳机放在桌上，准备离开。

这时侦听设备上的红色报警灯又开始闪烁，说明又有电话打给山木荒野。

邵晏培赶忙重新戴上耳机，继续监听。

这个电话是上海日军司令部情报课课长长谷谦打给山木荒野的。长谷谦紧急通知山木荒野，据可靠情报第六方面军进攻重庆的B作战已经被重庆方面掌握，中国军队已做好准备，进攻重庆将充满危险，建议取消这次作战。

原来，张新林收到重光的密电后，马上将此情报报告给上海日军司令部情报课。

张新林在李士群死后不仅没有失势，反而一步步升迁成为76号特工总部的第二号实权人物，深受日军信任。

通话很简短，很快就结束了。

邵晏培摘下耳机。

现在更加没有疑问了。邵晏培得马上赶回去将这个重要情报发给重光。

六

重光收到邵晏培的密电后，立刻打电话给侍从室林主任，报告这几天收到的最新情报，确认日军的真实意图是重庆。

一个多小时后军委会发出一系列命令，开始调集部队前往黔川公路沿线布防；同时通知中国战区盟军司令部，紧急从缅甸空运新六军两个师回国拱卫重庆。

幸运的是，范辰没来得及发出警报。

那天晚上范辰正要按动发报键发出警报时，一颗子弹穿透房门后射中他的背部。他忍着枪伤想要继续发报，没想到另一颗子弹击中电台，电台顿时冒出一股青烟坏掉，让他失去最后的机会。接着他的后心中弹倒在地上死了。

如果范辰发出警报，山木荒野马上会想到范辰之前的那份情报是重光故意抛出的诱饵，用以试探日军的反应。说明重光并不确定B作战是什么。如果真是这样，就算重光的打草惊蛇行动成功，上海日军情报机关在提醒山木荒野的电话中无意泄露B作战的真实内容，山木荒野也会识破这是重光的计谋，并能猜到军统方面可能在暗中窃听以获取真相。

那么他会在电话中故意告诉对方B作战是假的，目的是让重庆方面不敢就近调动贵州部队增援滇东南，减轻进攻滇西日军的压力，让重光无从判断真假。同时，他会立刻建议冈村宁次司令官赶在重庆方面发现B作战真实意图、做出反应之前抓住战机突袭重庆。

吉姆得到军委会急调远征军两个师回援的情报后，马上将此情报传给岩井英一。岩井英一通过山木荒野将此情报上报冈村宁次。

与此同时，1944年11月日军第3师团和第13师团分别由广西宜北和河池开始沿桂黔公路向贵州独山发起猛攻，很快就占领独山。

中国方面调集两个军在独山以北阻击日军，但面对日军的猛烈攻击，国军防线岌岌可危，随时都有可能被日军突破。

正当日军第3、第13师就要突破国军在独山以北最后一道防线，接下来可以沿着防守空虚的黔川公路长驱直入、直取重庆的危急时刻，日军侧翼突然遭到新六军两个美械师的猛烈反击。

面对两个火力强大的中国美械师的突然攻击，腹背受敌的日军在国军猛烈的地面和空中火力打击下终于支撑不住，开始溃退。

冈村宁次得知B作战计划被泄露后，虽然担心中国方面已经做好准备，但一直以来执着地想要占领重庆，结束"中国事变"的他仍然抱着侥幸心理，希望中国军队来不及作出反应。甚至在收到中国远征军两个师回援贵州的情报后，冈村宁次依然命令第3、第13师团继续加强进攻，希望乘中国这两个美械师立足未稳之际一举突破中国军队防线，直扑重庆。

但战场局势风云突变，冈村宁次直捣重庆的梦想破灭了。

刚刚升任中国派遣军司令官的冈村宁次意识到中国军队正以装备优良的美械部队等待日军钻进圈套，继续冒险进攻无异于让他的士兵去送死。另外，冈村宁次的重庆作战计划受到来自日军大本营的强烈反对。日军大本营判断美军将在中国东部沿海登陆，中国战场的争夺将在中国东部沿海地区展开，因此否决冈村宁次的重庆作战计划，并命令他将作战重点放在反美军登陆方面。虽然后来证实美军根本没有在中国登陆作战的计划，但已经毫无意义。

由于上述两方面的原因，冈村宁次只好放弃重庆作战，无可奈何地命令前线部队退守河池、宜北一线。

第四十七章　身份暴露

一

文娟手术后经过一段时间休养，身上的枪伤终于痊愈，开始回到军统总部上班，并恢复她在军统的名字于莲花。

由于多年潜入敌营立功无数，于莲花被破格提升为军统机要室少校主任。

军统机要室负责分析、管理、存档军统机密文件，涉及国民政府的政治、军事及情报系统核心机密，可谓十分重要。

重光让于莲花担任这一要职，足见他对她的信任。

于莲花受伤后，刘贤仿马上向延安总部报告于莲花的情况，同时向组织提出申请，希望借此机会恢复他和于莲花的恋爱关系。

组织经过慎重考虑，认为刘贤仿和于莲花为了革命利益、为了中国抗战作出巨大牺牲，目前正好是一个让他们重新走到一起，同时又不会引起军统怀疑的绝佳机会，因此批准了刘贤仿的请求。

刘贤仿在于莲花住院养伤期间，以没能保护好她而心存愧疚为由，经常去医院看望她，极其自然地开始和于莲花公开接触，让外界看起来就像是刘贤仿在和于莲花的频繁接触中渐渐对她产生爱慕之情。

于莲花回军统上班的第一天，刘贤仿就开始公开追求她。

刘贤仿是军统的年轻才俊，重光手下的反谍报干将，更是一表人才。于莲花不仅长得漂亮，而且聪明伶俐，犹如一朵绽放的鲜花。

因此，刘贤仿追求于莲花的消息在同事们当中传开之后，大家都认为他们俩是天设地造的一对，乐观其成。

就这样，一对深深相爱的恋人，为了崇高的理想，在忍痛切断联系十年后终于重新相聚在一起。

这对于刘贤仿和于莲花是一种珍贵的弥补，他们非常珍惜重新相聚的日子，就像一对刚刚陷入热恋的情人一般如胶似漆。

在嘉陵江畔，他们相拥在灿烂的星空下，以江面浮动的点点灯火为媒，相互倾诉生离死别相思之苦。

在长江之滨，他们相吻在皎洁的月光下，以奔流不息的滚滚江水为证，海誓山盟今生今世永不分离。

他们在享受甜蜜爱情的同时，并没有忘记自己担负的秘密使命。

于莲花的角色已经改变，她原来使用的电台被军统收回，因此她不能再像以前那样通过电台方便地与组织联络，只能通过秘密交通员向重庆八路军办事处传递情报。

刘贤仿几年来一直利用军委会专门配备给联合调查组的电台和他自己的电台暗中与延安总部进行秘密通信联络。他起初曾考虑让于莲花共用自己的那部电台，但为了保障这两条情报线各自的安全，总部让他放弃了这个想法。

于莲花负责机要室的工作以后，以分析情报为由经常查阅机要室的机密档案，从中收集有用的情报。

经过一段时间的仔细查阅、分析，于莲花从几份档案中发现两名潜伏在延安的军统谍报员。她决定将此情报传回组织。

二

星期天上午10点，于莲花从自己家里出来，沿着江家巷朝若瑟堂方

第四十七章　身份暴露

向走去。

今天是于莲花和交通员约定的接头时间，接头地点就在若瑟堂。

这是很久以来第一次和交通员接头，于莲花相当警惕，一路上一直暗中观察是否有人跟踪自己。

不久，于莲花来到临江门附近的临江顺城街（今临江路西段），前面不远处就是若瑟堂。

当于莲花从顺城茶馆门前经过时，不巧正好被站在茶馆二楼窗口的佐藤秀美无意间看到。

1945年5月8日，德国宣布投降，欧战胜利结束，轴心国只剩下日本还在垂死挣扎，但战败的命运已不可避免。

面对急转直下的形势，佐藤秀美对日本的前途感到担忧。为了排解心中的忧虑，她最近一段时间常到茶馆与刘掌柜商讨时局。

佐藤秀美早知道于莲花没死，也知道她已经回到军统总部工作。虽然很想报仇，但她不敢到军统去找于莲花，因为那无异于自投罗网。她只能暂时放下此事。

今天突然看到于莲花，替西田雅子报仇的念头再次在佐藤秀美心中燃起。

佐藤秀美本想亲自出去跟踪于莲花，希望能够发现她住的地方，好再次对她下手。

不过，佐藤秀美担心自己去跟踪有可能被于莲花发现，弄不好反而会惊动她。

佐藤秀美指着正从楼下走过的于莲花，告诉身边的刘掌柜于莲花是杀害西田雅子的凶手，请刘掌柜跟踪她。

刘掌柜立刻下楼出门，远远地跟在于莲花后面。

从顺城茶馆到若瑟堂不过三四百米远，于莲花很快来到若瑟堂院子大门前。她停下来看似随意地四下看了一下，暗中观察自己是否有人跟踪自己。

虽然于莲花一路上非常留意自己是否被人跟踪，但由于刘掌柜是从半路开始跟踪的，加上从顺城茶馆到若瑟堂距离不远，于莲花在短时间内并没有发现跟踪她的刘掌柜。

跟在于莲花后面的刘掌柜看见于莲花走进若瑟堂，立刻加快脚步跟上去。

走进若瑟堂院子的大门，里面就是若瑟堂主建筑。

这是一座砖木结构具有典型哥特式风格的教堂。教堂中央是一座四层的钟楼，钟楼顶部矗立着一个四棱尖顶，尖顶上托着一个十字架。一座自鸣报时钟置于钟楼正面，另有三座铜钟置于钟楼内。每当宗教节庆日，铜钟齐鸣，悠扬激昂。钟楼的底部是教堂的尖形拱门，钟楼两边和后面是两层高的主建筑群。

于莲花从钟楼下的尖形拱门穿过钟楼，里面就是若瑟堂弥撒厅的大门。

走进弥撒厅，中间是一条宽敞的走道通往弥撒厅最里面的布道讲坛。左右两排白色大理石石柱支撑着弥撒厅高高的乳黄色穹顶，让整个弥撒厅显得富丽堂皇。弥撒厅中间走道两边各有一列纵向排列的长桌椅，从讲坛前一直排到弥撒厅的大门口。

弥撒厅里前面的十多排长椅上坐满信徒，但最后几排几乎空着，稀稀落落地坐着几个信徒。

此刻弥撒厅最前面的讲坛上，一位牧师正在主持弥撒。

于莲花站在后面观察了一会儿，看到最后倒数第三排的长椅上坐着一个男人。她走过去，在他旁边坐下。

这位男人看起来四十多数，他就是于莲花的联络员老夏。

于莲花从手提包里取出一部圣经放在前面的长桌上。

老夏观察了一下四周的情况，觉得没有人注意他们，于是指着于莲花放在桌上的那部圣经，微笑着向于莲花借用。

于莲花点头表示同意。

第四十七章　身份暴露

于是老夏伸手将这本圣经挪到自己面前开始翻看起来。在翻看的过程中，老夏很快发现夹在里面的一张折叠的纸条，于是他将这张纸条握在手中，然后放入自己的上衣口袋里。

虽然老夏的动作相当隐蔽，但这一切都被躲在教堂左侧一个窗户外面暗中监视的刘掌柜看得一清二楚。

刘掌柜住在临江顺城街多年，对附近的若瑟堂非常熟悉。当他看到于莲花走进若瑟堂钟楼下面通往弥撒厅的拱形门后，并没有跟进去，而是绕到教堂弥撒厅左侧的一扇窗户前，透过窗户玻璃上一块脱落的彩色油漆，偷偷观察弥撒厅里于莲花的一举一动。

刘掌柜马上意识到于莲花不仅仅是军统特工这么简单，她很可能还在为别的情报机关工作。否则她不需要用这种偷偷摸摸的方式秘密传送情报。

根据自己多年从事谍报工作的经验，刘掌柜决定暂时放弃于莲花，转而跟踪老夏，弄清楚老夏到底是什么人。

这时，老夏站起身来离开座位，然后沿着走道朝弥撒厅大门走去。

刘掌柜见状马上离开窗口，来到教堂左侧的墙角处，躲在墙角后面暗中监视钟楼下面拱形门外的情况。

老夏从钟楼下的拱形门出来，环顾了一下四周，然后走出教堂院子大门。

刘掌柜赶紧从墙角后出来，跟在老夏后面走出教堂院子大门，保持一定距离跟踪老夏。

老夏走出小巷来到大马路上，沿着马路一直走到七星岗的公共汽车站，在那儿排队等公共汽车。

刘掌柜跟踪到汽车站，隔着几个人排在老夏后面。

等了大约二十分钟后，终于开来一辆公共汽车，缓缓在汽车站前停下。

前面等车的人不多，老夏和刘掌柜都顺利地登上这辆公共汽车。

公共汽车沿着七星岗、两路口、上清寺、牛角沱来到离重庆八路军办事处很近的化龙桥汽车站停下。

老夏在这里下车。刘掌柜也跟着下了车。

下车后，老夏穿过马路，沿着马路朝通往大有农场的岔路口走去。重庆八路军办事处就在大有农场里面。为了避免让老夏产生怀疑，刘掌柜没有跟着过马路，而是继续沿着马路朝前走，隔着马路跟在老夏后面。

老夏拐进通往大有农场的岔路，沿着岔路走过大有农场的牌坊，前面是一个Y形三岔路口。三岔路口有一棵黄桷树，树右边的那条路通往八路军办事处，左边的那条路通往国民党国民参政会大楼。

刘掌柜隔着马路远远看见老夏沿着黄桷树右边的那条路继续朝前走，显然是去八路军办事处。

那时重庆流行着一句顺口溜：走红岩，投八路，抬头先看黄桷树。这句顺口溜提醒人们不要"误入歧途"。

确认老夏的目的地是八路军办事处之后，刘掌柜转身加快脚步往回赶。

三

看到刘掌柜安全回到茶馆，一直担心他出事的佐藤秀美终于放下心来。

刘掌柜出去跟踪于莲花之后，大约过了半个多小时，一直守在二楼窗口观察的佐藤秀美终于看到于莲花从若瑟堂方向沿着临江顺城街往回走，从茶馆门前走过。

佐藤秀美以为刘掌柜仍在跟踪于莲花。

可是等于莲花走过去好一会儿，刘掌柜还是没有出现。

这时佐藤秀美开始有些着急，她担心刘掌柜是不是被于莲花发现出事了。

第四十七章　身份暴露

但佐藤秀美除了焦急地等待之外，没什么事可做。

刘掌柜一见到佐藤秀美，便将整个事情的经过详细地告诉她。

佐藤秀美和刘掌柜一样，断定若瑟堂是于莲花和老夏约定的情报交接地点，而礼拜天上午11点很可能是他们交接情报的时间。老夏最后的目的地是重庆八路军办事处，从这一点就可以断定老夏是负责于莲花与八路军办事处之间传递情报的交通员，于莲花则是打入军统的中共情报员。

这个新发现让佐藤秀美内心里感到一阵狂喜。她马上想到一个向于莲花复仇的歹毒方式。这个方式不用她自己动手，重光会替她杀了于莲花。

想到这里，佐藤秀美发出一阵开心的大笑。

刘掌柜不知佐藤秀美为何这么开心，脸上不禁露出疑惑的神色。

佐藤秀美告诉刘掌柜，她要给重光写一封告密信，揭露于莲花是潜伏在军统内部的中共情报员。

刘掌柜听了之后，觉得这是一个不错的主意。这样做既可以向于莲花复仇，又不需要自己人冒险动手。

不久，一封匿名信放到重光的办公桌上。

重光拆开信封取出里面的信开始阅读。

读着读着，重光脸上的表情开始发生一系列的变化。他先是带着几分不屑，接着露出几分迟疑，末了显出几分恼怒。看完这封信时，重光眼神中带着几分杀气。

这封信将于莲花在若瑟堂向老夏传递情报以及老夏带着情报回到八路军办事处的经过详细描述了一遍，并由此推断于莲花是潜伏在军统内部的中共谍报员。

如果这封信的内容不是凭空捏造的，那么对方得出的结论将是无可置疑的。

重光坐在那里思考了一阵子，然后拿起电话打给王珊，让他马上来一趟。

王珊的嘴很紧，是重光最信任的人之一。虽然他在军令部第二处工作，但这反而成为他的优势。没有人会认为一个不在重光身边工作的人会成为重光的心腹。

王珊和刘贤仿一暗一明，成为重光反谍报工作的左右手。

当重光有秘密计划又不便向刘贤仿等人公开时，总是派王珊去暗中执行。

几分钟后，王珊来到重光的办公室。

重光让王珊将办公室的门关上，然后告诉他于莲花是中共谍报员。

王珊听完重光的话后，不禁惊得目瞪口呆。

接着重光开始向王珊面授机宜。

重光再三叮嘱王珊，因为刘贤仿正在和于莲花热恋，他不能将此任务交给刘贤仿，也不能让刘贤仿知道此事。

虽然王珊对这事抱着怀疑态度，不过对于重光的命令他会不折不扣地去执行。

接下来的一个礼拜天，王珊早上9点带着一部照相机来到教堂。

在和教堂里的一名神父沟通之后，这名神父答应帮助王珊。

神父带领他来到教堂二楼的一个房间。透过这个房间的窗户，可以清楚地看到整个弥撒厅里的情况。

十点多钟，于莲花进入若瑟堂弥撒厅，站在后面观察了一下。

老夏坐在最后面倒数第二排的长椅上。于莲花不紧不慢地走过去在他身旁坐下。

接着于莲花和老夏用和上次同样的方式传递了情报。

藏在二楼房间窗户后面的王珊看得一清二楚，并且用照相机抓拍了几张照片。

过了几分钟，老夏便起身离开弥撒厅。

老夏离开后不久，王珊也从教堂里出来。

王珊并没有去跟踪老夏，而是直接来到一辆停在教堂巷口外马路边的汽车旁，钻进汽车朝七星岗方向开去。

汽车行驶大约一两百米后，王珊便看到老夏正沿着马路朝七星岗走去。王珊的车越过老夏，继续朝市郊驶去。

大约半小时后，王珊开车来到军统设在八路军办事处附近的一个监视哨卡下面。这个哨卡名义上是保护八路军办事处，实际上是在监视。

王珊将汽车停在哨卡下的马路边，下车沿着小路爬上山坡，走进山坡上的哨卡。

他向哨卡里面值班的两名守卫出示自己的证件，并告诉他们要在这里执行特殊任务，要求他俩保密。

两名守卫见王珊是军令部高级特工，因此不敢多问。

王珊坐在哨卡的窗户前。从这里可以清楚地看到通往八路军办事处的那条小路和办事处前的情况。

大约一个多小时后，王珊终于看到老夏沿着小路朝八路军办事处走去。

王珊立刻用照相机拍下老夏走进办事处的照片。

当天下午，王珊回到军统总部，向重光报告他发现的一切，证实于莲花是潜伏在军统的中共情报员。

四

于莲花是军统醴陵特训班招收的特工。她的个人履历和家庭背景当时都进行过严格审查，没有发现任何问题。从醴陵特训班毕业后不久，于莲花就被重光选中冒名顶替被击毙的日谍西田雅子潜入日军谍报系统。几年来于莲花对党国忠心耿耿，工作十分出色，看起来没有任何与中共情报部门接触的可能。

可眼前的事实告诉重光，于莲花确实是中共情报员。目前尚不清楚的是，于莲花到底是在加入军统之前就已经是中共的人，还是加入军统之后才成为中共间谍的。

自己精心培养并为之感到骄傲的得意门生竟然是中共间谍。

一想到这些，重光就感到一阵悔恨和耻辱。在于莲花面前，他就像一个自以为聪明的傻瓜一样被耍弄。他不仅帮助她为中共收集日军情报，而且还帮助她向中共输送党国机密。

重光对此愤怒到极点。他恨不得马上下令逮捕于莲花，亲自审问她，然后亲手杀了她。

但他的理智告诉他现在最需要的是冷静而不是冲动。

重光慢慢冷静下来，开始思考如何处理于莲花的事。

从目前掌握的情况来看，于莲花通过交通员老夏传递情报，是一条单线联系的情报线。如果现在逮捕于莲花，可以阻止于莲花继续向中共提供情报。这是有利的一面。

不过，重光担心事情没这么简单。既然于莲花能够通过严格审查打入军统，那么其他中共间谍打入军统内部也是有可能的。

如果能够利用于莲花找出潜伏在军统里的其他共谍，将是对于莲花造成的破坏最好的弥补。

重光这样想并非完全没有根据。

重光具有敏锐的观察力，而且疑心很重。任何在他面前不小心暴露出来的细微破绽都逃不出他的眼睛。

当重光从王珊的报告中确认于莲花是中共间谍后，他马上就想到刘贤仿。

重光这样想并非因为刘贤仿和于莲花是恋人，而是因为他回忆起刘贤仿看到西田雅子照片和听到于莲花名字时的奇怪反应。

当时并不知道于莲花是中共间谍，也没有任何理由怀疑刘贤仿，再加上刘贤仿用合理的解释淡化他不同寻常的反应，因此重光没有作进一步的联想。

第四十七章　身份暴露

现在看来，刘贤仿看到西田雅子照片时的反应，很可能是因为于莲花长得像西田雅子，这说明他以前可能见过于莲花。

想到这里，重光本能地坐直了靠在椅背上的身体。

难道刘贤仿也是中共情报员并且早就认识于莲花？只是为了秘密情报工作才被迫切断与于莲花的联系，因此对于莲花后来冒充文娟之事一无所知？

一系列的疑问呈现在重光的脑海中。

对刘贤仿的怀疑一旦在重光的大脑中产生，在没查明真相之前，他是不会轻易放过的。

重光决定暂时不去逮捕于莲花。

第四十八章　儿女情长

一

星期天早上8点，刘贤仿就来到军统值班室。他今天担任总值班。

暂时没什么事，刘贤仿坐在值班室的桌子前看着报纸。

大约上午9点，值班室的电话响了。

电话是重光打来的。重光让刘贤仿马上到他办公室开会。

到达重光的办公室后，刘贤仿发现王珊和董易已经在那里，王珊还带着一部照相机。

刘贤仿、王珊和董易在沙发上坐下后，重光开始给他们布置任务。

重光告诉他们，刚刚接到一份绝密情报，八路军办事处的一名秘密交通员今天上午11时左右将在若瑟堂弥撒厅与人接头并收取情报。

重光命令刘贤仿带领王珊和董易立刻赶到若瑟堂，暗中查明送情报的人，并用照相机拍下他们传递情报的过程。

这次任务的主要目的是查明谁是送情报的人，不一定要当场逮捕两名接头人。但如果有把握的话，可以在他们传递情报时将他们逮捕，前提是一定要人赃俱获。这样才能让中共方面无话可说。

说完，重光拿出一张照片交给刘贤仿。照片上的人就是将会出现在若瑟堂的那名八路军办事处的秘密交通员，刘贤仿他们可以凭此照片认人。

刘贤仿对这个任务感到有些难办。

让刘贤仿亲手去抓自己的同志,这在情感上对他来说无疑是一种折磨。如果他不按照重光的命令去办,自己就会暴露。

从重光的办公室出来之后,刘贤仿本想找机会给八路军办事处打个电话示警,但王珊和董易就在身旁,如果他离开去打电话,那么行动失败后必然会引起他们的怀疑。

刘贤仿直接受延安领导,与重庆八路军办事处没有任何联系。由于他担负着来自延安的最高使命,组织上要求他在任何情况下都不能冒险暴露自己。这就是说,即使刘贤仿执行任务时查获潜伏在国民党军政机关的中共情报员,他也只能硬着头皮去逮捕他们,不能出现任何犹豫,更不能为了挽救他们而轻举妄动,使自己暴露。

想到这里,刘贤仿放弃给八路军办事处打电话的想法,他决定到时候见机行事。

刘贤仿三人回到与重光办公室一墙之隔的军统总部,上了那辆英式吉普车,由董易开车前往若瑟堂。

十多分钟后,他们到达通往若瑟堂的那条巷子口。

小巷狭窄不方便汽车通行,同时为了避免引人注意,董易将车停在巷口外的马路边,三人下车步行去若瑟堂。

进入若瑟堂后,三人首先对弥撒厅内外进行了一番观察,最后按照王珊的建议选定二楼一个房间监视大厅内的情况。

这个房间就是王珊上次选定的观察点。

他们来到教堂的办公室,向其中一位神父出示证件并说明来意。

这名神父就是王珊上次找的那位神父。但他看到王珊时没有任何反应,就像不认识一样。

二

时间接近十点半,弥撒厅里已经来了很多信徒。像以前一样,这些信徒都尽量坐在靠前的座位上，前面的十几排座位已经坐满，最后几排座位几乎是空着的。

刘贤仿很快便发现照片上的那名男子就坐在倒数第四排的长椅上，他旁边的座位没有人。

这时，十点半的弥撒开始了。

主持弥撒的神父走上弥撒厅前面的讲坛开始向信徒们布道讲经，信徒们虔诚地聆听着。

不久，刘贤仿发现一个熟悉的身影走进弥撒厅。当他看清楚这人是于莲花时，不禁大吃一惊。

让刘贤仿更加惊讶的是，于莲花径直朝老夏走过去，并在他旁边的空位子坐下。

接下来刘贤仿亲眼目睹于莲花向老夏传递情报的全过程。

刘贤仿做梦也没想到传送情报的人是于莲花。他对因自己的疏忽致使局面恶化到无法挽回的地步感到极其懊恼。

面对眼前的危急情况，刘贤仿开始紧张地思考对策。

三

刘贤仿的当务之急是挽救于莲花，就算牺牲自己的生命也在所不惜。

想到这里，刘贤仿下意识地看了看左右两边的王珊和董易，发现他俩正目瞪口呆地看着自己。

特别是王珊，刚才还捧着相机对现场进行拍照，现在已经放下手中的照相机，正用一种奇怪的眼神看着刘贤仿，仿佛在问下一步该怎么办。

不能在这里干掉王珊和董易，否则不光救不了于莲花，甚至连自己也会搭进去。

刘贤仿心里暗自盘算着。

这时，令人意想不到的一幕发生了。

只见佐藤秀美走进弥撒厅大门，站在门口观察情况，她的身后是王兴邦。

佐藤秀美很快发现坐在那里的于莲花。她从手提包中掏出一支手枪，慢慢朝于莲花走过去。王兴邦跟在佐藤秀美的后面，同时从腰间拔出枪来。

原来，于莲花刚才从顺城茶馆门前走过时，正好被店堂柜台里的刘掌柜看到。刘掌柜马上赶到来龙巷给佐藤秀美报信。

佐藤秀美断定于莲花是去若瑟堂传递情报。

佐藤秀美匿名向重光揭发于莲花已经有一段时间。没想到于莲花到现在不仅没被逮捕，而且还在继续活动，这让佐藤秀美感到非常意外。她开始怀疑重光是不是根本就不相信她的那封揭发信。既然这样，佐藤秀美就不能再指望借重光之手向于莲花复仇，她必须自己干。

今天突然天赐良机，佐藤秀美绝对不会放过。

见佐藤秀美要去找于莲花报仇，王兴邦提出和佐藤秀美一起行动。

王兴邦侥幸从码头逃脱后，不敢再回川江货运行，因此一直住在佐藤秀美这里。

佐藤秀美正需要帮手，便带领王兴邦一同赶往若瑟堂。

当刘贤仿看到佐藤秀美出现在教堂时，他敏锐地意识到这是一个绝好的机会。

于是他抬手指着佐藤秀美对王珊和董易说：

"佐藤秀美！"

说完伸手到腰间拔枪。

董易几乎同时发现佐藤秀美。他不能让佐藤秀美打死于莲花，得留下活口。于是他迅速拔出腰间的手枪朝佐藤秀美开了一枪。

由于仓促开枪，董易射出的子弹打在佐藤秀美身后的地板上，并没有击中她。

枪声立刻惊动弥撒厅里的信徒，在他们中引发一阵尖叫和慌乱。一些信徒慌忙从座位上站起来四处逃命，另外一些信徒赶紧蹲下身体藏在桌子下面，整个弥撒厅顿时陷入一片混乱。

于莲花听到枪声后，抬头朝枪响的方向看过去，发现站在二楼窗口的刘贤仿、王珊和董易，他们的眼睛正看着她左侧的走道。她扭头顺着他们的视线看过去，发现佐藤秀美正举枪向她瞄准。见此情形，于莲花本能地蹲下身体，顺手扯着身旁的老夏蹲下，一起藏在长椅后面。

佐藤秀美和王兴邦急忙朝于莲花开枪。子弹打在长椅的靠背上噼啪直响，没有击中人。

于莲花跟在刚刚反应过来的老夏身后，弓着身子朝长椅的另一端逃去。两人很快逃到长椅另一端的走道，然后沿着走道弯腰朝弥撒厅前面跑去，一下便钻进混乱的人群中。

刘贤仿见时机已到，立刻带领王珊和董易冲出房间，奔下一楼来到弥撒厅。

人们争相朝弥撒厅右边的一扇侧门涌去，希望通过这扇门逃到外面安全之处。

刘贤仿在混乱的人丛中搜索着于莲花和佐藤秀美的身影。

这时，从弥撒厅左侧的窗外传来几声枪响。

刘贤仿扭头朝枪响的方向看过去，发现佐藤秀美正从弥撒厅左侧的一扇窗户跳出去。刘贤仿马上判断于莲花可能已从这扇窗口逃出去，于是手一挥带领董易和王珊朝那扇窗户冲过去。

三人来到这扇窗户前，先后跃上窗口跳出窗外。

窗外是一条砖石铺成的小路，小路对面是教堂的另外几栋房子。

根据刚才的探察，这条小路一边通向教堂院子的大门，另一边通向教堂深处的庭院。

这时从教堂深处方向传来枪声。

刘贤仿立刻带领王珊和董易朝枪响的方向追过去。

前面的枪声变得越来越密集。

第四十八章 儿女情长

原来，于莲花和老夏逃进人群中之后，乘着混乱溜到弥撒厅左边的一扇窗户前，打开窗户从窗口跳出，然后朝院子大门跑去。没想到正好迎面碰上刚从大门口进来的刘掌柜。

本来刘掌柜给佐藤秀美报信后便回到顺城茶馆。但他一想到佐藤秀美冒险去刺杀于莲花，自己却袖手旁观，就感到十分不安，因此决定去帮佐藤秀美。

在半路上，刘掌柜听到若瑟堂方向传来枪声，便加快脚步朝若瑟堂走去。

当刘掌柜走进若瑟堂大门时，正好看到刚从窗口跳出来的于莲花和老夏正朝大门口跑来，于是拔出手枪朝他们射击。

于莲花和老夏迎头遭到枪击，转身朝相反的方向跑去，刘掌柜跟在他们后面追赶。

刚从窗口跳出来的佐藤秀美和王兴邦正好看到这一幕，便尾随刘掌柜追过去。

于莲花和老夏一边往教堂深处跑，一边朝追赶他们的刘掌柜开枪还击。

刚才在弥撒厅里，当于莲花看到刘贤仿的一瞬间便意识到自己已经暴露。这是重光布的局，其目的是既要抓住自己的把柄，又要试探、甄别刘贤仿。如果她被军统抓住，重光会逼着刘贤仿亲自对她用刑，以此来折磨并摧毁他们俩的意志。

绝不能被他们抓住！于莲花在心里暗暗告诫自己。

这时，佐藤秀美和王兴邦也追了上来，与刘掌柜联手追击于莲花和老夏。

突然，一颗子弹击中老夏胸部，他中弹倒在地上。

现在只剩下于莲花一个人一支枪，很难抵挡佐藤秀美三人的火力。因此她只能凭借房屋的掩护，一边后撤一边还击，不让他们追近。

可于莲花不熟悉教堂里面的情况，情急之下不小心跑进一条死胡同。佐藤秀美、刘掌柜和王兴邦三人已经追上来堵住出路。

于莲花转过身，一边开枪一边迎着他们走去，脸上带着微笑。

王兴邦中弹倒下。几乎与此同时，佐藤秀美和刘掌柜射出的子弹先后命中于莲花的胸部和腹部，她倒下的同时抬头看了看，似乎在寻找什么。

这时刘贤仿、王珊和董易正好赶到。他们从背后一齐向佐藤秀美和刘掌柜开枪，佐藤秀美和刘掌柜先后中弹倒下。

三人越过倒在地上的佐藤秀美、刘掌柜和王兴邦冲到死胡同里，发现受伤倒在地上的于莲花，不由自主地停下脚步。

刘贤仿站在那里，看着身受重伤、浑身是血的于莲花，不禁心如刀割。他强忍着自己心中的痛，准备救出于莲花。

对王珊和董易来说，于莲花是刘贤仿的女朋友，又是军统同事，因此都不好意思主动过去逮捕于莲花。他们不知所措地站在那里，等着刘贤仿的命令。

这时，受伤的于莲花已看清刘贤仿等人。于是她艰难地支撑着墙壁慢慢站起身来，让身体倚靠在墙壁上。她虽然身受重伤，但她手中仍然握着那支枪。

刘贤仿此刻已下定决心。只要能够救出身受重伤的于莲花，他不在乎任何后果和代价。

于是刘贤仿朝王珊和董易两人一挥手，示意他们上前逮捕于莲花。

刘贤仿已经想好，等王珊和董易走到他的前面之后，从背后开枪击毙他们俩，然后毁掉王珊照相机里的照片，再送于莲花去医院抢救。

于莲花立刻意识到刘贤仿的真实用意。

果然，当王珊和董易走到刘贤仿前面几步之后，刘贤仿慢慢举起手枪瞄准董易的后背。

自己已经暴露并身受重伤，很难有活下去的机会。绝不能再让自己深爱的刘贤仿为自己牺牲。

想到这里，视死如归的于莲花用尽全身的力量猛地举起手中的枪朝刘贤仿开了一枪。

"不……！"

刘贤仿拼命大喝一声，企图制止于莲花。他知道于莲花是在用自杀式的攻击阻止他做出暴露自己的冲动之举，逼董易和王珊开枪打死她，帮他洗脱身上的嫌疑，用她自己的生命挽救他的生命。

与此同时刘贤仿和董易手中的枪也响了。

砰、砰、砰……

于莲花射出的子弹从刘贤仿的左肩擦过，刘贤仿的肩膀感到一阵灼烧，身体微微地颤抖了一下。

董易射出的几颗子弹击中于莲花。

刘贤仿射出的两颗子弹正中董易的后心。

刘贤仿开枪的一瞬间，似乎听到背后响起枪声。由于自己的枪声离得更近声音更大，他不敢肯定这是不是错觉。

枪响的一刹那，王珊察觉有人在他背后开枪，闪电般地转过身来，枪口迅速指向刘贤仿。

王珊的动作太快了，刘贤仿已经来不及移动枪口朝他开枪。

这一刻，刘贤仿想到自己马上就会死去，心里竟然涌出几分庆幸——能够和自己心爱的人一起携手去天堂，也算是他们爱情的一次凄美的升华。他的内心从容地等待着即将降临的死神，没有一丁点的恐惧。

没想到王珊的枪口只在刘贤仿身上停留零点一秒便迅疾移开，同时扣动扳机朝刘贤仿身后连开几枪。

砰！砰！砰……又是几声枪响。

刘贤仿本能地回头，发现半跪着、一手握枪一手撑地的王兴邦慢慢倒下。

"头儿，我救了你的命！"

刘贤仿放弃了打死王珊的念头。他转身朝倒在地上的于莲花冲过去，跪倒在她身旁，将她紧紧抱在怀里，失声痛哭。

两行热泪从他的脸颊上流下，滴落到于莲花的脸上。

于莲花努力地张嘴对刘贤仿说话，但由于致命的枪伤让她的声音十分微弱，刘贤仿听不清楚。

刘贤仿将耳朵凑近于莲花的嘴，才勉强听清她断断续续地对他说：

"记得……清……明，在，在我……坟头，插，插……上……一，朵，朵……鲜……花……"

刘贤仿听了于莲花的话不禁悲痛万分，情不自禁地大声叫她的名字："李娅！……"

除此之外，他不能在王珊面前向于莲花倾诉自己的柔情。他只是不停地摇头，意思是不要让于莲花死去。

王珊把刘贤仿喊出的"李娅"当作"你呀"，以为这是刘贤仿因为痛惜和不舍而在埋怨于莲花不该做出这种傻事。

于莲花用尽生命中最后的力量对刘贤仿露出一丝微笑，然后慢慢地合上双眼。

刘贤仿将于莲花紧紧地搂在自己的胸口。由于憋闷在内心的极度痛苦无法宣泄，他的身体不住地颤抖。

这时，听到枪声的军警和民防队员赶到现场。

他们将死去的于莲花及佐藤秀美等人的尸体放上担架抬走。

刘贤仿忍着内心的悲痛，看着于莲花的遗体渐渐远去，却不能亲自送她最后一程。

四

重光办公室的门紧闭着。

王珊站在重光的办公桌前，正在向重光报告行动的经过。

王珊报告完毕后，重光站起身来，一边来回踱步，一边分析、思考行动过程中的疑问和破绽。

过了一会儿,重光停下脚步提出第一个问题:

"你怎么看待刘贤仿发现传送情报的人是于莲花时的反应?"

"属下认为刘贤仿的反应基本正常。震惊是因为他绝没有想到于莲花是中共间谍,惶恐是因为他害怕自己受牵连,懊悔是因为他居然爱上一个共谍。"

重光对王珊的分析不置可否,接着提出第二个问题:

"当佐藤秀美突然出现在弥撒厅时,董易为了保留活口,开枪阻止佐藤秀美杀死于莲花,结果引起混乱。这是一个关键的转折点。刘贤仿是最先发现佐藤秀美的,他为什么没有立刻掏枪,而是先提醒你和董易,你觉得这符合一个高级特工在这种情况下的正常反应吗?"

"属下认为完全符合。实际上刘贤仿一边提醒我们一边伸手到腰间拔枪。但董易几乎同时发现佐藤秀美并立刻掏枪,因此比刘贤仿快了一点点。"

重光继续踱步。过了一会儿停下转过身来接着问:

"当你们追上佐藤秀美三人时,正好看见王兴邦中弹倒下。是于莲花开枪打中的他。与此同时于莲花也被佐藤秀美和刘掌柜的子弹击中负伤。"

"是的,局座。"

重光点了点头:

"你们将佐藤秀美和刘掌柜打倒后,没有检查一下三名日特是否已经死亡?"

"没有,我们以为他们都死了。我们当时的注意力全都集中在于莲花身上,根本没想到去查看他们的尸体。"

"当你们看到重新站起来的于莲花手里仍然握着枪时,你们还敢冒险上前逮捕她?你们没有命令她放下武器吗?"

"说实话,看到于莲花满身是血,扶着墙艰难地站起来,身体颤颤巍巍不停地摇晃，随时都会倒下的样子，属下没觉得她还能对我们构成威胁。属下相信刘贤仿和董易也是这样想的。"

"但于莲花还是开枪了。"

"是的，属下低估了她的意志力。"

"于莲花开枪的一瞬间，刘贤仿和董易本能地同时开枪还击，但你却没有。你听到背后有人朝你们开枪？"

"是的，局座。因为我听到身后有人开枪。于是我急忙转过身来，发现王兴邦正举枪朝我们射击。于是我朝王兴邦连开几枪将他击毙。不幸的是，王兴邦射出的子弹正好击中董易，将他打死。"

"刘贤仿也在你的身后，你能肯定你听到的不是他的枪声？"

"属下能肯定，局座。方位有点不一样。"

"你认为于莲花为什么朝刘贤仿开枪？"

"属下认为这是一个垂死的中共间谍在发泄自己的怨恨。她肯定以为是刘贤仿识破了她。"

"你确信董易是被王兴邦打死的？"

这是一个十分尖锐的问题，王珊知道这句话的弦外之音。重光的思路太缜密了。

"是的，局座。属下确信无疑。"

听了王珊的回答，重光严肃的表情变得缓和了一些。

"有人看见刘贤仿对于莲花的死感到不舍。"

"是的，局座。属下亲眼目睹这一幕。属下认为这很正常，完全符合一个人看到恋人濒临死亡时的反应。刘贤仿之前并不知道于莲花是中共间谍，大家都知道他真心爱她，他对她的死应该表现出悲伤和不舍。如果他表现出高兴、愤怒或毫不在乎，属下反而会怀疑他在试图掩饰什么。"

"最后一个问题，于莲花死前对刘贤仿说了什么？"

"局座，她当时气若游丝声音微弱，说话断断续续根本听不清楚。属下甚至怀疑刘贤仿都没听清她说什么。"

重光若有所思地点了点头。

刘贤仿在给重光的报告中回答了这个问题。报告中说于莲花当时劝他不要继续做国民党反动派的帮凶。

重光认为王珊的观察分析很有道理，也很合乎逻辑。

这次行动布局天衣无缝。他坚信如果刘贤仿是中共间谍的话，在整个过程中不可能不露出破绽。

王珊的话值得相信。如果刘贤仿露出破绽，他没有任何理由替刘贤仿掩饰。

想到这里，重光对刘贤仿的怀疑基本上消除。

不过重光生性多疑，在无法彻底查明刘贤仿与于莲花关系的情况下，他不会完全消除内心的疑问。

五

刘贤仿虽然消除了重光对他的怀疑，但他仍然无法从失去李娅的痛苦中摆脱出来。

每当夜深人静的时候，刘贤仿孤独地躺在床上，总是不自觉地想起他和李娅在一起时的甜蜜时光，她的音容笑貌会像电影一样一幕幕不停地在他的脑海中闪现。对她的思念，让他的心感到一阵阵刺痛。他宁愿死去的是他自己而不是她，他甚至希望王珊的子弹是射向他的。他默默地流泪，心底不停地呼唤李娅的名字，整晚无法入睡。

白天，为了不让同事们看出他内心的痛苦和消沉的意志，刘贤仿只能强打起精神应付工作和同事。

就在刘贤仿感觉自己的意志和身体都快要支撑不住的时候，传来抗战胜利的消息。

1945年8月15日，刘贤仿从广播中收听到日本裕仁天皇宣布无条件投降的新闻。

这条新闻还没广播完，街上便传来一阵阵此起彼伏的欢呼声、锣鼓声和鞭炮声。

刘贤仿打开窗户，看到街上市民们自发组成的庆祝抗战胜利的游行队伍从窗前经过。市民们拉着刚刚做好的简陋横幅，举着自制标语牌，敲锣打鼓，高呼口号，欢笑着、跳跃着一拨一拨地朝市中心涌去。

13年艰苦卓绝的抗战终于以日本投降、中国惨胜宣告结束。所有的牺牲都是为了今天的胜利，和平的日子已经到来。

当天晚上，刘贤仿收到延安给他的密电。密电称抗战虽已结束，但国民党蓄意挑起内战，中共的使命将从民族救亡转向民族解放。密电指示刘贤仿的工作重点应转向对国民党情报和国际情报方面。密电最后表示，组织希望他能够从失去爱人的痛苦中重新振作起来，为中国人民的解放事业继续奋斗。李娅为他作出的牺牲，并不是要让他陷入痛苦而消沉下去，而是希望他能够更加奋发地工作以完成她的未竟事业。只有这样，李娅的牺牲才值得，只有这样李娅才会含笑九泉。

组织的这份密电，将深陷痛苦无法自拔的刘贤仿唤醒，促使他认识到李娅牺牲的更高层次价值，让他逐渐从痛苦的思念中挣脱出来。李娅的死现在对他来说不仅是痛苦，而且还是责任和使命，他没有资格在痛苦中消沉而辜负她对他的期望，他要振奋起来完成她牺牲生命为之奋斗的革命理想。

几天后，刘贤仿接到重光的命令，让他率领一个先遣小组作为军统接收上海的第一批人员乘专机飞往上海。刘贤仿担任组长，成员有王珊、严冬和另外两名军统人员。

这个先遣小组负责全权接收、处理日伪在上海的情报机关人员及秘密档案。由于涉及很多机密，这个先遣小组被赋予极大的权利。这个小组除了上述任务外，还担负着重光交代的另外一个秘密任务——找出日伪情报机关中对军统和国府要员不利的秘密文件和档案并加以销毁。

第四十八章 儿女情长

飞机在上海虹桥机场降落后，刘贤仿和小组成员刚从飞机上下来，便受到军统上海区区长何方禹和汪伪76号二号人物张新林及其手下的热烈欢迎。

到达76号后，刘贤仿拿出重光颁发给张新林的委任状交给他。

张新林被委任为军统局上海情报机关副总指挥，直接受先遣小组长刘贤仿领导，协助刘贤仿小组的接收工作。

接收并查封76号特工总部的档案和在册人员登记表后，76号的接收工作告一段落。

接着，刘贤仿给岩井英一打电话，通知岩井英一他将率领先遣小组半小时后到达岩井公馆进行接收工作，请他做好准备。

和岩井英一通完电话后，刘贤仿的先遣小组在何方禹和张新林及多名军统和76号特工人员的保护下，分乘多辆汽车前往岩井公馆。

刘贤仿一行到达岩井公馆时，岩井英一已经在他的办公楼外恭候。

刘贤仿下车后和迎接他的岩井英一握手，接着两人简单地商量了一下交接程序。

刘贤仿命令王珊和何方禹带领其他军统特工立刻封锁档案室，禁止任何人接触档案。

接着，岩井英一邀请刘贤仿到他的办公室进行单独秘密会谈。

秘密会谈结束后，岩井英一打开办公室里的保险柜，从保险柜中取出几个档案袋交给刘贤仿。

刘贤仿将档案袋放进自己的黑色公文包里，然后和岩井英一一起离开办公室去一楼的档案室。下楼时，刘贤仿似乎不经意地问岩井英一为什么没有看见方同。

岩井英一告诉刘贤仿，方同已经失踪好几天，他也不知道方同在哪里。

岩井英一和刘贤仿来到档案室，开始正式交接。这是刘贤仿和董易几年前盗取合影照片的那间档案室。

档案室负责人将一个保险柜的钥匙和写着保险柜密码的纸条交给岩井英一。这个保险柜里锁着档案室所有档案柜的钥匙。

岩井英一接过钥匙和密码，郑重地将它们亲手交给刘贤仿。

刘贤仿从岩井英一手中接过钥匙和密码，转身交给王珊。

至此，岩井公馆的机密档案正式交接完毕。

接下来的几天，刘贤仿带领先遣小组先后到上海日军其他情报机关接收秘密档案。

国军全面占领上海后的某一天，刘贤仿按照重光的命令亲自逮捕曾经出卖军统上海区的76号卧底张新林。

不久后张新林被判处死刑。

原来刘贤仿和重光当年并没有上当。当李士群在霞飞路网球俱乐部更衣间将张新林的名片调换成谢楚敏的照片时，被化装成清洁工的刘贤仿看得一清二楚。所谓闵化文留给邻居的钥匙以及更衣箱里藏有揭露告密者身份线索等这一切都是重光预先设置的圈套，引诱张新林和李士群上钩。在后来的"罗盘行动"和其他行动中，重光和刘贤仿几次利用张新林和李士群最终达成行动计划的目的。

刘贤仿完成上海的接收工作后，重光以抗战胜利、联合调查组使命已完成为由，撤销了刘贤仿的联合调查组，将他"提升"为军统总务处少将副处长这个闲职。

重光坚信国共内战不可避免，军统今后的工作重点是中共情报组织，他必须为此作好准备。他的第一步就是消除军统内部一切可能的中共间谍隐患。重光没有任何实质证据怀疑刘贤仿，只是为了防止万一，便将他闲置起来。

没想到重光于1946年8月坠机身亡。

新任毛局长欣赏刘贤仿的能力，重新起用他并让他担任保密局（重光死后不久军统局改组为保密局）上海站副站长。

尾　声

　　法恩的德步罗公司迁回上海已经有一段时间了。
　　一天上午，一位身穿西服、自称华先生的中年人来到法恩的办公室。华先生和法恩约好今天来谈生意。
　　在法恩的办公桌对面坐下来后，华先生从自己携带的公文包里取出一个牛皮纸信封，从信封里抽出几张信纸递给法恩。
　　法恩接过信纸，开始阅读上面的内容。
　　读了一段之后，法恩的双手开始颤抖，脸色变得苍白，额头渗出汗珠。
　　法恩坚持着把几张信纸上的内容看完，用颤抖的双手将信纸放在桌上，抬头惶恐地看着桌子对面的华先生。
　　豆大的汗珠从法恩的额头流下，滴落在桌上的那几张信纸上。他的脸色显得更加苍白。
　　华先生见法恩太紧张，于是用和蔼的语气告诉法恩自己并没有恶意，希望法恩放松心情。
　　法恩稍稍缓和了一下自己的紧张情绪，然后结结巴巴地问华先生：
　　"你们，想，想要我，做什么？"
　　"很简单，为我们工作。"
　　法恩刚才看到的内容是岩井公馆秘密档案中的一部分摘录。
　　仅这几页摘录，如果传到英、美情报机关手中，就足以置他于死地。即使已经瓦解的日本前情报机关中的那些遣散的情报人员知道法恩曾背叛过日本，也会想方设法灭掉他。

世界虽大，法恩已无处可逃。

法恩别无选择，只能答应华先生的要求，成为中共的一名秘密情报员，开始为中共收集国民党方面的情报。

据说当天有人看见方同出现在德步罗公司附近。

远处传来解放军的隆隆炮声。

一辆黑色福特汽车驶向十六铺码头，在码头边缓缓停下。

司机从车上下来，打开汽车后座门。

从车上下来两个人。一个是刘贤仿，另一个是吉姆。

抗战胜利后，作为盟军联络官的吉姆解除军职，重新回到上海总领事馆工作。在他本人的要求下，今天奉调回英国军情局任职。

保密局上海站副站长刘贤仿作为吉姆的朋友为他送行。

在登船检票口前，刘贤仿和吉姆握手告别。吉姆从司机手中接过自己的行李，转身走上登船舷梯。

不久之后，国际班轮鸣响几声汽笛，缓缓驶离码头。

吉姆站在船舷边，朝码头上的刘贤仿挥手道别。

刘贤仿庄严地向吉姆行了一个军礼。

1949年底，刘贤仿去了香港……

同年，王珊随国民党败退到台湾，官至军情局副局长……

重庆佛图关公墓的一座坟墓，墓碑上仅刻着几个大字：

爱妻李娅之墓

墓碑上没有死者的生卒年月和立碑者姓名。很明显这是一座尚未完成的墓碑，等着立碑者来完成。

尾 声

20世纪80年代一个清明节的上午,阳光明媚、风和日丽。

重庆佛图关公墓的一条小路上,一位身穿黑色风衣、手里捧着一束鲜花的老人迈着沉重的步子走着。

老人虽然头发花白、面带岁月的沧桑,但双眼不时闪出一道刚毅的目光。

老人走到一座坟墓前,肃立在那里,朝坟墓深深鞠了三个躬,然后上前几步单膝跪下,将那束鲜花放到墓碑下。

细心的人们能够发现墓碑上的碑文已经补全。

爱妻李娅之墓
生于公元一九XX年X月X日卒于一九四五年五月十七日
立碑者:张毅

"我终于能够陪伴你了,李娅。抱歉我迟到了四十年……"

老人喃喃自语,再也抑制不住内心的悲伤和长久的思念,泪如泉涌,泣不成声。

后 记

重庆作为抗战临时首都,是中国全面抗战时期政治、军事和经济中心,对中国的抗战胜利作出过不可磨灭的贡献,其地位之重要无须赘言。重庆人民在抗战中做出的牺牲,遭受的苦难,无论从哪一个角度看都让人刻骨铭心、永世难忘,都会在历史的长河中留下浓重的一笔,值得人们去书写。

重庆也是抗日谍战中心,许多真实的谍战都发生在重庆,或者由重庆国民政府军事当局策划、指挥。这一点同样不能忽视。

作者一直有一个愿望写一部关于重庆谍战的文学作品,以谍战的形式再现重庆人在抗战中面对大轰炸带来的长期精神折磨、死亡威胁以及艰苦的生活所表现出来的坚毅、韧性和乐观精神。这是创作这部作品的原始动力。

《重庆谍战》就是在这个初心的驱使下完成的。

为了展现历史的真实一面,让作品读起来更具时代感,自然离不开大轰炸和重庆黑室等重大历史事件。因此作者查阅、参考了许多相关的历史资料,其中尤以轰炸蒋介石黄山官邸、较场口隧道大惨案、破译日空军密码以及国民党与日本秘密和谈等最为翔实。我在小说中根据日军当时的战斗详报等历史资料,向读者揭示轰炸蒋介石黄山官邸和造成较场口隧道大惨案的日本空军部队番号及带队指挥官的名字。

作品以这些真实的历史事件为线索展开故事情节，进行文学演绎，希望读者能够在真实的历史和虚构的故事空间中自由穿越，得到一种更生动的体验。

　　小说毕竟不同于历史纪实文学，特别是谍战小说，它需要有起伏跌宕的故事情节，严谨缜密的推理过程，贯穿始终的精彩悬念。作者要做的就是将真实的历史事件自然地融入故事情节中。

　　这部作品的风格完全不同于作者之前的一部谍战小说《武汉谍战》。这是作者刻意的追求。

　　《武汉谍战》的着力点主要体现在对情报的运用，注重描述如何利用获取的情报巧妙地打击敌人。

　　《重庆谍战》主要聚焦于谍战中的谋略运用和逻辑推理，着重演绎如何通过谋略获取情报，欺骗敌人保护自己。如果用少林和武当功夫来作类比，前者犹如少林武功，强劲的外功刚猛势沉、一击碎石，给人一种摧枯拉朽的畅快；后者宛若武当功夫，雄厚的内力阴柔蚀骨、隔空断脉，让人感受以柔克刚的化境。

　　简而言之，就是用智慧克敌制胜于无形。

　　为了带给读者身临其境的感觉，作者于2019年初夏专门前往重庆考察抗战遗址，在故事发生现场亲身感受当时的历史氛围。

　　在周北川先生的引导和陪同下，作者参观了较场口隧道、蒋介石黄山官邸、红岩村八路军办事处、南滨路使馆区等抗战遗址；游览了新华路、打铜街、解放碑、较场口、七星岗、通远门、陕西南路、白象街和海棠溪等著名老街，甚至专门到枇杷山神仙洞及枣子岚垭一带探寻军统特技室和军统总部遗址。虽然只有短短几天，但作者获得丰富的创作资源。遗憾的是由于改造施工，未能游览朝天门和十八梯。

　　作品中出现的地名都是三四十年代的真实地名。为此作者查阅了大量重庆和有关城市历史地图，并进行比对给出新旧地名对照；对少数已经消失的地名，则给出其在现代地图上的大致方位。

最后必须强调的是，在本书的修改、完善的过程中，编辑周北川先生花费大量时间和精力认真审读书稿，甚至也从一个读者的角度对作品提出许多中肯意见，让作品语言更加简明、流畅，故事情节更加精彩、合理，逻辑推理更加周到、严密。在此向周北川先生表达衷心的感谢！

作者　孙志卫

2023年3月28日于新加坡